太平記論考

谷垣伊太雄 著

和泉書院

目次

一　『太平記』——物語世界と人物像

『太平記』の視点

一

『太平記』[1]はその序文に於て、「天之徳」を身に備えた「明君」と「地之道」をわきまえた「良臣」との関係に基づく「国家」を一つの規範とした上で、君主に「其徳」が欠如した例として夏の桀・殷の紂を引き、臣下が「其道」からはずれた例として秦の趙高・唐の禄山に言及し、「前聖」が教えた事を「後昆」が教訓として学ぶべきだと述べる。

ここには、歴史的事象について客観化するに際して、〈対〉を枠とした一つの〈整理〉をした記述が提示されている。記紀以来見られるこの表現方法は、『太平記』の場合、単に修辞方法の段階にとどまらず、作品の構成・構想のレベルに於ても採用されている。その具体例を、第一部[2]を中心に見てみよう。

巻一第一章で「前相模守平高時」が「見人眉ヲ顰メ、聴人唇ヲ翻ス」と描かれるのに対して、「此時ノ帝後醍醐天皇」は「誠ニ天ニ受タル聖主、地ニ奉ゼル明君也ト、其徳ヲ称ジ、其化ニ誇ラヌ者ハ無リケリ」と描かれ、第二章の善政（新関の停止、飢人窮民の救済、米穀の適正売買、記録所での訴訟聴聞など）叙述へと続く。

第三章では、北条氏が尊崇していた西園寺家の藤原禧子（後西園寺太政大臣実兼の娘）が皇妃となった事が「君モ関東ノ聞ヘ可ㇾ然ト思食テ、取分立后ノ御沙汰モ有ケルニヤ」と記され、美貌の禧子に対して「君恩葉ヨリモ薄カリシカバ、一生空ク玉顔ニ近カセ給ハズ。深宮ノ中ニ向テ、春ノ日ノ暮難キ事ヲ歎キ、秋ノ夜ノ長恨ニ沈マセ給フ」と描かれる。そして、禧子とは対照的に、禧子の御殿に出仕していた阿野廉子（「安野中将公廉ノ女ニ、三位殿ノ局ト申ケル女房」）については、「君一度御覧ゼラレテ、他ニ異ナル御覚アリ」として「忽ニ准后ノ宣旨ヲ下サレ」たこと、「御前ノ評定、雑訴ノ御沙汰マデモ」廉子の発言によって左右されるようになって行ったことが記される。

後醍醐天皇には、尊良・宗良親王の母たる二条為子、世良親王の母たる西園寺実俊の娘、護良親王の母たる民部卿三位、懐良親王らの母たる二条為道の娘など、多数の后の存在を確認でき、禧子自身も宣政門院懽子の母となっている事を見れば、『太平記』の記述が正確とは言えない。しかし、禧子と廉子とを〈対〉として描く事によって、『太平記』は巻一第三章の末文を「奈何カセン、傾城傾国ノ乱今ニ有ヌト覚テ、浅増カリシ事共也」と結ぶ論理をも提示している。この視点は、巻一第二章で「誠ニ理世安民ノ政、若機巧ニ付テ是ヲ見バ、命世亜聖ノ才トモ称ジツベシ」と後醍醐帝を賛美しつつも、「惟恨ラクハ斉桓覇ヲ行、楚人弓ヲ遺シニ、叡慮少キ似タル事ヲ」と続けて、その政治が長続きしない事を述べる論理にも繋がり、巻一第一章冒頭の「爰ニ本朝人皇ノ始、神武天皇ヨリ九十五代ノ帝、後醍醐天皇ノ御宇ニ当テ、武臣相模守平高時ト云者アリ。此時上乖㆓君之徳㆒、下失㆓臣之礼㆒」の「上乖㆓君之徳㆒」の説明になるものでもある。

巻二では、「当今御謀反」をめぐっての鎌倉幕府方の対応が、Ⓐ長崎高資の強硬論とⒷ二階堂道蘊の慎重論として提示されるが、「当座ノ頭人・評定衆、権勢ニヤ阿ケン、又愚案ニヤ落ケン」として、Ⓐの「速ニ君ヲ遠国ニ遷シ進セ、大塔ノ宮ヲ硫黄ガ嶋へ流奉リ、隠謀ノ逆臣、資朝・俊基ヲ誅セラル、ヨリ外ノ事有ベカラズ」が結論になった事が記される。その結果、佐渡の本間山城入道に預けられていた日野資朝が子息の阿新に会えぬまま斬首となる第五章と、鎌倉で工藤高景の監視下に置かれていた日野俊基が郎等の後藤助光との対面を許された後に斬首される第六章とは、幾つかの共通点を持ちつつも、阿新と助光とが関与する部分に異なる展開を見せる〈対〉構成となっている。

又、Ⓐ案に沿って鎌倉からの使者が上洛する状況の中で、大塔宮護良親王は、①帝自身の南都への潜幸、②天皇の身代わりとして近臣を叡山に派遣する、の二案を奏聞。これに対し天皇は「只アキレサセ玉ヘル計ニテ何ノ御沙汰ニモ及玉ハズ」という有様で、師賢・藤房・季房らに「此事如何可レ有」と訊ね、藤房の「兎角ノ御思案ニ及候ハヾ、夜モ深候ナン。早御忍候ヘ」との言葉に従い、「下簾ヨリ出絹出シテ女房車ノ体ニ見セ」て都を脱出する。「主上山門ヲ御憑有テ臨幸成タル」様子に見せかけて叡山に登った師賢と、この計画そのものの提案者たる大塔宮とが、存在感を明確にする（比喩的に言えば、〈実像〉化する）のとは対照的に、巻二における後醍醐帝の人物像は〈虚像〉化したものとなっている。[3]

ところが、巻三になると、笠置で夢を見た後醍醐帝は、「是ハ天ノ朕ニ告ル所ノ夢也」と考え、自ら夢の解釈をし、楠正成を招来する。笠置合戦は朝廷側の敗北に終わるが、「歩跣ナル体」で「未習ハセ玉ハヌ御歩行」によって、万里小路藤房・季房とともに「兎角シテ夜昼三日ニ、山城ノ多賀郡ナル有王山ノ麓マデ」逃走し、やがて捕らえられた後醍醐帝は、「持明院新帝」（光厳天皇）への三種の神器の引渡しを「三種神器ハ、自レ古継体君、位ヲ天ニ受サセ給フ時、自ラ是ヲ授奉ル者也。四海ニ威ヲ振フ逆臣有テ、暫天下ヲ掌ニ握ル者アリト云共、未此三種ノ重器ヲ、自専シテ新帝ニ渡シ奉ル例ヲ不レ聞。其上内侍所ヲバ、笠置ノ本堂ニ捨置奉リシカバ、定テ戦場ノ灰塵ニコソ落サセ給ヒヌラメ。神璽ハ山中ニ迷シ時木ノ枝ニ懸置シカバ、遂ニハヨモ吾国ノ守ト成セ給ハヌ事アラジ。宝剣は、武家ノ輩若天罰ヲ顧ズシテ、玉体ニ近付奉ル事アラバ、自其刃ノ上ニ伏サセ給ハンズル為ニ、暫モ御身ヲ放タル事アルマジキ也」と決然として拒否する。更に、六波羅への移送についても「前々臨幸ノ儀式ナラデハ還幸成マジキ由」との後醍醐帝の強い主張によって「三日迄平等院ニ御逗留有テ」、漸く六波羅入りが実現する。このように、巻三以後の後醍醐帝は、巻二の〈虚像〉とは対照的に、強い意志を持って明確に行動する〈実像〉的人物として形象されていくのである。

ところで、巻三第一章で夢を介して笠置の帝のもとに参上し、「天下草創ノ功ハ、武略ト智謀トノ二ニテ候」「合戦ノ習ニテ候ヘバ、一旦ノ勝負ヲバ必シモ不レ可レ被二御覧一。正成一人未ダ生テ有ト被二聞召一候ハヾ、聖運遂ニ可レ被レ開ト被二思食一候ヘ」と力強く語った楠正成は、笠置合戦には加わらずに河内へ帰って行き、やがて、赤坂城に拠って、さまざまな奇計を用いて鎌倉勢の大軍を悩ませ、最後は「自害シタル体」に見せかけて城から姿を消す（巻三第四章）。

一方、笠置合戦で活躍するのは、朝廷方では足助重範、幕府方では陶山一族である。とりわけ陶山一族の場合、「五十余人ノ一族若党」が「兼テノ死ニ出立ニ、皆曼陀羅ヲ書テ」身に付け、雨風の激しい闇夜に「城ノ北ニ当タル石壁ノ数百丈聳テ、鳥モ翔リ難キ所ヨリ」取り付き、「屏風ヲ立タル如クナル岩石重テ、古松枝ヲ垂、蒼苔路滑」な所をも、陶山藤三が先導して登り越えて城中に入り込む。敵中を通過する際にも「夜中ニ大勢ノ足音シテ、潜ニ通ハ怪キ物哉、誰人ゾ」と咎められると、陶山吉次が「是ハ大和勢ニテ候ガ、今夜余ニ雨風烈シクシテ、物騒ガシク候間、夜討ヤ忍入候ハンズラント存候テ、夜廻仕候也」と答え、その後は、逆に「面々ノ御陣ニ、御用心候ヘ」と「高ラカニ呼ハッテ、閑々ト」皇居に近づき、「鎮守ノ前ニテ一礼ヲ致シ、本堂ノ上ナル峰ヘ上テ、人モナキ坊ノ有ケルニ火ヲ懸テ同音ニ時ノ声ヲ挙」げ、城中を混乱させ、難攻不落の笠置城を陥落させたのであった。

結果として勝者と敗者とに分かれてしまう合戦譚ゆえに、戦術や勇気などで共通点の多い陶山と楠正成とが対決するという展開はありえないものであったのだろう。勿論、現実的には、その言葉「一旦ノ勝負ヲバ必シモ不レ可レ被二御覧一」から窺える正成にとっての作戦という事になるであろうが、〈対〉的構想では同じ側に立ってしまう両者を同一場面には登場させず、笠置合戦に於ては、足助重範の「武略」のために鎌倉勢が攻めあぐむ笠置城が、陶山の「智謀」によってのみ攻略しうるという叙述になっている。

備後の桜山四郎入道の挙兵と死とを記す短い第五章を除いて、巻三が、畿内を中心とする合戦によって朝廷側の敗北が語られる〈山〉と考えれば、巻四は敗戦処理の叙述とともに空間的には拡散を見せる〈谷〉とも言うべき巻である。そこでは、敗軍側の人物についての個々の処罰・配流が描かれる。その巻四末尾の「備後三郎高徳事付呉越軍事」は、長文の中国故事そのものが、『太平記』の〈現在〉と相似形的〈対〉をなしている。

巻五は、光厳天皇の即位の記述から始まる事で、巻四とは対照的である。更に、〈敗者〉たる先帝（後醍醐天皇）を隠岐島へ配流して〈勝者〉となった北条高時についても叙述される。ところが、高時については、田楽・闘犬に耽溺する「浅猿シカリシ挙動」の結果、「可レ亡時刻到来シテ、斯ル不思議ノ振舞」をしたという風に描かれる。

一方、巻四で捕らわれることのなかった〈敗者〉側の大塔宮護良親王と楠正成とについては、巻五で大塔宮、巻六で正成の動静が、それぞれ記される。まず、笠置落城を知った大塔宮は、危難を逃れて熊野へと向かい、玉置庄司などの反攻に遭うが、家臣達の奮戦・犠牲や北野天神の霊験によって危地を脱し、吉野に陣を構える。

巻六の冒頭は、巻五冒頭とは対照的に「去年九月ニ笠置城破レテ、先帝隠岐国へ被レ遷サセ給シ後ハ、百司ノ旧臣悲ヲ抱テ所々ニ籠居シ、三千ノ宮女涙ヲ流シテ面々ニ臥沈給フ有様」の叙述から始まり、「殊更哀ニ聞ヘシハ」として、大塔宮の母「民部卿三位殿御局」の悄然とした姿が描かれる。ところが、民部卿三位局が北野社に参籠して祈請したところ、先帝の還幸を暗示する夢告を受ける。

一方、住吉・天王寺辺に出陣した正成は、一旦退却したと見せかける作戦によって、攻めて来た六波羅方の隅田・高橋をはじめとする五千余騎を翻弄して敗退させる。京童の落書で諷刺された隅田・高橋に代わって、次には、関東から派遣された宇都宮公綱が固い決意をもち「主従僅ニ十四五騎」で六波羅を出発、「七百余騎ノ勢」となって天王寺へ押し寄せる。ところが、正成は「合戦ノ勝負必シモ大勢小勢ニ不レ依、只士卒ノ志ヲ一ニスルトセザルト也」として、「態ト此陣ヲ去テ引退キ、敵ニ一面目在ル様ニ思ハセ」る作戦をとる。結局、宇都宮方は「軍ハ無シテ敵ノ取廻ス勢ヒニ勇気疲レ武力怠デ、哀レ引退カバヤト思フ心」になって七月二十七日の夜半に京都へと引き上げ、翌日早朝には楠勢が天王寺に入る。この展開は正成の作戦通りのものと思われるが、「誠ニ宇都宮ト楠ト相戦テ勝負ヲ決セバ、両虎二龍ノ闘トシテ、何レモ死ヲ共ニスベシ。サレバ互ニ是ヲ思ヒケルニヤ、一度ハ楠引テ謀ヲ千里ノ外ニ運シ、一度ハ宇都宮退テ名ヲ一戦ノ後ニ不レ失。是皆智謀深ク、慮リ遠キ良将ナリシ故也ト、誉ヌ人モ無リケリ」という叙法には、両者を〈対〉としての構成の中に位置付けようとする姿勢が窺える。

やがて、正成は天王寺に於て、聖徳太子の手になるという「未来記」を見せてもらい、「金軸ノ書一巻」の中の「不思議ノ記文」たる「当二人王九十五代一。天下一乱而主不レ安。此時東魚来呑二四海一。日没二西天一三百七十余箇日。西鳥来食二東魚一。其後海内帰レ一三年。如二獼猴一者掠二天下一三十余年。大凶変帰二一元一。云云」を読み、「逆臣相模入道ノ一類」が討たれ「明年ノ春ノ比此君隠岐国ヨリ還幸成テ、再ビ帝位ニ即カセ可レ給事ナルベシ」と解読し、「天下ノ反覆久シカラジト憑敷」く思ったのであった。

こうして、巻五における北条高時自身の濫行による自滅的予兆と巻六における民部卿三位局と楠正成とに対する先帝還幸についての確信的予兆とによって、眼前の現実を大きく飛び越える形の展開が語られる事にもなる。

先帝の隠岐配流の後、朝廷側にとって、大塔宮と楠正成とは僅かに燃え続ける火種のような存在であった。その大塔宮の令旨を受け、播磨の赤松円心が挙兵する。一方、「畿内西国ノ凶徒、日ヲ逐テ蜂起」との六波羅の早馬を受け、鎌倉から「三十万七千五百余騎」の援軍が出発し、「元弘三年正月晦日、諸国ノ軍勢八十万騎ヲ三手ニ分テ、吉野・赤坂・金剛山」へ派遣された。

阿曾弾正少弼勢の攻撃を受けた赤坂城は、「十三日マデ」攻められても「少モ不レ弱見へ」たものの、結局、水源を絶たれたため敗れ、平野将監入道以下が降人となる。阿曾は「本領安堵ノ御教書ヲ成シ、殊ニ功アラン者ニハ、則恩賞ヲ可二申沙汰一」と約していたが、六波羅へ送られた降人達は、六条河原で全員が斬首された。そして、六波羅方のこの〈勝利〉は、「罪ヲ緩フスルハ将ノ謀也、ト云事ヲ知ラザリケル六波羅ノ成敗ヲ、皆人毎押ナベテ、悪カリケリト申シガ、幾程モ無シテ悉亡ビケルコソ不思議ナレ。情ハ人ノ為ナラズ。余ニ憍ヲ極メツヽ、雅意ニ任テ振舞ヘバ、武運モ早ク尽ニケリ。因果ノ道理ヲ知ルナラバ、可レ有レ心事共也」[4]という文脈の中に位置付けられる。

幕府が「諸国ノ軍勢八十万騎ヲ三手ニ分テ」攻撃を開始し、まず赤坂城を攻略した事は、巻六に述べられていた。残る吉野山と金剛山とへの攻撃が描かれるのが巻七である。

大塔宮の立て籠る吉野山へは二階堂出羽入道道蘊の数万騎の勢が向かったが、「峯高シテ道細ク、山嶮シテ苔滑」なため「幾十万騎ノ勢ニテ責ル共、輒ク落スベシトハ見ヘ」なかった。しかし、「此山ノ案内者トテ一方ヘ被レ向タリケル吉野ノ執行岩菊丸」の状況分析に従って、「案内知タル兵百五十人ヲスグッテ」「金峯山ヘ廻テ、岩ヲ伝ヒ谷ヲ上ル」奇襲攻撃をかけたため、城は陥落する。大塔宮は、村上義光・義隆父子の奮戦・戦死などによって、辛うじて高野山へと逃れる。

一方、「赤坂ノ勢吉野ノ勢馳加テ、百万騎ニ余」る大軍が攻め寄せた金剛山（千剣破城）では、楠正成が機略戦法を駆使して幕府軍を悩ませ、寄手は「纔ニ十万余騎」になってしまい、幕府側は朝廷側の畿内における火を完全に消してしまう事ができない。

しかも、巻七第三章では、「源家嫡流ノ名家」なのに「平氏世ヲ執テ四海皆其威ニ服スル時節ナレバ、無レ力関東ノ催促ニ随テ金剛山ノ搦手ニ」加わっていた新田義貞が、執事の船田義昌に「古ヨリ源平両家朝家ニ仕ヘテ、平氏世ヲ乱ル時ハ、源家是ヲ鎮メ、源氏上ヲ侵ス日ハ平家是ヲ治ム。義貞不肖也ト云ヘ共、当家ノ門楣トシテ、譜代弓矢ノ名ヲ汚セリ。而ニ今相模入道ノ行迹ヲ見ニ滅亡遠ニ非ズ。我本国ニ帰テ義兵ヲ挙、先朝ノ宸襟ヲ休メ奉ラント存ズルガ、勅命ヲ蒙ラデハ叶マジ。如何シテ大塔宮ノ令旨ヲ給テ、此素懐ヲ可レ達」と相談を持ちかけ、船田が「方便ヲ廻シテ」大塔宮の令旨を拝戴すると、喜んだ義貞は「其翌日ヨリ虚病シテ、急ギ本国ヘ」下った、という事が記される。

北条高時の自滅的予兆は既に巻五に記され、先帝還幸の予兆は巻六に書かれていた。ただ、合戦に於ては、個々の敗北はあっても、幕府・六波羅軍が完全に敗退したわけではなかった。そのような状況の中での義貞の変心は、幕府北条氏を足元から瓦解させる大きな要因となる。しかも、義貞の行動は、彼自身の言葉の中にも見られる〝源平交代観〟に基づくものであると記される事によって、正当化される形にもなっている。

第四章で播磨の赤松円心の進攻、第五章で伊予の土居・得能の宮方への参加と四国制圧が、それぞれ短く記され、続く第六章で、先帝の隠岐島からの脱出が詳述される。「此君ヲ取奉テ謀叛ヲ起サバヤ」と考えた佐々木富士名判官義綱は、畿内・西国の宮方勢の動きを情勢分析した上で、「御聖運開べキ時已ニ至ヌトコソ覚テ候へ」と、官女を介して上奏。「主上」は「猶モ彼偽テヤ申覧」と考え、「彼官女」を義綱に下賜した。義綱は「面目身ニ余リテ覚ケル上、最愛又甚シカリケレバ、弥忠烈ノ志ヲ顕シ」たので、帝は「サラバ汝先出雲国へ越テ、同心スベキ一族ヲ語テ御迎ニ参レ」と命じた。ところが、相談をもちかけられた塩冶判官が、義綱を「ヰコメテ」しまった(5)ため、待機していた帝は「唯運ニ任テ御出有ント思食テ」「潜ニ御所ヲ」脱出する。その方法は、「三位殿ノ御局ノ御産ノ事近付タリトテ、御所ヲ御出アル由ニテ」「其御輿ニメサレ」というものであった。

後醍醐帝は、巻二に於て、大塔宮の指示に従い「下簾ヨリ出絹出シテ女房車ノ体ニ見セ」て京都を脱出した事があったが、今回は、自らの意志に基づいて運命を開拓する選択であった。従って、「駕輿丁モ無リケレバ、御輿ヲバ被レ停テ、忝モ十善ノ天子、自ラ玉趾ヲ草鞋ノ塵ニ汚シテ、自ラ泥土ノ地ヲ踏セ給ケルコソ浅猿ケレ」と描かれてはいても、すでに巻三の笠置脱出を経験している帝にとっては、新しい現実を見詰めての当然の行動であったと考えられる。陶山や楠正成を彷彿とさせる船頭の知恵などによって「虎口ノ難」を逃れた帝は、名和長年一族の守護を得て船上山に立て籠る。巻七巻末では、船上山を攻めた隠岐判官勢の敗北と諸国の軍勢が宮方として船上山に参集して来た事とが略述される。
巻五から巻七までの物語的展開によって、北条高時の滅亡と後醍醐帝の還幸とは確約されたものとなる。しかし、帝の還京が語られるのは巻十一なのである。

まず、巻八では、宮方の赤松勢の京都攻めと、六波羅勢の迎撃・反攻とを中心とした一進一退の戦況が展開する。六波羅勢の中で、赤松勢を破った事で顕彰された河野・陶山は、彼等自身の勇猛な戦闘ぶりを含めて、同じ六波羅勢の隅田・高橋との対比による形象化が明白である。隅田・高橋と言えば、巻六において、楠正成との合戦での敗北を落書で嘲笑された人物である。その隅田・高橋が京合戦の翌日「京中ヲ馳廻テ、此彼ノ堀・溝ニ倒レ居タル手負死人ノ頸共」を「八百七十三」集め六条河原に懸け並べた。ところが、その中には「赤松入道円心ト、札ヲ付タル首」が五つもあったため、これを見た京童部は「頸ヲ借タル人、利子ヲ付テ可レ返。赤松入道分身シテ、敵ノ尽ヌ相ナルベシ」と口々に笑ったというのである。「対馬守ニ被レ成テ御剣ヲ被レ下」た河野九郎と「備中守ニ被レ成テ、寮ノ御馬ヲ被レ下」た陶山二郎との勇敢な姿とは対照的な描き方をされる隅田・高橋の方に結び付けて、今後の展開が予測的に記されている事に注意すべきであろう。

続く第四章冒頭は「此比四海大ニ乱テ、兵火天ヲ掠メリ。聖主扆ヲ負テ、春秋無二安時一、武臣矛ヲ建テ、旌旗無二閑日一」で始まり、「逆臣」鎮圧のための「大法秘法」や「祈禱」も、「公家ノ政道不レ正、武家ノ積悪禍ヲ招キシカバ、祈共神不レ享二非礼一、語ヘドモ人不レ耽二利欲一」という事を理由として、結局「日ヲ逐テ、国々ヨリ急ヲ告ル事隙無リケリ」との現実しか招来し得なかったと記される。即ち、ここでは、北条高時に代表される「武家」だけでなく、「聖主」（光厳天皇）に対しても批判的視線が投げかけられている事がわかる。

一方、大塔宮の呼びかけによって、一度は反幕府方に回った比叡山の僧徒達が、武家方からの寄進や恩賞によって離反し、官軍の兵数は激減する。又、京都を攻めた赤松も一族の武士が討たれ、八幡・山崎へと退く。

このような状況を聞いた後醍醐帝は、船上山の皇居に祭壇を設けて、自ら「金輪ノ法」を行ったところ、「其七箇日ニ当リケル夜、三光天子光ヲ並テ壇上ニ現ジ」たため、帝自身「御願忽ニ成就シヌト、憑敷被二思召一」たのであった。

そこで、六条少将（千種）忠顕を総大将とする軍勢が、直ちに京都へと派遣された。「伯耆国ヲ立シマデ、僅ニ千余騎ト聞ヘシ」軍勢は「程ナク二十万七千余騎」になった。ただ、千種忠顕については、必ずしも肯定的に描かれるわけではない。すなわち、四月八日の六波羅攻めを、「方々牒ジ合セテコソ京都ヘハ可レ被レ寄カリシヲ」「我勢ノ多ヲヤ被レ憑ケン。又独高名ニセントヤ被レ思ケン」と記した上で「アラ不思議、今日ハ仏生日トテ心アルモ心ナキモ灌仏ノ水ニ心ヲ澄シ、供花焼香ニ経ヲ翻シテ捨悪修善ヲ事トスル習ヒナルニ、時日コソ多カルニ、斎日ニシテ合戦ヲ始テ、天魔波旬ノ道ヲ学バル条難二心得一」という「人々」の非難の声を載せる。更に、敗北・退却した事について、児島高徳から「軍ノ勝負ハ時ノ運ニヨル事ニテ候ヘバ、負ルモ必シモ不レ恥、只引マジキ処ヲ引カセ、可レ懸所ヲ不レ懸ヲ、大将ノ不覚トハ申也」と非難され、暫く「峯ノ堂」にいたが、「敵若夜討ニヤ寄センズラン」と聞くと「弥臆病心ヤ付給ヒケン」「八幡ヲ指テ」遁走したのであった。篝火の数が減少したから「アハレ大将ノ落給ヒヌルヤラント怪テ、事ノ様ヲ見ン為ニ」峯の堂に向かった児島高徳は、途中で出会った荻野朝忠から「大将已ニ夜部子刻ニ落サセ給テ候間、無レ力我等モ丹波ノ方ヘト志テ、罷下候也」と聞き、激怒して「カヽル臆病ノ人ヲ大将ト憑ケルコソ越度ナレ」と言い、峯の堂へ行く。本堂に「錦ノ御旗、鎧直垂マデ」捨てられているのを見た高徳は、「アハレ此大将、如何ナル堀ガケヘモ落入テ死ニ給ヘカシ」と「独リ言シテ、シバラクハ尚堂ノ縁ニ歯噛ヲシテ」たたずんだ後、「錦ノ御旗許ヲ巻テ、下人ニ持セ」荻野勢に追い付く。

このように見てくると、後醍醐帝の「金輪ノ法」に基づく確信を除けば、京都周辺の情勢は、決して宮方有利というわけではない。むしろ、六波羅勢の中で河野・陶山と対比されて滑稽化される存在であった隅田・高橋のイメージにさえ重なっていく宮方の千種忠顕の行動は、児島高徳の激怒からも窺えるように、後醍醐帝の還京を否定しかねないものである。

ところが、巻八の巻末の短章「谷堂炎上事」は、千種忠顕の遁走後、「京中ノ軍勢」が谷堂に火を放ったため、「浄住寺・最福寺・葉室・衣笠・三尊《ママ》院、総ジテ堂舎三百余箇所、在家五千余宇」が「一時ニ灰燼ト成」った事を記し、谷堂・浄住寺の縁起を述べた上で、「カヽル異瑞奇特ノ大伽藍ヲ無レ咎シテ被レ滅ケルハ、偏ニ武運ノ可レ尽前表哉ト、人皆唇ヲ翻ケルガ、果シテ幾程モ非ザルニ、六波羅皆番馬ニテ亡ビ、一類悉ク鎌倉ニテ失セケルコソ不思議ナレ。積悪ノ家ニハ必有二余殃一トハ、加様ノ事ヲゾ可レ申ト、思ハヌ人モ無リケリ」[6]と、巻九・巻十を先取りした形で、六波羅・鎌倉の滅亡を語ってしまうのである。

北条高時への「憤」に起因する形で宮方になったと記される足利高氏の六波羅攻めを中心とした巻九と、既に巻七で上野国への帰国が記された新田義貞の鎌倉攻めを中心とする巻十とは、『太平記』第一部の終末部を動的に語る〈対〉的構成となっている。

巻九[7]の足利高氏の場合、「所労ノ事有テ、起居未レ快ケル」中で、北条高時から上洛の催促が何度もあった事を「憤思」い、「我父ノ喪ニ居テ三月ヲ過ザレバ、悲歎ノ涙未レ乾、又病気身ヲ侵シテ負薪ノ憂未レ休処ニ、征罰ノ役ニ随ヘテ、被二相催一事コソ遺恨ナレ。時移リ事変ジテ貴賤雖レ易レ位、彼ハ北条四郎時政ガ末孫也、人臣ニ下テ年久シ。我ハ源家累葉ノ族也。王氏ヲ出テ不レ遠。此理ヲ知ナラバ、一度ハ君臣ノ儀ヲモ可レ存ニ、是マデノ沙汰ニ及事、偏ニ身ノ不肖ニヨル故也。所詮重テ尚上洛ノ催促ヲ加ル程ナラバ、一家ヲ尽テ上洛シ、先帝ノ御方ニ参テ六波羅ヲ責落シテ、家ノ安否ヲ可レ定者ヲ」と心に思う。高氏が「御一族・郎従ハ不レ及レ申、女性幼稚ノ君達迄モ、不レ残皆可レ有二上洛一」との様子である事を聞いた長崎円喜は「怪ミ思テ」、㈠「足利殿ノ御子息ト御台ト」を鎌倉に留め置く、㈡「一紙ノ起請文」を書かせるとの二条件を提案。高時からそれを命じられた高氏は、「鬱胸弥深カリケレ共、憤ヲ押へテ気色ニモ不レ被レ出」使者を帰らせた上で、弟直義に相談する。ところが、直義が、㊁については「設ヒ偽テ起請ノ詞被レ載候共、仏神ナドカ忠烈ノ志ヲ守ラセ給ハデ候べキ」と言い、㊀については「大儀ノ前ノ少事ニテ候へバ、強ニ御心ヲ可レ被レ煩ニ非ズ」と述べたため、高氏も納得し、右の条件を呑み出発する。

京都では、「元ヨリ気早ノ若武者ナレバ、今度ノ合戦、人ノ耳目ヲ驚ス様ニシテ、名ヲ揚ンズル者ヲ」と絢爛たるいでたちで出陣し、暫く官軍を圧倒した後、討死する「大手ノ大将」名越高家と、「京着ノ翌日ヨリ、伯耆ノ船上へ潜ニ使ヲ進セテ、御方ニ可レ参由」を連絡し、すぐには合戦態勢に入らず、酒盛りなどし、高家の死を聞いた後、官軍が陣取る山崎には向かわず、西の丹波へと向かった「搦手ノ大将」足利高氏とは、対照的な大将像として描かれる。

なお、滅亡していく六波羅方では、北の方との別れを惜しむ北探題北条仲時を急き立てた南探題北条時益が、「苦集滅道ノ辺ニ野伏充満テ、十方ヨリ射ケル矢ニ」「頸ノ骨ヲ被レ射テ」呆気なく死んでしまい、京都を脱出した仲時は、後陣を守らせていた佐々木時信の変心によって遂に死を決意し「一家ノ運已ニ尽ヌレバ、何ヲ以テカ是ヲ可レ報。今ハ我旁ノ為ニ自害ヲシテ、生前ノ芳恩ヲ死後ニ報ゼント存ズル也。仲時雖二不肖也一、平氏一類ノ名ヲ揚ル身ナレバ、敵共定テ我首ヲ以テ、千戸侯ニモ募リヌラン。早ク仲時ガ首ヲ取テ源氏ノ手ニ渡シ、咎ヲ補テ忠ニ備へ給へ」と、平氏たる北条氏の最期を認識した上で、近江の番場において自害する。両探題は緊密な共同戦線をとって戦う事ができぬまま対照的な最期を遂げる。又、巻八では優勢になっていた幕府勢だったが、巻九末尾では、六波羅陥落の報が届いた千剣破城において、南都へ撤退していく幕府勢の様子が「今朝マデ十万余騎ト見へツル寄手ノ勢、残少ナニ被二討成一、僅ニ生タル軍勢モ、馬物具ヲ捨ヌハ無リケリ」と、人名を出さずに短く概観されている。

人質となって鎌倉に残されていた足利高氏の二男千寿王が大蔵谷から姿を消し、上野国に帰国していた新田義貞が、元弘三年五月八日、百五十騎で「義兵」を挙げたとの叙述から始まるのが巻十である。この挙兵の場面では、意見が続出する中、義貞の弟・脇屋義助の「弓矢ノ道、死ヲ軽ジテ名ヲ重ズルヲ以テ義トセリ」「宣旨ヲ額ニ当テ、運命ヲ天ニ任テ、只一騎也共国中へ打出テ、義兵ヲ挙」るべきだとの主張に、一族の者達も賛同する。義貞にとっての義助という存在は、巻九における足利高氏にとっての直義という存在と、役割において相似形をなしている。

又、巻九の六波羅滅亡が、必ずしも六波羅・京都という空間に集中する形で語られるのではなかったのに対し、巻十では、鎌倉武士の様々な最期が鎌倉の地名と共に次々と展開されて行く。武士達が遥かに見詰め続けてきた「鎌倉殿ノ御屋形」の炎上の後に、漸く北条高時の死が記され、「此一所ニテ死スル者、総テ八百七十余人也。此外門葉・恩顧ノ者、僧俗・男女ヲ不レ云、聞伝々々泉下ニ恩ヲ報ル人、世上ニ促レ悲ヲ者、遠国ノ事ハイザ不レ知、鎌倉中ヲ考ルニ、総テ六千余人也。嗚呼此日何ナル日ゾヤ。元弘三年五月二十二日ト申ニ、平家九代ノ繁昌一時ニ滅亡シテ、源氏多年ノ蟄懐一朝ニ開ル事ヲ得タリ」という末文で巻十が終わる。ここには、巻一第一章以来、折にふれて意識されてきた〈源氏〉対〈平家〉という力関係が、〈源氏〉の足利高氏・新田義貞が後醍醐帝と直結する事によって、〈平家〉たる北条氏を覆し得たという確認がある。

巻十一は、後醍醐帝の京都への還幸を縦糸としつつ、巻九の六波羅・巻十の鎌倉という〈中央〉の滅亡に伴う〈地方〉の状況を横糸として展開する。しかも、〈中央〉が消えた後の〈地方〉の武士達の最期は、たとえば越中守護一族の死をめぐって後日譚の形で描かれているような、怨霊としての苦しみさえも見せる、孤立化させられた悲惨なものでもあった。

なお、巻十一の末文は次のようなものである。「承久ヨリ以来、平氏世ヲ執テ九代、暦数已ニ百六十余年ニ及ヌレバ、一類天下ニハビコリテ、威ヲ振ヒ勢ヒヲ専ニセル所々ノ探題、国々ノ守護、其名ヲ挙テ天下ニ有者已ニ八百人ニ余リヌ。況其家々ノ郎従タル者幾万億ト云数ヲ不レ知。去バ縦六波羅コソ輙被二責落一共、筑紫ト鎌倉ヲバ十年・二十年ニモ被二退治一事難トコソ覚ヘシニ、六十余州悉符ヲ合タル如ク、同時ニ軍起テ、纔ニ四十三日ノ中ニ皆滅ビヌル業報ノ程コソ不思議ナレ。愚哉関東ノ勇士、久天下ヲ保チ、威ヲ遍海内ニ覆シカドモ、国ヲ治ル心無リシカバ、堅甲利兵、徒ニ梃楚ノ為ニ被レ摧テ、滅亡ヲ瞬目ノ中ニ得タル事、驕レル者ハ失シ倹ナル者ハ存ス。古ヘヨリ今ニ至マデ是アリ。此裏ニ向テ頭ヲ回ス人、天道ハ盈テルヲ欠事ヲ不レ知シテ、猶人ノ欲心ノ厭コトナキニ溺ル。豈不レ迷乎」。

巻一第一章は、冒頭の「爰ニ本朝人皇ノ始、神武天皇ヨリ九十五代ノ帝、後醍醐天皇ノ御宇ニ当テ、武臣相模守平高時ト云者アリ。此時上乖二君之徳一、下失二臣乃礼一。従レ之四海大ニ乱テ、一日モ未レ安。狼煙翳レ天、鯢波動レ地、至レ今四十余年。一人而不レ得レ富二春秋一。万民無レ所レ措二手足一」に続けて、「倩尋二其濫觴一者」として「元暦年中」の「鎌倉ノ右大将頼朝卿」の事から語り始め、「父子三代僅ニ四十二年而尽ヌ」の後、「其後頼朝卿ノ舅、遠江守平時政子息、前陸奥守義時、自然ニ執二天下権柄一、勢漸欲レ覆二四海一。此時ノ大上天皇ハ、後鳥羽院也。武威振レ下、朝憲廃レ上事ヲ歎思召テ、義時ヲ亡サントシ給シニ、承久ノ乱出来テ、天下暫モ静ナラズ。遂ニ旌旗日ニ掠テ、宇治・勢多ニシテ相戦フ。其戦未レ終二一日一、官軍忽ニ敗北セシカバ、後鳥羽院ハ隠岐国ヘ遷サレサセ給テ、義時弥八荒ヲ掌ニ握ル」と、北条氏歴代の叙述が高時まで続く。

従って、巻十一の末文は、巻九・巻十の〈中央〉情勢に、巻十一の〈地方〉状況も加え、更に巻一からの展開を踏まえた総決算の評語として、一つの完結を示すものとなっている。しかも、「驕レル者」、「天道ハ盈テルヲ缺事ヲ不レ知シテ」「欲心ノ厭コトナキニ溺ル」人間が、「国ヲ治ル心」を持たない場合にはどうなるかという事は、巻十二から展開を見せていく、強い意志をもった後醍醐帝による「公家一統ノ政」のもとに於ても、〈公家〉と〈武家〉、足利と新田、あるいは尊氏と直義、というような様々な〈対〉的人間関係についての判定にも適用されうる規準となるものである。

二

延文三年（南朝の正平十三年・一三五八）四月、将軍足利尊氏が五十四歳で死亡した事は巻三十三に、義詮が同年十二月に将軍の宣旨を受けた事は巻三十四に、それぞれ記され、南朝勢を討伐するために出京していた将軍義詮が延文五年五月二十八日に帰洛した記事で巻三十四は終わる。巻三十五は、義詮の帰京を喜ぶ後光厳帝の記事から始まり、ほぼ延文五年の終わり頃までを時間的範囲とする。この巻に収められているのが「北野通夜物語事付青砥左衛門事」である。

「其比日野僧正頼意、偸ニ吉野ノ山中ヲ出テ、聊宿願ノ事有ケレバ、霊験ノ新ナル事ヲ憑奉リ、北野ノ聖廟ニ通夜シ侍リシニ、(8)秋モ半過テ、杉ノ梢ノ風ノ音モ冷ク成ヌレバ、晨朝ノ月ノ松ヨリ西ニ傾キ、閑庭ノ霜ニ映ゼル影、常ヨリモ神宿テ物哀ナルニ、巻残セル御経ヲ手ニ持ナガラ、灯ヲ挑ゲ壁ニ寄傍テ、折ニ触タル古キ歌ナド詠ジツ、嘯居タル処ニ」と始まるこの章段は、謡曲におけるワキの如き役を頼意に担わせつつ、月日は明記されぬものの延文五年の秋、場所は京都の北野神社、という設定で鼎談の場へと導入される。「是モ秋ノ哀ニ被レ催テ、月ニ心ノアコガレタル人ヨト覚クテ、南殿ノ高欄ニ寄懸テ、三人並居タル人アリ」として、㈠「古ヘ関東ノ頭人評定衆ナミニ列テ、武家ノ世ノ治リタリシ事、昔ヲモサゾ忍覧ト覚テ、坂東声ナルガ、年ノ程六十許ナル遁世者」、㈡「今朝廷ニ仕ヘナガラ、家貧ク豊ナラデ、出仕ナンドヲモセズ、徒ナル儘ニ、何トナク学窓ノ雪ニ向テ、外典ノ書ニ心ヲゾ慰ム覧ト覚ヘテ、体縟ニ色青醒タル雲客」、㈢「何ガシノ律師僧都ナンド云ハレテ、門迹辺ニ伺候シ、顕密ノ法灯ヲ挑ゲント、稽古ノ枢ヲ閉ヂ玉泉ノ流ニ心ヲ澄スラント覚ヘタルガ、細ク疲タル法師」の三人が紹介され、「初ハ天満天神ノ文字ヲ、句毎ノ首ニ置テ連歌ヲシケルガ、後ニハ異国本朝ノ物語ニ成テ、現ニモト覚ル事共多カリ」以下が三人の発言となる。

まず、㊁の「儒業ノ人カト見ヘツル雲客」が、中国・日本の「世ノ治乱」を考え「抑元弘ヨリ以来、天下大ニ乱テ三十余年、一日モ未静ル事ヲ不レ得。今ヨリ後モイツ可レ静期共不レ覚。是ハソモ何故トカ御料簡候」と問題を提起すると、㊀の遁世者が「世ノ治ラヌコソ道理ニテ候へ」として日蔵上人蘇生譚を語り醍醐帝について「彼帝ハ随分慇レ民治レ世給シダニ地獄ニ落給フ。増テ其程ノ政道モナキ世ナレバ、サコソ地獄へ落ル人ノ多カルラメト覚タリ」と述べ、承久以来の武家政治については「評定ノ末席ニ列テ承置シ事ナレバ、少々耳ニ留ル事モ侍ルヤラン」と実体験を踏まえた形で、①北条泰時、②北条時頼、③北条貞時、④青砥左衛門について詳しく語り、「夫政道ノ為ニ怨ナル者ハ、無礼・不忠・邪欲・功誇・大酒・遊宴・抜折羅・傾城・双六・博奕・剛縁・内奏、サテハ不直ノ奉行也。治リシ世ニハ是ヲ以テ誡トセシニ、今ノ代ノ為レ体皆是ヲ肝要トセズ」と現在を否定的に見詰めた上で「セメテハ宮方ニコソ君モ久艱苦ヲ嘗テ、民ノ愁ヲ知食シ候。臣下モサスガ知恵アル人多候ナレバ、世ヲ可レ被レ治器用モ御渡候覧ト、心ニク、存候へ」と述べる。

ところが、㊁の「鬢帽子シタル雲客」は「打ホ、笑テ」、「何ヲカ心ニク、思召候覧。宮方ノ政道モ、只是ト重二、重一ニテ候者ヲ、某モ今年ノ春マデ南方ニ伺候シテ候シガ、天下ヲ覆へサン事モ守文ノ道モ叶マジキ程ヲ至極見透シテ、サラバ道広ク成テ、遁世ヲモ仕ラバヤト存ジテ、京へ罷出テ候際、宮方ノ心ニクキ所ハ露計モ候ハズ」と述べた上で、①「為レ養地ヲ惜テ、可レ養民ヲ失ン事何ノ益カ有ベキ」として土地を戎に与えながら人民の信頼を得た「周ノ大王」、②「君ヲ諫メ、世ヲ扶ケン」とした「忠臣」の例としての唐の三人の史官について語り、とりわけ②に関しては、玄宗皇帝が楊貴妃を奪い取った事を史書に記録したために、二人まで死刑にされたにも拘らず、三人目の左大史（魯の儒者）も事実を記録し、遂に玄宗皇帝も「自ノ非ヲ知シ食シ、臣ノ忠義ヲ叡感有テ」史官に「大禄」を与えた故事について「左大史ガ忠心ノ程コソ難レ有ケレ」「大史官ノ心ノ中、想像コソ難レ有ケレ」と述べ、

「国有二諫臣一其国必安、家有二諫子一其家必正シ。サレバ如レ斯君モ、誠ニ天下ノ人ヲ安カラシメント思召シ、臣モ無レ私君ノ非ヲ諫申人アラバ、是程ニ払棄ル武家ノ世ヲ、宮方ニ拾テ不レ捕ヤ。カ程ニ安キ世ヲ不二取得一、三十余年マデ南山ノ谷ノ底ニ埋木ノ花開ク春ヲ知ヌ様ニテ御坐ヲ以テ、宮方ノ政道ヲバ思ヒ遣セ給ヘ」と「爪弾ヲシテ」語る。

すると、㊂の「内典ノ学匠ニテゾアル覧ト見ヘツル法師」が「熟々ト聞テ帽子ヲ押除菩提子ノ念珠爪繰」りながら「倩天下ノ乱ヲ案ズルニ、公家ノ御咎共武家ノ僻事トモ難レ申。只因果ノ所レ感トコソ存候ヘ」として「仏説」に基づき、①天竺の瑠璃太子説話・②舎衛国の梨軍支説話を語り、「加様ノ仏説ヲ以テ思フニモ、臣君ヲ無シ、子父ヲ殺スモ、今生一世ノ悪ニ非ズ。武士ハ衣食ニ飽満テ、公家ハ餓死ニ及事モ、皆過去因果ニテコソ候ラメ」と「典釈ノ所述明ニ語」(9)ったため、「三人共ニカラ〳〵ト笑」ったが、夜明けとともに、「己ガ様々ニ帰」って行った。

そして、頼意は、「以レ是安ズルニ、懸ル乱ノ世間モ、又静ナル事モヤト、憑ヲ残ス許ニテ」帰った。

㊀の遁世者は、否定的に語られる事の少ない「延喜ノ帝」を「随分慜レ民治レ世給シダニ地獄ニ落給フ」という例として引用する事によって、「其程ノ政道モナキ世」への鋭い批判的視線を明確にし、その上で、明慧上人の教えに耳を傾け、無欲・倹約・孝行を重視した①の泰時、諸国を廻り、「人ノ善悪ヲ尋聞テ委ク注シ」「善人ニハ賞ヲ与へ、悪者ニハ罰ヲ加ラレ」た②の時頼、「身安ク楽ニ誇テハ、世難レ治事ヲ知ル故ニ、三年ノ間只一人、山川ヲ斗藪シ」た③の貞時を、それぞれ「天下ノ主」として語っている。④の青砥左衛門は、時宗・貞時に仕えた引付奉行という点で、①②③とは対照的な家臣の立場の人物という事になるが、質素で慈悲心を持ち理非を明確にする姿勢とともに、「天下ノ利」を考え得る経済観念も持ち、「夢想」などを否定する現実的人物として描かれている。更に青砥の存在によって「自余ノ奉行共モ加様ノ事ヲ聞テ己ヲ恥シ間、是マデノ賢才ハ無リシカ共、聊モ背レ理耽二賄賂一事」をしなかったため、「是以平氏相州八代マデ、天下ヲ保シ者也」と語られる。

このように見てくると、①②③と④というのは、即ち序文にあった「明君」と「良臣」の例と考えることができる。又、「地下ノ公文ト、相模守ト訴陳ニ番事」があった時、「公文ガ申処道理ナリケレ共、奉行・頭人・評定衆、皆徳宗領ニ憚テ、公文ヲ負シ」たのを青砥は「只一人、権門ニモ不ㇾ恐、理ノ当ル処ヲ具ニ申立テ」相模守を負かし、しかも、勝った公文が「其恩ヲ報ゼン」として「銭ヲ三百貫俵ニ裹テ、後ロノ山ヨリ潜ニ青砥左衛門ガ坪ノ内へ」投げ入れた事に対して、青砥は「大ニ忿リ」「一銭ヲモ遂ニ不ㇾ用、迥ニ遠キ田舎マデ持送セ」たという箇所については、㊁の雲客が、玄宗皇帝と史官との故事に基づいて強調している「諫臣」にも重なる人物像を見る事ができる。

日野頼意が見聞した「北野通夜物語」は、㊂の法師の語った因果論によって締め括られた形になっているが、「この結論（因果の論）も、結論としては陳腐であり、「雲景未来記」の水準を出るものではなかった。しかし、この結論には一つの意味がある。それは、先の二人（「遁世者」と「雲客」）によって徹底して否定され、膠着して動きようのなかった現実の展開に、その動きようの通路を開いたという意味である」という大森北義氏、[10]「最後に出た結論が因果論であるとみるのは、おそらく正しくない」という松尾葦江氏[11]の意見に耳を傾けるべきであろう。松尾氏は「『太平記』の作者が潜かに力を籠めたのは、玄宗と大史の官の話ではなかったろうか」とされ、大森氏は「筆者は「遁世者」と「雲客」がその結論を導くためにあたって語ったところの多様な過去の例——すなわち、日本と中国の歴史の過去にさかのぼり、公武・君臣の〝政道・治世〟にかかわる総括的な経験——を語ることにこそ、その意味があったのだと思う。したがって、そうした内容を含むこの記事の仕組みに注意をむける必要があるように思う。つまり、結論を導きだす論述の内容とともに、形式に留意すべきだと思うのである」と述べられた。

大森氏の「形式」という語を借りるとすれば、この「北野通夜物語」は、〈説話集の形式〉を採用していると言えるであろう。又、松尾氏の注目された諫臣説話は、『続古事談』第六「漢朝」篇などにも繋がっていくものかと考える。『続古事談』(12)では「漢家ニ」「漢家ノナラヒハ」「唐国ノナラヒハ」「漢家ノナラヒ」「漢土ノ隠者ハ」というような表現とともに短い説話が配列されているが、「漢」という語は即ち、逆に「本朝」が強く意識されていた事を示していると考えることができる。このように、日本の中古から中世における歴史について考察しようとする場合に、「諌臣」はジャンルを越えて、常に希求され続ける人物像であったと言えよう。

又、二人でなく三人によって「政道雑談」(13)が行われたという事も、注意されるべきであろう。三人という人的構成は、前章で見て来た〈対〉的発想・構成を越える、第三の視点の導入をも意味する。

ところで、巻七の「先帝船上臨幸事」を見ると、先帝（後醍醐帝）を脱出させようとした佐々木富士名判官義綱について「中門ノ警固ニ候ケルガ、如何ガ思ケン、哀此君ヲ取奉テ、謀叛ヲ起サバヤト思心ゾ付ニケル」と記される。巻三の笠置から逃走中の後醍醐帝を発見した「山城国ノ住人、深須入道」の場合は「俄ニ心変ジテ、哀此君ヲ隠奉テ、義兵ヲ揚バヤト思」ったものの「迹ニツヾケル松井ガ所存難レ知カリケル間、事ノ漏易シテ、道ノ成難カラン事ヲ量テ」行動には移さなかった。佐々木義綱の場合は、「或夜御前ヨリ官女ヲ以テ御盃ヲ被レ下タ」のを「ヨキ便也」と判断し、官女を介して自分の心を帝に伝えた。

佐々木から話を聞いた塩冶判官は「如何思ケン、義綱ヲキコメテ置テ、隠岐国へ不レ帰」という行動をとる。巻二十一において高師直のために死の道へ追い込まれるまでの塩冶の立場からすれば、当然の行動だったと考える事もできるが、それを「如何思ケン」という形で描いている(14)。

更に、千種忠顕から千波湊への案内を乞われた「或家」の「怪ゲナル男」は、帝を背負って千波湊まで運び、「甲斐々々敷湊中ヲ走廻、伯耆ノ国へ漕モドル商人舟ノ有ケルヲ、兎角語ヒテ、主上ヲ屋形ノ内ニ乗セ進セ」た。ところが「君御一統ノ御時ニ、尤忠賞有ベシト国中ヲ被レ尋」たけれども「我コソ其ニテ候ヘト申者」は「遂ニ無」かったという事から、「此男誠ニ唯人ニ非ザリケルニヤ」と記される。

その他、巻五において、熊野の山中で大塔宮を助けた野長瀬兄弟は「年十四五許ニ候シ童ノ、名ヲバ老松」という少年から知らせを受けて駆けつけたのだったが、大塔宮が「年来御身ヲ放サレザリシ膚ノ御守」を見たところ、口が少し開いており、中の「北野天神ノ御神体ヲ金銅ニテ被㆓鋳進㆒タル其御眷属、老松ノ明神ノ御神体」が「遍身ヨリ汗カイテ、御足ニ土ノ付タル」のを見て、大塔宮は「サテハ佳運神慮ニ叶ヘリ」と考えたのだった。

巻九で宮方となった足利高氏が、丹波篠村で挙兵し「大江山ノ峠」を越える時「山鳩一番飛来テ白旗ノ上ニ翩翻ス」という事があったのを、高氏は「是ハ八幡大菩薩ノ立翔テ護ラセ給フ験也。此鳩ノ飛行ンズルニ任テ可㆑向」と命じ京へと向かう。

巻十で、僅か百五十騎で五月八日に挙兵した新田義貞のもとに、「其日ノ晩景ニ」馳せ参じた二千騎の越後勢は「去五日御使トテ天狗山伏一人、越後ノ国中ヲ一日ノ間ニ、触廻テ通候シ間、夜ヲ日ニ継デ馳参テ候」と語った。

以上、無作為に抽出した例を見る時、大塔宮の場合のように、「御足ニ土ノ付タルゾ不思議ナル」と書かれる場合もある。

一方、㊂の法師が語った天竺説話の場合、①瑠璃太子説話に於ては、瑠璃太子の三百万騎の勢に攻められた摩竭陀国の釈氏の中から「返忠」をする「時ノ大臣」も出て、「釈氏ノ刹利種悉一日ガ中ニ滅ン」とした時に、仏弟子の目蓮尊者が悲しんで、釈尊に助けを求めたところ、釈尊は「因果ノ所㆑感、仏力ニモ叵㆑転」と答え、目蓮が助けようとして隠した刹利種五百人さえも死んでしまった後に、再度、目蓮が尋ねたところ、釈尊は「皆是過去ノ因果也」として、漁父に摩翔魚の隠れている場所を告げて自分は助かった多舌魚の故事を語り、「摩羯魚ハ瑠璃太子ノ兵共ト成リ、漁父ハ釈氏ノ刹利種トナリ、多舌魚ハ今返忠ノ大臣ト成テ摩竭陀国ヲ滅シケル」と話した。

②の梨軍支説話に於ては、舎衛国の一婆羅門の妻を母として生れた梨軍支は「貌醜ク舌強クシテ、母ノ乳ヲ呑スル事ヲ不㆑得」、指に塗った酥蜜を舐らせて育てられた。成人後の梨軍支は「家貧ク食ニ飢タ」ため、出家を決意し、

修行して阿羅漢の位を得た。それでも「貧窮」な梨軍支は仏弟子達の同情と助力を得たものの、七日間にわたって何らかの障害があって食にありつくことができず、遂に「砂ヲカミ水ヲ飲テ即涅槃ニ入」ってしまった。「諸ノ比丘」が「梨軍支ガ前生ノ所業」を尋ねたところ、仏は、波羅奈国の信心深い長者瞿弥の死後、その子が母に食を与えず、「食絶テ七日ニ当ル時母ハ遂食ニ飢テ」死んでしまった。無間地獄に堕ちたその子が生れかわったのが「梨軍支」であり、「沙門ト成即得二阿羅漢果一事ハ、父ノ長者ガ三宝ヲ敬シ故也。其身食ニ飢テ砂ヲ食テ死セシ事ハ、母ヲ飢カシ殺シタリシ依二其因果一也」と語った。

つまり、①②の説話には、それぞれ前提となる説話があり、その両方が語られる事によって「因果」の確認がなされるのである。従って、或る事実の解釈に際して、結論を出さないのが、先に引用した例に見られる「不思議」であり、追求してともかく結論を出すのが「因果」論と言える。

それは、中西達治氏(15)の言われるごとく、「単なる現世的な善因善果、悪因悪果という行動規範としてではなく、過去・現在・未来と、永劫の時間の中で生起する人間の「業」に対する仏教的歴史観として述べられている事に注意」すべきものであり、「単なる現世的な鑑戒的立場」というような次元を「超越した人間界の事象全体に対する分析批判」と考える事もできる。又、長谷川端氏(16)の論を踏まえての大森氏の「巻三十八以降に具体的にあらわれる諸国・諸方の〝無為〟〝静謐〟の記述は、「係ル乱ルル世モ」「鎮マル事」があるとする現実の証しとして、これを巻三十五の時点で予測したものであり、それが「北野参詣人政道雑談事」末尾の表現の意味であった」という論も、巻四十の大尾を視野に入れた卓論である。

このように考えてくると、第一部を中心に見てきた〈対〉的発想は、文章表現・人物形象・作品構成についても適用される一つの方法であり、巻三十九における光厳院の存在が即ち巻一以来の後醍醐帝との〈対〉的構成のもとに位置づけられている事もわかる(17)。ただ、「夢想」を否定する青砥左衛門が巻三十五では肯定されていることを考えれば、「夢想」によって楠正成を招来した後醍醐時代の後に、「北野通夜物語」に見られるような、〈対〉的発想を超えた第三の視点が浮かびあがって来る。それは、単なる因果論だけではなく、「三人共ニカラ〳〵ト笑ケル」とあるように、それぞれの論者の拠って立つ所を自己否定する事もあるような冷徹な視点でもあり、時にそれは説話集撰者の目にも重なっていくものである。

注

（1）本文の引用は日本古典文学大系本（岩波書店）によるが、字体を改めた。
（2）巻十二までを第一部とする説は古典文学大系本の解説などにも見られるが、『太平記』（鑑賞日本の古典・小学館・昭和55）の長谷川端氏の「解題」に簡潔に要約されている「巻十一までを第一部とする」説に従った。なお、〝対の方法〟に関しては、拙著『太平記の説話文学的研究』（和泉書院・一九八九）第二章参照。大森北義氏は『『太平記』の構想と方法』（明治書院・昭和63）において、〝「序」の方法〟と〝不思議の方法〟を「『太平記』の構想を支える方法」としておられる。
（3）後醍醐帝の実像・虚像という事に関しては、注（2）の拙著第二章で言及した。
（4）天正本は「罪ヲ緩ル是ハ将ノ謀也ト云事ヲ不知ケル、両六波羅ノ成敗ノ程コソウタテケレト云ヌ物コソ無リケレ」。玄玖本の「罪ヲ緩スルハ将ノ謀也ト云　ヲ知ラサリケル六波羅ノ成敗ヲ人毎ニ推ナヘテ悪カリケリト思ヒツ、昨日今日トテ過行ケハ元弘モ三年ニ成ニケリ」が別筆の補入である事は、鈴木登美恵氏「尊経閣文庫蔵太平記覚え書」（「國文」第14号・昭和35）に指摘がある。
（5）帝の命令により出雲に渡った義綱が塩冶判官に閉じ込められたため隠岐に戻らなかった、という一文は、西源院本・神田本・玄玖本だけでなく、天正本や義輝本にもない。本書「吉野・千早の奮戦から先帝の隠岐脱出へ」参照。
（6）西源院本の場合「果シテ幾程モアラサルニ、両六波羅都ヲ責落サレテ、近江國番場ニテ亡ニケリ」で終わり、神田本・玄玖本もほぼ同文。本書「後醍醐天皇復活の前夜」を参照。
（7）巻九については、本書「足利高氏の役割」、巻十については、同「鎌倉幕府の崩壊」、巻十一については、同「地方と中央」を参照。

（8）傍線部分（傍線は筆者）、西源院本は「其比有㆓宿願之事㆒ケルニヤ、北野之聖廟ニ人餘多通夜シ侍シニ」となっており、神田本・玄玖本もほぼ同文。なお、西源院本には北条貞時の話がなく、神田本・義輝本なども長文の記事のない箇所がある。

（9）西源院本は「是ヲ以テ案スルニ、係ル亂ル、世モ又鎮マル事モヤト、憑モ敷コソ覺ヘケレ」となっており、神田本・玄玖本もほぼ同文。日野頼意を登場させない古態本系の諸本は、流布本と違う物語の構造となっている。

（10）注（2）の著書、第三章。

（11）『太平記・下』（日本の文学　古典編・ほるぷ出版・昭和61）。

（12）本文の引用は神宮文庫本による。

（13）西源院本では「山名作州發向事并北野參詣人政道雜談事」となっており、神田本も同じ。玄玖本の章段名は「北野詣人世上雜談之事」。

（14）注（5）の拙稿参照。

（15）『太平記論序説』（桜楓社・昭和60）。

（16）『太平記の研究』（汲古書院・昭和57）。この著に収められている「北野通夜物語にあらわれた政道観」は、比較的早い時期（初出は昭和34・12）に発表された。この章段の分析を通じて作者の思想を考察された論である。又、増田欣氏は『『太平記』の比較文学的研究』（角川書店・昭和51）において、『太平記』作者が「待望してやまなかった直諫の輔弼」の造型（たとえば、藤房）に「作者なりの「士大夫意識」の顕現」を認め、「唐の玄宗の史官は、まさにそのような彼の自覚のうえに造型されている」とされた。

（17）鈴木登美恵氏は注（2）で採り上げた小学館版『太平記』巻九の光厳天皇像について「二年前の後醍醐天皇の英姿と対照することによって、よりいっそう強調されることとなるのである」（傍点筆者）と述べておられる。

（初稿・追記）

校正の段階で読み得た論考として、佐倉由泰氏「『蒙竊』に始まる叙述―『太平記』試論―」（『軍記と語り物』29・

一九九三）、濱崎志津子氏「太平記における後醍醐像の屈折点」（「新潟大学国語国文学会誌」三十五号・平成5）がある。佐倉氏が「巻十二以降は様相が変わる」とされた点、及び、濱崎氏が（『太平記』は）「自らの歴史意識を反映させるために独自の後醍醐像を創造した可能性が強い」とされた点には、本章で述べようとした事と重なりうる点があるかと考える。

楠正成考

一

元弘三年（一三三三）五月二十二日、北条高時達の自害によって鎌倉幕府は崩壊し、六月六日二条内裏に還幸した後醍醐天皇による「公家一統政治」が始動する。

しかし、北条氏の滅亡を巻十一末尾で「承久ヨリ以来、平氏世ヲ執テ九代、暦数已ニ百六十余年ニ及ヌレバ、一類天下ニハビコリテ、威ヲ振ヒ勢ヒヲ専ニセル所々ノ探題、国々ノ守護、其名ヲ挙テ天下ニ有者已ニ八百人ニ余リヌ。況其家々ノ郎従タル者幾万億ト云数ヲ不レ知。去バ縦六波羅コソ輒被二責落一共、筑紫ト鎌倉ヲバ十年・二十年ニモ被二退治一事難トコソ覚ヘシニ、六十余州悉符ヲ合タル如ク、同時ニ軍起テ、纔ニ四十三日ノ中ニ皆滅ビヌル業報ノ程コソ不思議ナレ。愚哉関東ノ勇士、久天下ヲ保チ、威ヲ遍海内ニ覆シカドモ、国ヲ治ル心無リシカバ、堅甲利兵、徒ニ梃楚ノ為ニ被レ摧テ、滅亡ヲ瞬目ノ中ニ得タル事、驕レル者ハ失シ倹ナル者ハ存ス。古ヘヨリ今ニ至マデ是アリ。此裏ニ向テ頭ヲ回ス人、天道ハ盈テルヲ欠事ヲ不レ知シテ、猶人ノ欲心ノ厭コトナキニ溺ル。豈不レ迷乎」（1）と描いた『太平記』は、巻十二において、後醍醐帝の建武新政を賛美するわけではない。

つまり、(1)大内裏造営計画について「大内裏可レ被レ作トテ自レ昔至レ今、我朝ニハ未レ用作二紙銭一、諸国ノ地頭・御家人ノ所領ニ被レ懸二課役一条、神慮ニモ違ヒ驕誇ノ端トモ成ヌト、顰レ眉智臣モ多カリケリ」と批判し、(2)恩賞の不平等さの一例として「サシモノ軍忠有シ赤松入道円心ニ、佐用庄一所許ヲ被レ行。播磨国ノ守護職ヲバ無レ程被二召返一ケリ。サレバ建武ノ乱ニ円心俄ニ心替シテ、朝敵ト成シモ、此恨トゾ聞ヘシ」と記す。又、(3)後醍醐帝側近の千種忠顕の「朝恩身ニ余リ、其侈リ目ヲ驚」かす行動を「孔安国ガ誡ヲ不レ恥ケル社ウタテケレ」と批判し、文観僧正については、忠顕と比較して「振舞ヲ伝聞コソ不思議ナレ」と記した上で、その行為を解脱上人の清貧ぶりと対照させて「以レ彼思レ此、ウタテカリケル文観上人ノ行儀哉ト、迷二愚蒙眼一」と描く。更に、(4)「建武」へと改元[2]された後、病気の流行による多数の死者があった事を述べ、「是ノミナラズ」として、紫宸殿の上に飛来した怪鳥が「イツマデ〳〵」と鳴いた事が語られる[3]。そして、(5)兵部卿親王（大塔宮護良親王）について、天台座主に復する事が「仏意ニモ叶ヒ叡慮ニモ違ハセ給フマジカリシ」事であったのに征夷将軍を望んだと述べ、その将軍の宣旨が下された後も「慎レ身可レ被レ重レ位御事ナルニ、御心ノ儘ニ極レ侈、世ノ譏ヲ忘テ婬楽ヲノミ事トシ」たと語る。対立関係にあった足利高氏が、准后（廉子）を介して「兵部卿親王為レ奉レ奪二帝位一、諸国ノ兵ヲ召候也。其証拠分明ニ候」として宮が諸国に送った「令旨」を添えて奏聞した結果、「大ニ逆鱗」した後醍醐帝が宮の流罪を命じ、捕えられた大塔宮が鎌倉へ送られ、足利直義の手によって「禁籠」された事が語られる[4]。

このように「建武新政」は、その出発点から問題を露呈していき、後醍醐帝にとっての忠諫の臣万里小路藤房の遁世、北条時行の反乱の中での直義による大塔宮斬首（建武二年七月）、新田義貞と足利尊氏との対立へと展開していく（後醍醐帝は諱名を与えた尊氏ではなく、義貞を選択した）。

建武三年（一三三六）一月、京合戦で破れた尊氏は九州へ遁れた後、やがて捲土重来、大軍となって上洛してくる。迎撃のために派遣された新田義貞が戦果を上げ得ぬ状況の中で、楠正成が呼び出され、義貞への合力を命じられる。その時、正成は、①義貞を京都に呼び戻して帝は山門に臨幸する、②正成自身は河内に下り、「畿内ノ勢ヲ以テ河尻ヲ差塞」ぐことを提案し、その上で、義貞・正成が「両方ヨリ京都ヲ攻テ兵糧ヲツカラカ」せ、入京した足利軍の疲弊と官軍の増加とを待って、義貞が「山門ヨリ推寄」せ、正成が「搦手ニテ攻上」ったなら「朝敵ヲ一戦ニ滅ス事有ヌ」と述べる。

しかし、それは、坊門清忠（つまりは、その上に立つ後醍醐帝）によって、否定・却下される。清忠は「正成ガ申所モ其謂有トイヘドモ、征罰ノ為ニ差下サレタル節度使、未戦ヲ成ザル前ニ、帝都ヲ捨テ、一年ノ内ニ二度マデ山門ニ臨幸ナラン事、且ハ帝位ヲ軽ズルニ似リ、又ハ官軍ノ道ヲ失処也」と述べ、続けて、①上洛する足利軍を「去年東八箇国ヲ順ヘテ上シ時ノ勢ニハヨモ過ジ」と予想し、②今まで「小勢」の官軍が「大敵」を圧倒してきた事について「是全武略ノ勝タル所ニハ非ズ、只聖運ノ天ニ叶ヘル故也」として、正成に直ちに下向するよう言い渡す。これを聞いた正成は「此上ハサノミ異議ヲ申ニ不レ及」として、兵庫へ下向した。[5]

二

ところで、元弘元年（一三三一）八月、鎌倉幕府の追求の手が延びて来るのを察知して京都を逃れて笠置山に拠った後醍醐帝は（『太平記』巻二は、帝の脱出が大塔宮の進言に従うものであったと記す）、夢を自ら解いて楠正成を呼び、「天下草創」について下問する。それに対して正成は「天下草創ノ功ハ、武略ト智謀トノ二ニテ候」「合戦ノ習ニテ候ヘバ、一旦ノ勝負ヲバ必シモ不レ可レ被二御覧一。正成一人未ダ生テ有ト被二聞召一候ハヾ、聖運遂ニ可レ被レ開ト被二思食一候へ」と述べて河内へと帰って行く。

結局、笠置城は陥落し、九月に捕えられ十月に六波羅へ送られた後醍醐帝は、翌年三月隠岐へ配流となる。一方、元弘元年九月に赤坂城で挙兵した正成は、釣塀落とし、熱湯攻め、大木・大石を投げ落とす等の奇策によって幕府軍を翻弄した後、自害を装って十月に赤坂城から脱出し（巻三）、翌年四月には「同士軍」をして「思ノ儘ニ城中ニ入スマシ」て湯浅定仏が地頭として配備されていた赤坂城を奪還し（巻六）、六波羅軍と対決した渡部橋攻防戦では隅田・高橋軍を翻弄し（巻六）、「八十万騎」の幕府軍が攻め寄せた千剣破城に於ては「高櫓ノ上ヨリ大石ヲ投カケ〳〵」、周章する寄手に向かって矢を「差ツメ〳〵射」て、「一日ガ中ニ五六千人」の死傷者を出させ、名越一族の「捨置タル旗・大幕」を城内に持ち込んだ上で城外に向かって「御中ノ人々是へ御入候テ、被ㇾ召候へカシ」と「同音ニドツト笑」って挑発し、攻め寄せた名越軍に対して「切岸ノ上ニ横へテ置タル大木」を切り落して四五百人を圧死させ、寄手が方針を食攻めに変更すると、「芥ヲ以テ人長ニ人形ヲ二三十作テ、甲冑ヲキセ兵杖ヲ持セテ、夜中ニ城ノ麓ニ立置キ、前ニ畳楯ヲツキ双べ、其後ロニスグリタル兵五百人ヲ交へテ」、夜が明けて寄手が攻撃を開始すると、人形だけ残して兵達は城中へと入り、追撃して来た敵軍に対しては「大石ヲ四五十、一度ニバット発」して、五百余人を「半死半生」に追い込み、続いて「広サ一丈五尺、長サ二十丈余」の「梯」を作って、「大縄ヲ二三千筋付テ、車木ヲ以テ巻立テ、城ノ切岸ノ上へ」倒し懸けて登って来る「早リオノ兵共五六千人」に対しては、「投松明ノサキニ火ヲ付テ、橋ノ上ニ薪ヲ積ルガ如クニ投集テ、水弾ヲ以テ油ヲ滝ノ流ル、様ニ懸」け、数千人を焼死させた。それだけでなく、正成は「大ナル木ヲ以テ、水舟ヲ二三百打セ」「舟ノ底ニ赤土ヲ沈メテ、水ノ性ヲ損ゼヌ様ニ」して「縦ヒ五六十日雨不ㇾ降トモコラへ」る事ができるように「智慮」を働かせもしていた（巻七。元弘三年春）。

正慶二年（元弘三年・一三三三）閏二月に隠岐を脱出し伯耆の船上山に拠った後醍醐帝に呼応する形での大塔宮・赤松円心・足利高氏・新田義貞らの反幕の動きが、六波羅滅亡・北条一門壊滅へと収斂していき、六月には、後醍醐帝の「建武新政」が実現する。

その後の、尊氏と義貞（後醍醐帝）との対立の中で、正成は官軍（義貞）側に属し、建武三年（一三三六）一月の京合戦では、「新田左兵衛督殿・北畠源中納言殿・楠木判官已下、宗トノ人々七人迄被ㇾ討サセ給ヒ候程ニ、孝養ノ為ニ其尸骸ヲ求候也」という虚言を演出するために律僧を仕立てて「京へ下シ、此彼ノ戦場」で死骸を探させ、それと連動する形で「下部共ニ焼松ヲ二三千燃シ連サセテ、小原・鞍馬ノ方へ」下す陽動作戦を展開する（それを見た「京中ノ勢」が「スハヤ山門共コソ、大将ヲ被レ討テ、今夜方々へ落行ゲニ候」と言うのを信じた尊氏は、自軍を分散して追撃させ、そのため手薄になった洛中が官軍の逆襲を受け、結局、尊氏は西走することになる。巻十五）。

足利方の記録である『梅松論』(6)にも次のような記述が見られる。建武三年二月～三月に九州で勢力を回復した足利軍が、五月に備後の鞆で海陸両路に分れて出発した時、「御船五十餘町過テ見渡シタレバ、木ノハノ浪ニ浮タル様ニテ、サキ船ニハ御文ノ幕ヲ少々引テ漕向タリシ」を「楠カ計ニ御方ト稱シテ向」かって来たとして「少々騒タリ」とある。結局「然ドモサハナクテ」と記述は続くため、足利軍の緊張が錯覚だった事が判明する。しかし、この記事は、足利軍からも、正成が「武略ト智謀」に深く関わる存在として認識されていた事を示している。

このような正成が、建武三年五月、「只聖運ノ天ニ叶ヘル故也」とする坊門清忠によって「武略」を否定された。清忠の登場しない西源院本をはじめとして、神田本・玄玖本・天正本においても、正成は、自己の現実的提案が却下され、兵庫への即刻下向命令が言い渡されたことを「討死セヨトノ勅定」(8)と受取る。

つまり、「夢」という説話的契機を介して後醍醐帝との対面を果たした正成は、信貴山毘沙門天の申し子・敏達天皇の末裔と語られることによって、その出会いが必然的なものとして説明されるが、後醍醐帝の「敵」――鎌倉幕府・北条氏を壊滅させるための大きな武力（武士動員力）を持つ足利高氏・新田義貞とは、明らかに異なる存在であった。

『太平記』作者は、或いは、正成をこそ〝太平〟の世を実現させる理想的人物像として、虚構をも含む物語世界に登場させた、と考えることもできよう。そして、大塔宮・赤松円心・高氏・義貞・正成達の線が後醍醐帝と繋がった段階では、少くとも「武略ト智謀」を担う点に関しては、正成の存在は、他の人物達以上であったかも知れない。

しかし、後醍醐帝の復帰による「公家一統政治」が現実のものとなると同時に、その政治の内的崩壊が描かれていき、大塔宮に続いて足利尊氏を排除することで、後醍醐新政は自己崩壊の亀裂を露呈していく。やがて、後醍醐帝は自ら、正成をも切り捨ててしまう。

そして、後醍醐帝・坊門清忠の位置からは見えていなかった〝崩壊〟を、最前線の実戦を経て凝視していた正成は、結局「此上ハサノミ異議ヲ申ニ不㆑及」として、兵庫へ下向した。

正成は、我が子正行に対しては「正成已ニ討死スト聞ナバ、天下ハ必ズ将軍ノ代ニ成ヌト心得ベシ[9]」という、近い将来についての確信的予測を告げ、戦果を上げ得ぬことで上層部から否定的に見られていた官軍最前線の新田義貞に対しては「聖運トハ申ナガラ、偏ニ御計略ノ武徳ニ依シ事ニテ候ヘバ、合戦ノ方ニ於テハ誰カ褊シ申候べキ」と、京都では述べなかった「異議」を語る。

やがて、湊川合戦で「纔ニ七十三騎」となった楠勢は、「此勢ニテモ打破テ落バ落ツベカリケルヲ」という可能性（これは、今まで正成が「武略ト智謀」を発揮する条件でもあった）を捨てて、「京ヲ出シヨリ、世ノ中ノ事今ハ是迄ト思フ所存」に従って、死を選択する。

つまり、後醍醐帝の夢を介して物語に登場した楠正成は、その帝に〝否定〟される事で（ただし、帝自身は、正成の選択肢が「死」しかない事を察知していなかったであろうが）、最終的行動――死を選ぶのである。そして、その選択は、正成個人の死のみにとどまるものではなかった。

巻三に初めて登場した時の正成は「正成一人未ダ生テ有ト被㆓聞召㆒候ハヾ、聖運遂ニ可㆑被㆑開ト被㆓思食㆒候へ」と述べていた。もちろん、それは、都を遁れて笠置という空間で孤立化した状況にあった後醍醐帝を激励する強調表現ではあったろうが、「聖運」と正成の「生」とが連動するものとして語られていた点に注目すべきであろう。

巻十六における坊門清忠の発言は、「聖運」を絶対視しつつも、その一方で、正成の「生」を断ち切る結論を招来していることになり、正成の死が「聖運」の閉塞を予想させることになる。「聖運」に代わるものとして浮上して来つつあったのが、正行に対する正成の言葉の中に見られた「将軍ノ代」、すなわち、足利尊氏の「武運」であった。しかも、「聖運」が作品の中で具体的に採り上げられることが殆ど見られないのに対して、「武運」の方は多くの場面で描かれ、それが尊氏の武力の増幅と一体のものとして語られている点に、作品の構想をも窺うことができよう。

三

死を決意した正成が「舎弟ノ正季」[10]に向かって、「抑最期ノ一念ニ依テ、善悪ノ生ヲ引トイヘリ。九界ノ間ニ何カ御辺ノ願ナル」[11]と問いかけると、正季は「カラ〱ト打笑テ」、「七生マデ只同ジ人間ニ生レテ、朝敵ヲ滅サバヤトコソ存候へ」と答える。それに対して正成は、「ヨニ嬉シゲナル気色」を見せ、「罪業深キ悪念ナレ共我モ加様ニ思フ也。イザ、ラバ同ク生ヲ替テ此本懐ヲ達セン」と「契テ、兄弟共ニ差違テ」[12]死を遂げる。

この楠一族の死に関しては、「抑元弘以来」以下の文章で「仁ヲ知ラヌ者」「勇ナキ者」「智ナキ者」について記した上で、「智仁勇ノ三徳ヲ兼テ、死ヲ善道ニ守ルハ、古ヘヨリ今ニ至ル迄、正成程ノ者ハ未無リツルニ、兄弟共ニ自害シケルコソ、聖主再ビ国ヲ失テ、逆臣横ニ威ヲ振フベキ、其前表ノシルシナレ」[13]と、正成個人を絶賛しつつ、兄弟の死を後醍醐帝の没落に結びつけて語っている。

その後、六条河原に懸けられた正成の首は、不憫に思った尊氏[14]によって、故郷の河内へ送られる。父の首を見た正行[15]は、「父ガ兵庫へ向フトキ形見ニ留メシ菊水ノ刀」によって自害しようとするが、母から涙ながらの説諭を受け、「父ノ遺言、母ノ教訓」に従う決意をする。この事を記す巻十六の巻末部分[16]を見ると、梵舜本・流布本以外の諸本では、正成の「武略ト智謀」が、「武略智謀」（西源院本のみ「武藝智謀」）として、正行に手渡された形をとる。そして、流布本の「恐シケレ」から、神田本の「無爲ならじ」まで、いずれの場合も、正成の「生」が、その「死」とともに、正行の「生」へと継承されて、大きな不安を内包する物語の歴史的展開を予感させる。

暦応五年[17]（一三四二）春、伊予国よりの使者が「不思議ノ註進」を伝えて来た。細川定禅に従って湊川合戦（一三三六年五月）で「楠正成ニ腹ヲ切セシ」勲功を挙げ「数箇所ノ恩賞」を受けた大森彦七盛長は、「此悦ニ誇テ」一族で猿楽を催した。「猿楽ノ衆」であった彦七が「様々ノ装束共下人ニ持セテ楽屋へ」行く途中、「打シホレタル有様」で佇む「年ノ程十七八許ナル女房」の「ワリナキ姿ニ引レテ」、女性を背負う。ところが、その女性は「長八尺許ナル鬼」に変身し、彦七の髪を摑んで空中に飛び上がろうとした。しかし、「元来シタ、カナル者」であった彦七は「ムズト引組デ深田ノ中ヘ転落テ」人を呼び「化物」を撃退した。ただ、彦七が「忙然トシテ人心地モナケレバ」猿楽は中止された。

又「吉日ヲ定メ」猿楽は再開され、多数の見物人が集まったが、猿楽が「已ニ半バ」となった時に、遠方の海上に「装束ノ唐笠様ナル光物、二三百」が出現し、「一村立タル黒雲ノ中ニ、玉ノ輿ヲ舁連ネ、懼シ気ナル鬼形ノ者共前後左右ニ連」なり「其迹ニ色々ニ冑タル兵百騎許、細馬ニ轡ヲ嚙セテ供奉シ」しているのが見え、雷光とともに「猿楽スル舞台ノ上ニ差覆ヒタル森ノ梢」にとどまり、雲の中から高声で「大森彦七殿ニ可レ申事有テ、楠正成参ジテ候也」と名乗る。そして、「貪瞋痴ノ三毒ヲ表」する「三剣」の一つたる彦七の所持する刀を渡すように告げる。彦七が拒絶すると、正成は「以外忿レル言バ」で「何共イヘ、遂ニハ取ン者ヲ」と言い立てて飛び去る。

四、五日後、彦七が「今夜何様件ノ化物来ヌト覚ユ」として「中門ニ席皮敷テ冑一縮シ、二所籐ノ大弓ニ、中指数抜散シ、鼻膏引テ」待ちうけていると、急に月が曇り、黒雲の中から、「先度被レ仰シ剣[18]ヲ急ギ進セラレ候ヘトテ、綸旨ヲ被レ成テ候間、勅使ニ正成又罷向テ候ハ」と声がする。それに対して、彦七が「今慥ニ綸旨ヲ帯シタルゾト奉候ヘバ、サテハ子細ナキ楠殿ニテ御座候ケリト、信ヲ取テコソ候ヘ」と述べた上で、「相伴フ人数有ゲニ見ヘ候バ、誰人ニテ御渡候ゾ。御辺ハ六道四生ノ間、何ナル所ニ生テヲワシマスゾ」と尋ねると、正成は「後醍醐天皇・兵部卿親王・新田左中将義貞・平馬助忠政・九郎大夫判官義経・能登守教経、正成ヲ加ヘテ七人也。其外泛々ノ輩、計ルニ不レ遑」と答える。彦七が「サテ抑先帝ハ何クニ御座候ゾ。又相随奉ル人々何ナル姿ニテ御座ゾ」と問いかけると、正成は「先朝ハ元来摩醯首羅王ノ所変ニテ御座バ、今還テ欲界ノ六天ニ御座アリ。相順奉ル人人ハ、悉修羅ノ眷属ト成テ、或時ハ天帝ト戦、或時ハ人間ニ下テ、瞋恚強盛ノ人ノ心ニ入替ル」と答え、自分の姿については「某モ最期ノ悪念ニ被レ引テ罪障深カリシカバ、今千頭王鬼ト成テ、七頭ノ牛ニ乗レリ。不審アラバ其有様ヲ見セン」と言って、「続松ヲ十四五同時ニハット振挙」げたところ、雲の中に「十二人ノ鬼共」が舁ぐ「玉ノ御輿」をはじめとして七人の姿が現れる。正成は「湊川ニテ合戦ノ時見シニ些モ不レ違、紺地錦冑直垂ニ黒糸ノ冑著テ、頭ノ七アル牛ニ」乗っていた。更に「此外保元平治ニ討レシ者共、治承養和ノ争ニ滅シ源平両家ノ輩、近比元弘建武ニ亡シ兵共、人ニ知レ名ヲ顕ス程ノ者ハ、皆甲冑ヲ帯シ弓箭ヲ携ヘテ、虚空十里許ガ間ニ」群集しているのが見えた。しかし、この光景は、彦七のみに見えて、他の者には見えなかった。彦七は「是程ノ不思議」を見たものの、「縦如何ナル第六天ノ魔王共ガ来テ謂フ共、此刀ヲバ進ズマジキニテ候」「此刀ヲバ将軍ヘ進候ハンズルゾ」と言い捨てて屋内に入る。それに対し、正成は「大ニ咍テ」、「此国縦陸地ニ連ナリタリ共道ヲバ輒ク通スマジ。増テ海上ヲ通ルニハ、遺事努々有マジキ者ヲ」と告げ、「同音ニドット笑ツ」、西ヲ指テ」飛び去る。

　その後、彦七は狂気を見せるが、天井よりおろされた「熊ノ手ノ如クナル、毛生テ長キ手」に向かって「件ノ刀」で刺すと、「鞠ノ勢ナル物」が空に向けて飛び出し、軒の上を調べさせると「牛ノ頭」が発見される。次の夜

「大ナル寺蜘蛛」が、眠っている人々を「網ニ懸レル魚ノ如ク」にした中で、彦七が膝の下に押さえつけたのは「曝タル死人ノ首、眉間ノ半バヨリ砕」けたものであった。その夜更けに「空ヨリ鞠ノ如クナル物」の光りつつ叢に落ちたのは「先ニ盛長ニ推砕カレタリツル首ノ半残タルニ、件ノ刀自抜テ、柄口マデ突貫」かれたものであった。

彦七が、化物は七度現れたから「今ハ化物ヨモ不ㇾ来ト覚ル」と言い、人々も同感していたところ、「虚空ニシハガレ声」で「ヨモ七人ニハ限候ハジ」と嘲る声がして、「眉太ニ作、金黒ナル女ノ首、面四五尺モ有ラント覚タルガ、乱レ髪ヲ振挙テ目モアヤニ打笑」い、「ハヅカシヤ」と振り向き、それを見た人々は、おびえて倒れてしまった。

武士達による「蟇目」も、陰陽師の「符」も効果がなく、結局、彦七の縁者の禅僧の助言によって、「僧衆ヲ請ジテ」大般若経の真読をさせたところ、「五月三日ノ暮」に、空が急に曇り、「雲上ニ車ヲ轟カシ馬ヲ馳違ル声」「矢サキノ甲冑ヲ徹ス音」「剣戟ヲ交ル光」が連続したが、「闘ノ声」が止み、空が晴れるとともに、「盛長ガ狂乱本復シテ、正成ガ魂魄曾夢ニモ不ㇾ来」なったのであった。[19]

以上が、死後の正成が登場する、流布本巻二十三冒頭章段「大森彦七事」である。

巻十六に描かれた湊川合戦の最期の場面で、弟正季の「七生マデ只同ジ人間ニ生レテ、朝敵ヲ滅サバヤトコソ存候へ」という言葉に対して、正成は「罪業深キ悪念ナレ共我モ加様ニ思フ也」と同感を示した。この「悪念」が、巻二十三の「最期ノ悪念ニ被ㇾ引テ罪障深カリシカバ」に連接する形となっている（傍点筆者）。

ただ、湊川合戦では、足利勢の大軍と奮戦する楠の小勢という対照的構成の中での正成兄弟達の死という事に重点が置かれていて（新田義貞の場合、「新田・足利ノ国ノ争ヒ今ヲ限リ」という拮抗状況の描写があるものの、「小勢」を理由とした敗北が、その後に短く記されるのみである）、大森彦七は登場しない。巻二十三に於て、彦七は「楠正成ニ腹ヲ切セシ者」と描かれるが、そもそも正成の死は、足利勢に敗北したために強いられたものではなく、自発的に選んだものであった。

又、彦七から刀の引渡しを拒否された正成が「以外忩レル言バ」を発する場面があるが、生前の正成は、怒りを見せる事がない存在であった（後醍醐帝が、簾子を介して高氏から大塔宮に帝位簒奪の動きがあると聞いて「大ニ逆鱗」したり、万里小路藤房の諫言に対して「少シ逆鱗ノ気色」を見せたりするのとは対照的である）。更に、彦七の眼前で自らの姿を見せた正成が「紺地錦冑直垂ニ黒糸ノ冑著テ」出現するが、正成は元来「自害シタル体ヲ敵ニ知セン」ために「物ノ具ヲ脱」いで敵の陣中を横断する（巻三）のような作戦を得意としていたので、鎧姿が描写されることはなかった。

このように考えてくると、彦七に「化物」と見られた正成は、鎧で盛装し、後醍醐帝以下の六人を先導して、冥界から登場するものの、彦七から、一旦は「綸旨ヲ帯シタルゾト奉候ヘバ、サテハ子細ナキ楠殿ニテ御座候ナリ」と信用されながら、その彦七から「例ノ手ノ裏ヲ返スガ如ナル綸旨給テモ無レ詮」[20]という言葉を投げつけられもする。「勅使」の役割を担って先頭に立つ正成にとって、彦七の言葉は、「勅使」が本来持っているはずの重さを根元的に否定されたことになる。そして、天下制圧の象徴としての刀を、武家側の彦七から奪うことができぬまま（「武略ト智謀」が発揮されることもない）、その場面から退場せざるをえず、ただ、その退場にふさわしい荘重さを演出するものとして、大般若経の真読が設定されている。

長谷川端氏[21]が「独立的色彩の強い[22]」「怨霊鎮魂の話に宝剣説話が付加された」章段として「このままで、かなり整った夢幻能が成立する」と述べておられる事に関連させて述べるとすれば、大般若経真読は、後シテが退場していく場面における地謡と見ることもできよう。

「大森彦七事」は、大森北義氏[23]が「第三部世界は〝怨霊の跳梁〟を一つの重要な契機としながら歴史叙述をすすめようとしている」と述べておられるように、『太平記』第三部世界を象徴する章段と言う事ができるであろうが、正成の人物像は、巻十六の死を以て一旦の終結を見せた上で、その〝未完〟の部分である無念・怨念という精神的なものが、他の人物像にも重ねられて作品世界を展開させていくと言えよう(24)。

結局、『太平記』序文が君臣の理想型として掲げる「良臣」を演じ続け、死後もなお、その役割を与えられるのが楠正成である。しかし、彼の死の直前に於て、「良臣」と対《つい》をなす「明君」の立場を担うはずの後醍醐帝については、第一章で見て来たように、多くの問題点が露呈されてしまい、理想としての「太平」の世の到来は、期待できなくなってしまっていた。

軍記物語としての『太平記』が、正成の死を以ても、後醍醐帝の死を以てしても、作品を完結し得ずに、動乱の歴史を描き続けていくのは、新たなる歴史の〝理〟を求め続けた結果と考えることもできよう。視点を変えれば、死後に盛装して再登場し、大般若経の真読によって立ち去る正成像は、文学的に終結し得ない、複雑に拡散してゆく歴史の展開を、立ち尽して見詰め続ける『太平記』作者の悄然たる姿そのものに重なるものでもある。

注

(1) 引用は日本古典文学大系本(岩波書店)によるが、字体を改めた。

(2) 流布本・梵舜本(古典文庫)は「元弘三年七月」(梵舜本は「三」に「四イ」と傍書)、西源院本(刀江書院)・玄玖本(勉誠社)は「元弘四年七月」とするが、史実としては、天正本(小学館)の「元弘四季正月二十九日改元」が正しい。

(3) この話は隠岐広有による怪鳥退治武勇譚として仕立てられているが、怪鳥の鳴き声を聞いた人が「皆無レ不ニ忌恐一」と記されていることを無視できない。

(4) 第七章は、前半では護良親王を批判的に描くが、高氏から准后(廉子)を経て伝わった情報に「大ニ逆鱗」した後醍醐帝の裁断で捕縛された親王について語る後半では、父帝への釈明の手紙が「伝奏」によって奏上されなかったと記し、親王の身柄を引き渡された足利直義が「日来ノ宿意ヲ以テ、奉二禁籠一ケルコソ浅猿ケレ」と描く。更に、巻十二の巻末に驪姫説話を引用することで、親王の継母である廉子の存在が「朝廷再傾テ武家又可レ泮瑞相ニヤ」として、親王の死後「忽ニ天下皆将軍ノ代ト成テケリ」という文脈の中に位置づけられ、親王への同情的視線と対照をなす批判的視線は直義・廉子に向けられ、親王と対立した高氏、および親王逮捕を決定したはずの後醍醐帝に対する批判的言辞は隠蔽されてしまう。

（5）　神田本（国書刊行会）は「是全ク武略ノ勝レたるニハ非ス只聖運ノ天ニかなへる所なれハ今度も又何の子細か有へキ只時ヲかへず正成可レ被レ下申されけれハ主上けにもとおほしめし重て正成可二罷下一由ヲ仰出されけれハ楠此うへハ異議ヲ申ニ及ハスさてハ打死せよとの勅定コザンなれ」（原文のまま。但し、小字の送り仮名は省いた）、西源院本は「是全ク武略ノ勝タルニ非ス、只聖運ノ天ニ叶ヘル事ノイタス處ナレハ、何ノ子細カ有ヘキ、只時ヲカヘス罷下ヘシト被二仰出一ケレハ、正成此上ハサノミ異儀ヲ申ニ不レ及、且ハ恐アリ、サテハ大敵ヲ欺キシエタ《（ママ）》ケ、勝軍ヲ全クセムトノ智謀叡慮ニテハナク、只無貳ノ戰士ヲ大軍ニ充ラレムトハカリノ仰ナレハ、討死セヨトノ勅定コサムナレ、義ヲ重シ死ヲ顧ヌハ忠臣勇士ノ存ル處也」（よみ仮名を省いた）、玄玖本は「是武畧ノ他ニ勝タルニ非ス只聖運ノ天ニ叶ヘル所也今度モ又何ノ子細カ有ヘキ只時ヲ易ス可被下歟トコソ存候ヘト被申ケレハ主上誠《ゲニ》モト思食レ重テ正成罷下ヘキ由ヲ仰出サル正成ハ其耳異義ヲ申ニ及ハス其テハ大敵ヲ宼《シエタケ》　勝負ヲ全セントノ智謀ノ睿慮ニテハ無ク無レ貳戰士ヲ大軍ニ當ラレント計ノ仰ナレハ討死セヨトノ勅定ゴサンナレハ義ヲ重シテ死ヲ顧ヌハ忠臣勇士ノ所存ナリ」（異体字については字体を改め、片仮名を漢字と同じ大きさに改めた）とあり、天正本（新編日本古典文学全集。底本は漢字片仮名まじり）も「これ全く武略の勝れたるに非ず。ただ聖運の天に合へるところなれば、今度もまた何の子細かあるべき。時を替へず、楠を下さるべきかとこそ存じ候へと申されければ、主上誠にもと思し食し、重ねて正成罷り下るべき由を仰せ出だされければ、正成、この上はさのみ異議を申すに及ばず、さては討死仕れとの勅定なれ」（ふり仮名・カギカッコを省いた）とあって、坊門清忠の名を記さぬ西源院本をはじめ、後醍醐帝の存在が流布本よりも大きい。

（6）　引用は『京大本　梅松論』（京都大学国文学会・昭和39）による。

（7）　『梅松論』（注（6）と同じ）は「義貞ヲ誅罰セラレ候テ、尊氏ヲ被召返テ、君臣和睦候ヘカシ、御使者ニヲイテハ正成勤仕セシメン」と「奏聞」し、「上ニ智慮アラストイへ共、武略ノ道ニヲヰテハイヤシキ正成ガ申状タガウベカラズ。只今思食合スベシ」と述べて、「涙ヲ流シ」たと記す。足利氏側の資料ではあるものの、『太平記』とは異なる角度から、正成の現実を照射していると見る事ができる。

（8）玄玖本による。ただし、西源院本・玄玖本で、この後に続く「無レ貳戰士ヲ大軍ニ當ラレント計ノ仰」等の言葉を正成が発するとは考え難く、これは、『太平記』作者の、自ら造形した正成像への思い入れの表現と考えるべきものであろう。

（9）正成としては、この言葉に続けて「然リト云共、一旦ノ身命ヲ助ラン為ニ、多年ノ忠烈ヲ失テ、降人ニ出ル事有ベカラズ」と、今後の正行の生き方について「第一ノ孝行」を期待している。

（10）西源院本・義輝本（勉誠社）・梵舜本（古典文庫）は「正氏」。『橘氏系図』（新校群書類従）は、正成について「大夫判官摂津河内守　建武三五廿五」と記し、正氏について「和田七郎　改二正季一　同自害」と記す。

（11）義輝本・天正本は、「直にその所に到るべし」（天正本）の一文を付す。

（12）西源院本は「正氏打笑テ、七生マデモ只同人界同所に詫（託）生シテ、遂ニ朝敵ヲ我手ニ懸テ亡サハヤトコソ存候ヘト申ケレハ、正成ヨニモ快ケナル顔色ニテ、罪障ハモトヨリ膚ニ受ク、悪念モ機縁ノ催ニヨル、生死ハ念力ノ曳ニ順フ、尤欣フ處也、イサ、ラハ須臾ノ一生ヲ替へ、忽ニ同生ニ歸テ、此本分ヲ達セムト契テ」と、流布本等との違いを見せる。

（13）梵舜本は「遁ヌへキ処ヲ不レ遁、兄弟」の部分のみ異なる。神田本は、末尾に「トテ有智ノ人ハヒソかニゾ眉ヲゾヒソメける」の一文がある。義輝本・天正本は「この正成程の者はなかりつるに、免るべきところを遁れず、兄弟ともに自害して失せにけるこそ、聖主再び国を失ひ、逆臣横に威を振るふべきその前表のしるしなれとて、才ある人は密かに眉をぞひそめける」（天正本）の部分に差がある。玄玖本は「死ヲ善道ニ守リ功ヲ天朝ニ施コト古ヨリ今ニ至テ此楠正成程ノ者ハ未在ス就中ニ國ノ興廢時ノ幾分ヲ兼テ計リ遁ヘキ所ヲ不遁シテ兄弟倶ニ自害シケルコソ聖主再ヒ國ヲ失ヒ逆臣横マニ威ヲ振ヘキ其前表ナレトテ才有ル人ハ偸ニ眉ヲソ顰ケル」の箇所に相当な差が見られる。西源院本は、玄玖本の「兄弟」以下が、「兄弟共ニ失ニケルコソ、誠ニ王威武徳ヲ傾クヘキ端ナレト、眉ヲ顰ヌ人ハ無リケリ」と違っている（引用文は、異体字・小字などを改めた）。

(14) 注(13)で採り上げた諸本のうち、梵舜本以外は、流布本も含めて、尊氏の行為を「情ノ程コソ有難ケレ」と記す。
(15) 玄玖本のみ「十三歳」、他本は「十一歳」。
(16) 比較を**別表**とした。
(17) 流布本・天正本等は巻二十三。巻二十二を欠巻のままとしている神田本・西源院本・玄玖本等の古態本の場合、「暦応三年四月」に脇屋義助が伊予国へ下向したとの記事を巻二十四の巻頭に載せ、「其比」として「楠正成爲死靈乞劍事」(神田本)の記事が続くため、時間的に差を生じている。
(18) 古態本では「先度被ㇾ仰シ劍ノ事、新田刑部卿義助適當國ニ下テアリ、彼人ニ威ヲ加テ、早速之功ヲ致サシメン爲也、劍ヲ急キ」(以下は流布本と同文。西源院本)と、脇屋義助の役割が記される。
(19) 流布本・天正本等は、この後に続けて脇屋義助らの死、彦七の刀が足利直義の手に渡り「賞翫」されたことを載せる。一方、古態本系の諸本では、類似記事は、巻二十四の巻末に載せられ、彦七の刀は直義の手に渡ったものの「賞翫之儀モ無リ」という、流布本等とは異なる記述となっている。
(20) 巻十六において、作戦的に新田義貞を嘲弄する形で赤松円心が発した「手ノ裏ヲ返ス様ナル綸旨」と同様のものである。
(21) 『太平記の研究』(汲古書院・昭和57)。長谷川氏は、郡司正勝・服部幸雄・網野善彦・戸井田道三の各氏の考察を引用しつつ、この章段について詳しく分析され、西源院本をテキストとして「太平記における正成の役割がこの巻で終了したことを物語っていよう。従ってまた、正成を構想の中心にすえて語ってきた太平記も巻二十四で一つの区切りを示していると考えてよいであろう」とも述べておられる。
(22) 大森北義氏は、『『太平記』の構想と方法』(明治書院・昭和63)において、諸本の記事構成を記事内容の詳細な分析を通じて考察され、この章段が西源院本の記事構成において「〝怨霊〟の退散が南朝方の現実的な敗退になるという筋で、事件展開の行方を展望する上で重要な存在として位置づけられているものである」と述べておられる。
(23) 注(22)と同じ。
(24) 正成について詳細に分析された中西達治氏は『太平記論序説』(桜楓社・昭和60)において、「もしも『太平記』という作品が「楠木正成物語」というような形で完結しておれば、あるいは成功したかも知れない。だが、作者は、正成を軸として南北朝の動乱全体を見通そうとしたのである。その結果、全四十巻、前後四十年という一つの歴史的時代をえがくための全体的構想が、破綻してしまったといえる」と述べておられる。

　中西氏の言われる「破綻」を、正成に則して考えると、巻三の笠置における初めての対面場面の後醍醐帝と楠正成とは、序文の述べる「明君」と「良臣」という条件を備えていたと見る事ができるが、正成の死を描く巻十六では、すでに君臣関係における微妙な破綻が瞥見され、巻二十三では、正成が巻三の段階における「良臣」像を演じようとしても、破綻が大森彦七によって客観視されている、と言えよう。

別表

神田本	西源院本	玄玖本	流布本
アダナル遊戯ノ小弓草鹿ノ庭までも亡魂ノ恨ミヲ散スヘキ義兵ヲ擧ケント心ニかけ武略智謀ノ營ミ弓箭劔戟ノ嗜ミ又他事もなくソ見えし千里ノ山野ニ虎ノ子ヲ隱シテそだつる心地シテ世上又無爲ならじと思ハヌ者もなかりけり	アタナル戯ニモ只此事ヲノミ思ツヽ、武藝智謀ノ稽古ノ外、又爲ル態モ無リケリ、是ヲ誠ノ忠孝ナルト正行ヲ感セヌ者ハナシ、サレハ幼少ヨリ敵ヲ滅ス智謀ヲ挾ミケル、行末ノ心ノ中コソヲソロシケレ	誑ナル遊戯ノ小弓草鹿ノ庭上マテモ亡魂ノ恨ヲ散スヘキ義兵ヲ上ント心ニ懸テ武畧智謀ノ其営ニ又他事モ無ク見シカハ千里ノ山野ニ虎ノ子ヲ隠テ育ル心地シテ世上又無為ナラシト思ハヌ者モ無リケリ幼少ヨリ敵ヲ亡ス智謀ヲ插ケル行末ノ心ノ中コソ懼ケレ	或時ハ童部共ヲ打倒シ、頸ヲ捕真似ヲシテ、「是ハ朝敵ノ頸ヲ捕也」ト云、或時ハ竹馬ニ鞭ヲ当テ、「是ハ将軍ヲ追懸奉ル」ナンド云テ、ハカナキ手ズサミニ至ルマデモ、只此事ヲノミ業トセル、心ノ中コソ恐シケレ。

○天正本・義輝本は、神田本に近く、「弓箭〜又」が「更ニ」のみになっている以外は、「庭ニテモ」「見ヘシカハ」等の小異。

○梵舜本は、流布本に近いが、二箇所の「或時ハ」及び、末尾の「心ノ」以下がなく、他に「捕」が「搔」となっている等の差異がある。

○引用文は、異体字・小字などを改めた。

『太平記』における楠氏をめぐって
——正行・正儀を中心に——

一

延元元年（建武三年・一三三六）五月、九州から捲土重来、京都へと向かって来る足利勢の接近を前にして、献策を求められた楠正成は、後醍醐天皇の比叡山への行幸を前提とし、足利勢を一旦入京させた上での持久戦を提案した。

しかし、「一年ノ内ニ二度マテ臨幸成ラム事、且ハ帝位ノ軽ニ似リ、又官軍ノ道ヲ失ハル、処也」(1)として献策を却下された正成は、「此上ハサノミ異儀ヲ申ニ不レ及、且ハ恐アリ、サテハ大敵ヲ欺キシエタ《（ママ）》ケ、勝軍ヲ全クセムトノ智謀叡慮ニテハナク、只無弐ノ戦士ヲ大軍ニ充ラレムトハカリノ仰ナレハ、討死セヨトノ勅定コサムナレ、義ヲ重シ死ヲ顧ヌハ忠臣勇士ノ存ル処也」と考え、五百余騎で兵庫へと向かう。

「是ヲ最後ト思定」めていた正成は、同行を望む十一歳の嫡子正行を「桜井宿ヨリ河内へ返シ遣ス」にあたり、涙ながらに「庭訓」を伝えた。

正成は、「一言耳ノ底ニ留ラハ、吾教誡ニ違事ナカレ」と注意した上で、「今度ノ合戦、天下ノ安否ト思フ間、今生ニテ汝カ顔ヲ見事、是ヲ限ト思フ也、正成已ニ打死スト聞ナハ、天下ハ必ス将軍ノ代ト成ヘシト心得ヘシ、然ト云共一旦身命ヲ助ン為ニ、多年ノ忠烈ヲ失テ、降参不義ノ行跡ヲ致事有ヘカラス、一族若党一人モ死残テ有ム程ハ、金剛山ニ引籠、敵寄来ラハ命ヲ兵刃ニ堕テ、名ヲ後代ニ遺ヘシ、是ヲ汝カ孝行ト思フヘシ」と言い含めて正行と別れた。

湊川合戦の中、七十余騎になった正成は、「此勢ニテモ猶打破テ落ヘカリケル」状況であったが、「京ヲ出シヨリ、世間ノ事今ハ是迄」と決心していたため、死を選ぶ。正成が「舎弟正氏[2]」に「抑最後ノ一念ニ依テ、善悪ノ生ヲ得ト云リ、九界ノ中ニハ、何処ヲハ御辺ノ願イナル」と問いかけると、正氏は「打笑テ」「七生マテモ只同人界同所ニ託生シテ、遂ニ朝敵ヲ我手ニ懸テ亡サハヤトコソ存候へ」と答えた。それを聞いた正成は「ヨニモ快ケナル顔色」を見せ、「罪障ハモトヨリ膚ニ受ク、悪念モ機縁ノ催ニヨル、生死ハ念力ノ曳ニ順フ、尤欣フ処也、イサ、ラハ須臾ノ一生ヲ替ヘ、忽ニ同生ニ帰テ、此本分ヲ達セム」と告げ、二人は「手ニ手ヲ取組、指違テ同枕ニ臥」したのであった。

やがて、正成の首は六条河原に懸けられたが、「去元弘ニモ討レヌ正成カ首ヲ度々懸」けた誤例があったことで、「ウタカヒハ人ニヨリテソ残リケルマサシケナルハ楠カ頸」という狂歌の札が立てられたりもした。

将軍・足利尊氏は「正成カ跡ノ妻子共、今一度容貌ヲモサコソ見タク思ラメ」として、「正成カ首」を「子息ノ正行カ許へ送リ遣」わした（流布本にある「尊氏卿」という主語は記されていない）。

「目塞キ色変シテ、カハリハテタル顔」と対面した正行は「父カ首ノ有様、母ノ歎ノ色」を見て「為方ナキ思ヒニ堪テ有ヘキニモアラヌ心地シテ、ヲツル涙ヲ押ヘツヽ、持仏堂ノ方ニ」向かった。「アフナク思」った母が急いで行くと、正行は「父カ兵庫へ向ハントテ、形見ニ留テタヒ給ヒタリシ菊水作ノ刀ヲ抜キ、袴ノ腰ヲ推サケテ自害」しようとしていた。母は「走リ寄テ、刀ト手トニ取付テ、泪ヲ押へ」て、正行に対して「栴檀ハ二葉ヨリ香シキト云リ、汝少ク共父カ子ナラハ、是程ノ理ニヤ迷フヘキ、幼ナキ心ニモ能々事ノ様ヲ思フヘシ、父カ兵庫へ向シ時、汝ヲ返シ留シ事、全ク腹ヲキレトテ残シ不〻置、我縦討死ス共汝残リ留テハ、一族若党ヲモ扶ケヲキ、身ヲ全クシ、君何ニモ御座アラハ、今一度義兵ヲ挙ケ朝敵ヲ亡シテ、君ヲモ安泰ニナシ奉リ、父カ遺恨ヲモ散シ、孝行ノ道ニモ備ヘヨトテコソ残シ置シ身ナルヲ、其庭訓ヲ具ニ聞テ、我ニモ語シ事ナルニ、何ノ程ニカ忘レテ、当坐ノ歎ニヒカサレ、行末ヲカヘリミヌ、父ノ恥ヲス、カス、我ニ猶愁キ目ヲ見セントスル、ウタテノアトナサヨ、カクテサレハ父カ訓ヲ違ヘ、祖父ノ跡ヲ失ハント思フカ悲ヤ」と、「声モ惜マス泣口説」き、「トテモ猶トモカクモ成ルヘクハ、ウキ目ヲ重テ見セムヨリ、我ヲ先殺セヤ」と、「モタヘコカレ」つつ激しく訴えたため、正行は「幼少心ニモケニモト思ツ、ケツ、、自害ノ事ハ止」めた。そして、「父ノ遺訓母ノ教訓ニ、深ク染マ」った結果、「其後ハ一スチニ身ヲ全シテ、アタナル戯ニモ只此事ヲノミ思ツ、、武芸智謀ノ稽古ノ外、又為ル態モ無」く、人々は「是ヲ誠ノ忠孝ナルト正行ヲ感セヌ者ハナ」かった[3]。

以上が、『太平記』に登場する正行の〈第一幕〉である。

二

次に、〈第二幕〉以後の正行について概観する。

花山院に幽閉されていた後醍醐天皇は、延元元年（建武三年・一三三六）「八月廿八日[4]」に、京都から大和国賀名生へと脱出した後、「皇居ニ成ヌヘキ所」を求めて吉野へ臨幸、その際、吉野の「若大衆三百余人」が「皆甲冑ヲ帯シテ御迎ニ」参じたが、「此外」として「楠帯刀正行、和田次郎、真木定観、三輪西阿、生地、贄川、貴志、湯浅」が、「五百騎三百騎引モ不ㇾ切馳参」った結果、「聖運忽ニ開ケ、臣功已ニ顕ヌト人ミナ歓喜ノ心ヲナス」と描かれる場面に、正行は登場する（巻十八）[5]。

やがて、吉野での後醍醐帝の崩御によって、「多年付纏マイラセシ卿相雲客」が「思々ニ身之隠家ヲ」求めて四散しようとしている状況を伝え聞いた吉野執行吉水法印宗信が参内して、「旧労之輩其功ヲステ、、敵ニ降参セント思フ者不レ可レ有」と述べた上で、諸国の「弥命ヲ軽ンセン官軍」として新田義興をはじめ、「和田、楠」らを列挙した事によって、公卿達も納得した。更に、「楠帯刀、和田和泉守二千余騎ニテ馳参リ、皇居ヲ守護シ奉テ、誠ニ他事モナキ成体ニ見ヘケレハ、人々皆退散之思ヲ翻シテ、山中又無為ニ成ニケリ」と記される（巻二十一）。

巻二十六[6]では、貞和三年[7]（正平二年・一三四七）、「父正成カ先年湊川へ下リシ時、思様在レハ、今度之合戦ニ我ハ必打死スヘシ、汝ハ河内国へ帰テ、君ノ何ニモ成セ給ハンスル御有様ヲ見終進セヨト申含シ」「其庭訓ヲ忘レス、此十余年、我身之長ヲ待テ、打死セシ郎従之子孫ヲ扶持シ立テ、何ニモシテ父カ敵ヲ滅シ、君ノ御憤ヲ奉レ休ラント、朝暮肺肝ヲ苦シメテ思」っていた正行が、「已ニ廿五、今年ハ殊更父カ十三年之遠忌ニ当リシカハ、供仏施僧之作善、所存ノ如ニ致シテ、今ハ命ヲシ共思」わないとして、「其勢五百余騎ヲ卒シ、時々住吉天王寺辺へ打出々々、中嶋之在家少々焼払テ、京勢今ヤカ、ル」と待つ姿が描かれる。その報を聞いた将軍尊氏は「楠カ勢之分際、思フニサコソアラメ、是モ辺境侵奪シテ、洛中驚キ騒ク事、天下之嘲哢、武将之恥辱也、急馳向テ退治セヨ」として、細川陸奥守顕氏を大将とする三千余騎を河内国藤井寺へと派遣する。

初戦に於て楠軍に破れ「天下之人口ニ落ヌルコト、生涯ノ恥辱也」と思った細川顕氏は、「四国之兵共ヲ召集」め、「坂東、坂西、藤・橘・伴之者共」の協力を得て進攻し、大手の大将山名伊豆守時氏が千余騎で住吉に陣取り、搦手の大将顕氏は八百余騎で天王寺に陣取る。

楠正行の攻撃により、山名時氏が「切疵射疵七ケ所マテ負」い、「疵ヲ吸ヒ、血ヲ拭」っていると、楠勢の中から「年程廿計ナル若武者、和田新発意源秀[8]」が「洗革鎧ニ大太刀小太刀二振帯テ、三尺余之長刀ヲ小脇ニ挿ミ、閑々ト馬ヲ歩マセテ、小歌ウタウテ進」み、「法師武者之長七尺余モ有ラン」と思われる「阿間之了顗」が「唐綾鎧ニ小太刀帯テ、柄ノ長サ一丈計ニ見ヘタル鎧ヲ馬之平頸ニ引副テ、少モ擬々セス懸出」し、「只二騎ツト懸入テ

（中略）矢庭ニ三十六騎突落シテ、大将ニ近付カン」とした。それを見た山名参河守兼義（時氏の弟）は、百五十騎で側面から攻めかかる。それに対し、楠正行が「打スナツ、ケヤトテ、相懸ニカ、リテ責戦」った結果、兼義らは討死する。

なお、「霜月廿六日」の「安部野之合戦」で「渡辺橋ヨリ関落サレテ、流ル、兵五百余人」は「無甲斐命ヲ楠ニ助ラレ」たが、「秋ノ霜肉ヲ破リ、暁ノ氷膚ニ結テ、生ヘシトモミヘサリケル」有様であったところを、楠が「小袖ヲ抜カヘサセテ身ヲ暖メ、薬ヲ与ヘテ疵ヲ療治」させ、「四五日皆労リテ、馬ヲ引、物具ヲ失タル人ニハ具足ヲキセ、色代シテ」送ったため、「敵ナカラモ其情ヲ感シ」た者は「今日ヨリ後、心ヲ通セン事ヲ思」い、「其恩ヲ報セントスル」者は「軈テ彼手ニ属シテ後、四条縄手之合戦ニ打死シケルトソ聞シ」と記される。

一方、「将軍左兵衛督之周章」により、「今ハ末々之源氏、国々之催シ勢ナントヲ向テハ叶ヘシ共覚ヘス」として、「執事高武蔵守師直、越後守師泰ヲ両大将ニテ、四国、中国、東海二十余ケ国ノ勢」八万余騎が派遣された。「京勢雲霞之如ク八幡ニ着ス」と知った「楠帯刀正行、舎弟次郎正時」は、「一族若党三百余騎」で、十二月二十七日に吉野の皇居に参じ、四条中納言隆資を伝奏として後村上帝に最後の決意を奏上する。それは、亡父正成の遺言を踏まえた上で、「不忠之身」「不孝之子」とならぬために「今度師直師泰ニ対シテ身命ヲ尽ス合戦ヲ仕テ、彼等カ頭ヲ正行カ手ニカケ取候歟、正行正時カ首ヲ彼等ニトラレ候歟、其二ノ中ニ戦ノ雌雄ヲ可レ決ニテ候ヘバ、今生ニテ今一度君ノ龍顔ヲ拝シ進セ候ハン為ニ、参内仕テ候」というものであった。

「泪ヲ鎧之袖ニ懸テ、義心其気ニ顕レ」た正行達の態度に隆資が「未レ奏サリケル先ニ、マツ直衣之袖ヲソヌラサレケル」という様子を見せると、後村上帝も「南殿之御簾ヲ高ク巻セテ、玉顔殊ニ美シク、諸卒ニ照臨有」り、「累代之武功、返々ニ神妙也」とした上で、「今度之合戦者天下之安否タルヘシ、進退当レ度、変化応レ機事ハ勇士之心トスル処ナレハ、今度令旨ヲ下スヘキニ非スト云共、可レ進ヲ知テ進者、時ヲ失ハシカ為也、可レ退ヲ見テ退者、後ヲ全センカ為也、朕汝ヲ以テ股肱トス、慎テ命ヲ全スヘシ」と語りかける。

「首ヲ地ニ付テ、兎角之勅答ニ不レ及、是ヲ最後之参内也ト思ヒ定テ退出」した正行は、「正時、和田新発意、同新兵衛以下、今度ノ軍難儀ナレハ一足モ引ス、一所ニテ打死セント内々約諾シタリケル兵百四十三人」で、「前皇之御廟」に参り、「今度之軍難儀ナラハ打死仕ヘキ由之暇」を告げ、如意輪堂の壁板に「各々己カ名字ヲ過去帳ニ書連ネテ、其奥ニ、返ラシト兼テ思ヘハ梓弓無キ数ニ入ル名ヲソ留ムル、ト一首之詞ヲ書留メ、逆修之為ト覚シクテ、各鬢之髪ヲ少押切テ仏殿ニ投入レ」て、その日に吉野を出立して敵陣へと向かった。

正月二日に淀を出発した二万余騎の師泰勢は「和泉之堺ノ浦」に、飯盛山の「南之尾崎」に五千余騎の白旗一揆衆、同じく「東之尾崎」に三千余騎の大旗一揆衆、四条縄手の「西ノ田中」に千余騎の武田伊豆守勢、「伊駒ノ南之山」に二千余騎の佐々木道誉勢、そして、正月三日に八幡を出立し「四条」に六万余騎で到着していた大将高師直は「二十余町引殿テ、将軍之御旗ノ下ニ輪違之旗打立テ、前後左右ニ騎馬之兵二万余騎、馬廻ニ徒立之射手ヲ四方十余町ヲ相支テ、稲麻ノ如クニ打囲」んで陣取った。

正月五日、四条中納言隆資を大将とする「和泉紀伊国之野伏二万人」は、楠軍に有利になるように、飯盛山へ陽動作戦を展開する。楠帯刀正行・舎弟次郎・和田新兵衛高家・舎弟新発意源秀は「究意之兵三千余騎」で四条縄手へ進出し、源秀を中心に波状攻撃を繰り返したが、小旗一揆や道誉勢との対決によって圧され気味となる。そのような中、「和田モ楠モ諸共ニ、一足モ後ヘ不レ退、只師直ニ寄合テ、勝負ヲ決セヨト声々ニ訇リ呼リテ、閑ニ歩近付」いた。

楠軍の奮戦により、七千余騎の師直勢は浮き足だつが、師直が大音声をあげ「濆シ返セ、敵ハ小勢ソ、師直爰ニ有、見捨テ京へ逃上タラン人、何ノ面目在テカ将軍ノ御目ニモ懸ルヘキ、運命天ニアリ、名ヲ惜マントハ思ハサランヤ」と「目ヲイラ、ケ、牙ヲカウテ、四方ヲ下知」した事により、「恥アル兵」は「引留テ師直之前後ニ引ヘ」

た。楠と師直との「アハイ纔ニ半町」になり、「スワヤ楠カ多年之本望、爰ニテ遂ヌトミヘ」たが、「自㆓八幡殿㆒以来、源家累代之執権トシテ、武功天下ニ顕シタル高武蔵守、是ニ有」と名乗って身代りとなった上山左衛門(9)の奮戦によって、高師直は危機を免れる。

「武蔵守ヲ打テ、多年之本意今日已ニ達シヌト悦」んでいた楠は、偽首とわかると「大ニ忿テ打捨(10)」てたが、舎弟次郎は「サリナカラモ余リニ剛ニミヘツルカヤサシキニ、自余ノ頸ニハ混スマシキソ」と言って「着タル小袖之片袖ヲ引切テ、此頸ヲヲシツ、ミ」岸の上に置いた。

「元来思切タル和田楠カ兵共」であったが、再び師直との間隔が一町ばかりになったものの、師直が「思慮深キ老将」であった上に「従㆓今朝之巳刻㆒申之時之終マテ、三十余度之戦ニ、息絶ヘ気疲ル、而已ナラス、切疵射疵二三ケ所負ヌ物モ無」かったために、「騎馬之敵ヲ追攻テ、可㆑討様モ無」かった。それでも楠一族は、師直に「シツ〳〵ト歩ミテ相近」づいたが、「九国住人鱸四郎ト云ケル強弓之手足箭次早」の武士が、馬から飛びおりて「逃ル兵共ノトキ捨タル胡籙尻籠拾ヒ集テ、雨ノ降如クニ散々ニ射」たことで、和田新発意は「七ケ所マテ射ラレ」、楠は「左右之膝口三所、右之頬崎、左之目尻、篦深ニ被㆑射テ、其矢冬野之草之霜ニ臥タルカ如クヲリカケ」た状態になり、他の者達も「深手浅手二三ケ所被ラヌ物ハ無」かった。

結局、「馬ニハ放レ、身ハ疲レタリ、今ハ是マテトヤ思ケン、楠帯刀正行、舎弟次郎正時、和田新発意三人立ナカラ差違、同枕ニ臥タリケリ」と、正行達の最期が語られる。又、「吉野之御廟ニテ過去帳ニ入タリシ兵、是マテ猶六十三人打残サレテ有ケルカ、今ハ是マテソ、イサヤ面々同道申サントテ、同時ニ腹搔切テ同枕ニ臥ニケリ」と描かれる。

そのような中で、「和田新兵衛行忠(11)」について「如何思ケン、只一人鎧一縮シナカラ、徒立ニ成テ太刀ヲ右之脇ニヒキ側メ、敵ノ頸一取テ、左之手ニ提ツ、、小歌ウタヒテ東条之方ヘソ落行ケル」との挿話が記される。安保肥前守忠実が和田を発見し「忠実トマレハ行忠又落テ行ク、落テ行ハ忠実又追懸テ打留ントス、追ハ返シ、返セハ留リ、路一里計過マテ、互ニ打レスシテ日已ニ夕陽ニ及ン」としたが、青木・長崎の二騎が加勢したため、遂に和田は安保に斬首されたのであった。

こうして「一日之合戦ニ、和田楠カ兄弟四人、一族二十三人、相順フ兵三百四十三人者、龍門原上之苔之下ニ尸ヲ埋テ名ヲ残シ、頸ヲ六条河原ニ懸ラレニケリ」、「和田楠カ一類、皆片時ニ亡ハテヌレハ、聖運已ニ傾ヌ、武徳誠ニ久シカルヘシト思ハヌ人モ無リケリ」と締め括られて、楠正行は物語から姿を消す。

三

『太平記』巻二十七の冒頭は[12]「貞和五年正月五日之四条縄手之合戦ニ、和田楠カ一類皆亡テ、今ハ正行カ舎弟次郎左衛門正儀ハカリ生テ残リタリト聞シカハ、此次ニ残処ナク退治セラルヘシトテ、高越後守師泰、三千余騎ニテ石河々原ニ向城ヲトリ、互ニ寄ツ寄ラレツ、合戦之止隙ナシ」と始まる。

正行の没後に漸く物語に登場する正儀は、観応三年（正平七年・一三五二）、足利義詮軍と洛外の荒坂山での合戦場面に「楠ハ今年廿三、和田五郎ハ十六」と紹介される（巻三十一）。そして、土岐悪五郎・関左近将監を討った和田五郎が後村上帝に戦果の報告をし、「初メ言ツル言ニ少シモ違ハス、大敵ノ一将ヲ打取テ、数ケ所ノ疵ヲ蒙リナカラ、無レ恙シテ帰リ参ル条、前代未聞之高名也」と、天皇を感嘆させる（巻三十一）。

八幡合戦が膠着状態となった中、「和田楠ヲ河内国へ返シテ、後攻セサセヨトテ、彼等両人ヲ忍テ城ヨリ出シ、河内国へ」送った官軍（大将としては「中院宰相中将具忠」と「北畠左衛門督顕能」との名が記される）は、「此後攻ヲ憑テ、今ヤ々々ト待」っていたが、和田五郎は「俄ニ病出シテ、幾程モナクテ死」んでしまった。又、楠は「父ニモ似ス、兄ニモカハリテ、心スコシ延タル物」であったため、「今日ヨ明日ヨト云計ニテ、主上ノ大敵ニ囲レテヲハスルヲ、イカ、ハセン共、心ニ懸」けず、「何ノ程ニカ親ニカハリ、兄ニ是マテヲトルラン」と「誇ラヌ人モ無」かった（巻三十一）。

延文三年（正平十三年・一三五八）四月に足利尊氏が死去し、十二月に子息の義詮が将軍となった後[13]、河内の天野に拠る後村上帝のもとを訪れた「楠左馬頭正儀、和田和泉守正氏[14]」は、関東から二十万騎で京都に到着した畠山道誓勢と対決すれば「決定御方勝トコソ了簡仕テ候へ」と述べた上で、「但今ノ皇居ハ余ニ浅間ナル処ニテ候へハ、金剛山之奥ニ観心寺ト申ス処へ」と遷幸を提案したところ、「主上ヲ始メ奉テ、近侍ノ月卿雲客ニ至ルマテ、皆憑シケニソ思食ケル」との反応を得たことが記される（巻三十四）。

その後、延文五年（正平十五年）、南河内の龍泉城・平石城から敗退した和田・楠が拠る赤坂城を、五月三日に二十万騎の足利軍が攻める。「元来思慮深ニ似テ、急ニ敵ニ当ル気ヲ進マ」なかった楠が「只金剛山ニ引籠テ、敵ノ勢ノ透タル処ヲ見テ後ニ戦ハン」と言ったのに対し、「何モ戦ヲ先トシテ謀ヲ待ヌ者」であった和田は賛同せず、「夜討ニ馴タル兵三百人」を選び、「問ハ進ト答ヘヨ」との約束の合図を決め、「結城カ向城」へ攻め込み、結城勢を圧倒する。しかし、細川清氏勢五百余騎の加勢により、和田勢も数十人が討たれて退却した。この時、結城勢の「物部郡司」と「手番者三人」との四人が、和田勢に紛れて赤坂城に入ったものの、和田側の「立勝リ居勝リ」という確認作戦によって発見され討死してしまう。結局、「和田モ楠モ諸共ニ、其夜之丑刻計ニ、赤坂城ニ火ヲ懸、金剛山之奥へ引退」いたのであった[15]（巻三十四）。

将軍方の畠山道誓と仁木義長との内紛の間隙を突く形で、和田・楠の勢が金剛山を出立し「渡辺橋ヲ切落シ、誉田城ヲ責」めようとしているとの急報を受け、畠山・細川清氏らの七千余騎が天王寺へ向かう。これは「仁木右京大夫義長ヲ殞サン為ニ、勢ヲ萃メ」たのであったが、和田・楠勢は金剛山の奥へと引き上げる。この後も、和田・

楠軍は、和泉・河内を攻略し、一方、山名時氏は「仁木右京大夫宮方ニ成リ、和田・楠又打出タリ」と聞き、三千余騎で出撃したりする（巻三十五）。

康安元年（正平十六年・一三六一）九月、摂津守護職をめぐって、赤松光範と佐々木道誉とが紛糾に及んだ時、「能時分也」と考えた和田・楠は「五百余騎ヲ卒シテ渡辺橋ヲ打渡リ、天神之杜ニ」陣取る。佐々木秀詮・氏詮（ともに道誉の孫）の千余騎と守護代吉田肥前房とが迎撃したが、結局、佐々木兄弟は討死する。楠は「情ケ有者」だったので、「或ハ野伏共ニ虜レテ、面縛セラレタル敵ヲモ不レ斬、或ハ自レ河引上ラレテ、カヒナキ命生タル敵ヲモイマシメヲカス、赤裸ナル物ニハ小袖ヲキセ、手負タル物ニハ薬ヲ与ヘテ、京ヘ」帰してやったとも記される。

又、佐々木道誉との対立から南朝に降っていた細川清氏が「急キ和田楠已下之官軍ニ力ヲ合セテ、合戦ヲ致セト仰下サレ候ハヽ、清氏真先ヲ仕テ、京都ヲ一日カ中ニ責落シテ、臨幸ヲ正月以前ニ成参ラセ候ヘシ」と提言したところ、「ケニモト思召」した後村上帝は、清氏の献策について楠正儀に下問。正儀が「正儀一人カ勢ヲ以テモ容易カルヘキニテ候ヘ共」とした上で「兎モ角モ綸言ニ順候ヘシ」と答えた結果、「主上ヲ始マイラセテ、竹薗椒房、諸司諸衛ニ至マテ、住ナレシ都ノ恋シサニ、後ノ難儀ヲハ顧ス、只一夜ノ程也共、雲居ノ花ニ旅寝シテコソ、後ハ其夜ノ夢ヲモ忍ハメトモタエアクカレ給ヒケレハ、諸卿之僉議一同シ」て、京都への進攻が決定した。結局、十二月三日に住吉・天王寺で勢揃いした南朝軍は、京都へ進撃し、八日に将軍（義詮）を近江へ退去させる。都落ちに際し、佐々木道誉は「我宿所ヘハ定テサモトアル大将ソ入カハランスラン、尋常ニ取シタ、メテ見スヘシ」と美しく飾り立て、遁世者二人に「誰ニテモ此宿所ヘ入ランスル人ニ、一献勧メヨ」と命じておいた。「一番ニ打入」った楠は、遁世者からの挨拶によって「此情ヲ感シ」たため、道誉邸を「コホチ焼」くことはせず、「又都ヲ落シ時」には、飾りや酒肴を「先ノヨリモ結構」し、「眠蔵ニハ秘蔵之鎧ニ白太刀一振ヲイテ、郎等一人」を留め置いたのであった[16]（巻三十六）。

都から落ちた後、四国に渡った細川清氏が細川頼之と戦い、康安二年（正平十七年・一三六二）七月二十四日に討たれた後、「一軍シテ国々ノ宮方ニ気ヲ直サセン」と考えた和田・楠は「八百余騎ヲ卒シ、野伏六千余人」と摂津国の「神崎ノ橋爪」へ出陣する。守護代箕浦次郎左衛門（守護は佐々木道誉）が迎撃したが、「八月十六日之夜半計」からの合戦で、箕浦勢は敗退した。勝った和田・楠は三千余騎で九月十六日に、赤松勢の拠る兵庫湊河へ進攻し、焼き打ちをしたものの、楠が「如何思ケン、軈テ兵庫ヨリ引返シ」たため、赤松勢との対決はなかった。

和田・楠が河内国へ帰ったことを記したあと、「今年天下已ニ同時ニ乱テ、宮方眉ヲ開ヌト見ヘケルカ、無ㇾ程国々静リケルモ、天運之未ㇾ到所トハ乍ㇾ云、先ハ細川相模守カ楚忽之軍シテ、云甲斐ナク打死セシ故也」との締め括りがなされ（巻三十八）、以後、楠正儀達が物語に登場することはない。

四

楠正行・正儀は、かつて、父・正成が後醍醐帝の前で語った「武略ト智謀」（巻三）を出発点とし、正成兄弟が死の直前に確認しあった「七生マテモ只同人界同所ニ託生シテ、遂ニ朝敵ヲ我手ニ懸テ亡」（巻十六）す役割を担って、物語世界に登場する。

正行の場合、死の戦場へと赴く父から、直接「教訓」を託されたにも拘らず、現実のものとして届けられた父の首と対面した時には、自害しようとさえしたが、母の涙ながらの「教訓」によって思いとどまった。結局、正行は、言葉による二重の呪縛を背負っていくことになる。

なお、正成は、自らの提言を却下されることを「討死セヨトノ勅定」（巻十六）と受けとめながらも、後醍醐帝への「多年ノ忠烈」（物語としては、出会いから五年間）を全うするために、予想される死を避けようとはしなかった。更に、正成は死後も、大森彦七の所持する刀を「急キマイラセヨ」との「前帝之勅定」により、怨霊として出現する。その時は、刀を奪うことができぬまま、大般若経の読誦によって「正成カ魂魄曽テ夢ニモ来ラス成」る（巻二十四）。

正行は、吉野に拠る後醍醐帝のもとに馳せ参じたことはあった（巻十八）が、実戦の場面に登場するのは、二十五歳となって、父の十三回忌を済ませた時である[17]（巻二十六）。正行が目標として狙い続けたのは、京都の幕府そのものではなく、尊氏・直義でもなく、高師直であった[18]。その師直は、すでに、石清水八幡宮を炎上させ（巻二十）、塩冶高貞の妻への横恋慕から、高貞を讒死させる（巻二十一）ような側面が描かれていた。正行は、そのような師直を標的にしていたことになる。

「今年両度ノ合戦ニ京勢無下ニ打負テ、畿内多ク敵之為ニ犯シ奪ル、遠国モ亦蜂起シヌト告ケレハ、将軍左兵衛督之周章、只熱ヲ執テ手ヲ濯カ如シ、今ハ末々之源氏、国々之催シ勢ナントヲ向テハ叶ヘシ共覚ヘストテ、執事高武蔵守師直、越後守師泰兄弟ヲ両大将ニテ、四国、中国、東山、東海二十余国ノ勢ヲソ向ラレケル」——つまり、正行は、目の前に立ちはだかる大軍の大将としての師直を狙ったわけである。ただ、四条縄手合戦における師直は、「情ヲ感」じた上山左衛門が師直の身代りとなって討死するような「思慮深キ老将」として描かれており、正行との平衡を保つための造形と考えることができる。

そして、物語としては、正行討死後の師直は、蔵王堂をはじめとする吉野を炎上させ、弟の師泰と共に驕慢・奢侈に耽る人物として、否定的側面が拡大描写されていく。元来、尊氏の参謀役であった師直は、次第に大きな権力を持つようになり、師直を殺害しようとした直義および上杉重能・畠山直宗を、逆に追いつめて政治の中心から排除してしまう。ただ、変転極まりない時勢の中で、対立関係にあった尊氏と慧源（直義）との和睦が成り立つと、師直は身近にいた薬師寺次郎左衛門公義から「運尽ル人ノ有様程浅猿キ物ハ無リケリ」と見捨てられてしまい、最後は、尊氏に保護されることもないまま呆気無い形で殺害されてしまう（巻二十九）。

ところで、楠正儀は、年齢差が大きくない兄弟でありながら、正行とともに描かれることはなく、「和田・楠カ一類皆亡」んだ後、唯一人生き残った人物として、物語に登場する。

正行にしても正儀にしても、『太平記』作者は、正成の相似形という意識を持って設定しようとしたことがわかる。たとえば、正儀が後村上帝に提案した畠山勢への対抗策の「天之時、地之利、人之和」（巻三十四）は、正成が後醍醐帝の前で述べて実践して行った「武略ト智謀」という基準に合うものである。

又、正行が討死した際の「奥州国司顕家卿、和泉堺ニ打レ、武将新田左中将義貞朝臣越前国ニテ亡ヒシ後ハ、遠国ニ宮方之城郭少々雖レ有、勢未レ振者今更驚ニ不レ足。只此楠計コソ、都近キ殺所ニ威ヲ逞クシテ、両度マテ大敵ヲ靡シヌレハ、吉野之君モ魚ノ水ヲ得タル叡慮ヲ悦ハレヌ、京都之敵モ虎ノ山ニ靠ル恐懼ヲ成シツルニ、和田楠カ一類、皆片時ニ亡ハテヌレハ、聖運已ニ傾ヌ、武徳誠ニ久シカルヘシト思ハヌ人モ無リケリ」という概観は、正成が討死した際の「智仁勇ノ三徳ヲ兼テ、死ヲ善道ニ守リ、功ヲ天朝ニ播事ハ、自レ古至レ今正成程ノ者ハ未レ存、就レ中国ノ興廃時ノ機分ヲ兼テハカリ、遁レスシテ、兄弟共ニ失ケルコソ、誠ニ王威武徳ヲ傾クヘキ端ナレト、眉ヲ顰ヌ人ハ無リケリ」という評語と重なるものである。

つまり、『太平記』の作者にとって、正成という人物像は、一つの標準型として、正行・正儀へと継承されるべきものであった。とりわけ、父との接点を持つ正行が、後村上帝に「亡父正成尫弱之身ヲ以テ大敵之威ヲ砕キ、先皇之震襟ヲ休メ進セ候シ後、天下程ナク乱テ、逆臣西海ヨリ責上候シ間、見レ危致レ命所、兼思定候ケルカニ依テ、遂ニ摂州湊川ニシテ打死仕候畢ヌ、其時正行十一歳ニ成候シヲ、戦場ヘハ伴候ハテ、河内ヘ返シ遣シ候シ事ハ、死残テ候ハンスル一族ノ若党等ヲ扶持シ立テ、朝敵ヲ亡シ、君ヲ御代ニ即ケ進セヨト申置シニテ候、而ヲ今正行正時已ニ壮年ニ及候ナカラ、天下之草創ヲ聖運之開クル処ニ待テ、我ト手ヲ砕ク合戦ヲ仕候ハスハ、且ハ亡父カ遺言ニ違ヒ、又ハ武略之云甲斐ナキ謗ニ落ヌト覚ヘ候、有待之身、思フニ似ヌ習ニテ候ヘハ、自然我等病ニ犯サレテ早世仕ル事モ候ナハ、只君ノ御為ニハ不忠之身ト成、父カ為ニハ可レ為二不孝之子一ニテ候間、今度師直師泰ニ対シテ身命ヲ尽ス合戦ヲ仕テ、彼等カ頭ヲ正行カ手ニカケテ取候歟、正行正時カ首ヲ彼等ニトラレ候歟、其二ノ中ニ戦ノ雌雄ヲ可レ決ニテ候ヘハ、今生ニテ今一度君ノ龍顔ヲ拝シ進セ候ハン為ニ、参内仕テ候」と奏上して流した涙は、作者自身の思いを込めたものでもあったと考えることができる。

正行の死後になって漸く物語への登場が果たされたとさえ思われる正儀の場合は、更に「和田・楠」[19]という複数形として登場し続ける。二十三歳の正儀と十六歳の和田五郎とが登場した（巻三十一）時、当初は「若武者ナレハ、思慮ナキ合戦ヲヤ致スラン」と危惧していた公卿達も、その発言を聞いて「アハレ代々之勇士ヤ」と感服を示す。ただ、続く場面で活躍するのは和田五郎であり、その五郎は、帰国中の河内国において「俄ニ病出シテ幾程モナク死」んでしまったと記される。

その記述に続けて、正儀について「楠ハ父ニモ似ス、兄ニモカハリテ、心スコシ延タル物也ケレハ、今日ヨ明日ヨト云計ニテ、主上ノ大敵ニ囲レテヲハスルヲ、イカ、ハセン共、心ニ懸サリケルコソ憂タテケレ」と批判的に描かれる。和田和泉守正氏と〈対〉として記述される場面（巻三十四）でも同様である。赤坂城に拠る楠が「元来思慮深ニ似テ、急ニ敵ニ当ル気ヲ進マサリケレハ、此大敵ニ戦ハン事難レ叶、只金剛山ニ引籠テ、敵ノ勢ノ透タル処ヲ見テ後ニ戦ハント申」したのに対し、「何モ戦ヲ先トシテ謀ヲ待ヌ者」であった和田は「軍ノ習負ルハ常ノ事也、只可レ戦処ヲ不レ戦シテ身ヲ慎ヲ以恥トス、サテモ天下ヲ敵ニ受タル南方ノ者共カ、遂ニ野臥計ニテ一軍モセスト、日本国ノ武士共ニ笑レン事コソ口惜ケレ、何様一度夜打シテ、太刀之柄ノ微塵ニ砕ル程切合ンスルニ、敵引退ハ驣テ勝ニ乗テ打ヘシ、不レ叶ハ打死スルカ腹切カ、猶モ不レ叶ハ、其時コソ金剛山ヘモ引籠テ戦ムスレ」と主張し、「夜討ニ馴タル兵三百人」を選抜して出撃したのであった。

つまり、楠氏の三人目として登場する正儀は、判断力に関して、父にも兄にも比肩できない存在として描かれるとともに、勇気という点でも、和田五郎・和田正氏に及ばない人物として描かれていることになる。ただ、たとえば、和田正氏自身の発言[20]も、かって、「諸卒」の同意を得た上で「物具ヲ脱、寄手ニ紛レテ」赤坂城を脱出した正成（巻三）の冷静沈着さとは異なるため、最終的に勝利を手にすることはできない。

正儀が多くの言葉を語るのは、南朝に降った細川清氏が京都攻撃を主張した際に意見を求められた場面（巻三十六）である。「今モ都ヲ責落シ候ハンスル事ハ、清氏カ力ヲ借ルマテモ候マシ、正儀一人カ勢ヲ以テモ容易カルヘキニテ候ヘ共」との言葉に、精一杯の自己主張が見られる。しかし、正儀は勝利に結びつく具体案を持っていたわけではないために「但シ短才之愚案ニテ、公儀ヲ貶シ可レ申ニ候ハネハ、兎モ角モ綸言ニ順候ヘシ」と述べて、発言をしめくくっている。

作者は、混沌として大きく変動していく歴史を、「正成為天狗乞剣事」（巻二十四）・「大塔宮亡霊宿胎内事」（巻二十六）・「雲景未来記事同天下怪異事」（巻二十七）・「北野参詣人政道雑談事」（巻三十五）等の章段を導入することによって、整理しようとするものの、明確な解釈を提示することは不可能であった。

そのため、正行が「情有物也ケレハ」河に落ちた敵兵を助けた（巻二十六）とか、正儀が「情ケ有物ナレハ[21]」敵兵を斬らなかったり縛らずに物を与えたりした（巻三十六）とかの「情」の面での人間性を描こうとする。正成も「再ヒ天王寺ニ打テ出テ、威猛ヲ逞スト云共、民屋ニ煩ヲモナサス、士卒ニ礼ヲ厚シケル間、近国ハ申ニ不レ及、遐壌遠境ノ人牧マテモ、聞伝テ馳加リケル程ニ、其勢漸ク強大ニ」なった[22]と記述された（巻六）ことがあるが、正成の配慮と正行・正儀の「情」とには懸隔が見られる。たとえば、京都を脱出する佐々木道誉の婆裟羅ぶりに「此情ヲ感シ」た正儀が「秘蔵之鎧ニ白太刀一振」を残し置いたことをめぐって、「道誉カ此振舞、情深ク風情有ト感スル人モアリ、例之古博変打ニ出抜レテ、楠鎧與太刀ヲ取ラレタリト笑フ族モ多カリケル」と諷刺的描写がなされる。

敵兵を助ける心と風流心に反応する心とは異なるものの、正行が上山の首を師直の偽首と知って「大ニ忿テ打捨」た行為（巻二十六）などとともに、怨霊の跳梁が多く描かれる『太平記』後半部に顕著に窺える説話文学的なものへの傾斜を示すものと言えよう。

大森北義氏(23)は、正成の人物像の特性として、後醍醐天皇の「聖運」にかかわっていこうとする立場を一貫して堅持した〝忠臣〟、武将として、戦場に臨み、固有の〝理性〟と〝情念〟を持って軍をすすめようとした〝良将〟、来たるべき歴史の将来を予見する〝賢臣〟という三点を指摘した上で、〝忠臣〟と〝良将〟との二点に関しては父の人物像を継承しながら、正行には〝歴史予告〟の特性がないと論証された。更に「正行が〝遺言〟として父正成から継承し、拠って立ったその〝立場〟は、歴史的には、すでに父によって破産宣告がなされた〝立場〟であり、その〝立場〟を堅持してすすめようとする彼の合戦は、父が〝予告〟した歴史の必然的動向とは背反する方向での戦いであった。その意味で、正行は歴史の必然的方向を向いて戦うところの〝英雄〟や文学的〝典型〟とはなりえない人物であった。そして、そのことが、正行が、父正成像のほとんどすべてを継承したようにはみえながら、実は、父の最も本質的な一面（〝歴史予告〟の特性）を継承することがなかった真の理由である」と要約された。首肯すべき卓説と言えよう。

結局、少数の同族武士集団で戦うという姿のみは、正成・正行・正儀に共通するものであったが、『太平記』作者が意識せざるをえなかったはずの、正成を原型とする相似形としては、正行についても正儀についても、遂に形象化できなかった。そのため、正行・正儀ともに、『太平記』という大河の中では、一瞬の光を見せて消えていく存在でしかなかったと言わざるをえない。

正儀が最後に出陣した姿が描かれるのは「兵庫湊河」であった。しかし、父が討死をしたこの場所を、正儀が特に意識したとは記述されず、「如何思ケン、驄テ兵庫ヨリ引返シ」たことが書かれるのみである。或いは、この場面において、正儀が亡父の事を想起して落涙する姿が描かれるようなことがあれば、感動的挿話ができたかも知れないが、作者はそのような創作を、もう、しなかった。そもそも、正成をめぐって落涙するのは、直接の別れが描かれた正行までであって、正儀は〈語られる父と兄〉を背負って、アンコールの舞台に登場する人物を演じたのみであった。

正儀が河内国へ引き上げた事を記す章段の末尾は、既に第三章で引用したように「今年天下巳ニ同時ニ乱テ、宮方眉ヲ開ヌト見ヘケルカ、無レ程国々静リケルモ、天運之未レ到所トハ乍レ云、先ハ細川相模守カ楚忽之軍シテ、云甲斐ナク打死セシ故也」とあった。つまり、純粋に南朝側を支え続けてきた存在ではない細川清氏の責任によって、南朝の「天運」に曙光が見えぬことを述べているわけである。

そして、この否定的に描かれる細川清氏を討った同族の細川右馬頭頼之が、「執事職」に就き、幼い将軍足利義満[24]を補佐したことを記し、「中夏無為之代ニ成テ、目出度カリシ事共也」と、『太平記』巻四十の末文は締め括られる。

このように見てくると、南北朝動乱期の歴史を描く『太平記』は、特に後半部において、怨霊として、南朝側人物を再登場させつつも（正行も正儀も、父が怨霊として出現したことを知る由もなかったし、知らされることもなかった）、最終的には、北朝内部の細川頼之を肯定的人物として描くことで、漸く物語を完結させる。その意味で、大森氏の言われる正成の〝歴史予告〟、つまり、正成が正行に最後に語った「将軍ノ代」は、内実が変わっても、歴史の枠組としては変わらなかったことになり、楠氏は、作者が創作した〈怨霊〉とは異なる意味で（正成は二役とも担った）、『太平記』という舞台を回す役割を演じたのである。

注

(1)『西源院本太平記』(刀江書院)に拠る。ただし、引用に当たり、字体を改め、句読点等も正した。

(2)流布本「帯刀正季」(日本古典文学大系)、天正本「七郎正季」(新編日本古典文学全集)。なお、『橘氏系図』(群書類従)には「正氏」に「和田七郎改二正季一」の割注あり。

(3)巻末に「サレハ幼少ヨリ敵ヲ滅ス智謀ヲ挟ミケル、行末ノ心ノ中コソヲソロシケレ」の評語を付す。流布本は「或時ハ童部共ヲ打倒シ、頭ヲ捕真似ヲシテ、是ハ朝敵ノ頸ヲ捕也ト云、或時ハ竹馬ニ鞭ヲ当テ、是ハ将軍ヲ追懸奉ルナンド云テ、ハカナキ手ズサミニ至ルマデモ、只此事ヲノミ業トセル、心ノ中コソ恐シケレ」(引用に際し、字体等を改めた)とし、天正本は「化なる遊び戯れ・小弓・草鹿の庭にても、亡魂の恨みを散ずべく、義兵を掲げんと心に懸け、武略智謀のその営み、さらに他事なく見えしかば、千里の山野に虎の子を隠して育て立つる心地して、世上また無為ならじと、思はぬ者もなかりけり」とする。

(4)十二月二十一日が正しい。

(5)後醍醐帝の崩御の「八月十六日」について、『太平記』の本文では「延元三年」とするが、延元四年(一三三九)が正しい。なお、西源院本は崩御記事章段冒頭を「康永三年」とし、「八月十六日」に「延元三年」と傍記する。

(6)流布本は巻二十五。

(7)本文では、貞和四年の崇光天皇即位記事が巻頭に置かれているため、正行の挙兵も貞和四年のこととなる。

(8)『橘氏系図』に記される「正氏(正季)」の息「新発意賢秀」か。

(9)流布本「上山六郎左衛門」。

(10)流布本では、楠が偽首と気付かず「此頸ヲ中ニ投上テハ請取、請取テハ手玉ニツイテゾ悦ケル」と描かれ、駆け寄った「楠ガ弟次郎」が「何ニヤアタラ首ノ損ジ候ニ、先旗ノ蟬本ニ著テ敵御方ノ者共ニ見セ候ハン」と言って、「太刀ノ鋒ニ指貫差上テ是ヲ見」たところ「師直ニハ非ズ、上山六郎左衛門ガ首也ト申ケレバ、大ニ腹立シテ、此頭ヲ投ケ、上山六郎左衛門トミルハヒガ目カ、汝ハ日本一ノ剛ノ者哉、我君ノ御為ニ無双ノ朝敵也(略)」と続き、主語が不明確な文脈となっている。天正本は、西源院本に近い文脈で、「正行大いに腹を立てて、この頭をなげすてけるを、舎弟の正言、これ程の大剛の物の頭を如何でただは捨つべきと片袖解きて、この頭を裹み、岸の上にぞ置きける」となっている。なお、天正本では、「上山」ではなく「長井修理亮」と記される。

(11)　流布本では「和田新発意」が師直を狙いつつも果たせぬまま「湯浅本宮太郎左衛門」を討った後に帰陣したが「和田・楠討レタリト聞テ、只一騎馳帰、大勢ノ中ヘ蒐入テ、切死ニコソ死ニケリ」との記述の後に、「和田新兵衛正朝ハ、吉野殿ニ参テ事ノ由ヲ申サントヤ思ケン」と続く。

(12)　史実としての四条畷合戦は、貞和四年（正平三年・一三四八）。

(13)　本文に年月日の記述はないが、文脈としては延文四年のこととなる。

(14)　流布本は「正武」。

(15)　物語は、このあとに続けて、「先帝之御廟」に参った「上北面」が、怨霊となった後醍醐帝・日野俊基・資朝の語る予言（仁木義長・細川清氏・畠山道誉らの滅亡）を夢に見た話を載せる。

(16)　宮方は兵が集まらなかったため、十二月下旬に都を落ち、将軍義詮が入京する。又、細川清氏は阿波へ渡った。

(17)　文脈上は、貞和四年（正平三年・一三四八）のこととなる正行の挙兵は、史実としては一三四七年である。正成の死は一三三六年であった（その時の正行は「十一歳」と記されていた）から、「正行已ニ廿五、今年ハ殊更父カ十三年之遠忌」との記述とは齟齬する。

(18)　中西達治氏は「正行の挙兵自体に、歴史的必然性はほとんどみられないといってよかろう。正成の鎌倉幕府に対する叛逆のすがたには、中世の歴史的必然を生きる英雄をみることができた。それに反して、この正行の場合、父の怨みをはらすためというのは、いわば私的な理による戦いである」と述べておられる（『太平記論序説』桜楓社・昭和60）。

(19)　「楠・和田」という配列になっていないのは、かつて正成と戦って敗北する姿が戯画的に描かれた六波羅武士「州田（隅田）・高橋」の語調などにも重なるものか。

(20)　正氏の発言の中にある「日本国ノ武士」という語は、「日本国之武士共集テ、数日攻レ共得ヌ此城」（巻三、笠置城を攻めようとする六波羅勢の陶山・小見山が味方の敗北を確認する言葉）・「日本国之武士共ノ重代シタル物具太刀刀ハ、此時ニ至テ失ニケリ」（巻七、正成の千剣破城を攻めた鎌倉勢が敗走した描写）のように敗者について強調的に叙述される文脈の中で使用されており、後の巻三十九においても「是コソ音ニ聞ヘ候シ金剛山之城トテ、日本国之武士共ノ、幾千万ト云数ヲ不レ知討レ候シ所ニテ候」と記される。正成の場合は、「赤坂ノ城ニテ自害シテ、焼死タルマネヲシテ落」ちた後、湯浅定仏から城を奪還し、天王寺辺へ進攻し、隅田・高橋を撃退するが、その後に派遣された宇都宮治部大輔に対して、「今夜逆寄ニ押寄テ、打散シテ捨テ候ハヤ」と主張する和田孫三郎を制し、「良将ハ不レ戦シテ勝ト申事候ヘハ、正成明日ハ態ト此陣ヲ去テ引退」く事を述べた（巻六）のであった。

(21) 流布本は「楠父祖ノ仁恵ヲツギ、有レ情者ナリケレバ」とする。

(22) 巻二十六の正行の場合も「サレハ敵ナカラモ其情ヲ感シケル人ハ、今日ヨリ後、心ヲ通セン事ヲ思ヒ、其恩ヲ報セントスル人ハ、軈テ彼手ニ属シテ後、四条縄手之合戦ニ打死シケルトソ聞シ」と記されるものの、実戦場面での報恩が語られるわけではない。この事に関しては、大森北義氏が「父正成の場合は〝情〟ある行動が味方を広範に増大させ、それがつづく勝利の展望を背後から支えるという関係で歴史叙述の流れの中で必然性をもって位置づいていた。しかるに、子の正行の場合は、敵に対する彼の〝情〟ある行為が「其恩ヲ報ゼントスル」人々を（味方として）作り出すのだが、そうした正行支持層の拡がりという状況設定が、つづく〝四条畷の作戦〟に生きてはたらかないのである」と論じられた（『『太平記』の構想と方法』明治書院・昭和63）。

(23) 注（22）と同じ。

(24) 義詮が病気のために、子息の義満に政務を譲り、細川頼之を管領にしたのは、貞治六年（正平二十二年・一三六七）である。

高師直考

一

歌舞伎『仮名手本忠臣蔵』四段目に登場する二人の上使のうち、石堂右馬之丞が「このたび塩冶判官高貞儀、私の宿意を以て、執事高師直を刃傷に及び、館を騒がせし科によって、国郡を没収し、切腹申しつくるものなり」(1)と奉書を読み上げると、塩冶判官は「御上意の趣き、委細承知つかまつる、さてこれからは、各々の御苦労休めに、うち寛いで御酒一つ」と応対する。それに対し、〈赤っ面〉の上使・薬師寺次郎左衛門は「これサ〳〵判官どの、だまり召され、そこもとが今度の科は、縛り首にも及ぶべきところ、お上のお慈悲をもって、切腹仰せつけらるゝを有難いと思い、早速用意すべき筈、それに何ぞや、当世様の長羽織、ぞべらぞべらときめさるゝは、酒興か、ただし血迷うたか。上使に立ちたる石堂どの、この薬師寺へ無礼であろう」と面罵する。しかし、判官が笑って「この判官、酒興もせず、また血迷いもつかまつらぬ。今日上使と聞くよりも、かくあらんと期したるゆえ、かねての覚悟を御覧に入れん」と言いながら羽織を脱ぐと、「下には用意の白小袖、無紋の上下死装束」が現れる。そのため、薬師寺は「言句も出ず、面ふくらして閉口」してしまうことになる。

寛延元年(一七四八)八月十四日に初演された浄瑠璃『仮名手本忠臣蔵』(竹田出雲・三好松洛・並木千柳)は、『太平記』巻二十一「塩冶判官讒死事」を下敷きとし、いわゆる「赤穂事件」を巧みに劇化しているが、その『太平記』には、「薬師寺次郎左衛門公義」という実在の人物が登場する。

『太平記』の薬師寺公義は、塩冶判官高貞の北の方に横恋慕した高師直が、何とか北の方に接近しようとする場面に登場する。まず、「兼好ト云ケル能書ノ遁世者」[2]が呼ばれ、「紅葉重ノ薄様ノ、取手モクユル計ニコガレタルニ、言ヲ尽シテ」書いた手紙を、北の方が「手ニ取ナガラ、アケテダニ見給ハズ、庭ニ捨」てたため、「人目ニカケジ」と考えた使者は持ち帰った。その報告を聞いた師直は激怒し、「今日ヨリ其兼好法師、是ヘヨスベカラズ」と言い渡す。

そこに「所用ノ事有テ、フト差出」た薬師寺公義は、「人皆岩木ナラネバ、何ナル女房モ慕ニ靡ヌ者ヤ候ベキ。今一度御文ヲ遣サレテ御覧候ヘ」と語り、師直に代って「返サヘ手ヤフレケント思ニゾ我文ナガラ打モ置レズ」という和歌だけを書いて届けさせた。北の方が「歌ヲ見テ顔打アカメ、袖ニ入テ立」とうとしたため、使者が袖を捉えて返事を求めたところ、「重キガ上ノ小夜衣」とのみ言い捨てて部屋に入ってしまった。帰参した使者から話を聞いた師直は、喜んで公義を呼び「衣小袖ヲ調テ送レトニヤ」と尋ねる。公義は「イヤ是ハサヤウノ心ニテハ候ハズ」と述べ、右の言葉は「サナキダニ重キガ上ノ小夜衣我妻ナラヌ妻ナ重ネソ」という『新古今集』の和歌の心に基づいており、「人目計ヲ憚候物ゾトコソ覚テ候ヘ」と説明する。「大ニ悦」んだ師直は、公義を「弓箭ノ道ノミナラズ、歌道ニサヘ無双ノ達者也ケリ」と絶賛して「金作ノ団鞘ノ太刀一振」を引出物として直接手渡したのであった。

その後、師直は高貞の妻への恋慕心を増幅させ、「恋ノ病ニ臥沈ミ、物狂シキ事ヲノミ、寝テモ寤テモ云」う有様となり、「塩冶隠謀ノ企有由ヲ様々ニ讒ヲ運シ、将軍・左兵衛督ニ」訴える。その結果、塩冶高貞は「トテモ遁ルマジキ我命也。サラバ本国ニ逃下テ旗ヲ挙、一族ヲ促テ、師直ガ為ニ命ヲ捨ン」と決心し、やがて妻子とともに死へと追い詰められていくこととなる。

薬師寺公義は、観応二年（一三五一）、討死を覚悟して足利直義と対決すべきだとの進言に耳を傾けようとしない師直・師泰兄弟を見限り、「運尽ヌル人ノ有様程、浅猿キ者ハ無リケリ。我此人ト死ヲ共ニシテモ、何ノ高名カアルベキ。シカジ憂世ヲ捨テ、此人々ノ後世ヲ訪ンニハ」と決心し「取バウシ取ネバ人ノ数ナラズ捨ベキ物ハ弓矢也ケリ」と和歌を詠み、剃髪して高野山に入る（巻二十九）。

高兄弟の側近として勇猛な戦いぶりも描かれる公義であるが、右の出家については、かつて後醍醐帝への諫言が採用されぬ中で遁世した万里小路藤房の場合と違って、肯定的には描かれず、木曾義仲を諫めて自害した越後中太能景と対比させて「無下ニ劣リテゾ覚タル」と記される。ここに見られる批判的視線が、『忠臣蔵』では更に鮮明になったと言えよう。(3)

なお、『太平記』において、高師直が足利尊氏・直義に対して「塩冶陰謀ノ企有」として「様々ニ讒ヲ運シ」た際に、塩冶高貞が直ちに「トテモ遁ルマジキ我命也」(4)と判断したのは、尊氏・直義との距離において師直と高貞とでは大きな差があったことが見逃せないが、と同時に、高貞自身の過去も無視できない。

正慶二年（元弘三年・一三三三）閏二月、後醍醐帝が、配流地隠岐島の警固役・佐々木義綱を味方にするため官女を下賜し、隠岐からの脱出を企てた際に、義綱が出雲に渡って「同心スベキ一族」の塩冶高貞に相談を持ちかけたところ、高貞は義綱を「ヰコメテ置テ」隠岐へ帰さなかった。(5)やむをえず後醍醐帝は「唯運ニ任テ御出有ント思食テ」自ら島からの脱出を実行した。

ところが、名和長年の助力を得て船上山に拠点を定めた帝のもとには、まず一番に「出雲ノ守護」塩冶判官高貞が佐々木義綱と連れだって馳せ参じたのであった(6)（巻七）。五月十二日、千種忠顕・足利高氏・赤松円心からの早馬が六波羅の没落を伝え、同二十三日に後醍醐帝は船上山を出発して京都へと還幸する（二十二日には北条高時をはじめとする北条一門の自害により鎌倉幕府が滅亡した）。その時、塩冶判官は「千余騎ニテ、一日先立テ前陣ヲ仕」り、六月六日の二条内裏への還幸に際しても、楠正成や名和長年らとともに供奉した（巻十一）。又、後醍醐帝による公家一統政治が始動し、建武元年（一三三四）一月に大内裏造営[7]が企画された頃、塩冶高貞は出雲から京都までを半日で駆ける「龍馬」を献上する。帝自身は「誠ニ天馬ニ非ズバ斯ル駿馬ハ難レ有トテ、叡慮更ニ類無」い喜び方であった。この馬について、洞院公賢が「仏法・王法ノ繁昌宝祚長久ノ奇瑞」と祝賀したのに対し、万里小路藤房は時勢を批判した上で「不吉ノ表事」と述べたため、後醍醐帝は「少シ逆鱗ノ気色」を見せ「其日ノ御遊」は中止となる（巻十三）。その後も、連続して諫言を呈したものの、帝は「遂ニ御許容無」かったため、藤房が「臣タル道我ニ於テ至セリ。ヨシヤ今ハ身ヲ退ニハ不レ如」と考え、三月十一日の八幡への行幸に供養した後、「北山ノ岩蔵」へ出奔し、出家して行方を暗ましたとの叙述に連続している文脈から見れば、「龍馬」献上は否定的行為であったこととなる。

建武二年（一三三五）の「中先代の乱」（北条時行の挙兵）をきっかけとし、関東平定に京都を出発した足利尊氏は、直義軍と合流し、八月には北条軍を破る。しかし、護良親王の殺害を最大の理由として、朝廷は足利尊氏討伐を決定し、十一月には、尊良親王・新田義貞が足利氏討伐のために関東に下向する。その新田勢の中に塩冶高貞もいた。ところが、十二月の箱根・竹下合戦の最中に、塩冶高貞は大友貞載とともに「如何思ケン一矢射テ後、旗ヲ巻テ将軍方ニ馳加リ、却テ官軍ヲ散々ニ射ル」行動をとる（巻十四）。

暦応三年（一三四〇）二月、[8]北陸地方の官軍を制圧するために「船路ノ大将トシテ、出雲・伯耆ノ勢ヲ率シ兵船三百艘ヲ調へ」出発することになっていた塩冶判官高貞が「不慮ノ事出来テ」「忽ニ武蔵守師直ガ為ニ討レ」[9]たと記す『太平記』巻二十一「塩冶判官讒死事」（巻二十一の巻末章段）の末尾は「サシモ忠有テ咎無リツル塩冶判官、一朝ニ讒言セラレテ、百年ノ命ヲ失ツル事ノ哀サヨ。只晋ノ石季倫ガ、緑珠ガ故ニ亡サレテ、金谷ノ花ト散ハテシモ、カクヤ」という人々の同情の言葉を載せ、「ソレヨリ師直悪行積テ無レ程亡失ニケリ。利レ人者天必福レ之、賊

レ人者天必禍レ之ト云ル事、真ナル哉ト覚ヘタリ」と締め括られる。(10)

つまり、自害によって「生」を終える塩冶判官高貞が「忠」ある武士として肯定される一方で、その高貞を死へと追い詰めた高師直は「悪」の報いとしての滅亡が予告されている。しかし、右に概観してきたように、塩冶高貞自身の、鎌倉幕府の末端役人たる「出雲守護」という立場から、勝利者となった後醍醐帝に接近をはかり、後に足利方に降参した生き方を見る時、足利尊氏・直義にしてみれば、高師直の発言の方に耳を傾ける下地があったと言えよう。

二

さて、『太平記』において、高師直はどのように描かれているのであろうか。師直が初めて登場するのは巻九「足利殿着二御篠村一則国人馳参事」である。北条高時の要請により元弘三年（一三三三）三月二十七日に鎌倉を出発(11)した足利高氏は、京都警護・船上山攻撃という使命を受け、四月十七日には京都に到着する。しかし、「京着ノ翌日ヨリ、伯耆ノ船上へ潜ニ使ヲ進セテ、御方ニ可レ参由」と連絡をとり、四月二十七日の「八幡・山崎ノ合戦」の搦手の大将としての戦いはせずに、大手の大将名越尾張守高家の敗死を見捨てる形で、京都を通過し、丹波の篠村に赴く。

篠村に陣を取り近国から軍勢を招集したところ、まず、「一番」という旗紋・笠符をつけた久下時重一族が二百五十騎で馳せ参じる。不思議に思った高氏が「高右衛門尉師直」を呼び「一番」の意味を尋ねたところ、師直は由緒ある紋であることを説明する。つまり、かつて源頼朝が「土肥ノ杉山」で旗揚げした際に、時重の先祖・久下二郎重光が一番に馳せ参じたため、喜んだ頼朝は「若我天下ヲ持タバ、一番ニ恩賞ヲ可レ行」と言って、自分で「一番」という文字を書いて与えた結果、それがそのまま久下氏の家紋になったというのである。説明を聞いた高氏は「サテハ是ガ最初ニ参リタルコソ、当家ノ吉例ナレ」と大いに喜ぶ。

足利高氏自身が、北条高時を「彼ハ北条四郎時政ガ末孫也、人臣ニ下テ年久シ」と見、「我ハ源氏累葉ノ族也。王氏ヲ出テ不レ遠」と意識する「源氏」の頼朝に関わるめでたい故事の解説役を高師直が担っている意味は小さくない。やがて、二万三千余騎に膨れあがった軍勢を率いた足利高氏は、これも又源氏に由縁の神社である「篠村ノ新八幡」に戦勝祈願の願書を鏑矢一本を添えて奉納し、一つがいの山鳩の飛来を八幡大菩薩の奇瑞と考え、鳩に導かれる形で都へと入り（この時には「五万余騎」となっていた）、実際の合戦場面は描かれぬものの「六波羅滅亡」の勝利者となる。

次に師直が登場するのは、巻十四である。後醍醐帝の建武新政の初めに、「天子ノ御諱ノ字ヲ被レ下テ、高氏ト名ノラレケル高ノ字ヲ改メテ、尊ノ字ニ」改めた尊氏が、後醍醐帝より「朝敵追罰ノ宣旨」を受けた新田義貞と対決することになる経過は先に述べた。

「於二尊氏一向レ君奉テ引レ弓放レ矢事不レ可レ有。サテモ猶罪科無レ所レ遁、剃髪染衣ノ貌ニモ成テ、君ノ御為ニ不忠ヲ不レ存処ヲ、子孫ノ為ニ可レ残」と述べて挙兵に賛意を示さぬ尊氏を見て、上杉道勤・細川和氏・佐々木道誉は足利直義の元に参上し「今マデハ武家ノ棟梁ト成ヌベキ人ナキニ依テ、心ナラズ公家ニ相順者也」と述べ、「将軍ヲバ鎌倉ニ残シ留メ奉テ左馬頭殿御向候へ。我等面々ニ御供仕テ、伊豆・駿河辺ニ相支へ、合戦仕テ運ノ程ヲ見候ハン」と進言したため、喜んだ足利直義は、二十万七千余騎の軍勢で、建武二年（一三三五）十一月二十日[12]に鎌倉を出発し、二十四日に三河国矢矧川の東宿に到着する。この軍勢の中に「高武蔵守師直」もいた。

十一月二十五日の矢矧川での合戦においては、一番手として師直・師泰兄弟の二万余騎が、新田軍の大嶋・額田・籠沢・岩松の七千余騎と対決するものの、五百余騎が討たれて敗退する。この足利・新田両軍の対決は、佐々木道誉の降参などもあって（ただし、道誉は箱根合戦では再び足利方となる）、新田側が優勢であったが、「官軍此時若足ヲモタメズ、追懸タラマシカバ、敵鎌倉ニモ怺フマジカリケルヲ（中略）伊豆ノ府ニ被二逗留一ケルコソ、天運トハ云ナガラ、薄情カリシ事共ナリ」と、仮定法によって叙述されるように、新田勢は完全な勝利者となることはできなかった。

しかも、後醍醐帝への敵対を忌避する尊氏が建長寺に入り出家しようとして元結を切っていることを須賀左衛門から聞かされた「左馬頭・高・上杉」達は仰天したものの、上杉重能の発案によって作られた偽綸旨（足利一族を討伐せよという内容）を直義から見せられた尊氏が「サラバ無レ力、尊氏モ旁ト共ニ弓矢ノ義ヲ専ニシテ、義貞ト死ヲ共ニスベシ」と決心したことによって、足利軍は三十万騎となったのであった。そして、これも先述したように、箱根・竹下合戦で、塩冶高貞らの降伏などもあり、新田軍は京都まで退くこととなる。

建武三年（一三三六）一月九日、新田義貞勢一万余騎が守備する大渡（京都の南西部、木津川・宇治川の合流点付近）へ、足利軍八十万騎が攻め寄せ、武蔵・相模の兵二千余騎が「仮令川深シテ、馬人共ニ沈ミナバ、後陣ノ勢其ヲ橋ニ踏デ渡レカシ」と一斉に川へ馬を乗り入れようとした時、「執事武蔵守師直」が走り回って「是ハソモ物ニ狂ヒ給フカ。馬ノ足モタヽヌ大河ノ、底ハ早シテ上ハ閑ナルヲ、渡サバ渡サレンズルカ。暫閑マリ給ヘ。在家ヲコボチテ、筏ニ組デ渡ランズルゾ」と制止したため、武士達もそれに従う（乱杭などのため筏が崩壊し、五百余人の兵達が溺死する結果となったが）。

京都での合戦に敗れて、一旦、筑前まで逃れた足利尊氏は、多々良浜で菊池軍を破り、捲土重来して四月には太宰府を出発し、京都へと攻め上ってくる。一方、提言が後醍醐帝に採り上げられず「此上ハサノミ異議ヲ申ニ不レ及」と決心し、嫡子正行には死の覚悟を打ち明けて兵庫に向かった楠正成が、新田義貞勢に合流して、足利軍と対決した五月二十五日のこととして描かれるのが、巻十六「本間孫四郎遠矢事」である。新田方の本間孫四郎は、魚を摑んだ鶚を生きたまま足利方の船に射落とし、氏名を尋ねられたのに対し「三人張ニ十五束三伏」の弓で、氏名を刻んだ矢を足利方の船へ射込み「合戦ノ最中ニテ候へバ、矢一筋モ惜ク存候。其矢此方へ射返シテタビ候へ」と挑発する。それを聞いた将軍足利尊氏が、[13]誰か矢を射返すことができる者がいるかと、高武蔵守に訊ねると、師直は「西国一ノ精兵」として佐々木筑前守を推挙する（無名武士の失敗談へと展開するため、佐々木の実射場面は描かれないまま終わるが）。

京都まで攻め上ってきた足利軍と比叡山に拠る官軍との攻防戦（『太平記』巻十七は、六月・七月のこととする）の中、高師直は五百余騎・千余騎を率いて戦った。やがて、十月に後醍醐帝は、尊氏の要請を受け容れる形で比叡山より京都へ還幸するものの、花山院に幽閉される。恒良親王を奉じて越前へ赴いた新田義貞勢と斯波高経らの足利勢との合戦が続行する中、帝は京都を脱出し吉野へと潜幸する。[14]十一月七日に『建武式目』を定め、帝の動きを容認するか[15]のような姿勢を見せていた将軍尊氏のもとへ、玄恵法印[16]が訪れた時（巻十八）、師直は「此人コソ大智広学ノ物知ニテ候ナレバ（中略）此レニ山門ノ事、委ク尋問候ハヾヤ」と紹介し、尊氏が「ゲニモトテ、法印此方へ」と呼び寄せたことで、玄恵法印による〈比叡山開闢説話〉が語られる。この「長物語」によって、山門を全面的に否定する方向に傾斜していた「将軍・左兵衛督ヲ奉レ始、高・上杉・頭人・評定衆ニ至ル迄」が「山門ナクテ、天下ヲ治ル事有マジカリケリト信仰」することとなる。

建武四年（延元二年・一三三七）八月、上洛を志す奥州国司・鎮守府将軍北畠顕家の軍は、白河関を越え、鎌倉で足利軍を破り、翌年一月には鎌倉を出発する。

それに対して、「近江・美濃辺ニ馳向ヒ、戦ヲ王城ノ外ニ決センニハ如ジ」との高師泰の主張に、「将軍モ師直モ、此ノ儀然ベシ」と同意し、師泰らを大将軍とする一万余騎の勢が一月四日に都を出立[18]。一方、顕家は「我大功義貞ノ忠ニ成ンズル事ヲ猜デ[17]」新田勢とは合体せずに、伊勢から吉野へと回る。奈良に着いた顕家が、結城道忠（宗広）の「此儘吉野殿へ参ラン事、余ニ云甲斐ナク覚ヘ候。只此御勢ヲ以テ都ヘ攻上、朝敵ヲ一時ニ追落ス歟、モシ不レ然バ、尸ヲ王城ノ土ニ埋ミ候ハンコソ本意ニテ候ヘ」との提案に同意した。

北畠軍の京都進攻を知った将軍尊氏は「大ニ驚給テ」南都の攻撃を評議したが、自分から攻撃しようとする者はいなかった。その時、師直が「何トシテモ此大敵ヲ拉ガン事ハ、桃井兄弟ニマサル事アラジト存候」と提案した事で、桃井直信・直常兄弟ら「究竟ノ兵七百余騎」が北畠顕家軍を打破する。その後、北畠顕信（顕家の弟）が敗軍を集め、八幡山（石清水八幡宮）に陣取ったため、「京都又騒動シ」て派兵命令が出されたものの、「軍忠異二于他一桃井兄弟ダニモ抽賞ノ儀モナシ、増テ其已下ノ者ハサコソ有ンズラントテ、曾進ム兵更ニ無」かった。そこで、「角テハ叶マジ」として、師直が「一家ヲ尽シテ」出立したところ、「諸軍勢是ニ驚テ、我モ〱ト馳下」ったため、「雲霞ノ如ニ」なった大軍が八幡山の麓に充満した。桃井兄弟も、官軍を容易に攻略できぬ戦況を知り、独自に「一日一夜攻戦」い、官軍に痛手を与えたが、自軍も「残少ニ手負討レテ」引上げる。

このような中にあって、師直は「所々ノ軍兵ヲ招キ集メ」八幡へ「大勢ヲ差向テ、敵ノ打テ出ヌ様ニ四方ヲ囲メ」た上で天王寺へと向かう。そして、「芳野へ参ラント志シ、僅ニ二十余騎ニテ、大敵ノ囲ヲ出ン」としていた北畠顕家は、延元三年（一三三八）「五月廿二日和泉ノ堺安部野ニテ討死」する。師直は首実験をし、顕家を討った越生四郎左衛門尉と、首・武具を進覧した武藤政清とに「抽賞御感ノ御教書」を下したのであった（巻十九）。

越前の新田義貞のもとに、八幡山の窮状を伝え、援軍のための上洛を促す「御宸筆ノ勅書」が届く。義貞は「二手ニ分テ国ヲモ支ヘ、又京ヲモ責ベシ」として、自身は三千余騎で越前にとどまり、義助が二万余騎で越前の府から敦賀へと向かう。

この事を聞いた将軍尊氏は、義助と山門との提携作戦を警戒し、「事ノ急ナラヌ先ニ、急八幡ノ合戦ヲ閣テ、京都へ帰テ北国ノ敵ヲ相待ベシ」と高武蔵守師直に命じる。師直は「此城ヲ責カ、リナガラ、落サデ引返シナバ、南方ノ敵ニ利ヲ得ラレツベシ。サテ又京都ヲ閣バ、北国ノ敵ニ隙ヲ伺レツベシ。彼此如何セント、進退谷テ覚へ」（傍点筆者）た結果、「或夜ノ雨風ノ紛ニ、逸物ノ忍ヲ八幡山へ入レテ、神殿ニ」放火させた。「忝モ王城鎮護ノ宗廟ニテ、殊更源家崇敬ノ霊神ニテ御坐セバ、寄手ヨモ社壇ヲ焼ク悪行ハアラジ」と油断していた官軍は混乱し、高木十郎・松山九郎の奮闘による抗戦はあったものの。結局、河内へと退却する。(19)

この後、『太平記』は、越前・灯明寺から藤島へ向かう途中での新田義貞の戦死（巻二十。閏七月二日）、吉野における後醍醐帝の崩御（巻二十一。本文は「延元三年」とするが、正しくは延元四年〈一三三九〉の八月十六日）等を叙述し、巻二十一の巻末に、冒頭で採り上げた「塩冶判官讒死事」を配置する。

三

貞和四年（一三四八）十月二十七日の崇光天皇即位記事（巻二十五）に続く章段「宮方怨霊会二六本杉一事付医師評定事」において、一人の禅僧が、仁和寺の六本杉の梢に大塔宮をはじめとする宮方の人物が「眼ノ光尋常ニ替テ左右ノ脇ヨリ長翅生出タ」姿で会合する光景を見た事が語られる。その中で、忠円僧正の口から、大塔宮は「直義ガ内室ノ腹ニ、男子ト成テ生レ」るべきこと、峰僧正春雅は妙吉侍者の「心ニ入替」るべきこと、智教上人は上杉重能・畠山直宗の「心ニ依託シテ、師直・師泰ヲ失ハント計ラ」うべきこと、そして忠円自身は「武蔵守・越後守ガ心ニ入替テ、上杉・畠山ヲ亡ボシ候ベシ」等と語られ、最後に忠円が「依レ之直義兄弟ノ中悪ク成リ、師直主従ノ礼ニ背カバ、天下ニ又大ナル合戦出来テ、暫ク見物ハ絶候ハジ」と述べたところ、「大塔宮ヲ始進セテ、我慢・邪慢ノ小天狗共ニ至ルマデ」(20)が「一同ニ皆入興シテ幻ノ如ニ成」ったのであった。

一方、十一月二十六日ノ住吉合戦で山名・細川を破った楠正行勢を制圧するために「執事高武蔵守師直、越後守師泰兄弟ヲ両大将ニテ、四国・中国・東山・東海二十四箇ノ勢」が京都を出発し、「十二月十四日ノ早旦ニ」師泰勢三千余騎が淀に到着し、「同二十五日」には師直の七千余騎が八幡に到着。二十七日に吉野の皇居に参上した正行は、「今度師直・師泰ニ懸合、身命ヲ尽シ合戦仕テ、彼等ガ頭ヲ正行ガ手ニ懸テ取候歟、正行・正時ガ首ヲ彼等ニ被レ取候カ、其二ノ中ニ戦ノ雌雄ヲ可レ決ニテ候へバ、今生ニテ今一度君ノ龍顔ヲ奉レ拝為ニ、参内仕テ候」と涙ながらに決意を述べ、後村上帝から「累代ノ武功返々モ神妙也。（中略）朕以レ汝股肱トス。慎デ命ヲ可レ全」と言葉をかけられる。正行達は「先皇ノ御廟ニ参テ、今度ノ軍難儀ナラバ、討死仕べキ暇ヲ申テ、如意輪堂ノ壁板ニ各名字ヲ過去帳ニ書連テ、其奥ニ、返ラジト兼テ思へバ梓弓ナキ数ニイル名ヲゾトヾムル、ト一首ノ歌ヲ書留メ、逆修ノ為ト覚敷テ、各鬢髪ヲ切テ仏殿ニ投入」れて吉野を出立する。

この場面から始まる巻二十六では、まず貞和四年（正平三年・一三四八）一月の四条畷合戦が描かれる。楠正行達は「大将師直ニ寄合テ、勝負ヲ決セザラント、少モ擬議セズ進」攻し、正行は「落バ落べカリケルヲ、[21]初ヨリ今度ノ軍ニ、師直ガ頸ヲ取テ返リ参ゼズハ、正行ガ首ヲ六条河原ニ曝サレヌト被二思食一候へト、吉野殿ニテ奏シ」ていた「其言ヲヤ恥タリケン、又運命爰ニヤ尽ケン」、ただ、師直を目指して「閑ニ歩近付」いていく。

楠勢に攻められた師直勢七千余騎が攪乱されて、京都まで逃げる者も多かった戦況が記された後に、次のような叙述が続く。「此時若武蔵守一足モ退ク程ナラバ、逃ル大勢ニ引立ラレテ洛中マデモ追著レヌト見へケルヲ、[22]少モ漂フ気色無シテ、大音声ヲ揚テ、「蓬シ返セ、敵ハ小勢ゾ師直爰ニアリ。見捨テ京へ逃タラン人、何ノ面目有テカ将軍ノ御目ニモ懸ルべキ。運命天ニアリ。名ヲ惜マント思ハザランヤ」ト、目ヲイラ、ゲ歯嚼ヲシテ、四方ヲ下知セラレケルニコソ、恥アル兵ハ引留リテ師直ノ前後ニ馨ケレ」。そして、師直の前を負傷した土岐周済房と家来達が「スゲナウ通リ」かかったのを、師直が「吃ト見」て「日来ノ荒言ニモ不レ似、マサナウモ見へ候者哉」と声をかけたところ、土岐達は「何カ見苦候べキ。サラバ討死シテ見セ申サン」と答えて、敵中へ引返して討死したこと、それを見た「雑賀次郎モ蒐入リ打死」したことが記される。

更に「楠ト武蔵守ト、アハヒ僅ニ半町計ヲ隔タレバ。スハヤ楠ガ多年ノ本望爰ニ遂ヌト見」えたが、上山六郎左衛門(23)が師直の前に立ち塞がって、大声で「八幡殿ヨリ以来、源家累代ノ執権トシテ、武功天下ニ顕レタル高武蔵守師直是ニ有」と名乗って「討死シケル其間ニ」師直が遠く隔たってしまったため、正行は「本意」を遂げることができなくなってしまったと述べられ、続けて、上山が師直の身代りとなって討死した背景として、「只一言ノ情ヲ感ジテ命ヲ軽クシ」た事情が挿話的に語られる。

上山が楠勢の接近を知らずに「閑ニ物語セントテ、執事ノ陣へ行」っていた時に、「敵寄タリ」と騒動になった。自分の陣に戻って武装する余裕もなかった上山が「唐櫃ノ緒ヲ引切テ」、師直の置いていた二領の「同毛ノ鎧」を取って肩に懸けたところ、それを見咎めた「武蔵守ガ若党」が「是ハ何ナル御事候ゾ。執事ノ御キセナガニテ候者ヲ、案内(24)ヲモ申サレ候ハデ」と言って奪い返そうとして、上山と引き合いになった。それを聞いた師直は「馬ヨリ飛デ下リ、若党ヲハタト睨デ」「無二云甲斐一者ノ振舞哉。只今師直ガ命ニ代ラン人々ニ、縦千両万両ノ鎧也共何カ惜カルベキゾ。コ、ノケ」と家来を制し、上山を「イシウモメサレテ候者哉」と褒めたために、「誠ニウレシキ気色」を見せた上山は、その後、師直の身代わりになったのであった。この上山の行動は「哀レナル」と記され、中国故事を引用した上で「師直鎧ヲ不レ与ハ、上山命ニ代ランヤ。(25)情ハ人ノ為ナラズトハ、加様ノ事ヲゾ申べキ」と締め括られる（上山を見咎めた若党については「軍ノ難儀ナルヲ見テ先一番ニ落」ちた事が、上山とは対照的に記される）。

一方、楠正行(26)は、上山の頭が「太清ゲナル男」で、鎧の紋が「輪違ヲ金物ニ掘透シ」たものであることを見て「サテハ無二子細一武蔵守ヲ討テゲリ。多年ノ本意今日已達シヌ。是ヲ見ヨヤ人々」と言って「此頭ヲ中ニ投上テハ請取、請取テハ手玉ニツイテ」喜ぶ。弟正時が、その首を「太刀ノ鋒ニ指貫差上テ」見せたところ、周りの者から「師直ニハ非ズ、上山六郎左衛門ガ首也」と指摘されたため、正行は「大ニ腹立シテ、此頭ヲ投」げたものの「乍

ㇾ去余ニ剛ニミヘツルガヤサシサニ、自余ノ頭共ニハ混ズマジキゾ」と言って「著タル小袖ノ片袖ヲ引切テ、此首ヲ押裹デ岸ノ上ニ」置いたのであった。

師直の生存を知った鼻田弥次郎は「輪違ノ旗一流打立テ、清ゲナル老武者ヲ大将トシテ七八十騎ガ程磬へ」ているのを師直と見て、接近しようとしたところ、和田新兵衛が「敵ハ馬武者也。我等ハ徒立也」として「我等怺へデ引退ク真似ヲセバ、此敵、気ニ乗テ追蒐ツト覚ルゾ。敵ヲ近々ト引寄テ、其中ニ是ゾ師直ト思ハン敵ヲ、馬ノ諸膝薙デ切居へ、落ル処ニテ細頸打落シ、討死セン」と提案し、五十余人の兵達の賛同を得て「楯ヲ後ニ引カヅキ、引退ク体」を見せた。

しかし、師直は「思慮深キ大将(27)」だったため「敵ノ忻テ引処ヲ推シテ、些モ馬ヲ動カサ」なかった。「西ナル田中ニ三百余騎」で待機していた高播磨守師冬が追撃したが、「元来剛ナル和田・楠」の抵抗に合い、師冬側に五十余人の死者が出た。

「師直ト楠トガ間、一町許ニ成」ったことで、正行勢は「是ゾ願フ処ノ敵ヨト見澄シテ」接近を図るものの、「今朝ノ巳刻ヨリ申時ノ終マデ、三十余度ノ戦ニ、息絶気疲ル、ノミナラズ、深手浅手負ヌ者モ無」かったため「馬武者ヲ追攻テ」討つことはできなかった。それでも「和田・楠・野田・関地良円・河辺石掬丸」は師直勢を「何程ノ事カ可ㇾ有ト思フ心ヲ力」として「我先我先ト」進攻した。師直は「余ニ辞理ナク懸ラレテ」「已ニ引色ニ見へ」たが、「九国ノ住人須々木四郎」という「強弓ノ矢ツギ早、三人張ニ十三束三伏、百歩ニ柳ノ葉ヲ立テ、百矢ヲバハヅサヌ程ノ射手」が「人ノ解捨タル箙、竹尻籠・箞ヲ掻抱ク許取集テ、雨ノ降ガ如ク矢坪ヲ指テ」射た結果、楠次郎正時は「眉間フエノハヅレ射ラレテ抜程ノ気力モナ」くなり、正行は「左右ノ膝口三所、右ノホウ崎、左ノ目尻、箆深ニ射ラレテ」動けなくなったため、楠兄弟は「今ハ是マデゾ。敵ノ手ニ懸ルナ」と言って「差違へ北枕ニ臥」し、「自余ノ兵三十二人」も自害した。

その後、「師直ガ兵ノ中ニ交リテ、武蔵守ニ差違テ死ント近付」いた和田新発意[28]が、「河内ヨリ降参シタリケル湯浅本宮太郎左衛門」に後ろから両膝を切られて斬首されたこと[29]、大塚掃部助が和田・楠の討死を知り「只一騎馳帰、大勢ノ中へ蒐入テ、切死」したこと、和田新兵衛正朝[30]が「吉野殿ニ参テ事ノ由ヲ申サントヤ思ケン、只一人（中略）敵ノ頸一ツ取テ左ノ手提テ、東条ノ方へ」落ちて行くのを安保忠実に見咎められ、対決し「日已ニ夕陽ニ及バン」時まで決着がつかなかったが、青木次郎・長崎彦九郎の二騎に次々に射られ「七筋マデ射立ラレ」た結果、遂に忠実に首を取られた次第が描かれ、最後に「捴テ今日一日ノ合戦ニ、和田・楠ガ兄弟四人、一族二十三人、相順フ兵百四十三人、命ヲ君臣二代ノ義ニ留メテ、名ヲ古今無双ノ功ニ残セリ」の一文から始めて、北畠顕家・新田義貞討死後の官軍の劣勢を確認し、「唯此楠許コソ、都近キ殺所ニ威ヲ逞シテ、両度マデ大敵ヲ靡カセヌレバ、吉野ノ君モ、魚ノ水ヲ得タル如ク叡慮ヲ令㆑悦、京都ノ敵モ虎ノ山ニ靠恐懼ヲ成レツルニ、和田・楠ガ一類皆片時ニ亡ビハテヌレバ、聖運已ニ傾ヌ。武徳誠ニ久シカルベシト、思ハヌ人モ無リケリ」と、かつての両極対立の構図が、確実に異なる局面を見せつつあることを確認している[31]。

四

貞和四年（一三四八）一月五日の楠正行達の死により、高師泰は「楠ガ館ヲモ焼払ヒ、吉野ノ君ヲモ可㆑奉㆑取」と六千余騎で「正月八日和泉ノ堺ノ浦ヲ立テ」石川河原に向城を構え、高師直は「三万余騎ノ勢ヲ率シテ、同十四日平田ヲ立テ、吉野ノ麓へ押寄」せた。そのため、四条隆資の進言を受けた後村上帝達は「夢路ヲタドル心地」のまま「習ハヌ道ノ岩根ヲ歩ミ、重ナル山ノ雲ヲ分テ、吉野ノ奥へ迷入ル」こととなる。

吉野山へ押し寄せた師直は「三度時ノ声ヲ揚タレ共、敵ナケレバ音モセズ、サラバ焼払へ」として「皇居幷卿相雲客ノ宿所」に放火したため、「魔風盛ニ吹懸テ、二丈一基ノ笠鳥居・二丈五尺ノ金ノ鳥居・金剛力士ノ二階ノ門・北野天神示現ノ宮・七十二間の回廊・三十八所ノ神楽屋・宝蔵・竈殿・三尊光ヲ和ゲテ、万人頭ヲ傾ル金剛蔵王ノ社壇マデ、一時ニ灰燼ト成ハテ、烟蒼天ニ立登ル」と描かれ、「浅猿カリシ有様也」との評語も付けられる。以下、「北野天神[32]ノ社壇」及び「蔵王権現」の由来譚が記され、「斯ル奇特ノ社壇仏閣ヲ一時ニ焼払ヌル事誰カ悲ヲ含マザラン。サレバ、主ナキ宿ノ花ハ、只露ニ泣ケル粧ヲソヘ、荒ヌル庭ノ松マデモ、風ニ吟ズル声ヲ呑。天ノ忿リ何レノ処ニカ帰セン。此悪行身ニ留ラバ、師直忽ニ亡ナント、思ハヌ人ハ無リケリ」と締め括られる。これは、巻二十一「塩冶判官讒言事」の末尾の叙述に重なるものでもあり、師直の今後を「悪行」に結びつけて予告するものともなっている。

「四条縄手ノ合戦ニ、和田・楠ガ一族皆亡ビテ、今ハ正行ガ舎弟次郎左衛門正儀許生残タリト聞ヘシカバ、此次ニ残ル所ナク、皆退治セラルベシ」として高師泰が三千余騎で石川河原に向城を構え「互ニ寄ツ被レ寄ツ」合戦が連続していること、「吉野ノ主上」（後村上帝）の賀名生の「黒木ノ御所」における心細い様子が短く記された後に続くのが、巻二十六・第六章「執事兄弟奢侈事」である。

「夫富貴ニ驕リ功ニ侈テ、終ヲ不レ慎ハ、人ノ尋常皆アル事ナレバ、武蔵守師直今度南方ノ軍ニ打勝テ後、弥心奢リ、挙動思フ様ニ成テ、仁義ヲモ不レ顧、世ノ嘲弄ヲモ知ヌ事共多カリケリ」として、一条今出川の「故兵部卿親王ノ御母堂、宣旨ノ三位殿ノ住荒シ給ヒシ古御所」を我が物として、身分不相応の豪壮な邸宅を構えたこと、「月卿雲客ノ御女ナドハ、世ヲ浮草ノ寄方無テ、誘引水アラバト打佗ヌル折節ナレバ、セメテハサモ如何セン、申モ無二止事一宮腹ナド、其数ヲ不レ知、此彼ニ隠置奉テ、毎夜通フ方」が多かったため、「執事ノ宮廻ニ、手向ヲ受ヌ神モナシ」と「京童部ナンドカ咲種」になったことが述べられ、「加様ノ事多カル中ニモ、殊更冥加ノ程モ如何ガト覚テウタテカリシハ」として、「二条前関白殿ノ御妹」を盗み出し、「始ハ少シ忍タル様ナリシガ、後ハ早打顕レタル振舞ニテ、憚ル方モ無」く、やがて「此御腹ニ男子一人出来テ、武蔵五郎ト」名付けたことが記され、「サコソ世ノ末ナラメ、忝モ大織冠ノ御末太政大臣ノ御妹ト嫁シテ、東夷ノ礼ナキニ下ラセ給フ。浅猿カリシ御事ナリ」と描かれる。(33)

続けて、「是等ハ尚モ疎カ也。越後守師泰ガ悪行ヲ伝聞コソ不思議ナレ」として、自分の山荘を造るために、師泰が「北野ノ長者菅宰相在登卿ノ領地」を所望したところ、在登が先祖代々の墓を「他所へ移シ候ハム程ハ、御待候ベシ」と返事したのに対し、師泰は「惜マンズル為ニゾ、左様ノ返事ヲバ申ラン」と言って「人夫ヲ五六百人遣テ、山ヲ崩シ、木ヲ伐捨テ地ヲ曳」かせた。すると「塁々タル五輪ノ下ニ苔ニ朽タル尸」が現れた（この事については「旅魂幽霊何クニカ吟フラント哀也」と記される）。「是ヲ見テ如何ナルシレ者カ仕タリケン、一首ノ歌ヲ書テ引土ノ上ニコソ立タリケル。無キ人ノシルシノ率都婆掘棄テテ墓ナカリケル家作哉」——師泰はこの落書を「是ハ何様菅三品ガ所行ト覚ルゾ」として、「吾護殿ト云ケル大力ノ児（大覚寺殿寛尊親王の寵童）」に命じ、在登を殺させた（「不便ナレ」と記される）。又、苦しみつつ山荘造営工事をする人夫を嘲笑した「四条大納言隆陰卿ノ青侍大蔵少輔重藤・古見源左衛門」のことを「作事奉行シケル者ノ中間」より聞いた師泰は、二人を呼び戻し、人夫の着衣に着替えさせ、土木工事をさせた。更に、「是等ハ尚シ少事也」として、師泰が寺院の九輪を取って鑵子に鋳させたことを記し、諸国の武士達も「我劣ラジト塔ノ九輪ヲ下テ、鑵子ヲ鋳サセ」たため、「和泉・河内ノ間、数百箇所ノ塔婆」のうち完全なものは皆無になったことが描かれ、「只守屋ノ逆臣二度此世ニ生レテ、仏法ヲ亡サントスルニヤト、奇キ程ニゾ見ヘタリケル」と、仏敵という形で批判的に叙述される。

次に、師直・師泰兄弟と対立する存在としての上杉・畠山・妙寺侍者の登場が描かれる。

まず、「才短ニシテ、官位人ヨリモ高カラン事ヲ望ミ、功少シテ忠賞世ニ超ン事ヲ思」う上杉重能・畠山直宗は「師直・師泰ガ将軍御兄弟ノ執事トシテ、万ヅ心ニ任セタル事ヲ猜ミ（中略）吹毛ノ咎ヲ争テ、讒ヲ構」えた。しかし、将軍尊氏も左兵衛督直義も「執事兄弟無テハ、誰カ天下ノ乱ヲ静ムル者可レ有ト異二于他一」に思ったため、「少々ノ咎」は聞き入れようとせず、「佞人讒者ノ世ヲ乱ラン事ヲ悲」しんだ（この対立については、やや長い中国故事を引用した上で、「高・上杉ノ両家、差タル恨モナク、又トガムベキ所モナキニ、権ヲ争ヒ威ヲ猜テ、動レバ確執ニ及バント互ニ伺レ隙事豈忠臣ト云ベシヤ」と批判的にまとめられている）。

続いて、直義が傾倒する妙吉侍者の事が採り上げられる。高兄弟は「何条其僧ノ知恵才学サゾアルラント欺テ」妙吉と一度も面会しないだけでなく「門前ヲ乗打ニシテ、路次ニ行逢時モ、大衣ヲ沓ノ鼻ニ蹴サスル体ニ」振舞ったため、妙吉も「安カラヌ事ニ思」い「物語ノ端、事ノ次ニハ、只執事兄弟ノ挙動、穏便ナラヌ者哉ト云沙汰」した。それを聞いた上杉・畠山は「スハヤ究竟ノ事コソ有ケレ。師直・師泰ヲ讒シ失ハンズル事ハ、此僧ニマサル人非ジ」と考え、妙吉と「交ヲ深シ媚ヲ厚シテ様々讒ヲ」構えた。妙吉の方も「元来悪シト思フ高家ノ者共ノ挙動」であったために「彼等ガ所行ノ有様、国ヲ乱リ政ヲ破ル最タリト被二讒申一事」が多かった。そして、或る時、妙吉は「言バ巧ニ譬ノゲニモト覚ル」中国故事（秦の趙高をめぐる長い話）を直義に語り、「サレバ古モ今モ、人ノ代ヲ保チ家ヲ失フ事ハ、其内ノ執事管領ノ善悪ニヨル事ニテ候。今武蔵守・越後守ガ振舞ニテハ、世中静リ得ジトコソ覚テ候ヘ」と述べ、恩賞・所領をめぐる高兄弟の身勝手な振舞いを指摘し、更に「正ク承シ事ノ浅猿シカリシハ」と強調した上で「都ニ王ト云人ノマシ〳〵テ、若干ノ所領ヲフサゲ、内裏・院ノ御所ト云所ノ有テ、馬ヨリ下ル六借サヨ。若王ナクテ叶マジキ道理アラバ、以レ木造ルカ、以レ金鋳ルカシテ、生タル院、国王ヲバ何方ヘモ皆流シ捨奉ラバヤト云シ[34]言ノ浅猿サヨ」と語り、「其罪ヲ刑罰セラレズハ、天下ノ静謐何レノ時ヲカ期シ候ベキ。早ク彼等ヲ討セラレテ、上杉・畠山ヲ執権トシテ、御幼稚ノ若御ニ天下ヲ保タセ進セント思召ス御心ノ候ハヌヤ」と説得した結果、直義も「ゲニモト覚ル心」が生じた（ここまで語った『太平記』は、この章の最後を「是ゾ早仁和寺ノ六本杉ノ梢ニテ、所々ノ天狗共ガ又天下ヲ乱ラント様々ニ計リシ事ノ端ヨト覚ヘタル」と結ぶ）。

巻二十六の末尾では、「将軍ノ嫡男宮内大輔直冬」の動静が短く記される。「忍テ一夜通ヒ給タリシ越前ノ局ト申女房ノ腹ニ出来」た直冬は、尊氏から許容されぬまま、玄恵法印のもとで学問を納め、「器用事ガラ、サル体ニ見」た玄恵によって直義に紹介され、「是ニテ一二年過ケルマデモナヲ将軍認知ノ儀無」かったが、「紀伊国ノ宮方共蜂起ノ事及二難儀一ケル時」に将軍は「始テ父子ノ号ヲ被レ許、右兵衛佐ニ補任シテ」直冬を「討手ノ大将」に派遣。紀州が静謐して帰参した後、人々が直冬を「重ジ奉ル儀モ出来リ、時々将軍ノ御方へモ出仕」するようになったものの「猶座席ナンドハ仁木・細川ノ人々ト等列ニテ、サマデ賞翫ハ未無」かったが、今度、「左兵衛督ノ計ヒトシテ、西国ノ探題ニ」任命、その結果、「早晩シカ人皆帰服シ奉リテ、付順フ者」も多くなり、備後の鞆において「中国ノ成敗ヲ司ドル」にあたって「忠アル者ハ不レ望恩賞ヲ賜リ、有レ咎者ハ不レ罰去二其堺一」という様相を招来した。そのために「多年非ヲカザリテ、上ヲ犯シツル師直・師泰ガ悪行、弥隠レモ無リケリ」と、直冬との比較による唐突な形での高兄弟批判によって締め括られる。

『太平記』巻二十六前半の四条畷合戦の中での高師直は、上山六郎左衛門から信頼される実戦的武将をして描かれていたが、後半になると、南朝方勢力が弱体化していく一方で、足利政権中枢部の権力をめぐる人間関係の中で、師直は師泰とともに否定的に描かれていくこととなる。そして、その実態は、仁和寺六本杉の梢に出現した宮方の怨霊達の合議の枠組の中で確認されていくものでもある。

貞和五年（正平四年・一三四九）のことが採り上げられる巻二十七では、まず、「犯星・客星」の出現、将軍塚の鳴動、清水寺炎上、石清水八幡宮御殿の鳴動、「太白・辰星・歳星ノ三星」の出現などが短く記され、続けて、田楽流行の中での四条河原の田楽興行とその桟敷の崩壊が記される。この大事故については、「山門西塔院釈迦堂ノ長講」が山伏に案内されて「仁木・細川・高・上杉ノ人々」が座している「将軍ノ御桟敷」に入り見物していたところ、山伏が長講に「余ニ人ノ物狂ハシゲニ見ユルガ憎キニ、肝ヲツブサセ興ヲ醒サセンズルゾ。騒ギ給フナ」とささやいて「桟敷ノ柱ヲエイヤ〳〵ト推」したために「二百余間ノ桟敷、皆天狗倒」しになったのであったが、「ヨソヨリハ辻風ノ吹ト」見えたのであった。この章は「誠ニ今度桟敷ノ儀、神明御眸ヲ被㆑廻ケルニヤ、彼桟敷崩テ人多ク死ケル事ハ六月十一日也。其次ノ日、終日終夜大雨降㆓車軸㆒洪水流㆓盤石㆒、昨日ノ河原ノ死人汚穢不浄ヲ洗流シ、十四日ノ祇園神幸ノ路ヲバ清メケル。天龍八部悉霊神ノ威ヲ助テ、清浄ノ法雨ヲ灌キケル。難㆑有カリシ様也」とまとめられる。

次に、「又此比天下第一ノ不思議アリ」として、出羽国羽黒山伏の雲景が「貞和五年六月二十日」に体験した「希代ノ目」を「熊野ノ牛王ノ裏」に記した「未来記」の内容について詳述される。雲景は「年六十許ナル山伏」に案内されて「愛宕山トカヤ聞ユル高峰」で「大ナル金ノ鵄」（崇徳院）をはじめ、後醍醐院から尊雲（護良親王）に至る人々が「大魔王ト成テ今爰ニ集リ、天下ヲ乱候べキ評定」をする姿を見る。雲景は「恐怖シナガラ不思議ノ事哉」と思い、「一座ノ宿老山伏」に尋ねられるままに、桟敷倒壊の理由や「村雲ノ僧」（妙吉侍者）のこと、「天下ノ重事、未来ノ安否」などについて質問を重ねていき、それに対し、老僧も明解に答えていく。ただ、雲景の発言の中には、Ⓐ「将軍御兄弟、此比執事ノ故ニ御中不快ト候。此若天下ノ大儀ニ成候ハンズルヤラント貴賤申候」とか、Ⓑ「将軍御兄弟執事ノ間ノ不和ハ、何レカ道理ニテ始終通リ候べキ」、Ⓒ「師直・師泰我儘ニシスマシテ天下ヲ持ツべキ歟」等、高師直と将軍兄弟との関わりについての質問が目立つ。それに対して、老僧はⒷについては「三条殿（直義）ト執事ノ不快ハ一両月ヲ不㆑可㆑過、大ナル珍事ナルべシ」と答えた上で「政道」論へと話を展開させ、三種の神器が南朝側の「微運ノ君ニ随テ空ク辺鄙外土ニ交リ給フ」事が「神明吾朝ヲ棄給ヒ、王威無㆓残所㆒尽シ証拠也。（中略）サレバ神道王法共ニナキ代ナレバ、上廃レ下驕テ是非ヲ弁ル事ナシ。然レバ師直・師泰ガ安否、将軍兄弟ノ通塞モ難㆑弁」と語る。又Ⓒに対しては「イヤサハ不㆑可㆑有。如何末世濁乱ノ義ニテ、下先勝テ上ヲ可㆑犯。サレ共又上ヲ犯咎難㆑遁ケレバ、下又其咎ニ可㆑伏。其故ハ、将軍兄弟モ可㆑奉㆑敬一人ノ君主ヲ軽ジ給ヘバ、執事其外家人等モ又武将ヲ軽ジ候。是因果ノ道理也。サレバ地口天心ヲ呑ト云変アレバ、何ニモ下剋上ノ謂ニテ師直先可レ勝。自レ是天下大ニ乱テ父子兄弟讐ヲ結ビ、政道聊モ有マジケレバ、世上モ無二左右一難レ静」と答える。やがて、老僧が「愛宕山ノ太郎坊」である事が明かされ、突然の猛火とともに現実に引き戻された雲景が「貞和五年閏六月三日」付の告文を書いて、伝奏を介して進奏したとの記述で締め括られる[35]。

「師直・師泰等誅罰」について「上杉・畠山ガ讒尚深ク」、妙吉もしきりに訴えたため、直義は「将軍ニモ知セ奉ラデ」上杉・畠山・大高・粟飯原・斉藤らと評議し、「師直兄弟ヲ可レ被レ誅謀」を内密に決める。何も知らずに直義邸に赴いた師直であったが、粟飯原清胤が「俄ニ心替リシテ告知セバヤト思ヒ」「些色代スル様ニシテ、吃ト目クハセヲシ」たところ、「心早キ者」であった師直は即座に察して「カリソメニ罷出ル体ニテ、門前ヨリ馬ニ打乗、己ガ宿所ニ」帰った。その夜、師直邸を訪れた粟飯原・斉藤より「隠謀」の詳細を聞いた師直は、二人に引出物を与え、厳しく用心し、仮病を使って外出しなかった。やがて師直からの連絡を受けた師泰は、直義から執事職に任命するとの使者が来たものの拒否して、石川河原より上洛した。

八月十一日に師直邸を訪れた赤松円心父子の勧めを受け入れて、師直は播磨に下る。「貞和五年八月十二日ノ宵ヨリ」「洛中ニハ只今可レ有二合戦一トテ」「数万騎ノ兵上下へ馳違」ったが、直義邸へは七千余騎、執事師直邸へは五万余騎が集結した。驚いた将軍は、師直達が直義邸を襲撃することを懸念して、直義達を呼び寄せる。「八月十三日ノ卯刻」師直軍が将軍の邸を包囲したのに対し、将軍は使者を送って「只一言ノ中ニ若干ノ理ヲ尽」して気持を伝えると、師直は「讒者ノ張本ヲ給テ後人ノ悪習ヲコラサン為ニ候」と言って「楯ヲ一面ニ進テ両殿ヲ囲」み返答を促した。将軍がそれを「弥腹ニ居兼テ」「ヨシ〳〵天下ノ嘲ニ身ヲ替テ討死セン」と駆け出そうとするのを、直義が制して説得したため、将軍も「師直ガ任二申請旨一、自レ今後ハ左兵衛督殿ニ政道綺ハセ奉ル事不レ可レ有。上杉・畠山ヲバ可レ被二遠流一」と返答した。その結果、師直は「喜悦ノ眉ヲ開キ、囲ヲ解テ打帰」った（翌朝「召取ント人ヲ遣シ」たが妙吉侍者は「先立テ逐電シ」「財産ハ方々へ運ビ取」っていた事が付記される)。「斯シ後ハ弥師直権威重ク成テ」直冬追討の命令を出し、九月十三日に杉原又四郎が直冬を攻め、直冬は備後より肥後へと逃れる。又、直義に代って左馬頭義詮が関東より上洛することとなり師直は諸事を補佐することとなる。一方、錦小路堀川の宿所に移った直義は、十二月八日に四十二歳で剃髪し慧源となる。「師直ガ許シヲ得テ」玄恵法印だけが慧源を訪ねて親しく交流していたが、間もなく玄恵は死亡した(史実としては観応元年〈一三五〇〉三月二日)。

上杉重能・畠山直宗は越前国に配流となったが、師直は「不足ニ」思ったのか「潜ニ討手ヲ差下シ」結局、八月二十四日、畠山は自害し、上杉は殺された(「加様ニ万ヅ成ヌレバ、天下ノ政道併武家ノ執事ノ手ニ落テ、今ニ乱ヌトゾ見ヘタリケル」と締め括られる)。巻二十八冒頭では、貞和六年(一三五〇)二月二十七日に「観応」と改元された事を記すとともに、前年十月に上洛した義詮が「天下ノ政道ヲ執行」ったものの「万事只師直師泰ガ計ヒ」であったこと、直冬追討令も「只武蔵守師直ガ申沙汰スル処」であったことが記される。やがて、直冬が九州を制圧した事を知った将軍は執事師直に相談し、その「上サマノ自御下候テ、御退治ナクテハ叶マジキニテ候」という意見に従って「十月十三日」(史実は二十八日か)に京都を出立する。その前日に、危険を感じた慧源が失踪し「スハヤ天下ノ乱出来ヌルハ、高家ノ一類今ニ滅ン」と噂されたものの、直冬討伐軍は予定通り九州へ向かった。

やがて慧源は「正平五年〈一三五〇〉十二月十三日」に南朝への降伏が認められた(36)。「三条左兵衛督入道慧源ト吉野殿ト御合体有テ」、観応二年(一三五一)正月七日には、慧源は八幡山(男山)に陣取る。義詮からの急報を受けて、急ぎ上洛してきた将軍・師直軍の二万余騎は、一旦京都を離れた義詮と合流し、上洛する。ところが、「案ニ相違シテ、十五日ノ夜半許ニ、京都ノ勢又大半落テ八幡ノ勢ニ」加わったため、将軍は「正月十六日ノ早旦ニ丹波路ヲ西へ落」ちる。師直からの飛脚を受けて師泰は石見国から引返し、観応二年二月に播磨書写山の将軍の陣に合流した。

　播磨光明寺合戦の中で「無文ノ白旗一流」が飛来し、人々は「八幡大菩薩ノ擁護ノ手ヲ加ヘ給フ奇瑞也」とし、師直は「甲ヲ脱デ、左ノ袖ニ受留メ、三度礼シテ委ク是ヲ見」た。ところが、それは白旗ではなく「何共ナキ反古ニ三十枚続集テ、裏ニ二首ノ歌」を書いたものであった。「吉野山峰ノ嵐ノハゲシサニ高キ梢ノ花ゾ散行」「限アレバ秋モ暮ヌト武蔵野ノ草ハミナガラ霜枯ニケリ」これらの歌が高家滅亡を暗示する「不吉ナル歌ト、忌々シクハ」思ったものの、人々は「目出キ歌共ニテコソ候ヘトゾ会釈シ」たのであった。

　やがて、二月十七日、将軍・執事の二万余騎は、慧源軍と戦い敗れる（その前夜、武蔵五郎と河津左衛門とが同じ夢を見たが、それは、聖徳太子・金剛蔵王権現らの連合軍と師直ら高家の一族とが戦い、矢が「眉間ノ真中ヲ徹テ、馬ヨリ倒ニ」落ちる師直達の姿であり、「果シテ軍ニ打負ヌ。此後トテモ、角テハ憑シクモ不レ思ト、聞人心ニ思ヌハナシ」とも記される）。

　将軍は鎧を脱ぎ「サテハ世中今夜ヲ限リゴザンナレ、面々ニ其用意有ベシ」と告げ、師直達も「将軍御自害アラバ御供申サント、腰ノ刀ニ手ヲ懸テ、静リ返テ」いた。そこへ、姿を消していた饗庭命鶴丸が帰参して、慧源との「御合体」が了承された事を告げたため、自害は中止される。

　この時、薬師寺公義が「討死ト思召定テ、一度敵ニ懸リテ御覧候ヨリ外ハ、余義アルベシ共覚候ハズ」と説得したにも拘らず、執事兄弟が「只朦々トシタル許ニテ、降参出家ノ儀ニ落伏シ」たため、師直達を見限って出家したことは、先述した。

　やがて師直達は「カクテモ若命ヤ助カルト、心モ発ラヌ出家シテ、師直入道々常、師泰入道々勝」として「降人ニ成テ出」たものの、「見人毎ニ爪弾」する有様であった。

　二月二十六日「御合体ニテ上洛」する将軍とともに、執事兄弟も「蓮ノ葉笠ヲ打傾ケ、袖ニテ顔ヲ引隠」して一行に加わっていたが、上杉・畠山の武士達は「兼テ議シタル」通りに「将軍ト執事トノアハイヲ次第ニ隔」てるようにし、「武庫川ヲ打渡テ、小堤ノ上ヲ過ケル時」に、師直は三浦八郎左衛門によって、師泰は吉江小四郎によって、斬首された。高一族十四人が討たれ、「中間下部ニ至ルマデ」全員が姿をくらましてしまった事について「天ノ責トハ知ナガラ、ウタテカリケル不覚哉」と評される。

このように見てくると、たとえば、高師直と敵対する方向へ直義を導いて行った上杉重能・畠山直宗は、『平治物語』で信西への対抗心を抱いて登場する藤原信頼が「文にあらず武にあらず。能もなく芸もなく、只朝恩にのみほこり（中略）家に絶てはひさしき大臣大将に望みをかけて大方おほけなき振舞をす[37]」と描かれたのに類似する点もあり、妙吉侍者に至っては、逐電してしまう最後の姿から考えても、この三人が正しく、師直及び師泰が正しくない、とは言えない。特に右の三人には「讒」が頻繁に見られるが（師直も高貞を讒言したが）、これは、巻十二に描かれた兵部卿親王（大塔宮護良親王）逮捕の場面で高氏・阿野廉子のうち、特に宮にとっての継母たる廉子を「牝鶏晨スルハ家ノ尽ル相ナリ」と批判的に描く基準とされたものであった。

勿論、大森氏の指摘にもあるように、正行を「忠臣」とした場合に、師直が〝不臣〟という構図のもと、「師直描写によって〝不臣〟横行の時代であることが明らかとなっていく[38]」ことも見落とせない。

師直について見てくると、大きく①参謀的武将と、②悪逆無道の人物という二面性が顕著である[39]。巻十八までは、師直は常に①の役割を担って登場しており、足利尊氏（高氏）にとって最も信頼できる存在であったことは、直冬鎮圧のために九州への出兵を描く巻二十八においてさえ、「将軍此注進ニ驚テ、サテモ誰ヲカ討手ニ可レ下ト執事武蔵守ニ問給ヒケレバ」とあることからもわかる。又、実戦的武将としての指揮力を持っていたことも、巻十四の京都近郊での合戦や巻二十六の四条畷合戦から窺い知ることができる。

一方、②については、巻二十一の「塩冶判官讒死事」をはじめ、巻二十六以後において、漸層的に強調して描かれていくこととなる。とりわけ、貞和四年一月の吉野蔵王堂炎上事件は、蔵王権現の怒りによる報復としての師直の滅亡という形で、繰返し描かれていく。もう一つ、巻二十六（西源院本等は巻二十七）の「執事兄弟奢侈事」も問題になろう。ただ、師直の事を描いた後に、「是等ハ尚モ疎カ也」「是等ハ尚シ少事也」として、師泰の「悪行」を列記していく手法は後醍醐帝による「公家一統政道」の問題点を列記して行った巻十二に於て、まず千種忠顕の奢侈を描き、「是ハセメテ俗人ナレバ不レ足レ言」として「彼文観僧正ノ振舞ヲ伝聞コソ不思議ナレ」と、文観を採り上げ「何様天魔外道ノ其心ニ依託シテ、挙動セケルカト覚タリ」と締め括る論法と同じものと言えよう。そして、師泰の「悪行」も師直に付加されて、滅亡への必然的理由づけとなっていく。

なお、②の中で注意すべきは、巻二十の石清水八幡宮への放火である[40]。源氏の流れを汲む足利尊氏の参謀たる師直にとって「源家崇敬ノ霊神」である八幡宮を炎上させた罪も見落とせないが、それ以上に「如何セント、進退谷テ覚ヘ」たために「逸物ノ忍」に放火させたという事は、「思慮深キ大将」（巻二十六）としての資質を欠落させていく第一歩であったと考えられる。後の吉野での放火は「敵ナケレバ音モセズ、サラバ焼払ヘトテ」と、単純な決断をしている。

こうして、思考をしなくなっていく過程が、皮肉にも、将軍の邸を包囲するだけの力を掌握しうる存在となっていく道程と交叉した時、師直は滅亡するしかなくなっていた。巻二十九に描かれる「白旗」錯覚事件を見ると、師直及び師直周辺の人々が戯画的に形象されており、「何共ナキ反古ヲ一二三十枚続集」た裏に書かれていた二首の和歌について、師直は「傍ヘノ人ニ」向かって「此歌ノ吉凶何ゾ」と質問している。決して難解とは思えない落首の意味を尋ねざるをえなくなっている師直は、かっての質問をされる立場にはもう立っていないことを表している。それは、薬師寺公義の助言に対して「只朦々トシタル許」となった師直（師泰も）に、末期的症状として見ることができよう。そのように考えると、助言や運を含めて、常に現実的選択をしてきた足利尊氏の側にいて、現実を認識できなくなったために切り捨てられざるを得なかった高師直は、悪行の人として批判されるのみではない、一抹の哀愁を漂わせる側面をも持った存在として、物語の表舞台から消されて行ったと言えよう。

注

（1）引用は『名作歌舞伎全集・第2巻・丸本時代物集一』（東京創元新社）による。

（2）引用は、日本古典文学大系『太平記』（岩波書店）による。ただし、字体を改め、振仮名等は省いた。

（3）『仮名手本忠臣蔵』の作者達（竹田出雲・三好松洛・並木千柳）としては、あるいは、『太平記』では否定的にのみ描かれた「能書ノ遁世者」兼好法師を石堂右馬之丞に重ねることによって、薬師寺を否定し、兼好の名誉回復を期したとも考えられる。なお、西源院本（刀江書院）は「無下ニ劣レル薬師寺哉ト譏ラヌ人モ無リケリ」と記す。

（4）西源院本では「或夜女房枕之上之私語アリケルハ、カ、ルウツ、ナキ事ヲ師直ニ云懸ラレ、ハヤ玉章ノ数ハ千塚ニモナル、ウツ、ナキカナ、ニワ柴ノウナヒク事ハ無レ共、人ハ何トカ思召スラント、御ハツカシク候へ共ト語リケレハ」との一文の後に高貞の決心が記される。

（5）西源院本も天正本（新編日本古典文学全集・小学館）も、佐々木義綱が塩冶高貞に協力を求めたとの記述なし。

（6）天正本では、「まづ一番には出雲守護佐々木塩冶判官高貞、一千余騎にて馳せ参る。二番に富士名三郎、二百余騎にて馳せ参る」とある（富士名三郎が佐々木義綱）。義綱の勢を、神田本（国書刊行会）は「五百ヨキ」、西源院本は「五百騎」でそれぞれ隠岐国より参着したとする以外は、天正本と同じ。結局、流布本（大系本）の高貞は、帝の身辺にいた義綱を拘束し、帝の脱出を阻害しない態勢をとりつつ、船上山へは一番乗りすることによって、後醍醐帝に味方する姿勢を目立たせたことになる。

（7）『太平記』巻十二は、「建武新政」のさまざまな問題点を描いているが、大内裏造営計画についても「神慮ニモ違ヒ驕誇ノ端トモ成ヌト、顰ㇾ眉智臣モ多カリケリ」と批判的に評されている。

（8）天正本は年月を記すが、西源院本や流布本は記さず。

（9）文脈的には、暦応三年三月のこととなるが、『師守記』（史料纂集・続群書類従完成会）によれば、高貞は暦応四年三月二十五日に京都を出奔した後に自害したことがわかる。

（10）天正本は近似した形の人々の言葉を引用し「と憐れみて、知るも知らぬももろともに、皆涙をぞ拭ひける」と記すのみ。西源院本は「抑高武藏守師直者、當御所様足利殿ニテ東國ニ久御座アリケルヨリ、普代相傳ノ人也ケレハ、尊氏御代ヲ被レ召シカハ、肩ヲ雙ル人ハ無シ、然レハ執事職ニ至リ、天下ヲ管領セシカハ、何事ニ付テモ心ニ任セスト云事ナシ、政道正ク、天下ノ亂ヲモシツメ、私之心ナクハ、子孫モ繁昌有テ、于今目出度モ可レ有ニ、代ヲ納ルマテコソナカラメ、如此ハウラツノ振舞ノミアリシカハ、諸人眉ヲ顰メ、人口ニ餘ル間、諸大名背レ之、ヨリテ洛中ニ足ヲ難レ留クシテ、京都ヲ落下リケル程ニ、追懸ラレテ、鹽冶カ如ク武庫河之端ニテ一門皆々亡ヒケル也、何事モ酬ヒ有事ナレハ、鹽冶最後之時、七生マテモ敵トナリ、只今思ヒシラセンスルト云シ詞之末モヲソロシヤ、相構テ々々、人ハ高モ賤モ思慮有テ振舞ヘキ者也」という長文の因果応報的論旨によって、師直達の最期までを語っている。

（11）長崎円喜に怪しまれ、屈辱感に怒りを覚えたものの、弟直義の「大儀ノ御計略ヲ可レ被レ回」との助言に従って、高氏は「一紙ノ起請文」を書き、妻子（登子と千寿王）を鎌倉に残して出発したのであった。

（12）この辺の日付については、諸本により異なるが、テキストとした注（2）の流布本に依る。

（13）流布本は「顕信」とするが、西源院本・天正本は「信胤」。

（14）『太平記』巻十八は「八月二十八日ノ夜」と記すが、帝の京都遷幸が十月十日であり、吉野潜幸は『皇年代略記』（群集類従）等の記す「十二月廿一日」と見るべき。

（15）『京大本　梅松論』（京都大学国文学会・昭和39）には、帝の脱出によって「洛中ノ騒動申計ナ」く「諸人甲ノ緒ヲシメ」「将軍ノ御所ニ馳參」ったところ、将軍は平然として「警固申ス事」が「以ノ外武家ノ煩」であり「迷惑ノ處ニ、今ノ出御ハ大儀ノ中ノ吉事也」と述べ、「（帝は）定畿内ノ山中ニ御座有ベキ歟」と語った尊氏が「誠ノ天下ノ将軍、武家ノ棟梁ニテ渡セ給ベキ御果報」というように描かれている。

（16）玄恵法印は『建武式目』の立案者たる「人衆」八名の中の一人でもあった。

（17）本文は「（この時もし顕家が）義貞朝臣ト一ツニナリ、比叡山ニ攀上リ、洛中ヲ脚下ニ直下シテ南方ノ官軍ト牒シ合セ、東西ヨリ是ヲ攻メバ、将軍京都ニハ一日モ堪忍シ給ハジト覚シヲ」と仮定法で叙述し、「サテコソ日来ハ鬼神ノ如クニ聞ヘシ奥勢、黒地ヲダニモ破エズ、マシテ後攻ノ東国勢京都ニ著ナバ、恐ル、ニ足ザル敵也トゾ、京勢ニハ思ヒ劣サレケル」と、官軍側の否定的状況を記す。

(18) 西源院本は、注(17)に引用した文で巻十九が終わっており、以下の記事はない。

(19) テキストでは、河内への退却を「六月廿七日ノ夜半」とするが、前述の義助の動きについて「七月廿九日越前ノ府ヲ立テ、翌日ニハ敦賀ノ津ニ著ニケリ」と記しており、混乱が見られる。なお、八幡炎上は『中院一品記』(大日本史料)に「建武五年戊寅七月五日丑刻許、當男山邊、數刻有焼亡、豫自去春居住仁和寺、面々傾危、爲八幡寶前歟、怖畏多端也」とあり、七月五日である。

(20) 巻二十六冒頭の「安部野ノ合戦ハ、霜月廿六日」との記述は、文脈的には貞和四年のこととなるが、史実としては貞和三年(一三四七)のことである。

(21) 巻十六「正成兄弟討死事」における楠正成の最期についても、「此勢ニテ打破テ落チバ落ツベカリケルヲ、楠京ヲ出シヨリ、世ノ中ノ事今ハ是迄ト思フ所存有ケレバ、一足モ引ズ戦テ」との記述が見られ、正行像には正成を意識した造形を窺うことができる。

(22) 天正本には、この後に「武蔵守師直も名を得たる老将なれば」とあって、「些しも漂ふ気色もなく」と続く。

(23) 西源院本は「上山左衛門」、天正本は「長井修理亮」。

(24) 神田本も西源院本も、師直が下馬した事を記すが、天正本は「師直これを屹と顧みて」とあり、状況描写に差が見られる。

(25) 神田本・西源院本は「情ハ」以下が「大將施レ恩士卒死レ節トハ是體之事ヲソ申ヘキ」(西源院本による)。天正本は「大将恩を施せば、士卒節に死すとはこれをぞ申すべきと、感ぜぬ物もなかりけり」。

(26) この場面の正行兄弟の姿は注(21)で指摘した事と大きく異なっている。〈錯覚〉によって笑いの対象とされたのは、常に楠正成の「武略ト智謀」に掛かった者達であった。巻二十六冒頭で「安部野ノ合戦」の敗者に対し、「有レ情者也ケレバ」小袖や薬、馬や物具まで与えた楠正行について「乍レ敵其情ヲ感ズル人ハ、今日ヨリ後心ヲ通ン事ヲ思ヒ、其恩ヲ報ゼントスル人ハ、軈テ彼手ニ属シ」たとあり、上山討死直後の軽薄とも見える正行像と差異が見られる。このように戯画化された正行兄弟の形象は、兄弟の死が近いことを暗示する描写とも考えられる。

この場面は諸本による差が目立つ。西源院本（神田本も）は「サル程ニ楠ハ武藏守ヲ打テ、多年之本意今日已ニ達シヌト悦テ、好々見レハ師直ニテハ無リケレハ、大ニ忿テ打捨ケルヲ、舍弟次郎、サリナカラ餘リニ剛ニミヘツルカヤサシキニ、自餘ノ頸ニハ混スマシキソトテ、着タル小袖之片袖ヲ引切テ、此頸ヲシツヽミテ、岸之上ニソ指置ケル」と短い。天正本は流布本に近いが、正行が喜んで兵達に首を見せたところへ舍弟次郎が走り寄って見た結果「長井修理亮」（注（23）参照）とわかったため、正行が「大いに腹を立てて、この頭をなげすて」たのを、「舍弟の正言」が「これ程の大剛の物の頭を如何でただは捨つべき」と言って「片袖解きて、この頭を裹み、岸の上に」置いた、と記す。

(27)　神田本・西源院本・天正本は「老將」。

(28)　西源院本（神田本も）は「楠帯刀正行、舍弟次郎正時、和田新發意三人立ナカラ差違、同枕ニ臥タリケリ、吉野之御廟ニテ過去帳ニ入タリシ兵、是マテ猶六十三人打殘サレテ有ケルカ、今ハ是マテソ、イサヤ面々同道申サントテ、同時ニ腹掻切テ同枕ニ臥ニケリ」と記す。

(29)　斬首される前に和田新発意は「湯浅本宮ヲチヤウド睨」み「其眼終ニ塞ズシテ」頭を取られた。その結果「大剛ノ者ニ睨マレテ、湯浅臆シテヤ有ケン、其日ヨリ病付テ身心悩乱シケルガ、仰ケバ和田ガ忿タル顔天ニ見ヘ、俯ケバ新発意ガ睨メル眼地ニ見ヘテ、怨霊五体ヲ責シカバ、軍散ジテ七日ト申ニ、湯浅アガキ死ニゾ死ニケル」と、和田賢秀の祟りとして描かれる。西源院本（神田本も）は「和田新發意七ケ所マテ射ラレヌ」とあるのみ。天正本は「和田新発意源秀も湯浅八郎に討たれ」と簡略。

(30)　西源院本・神田本は「和田新兵衞行忠」が「如何思ケン」敵の首を左手に下げて「小歌ウタヒテ東條之方へ落行ケル」とする。

(31)　神田本・西源院本・天正本とも、ほぼ同文のまとめとなっているが、天正本は和田新発意源秀・新兵衛宗秀の死を短く記した後に「楠正行心閑かに物具は脱ぎ捨て、腹一文字に引き切って、南枕にぞ臥したりける」との一文で終結させる。

ところで、中西達治氏は『太平記論序説』（桜楓社・昭和60）において、「父の怨みをはらすためという」「私的な理による」「正行の挙兵自体に、歴史的必然性はほとんどみられないといってよかろう」とされ、正行の合戦譚が

「吉野を炎上させた高師直・師泰兄弟の悪行をひきだす、高兄弟の滅亡前史としての意味しかもち得ていない」とも述べておられる。

大森北義氏は『『太平記』の構想と方法』（明治書院・昭和63）において、右の中西氏の論を「〝正行合戦記〟の評価と構想上の位置についての論の骨格を示」す「いくつかの示唆的な論点が提示されている」と評価した上で、正成・正行父子について詳細に比較検討し、「正行は父の〝忠臣〟としての人格的特性とその〝立場〟を確実に形象していこうとする存在である」こと、ただ「正行が〝遺言〟として父正成から継承し、拠って立ったその〝立場〟は、歴史的には、すでに父によって破産宣告がなされた〝立場〟であり、その〝立場〟を堅持してすすめようとする彼の合戦は、父が〝予告〟した歴史の必然的動向とは背反する方向での戦いであった。その意味で、正行は歴史の必然的方向を向いて戦うところの〝英雄〟や文学的〝典型〟とはなりえない人物であった。そして、そのことが、正行が、父正成像のほとんどすべてを継承したようにはみえながら、実は、父の最も本質的な一面（〝歴史予告〟の特性）を継承することがなかった真の理由でもある」と論証しておられる。

(32)　武田昌憲氏は「『太平記』と北野―高師直一族悪行譚の一側面―」（「説話文学研究」第30号・平成7）において、高師直一族の「悪行集中化の中に、北野及び北野関係者への一連の迫害を思い出すことができ」ること、「北野を圧迫する（中略）師直像を形造る上で、藤原時平的人物像は、師直説話を作った」と指摘しておられる。

(33)　天正本は、武蔵五郎の母へ恋文を送った大炊御門大納言冬信のことを不快に思った師直が「随分の若党」二人を使って冬信邸を焼き打ちにした事件を載せる。

(34)　流布本や西源院本等では師直・師泰どちらの発言か確定しがたいが、天正本の場合は、師泰の奢侈を列挙した末尾に「師泰常に云ひけるは」として載せられている。

(35)　西源院本・神田本はこの後に六月上旬の天変地異記事があって巻二十七が終わる。なお、この配列の違いのもつ意義をも含む作品の構想を巡っては、注(31)の大森氏の論考があり、又、大森氏の論をも踏まえて、第三部の成立史をも詳しく考察された小秋元段氏の「『太平記』観応擾乱記事の一側面―「雲景未来記」を中心に―」（「三田國文」第十五号・平成3）がある。

(36)　神田本・西源院本にはないが、流布本は「是ゾ誠ニ君臣永不快ノ基、兄弟忽向背ノ初ト覚ヘテ、浅猿カリシ世間ナリ」と記して、巻二十八を終わる。

(37) 引用は、『保元物語 平治物語』(日本古典文学大系・岩波書店)の金刀比羅宮本により、字体を改めた。

(38) 注(31)参照。

(39) 青木晃氏の「武蔵守師直の悪者像―太平記の文学的形象とその一つの享受―」(「國文學」第五十三号・昭和51)にも詳論がある。

なお、巻十六において「和漢両朝ノ例ヲ引テ、武運ノ天ニ叶ヘル由」を語って将軍達を「歓喜」させた「高駿河守」は①、巻十七において「我太刀ニ突貫テ」斬首されることとなった「高豊前守」は「医王山王ノ御罰」を受けた②を、それぞれ体現しており、師直個人でなく高氏一族が二面性を持つ存在と描かれているとも言えよう。

(40) 巻十八末尾で玄恵が将軍や師直の前で語った「山門重要視」の論は、単に延暦寺のみにとどまらず、広く神仏を重視すべきと考える『太平記』作者の物語的倫理観であり、師直の放火は、それにも抵触するものである。

資朝・俊基
——討幕計画の犠牲者——

一

後鳥羽上皇にとっては挫折でしかなかった王政復古の夢は、約百年を経て、漸く現実のものとなった。それは、何か一つの理由によってではなく、歴史という時間の流れの中に生起するさまざまな要因の交錯によって、招来されたのである。

北条政子が、亡夫・頼朝の事績を語る事で鎌倉武士を団結させ、幕府が勝利を収めるとともに、京都に六波羅探題を常駐させる事になったのが「承久の乱」であった。しかし、北条時政を初代とする執権政治によって維持・継承されて来た鎌倉幕府の末期的症状を、北条高時という個人に集中させる形で語るのが、『太平記』における「正中の変」の前夜である。

文保二年（一三一八）「御年三十一」で即位した後醍醐天皇は、公家・武士などに胚胎していた反幕府の動きを集約する形で討幕計画を進めた。ただ、その動きは、「君ノ御謀叛」[1]という語に象徴されるように、足利・新田などの実質的な参加がない段階では、まだ実現しにくいものであり、「元弘の変」での敗北を体験した天皇自身が配流先の隠岐島を脱出するという決死的行動の後に、初めて「建武の新政」は実現したのであった。

この討幕に初めから参加したのが日野資朝・日野俊基であった。資朝は、持明院統派の権大納言俊光の子として、正応三年（一二九〇）に生まれ、彼自身も、持明院統の花園天皇と、文談などを通じて交流が深かったが、大覚寺統の後醍醐天皇のもとで元亨元年（一三二一）に参議となった頃からは、一二歳年長の後醍醐天皇との距離も接近したようである（同年十二月からは「天皇親政」となり、同四年六月の後宇多院の死によって、天皇の実権は強固なものとなる）。資朝は翌年に文章博士・山城権守となり、元亨三年正月に従三位、五月に検非違使別当となったが、十一月五日に別当を辞し、翌日、勅使として鎌倉に下向。同四年（十二月に「正中」と改元）四月に権中納言となった。一方、俊基は大学頭日野種範の子（生年不詳）。元亨三年、蔵人頭となり、資朝とともに、後醍醐天皇の側近として、討幕運動に参画した。同じ日野一門とは言うものの別系の二人は、後醍醐天皇の北条氏討伐計画が推進されていく過程で、類似した役割を担う事となる。

『太平記』巻一では、「元亨二年ノ春ノ比ノヨリ」中宮禧子の安産祈願のための修法の中で、特に円観・文観の受け持った秘法が、実は「関東調伏ノ為」のものであったと記され、続けて、幕府方に漏洩する事を危惧した天皇が「深慮知化ノ老臣、近侍ノ人々ニモ仰合ラル、事モナ」く、「日野中納言資朝・蔵人右少弁俊基・四条中納言隆資・尹大納言師賢・平宰相成輔」だけに謀って兵を集めたという文の中で、二人が紹介される。この章では、職務多忙な俊基が「謀叛ノ計略」を推進するために、わざと奏状を誤読し、謹慎のための籠居と称して「山臥ノ形ニ身ヲ易テ、大和・河内ニ行テ、城郭ニ成ヌベキ処々ヲ見置テ、東国・西国ニ下テ、国々ノ風俗、人ノ分限ヲゾ窺見ラレケル」と記述されている。

資朝の方は、同じ巻一の次章で、「共ニ清和源氏ノ後胤トシテ、武勇ノ聞へ」のある「美濃国住人、土岐伯耆十郎頼貞・多治見四郎次郎国長」に「様々ノ縁ヲ尋テ、昵ビ近ヅ」く役割を担ったと記される。そして親交を深めた後も、「是程ノ一大事」を知らせるためには「猶モ能々心ヲ窺見ン為ニ」として企画されたのが「無礼講」であった。この「無礼講」については、『花園天皇宸記』にも、元亨四年十一月一日の条に記述がある。(2)

二

「正中の変」での二人の逮捕について、実際には元亨四年九月の事件を、元徳二年（一三三〇）五月という文脈に組み込んだ(3)『太平記』は、「白状ハヨモ有ラジ、サリトモ我等ガ事ハ顕レジ」と「油断」していたと記す。これは、この時期における幕府側と天皇側との読みの差でもあったであろう。鎌倉に送られた二人は「殊更謀叛ノ張本」ゆえに直ちに処刑されるべきところを、「世ノ譏リ君ノ御憤ヲ憚テ」嗷問はされず「尋常ノ放召人」の形で侍所に身柄を預けられた。

天皇側では、吉田冬房の提言により、幕府への釈明のため、天皇の「御告文」が万里小路宣房を勅使として関東へ届けられる。「資朝・俊基ノ隠謀、叡慮ヨリ出シ事ナレバ、縦告文ヲ下サレタリト云ドモ、其ニ依ルベカラズ。主上ヲバ遠国へ遷シ奉ベシ」と「評定一決」していたが、勅使宣房の弁明と、北条高時の命令で告文を読みかけた斎藤利行が変死した事とによって、高時も告文を返す形で天皇自身への罪状の追求はせず、俊基は「罪ノ疑シキヲ軽ジテ赦免」となり、資朝は「死罪一等ヲ宥メラレ」て佐渡国へ配流となる。

同じように逮捕された二人の処遇について大きな差が見られるが、これは、「身儒雅ノ下ヨリ出デ、望勲業ノ上ニ達」したと描かれる俊基と、「日野ノ一門ニテ、職大理ヲ経、官中納言ニ至リシカバ、君ノ御覚ヘモ他ニ異ニシテ、家ノ繁昌時ヲ得タリキ」と描かれる資朝との身分差についての幕府方の査定の結果とも考えられ、又、山伏姿で諸国を偵察して歩いたと描かれていた身軽な俊基の方を解放し、その動きによって、自明の事である「御謀叛」の張本人たる後醍醐天皇への断罪の機会を待った、とも考えられる。

『太平記』巻二は、関東を調伏していたとして捕えた僧達の鎌倉への移送を記した後に、七月十一日(4)の俊基再逮捕を記す。僧達の白状記録に「専ラ隠謀ノ企、彼ノ朝臣ニアリ」と記載されていた事によるが、この叙述の中に、俊基の〈犠牲者〉としての役割が仄見えて来る（と言う事は、資朝も同じことになる）。六波羅に召取られ関東へ送られる事となった俊基については、「落花ノ雪ニ蹈迷フ、片野ノ春ノ桜ガリ、紅葉ノ錦ヲ衣テ帰ル、嵐ノ山ノ秋ノ暮」以下の、長文の七五調を主調とする道行文によって語られる。たとえば、この美文の中に引用されている西行法師にとっての「小夜ノ中山」や中国の「南陽県ノ菊水」は、いずれも「生」を賛美する故事であるが、この先例の引用によって、それとは対照的に生命の灯が徐々に小さくなっていく俊基の哀感が強調される事となる。(5)やがて鎌倉に到着した俊基は、「正中の変」の場合と違って「一間ナル処ニ蜘手キビシク結テ、押籠」められる。

鎌倉幕府においては、長崎高資の強硬意見により、①後醍醐天皇の隠岐への配流、②大塔宮の硫黄島への配流、③「隠謀ノ逆臣、資朝・俊基」の誅殺、が決定的になる。そして、「評定」の結果、「君ノ御謀叛ヲ申勧ケル」(6)「源中納言具行・右少弁俊基・日野中納言資朝」を「死罪ニ行ルベシ」と決定し、まず「去年ヨリ佐渡国ヘ流サレテヲハスル資朝卿ヲ斬奉ベシ」との命令が、佐渡の守護本間山城入道に伝えられる。以下は、資朝の子息阿新が母の制止を振り切って佐渡に渡ったものの父との対面が認めてもらえず、その無念さを復讐の形で実行する孝子活躍譚が詳述されていく。(7)

次章では、「殊更謀叛ノ張本ナレバ、遠国ニ流スマデモ有ベカラズ、近日ニ鎌倉中ニテ斬奉ルベシ」との決定が出た俊基について、「多年ノ所願」であった法華経六百部読誦の、残る二百部の読誦が懇願によって許可されたという、死への切迫した時間の中で、法華経読誦に専念する俊基の姿と、「北ノ方ノ御文」を携えて京都から下向して来た忠臣助光が涙とともに懇請した結果、対面が許される姿とが哀感をこめて詳述される。俊基斬首の後、夫の最期の様子を聞いた北の方と、その報を伝えた助光とが、ともに出家して亡夫・亡君の菩提を弔うという、昇華としての俊基の死が語られる事で、この章は完結する。

以上の、資朝・俊基の最期については、〈対の方法〉によって構成されているので、まとめてみると、**別表**のようになる[8]。

ところで、「建武の新政」を見る事なく死んで行った二人について、『太平記』は〈対《ペア》〉の存在として同レベルで捉えている。資朝・俊基は武士ではなかったものの、むしろ、後醍醐天皇の討幕計画を推進していく実働的な歯車として、現実に行動したのであり、『太平記』の中に頻繁に登場する「野伏」などの無名性を持った存在に[9]、接近しやすい存在であったと言える。

別表

A	主人公	日野資朝	日野俊基
B	処刑場所	佐渡	鎌倉
C	会いに行った人物	阿新（Aの子息）	後藤左衛門尉助光（Aの家来）
D	Cの出発状況	母に反対されたが敢て出発	Aの「北ノ方ノ御文」を携行して出発
E	Aの預り人	本間山城入道	工藤二郎左衛門尉
F	AとCとの対面	不許可	許可
G	Aの最期	頌を書き斬首される	頌を書き斬首される
H	Aの死後	1、CはAの遺骨を中間に持たせ高野山奥の院に納めるように指示。 2、C自身は佐渡にとどまり、Eを討つ事はできなかったが、Aを斬首した本間三郎を討つ。 3、Cは山伏の手助けなどを受けて無事に脱出。	1、CはAの遺骨と手紙とを持って帰京。 2、Aの奥方は、遺骨・手紙と涙の対面。 3、中陰の後、奥方は出家し、亡夫の菩提を弔う。 4、Cも出家し、高野山に籠って、亡君の菩提を弔う。

やがて、「建武の新政」も挫折を見せ、全四十巻の『太平記』の巻二十一では、吉野における後醍醐天皇の死が語られる（資朝・俊基は巻二で、楠正成は巻十六で姿を消す）。そして、その後の『太平記』の中では、彼等は怨霊として、現実の世と関わりを持つ事となる。たとえば、巻三十四の末章において、先帝（後醍醐天皇）の御廟に参詣した上北面の役人が見た夢の中で、先帝の声に応じて登場した資朝・俊基は、正成・菊池武時・新田義興らの怨霊とともに、逆臣を討つ策を奏上する。対立抗争が複雑化する延文五年（南朝の正平十五年・一三六〇）頃のその時点において、その提言がはたして有効なものかどうかは不明であっても、二人はなお、自分達の役割を果たし続けようとしているのである。

三

ところで、資朝は、『徒然草』[10]の Ⓐ百五十二段、Ⓑ百五十三段、Ⓒ百五十四段に登場する。Ⓐは「腰屈まり、眉白く、誠に徳闌けたる有様」で参内する静然上人を見て、内大臣西園寺実兼が「あな尊のけしきや」と尊信する様子を見せたところ、資朝は「年の寄りたるに候」と言い、後日、「むく犬の、あさましく老いさらぼひて毛はげたる」を引かせて来て、「此気色尊く見えて候」と言って、内大臣に献上したという話。Ⓑは、六波羅に逮捕連行されて行く京極為兼の姿を見た資朝が、「あな羨まし。世にあらむ思ひ出で、かくこそあらまほしけれ」と言った話。Ⓒは、身体障害者を「もとも愛するに足れり」と見守っていた資朝が、「やがてその興尽きて」「いぶせく覚え」たため、帰宅して、近年愛玩して来た植木を焼き捨てたという話で、末尾に「さも有ぬべきことなり」という、筆者兼好の共感を表わす一文が付けられている。

ここに描かれている資朝は、現実的な合理主義者と言う事ができようが、その合理主義的な思考が感性（センス）によって導かれて行く時には、或る意味で「バサラ」に繋がっていく、と考える事ができる。つまり、佐々木道誉や高師直兄弟・土岐頼遠のような、時に「狼藉」「悪行」にも傾斜していく奢侈な形の「バサラ」だけでなく、正成や資朝・俊基達、更には大塔宮や後醍醐天皇、又、兼好などをも包含する広い幅の行動・思考が、南北朝時代の「バサラ的なもの」であったと見る事ができ、そして、『平家物語』とは異なる『太平記』の世界は、そのような歴史を、まさにバサラ的に呑み込んで構築されたものである、とも言えるのではないだろうか。

そのような『太平記』の中にあって、日野資朝・日野俊基は、「討幕計画の中心的人物」と扱われる事もある犠牲者であった、と言う事ができよう。

注

（1）本文の引用は、『太平記』（日本古典文学大系本・岩波書店）に拠るが、字体等を改めた。
（2）『花園天皇宸記』（増補史料大成・臨川書店）より抄出すると、次のように記されている（字体を改めて引用した）。「（略）凡近日或人云、資朝俊基等、結衆会合乱遊、或不着衣冠、殆裸形、飲茶之会有之、是学達士之風歟（略）、此衆有数輩、世称之無礼講或称破礼講之衆云々、緇素及数多、其人数載一紙（以下略）」
（3）長坂成行氏「太平記における日付表記―巻一・巻二の構想をめぐって―」（「軍記と語り物」14・昭和53）。大森北義氏『『太平記』の構想と方法』（明治書院・昭和63）所収論文など。
（4）元徳二年の事として読めるが、史実としては元徳三年が正しい。注（3）の論考参照。
（5）拙著『太平記の説話文学研究』（和泉書院・一九八九）の中でも言及した。
（6）「去年」ではないが、『太平記』は、このような構想で描く。注（3）参照。
（7）長谷川端氏『太平記の研究』（汲古書院・昭和57）に詳述されており、注（5）の拙著でも言及した。
（8）注（5）の拙著より別表を引用した。

（9） 「無名性」という事については、本書「吉野・千早の奮戦から先帝の隠岐脱出へ」においても述べた。
（10） 本文の引用は、『方丈記・徒然草』（新日本古典文学大系・岩波書店）に拠る。

二　『太平記』——物語世界を読む

楠正成の武略・智謀と幕府軍の内的状況

一

鎌倉幕府は、後醍醐天皇を隠岐に配流し、その周辺についての処罰を決定することによって、〃討幕〃という大きな火を消したかに見えた。しかし、その火は、完全に消えたわけではなく、移動しつつ燻り続けた。その種火とも言うべき役割を果たしたのが、楠正成と大塔宮護良親王であった。

『太平記』巻五は大塔宮の動向を記し、一方、巻三において自害と見せかけて赤坂城から姿を消していた正成を、巻六で再登場させる。

巻六の章立て(1)は次の通りである。

一、民部卿三位局御夢想事
二、楠出張天王寺事付隅田高橋并宇都宮事
三、正成天王寺未来記披見事
四、赤松入道円心賜大塔宮令旨事
五、関東大勢上洛事
六、赤坂合戦事付人見本間抜懸事

第一章は、「夫年光不レ停如二奔箭下流水一、哀楽互替似二紅栄黄落樹一。尓レバ此世中ノ有様、只夢トヤイハン幻トヤイハン。憂喜共ニ感ズレバ、袂ノ露ヲ催ス事雖レ不レ始レ今」と、対句表現を使った抽象的概観で始まる。[2] 次に、①「去年九月ニ笠置城破レテ」、②「先帝隠岐国へ被レ遷サセ給シ」、③「後ハ、百司ノ旧臣悲ヲ抱テ所々ニ籠居シ、三千ノ宮女涙ヲ流シテ面々ニ臥沈給フ有様、誠ニ憂世ノ中ノ習ト云ナガラ」、④「殊更哀ニ聞ヘシハ、民部卿三位殿御局ニテ留タリ」との記述が続く。

①は巻三の叙述を承けたものであり、②は巻四を承けつつ、文中に年記はないものの、①の「去年九月」（傍点筆者。以下同じ）との対応として「今年三月」の事になる。③では、①と②との結果としての先帝側の一般的状況が述べられ、④では、③の中でも「殊更哀ニ聞ヘシ」例として民部卿三位局親子にスポットライトが当てられる。

民部卿三位局の落魄ぶりは対句表現を使って語られるが、その悲嘆のもとになっているのは、「君」（夫としての後醍醐天皇）と「宮」（わが子大塔宮）とに対する思いである。「御悲ノ遺方ナサニ」長年信仰する北野社に参詣するものの、「此折節武家ノ聞モ無レ憚ニハ非ネドモ」という厳しい現実があるために「尋常ノ青女房ナンドノ参籠シタル由」にせざるをえない。ここでも、「哀古ヘナラバ」と過去の栄光が回想され、それに対しての現在が「イツシカ引替タル」と対照的に描かれる。

ただ、参籠した場面からあとは、「宮」への思いは描かれず、「君」への視線のみが残る。これは、「昌泰ノ年ノ末ニ荒人神ト成セ玉ヒシ、心ヅクシノ御旅宿マデモ、今ハ君ノ御思ニ擬ヘ」とあるように、大宰権帥に左遷された菅原道真と隠岐に配流された後醍醐天皇との共通点に惹かれた叙述ゆえのものである。

念誦の後、涙とともに民部卿三位局が詠歌し「少シ御目睡有ケル其夜ノ御夢」に老翁が現れ、「廻リキテ遂ニスムベキ月影ノシバシ陰ヲ何歎クラン」と書いた短冊を残して立ち去る。民部卿三位局は、巻三において、楠正成登場の夢を自ら解いた後醍醐天皇と同じように、自ら「歌ノ心ヲ案ジ」、「君遂ニ還幸成テ雲ノ上ニ住マセ可ㇾ給瑞夢也」と解釈し、「憑敷思召」したというのである。以下、「誠ニ彼聖廟ト申奉ルハ、大慈大悲ノ本地、天満天神ノ垂迹ニテ渡ラセ給ヘバ、一度歩ヲ運ブ人、二世ノ悉地ヲ成就シ、僅ニ御名ヲ唱ル輩、万事ノ所願ヲ満足ス。況乎千行万行ノ紅涙ヲ滴尽テ、七日七夜ノ丹誠ヲ致サセ給ヘバ、懇誠暗ニ通ジテ感応忽ニ告アリ」と、北野天神の霊験が述べられ、「世既澆季ニ雖ㇾ及、信心誠アル時ハ霊鑑新ナリト、弥憑敷ゾ思食ケル」と締括られる。

つまり、この章に登場する民部卿三位局は、先帝ゆかりの悲哀を担った人物としてだけではなく、むしろ、北野天神から先帝還幸の保証を得る人物としての役割の方が大きい。結局、「瑞夢也」と自ら夢を解釈した民部卿三位局について「憑敷思召ケリ」と書かれていながら、更に、この第一章の末文が「弥憑敷ゾ思食ケル」と、重複する形の語句で終わっているのは、現実の世を「澆季」とする巻一以来の認識、その現世において「信心誠アル」という精神的なものに意義（有効性）を見ようとする姿勢をも含めて、作者の論理の枠を示しているものと考えられる。

二

巻三の赤坂城合戦で姿を消した楠正成は、元弘二年四月三日、「人夫五六百人ニ兵粮ヲ持セテ、夜中ニ城へ入ントスル」湯浅定仏の動きを察知し「悉是ヲ奪取テ其俵ニ物具ヲ入替テ、馬ニ負セ人夫ニ持セテ、兵ヲ二三百人兵士ノ様ニ出立セテ」「同士軍」を仕組んで城中に入り込むという〝智謀〟によって、湯浅氏を滅ぼす。

第二章は、三月五日に両六波羅探題となった北条時益・仲時の両人が上洛した事を短く記した後、右の正成の再登場を描く。正成は五月十七日に住吉・天王寺辺に兵を進め、渡部橋より南に陣取る。楠勢の上洛を警戒した京都は「洛中ノ騒動不ㇾ斜。武士東西ニ馳散リテ貴賤上下周章事窮リナシ」という状態となる。しかし、楠勢が動かぬため、六波羅方は「聞ニモ不レ似、楠小勢ニテゾ有覧、此方ヨリ押寄テ打散セ」として、隅田・高橋を「両六波羅ノ軍奉行」とし五千余騎を派兵する。

一方、楠は二千余騎のうち「僅ニ三百騎許」を渡部橋の南に配置する。「是ハ態ト敵ニ橋ヲ渡サセテ、水ノ深ミニ追ハメ、雌雄ヲ一時ニ決センガ為ト也」とあるように、六波羅方が憶測で動いているのに対し、楠正成の方は状況を充分認識した上で「武略ト智謀」（巻三）に基づいての行動であるから、結果は予想できる。合戦の次第をまとめると**表（1）**のようになる。

表（1）

六波羅方	楠正成方
1、「敵ノ勢」を「僅ニ二三百騎ニハ不レ過、剰痩タル馬ニ縄手綱懸タル体ノ武者共也」と見て、「ハカ〴〵シキ敵ハ一人モ無リケリ」と判断して進攻した隅田・高橋に続き、五千余騎も橋を渡る。	
	2、「遠矢少々射捨テ、一戦モセズ天王寺ノ方へ引退ク」。
3、「勝ニ乗リ、人馬ノ息ヲモ不レ継セ、天王寺ノ北ノ在家マデ」追撃する。	
	4、「思程敵ノ人馬ヲ疲ラカシテ、二千騎ヲ三手ニ分テ」天王寺の東・西門・住吉の松陰から出撃する。
5、隅田・高橋が「敵後ロニ大勢ヲ陰シテタバカリケルゾ」と下知したため、五千余騎は渡部橋を指して退く。	
	6、「三方ヨリ勝時ヲ作テ追懸クル」。
7、橋近くなり、隅田・高橋は「敵ハ大勢ニテハ無リケルゾ」「返セヤ兵共」と下知したが、混乱した大軍は溺死者も多く「残少ナニ被二打成一テ這々京へ」退却。	

「軍奉行」としての責務を果たせなかった隅田・高橋は、翌日六条河原に「渡部ノ水イカ許早ケレバ高橋落テ隅田流ルラン」という落書を高札に書かれたため「且ハ出仕ヲ逗メ、虚病シテ居」ざるをえなくなる。

錯覚を繰返す隅田・高橋勢の敗北については、合戦後の六波羅での評定においても、「今度南方ノ軍負ヌル事、偏ニ将ノ計ノ拙ニ由レリ。又士卒ノ臆病ナルガ故也」と分析される。従って、この評定に加わっていた宇都宮治部大輔の出陣は、当然右の反省の上に立ったものになる。

実際、宇都宮は「辞退ノ気色無シテ」、巻三に登場した折の楠正成のごとく「一人ニテ候共、先罷向テ一合戦仕リ、及二難儀一候ハヾ、重御勢ヲコソ申候ハメ」と「誠ニ思定タル体」で退出し、「武命ヲ含デ大敵ニ向ハン事、命ヲ可レ惜ニ非ザリケレバ、態ト宿所ヘモ不レ帰、六波羅ヨリ直ニ、七月十九日午刻ニ都ヲ出デ、天王寺ヘ」下る。東寺辺までは「主従僅ニ十四五騎」だったのが、都を出る頃には、五百余騎となる。「其志一人モ生テ帰ラント思フ者ハ無リケリ」という描写は、巻三で笠置城を攻略した陶山一族に関する「皆千ニ一モ生キ帰ル者アラジト思切タル」との描写と類似する決死部隊の様子を表わしている。

迎撃する楠側では、和田孫三郎の出撃案を聞いて「暫思案シ」た正成が、宇都宮勢について「一人モ生テ帰ラント思者ヨモ候ハジ。其上宇都宮ハ坂東一ノ弓矢取也。紀清両党ノ兵、元来戦場ニ臨デ命ヲ棄ル事塵介ヨリモ尚軽クス」と分析し、更に「天下ノ事全今般ノ戦ニ不レ可レ依。行末遥ノ合戦ニ、多カラヌ御方初度ノ軍ニ被レ討ナバ、後日ノ戦ニ誰カ力ヲ可レ合」として、「明日態ト此陣ヲ去テ引退キ(3)、敵ニ一面目在ル様ニ思ハセ」四五日後に包囲攻撃をして退却させようと結論を下し、自軍を天王寺から退去させる。

宇都宮勢七百余騎が天王寺へ押し寄せた時、敵は一人もいず、「不レ戦先ニ一勝シタル心地」のした宇都宮は、「本堂ノ前ニテ馬ヨリ下リ、上宮太子ヲ伏拝ミ奉リ、是偏ニ武力ノ非レ所レ致、只併神明仏陀ノ擁護ニ懸レリト、信心ヲ傾ケ歓喜ノ思ヲ成」し、京都へも戦勝報告をする。ただ、宇都宮としては「一面目ハ有体ナレ共」、①更に進攻するには「無勢ナレバ不レ叶」、②「誠ノ軍一度モ不レ為シテ引返サン事モサスガ」という事情のため進退に窮する。

　四五日経って、和田・楠側では「和泉・河内ノ野伏共ヲ四五千人駈集テ、可レ然兵二三百騎差副、天王寺辺ニ遠篝火ヲゾ焼セ」、「如レ此スル事両三夜ニ及ビ」包囲の輪を狭める。これに対し「一軍シテ雌雄ヲ一時ニ決セント志シテ」いた宇都宮は「勇気疲レ、武力怠デ、哀レ引退バヤト思フ心」が起こる。折しも「紀清両党ノ輩」から「僅ノ小勢ニテ此大敵ニ当ラン事」への懐疑、及び「先日当所ノ敵ヲ無二事故一追落シテ候ツルヲ、一面目ニシテ御上洛候ヘカシ」との提案がなされたため、「七月廿七日夜半許ニ」宇都宮勢は天王寺から撤退して上洛し、「翌日早旦ニ」は楠勢が天王寺に入る。

　この章に関しては、二つの〝対の方法〟の導入を見る事ができる。一つは、先にも見た如く、六波羅勢内部における、隅田・高橋と宇都宮という人物形象についてである。隅田・高橋の二人は、味方から「計ノ拙」を指摘される情勢判断の甘さ、大軍を充分指揮できぬ統率力のなさを露呈する事によって、落書に戯画化される負《マイナス》の存在である。一方の宇都宮は、決意の強さでは巻三の正成や陶山一族、信心深さでも巻三の正成（長年観音経を読誦していた）や陶山（陶山は攻め込んだ笠置城で「鎮守ノ前ニテ一礼ヲ」忘れなかったし、宇都宮は天王寺の「本堂ノ前ニテ馬ヨリ下リ、上宮太子ヲ伏拝」んだ）に類似する正《プラス》の存在として形象されている。

　もう一つは、宇都宮と楠という〝対〟である。これは、宇都宮が撤退したあと楠が天王寺に入ったとの記述に続く「誠ニ宇都宮ト楠ト相戦テ勝負ヲ決セバ、両虎二龍ノ闘トシテ、何レモ死ヲ共ニスベシ。サレバ互ニ是ヲ思ヒケルニヤ、一度ハ楠引テ謀ヲ千里ノ外ニ運シ、一度ハ宇都宮退テ名ヲ一戦ノ後ニ不レ失。是皆智謀深ク、慮リ遠キ良将ナリシ故也ト[4]、誉ヌ人モ無リケリ」という箇所にも窺えるものである。

　ただ、正と負との〝対〟的構成という前者に対して、後者の二人の場合は、正と正という〝対〟であるために、一方を勝者とし他方を敗者とするような展開は見せない[5]。その「引分け」的結末を招来するのが、「一面目」という語である。決死の覚悟で京都を出た関東武士宇都宮を支えていたものは、名誉を重んずる「一面目」であった。実戦での勝利がないまま天王寺を引き上げる事ができたのも、この「一面目」ゆえであった。

しかし、この「一面目」は、言ってみれば楠正成によって演出されたものであった。その意味では、宇都宮が手にした「一面目」は虚像としての名誉であったという事にもなる。

既に、巻三の赤坂城合戦などにも瞥見されたごとく、正成はこの章においても「天下ノ事全今般ノ戦ニ不レ可レ依。行末遥ノ合戦ニ、多カラヌ御方初度ノ軍ニ被レ討ナバ、後日ノ戦ニ誰カ力ヲ可レ合」と、現実重視の発想を持つ人物として形象されており、それは「和泉・河内ノ野伏共ヲ四五千人」動員しうるような側面にも繋がりを見せる。そのため、再び天王寺に出陣した正成は「威猛ヲ雖レ逞、民屋ニ煩ヒヲモ不レ為シテ、士卒ニ礼ヲ厚ク」する事で「近国ハ不レ及レ申、遐壌遠境ノ人牧マデモ、是ヲ聞伝ヘテ、我モ〳〵ト馳加リケル程ニ、其勢強大ニ」なりえたのである。

このように見てくると、宇都宮と楠との〝対〟的構成は、作者の書く「両虎二龍」[6]というような対等なものではなく、宇都宮が楠の掌中にあって、楠と対峙している構図として考えるべきであろう。

三

第三章は、第二章でその正《プラス》としての存在が拡大的に確認された正成が、住吉神社および四天王寺に参詣し、敬虔な姿勢を見せるとともに、四天王寺において聖徳太子の手になる「日本一州ノ未来記」を特別に見せてもらい、「不思議ノ記文」を「不思議ニ覚ヘテ、能々思案シ」、北条氏の滅亡ならびに後醍醐天皇の隠岐からの還幸が「明年ノ春ノ比」である事を確信して「憑敷覚」えたという話。
第一章での北野天神の保証が、今度は聖徳太子によって確約された形になり、その上、「後ニ思合スルニ、正成ガ勘ヘタル所、更ニ一事モ不レ違、是誠ニ大権聖者ノ末代ヲ鑑テ記シ置給シ事ナレ共、文質三統ノ礼変、少シモ違ハザリケルハ不思議ナリシ讖文也」と、後日譚まで付けられる事によって、後醍醐天皇の隠岐からの還幸が確定的に語られてしまう事となる。

なお、第二章・第三章とも、巻五第四章[7]において、北条高時の奇行に関して刑部少輔仲範が「如何様天王寺辺ヨリ天下ノ動乱出来テ、国家敗亡シヌト覚ユ」と述べた予言の実現でもあった。

第四章は、大塔宮の令旨を受けて挙兵した赤松入道円心の事が短く語られる。巻三における「河内国金剛山ノ西ニコソ、楠多門兵衛正成トテ、弓矢取テ名ヲ得タル者ハ候ナレ。是ハ敏達天王四代ノ孫、井手左大臣橘諸兄公ノ後胤」と類似する「播磨国ノ住人、村上天皇第七御子具平親王六代ノ苗裔、従三位季房ガ末孫ニ、赤松次郎入道円心トテ弓矢取テ無双ノ勇士」という紹介のされ方である。

ただ「元来其心闊如トシテ、人ノ下風ニ立ン事ヲ思ハザリケレバ、此時絶タルヲ継廃タルヲ興シテ、名ヲ顕シ忠ヲ抽バヤト思ケル」とあるが、「此二三年大塔宮ニ属纏奉テ、吉野十津川ノ艱難ヲ経ケル円心ガ子息律師則祐」が携えてきた大塔宮の令旨に添えられていた「委細事書十七箇条ノ恩裁」を見た円心は、「条々何レモ家ノ面目、世ノ所望スル事ナレバ」「不レ斜悦デ」との記述から見ても、その挙兵の大義名分には現実的な裏打ちのある事もわかる。

楠の〈炎〉は、天王寺辺で火力を強め、大塔宮の放った〈火〉は、遥か離れた西播磨の赤松円心に燃え移って「西国ノ道止テ、国々ノ勢上洛スル事ヲ得ザリケリ」という状況をつくりだす。

四

第五章では、第二章・第四章における先帝側の動きに関して「畿内西国ノ凶徒、日ヲ逐テ蜂起スル由、六波羅ヨリ早馬ヲ立テ関東へ」注進があったため、幕府としても「サラバ討手ヲ指遣セ」という事になり、「相模守ノ一族、其外東八箇国ノ中ニ、可レ然大名共」を中心に「宗トノ大名百三十二人、都合其勢三十万七千五百余騎」が九月二十日に鎌倉を出発する。その他、四国・中国地方をはじめ「総ジテ諸国七道ノ軍勢」が京都に集結する。

その軍勢八十万騎は、元弘三年正月晦日に「三手ニ分テ、吉野・赤坂・金剛山、三ノ城へ」、①吉野へは二階堂出羽入道道蘊を大将とする二万七千余騎、②赤坂へは阿曾弾正少弼を大将とする八万余騎、③金剛山へは陸奥右馬助を「搦手ノ大将」とする二十万騎が派兵される。ただ、この章では、③の「侍大将」として「大手」に向かった長崎悪四郎が、わざと「己ガ勢ノ程ヲ人ニ被レ知ト」思い「一日引サガリテ」「其行粧見物ノ目ヲゾ驚シケル」という事に関しての詳しい描写が中心となっており、合戦の具体的な展開に関しては、①と③は巻七に譲られる。

第六章は、右の②を詳述したものである。この章の「人見本間抜懸事」の箇所については以前採り上げた事がある(8)ので、問題点の確認にとどめたい。

第二章〜第四章の先帝側の正《プラス》の動きに対して、第五章における幕府側の大軍の動員も、一見正《プラス》に見えるが、第六章での実戦になると、必ずしもそのままの展開は見せない。

たとえば、大将より禁止命令の出ていた「抜懸」を敢行した人見四郎入道恩阿の言葉の中には幕府・北条氏の限界が語られており、阿曾の軍勢八万余騎も「大勢ナレバ、思侮テ」多数の死傷者を出す。最後は、「播磨国ノ住人吉河八郎」の進言によって赤坂城の水路を断ち、城側の平野入道以下二百八十二人を降参させる事ができたものの、「合戦ノ事始ナレバ、軍神ニ祭テ人ニ見懲サセヨトテ、六条河原ニ引出シ、一人モ不㆑残首ヲ刎テ被㆑懸」ため、「吉野・金剛山ニ籠リタル兵共モ、弥獅子ノ歯嚼ヲシテ、降人ニ出ント思フ者ハ無リケリ」という決意をさせる事となり、攻撃側の完全な勝利という語り口にはなっていない。

更に、そのあとに続く「罪ヲ緩フスルハ将ノ謀也ト云事ヲ知ラザリケル六波羅ノ成敗ヲ、皆人毎押ナベテ、悪カリケリト申シガ、幾程モ無シテ悉亡ビケルコソ不思議ナレ。情ハ人ノ為ナラズ。余ニ憍ヲ極メツ、、雅意ニ任テ振舞ヘバ、武運モ早ク尽ニケリ。因果ノ道理ヲ知ルナラバ、可㆑有㆑心事共也」との末文[9]は、教訓を含みつつ今後の展開を先取りして幕府側の負《マイナス》を強く語っている。

五

ところで、第二章の天王寺合戦記については、今井正之助氏[10]が、「日付」記事を史実と比較し、「史実よりも七ケ月も早く活動している」正成について、「『太平記』が、元弘二年三月七日の後醍醐隠岐遷幸後の空白を嫌い、直ちに正成が一人反幕府運動を再開したとするための、意識的な虚構であろう」とされた。

又、長谷川端氏[11]も、『太平記』と『楠木合戦注文』との比較によって「正成の第二次の挙兵・合戦は、太平記においては約七カ月早められている」ことを確認し、正慶二年（元弘三年、一三三三）一月の「和泉・河内合戦」が省略されている事も含めて「太平記における虚構だと判断」された。更に、『太平記』作者が「宇都宮に代って正成を天王寺へ入れた」理由は、「正成が太子未来記を読んで、後醍醐天皇の遷幸、北条幕府の転覆そして建武の天皇政治の実現を確信する必要があるからであり、そのため正成は天王寺に戻らねばならなかったのである」とし、

「太平記の作者は、北条政権を倒し時代を変革するに相違ない人物として正成像を構想し、読者・聴者の抱く太平への期待を形づくるために、正成の「不思議」な戦法だけでなく、「天狗山伏」のイメージや正成の怨霊すらも動員している」こと、天王寺合戦における「史実の歪曲も、こうした面から考えるならば、必然性をもった作為だと言える」と述べておられる。

大森北義氏(12)は、今井・長谷川氏の論考を「構想について考える場合重要である」とした上で、「天皇の〝「聖運」を開く〟と述べて巻三に登場したあの人格が、ここ〝元弘の内乱〟始発の時点に再登場したことを位置づけようとする」正成についての「構想上の位置と役割に注目」し、巻六前半部（流布本の第一～四章。筆者注）を、「1　後醍醐の後宮の悲しみと、後醍醐〝復権〟の予告」「2　正成、天王寺に現れ、六波羅軍と合戦（〝天王寺合戦〟）」「3　正成、天王寺の〝未来記〟をみて、〝天下の動乱〟と〝先帝の復権〟を予測(13)」という記事（章段）の構成から成るとし、正成像について「第一部世界のその構想を支える二つの方法とも密接にかかわるところの典型として位置づけることのできる人物である」とされた。

「序」に始まり、巻一から巻六までに範囲を限定しても、『太平記』作者は、三氏が述べておられるような「構想」のもとに、今、仮に纏めるとすれば、①「概観・要約」、②「展開」、③「批評」、④「予言」等を組合わせて、物語を進めていると言えよう。巻六の場合、第一章は①と④、第二章は②、第三章は④、第四章は②、第五章は②、第六章は②と③と④によって、それぞれ構成されていると見る事ができる。勿論、単純に分類する事はできないが、①や④は、物語中の巻を越えて、あるいは巻を連接するべく導入される文学的方法であり、③とともに、さほど長文にはならない。一方、②は①や④に基づいて具体的に語られるために相当長文になる事が多い。ただ、同じ「展開」でも、第二章や第六章の大部分のように詳述される場合と、第四章や第五章のように、「展開」に進んで行くための「始動」・「繋ぎ」・「経過」とでも言うべき要素を持つ場合があり、それらは比較的短いものが多い。又、故事が引用されるのは①や④に多く、③や「論述」「解釈」などの場合に先例としての故事引用が見られる事もある。そして、④は神仏の霊験譚と結びつく場合が多い。

長谷川氏の言われる「楠正成の合戦譚の類型化(14)」という事も、本稿で言及してきた人物形象における類似性などの問題とともに、右に呈示した、物語を組み立てる文学的方法と関連させて考察すべき事ではないだろうか。

結局、巻五においては北条高時個人のものとして語られる傾向にあった負《マイナス》の要素が、巻六においては、三氏の論考の中にも見られるごとく、幕府全体・武士集団に及ぶ形で拡大されて行き、一方、それとは対照的に、先帝側が、多少の敗戦を経ながらも正《プラス》の傾向を強めて行っている事を読みとることができよう。

注

(1)　引用は『太平記』(日本古典文学大系・岩波書店)によるが、字体を改めた。
(2)　西源院本には、この一文がない。
(3)　大森北義氏は、『『太平記』の構想と方法』(明治書院・昭和63)の第二章第三節において、この様な正成の事を〝退く良将〟と表現しておられる。
(4)　西源院本は「也」で終わっている。
(5)　たとえば巻三においても、楠と陶山一族との対決はなかった。
(6)　長谷川端氏は、『太平記の研究』(汲古書院・昭和57)のⅢにおいて、「宇都宮公綱が、正成との天王寺の戦いにおいて干戈を交えずに武将としての名を全うした、と評価するなどは多分に前時代的ですらある。公綱が礼儀正しく、坂東一ノ弓矢取であり、命を塵介よりも軽しとし、天王寺の廟に詣でる武将であったからであろうか」と述べておられる。
(7)　「相摸入道弄㆓田楽㆒幷闘犬事」

（8）『太平記の説話文学的研究』（和泉書院・一九八九）第二章。
（9）西源院本にはない。玄玖本はあるが、鈴木登美恵氏は「別筆の補入」とされる（「尊経閣文庫蔵太平記覚え書」〈「國文」第14号・昭和35〉）。
（10）「正成一人未ダ生テ有ト聞食候ハ――『太平記』における楠正成の位置――」（「国語と教育」第3号・昭和53）。
（11）注（6）の著書・Ⅳ。
（12）注（3）の著書・第一章第四節。
（13）大森氏は、〝「序」の方法〟と〝「不思議」の方法〟とを『太平記』における「二つの方法」とされる。
（14）注（6）の著書・Ⅲ。

吉野・千早の奮戦から先帝の隠岐脱出へ

一

元弘三年（一三三三）、後醍醐天皇不在の畿内においては、楠正成・大塔宮護良親王を核として、〝討幕〟の火が消えずに燻り続けていた。鎌倉幕府は、それらの動きを皆滅させるために大軍を派遣する。『太平記』が、巻六から巻七にかけて採り上げるのは、畿内を中心とする合戦の経過と、巻四末尾に隠岐への配流が記されて以来、舞台から姿を消していた後醍醐天皇の再登場とであり、短く語られる新田義貞の動向は、やがて巻十で詳述される事となる。

本章で扱う巻七の章立て(1)は次の通りである。

一、吉野城軍事
二、千剣破城軍事
三、新田義貞賜綸旨事
四、赤松蜂起事
五、河野謀叛事
六、先帝船上臨幸事

七、船上合戦事

巻六第五章「関東大勢上洛事」に「元弘三年正月晦日、諸国ノ軍勢八十万騎ヲ三手ニ分テ、吉野・赤坂・金剛山、三ノ城ヘゾ被レ向ケル」とあって、詳細が語られなかった「吉野」方面への攻撃が、「元弘三年正月十六日（右の巻六の引用文から考えても、ここは「二月」とあるべきところ——筆者注）、二階堂出羽入道道蘊、六万余騎ノ勢ニテ大塔宮ノ籠ラセ給ヘル吉野ノ城ヘ押寄ル」との一文とともに、巻七第一章において採り上げられる。巻五の末尾で「吉野ノ大衆ヲ語ハセ給テ、安善宝塔ヲ城郭ニ構ヘ、岩切通ス吉野河ヲ前ニ当テ、三千余騎ヲ随ヘテ楯籠ラセ給ケルトゾ聞ヘシ」と記された大塔宮への攻撃が、漸く巻七で語られる事となる。

吉野城についての「菜摘河ノ川淀ヨリ、城ノ方ヲ向上タレバ、嶺ニハ白旗・赤旗・錦ノ旗、深山下嵐ニ吹ナビカサレテ、雲歟花歟ト怪マル。麓ニハ数千ノ官軍、冑ノ星ヲ耀カシ鎧ノ袖ヲ連ネテ、錦繍ヲシケル地ノ如シ。峯高シテ道細ク、山嶮シテ苔滑ナリ。サレバ幾十万騎ノ勢ニテ責ル共、輒ク落スベシトハ見ヘザリケリ」という叙述は、巻三における笠置城についての「山高シテ一片ノ白雲峯ヲ埋ミ、谷深シテ万仞ノ青岩路ヲ遮ル。攀折ナル道ヲ廻テ揚ル事十八町、岩ヲ切テ堀トシ石ヲ畳デ屛トセリ。サレバ縦ヒ防ギ戦フ者無トモ、輒ク登ル事ヲ得難シ」という叙述と類似する形の、攻撃側からの視点に基づくものであり、大軍によっての正面攻撃の難しさを描いている。

そのため、「此山ノ案内者トテ一方ヘ被レ向タリケル吉野ノ執行岩菊丸」の「城ノ後ノ山金峯山」よりの百五十騎による奇襲攻撃案が採用される事となり、岩菊丸は、巻三における陶山一族と同様に、城側の隙をついて敗北へと追い詰める役割を果たす。ただ、笠置城での後醍醐天皇が実戦に関与しない存在であったのに対し、吉野城における大塔宮は、「今ハ遁レヌ処也ト思食切テ」敵陣に駆け入り奮戦する存在であったために、敗戦後の展開に差異が生じる。「最後ノ御酒宴」に臨んだ大塔宮は、「御鎧ニ立所ノ矢七筋、御頰サキ二ノ御ウデ二箇所ツカレサセ給テ、血ノ流ル、事滝ノ如シ」という有様であり、「敵ノ頸ヲサシ貫テ」参上した木寺相模が舞を披露する。続いて村上彦四郎義光が「鎧ニ立処ノ矢十六筋、枯野ニ残ル冬草ノ、風ニ臥タル如クニ折懸」て参候し、「此城ニテ功ヲ立ン事、今ハ叶ハジト覚ヘ候」と述べ、「一方ヨリ打破テ、一歩落テ可レ有二御覧一」と、提案し、「恐アル事ニテ候ヘ共、メサレテ候錦ノ御鎧直垂ト、御物具トヲ下給テ、御諱ノ字ヲ犯シテ敵ヲ欺キ、御命ニ代リ進セ候ハン」と、自ら大塔宮の代役となる事を主張する。「争デカサル事アルべキ、死ナバ一所ニテコソ兎モ角モナラメ」と答える大塔宮に対し、村上義光は「言バヲ荒ラカニシテ」「是程ニ云甲斐ナキ御所存ニテ、天下ノ大事ヲ思食立ケル事コソウタテケレ。ハヤ其御物具ヲ脱セ給ヒ候へ」と述べて大塔宮の鎧の上帯を解いたため、大塔宮も鎧などを脱ぎ替え「我若生タラバ、汝ガ後生ヲ訪ベシ。共ニ敵ノ手ニカ、ラバ、冥途マデモ同ジ岐ニ伴フベシ」と落涙しつつ「勝手明神ノ御前ヲ南へ向テ」落ちて行く。その後に高櫓に昇った義光は、大塔宮を名乗って「鎧ヲ脱デ櫓ヨリ下へ投落シ、錦ノ鎧直垂ノ袴許ニ、練貫ノ二小袖ヲ押膚脱デ、白ク清ゲナル膚ニ刀ヲツキ立テ、左ノ脇ヨリ右ノソバ腹マデ一文字ニ掻切テ、腸摑デ櫓ノ板ニナゲツケ、太刀ヲ口ニクワヘテ、ウツ伏ニ成テ」凄絶な最期を遂げた。

巻二において、後醍醐天皇の代役を叡山に赴かせる事を提案したのは大塔宮であったが、巻七では、自ら代役を申し出た村上義光を犠牲とする事によって、大塔宮は辛うじて危地を脱するのである。更に、「南ヨリ廻リケル吉野ノ執行ガ勢五百余騎」が「多年ノ案内者ナレバ、道ヲ要リカサニ廻リテ、打留メ奉ン」とした場面では、「村上彦四郎義光ガ子息兵衛蔵人義隆」が登場する。父とともに自害しようとしたが、父から「且ク生テ宮ノ御先途ヲ見ハテ進セヨ」と諭されたために「力ナク且クノ命ヲ延テ」大塔宮に随行していた義隆は、五百余騎の敵を相手に奮戦し、最後は自害して果てる。

結局、大塔宮は、村上父子の犠牲と引き替えに、天河から高野山へと落ち延びる事ができた。一方、代役となった村上義光の首を大塔宮と信じ、六波羅に送っての首実検の結果「アリモアラヌ者ノ頸也」と判定された二階堂道蘊は、「猶安カラズ思テ」高野山へ押し寄せる。しかし、「一山ノ衆徒皆心ヲ合テ宮ヲ隠シ奉」ったため、「数日ノ粉骨甲斐モナクテ」千剣破城へと移動する。

第二章は、「前ノ勢八十万騎」（巻六に「諸国ノ軍勢八十万騎ヲ三手ニ分テ」とあった事との混同か。巻六では「金剛山ヘハ陸奥右馬助、搦手ノ大将トシテ、其勢廿万騎」とあり、大手に向かった長崎悪四郎左衛門尉の勢も十数万騎であった）に「赤坂ノ勢」（巻六に「赤坂ヘハ阿曾弾正少弼ヲ大将トシテ、其勢八万余騎」とあった）と「吉野ノ勢」（前章に「六万余騎」とあった）とが加わって「百万騎」を越えた「千剣破ノ寄手」について「城ノ四方二三里ガ間ハ、見物相撲ノ場ノ如ク打囲デ、尺寸ノ地ヲモ余サズ充満タリ」と描かれる。

　旌旗ノ風ニ翻テ靡ク気色ハ、秋ノ野ノ尾花ガ末ヨリモ繁ク
　剣戟ノ日ニ映ジテ耀ケル様ハ、暁ノ霜ノ枯草ニ布ルガ如ク也
　大軍ノ近ヅク処ニハ、山勢是ガ為ニ動キ
　時ノ声ノ震フ中ニハ、坤軸須臾ニ摧ケタリ

と、対句表現によって大軍の有様を叙述した後に、城側の楠正成について「此勢ニモ恐ズシテ、纔ニ千人ニ足ヌ小勢[2]ニテ、誰ヲ憑ミ何ヲ待共ナキニ、城中ニコラヘテ防ギ戦ケル楠ガ心ノ程コソ不敵ナレ」と紹介する。尨大な数の攻撃側について華麗に描写すればするほど、傍点部分に見られる如く、それとは対照的な小勢の楠正成は、戦うとすれば、「不敵」[3]な「心ノ程」だけが、その落差を埋めるものとなる。

実際の合戦場面を追ってみよう。「此城東西ハ谷深ク切テ人ノ上ルベキ様モナシ。南北ハ金剛山ニツヾキテ而モ峯絶タリ」と、楠側にとって有利な紹介をしたあとに「サレドモ高サ二町許ニテ、廻リ一里ニ足ヌ小城ナレバ」という否定的説明を連接させる。ただ、寄手が「何程ノ事カ有ベキ」と「是ヲ見侮テ」攻撃を仕掛けたのに対し、楠

側は「少シモサハガズ、静マリ帰テ、高櫓ノ上ヨリ大石ヲ投カケ〳〵、楯ノ板ヲ微塵ニ打砕テ、漂フ処ヲ差ツメ〳〵射」たために、寄手の死傷者は「一日ガ中ニ五六千人ニ」達した。

数日後、「赤坂ノ大将金沢右馬助」が、赤坂城攻略の体験に基づいて「東ノ山ノ麓ニ流タル渓水ヲ、夜々汲歟ト覚テ候」と推察し、名越越前守を大将とする三千余騎が派遣され「水ノ辺ニ陣ヲ取セ、城ヨリ人ヲリ下リヌベキ道々ニ、逆木ヲ引テゾ待懸ケル」という作戦がとられる。この作戦は、城側にとっては致命的なものになるはずと見られたが、物語の展開は、右の文章に続けて「楠ハ元来勇気智謀相兼タル者ナリケレバ」として、「大ナル木ヲ以テ、水舟ヲ二三百打セテ、水ヲ湛置」き「舟ノ底ニ赤土ヲ沈メテ、水ノ性ヲ損ゼヌ様ニ」した楠正成の「智慮ノ程」が述べられる。そして、その後に、水源警備に派遣された兵達が「始ノ程コソ有ケレ、後ニハ次第々々ニ心懈リ、機緩テ」「用心ノ体少シ無沙汰ニ」なった状況が描かれる。ところが、楠は「是ヲ見スマシテ、究竟ノ射手ヲソロヘテ二三百人夜ニ紛テ城ヨリヲロシ」攻勢に出る。そのため、名越越前守は「コラヘ兼テ、本ノ陣ヘ」引き退く。楠側は「捨置タル旗、大幕ナンドヲ取持セテ」「閑ニ城中ヘ」戻る。つまり、金沢右馬助の折角の作戦も、完遂されなかったために、楠を追い詰める事ができずに終わる。しかも、戦闘の最先端にいる責任者は金沢右馬助ではなく名越越前守であり、その敗退が次の場面を招来する事となる。

すなわち、「其翌日」楠側は「三本唐笠ノ紋書タル旗ト、同キ文ノ幕」を城に掲げ、「是コソ皆名越殿ヨリ給テ候ツル御旗ニテ候ヘ」等と「同音ニドット笑」う。恥辱を受けた名越勢五千余人は「切岸ノ下迄」攻め寄せるが「岸高シテ切立タレバ、矢長ニ思ヘ共ノボリ得ズ、唯徒ニ城ヲ睨、忿ヲ押ヘテ息ツギ居」たところへ、城中からは「切岸ノ上ニ横ヘテ置タル大木十計切テ落シ」たため、四五百人が圧死し、「シドロニ成テ騒グ」寄手に向かって「十方ノ櫓ヨリ指落シ、思様ニ射ケル間、五千余人ノ兵共残スクナニ討レ」てしまう。

ここに至って、「尋常ナラヌ合戦ノ体ヲ見テ、寄手モ侮リニク、」思い、「今ハ始ノ様ニ、勇進デ攻ントスル者モ無」くなった。長崎四郎左衛門尉の提案による兵粮攻めは、攻撃側にとっての第二の良策と思われた。ところが「徒然ニ皆堪兼テ」始めた「一万句ノ連歌」の発句を長崎師宗が「サキ兼テカツ色ミセヨ山桜」と詠んだのに対し、工藤高景が「嵐ヤ花ノカタキナルラン」と付ける。「両句トモニ、詞ノ縁巧ニシテ句ノ体ハ優」と思われたが「御方ヲバ花ニナシ、敵ヲ嵐ニ喩ヘ」た点が「禁忌也ケル表事哉ト後ニゾ思ヒ知レケル」と述べられ、寄手側の敗北が先取りする形で語られてしまうのである。

一応「或ハ碁・双六ヲ打テ日ヲ過シ、或ハ百服茶・褒貶ノ歌会ナンドヲ翫デ夜ヲ明ス」というような寄手側の態度は、「是ニコソ城中ノ兵ハ中々被レ悩タル心地シテ、心ヲ遣方モ無リケル」という効果を引き起こす。しかし、楠正成は「イデサラバ、又寄手タバカリテ居眠サマサン」として「芥ヲ以テ人長ニ人形ヲ二三十作テ、甲冑ヲキセ兵杖ヲ持セテ、夜中ニ城ノ麓ニ立置キ、前ニ畳楯ヲツキ双ベ、其後ロニスグリタル兵五百人ヲ交ヘテ、夜ノホノ〴〵ト明ケル霞ノ下ヨリ、同時ニ時ヲドット作ル」という作戦をとり、攻め寄せた寄手に対し、「城ノ兵兼テ巧タル事ナレバ、矢軍チトスル様ニシテ大勢相近ヅケテ」人形だけを残して城に引きあげる。「人形ヲ実ノ兵ゾト心得テ」近付いた寄手に対し、正成は「所存ノ如ク敵ヲタバカリ寄セテ、大石ヲ四五十、一度ニバット発ス」。こうして、寄手は又しても多数の死傷者を出し、合戦後に「一足モ引ザリツル兵」が実は「藁ニテ作レル人形」だったと判明し、「唯兎ニモ角ニモ万人ノ物笑ヒ」となった。

これ以後は「弥合戦ヲ止」めたため「諸国ノ軍勢唯徒ニ城ヲ守リ上テ居タル計ニテ、スルワザ一モ無リケリ」という事になったが、「大将ノ陣ノ前」には「古歌ヲ翻案シテ」包囲軍ノ無策ぶりを皮肉った狂歌までが立てられた。更に「軍モ無テソヾロニ向ヒ居タルツレ〴〵ニ、諸大将ノ陣々ニ、江口・神崎ノ傾城共ヲ呼寄テ、様々ノ遊」をする。その中で、伯父・甥の間柄の名越遠江入道と名越兵庫助とが、双六の賽の目の事で喧嘩となり、両人は勿論のこと、両人の郎従達二百余人までもが差し違えて死ぬ事件が起こる。城側はそれを見て、「十善ノ君ニ敵ヲシ奉ル天罰ニ依テ、自滅スル人々ノ有様見ヨ」と笑う。この場面では、楠勢の感想をも包含する形の「誠ニ是直事ニ非ズ。天魔波旬ノ所行歟ト覚テ、浅猿カリシ珍事也」という批評が付けられている。

このように、大軍を擁しながら攻めあぐむ寄手のもとに、三月四日鎌倉幕府より飛脚が到着し、「軍ヲ止テ徒ニ日ヲ送ル事不ㇾ可ㇾ然」と伝える。大将達の作戦会議の結果、「御方ノ向ヒ陣ト敵ノ城トノ際ニ、高ク切立タル堀ニ橋ヲ渡シテ、城へ打テ入ン」との作戦が決定。「京都ヨリ番匠ヲ五百余人召下シ、五六八九寸ノ材木ヲ集テ、広サ一丈五寸、長サ二十丈余ニ梯」を作らせ、「大縄ヲ二三千筋付テ、車木ヲ以テ巻立テ、城ノ切岸ノ上へ」倒し懸ける。「早リオノ兵共五六千人」が、この「橋ノ上ヲ渡リ、我先ニト」進み、「アハヤ此城只今打落サレヌト見へ」たが、楠正成は「兼テ用意ヤシタリケン、投松明ノサキニ火ヲ付テ、橋ノ上ニ薪ヲ積ルガ如クニ投集テ、水弾ヲ以テ油ヲ滝ノ流ル、様ニ懸タ」ために、大梯は炎上し、「数千人ノ兵同時ニ猛火ノ中へ落重テ、一人モ不ㇾ残焼死」んでしまう。

更に、「大塔宮ノ命ヲ含デ」集結した七千余人の「吉野・戸津河・宇多・内郡ノ野伏共」が「此ノ峯彼ノ谷ニ立隠テ、千剣破寄手共ノ往来ノ路ヲ差塞」いだため、「諸国ノ兵ノ兵粮忽ニ尽テ、人馬共ニ疲レ」戦線を離脱しようとすると、「案内者ノ野伏共」が待ち伏せて襲撃するので、討たれるか、又は「希有ニシテ命計ヲ助カル者」も「馬・物具ヲ捨、衣裳ヲ剝取レテ」「或ハ破タル蓑ヲ身ニ纏テ、膚計ヲ隠シ、或ハ草ノ葉ヲ腰ニ巻テ、恥アラハセル落人」として「毎日ニ引モ切ラズ十方へ逃散」ったのであった。ここでも、この寄手側の有様について「前代未聞ノ恥辱也」との批評が加えられた上に「サレバ日本国ノ武士共ノ重代シタル物具・太刀・刀ハ、皆此時ニ至テ失ニケリ」という、やや誇張気味の付言と「始ハ八十万騎ト聞へシカ共、今ハ纔ニ十万余騎ニ成ニケリ」との要約によって、比較的長文の第二章は終わる。

新田義貞の幕府への離反が語られる第三章の冒頭は「上野国住人新田小太郎義貞ト申ハ、八幡太郎義家十七代ノ後胤、源家嫡流ノ名家也。然共平氏世ヲ執テ四海皆其威ニ服スル時節ナレバ、無レ力関東ノ催促ニ随テ金剛山ノ搦手ニゾ被レ向ケル」となっている。この〈源氏〉対〈平氏〉という捉え方は、巻一第一章にも見られた認識であり、新田義貞は鎌倉幕府の体制内における関東武士の勇将として描かれるのではなく、平氏（北条氏）に対抗する源氏嫡流の武士という事に重点を置いて紹介される。それは、新田義貞が執事の船田入道義昌に相談を持ち掛けた「古ヨリ源平両家朝家ニ仕ヘテ、平氏世ヲ乱ル時ハ、源家是ヲ鎮メ、源氏上ヲ侵ス日ハ平家是ヲ治ム。義貞不肖也ト云ヘ共、当家ノ門楣トシテ、譜代弓矢ノ名ヲ汚セリ。而ニ今相模入道ノ行迹ヲ見ニ滅亡遠ニ非ズ。我本国ニ帰テ義兵ヲ挙、先朝ノ宸襟ヲ休メ奉ラント存ズルガ、勅命ヲ蒙ラデハ叶マジ。如何シテ大塔宮ノ令旨ヲ給テ、此素懐ヲ可レ達」という言葉にも窺えるものであるが、この言葉には、北条高時の「滅亡遠ニ非ズ」という義貞なりの現実的な予見も含んでの「義兵」への決意が見られる。船田入道は若い郎党三十余人に「野伏」の身支度をさせ、「ドシ軍」を演出、その加勢に来た「宇多・内郡ノ野伏共」を捕えて大塔宮への取次ぎを頼む。大塔宮からは「元弘三年二月十一日」付で「令旨ニハアラデ、綸旨ノ文章」で討幕の要請が届く。義貞は「不レ斜悦デ」「虚病シテ、急ギ本国へ」下る。

第三章後半では、千剣破城での寄手の兵の離脱・戦意喪失の雰囲気を打開するため、六波羅から宇都宮公綱が派遣され、紀清両党の千余騎も寄手に加わった事が記される。宇都宮と紀清両党とは、巻六において楠正成から夫々「坂東一ノ弓取」「元来戦場ニ臨デ命ヲ棄ル事塵芥ヨリモ尚軽クス」と評された存在である。従って、この場面でも「未レ屈荒手ナレバ、驅テ城ノ堀ノ際マデ責上テ、夜昼少シモ不二引退一、十余日マデゾ責タリケル」という戦いぶりと、楠側の「城モ少シ防兼タル体ニゾ見ヘタリケル」という対応ぶりとが描かれる。しかし、攻防の決着までは記されず、「サレ共、紀清両党ノ者トテモ、斑足王ノ身ヲモカラザレバ天ヲモ翔リ難シ。龍伯公ガ力ヲ不レ得バ山ヲモ擘難シ」として「後ナル者ハ手々ニ鋤・鍬ヲ以テ、山ヲ掘倒サン」と企て「大手ノ櫓ヲバ、夜昼三日ガ間ニ、念ナク掘リ崩シ」た事、ただ「諸人是ヲ見テ」「我モ〳〵ト掘ケレ共、廻リ一里ニ余レル大山ナレバ左右ナク掘倒サルベシトハ見ヘ」なかったという戦況説明で、この章は終わる。

第四章は、巻六で大塔宮の令旨を受けて挙兵が記された赤松一族の漸進的な動きが述べられる。赤松円心は「楠が城強クシテ、京都ハ無勢也」と知り、「播磨国苔縄ノ城ヨリ打テ出テ、山陽・山陰ノ両道ヲ差塞ギ、山里・梨原ノ間ニ陣ヲト」ったが、「六波羅ノ催促ニ依テ上洛」する備前・備中・備後・安芸・周防の勢を船坂山で防ぎとめた赤松貞範が、生捕りした二十余人の敵を「情深ク相交」った事で、伊東大和二郎は「其恩ヲ感ジテ、忽ニ武家与力ノ志ヲ変ジテ、官軍合体ノ思ヲナシ」「先己ガ館ノ上ナル三石山ニ城郭ヲ構ヘ、驪テ熊山ヘ取上リテ、義兵ヲ揚タ」ため、それと戦い敗れた備前守護加治氏は児島へ退く。「西国ヨリ上洛スル勢ヲバ、伊東ニ支ヘサセテ、後ハ思モ無」くなった赤松は「兵庫ノ北ニ当テ、摩耶ト云山寺ノ有ケルニ、先城郭ヲ構」える。

第五章。六波羅が「今ハ四国勢ヲ摩耶ノ城ヘハ向ベシ」と評定していた所へ、その四国の伊予国から早馬が到着。土居二郎・得能弥三郎が「宮方ニ成テ旗ヲアゲ、当国ノ勢ヲ相付テ土佐国ヘ打越」え、合戦した長門探題上野介時直の勢が敗北し、時直父子が行方不明になったこと、「其ヨリ後四国ノ勢悉土居・得能ニ属スル間、其勢已ニ六千余騎、宇多津・今張ノ湊ニ舟ヲソロヘ、只今責上ントト」しているので、「御用心有ベシ」と伝えて来た。

二

第六章は「畿内ノ軍未ダ静ナラザルニ、又四国・西国日ヲ追テ乱ケレバ、人ノ心皆薄氷ヲ履デ国ノ危キ事深淵ニ臨ガ如シ」[4]と、現況を要約した上で、目を隠岐島に転じる。大塔宮・楠正成を打倒できぬばかりでなく、赤松や土居・得能を制御できない幕府・六波羅にしてみれば、やはり、それらの勢力の〈原点〉とも言うべき「先帝（後醍醐天皇）」に注意を払わざるを得ない。隠岐判官佐々木清高のもとに「抑今如レ斯天下ノ乱ル、事ハ偏ニ先帝ノ宸襟ヨリ事興レリ。若逆徒差チガフテ奪取奉ントスル事モコソアレ、相構テ能々警固仕ベシ」と命令があり、厳重警戒態勢がとられる。

ところが閏二月下旬、中門の警固役に当たった佐々木富士名判官義綱は「如何ガ思ケン、哀此君ヲ取奉テ、謀叛ヲ起サバヤト思心」を抱く。官女を介して本土の現状を説明した上で「御聖運開べキ時已ニ至ヌトコソ覚テ候へ」として、主上[5]（後醍醐天皇）に隠岐脱出を勧める。主上は「猶モ彼偽テヤ申覧」と思い、「義綱ガ志ノ程ヲ能々御覧ゼラレン為ニ、彼官女ヲ義綱ニ被レ下」た。「面目身ニ余リテ覚ケル上、最愛又甚シカリケレバ、弥忠烈ノ志ヲ顕シ」た義綱は、「サラバ汝先出雲国へ越テ、同心スベキ一族ヲ語テ御迎ニ参レ」との命令に従って出雲国に渡る。ところが相談を持ち掛けられた塩冶判官は「如何思ケン、義綱ヲヰコメテ置テ」隠岐へ帰さなかった。主上は義綱が戻って来ないため「唯運ニ任テ御出有ント思食テ」「三位殿ノ御局ノ御産ノ事近付タリトテ、御所ヲ御出アル由ニテ」「御輿ニメサレ、六条少将忠顕朝臣許ヲ召具シテ、潜ニ御所ヲ」出た。しかも、「此体ニテハ人ノ怪メ申べキ上、駕輿丁モ無」かったので、「自ラ玉趾ヲ草鞋ノ塵ニ汚シテ、自ラ泥土ノ地ヲ踏」む事となる。

主上と六条忠顕とは「月待程ノ暗キ夜ニ、ソコ共不レ知遠キ野ノ道ヲ、タドリ」湊を目ざしつつも「心身共ニ疲レ終テ、野径ノ露ニ徘徊」し、一軒の家にたどり着く。忠顕が「千波湊」への道を尋ねると、内から出て来た「怪ゲナル男」が「心ナキ田夫野人ナレ共、何トナク痛敷ヤ思進セ」たのか、「御道シルベ仕候ハン」と言い、「主上ヲ軽々ト負進セ、程ナク千波湊へ」到着した。この男は「甲斐々々敷湊中ヲ走廻、伯耆ノ国へ漕モドル商人舟ノ有ケルヲ、兎角語ヒテ、主上ヲ屋形ノ内ニ乗セ進セ、其後暇申テ」港にとどまった。この段落は「此男誠ニ唯人ニ非ザリケルニヤ、君御一統ノ御時ニ、尤忠賞有ベシト国中ヲ被レ尋ケルニ、我コソ其ニテ候ヘト申者遂ニ無リケリ」という一文で締め括られている。これは、巻二で阿新を助けた山伏、巻五で大塔宮の危急を野長瀬兄弟に伝えた童（北野天神の眷属たる「老松明神」と明記されている）などとも共通する、説話的要素を担った人物を介在させての場面展開の手法が導入された箇所と見る事ができる。

　夜が明けて、舟を出帆させた船頭は「唯人ニテハ渡ラセ給ハジトヤ思ヒケン」神妙・忠勤の態度を見せたので、忠顕も「隠シテハ中々悪カリヌ」と考え、「屋形ノ中ニ御座アルコソ、日本国ノ主、忝モ十善ノ君ニテイラセ給へ。汝等モ定テ聞及ヌラン、去年ヨリ隠岐判官が館ニ被二押籠一テ御座アリツルヲ、忠顕盗出シ進セタル也」と告げ、「出雲・伯耆ノ間ニ、何クニテモサリヌベカランズル泊へ、急ギ御舟ヲ着テヲロシ進ゼヨ。御運開バ、必汝ヲ侍ニ申成テ、所領一所ノ主ニ成ベシ」と言ったところ、船頭は「実ニ嬉シゲナル気色」となって「取梶・面梶取合セテ、片帆ニカケテ」舟を走らせた。

　危機が二度あった。一度目は、隠岐判官の舟が接近して来た場面、この時は、船頭が主上と忠顕とを舟底に隠れさせ、その上に乾魚の入った俵を積み、水主・梶取が俵の上に並んで櫓を押し、追手の尋問に対しては「今夜ノ子ノ刻計ニ、千波湊ヲ出候ツル舟ニコソ、京上臈カト覚シクテ、冠トヤラン着タル人ト、立烏帽子着タル人ト、二人乗セ給テ候ツル。其舟ハ今ハ五六里モ先立候ヌラン」との虚言によって追求をかわした。二度目は「追手ノ舟百余艘、御坐舟ヲ目ニ懸テ、鳥ノ飛ガ如クニ追懸」けて来た場面。今度は、船頭の「帆ノ下ニ櫓ヲ立テ、万里ヲ一時ニ渡ラント声ヲ帆ニ挙テ推」すという努力にも関らず、潮流も逆流し、船が進まず水主・梶取も慌て騒ぐ。ところが、主上が「船底ヨリ御出有テ、膚ノ御護ヨリ、仏舎利ヲ一粒取出サセ給テ、御畳紙ニ乗セテ、波ノ上ニ」浮かべたところ、「龍神是ニ納受ヤシタリケン、海上俄ニ風替リテ、御坐船ヲバ東へ吹送リ、追手ノ船ヲバ西へ吹モド」し、主上の船は「伯耆ノ国名和湊」に到着する。ここでも神仏の加護による場面展開が描かれる。

　港に着くと同時に、忠顕が、「此辺ニハ何ナル者カ、弓矢取テ人ニ被ㇾ知タル」と尋ねると、通行人が「名和又太郎長年」の名を語ったので、忠顕は「勅使ヲ立テ」長年に協力を要請した。酒宴中の長年は「此由ヲ聞テ案ジ煩タル気色ニテ、兎モ角モ」即答できなかったが、弟の小太郎長重が「古ヨリ今ニ至迄、人ノ望所ハ名ト利トノ二也。我等忝モ十善ノ君ニ被ㇾ憑進テ、尸ヲ軍門ニ曝ス共名ヲ後代ニ残ン事、生前ノ思出、死後ノ名誉タルベシ。唯一筋ニ思定サセ給フヨリ外ノ儀有ベシトモ存候ハズ」と主張したため、長年はじめ一族も同意した。長重は早速、主上のもとに駆けつけ、「着タル鎧ノ上ニ荒薦ヲ巻テ、主上ヲ負進セ、鳥ノ飛ガ如クシテ」船上山へ赴く。長年が「我倉ノ内ニアル所ノ米穀ヲ、一荷持テ運ビタラン者ニハ、銭ヲ五百ヅ、取ラスベシ」と知らせて回ったところ、五六千人の人夫が現れ「一日ガ中ニ兵粮五千余石」を運んだ。そこで「其後家中ノ財宝悉人民百姓ニ与テ、己ガ館ニ火ヲカケ、其勢百五十騎ニテ、船上ニ馳参リ、皇居ヲ警固」した。一族の名和七郎は「武勇ノ謀」があったので、白布五百反を旗に仕立て、「松ノ葉ヲ焼テ煙ニフスベ、近国ノ武士共ノ家々ノ文ヲ書テ」方々の峰や木の本に立てた結果、「山中ニ大勢充満シタリ」と見えたのであった。

　第七章は船上山の合戦と主上側の勝利を述べる。船上の城は「俄ニ拵ヘタル城ナレバ、未堀ノ一所ヲモ不ㇾ掘、屏ノ一重ヲモ不ㇾ塗、唯所々ニ大木少々切倒シテ、逆木ニヒキ、坊舎ノ甍ヲ破テ、カヒ楯ニカケル計」であった。しかし、押し寄せた隠岐判官（佐々木清高）・佐々木弾正左衛門（昌綱）の三千余騎は「家々ノ旗四五百流」を見て進攻できなかった。しかも、佐々木昌綱が流れ矢によって死亡、八百余騎の「佐渡前司」は降参、それを知らない隠岐判官は攻撃を続けた。ところが夕刻、「俄ニ天カキ曇リ、風吹キ雨降事車軸ノ如ク、雷ノ鳴事山ヲ崩スガ如シ」という天変のための寄手が「オヂワナ、ヒテ、斯彼ノ木陰ニ立寄テムラガリ居タル所」を、名和長年・長重・長生らが急襲。結局、隠岐判官だけが助かって、①「小舟一艘ニ取乗、本国へ逃帰リケルヲ、国人イツシカ心替シテ、津々浦々ヲ堅メフセギケル間」、②「波ニ任セ風ニ随テ越前ノ敦賀へ漂ヒ寄タリケルガ」、③「幾程モ無シテ、六波羅没落ノ時、江州番場ノ辻堂ニテ、腹掻切テ失ニケリ」というのである。続けて④「世澆季ニ成ヌトイへ共、天理未ダ有ケルニヤ、余ニ君ヲ悩シ奉リケル隠岐判官ガ、三十余日ガ間ニ滅ビハテ、、首ヲ軍門ノ幢ニ懸ラレケルコソ不思議ナレ」の一文が付けられている。

「主上隠岐国ヨリ還幸成テ、船上ニ御座有ト聞へ」た事で「国々ノ兵共ノ馳参ル事引モ不㆑切」という状況が、第七章の後半である。「先一番ニ出雲ノ守護塩谷判官高貞、富士名判官ト打連、千余騎ニテ馳参」ったのを初めとして、「出雲・伯耆・因幡、三箇国ノ間ニ、弓矢ニ携ル程ノ武士共ノ参ラヌ者ハ無」かったし、「是ノミナラズ」、石見・安芸・美作・備後・備中・備前の武士、「此外四国九州ノ兵」までもが、我さきにと馳せ参じたので、「其勢船上山ニ居余リテ、四方ノ麓二三里ハ、木ノ下・草ノ陰マデモ、人ナラズト云所ハ無リケリ」という有様であった。

三

巻七全体を見ると、A「鎌倉幕府の斜陽」と、B「後醍醐天皇の復活」という事が対照的な主題として浮かびあがってくる。Aは、すでに巻一において瞥見しうるものであったが、巻五においては、北条高時個人の問題という形で内部崩壊の予感が語られ、巻六においては、楠正成の見た聖徳太子の「未来記」だけでなく、一鎌倉武士人見四郎入道恩阿の言葉にも、現れていた。巻七になると、「源家嫡流ノ名家」である新田義貞が「平氏」である北条高時の「滅亡遠ニ非ズ」と見て、「義兵」を挙げて「先朝（後醍醐天皇）ノ宸襟ヲ休メ奉ラン」ために「大塔宮ノ令旨」を拝戴する、という形で語られる。そのような令旨を受ける事が可能であったという事だけでなく、令旨を受けた後、「虚病」を理由に戦線離脱ができたというような点にも、大軍を擁しながら、敗北を繰り返す幕府側の素顔を見る事ができるであろう。一方、官軍の方は、大塔宮から楠正成までの〝幅〟として考える事ができる。自らも負傷して血を流し、村上父子の死と引き替えに辛うじて危地を脱することのできた大塔宮と、「元来勇気智謀相兼タル者」として「少シモサハガズ」状況を「見スマシテ」敵を翻弄し、「兼テ巧タル」作戦を「所存ノ如ク」実行する楠正成とは、官軍の両極を象徴する人物像と考える事ができる。そして、この二人を両極とする〝幅〟の中に、たとえば、赤松や土居・得能だけでなく、無名の「野伏」達が含まれる。実際、新田義貞の執事船田入道が大塔宮への連絡をとる手段として、「己ガ若党ヲ三十余人、野伏ノ質ニ出立セテ、夜中ニ葛城へ上セ」た事を見ても、官軍側の実態がどのように理解されていたかを窺いうるであろう。

この無名性は、Bの問題にもつながりを持っている。執拗に幕府軍を悩ませて戦い続ける楠正成と大塔宮、それを支えとして赤松や土居・得能のように、官軍漸増の輪が広がってゆく。そういう状況について、佐々木富士名判官義綱から報告を受けた主上・後醍醐天皇は、義綱自身について一度は猜疑心を抱いたものの、隠岐脱出を決意する。この場面については、**別表**のように二系統の文脈が見られる。古態本系統の本文の場合（義輝本も文飾を除けばこの系統）、官女を下賜された義綱が、その事を名誉に思っただけでなく、官女をも最愛し、ますます主上への忠義心を強く抱いたために、主上も義綱を信用し、脱出の決意を固めた事になる。一方、流布本の場合、義綱は主上への忠義心を持ち、命令を受けて出雲に渡り下準備に取り掛かった矢先に、相談を持ち掛けた塩冶判官に拘束されてしまい隠岐へ帰れなくなったが、主上はそれにも関らず「運ニ任テ」脱出を決意したという事になる。ただ、古熊本系の本文の場合でも、義綱は実際の脱出行の途中では登場しないので、その「忠烈」は、第七章末尾の、船上山への一番乗りという形でしか表現されないわけである。一方、流布本系の本文の場合、後に「先一番ニ出雲ノ

別表

流布本	西源院本	神田本・玄玖本	義輝本
判官ハ面目身ニ余リテ覚 ケル上最愛又甚シカリケレ バ	判官面目身ニ餘テ 最愛斜ナラス	判官ハ面目身ニ餘リテ覺ケル 上最愛又甚カリケレハ	叡慮忝サ身ニ餘リケル上此女 房容顔美麗ナルノミナラズ情ノ 色深〆鹿島ニ懸ル常陸帯結ノ神 ノ御計今世一世之契ナラ子ハ偕 老昵同穴ノ志等閑ナラス
弥忠烈ノ志ヲ顕シケル	彌忠烈ノ志ヲソ顯シケル	彌忠烈ノ志ヲソ顯シケル	サレハ彌忠烈之志ヲ進〆無㆑貳 身命ヲ辨ント思エル色隠ナカリ シカバ
サラバ汝先出雲国へ越テ、 同心スベキ一族ヲ語テ御迎 ニ参レト被㆓仰下㆒ケル程ニ、 義綱出雲へ渡テ塩冶判官ヲ 語フニ、塩冶判官如何思ケ ン、義綱ヲヰコメテ置テ、 隠岐国へ不㆑帰			
主上且ク義綱ヲ御待有ケル ガ、余ニ事滞リケレバ、唯 運ニ任テ御出有ント思食テ。	主上今ハヨモ相違アラシト 思召サレケレハ	主上サテハヨモ相違アラシト 被思食ケレハ	主上サテハヨモ相違ハ不㆑有ト 思召ケレハ

守護塩谷判官高貞、富士名判官ト打連、千余騎ニテ馳参ル」と記される文との懸隔が見られ、塩冶判官が義綱を拘束した事情が「如何思ケン」としか書かれない辺にも疑問が残る。流布本第六章に唐突な形で登場する塩冶判官は、あるいは「出雲守護」としての一つの立場を表わしていると考える事ができる。

そして、主上自身、隠岐島を脱出し出雲に到着する過程においては、六条忠顕とともに自ら歩くというような苦難もあったし、「膚ノ御護ヨリ、仏舎利ヲ一粒取出」して「御畳紙ニ乗セテ、波ノ上ニ」浮かべる事によって追跡の舟から逃れるというような超人的な振舞いもあった。と同時に、そのような主上を支えたのは、忠顕を除けば「千波湊」まで運んでくれた「怪ゲナル男」にしても、出雲までの舟の船頭達にしても、無名の人物なのである。たとえば、右の「怪ゲナル男」[6]の登場する段落を義輝本は次のように終結させる。「此男誠ニ只人ニテハアラサリケルニヤ君御一統之時尤モ抽賞有ルヘシトテ國中ヲ尋ラレケレトモ我コソトテ參者ツイニ無リケルコソ不思議ナレ是何様天照太神　正八幡宮聖王ヲ鎮衛シ給テ海山千里ノ外マテモ守セ給ケルニコソト憑モ敷ク覺ヘケル事共也」。ここには、無名性についての一つの解釈が呈示されている事になるが、「怪ゲナル男」にしても、「天照太神・正八幡宮」にしても、〝不思議〟[7]という点では共通しており、それは又、一粒の「仏舎利」による危地脱出場面にも、船上山攻撃陣の急速な敗退場面にも繋がって行くものである。従って、隠岐判官・佐々木清高の最期を、先取りして語ってしまう箇所（第七章の③④）においても、現世を「澆季」と認識しつつも、隠岐判官の死を「天理未ダ有ケルニヤ」という抽象的論理の中に解消してしまうのである。

なお、例えば、出雲において主上を守護する「名和長年」は、個人名が出ているにも関らず、「長年」個人というより、「長重」「名和七郎」「長生」らを含む集団としての「名和一族」が、「名和長年」という一つの象徴的名称で語られる時もあったと考える事が可能であり、それは、巻三の笠置合戦において活躍した「陶山一族」の例などとも共通しつつ、風刺的狂歌の作者等をも含む、広い意味での無名性と言う事ができよう。

ところで、第二章「千剣破城軍事」における楠正成の「心ノ程」について、もう一度確認しておきたい。楠正成方を「見侮テ」大軍で押し寄せた幕府軍に対して、楠方は「少シモサハガズ静マリ帰テ」待ち受け、奇策によって寄手を翻弄する。更に、寄手の水源警備兵が「次第々々ニ心懈リ、機緩テ」「用心ノ体少シ無沙汰ニ」なると、楠は「是ヲ見スマシテ」「夜ニ紛テ」攻撃をしかけ、敗走した敵の「捨置タル旗・大幕ナンド取持セテ」「閑ニ城中ヘ」引きあげる。翌日、それらを掲げて「ドット笑」って、敵を侮辱し、「安カラヌ事」に思って攻め寄せた攻撃軍に大石を投げかけて被害を与える。ようやく「侮リニク、」思った寄手が攻撃を中止し、城側も一度は「被レ悩心地シテ、心ヲ遣方モ無」くなるが、ここでの正成は「イデサラバ、又寄手タバカリテ居眠サマサン」と人形を作って寄手を挑発し、攻め寄せた幕府勢を「兼テ巧タル事ナレバ」城に近付け、「所存ノ如ク」大石を投げ落とし、又しても被害を与える。その結果、攻撃の方法を失った寄手側では、遊興中に味方同志の喧嘩から殺し合いにまで発展する「浅猿カリシ珍事」をも引き起こしてしまう。最後には、幕府の命令により、大きな「梯」を作って攻勢に転じた寄手側に対し、楠は「兼テ用意ヤシタリケン」「投松明ノサキニ火ヲ付テ」投げ、「水弾ヲ以テ油ヲ滝ノ流ル、様ニ懸タ」ため、大梯は炎上し、寄手は皆滅的打撃を受ける。

このように合戦の経過を見て来ると、楠正成の「心」とは、「勇気智謀」に基づく心理作戦の形をとって表されるものであり、平氏の数によっては測り得ぬ「心ノ程」ゆえに、やはり〝不思議〟(8)なものという事になる。なお、このような「心」は、第四章で赤松貞範が敵の捕虜に対して、殺すことなく「情深ク」遇したという例のような発揮のされ方もあり、第六章における名和長年のごとく「我倉ノ内ニアル所ノ米穀ヲ、一荷持テ運ビタラン者ニハ、銭ヲ五百ヅ、取ラスベシ」という現実的方針を掲げて「家中ノ財宝悉人民百姓ニ与テ、己ガ館ニ火ヲカケテ」主上のもとへ馳せ参ずる例のような発現のされ方もある。

結局、隠岐島から、まず出雲へと帰還した後醍醐天皇は、〝無名〟の人物や、〝不思議〟な力に支えられつつ、現実的には西国の勢力を集結させうる原点のような存在として、幕府すなわち北条氏の滅亡を加速させる形で、物語の中に復活したのである。

注

（1）引用は『太平記』（日本古典文学大系本・岩波書店）によるが、字体を改めた。

（2）傍点は筆者。以下同じ。傍点を付した語句には、作者の論理を窺う事ができるものが多い。

（3）神田本・西源院本・玄玖本は「不思議ナレ」、義輝本は「イサマシケレ」。

（4）義輝本は第五章と第六章とを分けず、「告タリケル　六波羅北早馬ニ驚テ畿内」と続ける。

（5）以下、「先帝」とも記さる後醍醐天皇を、本文中の「主上」という語に統一して使用した。なお、大森北義氏は「後醍醐天皇が反幕府運動の象徴として意味と機能をもち始めようとする時点からは、「主上」という呼称を公然と使用していくのである」と述べておられる（『『太平記』の構想と方法』第一章〈明治書院・昭和63〉）。

（6）野津龍氏『隠岐島の伝説』（鳥取大学教育学部国文学第二研究室発行・昭和52）には、この脱出をめぐって、地名伝承などとともに、天皇が日ごろ信仰していた「美田八幡宮」の神が翁姿となって現れて守護したこと、「西ノ島町美田字小向」の「面屋」（屋号）の先祖にあたる「地蔵兵衛」という「三十三歳で八人力、六尺に余る男」が手助けをしたが、「帰途台風に遭って死んでしまった」という伝承も紹介されている。

（7）「不思議」という語については、拙稿「『太平記』における「不思議」の一解釈」（「解釈」第19巻第10号・昭和48）で論及した事があるが、大森氏は『太平記』の「二つの方法」として〝「序」の方法〟と〝「不思議」の方法〟とを提唱された。注（5）参照。

（8）注（3）に記したように、流布本の「不敵ナレ」、義輝本の「イサマシケレ」という価値判断を明示した形よりも、古態本の「不思議ナレ」の方が、楠正成像のスケールに合ったものと言えよう。

後醍醐天皇復活の前夜

一

『太平記』巻七[1]は、A「鎌倉幕府の斜陽（北条氏の落日）」と、B「後醍醐天皇の復活」という二本柱のうち、Bに傾斜する形で物語の展開が見られた。その傾向が更に強まるのが巻八である。

本章で取扱う巻八の章立て[2]は次の通りである。

一、摩耶合戦事付酒部瀬河合戦事
二、三月十二日合戦事
三、持明院殿行二幸六波羅一事
四、禁裡仙洞御修法事付山崎合戦事
五、山徒寄二京都一事
六、四月三日合戦事付妻鹿孫三郎勇力事
七、主上自令レ修二金輪法一給事付千種殿京合戦事
八、谷堂炎上事

第一章は、巻七の後半に記された先帝（後醍醐天皇）の船上山への到着と「船上合戦」における隠岐判官清高の敗退とを受け、「隠岐判官清高合戦ニ打負シ後、近国ノ武士共皆馳参ル由、出雲・伯耆ノ早馬頻並ニ打テ、六波羅ヘ告タリケレバ、事已ニ珍事ニ及ビヌト聞人色ヲ失ヘリ」という状況が、まず確認される。そして、「佐々木判官時信・常陸前司時知ニ四十八箇所ノ篝、在京人幷三井寺法師三百余人ヲ相副テ、以上五千余騎」の摩耶の城への発向が述べられるが、それは「是ニ付テモ、京近キ所ニ敵ノ足ヲタメサセテハ叶マジ。先摂津国摩耶ノ城へ押寄テ、赤松ヲ可㆓退治㆒トテ」（傍点筆者。以下同じ）とあるように、船上山で勝利を収めた「先帝」勢の上京を警戒した六波羅方の先制攻撃である事がわかる。

元弘三年（一三三三）閏二月十一日に、六波羅勢は摩耶城を攻める。それに対し、赤松入道円心は「態ト敵ヲ難所ニ帯キ寄ン為」の作戦をとる。その事に気付かぬ「寄手」は、山へ攻め上ったものの「七曲トテ岨ク細キ路」で「少シ上リカネテ支ヘタリケル所」を、赤松則祐らの射撃を受け、「少シ射シラマカサレテ、互ニ人ヲ楯ニ成テ其陰ニカクレント色メキケル気色」を見せたが、そこを赤松範資ら五百余人が「鋒ヲ双テ大山ノ崩ガ如ク」打って出る。寄手は命令に対しても「耳ニモ不㆓聞入㆒」退却し、深田や茨のため「返サントスルモ不㆑叶、防ガントスルモ便リナシ」という有様となり、「僅ニ千騎ニダニモ足ラデ」京都へ引返したため、「京中・六波羅ノ周章不㆑斜」という状況を呈する（傍線筆者。以下同じ）。

右の合戦描写を見ると、敵を誘き寄せるための赤松円心の「遠矢少々射サセテ、城へ引上リケル」という作戦は、巻六の住吉・天王寺合戦における「遠矢少々射捨テ、一戦モセズ天王寺ノ方へ引退ク」楠正成のそれと重なるものである。この〈武略〉に対抗する六波羅勢の方は、「勝ニ乗テ」攻めたにも拘らず、右の各引用文の傍線部分に見られるように、〈負〉の表現（否定的表現）を多用する形で語られる。

「備前国ノ地頭・御家人モ大略敵ニ成ヌト聞ヘケレバ、摩耶城へ勢重ナラヌ前ニ討手ヲ下セトテ、同二十八日、又一万余騎ノ勢」が六波羅より派遣される。一方、赤松円心は三千余騎を率いて「久々智・酒部」に陣取る。三月十日、六波羅勢が「瀬河」に到着した事を聞いた赤松が「スコシ油断シテ」「雨ノ晴間ヲ待」っていたところ、船で尼崎に上陸した阿波の小笠原勢三千余騎に攻められ、五十余騎で大軍の中に駆け入り戦ったものの「父子六騎」となってしまう。ところが、彼等が「皆揆ヲカナグリ捨テ大勢ノ中へ颯ト交リテ懸マワ」った結果、「敵是ヲ知ラデヤ有ケン、又天運ノ助ケニヤ懸リケン、何レモ無レ恙シテ」味方の勢の中に逃げ込む事ができたのであった。これも又、巻三において正成達が「皆物ノ具ヲ脱ギ、寄手ニ紛テ」赤坂城を捨てて脱出した姿勢と共通のものであり、その場面では「正成ガ運ヤ天命ニ叶ケン」とも記されていた。自分の存在に無名性を与える事によって危地を脱出するとともに、その選択が「天運ノ助ケ」を受けたり「天命ニ叶」うものであったと語られる。そのような層に支えられたのが「官軍」であったという事については既述した(3)。

こうして「虎口ニ死ヲ遁レ」た赤松達の軍勢は「瀬河ノ宿」に押寄せ、「其勢二三万騎モ有ント見へ」た六波羅勢を撃破する。そして「手負・生捕ノ頸三百余、宿河原ニ切懸サセテ、又摩耶ノ城へ引返サントシ」たところ、赤松円心の子息則祐が「軍ノ利ハ勝ニ乗テ北ルヲ追ニ不レ如。今度寄手ノ名字ヲ聞ニ、京都ノ勢数ヲ尽シテ向テ候ナル。此勢共今四五日ハ、長途ノ負軍ニクタビレテ、人馬トモニ物ノ用ニ不レ可レ立。臆病神ノ覚ヌ前ニ続ヒテ責ル物ナラバ、ナドカ六波羅ヲ一戦ノ中ニ責落サデハ候べキ」と主張したため、「逃ル敵ニ追スガウテ」京都へと攻め上る。緒戦で「勝ニ乗テ」攻撃し敗退した六波羅勢と、戦況を充分把握した則祐の言葉の中で使われている「勝ニ乗テ」とでは、大きな懸隔のある事がわかる。

赤松則祐とは対照的に、六波羅方は「斯ル事トハ夢ニモ知ズ。摩耶ノ城へハ大勢下シツレバ、敵ヲ責落ン事、日ヲ過サジト、心安ク思ケル。其左右ヲ今ヤ〳〵ト待ケル所ニ」味方が「打負テ逃上ル由披露」あった。しかし「実説ハ未㆑聞。何トアル事ヤラン、不審端多キ」という状況だった所へ、「三月十二日申刻計ニ、淀・赤井・山崎・西岡辺三十余箇所ニ」火の手があがり、「西国ノ勢已ニ三方ヨリ寄タリトテ、京中上ヲ下ヘ返シテ騒動」する。「三月十二日合戦」を描いた第二章は、冒頭から六波羅方にとって不利な状況で展開する。

実際、「両六波羅」の召集に対して、「宗徒ノ勢ハ摩耶ノ城ヨリ被㆓追立㆒、右往左往ニ逃隠レ」る有様であったし、「奉行・頭人ナンド被㆑云テ、肥脹レタル者共ガ馬ニ被㆓舁乗㆒テ、四五百騎」参集したものの、「皆只アキレ迷ヘル計ニテ、差タル義勢モ無」いという現実の中で、六波羅北探題・北条仲時自身「坐ナガラ京都ニテ相待ン事ハ、武略ノ足ザルニ似タリ。洛外ニ馳向テ可㆑防」として「隅田・高橋ニ、在京ノ武士二万余騎ヲ相副テ」、「此比南風ニ雪トケテ河水岸ニ余ル時ナレバ」と判断して、桂川を隔てて対陣する作戦をとる。

北条仲時のこの作戦は、六波羅勢の現状を認識した上での措置として現実に叶ったものであった。そのため、上京した赤松勢三千余騎も、対岸の大軍を見て「矢軍」するしか手立てはなかった。しかし、赤松則祐は、父円心の説得にも拘らず、「急ニ戦ヲ不㆑決シテ、敵ニ無勢ノ程ヲ被㆓見透㆒、雖㆑戦、不㆑可㆑有㆑利」と言い放って自ら桂川を渡り、飽間・伊東ら五騎も後に続く。この動きを見た六波羅勢は「人馬東西ニ辟易シテ敢テ懸合セントスル者」もなく「楯ノ端シドロニ成テ色メキ渡ル」有様。直ちに赤松範資・貞範ら三千余騎が渡河し、六波羅勢は戦わずに退却する。こうして、六波羅方の守備線は桂川から鴨川まで後退してしまう。

第三章[4]は、京中合戦の前に、光厳天皇をはじめとする持明院統の院・法皇・東宮・皇后・法親王らの六波羅への遷幸を記す。

続いて、六波羅方の軍勢配置の叙述となる。「隅田・高橋ニ三千余騎ヲ相副テ八条口ヘ」「河野九郎左衛門・陶山次郎ニ二千騎ヲサシ副テ、蓮華王院ヘ」派遣する。ところが、陶山は河野に向かって「何トモナキ取集メ勢ニ交テ軍ヲセバ、慭ニ足纏ニ成テ懸引モ自在ナルマジ」として、「六波羅殿ヨリ被二差副一タル勢ヲバ、八条川原ニ引ヘサセテ時ノ声ヲ挙ゲサセ」、自分達は「手勢ヲ引勝テ」攻撃しようと提案する。河野も賛同し、陶山・河野の四百数十騎は、「敵」を縦横に攪乱する。七条大宮辺で、隅田・高橋勢が、高倉・小寺・衣笠勢に攻め立てられているのを見て、河野が援助しようとしたところ、陶山は、隅田・高橋を信用できないとして制止する。暫く「見物」した河野・陶山は、隅田・高橋勢が敗色濃くなったのを見計らって出兵。その奮戦によって、「寄手又此陣ノ軍ニモ打負テ」退却する。

一方、赤松貞範・則祐兄弟は、敵を追ううちに「主従六騎」となる。六条河原を出て「六波羅ノ館へ懸入ン」事を狙っていたが、「東西南北ニ敵ヨリ外ナシ」という状態となったため「サラバ且ク敵ニ紛テヤ御方ヲ待ツ」と、「皆笠符ヲカナグリ捨テ、一所ニ扣へ」て待機。ところが、隅田・高橋が「赤松ガ勢共、尚御方ニ紛テ此中ニ在リト覚ルゾ」と触れて回ったため、六騎で二千騎の中に駆け入り戦う。郎等四騎が討たれ、貞範と逃れた則祐は「只一騎」となり、敵八騎に追われつつも「心閑ニ」落ちて行き、羅城門の辺で貞範と合流。やがて千余騎となったので、再び六波羅勢七千余騎と対決したが、河野・陶山勢五百余騎が背後から攻撃に加わったため、結局、赤松勢は多数が討たれ、山崎を指して引き返す。

河野・陶山は長追いはせず、鳥羽殿の前から引き返し、「虜二十余人、首七十三取テ、鋒ニ貫テ、朱ニ成テ六波羅へ馳参」る。光厳天皇から「両人ノ振舞イツモノ事ナレ共、殊更今夜ノ合戦ニ、旁手ヲ下シ命ヲ捨給ハズバ、叶マジトコソ見へテ候ツレ」として、「其夜軈テ臨時ノ宣下有テ、河野九郎ヲバ対馬守ニ被レ成テ御剣ヲ被レ下、陶山二郎ヲバ備中守ニ被レ成テ、寮ノ御馬ヲ被レ下」たので、「或ハ羨ミ或ハ猜デ、其名天下ニ被レ知」たのであった。翌日、隅田・高橋は「京中ヲ馳廻テ、此彼ノ堀・溝ニ倒レ居タル手負死人ノ頸共ヲ取集テ、六条川原ニ懸並タ」ところ、「八百七十三」あった。これは、功名を主張するため、「軍モセヌ六波羅勢ドモ」が「洛中・辺土ノ在家人ナンドノ頸仮首ニシテ、様々ノ名ヲ書付テ出シタリケル頸共」だった。しかもその中に、「赤松入道円心ト札ヲ付タル首」が五つもあった。「何レモ見知タル人無レバ、同ジヤウニ」懸けたものであったため、これを見た「京童部」は「頸ヲ借タル人、利子ヲ付テ可レ返。赤松入道分身シテ、敵ノ尽ヌ相ナルベシ」と、「口々ニコソ笑」った。

第四章冒頭は次のような文章構成になっている。

此比｛四海大ニ乱テ、
　　　兵火天ヲ掠メリ。

｛聖主辰ヲ負テ、春秋無二安時一、
｛武臣矛ヲ建テ、旌旗無二閑日一。

是以二法威一逆臣ヲ不レ鎮バ、静謐其期不レ可レ有トテ、諸寺諸社ニ課テ、大法秘法ヲゾ被レ修ケル。

（1、梶井宮……宮中において「仏眼ノ法」）

（2、慈什僧正……仙洞において「薬師ノ法」）

（3、武家……山門・南都・園城寺に対して庄園を寄進し、神宝を献上し、祈禱をした。しかし、）

｛公家ノ政道不レ正、
｛武家ノ積悪禍ヲ招キシカバ、

｛祈共神不レ享二非礼一、
｛語ヘドモ人不レ耽二利欲一ニヤ、

只日ヲ逐テ、国々ヨリ急ヲ告ル事隙無リケリ。

一方で、合戦を記しつつ、右のような概況分析を付す事によって、今後の展開をも予告する叙述となっている。

しかも、続く文は「去三月十二日ノ合戦ニ赤松打負テ、山崎ヲ指テ落行シヲ、頓テ追懸テ討手ヲダニ下シタラバ、敵足ヲタムマジカリシヲ、今ハ何事カ可レ有トテ被二油断一シニ依テ」と、かなりの時間の経過があったかの如き書き方となっている。これは、右の概観・分析・展望の一文を合戦譚の間に置く事を意識するゆえのものと考えられる。又、この引用文傍線部分で作戦ミスを指摘されている対象は、「六波羅」であって、前章の英雄、河野・陶山ではない。

結局、一旦は敗走した赤松も、大勢の参集を得て「山崎・八幡ニ陣ヲ取、河尻ヲ差塞ギ西国往反ノ道ヲ打止ム」という策をとる。そこで、六波羅の命令を受け「四十八箇所ノ篝、幷在京人、其勢五千余騎」が「三月十五日ノ卯刻ニ」出発する。これに対し、赤松は三千余騎を「一手ニハ足軽ノ射手ヲ勝テ五百余人小塩山ヘ」「一手ヲバ野伏ニ騎馬ノ兵ヲ少々交テ千余人、狐河ノ辺ニ」「一手ヲバ混スラ打物ノ衆八百余騎ヲ汰テ、向日明神ノ後ナル松原ノ陰ニ」と三手に分けて配備する。六波羅勢は「敵此マデ可二出合一トハ不二思寄一、ソゾロニ深入シ」「山嶮シテ不二上得一」「思モヨラヌ」敵ノ襲撃を受け、「敵ヲ小勢ト侮テ」攻めると、方々から現れた敵勢の連続攻撃に遭い、京へ引返す。死傷者は少なかったが、汚れた馬・鎧の敗走軍が昼間京中を通ったところ、「見物シケル人」達全員が「哀レ、サリトモ陶山・河野ヲ被レ向タラバ、是程ニキタナキ負ハセジ物ヲ」として、「笑ハヌ人モナカ」った。この章は、「去バ京勢此度打負テ、向ハデ京ニ被レ残タル河野ト陶山ガ手柄ノ程、イトド名高ク成ニケリ」という文で締め括られる。

物語の展開は、第四章冒頭部にも要約する形で呈示されているが、第一章から第四章までを通観する時、合戦譚叙述の「型」とでも言うべきものを想定しうる。例えば、勝利者側の人物形象については、結果的に常に楠正成が一つの典型として意識され、巻三で正成が主張した「武略ト智謀」が、勝利のための基準として確認される事となる。

又、巻八の京合戦については、六波羅勢の中で、河野・陶山と隅田・高橋とが、〈対〉としての役割を担っている。そのうち、「河野・陶山」組では、主に陶山が発言し、河野が従うという形になっている。第三章で、六波羅から出兵命令を受けた時、まず、陶山は「何トモナキ取集メ勢」たる「六波羅殿ヨリ被二差副一タル勢」を「時ノ声ヲ挙サセ」る存在と定め、自分達は「手勢ヲ引勝テ」戦おうと、河野に提案する。そして、河野・陶山勢は、「思モ寄ラヌ後ヨリ、時ヲ咄ト作テ」攻めかけたり、「一所ニ合テハ両所ニ分レ、両所ニ分テハ又一所ニ合」いながら戦う。

赤松方の軍勢に押され気味の隅田・高橋を見て、河野が援軍を提案した時、陶山は「隅田・高橋ガ口ノ悪サハ、我高名ニゾ云ハンズラン」と言って押しとどめ、暫く「見物」した後に「イザヤ今ハ懸合セン」と河野に声をかけ、「一手ニ成テ大勢ノ中へ懸入リ、時移ルマデ」戦った。又、一度敗走した赤松勢が集結して千余騎となり、「又時ノ声ヲ揚タ」時も、「河野ト陶山トガ勢五百余騎」で赤松勢の後陣を打破し、赤松勢を敗走させた。

結局、この合戦の功績によって、河野は対馬守に、陶山は備中守に任命される。ところが、河野・陶山が取った首「七十三」に対し、「軍散ジテ翌日」隅田・高橋が「京中ヲ馳廻テ、此彼ノ堀・溝ニ倒レ居タル手負死人ノ頸共ヲ取集」めたが、その数は「八百七十三」あった。「京童部」の嘲笑を待つまでもなく、この数の対比そのものが、隅田・高橋の存在をパロディーの中でクローズアップしている。

巻三の笠置合戦の九月一日の項に、六波羅の両検断として「糟谷三郎宗秋・隅田次郎左衛門」が登場した時、「抜懸」して「木津川ノ瀬々ノ岩浪早ケレバ懸テ程ナク落ル高橋」「懸モ得ヌ高橋落テ行水ニ憂名ヲ流ス小早河哉」と歌われたのは、「高橋又四郎」であった。笠置落城後の十月八日の項に両検断として「糟谷三郎宗秋」とともに名前が記されている「高橋刑部左衛門」が、巻八第二章に両検断として記される「隅田・高橋」に該当すると考えられるが、ただ、巻九の、六波羅北探題北条仲時以下「四百三十二人」が、近江の番場で自害した場面でも、高橋姓の者五名（その中に「又四郎」も含まれる）と、隅田姓の者十一名とが連続する形で記されている事から考えて、巻三を出発点とし、巻六の渡部橋合戦で楠正成に負けて「渡部ノ水イカ許早ケレバ高橋落テ隅田流ルラン」と落首に歌われて以来、「隅田・高橋」は、笑われるべき存在として、六波羅滅亡の過程で担わされた道化役を、演じ続けて来たと言えるであろう。

一方、「河野・陶山」の方は、巻三の笠置城陥落の立役者集団「備中国ノ住人陶山藤三義高」「陶山吉次」らと人物像の上で重なるものを感じさせる「陶山」（前述のように、巻八では「陶山二郎」が「備中守」に任命される）が、河野をリードする形で大活躍を見せる。従って、彼等は、六波羅勢の落日の中にあって、「隅田・高橋」と〈対〉的構成をとりつつ、最後に輝きを見せる英雄的人物像として、「哀レ、サリトモ陶山・河野ヲ被レ向タラバ、是程ニキタナキ負ハセマジキ物ヲ」と、まさに語られ続けた、と言えよう。

二

第五章。元弘三年三月二十六日、大塔宮の牒状を受けた山門の衆徒は、「武家追討ノ企」に賛同の決議をする。二十七日に日吉の大宮前に集結した数は「十万六千余騎」であった。ただ、「大衆ノ習、大早無レ極所存ナレバ、此勢京へ寄タランニ、六波羅ヨモ一タマリモタマラジ、聞落ニゾセンズラント思侮テ、八幡・山崎ノ御方ニモ不二牒合一シテ」「物具ヲモセズ、兵粮ヲモ未ダツカハデ」出発する。

一方、六波羅方は、山門側の動きを知った上で「山徒縦雖二大勢一、騎馬ノ兵一人モ不レ可レ有。此方ニハ馬上ノ射手ヲ撰ヘテ、三条河原ニ待受ケサセテ、懸開懸合セ、弓手・妻手ニ着テ追物射ニ射タランズルニ、山徒心ハ雖レ武、歩立ニ力疲レ、重鎧ニ肩ヲ被レ引、片時ガ間ニ疲ルベシ。是以レ小砕レ大、以レ弱拉レ剛行也」として、「七千余騎ヲ七手ニ分テ」待機する。山門大衆の方は「斯ルベシトハ思モヨラズ、我前ニ京へ入テヨカランズル宿ヲモ取、財宝ヲモ管領セン」と押し寄せる。しかし、「兼テヨリ巧ミタル」六波羅方に、攪乱・圧倒され、たちまち山上へ引返す。その中で、「豪鑒・豪仙」という「三塔名誉ノ悪僧」のみは、「山門ノ恥辱天下ノ嘲哢」と考え、奮戦したが「半時許支ヘテ戦ケレ共、続ク大衆一人モナシ」という状況のもとで自害を遂げる。この二人の活躍については「是ヲ見ル武士共、「アハレ日本一ノ剛ノ者共哉」ト、惜マヌ人モ無リケリ。前陣ノ軍破レテ引返シケレバ、後陣ノ大勢ハ軍場ヲダニ不レ見シテ、道ヨリ山門へ引返ス。只豪鑒・豪仙二人ガ振舞ニコソ、山門ノ名ヲバ揚タリケレ」と賛美される。結局、大軍を動員しながらも、統率力・作戦力が欠如する山門大衆の敗退は、右の傍線部分の否定的表現からも予見しうるものである。

第六章は、更に現実的な姿を露呈する山門衆徒についての記述から始まる。つまり、呆気なく退却したとは言うものの「十万六千余騎」の動員力を持つ山門は、六波羅にとっては無視できぬ存在であり、そのため、六波羅は「衆徒ノ心ヲ取ラン為ニ」「大庄十三箇所」を「山門へ寄進」し、「宗徒ノ衆徒ニ、便宜ノ地ヲ一二箇所充祈禱ノ為トテ恩賞」を施行した。すると「山門ノ衆議心心ニ成テ武家ニ心ヲ寄スル衆徒モ多ク出来」た。そのため、「八幡・山崎ノ官軍」は、「其勢大半減ジテ今ハ僅ニ一万騎ニ足ラザリ」という数になってしまう。

やがて、四月三日、官軍は七千余騎を二手に分けて京都へ攻め寄せる。六波羅方は「度々ノ合戦ニ打勝テ兵皆気ヲ挙ケル上、其勢ヲ算フルニ、三万騎ニ余リケル間、敵已ニ近付ヌト告ケレ共、仰天ノ気色モナ」く、「六条河原ニ勢汰シテ閑ニ手分」をして待つ。その中には、山門大衆について「山門今ハ武家ニ志ヲ通ズトイヘドモ、又如何ナル野心ヲカ存ズラン。非レ可二油断一トテ」佐々木時信ら三千余騎を配備した、との記述も含まれている。多少の誇張があるにせよ、このように語られる所に、山門大衆の現実があった事は確かであろう。

さて、その四月三日の緒戦は「去月十二日ノ合戦モ、其方ヨリ勝タリシカバ吉例也トテ、河野ト陶山トニ五千騎ヲ相副テ法性寺大路へ被二差向一」と、河野・陶山に注目する形で叙述される。河野・陶山の三百余騎の活躍によって、嶋津・小早河の場合は「己ガ陣ノ敵ヲ河野ト陶山トニ被レ払テ、身方ノ負ヲシツル事ヨト無念ニ思」い、別の敵との「花ヤカナル一軍」を求めて、西朱雀へ移動して行く。ただ、以後の場面には、河野・陶山は登場しない。

次の場面には、赤松方の備中国の四勇士が登場。「長七尺許ナル男ノ、髭両方へ生ヒ分テ、皆逆ニ裂タルガ、鏁ノ上ニ鎧ヲ重テ着、大立挙ノ臑当ニ膝鎧懸テ、龍頭ノ冑猪頸ニ着成シ、五尺余リノ太刀ヲ帯キ、八尺余ノカナサイ棒ノ八角ナルヲ、手本二尺許円メテ、誠ニ軽ゲニ提ゲ」た様子は、六波羅勢をして、「未レ戦先ニ三方へ分レテ引退」かせるものであった。この頓宮父子・田中兄弟の四人は、「我等父子兄弟、少年ノ昔ヨリ勅勘武敵ノ身ト成リシ間、山賊ヲ業トシテ一生ヲ楽メリ。然ニ今幸ニ此乱出来シテ、忝クモ万乗ノ君ノ御方ニ参ズ」と名乗る。そこにも、巻七における「野伏」等とともに、〈官軍〉に参加する層の幅の広さが窺える。(5)

田中兄弟・頓宮父子と嶋津父子三人との対決は、「前代未聞ノ見物」であったが、小早河が嶋津に援軍を出したのに対して、「田中ガ後ナル勢、バット引退」く情勢の中で、四人は「鎧ノ透間内冑ニ、各矢二三十筋被二射立一テ、太刀ヲ逆ニツキテ、皆立ズクミニ」戦死する。この四勇士については「見ル人聞ク人、後マデモ惜マヌ者ハ無リケリ」と記される。

その後、美作国の菅家の一族、有元三兄弟をはじめとして、福光・殖月・原田・鷹取ら官軍の二十七人が「一所ニテ皆討レ」た中にあって、「播磨国ノ住人妻鹿孫三郎長宗」は、一族十七人が討たれた後、ただ一騎になったものの、追い懸けて来た「印具駿河守ノ勢五十余騎」の中の「年ノ程二十許ナル若武者」の「鎧総角ヲ掴デ中ニ提ゲ、馬ノ上三町許」進んでから、「右ノ手ニ取渡シテ、エイト抛タ」ところ、「跡ナル馬武者六騎ガ上ヲ投越シテ、深田ノ泥ノ中へ見へヌ程」に打ち込んだという活劇譚が続く。以上の人名が出て来る話を〈各論〉とすれば、〈総論〉

に相当する「赤松入道ハ、殊更今日ノ軍ニ、憑切タル一族ノ兵共モ、所々ニテ八百余騎被レ打ケレバ、気疲力落ハテ、、八幡・山崎ヘ又引返シケリ」という末文は誠に簡単なものである。

なお、「只一騎」となった時、妻鹿孫三郎がつぶやいた独白「生テ無二甲斐一命ナレドモ、君ノ御大事是ニ限ルマジ。一人ナリトモ生残テ、後ノ御用ニコソ立メ」は、巻三で後醍醐天皇に対面した時の楠正成の「正成一人未ダ生テ有ト被二聞召一候ハバ、聖運遂ニ可レ被レ開ト被二思食一候ヘ」という言葉と重なるものである。

第七章では、「船上ノ皇居」で「主上」[6]が自ら「金輪ノ法」を行なったところ「其七箇日ニ当リケル夜、三光天子光ヲ並テ壇上ニ現ジ」たので「御願忽ニ成就シヌト、憑敷被二思召一」た事が短く記される。そして、「ヤガテ大将ヲ差上セテ赤松入道ニ力ヲ合セ、六波羅ヲ可レ攻」と千種忠顕以下の勢を派遣する。伯耆国を出立した時「僅ニ千余騎」だった軍勢は、各国からの勢が加わって「程ナク二十万七千余騎」になった。更に、但馬国に配流となっていた「第六ノ若宮」[7]を「上将軍ト仰ギ奉テ、軍勢催促ノ令旨ヲ被二成下一」た。

殿法印良忠が八幡、赤松入道円心が山崎、そして、宮と千種忠顕が西山の峯堂に陣取った。ところが、赤松の陣と「千種殿ノ陣ト相去事僅ニ五十余町ガ程」だったので「方々牒ジ合セテコソ京都ヘハ可レ被レ寄カリシ」状況だったのに、千種忠顕は「我勢ノ多ヲヤ被レ憑ケン。又独高名ニセントヤ被レ思ケン、潜ニ日ヲ定テ四月八日ノ卯刻ニ六波羅ヘ」出兵。すでに、ここで千種忠顕の作戦ミスが指摘されるとともに、四月八日の出兵についても、「仏生日」に合戦を始めた点について、「天魔波旬ノ道ヲ学バル条難二心得一」として「人々舌ヲ翻セリ」という批判的言辞で記述される。

実戦場面では、例えば、名和小次郎・小嶋備後三郎（児島高徳）が対決する。「防ハ陶山ト河野ニテ、責ハ名和ト小嶋ト也。小嶋ト河野トハ一族ニテ、名和ト陶山トハ知人也。日比ノ詞ヲヤ恥タリケン、後日ノ難ヲヤ思ケン、死テハ尸ヲ曝トモ、逃テ名ヲバ失ジト、互ニ命ヲ不レ惜、ヲメキ叫デゾ戦ヒケル」と、〈対〉的構成のもとに〈対〉的表現で描かれる。しかし、小嶋・名和が大将から呼び返されたため、彼等が「陶山ト河野トニ向テ、「今日已ニ日暮候ヌ。後日ニコソ又見参ニ入ラメ」ト色代シテ、両陣トモニ引分、各東西へ去」ったという風に締め括られる。英雄的人物同志の対決を避けようとする『太平記』の作品構築のあり方を見る事ができる(8)。

味方の劣勢を目のあたりにした千種は、小嶋に向かって、「都近キ陣ハ悪カリヌト覚レバ、少シ堺ヲ阻テ陣ヲ取リ、重テ近国ノ勢ヲ集テ、又京都ヲ責バヤ」と言う。小嶋は「軍ノ勝負ハ時ノ運ニヨル事」を認めた上で「只引マジキ処ヲ引カセ、可レ懸所ヲ不レ懸ヲ、大将ノ不覚トハ申也」と述べ、赤松の奮戦を強調し、撤退に反対する。ところが、小嶋が三百余騎で「七条ノ橋ヨリ西ニ」陣取ったのに対し、小嶋から指図されて「暫ハ峯ノ堂ニ」いた千種は、小嶋が言った「敵若夜討ニヤ寄ンズラン」という言葉に恐怖心を掻き立てられ、「弥臆病心ヤ付給ヒケン」夜半過ぎに八幡をさして落ちて行く。

小嶋は、峯の堂の篝火が消えてゆくのを不審に思い「是ハアハレ大将ノ落給ヒヌルヤラント怪テ」峯の堂へ登って行く。途中で出会った荻野彦六朝忠から、「大将」がすでに撤退したと聞かされ「大ニ怒テ」、「カヽル臆病ノ人ヲ大将ト憑ミケルコソ越度ナレ」と言って、「宮ノ御跡ヲ奉レ見テ追付可レ申」として、唯一人で峯の堂に向かう。そして、「錦ノ御旗、鎧直垂マデ被レ捨」ているのを見た小嶋は、「アハレ此大将、如何ナル堀ガケヘモ落入テ死ニ給ヘカシ」と暫く「堂ノ縁ニ歯噛シテ立」った後、「錦ノ御旗」のみを下人に持たせ、荻野に追い付く。

赤松達の奮戦を勝利に結びつけるための役割を担って派遣された「大将」としての千種忠顕が、一貫して否定的に描かれるこの章は、やがて京都へ還幸するはずの後醍醐天皇陣営に内在する問題点という形で、今後の物語の展開にさまざまな意味を投げかけている。

「千種頭中将」の西山の陣からの撤退の翌日四月九日、六波羅勢は「谷ノ堂・峯ノ堂已下浄住寺・松ノ尾・万石大路・葉室・衣笠ニ乱入テ、仏閣神殿ヲ打破リ、僧坊民屋ヲ追捕シ、財宝ヲ悉ク運取テ後、在家ニ火ヲ」放った。そのため「堂舎三百余箇所、在家五千余宇」は「一時ニ灰燼ト成」ってしまった。

短い第八章では、六波羅勢の暴挙が記される。千種忠顕を批判的に描いた前章から見れば、六波羅方の圧倒的勝利が語られるであろうと思われる第八章が、予想される文脈とは異なる展開を見せる事になる。しかし、第八章の五分の三を「谷堂」と「浄土寺」の縁起(9)とし、「カヽル異瑞奇特ノ大伽藍ヲ無レ咎シテ被レ滅ケルハ、偏ニ武運ノ可レ尽前表哉ト、人皆唇ヲ翻ケルガ、果シテ幾程モ非ザルニ、六波羅皆番馬ニテ亡ビ、一類悉ク鎌倉ニテ失セケル事コソ不思議ナレ。「積悪ノ家ニハ必有二余殃一」トハ、加様ノ事ヲゾ可レ申ト、思ハヌ人モ無リケリ」との末文で完結させる事を考える時、本章の冒頭で述べたA「鎌倉幕府の斜陽」とB「後醍醐天皇の復活」とのうち、右の引用文のうち「一類悉ク」以下の文章のない古態本系(10)では、まず、六波羅の滅亡を、流布本系では更に鎌倉幕府の滅亡をも合わせて、それぞれ語っている事がわかる。

しかも、「武運」が尽きた結果としての六波羅の滅亡は、「前表」としての暴挙によって予見されるものとされている。そして、やがて巻九で展開される六波羅の最期が、官軍に敗北したためではなく「異瑞奇特ノ大伽藍ヲ無レ咎シテ」炎上させた罪による、という風に論理的結接をはかる所に、〈作者〉の姿勢をも見る事ができる(11)。なお、人名を点綴しつつ、勝利者・敗北者を具体的な描いて来た合戦譚が、第八章では「京中ノ軍勢」という個人名を消した表現によって叙述されている事にも注目して良かろう。英雄的人物像を詳しく描いていくクローズアップの場面と、〈個〉を消してしまう形で、歴史の展開を概観し展望する場面とを組合わせる形で、『太平記』の軍記物語としての表現は達成されている。

注

（1）本書「吉野・千早の奮戦から先帝の隠岐脱出へ」参照。
（2）引用は日本古典文学大系本（岩波書店）によるが、字体を改めた。
（3）注（1）及び拙著『太平記の説話文学的研究』（和泉書院・一九八九）第二章参照。
（4）神田本・西源院本・玄玖本では第二章に含まれている。流布本の章段名は内容の一部の題名でしかない。
（5）注（1）の拙稿参照。
（6）巻七「船上臨幸事」を境に「先帝」から「主上」へと呼称の変化が見られる事については、大森北義氏が『『太平記』の構想と方法』（明治書院・昭和63）第一章において詳しく論じられる。
（7）巻四で「第四ノ宮ハ但馬国へ流奉テ、其国ノ守護大田判官ニ預ラル」と記された聖護院静尊法親王か。
（8）たとえば、巻三においても楠と陶山との対決はなかった。注（3）の拙著参照。
（9）「果シテ」という語の分析は、注（6）の大森氏の著書第三章参照。
（10）西源院本の場合「果シテ幾程モアラサルニ、両六波羅都ヲ責落サレテ、近江國番場ニテ亡ニケリ」で終わる。神田本・玄玖本もほぼ同文。
（11）この「谷堂炎上」は、『平家物語』巻五で南都を焼き討ちした平重衡が、巻十で都を引き回されるのを見た「京中の貴賤」が「これは南都をほろぼし給へる伽藍の罰にこそ」（日本古典文学大系・岩波書店）と評した叙法と重なる章段でもある。

足利高氏の役割

一

京都（六波羅探題）と鎌倉（幕府）との崩壊によって、「平家九代ノ繁昌」は「一時ニ滅亡」する。それを、『太平記』は、巻九と巻十とに分けて描く。巻九の章立て[1]は次の通りである。

一、足利殿御上洛事
二、山崎攻事付久我畷合戦事
三、足利殿打越大江山事
四、足利殿着御篠村則国人馳参事
五、高氏被籠願書於篠村八幡宮事
六、六波羅攻事
七、主上々皇御沈落事
八、越後守仲時已下自害事
九、主上々皇為五宮被囚給事付資名卿出家事
十、千葉屋城寄手敗北事

第一章の冒頭は、巻八の第一章の冒頭と類似する。巻八の方は「先帝已ニ船上ニ着御」及びその優勢との情報に基づく六波羅の反応が描かれたのに対し、巻九の方は、「先朝船上ニ御坐有テ、討手ヲ被二差上一、京都ヲ被レ責由、六波羅ノ早馬頻ニ打テ、事既ニ難儀ニ及由、関東ニ聞ヘケレバ」という風に、情報が鎌倉に届いた結果としての北条高時による軍勢催促が描かれる。つまり、「六波羅」の「難儀」こそが巻八の要約であり、次の段階として鎌倉幕府へと叙述が移る事になる。

しかも、幕府全体の動きよりも、足利高氏という個人の動静が詳述され、結果的には、その事が幕府の崩壊を語るという展開を見せる。

「所労ノ事有テ、起居未レ快ケル」中で上洛の催促を再三受けた足利高氏は憤懣を抱き「重テ尚上洛ノ催促ヲ加ル程ナラバ、一家ヲ尽シテ上洛シ、先帝ノ御方ニ参テ六波羅ヲ責落シテ、家ノ安否ヲ可レ定者ヲ」と決心する。北条高時は「可レ斯事トハ不二思寄一」「一日ノ中両度マデ」上洛を急き立てる。「反逆ノ企、已ニ心中ニ被二思定一テ」いた足利高氏は「不日ニ上洛可レ仕」と返答する。

ところが、高氏が「御一族・郎従ハ不レ及レ申、女性幼稚ノ君達迄モ、不レ残皆可レ有二上洛一ト聞ヘ」たため、危惧した長崎入道円喜は北条高時の元に出向き「足利殿ノ御子息ト御台トヲバ、鎌倉ニ被二留申一テ、一紙ノ起請文ヲ書セ」るという二つの条件を提言する。高時からの使者に対し、高氏は「鬱胸弥深カリケレ共、憤ヲ押ヘテ気色ニモ不レ被レ出」「是ヨリ御返事ヲ可レ申」と答えて、使者を帰らせる。

相談を受けた弟の直義は「今此一大事ヲ思食立事、全ク御身ノ為ニ非ズ、只天ニ代テ無道ヲ誅シ、君ノ御為ニ不義ヲ退ント也」として「此等程ノ少事ニ可レ有二猶予一アラズ。兎モ角モ相模入道ノ申サン儘ニ随テ其不審ヲ令レ散、御上洛候テ後、大儀ノ御計略ヲ可レ被レ回トコソ存候ヘ」と意見を述べ、高氏は「此道理ニ服シ」て、「御子息千寿王殿ト、御台赤橋相州ノ御妹トヲバ、鎌倉ニ留置奉リテ、一紙ノ起請文ヲ書テ」北条高時に送る。
高時は「是ニ不審ヲ散ジテ喜悦ノ思ヲ成シ」高氏を招いて「様々賞翫」し、八幡太郎義家から北条政子に相伝されて北条家に所蔵されていた「御先祖累代ノ白旌」を「此旌ヲサ、セテ、凶徒ヲ急ギ御退治候へ」と、餞別に送り、更に「飼タル馬ニ白鞍置テ十疋、白幅輪ノ鎧十領、金作ノ太刀一」を引出物として贈る。

こうして、足利兄弟・吉良・上杉・仁木・細川・今河・荒河をはじめとする三千余騎は、元弘三年（一三三三）三月二十七日に鎌倉を出立し、四月十六日に京都に到着する。

高時のことを「彼ハ北条四郎時政ガ末孫也。人臣ニ下テ年久シ」と見て「我ハ源家累葉ノ族也。王氏ヲ出テ不㆑遠」と自己認識したとは言え、足利高氏の「反逆」は私憤に近いものとして記されるため、「先帝ノ御方ニ参テ」という決心との間には懸隔が見られる。ところが、長崎円喜の発案に基づいて北条高時から伝えられた二つの条件が、弟の直義の論証によってクリアされたときに、高氏の決心は足利氏、つまり源氏にとっての「大儀ノ御計略」となる。

第二章ではまず、巻八における京都の有様が要約される。「宮方ハ負レ共勢弥重リ、武家ハ勝共兵日々ニ減ゼリ」という両六波羅不利の状況は、「足利・名越ノ両勢又雲霞ノ如ク上洛」する事によって、六波羅方にとって好転するかに思われた。

しかし、足利高氏は「京着ノ翌日ヨリ、伯耆ノ船上へ潜ニ使ヲ進セテ、御方ニ可㆑参由」を伝え、後醍醐天皇からは「殊ニ叡感有テ、諸国ノ官軍ヲ相催シ朝敵ヲ可㆓追罰㆒由ノ綸旨」が下される。「足利殿ニカ、ル企有トハ思モ寄らない両六波羅と名越尾張守は「日々ニ参会シテ八幡・山崎ヲ可㆑被㆑責内談評定」を「一々ニ心底ヲ不㆑残」尽して行なった。

四月二十七日、「名越尾張守大手ノ大将トシテ七千六百余騎」が「鳥羽ノ作道ヨリ」発向。「足利治部大輔高氏ハ、搦手ノ大将トシテ五千余騎」で「西岡ヨリ」発向。「八幡・山崎ノ官軍」側は、千種忠顕勢五百余騎、結城親光勢三百余騎、赤松円心勢三千余騎が諸方に対陣する。更に「足利殿ハ、兼テ内通ノ子細有ケレ共、若侍ヤシ給フ覧」と、坊門雅忠は「寺戸ト西岡ノ野伏共五六百人駆催シテ、岩蔵辺ニ」向かった。

大手の大将名越尾張守は「搦手ノ大将足利殿ハ、未明ニ京都ヲ立給ヌ」との知らせを聞き「サテハ早人ニ先ヲ被㆑懸ヌト、不㆑安思」って「サシモ深キ久我畷ノ、馬ノ足モタ、ヌ泥土ノ中ヘ馬ヲ打入レ、我先ニ」と進攻する。しかも名越は「元ヨリ気早ノ若武者」だったので、「今度ノ合戦、人ノ耳目ヲ驚ス様ニシテ、名ヲ揚ンズル者ヲ」と考え、「其日ノ馬物ノ具・笠符ニ至マデ、当リヲ耀カシテ」出立したため、「今日ノ大手ノ大将ハ是ナメリト、知ヌ敵ハ無」く、敵からは「是一人ヲ打ン」と狙われた。しかし、「鎧ヨケレバ裏カ、スル矢モナ」く、「打者達者ナレバ、近付敵ヲ切テ落」とし、「其勢ヒ参然」としていたため、「官軍数万ノ士卒」も「已ニ開キ靡キヌ」と思われた。

ところが、赤松の一族で「強弓ノ矢継早、野伏戦ニ心キ、テ、卓宣公ガ秘セシ所ヲ、我物ニ得タル兵」の佐用左衛門三郎範家ノ一矢によって名越尾張守は「眉間ノ真中」を射られ即死してしまう。そのため、「尾張守ノ郎従七千余騎」は壊滅的敗走をする。

第三章。大手の名越勢が激戦をしていた頃、「桂河ノ西ノ端ニ下リ居テ、酒盛シテ」いた「搦手ノ大将足利殿」は、大手の敗北・大将の討死を聞くと「サラバイザヤ山ヲ越ン」と言って、「丹波路ヲ西ヘ、篠村ヲ指テ」移動した。しかし、搦手勢の中にいた「備前国ノ住人中吉十郎」「摂津国ノ住人奴可四郎」の二人は、足利高氏に「野心」ありと察知し、大江山から引返して六波羅に報告する。六波羅は、名越尾張守の討死に続いて、足利高氏の離反の報を受け落胆・動揺する。

第四章。篠村に陣取った足利高氏が近国の勢を召集したところ、「其旗ノ文、笠符ニ皆一番ト云文字ヲ書タ」丹波の住人久下弥三郎時重が二百五十騎で馳せつけた。その紋は久下の先祖が頼朝から下賜された「由緒アル文」である事を高師直から聞いた高氏は「当家ノ吉例」と大いに喜ぶ。結局、軍勢は二万三千余騎に達した。

「是ヲ聞テ」六波羅では評定を行ない、六波羅北庁を「御所ニシツラヒ」、光厳天皇達を移らせた。光厳天皇は「御治天ノ後天下遂ニ不レ穏、剰百寮忽ニ外都ノ塵ニ交リヌレバ、是偏ニ帝徳ノ天ニ背キヌル故也」と嘆く。日吉・賀茂両社の祭礼も停止となり、「神慮モ如何ト測難ク、恐有ベキ事共也」と思われた。

「官軍ハ五月七日京中ニ寄テ、合戦可レ有」と京都の西・南・北側から攻め寄せるとの情報が伝わり、東山道方面のみが残っているものの、山門の「野心」を考えると「六波羅ノ兵共」は、「上ニハ勇メル気色ナレ共、心ハ下ニ仰天」という有様で、六波羅の館を中心として城郭が築かれた。

第五章では、足利高氏の篠村出立が描かれる。五月七日寅刻に二万五千余騎で出立した高氏は「宜祢ガ袖振鈴ノ音」に惹かれて「何ナル社トハ知ネドモ、戦場ニ赴ク門出ナレバトテ、馬ヨリ下テ甲ヲ脱テ、叢祠ノ前ニ跪キ」武運を祈誓する。そこが「篠村ノ新八幡」と知った高氏は「サテハ当家尊崇ノ霊神ニテ御坐シケリ」と、願文を妙玄に書かせ、自ら「筆ヲ執テ判ヲ居給ヒ、上差ノ鏑一筋副テ、宝殿ニ」奉納する。「相順フ人々」も上矢を一本ずつ献上したので、矢は塚のように積み上げられた。

大江山の峠を越える時「山鳩一番飛来テ白旗ノ上ニ翩翻」したのを見て、足利高氏は「是八幡大菩薩ノ立翔テ護ラセ給フ験也。此鳩ノ飛行ンズルニ任テ可レ向」と命令を下す。鳩は「閑ニ飛デ、大内ノ旧迹、神祇官ノ前ナル樗木ニ」止まった。「官軍」が、「此奇瑞ニ勇デ、内野ヲ指テ」進軍すると敵兵は次々と降参し、「篠村ヲ出給シ時ハ、僅ニ二万余騎」（傍点筆者、以下同じ）だった軍勢は、「右近馬場」を通過する時には、五万余騎になっていた。

第六章は京都攻防戦。六波羅方は六万余騎を三手に分け、足利勢に対して神祇官前、赤松勢に対して東寺へ、千種勢に対して伏見の上へと、それぞれ配備した。

「内野」へは、巻八第三章に功名が描かれた「陶山ト河野」に「宗徒ノ勇士二万余騎ヲ副テ」派遣したので「官軍モ無㆓左右㆒不㆓懸入㆒、敵モ輒不㆓懸出㆒」矢合戦をして両軍は対峙していた。「爰ニ官軍ノ中ヨリ」「足利殿ノ御内」の設楽五郎左衛門尉がただ一騎で駆け出し、六波羅方の「五十計ナル老武者」斉藤玄基と対決、玄基を組み伏せたものの、最後は「互ニ引組タル手ヲ不㆑放、共ニ刀ヲ突立テ、同ジ枕ニ」死ぬ。次に「源氏ノ陣ヨリ」「足利殿ノ御内」大高二郎重成が駆け出し、「先日度々ノ合戦ニ高名シタリト聞ユル陶山備中守・河野対馬守ハオハセヌカ、出合給へ。打物シテ人ニ見物セサセン」と呼びかける。陶山は急拠八条へ向かった後だったため陣にはいなかったが、河野対馬守通治は「元来タマラヌ懸武者」だったので、対決しようと進み出た。ところが、「河野対馬守ガ猶子ニ、七郎通遠トテ今年十六ニ成ケル若武者」が「父ヲ討セジトヤ思ケン」大高に立ち向かう。大高は河野七郎の総角をつかみ、鎧の笠符から「是モ河野ガ子カ甥歟ニテゾ有ラン」と考え、斬り捨てる。「最愛ノ猶子」を目の前で討たれた対馬守は大高に馳せ向かうが、ここからは集団戦となり、結局「源氏ハ大勢ナレバ、平氏遂ニ打負テ、六波羅ヲ指テ引退ク」結果となった。

東寺方面へは赤松円心の勢三千騎が押し寄せたが、「西ハ羅城門ノ礎ヨリ、東ハ八条河原辺マデ」厳重な城郭装備となっていた。しかし、妻鹿孫三郎長宗が堀に飛び込んで渡り、塀を引き倒したのをきっかけとして、両軍激戦となり、「六波羅ノ勢一万余騎、七縦八横ニ被㆑破テ、七条河原」へ追い出された。

竹田方面でも、木幡・伏見方面でも敗北した六波羅勢は、六波羅の城に逃げ籠った。攻撃側の方は、「五条ノ橋爪ヨリ七条河原マデ」を包囲したが、東一方だけはわざと開けておいた。これは「敵ノ心ヲ一ニナサデ、輙ク責落サン為ノ謀」であった。

城側については、「六波羅ニ楯籠ル所ノ軍勢雖ㇾ少ト、其数五万騎ニ余レリ。此時若志ヲ一ニシテ、同時ニ懸出タラマシカバ、引立タル寄手共、足ヲタメジトミヘシカ共、武家可ㇾ亡運ノ極メニヤ有ケン、日来名ヲ顕セシ剛ノ者トイヘ共不ㇾ勇、無双強弓精兵ト被ㇾ云者モ弓ヲ不ㇾ引シテ、只アキレタル許ニテ、此彼ニ村立テ、落支度ノ外ハ儀勢モナシ」と、滅亡を確実に予想する形で描かれる。しかも、「名ヲ惜ミ家ヲ重ズル武士共ダニモ」この様な状況であった上に、主上・上皇・女院達「軍ト云事ハ未ダ目ニモ見玉ハヌ」層を擁する両六波羅探題は「惘然ノ体」でしかなく、「城中ノ色メキタル様ヲ見テ、叶ハジト」思う「今マデ無ㇾ弐者トミヘツル兵」達さえも「我レ先ニ」と落ちて行き、「義ヲ知命ヲ軽ジテ残留ル兵」は「僅ニ千騎ニモ不ㇾ足」という有様であった。

もう時間の問題であった六波羅の滅亡について、この章は〈負〉の表現（否定的表現）を多用しつつ、その内的崩壊状況を描いていく。そして、最後の抵抗になったかも知れないにせよ、鎌倉幕府が現に存在している元弘三年五月七日の事として考えれば、右の引用文中の〰〰線部分の仮定法は、六波羅探題にとっての最後の可能性を記したものであったと言えよう。

第七・第八・第九の各章は、六波羅から差し伸べられた手が、鎌倉には届かぬままに断ち切られる最期の様子が描かれる。

まず、糟谷三郎宗秋が「千騎にタラヌ程」になった現状で「大敵ヲ防ガン事ハ叶ハジ」との判断に基づき「東一方ヲバ敵未ダ取マハシ候ハネバ（注・これは前章で見たように寄手側の「謀」であった）、主上・上皇ヲ奉ㇾ取テ、関東へ御下候テ後、重テ大勢ヲ以テ、京都ヲ被ㇾ責候ヘカシ」と再三主張した事を、両六波羅探題は「ゲニモ」として、まず女院・皇后達女性を脱出させる事を決める。

次に、六波羅北探題北条仲時が奥方と別れを惜しみ「遥ニ時ヲゾ移サレケル」という有様が、項羽・虞氏の中国故事に比して哀感をこめて描かれる。「泪ヲ落サヌ武士ハナシ」という場面は、南探題北条時益の「ナドヤ長々敷打立セ給ハヌゾ」の一言によって、「鎧ノ袖ニ取着タル北ノ方少キ人ヲ引放シテ」出発する現実へと引き戻されるが、「是ヲ限ノ別トハ互ニ知ヌゾ哀ナル」との一文が、近い将来における最終的な幕の引かれ方を予告してもいる。

仲時を促した北条時益自身は、京都を脱出してしまわない五月闇の「苦集滅道ノ辺」で、充満していた「野伏」達のために、首の骨を射られて落馬し絶命する。糟谷七郎は「泣々主ノ頸ヲ取テ錦ノ直垂ノ袖ニ裹ミ、道ノ傍ノ田ノ中ニ深ク隠シテ則腹掻切テ主ノ死骸ノ上ニ重テ」死んだ。

六波羅を脱出した光厳天皇の一行も「落人ノ通ルゾ、打留テ物具剥」という声々と共に矢を射かけられ四散するが、「五月ノ短夜明ヤラデ、関ノ此方モ闇ケレバ、杉ノ木陰ニ駒ヲ駐テ」休憩中の「主上ノ左ノ御肱」に流れ矢が突き立ち、陶山備中守が「急ギ馬ヨリ飛下テ、矢ヲ抜テ御疵ヲ吸」う「浅猿カリシ」事件も起こった。

更に夜が明けると、「北ナル山」に「野伏共ト覚テ、五六百人ガ程、楯ヲツキ鏃ヲ支テ待懸」けているのが見えた。行幸の前駆を務めていた中吉弥八が敵に近付いて「忝モ一天ノ君、関東へ臨幸成処ニ、何者ナレバ加様ノ狼籍ヲバ仕ルゾ。心アル者ナラバ、弓ヲ伏セ甲ヲ脱デ、可レ奉レ通。礼儀ヲ知ヌ奴原ナラバ、一々ニ召捕テ、頸切懸テ可レ通」と言い懸けたところ、「野伏共」は「カラ〳〵ト笑テ」、「如何ナル一天ノ君ニテモ渡ラセ給へ、御運已ニ尽テ、落サセ給ハンズルヲ、通シ進ラセントハ申マジ。輙ク通リ度思食サバ、御伴ノ武士ノ馬物具ヲ皆捨サセテ、御心安ク落サセ給へ（2）」と言って鬨の声をあげた。中吉弥八は「悪ヒ奴原ガ振舞哉。イデホシガル物具トラセン」と若武者六騎で「慾心熾盛ノ野伏共」を駆け散らすが「余ニ長追シ」たため、野伏二十数人に取囲まれる。中吉は「少モヒルマズ」「其中ノ棟梁ト見ヘタル敵」と対決する。深田の中で、下に組み敷かれた中吉は、腰刀が抜け落ちて反撃できないのを知ると「刀加ヘニ、敵ノ小腕ヲ丁ト掬リスクメテ」、「我ハ六波羅殿ノ御雑色ニ、六郎太郎ト云者ニテ候ヘバ、見知ヌ人ハ候マジ。無用ノ下部ノ頸取テ罪ヲ作リ給ハンヨリハ、我命ヲ助テタビ候ヘ、其悦ニハ六波羅殿ノ銭ヲ隠クシテ、六千貫被レ埋タル所ヲ知テ候ヘバ、手引申テ御辺ニ所得セサセ奉ン」と言う。すると野伏は「誠トヤ思ケン、抜タル刀ヲ鞘ニサシ、下ナル中吉ヲ引起シテ、命ヲ助ルノミナラズ様々ノ引出物ヲシ、酒ナンドヲ勧テ、京ヘ連テ上」った。中吉は「六波羅ノ焼跡」へ行き、「正シク此ニ被レ埋タリシ物ヲ、早人ガ掘テ取タリケルゾヤ。徳着ケ奉ント思タレバ、耳ノビクガ薄ク坐シケリ」と「欺テ、空笑シテ」引返した。

このような「中吉が謀ニ道開ケテ」光厳天皇は篠原の宿に到着。ただ、天台座主梶井二品親王は「行末トテモ道ノ程心安ク可レ過共覚サセ給ハネバ、何クニモ暫シ立忍バヾヤ」と思ったものの、供奉する者が二人しかいないと聞き、「サテハ殊更長途ノ逆旅叶フマジ」と考え、「是ヨリ引別テ、伊勢ノ方ヘ」向う。「スハヤ是コソ落人ヨ」と分かる姿だったが「山王大師ノ御加護ニヤ依ケン、道ニ行逢奉ル山路ノ樵、野径ノ蘇、御手ヲ引御腰ヲ推テ」無事に鈴鹿山を越える事ができた。伊勢の神官が「心有テ身ノ難ニ可レ遇ヲモ不レ顧、兎角隠置進セ」たので、「是ニ三十余日御忍有テ、京都少シ静リシカバ還御成テ、三四年ガ間ハ、白毫院ト云処ニ、御遁世ノ体ニテゾ御坐有」ったという。

拡散する展開の中で、必ずしも纏めきれぬ場合があるにも拘らず、話題（話材）として採り上げた結果、ともかく小さな完結を示す形で語られるのが、この第七章と言えよう。例えば、光厳天皇の窮地を救う中吉弥八は、第三章に登場した中吉十郎と同じく「備前国ノ住人」と紹介されるが、野伏の棟梁を相手にしての言動は、むしろ頓智話・笑話への傾斜を見せている。それは、或る点では楠正成の「武略ト智謀」[3]に接点を持つが、「慾心熾盛ノ野伏」という現実的欲望を露呈する無名の集団を相手とした中吉弥八の「欺テ、空笑シテ」という非現実的対応で、果して野伏が納得し得たかどうかまで語られる事はない。この場面では、野伏集団を目の前にして「是ヲ見テ面々度ヲ失テアキレタリ」という段階から、「主上其日ハ篠原ノ宿ニ着セ給フ」という状況変化へと繋ぐものとして、「中吉ガ謀」という一つの条件が導入されたと言えよう。

又、梶井二品親王、つまり光厳天皇の弟に当たる尊胤法親王が、天皇とは別の行動をとったという話題（話材）を採り上げた結果、「山王大師ノ御加護」による鈴鹿越え、「心有テ身ノ難ニ可レ遇ヲモ」顧慮しない「伊勢ノ神宮」の献身によっての伊勢滞在と京都への還御などが、時間を越えて、語られてしまうのである。

妻子との別れを惜しむ場面を中断させられる形で六波羅を脱出した、もう一人の六波羅探題北条仲時達の最期が描かれるのが第八章。

「両六波羅京都ノ合戦ニ打負テ、関東へ被レ落」と知れわたったため、街道沿いの近江の各地や伊吹山麓・鈴鹿河辺りの「山立・強盗・溢者共二三千人」が集結し、「先帝第五宮(4)」を「大将ニ取奉テ、錦ノ御旗ヲ差挙ゲ、東山道第一ノ難所、番馬ノ宿ノ東ナル、小山ノ峯ニ取上リ、岸ノ下ナル細道ヲ中ニ挟」んで待ち受けた。

一方、光厳天皇一行とともに篠原の宿を出発した北条仲時は、供奉の兵が二千騎から七百騎に足らぬほどに減った中で、先陣に糟谷三郎宗秋、後陣に佐々木判官時信を配備して、番馬の峠にさしかかった。待ち構える数千の敵にむかって、糟谷は「三十六騎ノ兵」で「一陣ヲ堅メタル野伏五百余人」を追い上げたものの、晴れゆく朝霧の中に「錦ノ旗一流」を靡かせた「兵五六千人」を発見、「兎ニモ角ニモ可レ叶トモ覚ヘ」なかったため、麓の辻堂で「後陣ノ勢」を待った。

「前陣ニ軍有ト聞テ、馬ヲ早メテ」馳せつけた北条仲時に向かって、糟谷三郎は、美濃の土岐一族・遠江の吉良一族らが関東への進路を遮断する形で応戦する可能性を訴え、「只後陣ノ佐々木ヲ御待候テ、近江国へ引返シ、暫サリヌベカランズル城ニ楯籠テ、開東勢ノ上洛シ候ハンズルヲ御待候ヘカシ」と提案し、仲時も佐々木について

「今ハ如何ナル野心カ存ズラン」と思いつつも、糟谷の意見に従って「時信ヲ待テコソ評定アラメ」として、五百余騎で辻堂の庭で待機する事にした。

ところが、約一里距離をおいて三百余騎で進んでいた佐々木時信は「如何ナル天魔波旬ノ所為ニテカ有ケン」北条仲時が番馬の峠で野伏達に取囲まれて全員討死した、と誰かに告げられた。そのため佐々木は「今ハ可レ為様無リケリ」として、「愛智河ヨリ引返シ、降人ニ成テ京都へ上」ったというのである。

越後守北条仲時は、時信を待ったものの「待期過テ時移」ったため「サテハ時信モ早敵ニ成ニケリ」と考え、潔く切腹する決心を固めた。そして、味方の者達に「武運漸傾テ、当家ノ滅亡近キニ可レ在ト見給ヒナガラ」行動を共にしてくれた事を感謝し、「自害ヲシテ、生前ノ芳恩ヲ死後ニ報ゼント存ズル也」「早ク仲時ガ首ヲ取テ源氏ノ手ニ渡シ、咎ヲ補テ忠ニ備ヘ給ヘ」と言い終わらぬうちに「鎧脱デ押膚脱、腹掻切テ伏」した。これを見た糟谷三郎宗秋は、涙をおさえながら「宗秋コソ先自害シテ、冥途ノ御先ヲモ仕ラント存候ツルニ、先立セ給ヌルコソ口惜ケレ。（中略）暫御待候へ、死出ノ山ノ御伴申候ハン」と言って、「越後守ノ、鞆口マデ腹ニ突立テ被レ置タル刀ヲ取テ、己ガ腹ニ突立、仲時ノ膝ニ抱キ付」いて俯伏せになって最期を遂げた。

以下、百五十七人の人名が列記された上で、「是等ヲ宗徒ノ者トシテ、都合四百三十二人、同時ニ腹ヲゾ切タリケル」と記され、凄絶な情景が短く描かれる。又、「主上・上皇ハ、此死人共ノ有様ヲ御覧ズルニ、肝心モ御身ニ不レ傍、只アキレテゾ坐シマシケル」と、先導者たる武士を失って、動けなくなってしまった光厳天皇達について、言及される。[5]

第九章では、まず、「五宮ノ官軍共」が光厳天皇達を捕えて長光寺（武作寺）へ入れた事、主上自ら「三種神器幷玄象・下濃・二間ノ御本尊ニ至マデ」を「五宮ノ御方へ」渡した事が記される。

又、「当今奉公ノ寵臣」日野大納言資名は「如何ナル憂目ヲカ見ンズラン」と「身ヲ危ブンデ」、その辺の辻堂にいた「遊行ノ聖」に出家の戒師を依頼し、出家に際して「四句ノ偈ヲ唱ル事ノ有ゲニ候者ヲ」と話しかけたところ、聖はその文を知らなかったのか「如是畜生発菩提心」と唱えた。同様に出家しようとして髪を洗っていた三河守友俊は、これを聞き、「命ノ惜サニ出家スレバトテ、汝ハ是畜生也ト唱給フ事ノ悲シサヨ」と「ヱツボニ入テ」笑ってしまった。

この挿話は、「遊行ノ聖」（無名の者）の無知さが日野資名の物差しで測られる部分については、第七章における野伏の棟梁（無名の者）と中吉弥八という人的対応に似るが、ここでは友俊の自嘲的な笑いの中に、「命ノ惜サニ出家」する資名に対する冷めた視線をも見落す事ができない[6]。

結局、供奉する者が、経顕・有光のみとなった光厳天皇・康仁親王・後伏見上皇・花園上皇達は「見狎ヌ敵軍ニ前後ヲ被二打囲一テ、怪ゲナル網代輿ニ被レ召テ」帰京する事となる。「見物ノ貴賤」は町辻に立って「アラ不思議ヤ、去年先帝ヲ笠置ニ生捕進ラセテ、隠岐ノ国ヘ流シ奉リシ其報、三年ノ中ニ来リヌル事ノ浅猿サヨ。昨日ハ他州ノ憂ト聞シカド、今日ハ我上ノ責ニ当レリトハ、加様ノ事ヲヤ申スベキ。此君モ又如何ナル配所ヘカ被レ遷サセ給テ宸襟ヲ被レ悩ズラン」と「因果歴然ノ理ヲ感思シテ、袖ヲヌラ」した。これは、巻四第六章で、隠岐へと送られる後醍醐天皇を見送った「京中貴賤男女」の「正シキ一天ノ主ヲ、下トシテ流シ奉ル事ノ浅猿サヨ。武家ノ運命今ニ尽ナン」と泣き悲しんだ場面に対応するものでもある。

こうして、六波羅の滅亡を時間を追って描いた後に、巻七に記されていた千剣破城の状況へと目を転じるのが第十章である。

「六波羅已ニ被二責落一テ、主上・上皇皆関東ヘ落サセ給ヌ」との情報が届き、千剣破城の寄手十万余騎は奈良方面へと引き退く。ただ、「前ニハ兼テ野臥充満タリ。跡ヨリハ又敵急ニ追懸ル」中の逃走であったため、「残少ナニ被㆓討成㆒、僅ニ生タル軍勢モ、馬物具ヲ捨ヌハ無」く、「サレバ今ニ至ルマデ、金剛山ノ麓、東条谷ノ路ノ辺ニハ、矢ノ孔刀ノ疵アル白骨、収ル人モナケレバ、苔ニ纏レテ塁々タリ」という有様であった事が、時間の経過を含む形で描かれる。その様な状況の中で「宗徒ノ大将達ハ、一人モ道ニテハ不㆑被㆑討シテ」奈良に逃がれ着いた。

二

このように概観してくると、第一章から第六章までは、鎌倉幕府の相模入道北条高時の傘下に属していた足利高氏が、後醍醐天皇方に身を転じ、幕府の重要機関たる六波羅探題の打倒に加担する姿を中心として展開する。「所労」のため体調の良くない時に、上洛せよとの北条高時からの「催促度々ニ及」んだ高氏は、「父ノ喪ニ居テ三月ヲ過」ぎず「悲歎ノ涙未㆑乾」という事と、「病気身ヲ侵シテ負薪ノ憂未㆑休」という事とを察知しない高時に対して「憤思」い、「遺恨ナレ」と思う。この私的憤懣が「時移リ事変ジテ貴賤雖㆑易㆑位、彼ハ北条四郎時政ガ末孫也、人臣ニ下テ年久シ。我ハ源家累葉ノ族也。王氏ヲ出テ不㆑遠」という、源平対立の中での源氏優位との認識に結び付けられ、「先帝ノ御方ニ参テ六波羅ヲ責落」す事もありうるとの決意へと発展する。

鎌倉幕府にとっては〝裏切り〟でしかない高氏の行動は、予見される要素があったからこそ、長崎円喜は二つの条件を出したのであった。これは高氏にとっても選択を迫られる場面であったが、「憤ヲ押ヘテ」弟直義の意見を聞き、直義が高氏の心中の決意を「大儀ノ御計略」と定義づけたために、高氏は鎌倉幕府に対して直接反旗を翻すという、破滅の可能性を含む選択を捨てる事ができた。起請文はともかく、妻子を鎌倉に留め置くとの条件は、高氏の決心を躊躇させるものであったかも知れないが、妻登子が執権赤橋守時の妹である事を含めて、直義が「大儀ノ前ノ少事」と断言するだけの勝算があって、受諾し得たのであろう。従って、高氏の〝裏切り〟についての代償は、たとえば、巻十において赤橋守時の自害によって贖われる事となる。

「先帝」の隠岐脱出によって、「官軍」は、後醍醐天皇を頂点とする富士山型三角形の裾野部分に公家・武士が並列する様相を示しつつあった。そこへ、高氏が加わる事は、「官軍」の安定感を増すとともに、幕府方を足元から突き崩す事に繋がる。ただ、幕府方が条件を付けた事でもわかるように、官軍側にとっても高氏を「兼テ内通ノ子細有ケレ共、若侍ヤシ給フ覧」と、一応警戒して、坊門雅忠は野伏五六百人をかり集めて、正式には六波羅の「搦手ノ大将」であった高氏軍の方へ向かった。

大江山を西へ越える事で態度を鮮明にした高氏が、篠村で軍勢を召集した時、旗・笠符に「一番」という文字を書いた久下弥三郎時重が二百五十騎で一番に馳せつけた事、その家紋が、頼朝の土肥での挙兵の際の一番乗りに縁を持つ事を高右衛門尉師直から聞いた事は、今後の高師直の役割とともに注目して良い。「サテハ是ガ最初ニ参リタルコソ、当家ノ吉例ナレ」との高氏の言葉通りに「二万三千余騎」の軍勢が集結した、という風に叙述される。これは、篠村の宿を出発した高氏が下馬をして拝礼をした神社が実は「篠村ノ新八幡」であると聞き、「サテハ当家尊崇ノ霊神ニテ御坐シケリ」と言って高氏が戦勝祈願の願書を奉献した話にも重なり、更に、大江山を越えて京都に入る時に山鳩が飛来して白旗の上で舞ったのを見て高氏が「是八幡大菩薩ノ立翔テ護ラセ給フ験也。此鳩ノ飛行ンズルニ任テ可ㇾ向」と命令した奇瑞譚も記される事となる。そのため、決して少ないとは言えぬ「二万余騎」という数字さえも、「足利殿篠村ヲ出給シ時ハ、僅ニ二万余騎有シガ、右近馬場ヲ過給ヘバ、其勢五万余騎ニ及ベリ」という文脈で語られるのである。

こうして六波羅攻めに加わった足利高氏だが、高氏自身が合戦場面において華々しい活躍を見せるわけではない。むしろ、彼の場合、「平氏（北条氏）」を倒すためのシンボルたりうる存在としての「源氏」の頭領という役割を担っての登場であったと言えよう。

たとえば、呼称について見てみると、巻九全体で次の様になっている。[7]

A、足利治部大輔高氏……………2
B、足利治部大輔高氏朝臣………1
C、源朝臣高氏……………………1
D、足利殿…………………………23
E、足利……………………………1
F、高氏……………………………2

右のうち、Cは願書の署名。Fのうち一例は願書の中の一人称としての使用例、もう一例は第一章で〝条件〟を承諾した高氏について「相模入道是ニ不審ヲ散ジテ喜悦ノ思ヲ成シ、高氏ヲ招請有テ」という箇所。Eは第二章の「足利・名越ノ両勢又雲霞ノ如ク上洛シタリケレバ」という箇所。Aは第一章の「足利治部大輔高氏ハ、所労ノ事有テ」と第二章「足利治部大輔高氏ハ、搦手ノ大将トシテ」。Bは第五章「明レバ五月七日ノ寅刻ニ、足利治部大輔高氏朝臣、二万五千余騎ヲ率シテ、篠村ノ宿ヲ立給フ」という箇所。Dのうち二例は第一章で長崎入道円喜が北条高時に進言する会話の中で使用されたもの、又、別の二例は、第六章の中で、設楽五郎左衛門尉と大高重成とが名乗りの場面で「足利殿ノ御内ニ」として使用するもの。

京都へ派遣された「大手ノ大将」名越尾張守高家の呼称が「名越尾張守」か「尾張守」であり[8]、北条高時の呼称が「相模入道」であるのと比しても、やはり、「六波羅ヲ責落」す役割を担った足利高氏の人物形象についての作者の〝思い入れ〟を看取しうる。

次に、第七章から第九章について見ると、「六波羅探題」の範囲に限定しても、鎌倉幕府側の内面的な亀裂が窺える。すなわち、六波羅探題にとっての光厳天皇をはじめとする皇族や公卿達は「軍ト云事ハ未ダ目ニモ見玉ハヌ」存在でしかなく、官軍側における後醍醐天皇のような存在感を持ち得ない。(9) そのため、第七章で矢を受け負傷した光厳天皇のことを、介抱した陶山備中守の目を通して「見進ラスルニ目モアテラレズ」と描き、「忝モ万乗ノ主、卑匹夫ノ矢前ニ被レ傷テ、神龍忽ニ釣者ノ網ニカ、レル事、浅猿カリシ世中也」とは記すものの、同情を込めた慨嘆的文調とはならず、第八章における六波羅勢の多数の自害場面においても、「主上・上皇ハ、此死人共ノ有様ヲ御覧ズルニ、肝心モ御身ニ不レ傍、只アキレテゾ坐シマシケル」と描かれるのみであって、存在感の上で武士達との懸隔が見られる。

又、鎌倉と共同戦線を組む事によって、唯一の活路を開き得たかも知れぬ五万騎に余る六波羅勢について、それを率すべき南探題北条左近将監時益と北探題北条越後守仲時との間には、緊密な協力態勢が見られない。妻子と別れを惜しむ仲時を急き立てた時益は、野伏の矢によって呆気ない最期を遂げる。一方、仲時は「一家ノ運已ニ尽ヌ」と限界を確認し、「軍勢共」への感謝を表明した上で「腹掻切テ」死んでいく。両人ともに「糟谷七郎」と「糟谷三郎宗秋」という忠義な家来が後を追うという類似点をもって描かれるが、対照的な点も持った両人の死によって、京都（六波羅）と鎌倉との合体は実現せぬままとなってしまう。しかも、六波羅から鎌倉へと伸ばされた手を直接断ち切る役割を担ったのは、巻七以来、随所に登場する無名の野伏達であった。(10) つまり、巻九における「官軍」は、この野伏達から足利高氏までを包含する、それ自体に問題を持った集団の力によって、一つの勝利を獲得したのである。

しかも、第十章「千葉屋城寄手敗北事」に楠正成の名を出さぬ形で、六波羅を中心とする近畿圏での関東方の敗北を大きく概観するとともに、巻九全体の中で、幕府方から天皇方へと大きな振幅を見せた「足利殿」の存在を鮮明に刻し、その事がやがて、建武新政後の足利高氏の役割をも予見させる構成を作り上げている。

注

（1）引用は日本古典文学大系本（岩波書店）によるが、字体を改めた。

（2）この場面における野伏達の言葉は、巻二十三「土岐頼遠参二合御幸一致二狼籍一事付雲客下レ車事」において、光厳上皇の還御に出会った土岐頼遠が「如何ナル田舎人ナレバ加様ニ狼籍ヲバ行迹ゾ。院ノ御幸ニテ有ゾ」という随身の言葉に対して「カラ〳〵ト打笑ヒ、『何ニ院ト云フカ、犬ト云カ、犬ナラバ射テ落サン』ト云儘ニ」狼籍を働いた場面へと連接するものである。

（3）巻三・笠置における後醍醐天皇への正成の言葉の中で使われている。

（4）先帝（後醍醐）の第五皇子ではなく、五辻兵部卿親王宮（亀山天皇の皇子、四品兵部卿守良親王）が正しい。

（5）第八章後半部に関しては、『太平記』（鑑賞日本の古典・尚学図書・昭和55）において、鈴木登美恵氏が、『太平記』執筆の材料と考えられる『近江国番場宿蓮華寺過去帳』と近江佐々木氏との関係等について詳述しておられる。

（6）注（5）の書において、鈴木氏は「命惜しさに出家する資名と、従容として死の座に臨む資朝と、その対比的な兄と弟の姿は、実は、陰画《ネガ》と陽画《ポジ》の如く、一つの人間像の裏表として把握できるのではないだろうか」と分析しておられる。

（7）章段の題名を除き、本文中の用例のみ。

（8）第三章で高氏の行動に疑惑を感じた中吉、奴可は、高氏を「此人」と言い、中吉は名越尾張守のことを「名越殿」と言っている。

（9）巻二と巻三とにおける後醍醐天皇の虚像から実像への変身については、拙著『太平記の説話文学的研究』（和泉書院・一九八九）第二章でも言及した。鈴木氏は、注（5）の書において、光厳天皇・両上皇と後醍醐天皇との対比的な描き方を指摘しておられる。

（10）「無名」という事については、本書「吉野・千早の奮戦から失帝の隠岐脱出へ」参照。

鎌倉幕府の崩壊

一

巻九において京都（六波羅探題）の壊滅を描いた『太平記』は、巻十において、鎌倉（幕府）の最期を、元弘三年五月二十二日の「平家九代ノ繁昌一時ニ滅亡」という点に終結させる形で描く。その章立ては次の通りである[1]。

一、千寿王殿被落大蔵谷事
二、新田義貞謀叛事付天狗催越後勢事
三、三浦大多和合戦意見事
四、鎌倉合戦事
五、赤橋相模守自害事付本間自害事
六、稲村崎成干潟事
七、鎌倉兵火事付長崎父子武勇事
八、大仏貞直幷金沢貞将討死事
九、信忍自害事
十、塩田父子自害事

十一、塩飽入道自害事
十二、安東入道自害事付漢王陵事
十三、亀寿殿令落信濃事付左近大夫偽落奥州事
十四、長崎高重最期合戦事
十五、高時并一門以下於東勝寺自害事

第一章は、巻九の結末ではなく、巻九の前半部における動き「足利治部大輔高氏敵ニ成給スル事」が、「道遠ケレバ飛脚未二到来一、鎌倉ニハ曾テ其沙汰モ無リケリ」と記された上で、巻九第一章に描かれた足利高氏上洛の条件の一つとして人質とされていた「足利殿ノ二男千寿王殿」が「大蔵谷ヲ落テ行方不レ知成給ケリ」という、幕府側の予想しなかった動きが描かれる。この「元弘三年五月二日ノ夜半」は、足利高氏が丹波篠村で挙兵をした「元弘三年五月七日」（巻九第五章）以前であり、千寿王の脱出劇が、父高氏の行動と呼応する形の予め計算されたものであった事が考えられる。

そして、千寿王の行動によって「鎌倉中ノ貴賤」が「スハヤ大事出来ヌルハトテ騒動」しただけでなく、「京都ノ事ハ道遠ニ依テ未ダ分明ノ説モ無ケレバ、毎事無二心元一」として派遣された「長崎勘解由左衛門入道ト諏方木工左衛門入道」の両使が「駿河ノ高橋」で「六波羅ノ早馬」に行き合った事によって、名越高家の討死と足利高氏の反逆を知り、鎌倉へと引き返す途中、「浮嶋ガ原」で、「伊豆ノ御山」から「潜ニ上洛」しようとしていた「高氏ノ長男竹若殿」の一行と出会い、「竹若殿ヲ潜ニ指殺シ奉リ、同宿十三人ヲバ頭ヲ刎テ、浮嶋ガ原ニ懸テ」通るという、小さな波紋を惹起する。行方行明となった千寿王と反旗を翻した父高氏とのために犠牲になったのが「長男竹若」である事を知れば、足利氏にとっての竹若の存在感の軽さをも知らされることとなる。

巻七第三章の千剣破城攻めの戦線から、大塔宮の令旨を受け(2)「虚病シテ、急ギ本国へ」下った新田義貞の「謀叛ノ計略」が描かれるのが第二章である。

「懸ル企」を知らない北条高時は、「舎弟ノ四郎左近大夫入道ニ十万余騎ヲ差副テ京都へ上セ、畿内・西国ノ乱ヲ可レ静」として、武蔵・上野・安房・上総・下野の軍勢を召集し、「其兵粮ノ為ニトテ、近国ノ庄園ニ、臨時ノ天役」を命じる。そして、「中ニモ新田庄世良田ニハ、有徳ノ者多シトテ」、「六万貫ヲ五日中ニ可二沙汰一」と、「出雲介親連、黒沼彦四郎入道」が「大勢ヲ庄家ニ放入テ、譴責スル事法ニ過タリ」という行動に出る。

これに対して新田義貞は「我館ノ辺ヲ、雑人ノ馬蹄ニ懸サセツル事コソ返々モ無念ナレ、争カ乍レ見可レ怺」として、両人を捕え、黒沼入道の首を世良田の里に懸けた。この事を聞いて激怒した北条高時は、武蔵・上野の勢に「新田太郎義貞・舎弟脇屋次郎義助ヲ討テ可レ進ス」と下知する。

義貞は一族の者達三十数人を集めて評定をする。意見が続出する中、脇屋義助(3)が「弓矢ノ道、死ヲ軽ジテ名ヲ重ズルヲ以テ義トセリ」「先立テ綸旨ヲ被レ下ヌルハ何ノ用ニカ可レ当。各宣旨ヲ額ニ当テ、運命ヲ天ニ任テ、只一騎也共国中へ打出テ、義兵ヲ挙タランニ勢付バ軈テ鎌倉ヲ可二責落一。勢不レ付バ只鎌倉ヲ枕ニシテ、討死スルヨリ外ノ事ヤアルベキ」と「義ヲ先トシ勇ヲ宗トシテ」述べた事に、一族の者達も賛同し、「サラバ軈テ事ノ漏レ聞ヘヌ前ニ打立トテ、同五月八日ノ卯刻ニ、生品明神ノ御前ニテ旗ヲ挙、綸旨ヲ披テ三度是ヲ拝シ」笠懸野へ進出した。

ただ、この段階では「百五十騎ニハ過ザリケリ」という状態であったため、「此勢ニテハ如何ト思」われたが、「其日ノ晩景ニ利根河ノ方ヨリ、馬・物具爽ニ見ヘタリケル兵二千騎許」が砂煙を立てて現れた。「スハヤ敵ヨ」と注視すると、敵ではなく「越後国ノ一族ニ、里見・鳥山・田中・大井田・羽川ノ人々」であった。喜んだ義貞が「何トシテ存ゼラレケル」と尋ねると、大井田遠江守は「依二勅定一大儀ヲ思召立ル、由承候ハズバ、何ニトシテ加様ニ可二馳参一候」として「去五日御使トテ天狗山伏一人」が「越後ノ国中ヲ一日ノ間ニ、触廻テ通」ったために馳せ参じた、と事情を話す。やがて「後陣ノ越後勢幷甲斐・信濃ノ源氏共」五千余騎も到着した。

義貞・義助は大いに喜び「是偏八幡大菩薩ノ擁護ニヨル者也」と、九日に武蔵国へ進出すると、紀五左衛門が「足利殿ノ御子息千寿王殿ヲ奉二具足一、二百余騎」で駆け着けた。更に、上野・下野・上総・常陸・武蔵の軍兵も参集し、「其日ノ暮程ニ、二十万七千余騎」となった。

一方、諸国からの早馬が急を告げた鎌倉では、「京都ヘ討手ヲ可レ被レ上事ヲバ閣テ、新田殿退治ノ沙汰」ばかりが行われた。九日「軍事評定」があって、「翌日ノ巳刻ニ」「金澤武蔵守貞将ニ、五万余騎ヲ差副テ」「敵ノ後攻」として下河辺へ派遣。一方「桜田治部大輔貞国ヲ大将ニテ、長崎二郎高重、同孫四郎左衛門・加治二郎左衛門入道ニ、武蔵・上野両国ノ勢六万余騎ヲ相副テ」入間河へと派遣、「同十一日ノ辰刻ニ、武蔵国小手差原ニ」到着した。十二日の合戦では「時ノ運ニヤヨリケン、源氏ハ纔ニ討レテ平家ハ多ク亡」んだため、加治・長崎は分陪河原をめざして退却した。

この報が届いた鎌倉では北条高時が「舎弟ノ四郎左近大夫入道恵性ヲ大将軍」とする十万余騎の援軍を派遣。軍勢は「十五日ノ夜半許ニ」分陪河原に到着し、この日の合戦では義貞勢が敗れ退却した。しかし、第二章の末尾は、「其日軈テ追テバシ寄タラバ、義貞爰ニテ被レ討給フベカリシヲ、今ハ敵何程ノ事カ可レ有、新田ヲバ定テ武蔵・上野ノ者共ガ、討テ出サンズラント、大様ニ憑デ時ヲ移ス。是ゾ平家ノ運命ノ尽ヌル処ノシルシ也」と、北条氏の滅亡を先取りした形で締め括られてしまう。

これに対して、「兼テヨリ義貞ニ志有」った三浦大多和平六左衛門義勝が六千余騎の相模国の軍勢を伴って、「無二為方一思召ケル」新田義貞の陣へ「十五日ノ晩景ニ」馳せ参じた次第が語られるのが第三章である。

三浦義勝は「始終ノ落居ハ天命ノ帰スル処ニテ候ヘバ、遂ニ太平ヲ被レ致事、何ノ疑カ候ベキ」と述べた上で「昨日潜ニ人ヲ遣シテ敵ノ陣ヲ見スルニ、其将驕レル事武信君ニ不レ異。是則宋義ガ謂シ所ニ不レ違」として、宋義の言葉「戦ニ勝テ将驕リ卒惰ル時ハ必破」に従って自分が先鋒を務める事を申し出る。義貞は納得して義勝に作戦を任せる。

「五月十六日ノ寅刻ニ」分陪河原へ押し寄せた三浦は「敵ヲ出抜テ、手攻ノ勝負ヲ為レ決」「敵ノ陣近ク成マデ態ト旗ノ手ヲモ不レ下、時ノ声ヲモ不レ挙ケリ」という作戦をとる。敵（鎌倉勢）は「前日数箇度ノ戦ニ人馬皆疲」れ、「今敵可レ寄共不二思寄一ケレバ」油断して、馬に鞍を置かなかったり、前後不覚に眠り込んだりしていた。更に近付く三浦勢を見て、「三浦大多和ガ相模国勢ヲ催テ、御方へ馳参ズルト聞ヘシカバ、一定参タリト覚ルゾ。懸ル目出度事コソナケレ」と、「驚者一人モナシ」という有様で、「只兎ニモ角ニモ、運命ノ尽ヌル程コソ浅猿ケレ」と描かれる。

三浦に追い付いた新田義貞は「十万余騎ヲ三手ニ分ケ、三方ヨリ推寄テ、同ク時ヲ作」った。「三浦ガ一時ノ計ニ被レ破」た鎌倉勢は大敗し、多数の死者を出す。「譜代奉公ノ郎従、一言芳恩ノ軍勢共、三百余人引返シ、討死シケル間ニ」、大将（恵性）は「其身ニ無レ恙シテ」山内（鎌倉）まで退却した。

長崎高重は「組デ討タリシ敵ノ首ニ、切テ落シタリシ敵ノ首十三」を下僕に持たせ、「鎧ニ立処ノ箭ヲモ未レ抜、疵ノ口ヨリ流ル、血ニ、白糸ノ鎧忽ニ火威ニ染成テ、閑々ト」鎌倉殿（北条高時）の屋形へ参上した。祖父の長崎入道円喜は「世ニモ嬉シゲニ打見テ出迎、自疵ヲ吸血ヲ含デ、泪ヲ流テ」、今まで高重を「上ノ御用ニ難レ立者也」と見て、かわいがらなかった事を「大ナル誤也」と言い、高重の武勇を褒め、「今ヨリ後モ、我ガ一大事ト合戦シテ父祖ノ名ヲモ呈シ、守殿ノ御恩ヲモ報ジ申候へ」と称えたので、高重は「頭ヲ地ニ付テ、両眼ニ泪ヲ」浮かべたのであった。

ところが、このような時に、「六波羅没落シテ、近江ノ番馬ニテ、悉ク自害」(4)との報が届いたため、鎌倉勢は悄然となってしまった。そして、「然トイヘドモ、此大敵ヲ退テコソ、京都ヘモ討手ヲ上サンズレ」と、「軍評定」が行われた。この敗報は、敵（新田勢）には隠そうとしたが、結局伝わってしまい、敵方は「悦ビ勇マヌ者ハナシ」という事になる。

第四章。「義貞数箇度ノ闘ニ打勝給ヌ」と伝わったために関東八箇国の武士達が続々と参集して、遂に「六十万七千余騎」となった。義貞は、この軍勢を三手に分けて、極楽寺の切通し・巨福呂坂・化粧坂から鎌倉を攻める。大した敗戦ではないと「敵ノ分際サコソ有ラメト慢テ、強ニ周章タル気色モ無」かった鎌倉中の人々も、大手の大将（恵性）・搦手の大将（金沢貞将）の敗退を知り、「思ノ外ナル珍事哉」と「周章シケル処ニ」、遂に「五月十八日ノ卯刻」に「五十余箇所ニ火ヲ懸テ、敵三方ヨリ寄懸」ったため、「周ノ幽王ノ滅亡セシ有様、唐ノ玄宗傾廃セシ為体モ、角コソハ有ツラント、被二思知一許ニ」なり、「涙モ更ニ不レ止、浅猿カリシ」状況となる。

鎌倉勢側も三手に分けて軍勢を配備し、「同日ノ巳刻」より合戦が始まる。「イツ可レ終軍トハ見ヘザリケリ」との末文にも見られるように、第四章は、〈鎌倉〉という空間における市井の人々の有様と武士達の応戦とを概観する形になっている。個人の顔がクローズアップされる叙述となるのは第五章以下である。

第五章。洲崎へ向かった赤橋守時は、「一日一夜ノ其間ニ、六十五度マデ切合」って大敗し三百余騎になった時、侍大将の南条高直に向かって、「当家ノ運今日ニ窮リヌトハ不レ覚」としつつも「足利殿ニ女性方ノ縁ニ成ヌル間、相模殿ヲ奉レ始、一家ノ人々、サコソ心ヲモ置給ラメ。是勇士ノ所レ恥也」と言い、「此陣闘急ニシテ兵皆疲タリ。我何ノ面目カ有テ、堅メタル陣ヲ引テ而モ嫌疑ノ中ニ且ク命ヲ可レ惜」と述べて自害する。南条も同志の侍九十余人もその場で自害したため、十八日の暮れ方に「義貞ノ官軍」は山内まで進入した。

長らく大仏貞直の恩を受けて近習していたが、少々勘気を受けて出仕が許されぬまま自分の宿所にいた本間山城左衛門は、「五月十九日ノ早旦ニ、極楽寺ノ切通ノ軍破レテ敵攻入」と聞き、「若党中間百余人」とともに極楽寺坂へ向かう。大館宗氏の三万余騎の軍勢の中に駆け込んで奮戦した本間は、本間の家来と組み合って刺し違えて倒れ伏した大館の首を取り、大仏貞直の陣に馳せ参じ「多年ノ奉公多日ノ御恩此一戦ヲ以テ奉ㇾ報候。又御不審ノ身ニテ空ク罷成候ハヾ、後世マデノ妄念共成ヌベウ候ヘバ、今ハ御免ヲ蒙テ、心安冥途ノ御先仕候ハン」と言い終らずに「流ル、泪ヲ押ヘツ、、腹掻切テ」死んだ。貞直は「落ル泪ヲ袖ニカケ」つつ「イザヤ本間ガ志ヲ感ゼン」と言って自ら出陣したため、付き従う兵どもも「泪ヲ流サヌハ無」かった。

第三章の長崎円喜・高重についての描写場面に見られた〈涙〉表現は、この章の後半部分に於ても使用されているが、これは、第七章以下にも特徴的に見られる一傾向である。

第六章。大館宗氏の討死によって、その軍勢が片瀬・腰越まで退却したと知り、新田義貞は「逞兵二万余騎ヲ率シテ、二十一日ノ夜半許ニ、片瀬・腰越ヲ打廻リ、極楽寺坂ヘ」赴いた。敵の陣を見ると「北ハ切通マデ山高ク路嶮キニ、木戸ヲ構ヘ垣楯ヲ掻テ、数万ノ兵陣ヲ双ベテ並居タリ。南ハ稲村崎ニテ、沙頭路狭キニ、浪打涯マデ逆木ヲ繁ク引懸テ、澳四五町ガ程ニ大船共ヲ並ベテ、矢倉ヲカキテ横矢ニ射サセント構」えており、今まで攻撃できなかった状況がよくわかった。

そこで、義貞は「馬ヨリ下給テ、甲ヲ脱デ海上ヲ遥々ト伏拝ミ、龍神ニ向テ祈誓シ」、「仰願ハ内海外海ノ龍神八部、臣ガ忠義ヲ鑒テ、潮ヲ万里ノ外ニ退ケ、道ヲ三軍ノ陣ニ令ㇾ開給ヘ」と、「至信ニ祈念シ、自ラ佩給ヘル金作ノ太刀ヲ抜テ、海中ニ投」げ入れた。すると、「真ニ龍神納受ヤシ給ケン、其夜ノ月ノ入方ニ、前々更ニ干ル事モ無リケル稲村崎、俄ニ二十余町干上テ、平沙渺々」という「不思議」な変化が起こった。これを見た義貞は故事を引いて「是皆和漢ノ佳例ニシテ古今ノ奇瑞ニ相似リ。進メヤ兵共」と命令する。こうして六万余騎の軍勢は一隊に集結し、稲村崎の遠干潟を駆け抜けて鎌倉に乱入した。鎌倉勢は「進退失ㇾ度、東西ニ心迷テ、墓々敷敵ニ向テ、軍ヲ至ス事ハ無リケリ」という有様であった。

次に登場する人物は、鎌倉方の内的崩壊の現実を象徴するかの如き存在である。「大力ノ聞へ有テ、誠ニ器量事ガラ人ニ勝レ」ていたため「御大事ニ逢ヌベキ者也」として、執事長崎入道円喜が烏帽子子にして、「一人当千」という信頼感ゆえに、わざわざ「相模入道ノ屋形ノ辺」に配備された「嶋津四郎」という武士がいた。新田勢が若宮小路まで攻め入ったと聞いた時、北条高時は「嶋津ヲ呼寄テ、自ラ酌ヲ取テ酒ヲ進メ」「関東無双ノ名馬白浪ト云ケルニ、白鞍置テ」与え、見る人達は羨しがった。ところが、嶋津は「ヲメ〳〵ト降参シテ」新田勢に加わってしまう。しかも「是ヲ降人ノ始トシテ」次々に降参する者が出たために、「凡源平威ヲ振ヒ、互ニ天下ヲ争ハン事モ、今日ヲ限リ」と思われたのであった。

第七章では兵火による地獄絵図が『方丈記』ほどの集中度は見せずに短く描かれ、「語ルニ言モ更ニナク、聞ニ哀ヲ催シテ、皆泪ニゾ咽ケル」との概観をした後、北条高時が葛西谷に引き籠り、軍兵が東勝寺に充満した事が述べられる。「父祖代々ノ墳墓ノ地ナレバ、爰ニテ兵共ニ防矢射サセテ、心閑ニ自害セン為也」とあるように、第七章以後は「平家九代ノ繁昌」が「一時ニ滅亡」する第十五章に収斂する形で、さまざまな〈最期〉が描かれていく。

長崎思元・為基父子は、手勢六百余騎を選抜して新田勢と奮戦、その後、天狗堂と扇ケ谷とに姿を見せた敵軍に対し「左右へ別テ、馳向ハントシ」た。為基の「是ヲ限ト思ケレバ、名残惜ゲニ立止テ、遥ニ父ノ方ヲ見遣テ、両眼ヨリ泪ヲ浮ベテ、行モ過ザリケル」姿を見た思元は「高ラカニ恥シメテ」「何カ名残ノ可ㇾ惜ル、独死テ独生残ランニコソ、再会其期モ久シカランズレ。我モ人モ今日ノ日ノ中ニ討死シテ、明日ハ又冥途ニテ寄合ンズル者ガ、一夜ノ程ノ別レ、何カサマデハ悲カルベキ」と大声でたしなめた。そのため、為基も「泪ヲ推拭」って「サ候ハヾ遄シテ冥途ノ旅ヲ御急候へ。死出ノ山路ニテハ待進セ候ハン」と言い捨てて、敵の大軍の中へと駆け入った。その為基の姿を「懸入ケル心ノ中コソ哀ナレ」と描く。

為基は僅か二十余騎になって、敵三千余騎に取り囲まれた。ところが為基の帯する名刀「来太郎国行ガ、百日精進シテ、百貫ニテ三尺三寸ニ打タル」「面影」の威力によって、敵は近付く事ができない。遠矢によって馬が負傷したため馬から下りた為基は「由井ノ浜ノ大鳥居ノ前」で仁王立ちとなって待ち構えるが敵はやはり遠矢を射かけるばかり。そこで為基は「敵ヲ為㆑謀手負タル真似ヲシテ、小膝ヲ折テゾ臥」した。すると、五十余騎の武者が首を狙って近付いてきた。途端に「カハト起テ太刀ヲ取直シ」た為基は「何者ゾ、人ノ軍ニシクタビレテ、昼寝シタルヲ驚スハ。イデ己等ガホシガル頸取セン」と言うやいなや、「鐔本マデ血ニ成タル太刀ヲ打振テ、鳴雷ノ落懸ル様ニ、大手ヲハダケテ」追い懸けたため、五十余騎の者達は「逸足ヲ出シ逃」げてしまった。結局、為基については「只一人懸入テ裏ヘヌケ、取テ返シテハ懸乱シ、今日ヲ限ト闘シガ、二十一日ノ合戦ニ、由井浜ノ大勢ヲ東西南北ニ懸散シ、敵・御方ノ目ヲ驚シ、其後ハ生死ヲ不㆑知成ニケリ」と語られる。

第八章。「昨日マデ二万余騎ニテ、極楽寺ノ切通ヲ支テ防闘ヒ給ケルガ、今朝ノ浜ノ合戦ニ、三百余騎ニ討成レ、剰敵ニ後ヲ被㆑遮テ」しまった大仏貞直の目の前で、「宗徒ノ郎従三十余人」が「世間今ハサテトヤ思ケン、又主ノ自害ヲヤ勧メケン」「一面ニ並居テ」腹を切った。これを見た貞直は、「日本一ノ不覚ノ者共ノ行跡哉。千騎ガ一騎ニ成マデモ、敵ヲ亡テ名ヲ後代ニ残スコソ、勇士ノ本意トスル所ナレ」と言って、二百余騎の兵を従え、六千余騎の敵の中へ攻め込む。遂に六十余騎となった貞直は、目標を定め「脇屋義助雲霞ノゴトクニ扣タル」大軍の中へ駆け込み、全員が討死した。

金沢武蔵守貞将が「山内ノ合戦ニ相従フ兵八百余人被㆓打散㆒、我身モ七箇所マデ疵ヲ蒙テ」北条高時のいる東勝寺に立ち返ったところ、高時は「不㆑斜感謝シテ」その場で「両探題職」に任命するとの「御教書」を出し、「相模守」に移封した。貞将は「一家ノ滅亡日ノ中ヲ不㆑過」と思ったが、「多年ノ所望、氏族ノ規模トスル職ナレバ、今ハ冥途ノ思出ニモナレカシ」と御教書を受け取り、その裏に「棄㆓我百年命㆒報㆓公一日恩㆒」と書いて鎧の合わせ目に入れて、敵の大軍の中に駆け込んで討死した。この貞将の姿には敵も味方も感嘆した。

第九章。化粧坂へ向かった普恩寺信忍は、昼夜五日間の合戦で二十余騎となって遂に自害したが、「子息仲時六波羅ヲ落テ、江州番馬ニテ腹切玉ヌ」との報告を受けると、仲時の最期の有様を思い遣りつつ「待シバシ死出ノ山辺ノ旅ノ道同ク越テ浮世語ラン(5)」と詠み、「御堂ノ柱ニ血ヲ以テ書付」けたのだった。信忍のこの振舞いについては、「年来嗜弄給シ事トテ、最後ノ時モ不㆑忘、心中ノ愁緒ヲ述テ、天下ノ称嘆ニ残サレケル、数奇ノ程コソ優ケレト、皆感涙ヲゾ流シケル」と賛美される。

これに対して「不思議ナリシハ」として、語られるのが第十章である。「親ノ自害ヲ勧メント、腹掻切テ目前ニ臥」した俊時を見て、塩田道祐は茫然としつつも、共に自害しようとする二百余人の家来達に「此御経誦終ル程防矢射ヨ」と命じ、「年来ノ者ナル上、近ク召仕」ってきた狩野五郎重光には「吾腹切テ後、屋形ニ火懸テ、敵ニ頸トラスナ」と言い含めた。ところが、重光が「門前ニ走出テ四方ヲ見ル真似ヲシテ」敵が攻め近付いたため「早々御自害候へ」と勧めたため、道祐は「腹十文字ニ掻切テ、父子同枕ニ」倒れ伏した。すると、重光は「主二人ノ鎧・太刀・刀剥、家中ノ財宝中間・下部ニ取持セテ、円覚寺ノ蔵主寮ニ隠」れた。しかし、「此重宝共ニテハ、一期不足非ジト覚シニ、天罰ニヤ懸リケン」として、船田入道に捕えられ斬首されたことが描かれ、「尤モ角コソ有タケレトテ、悪ヌ者モ無リケリ」とも付記される。

第十一章。塩飽聖遠は嫡子忠頼を呼んで、自分の死の決意を述べ「御辺ハ未ダ私ノ眷養ニテ、公方ノ御恩ヲモ蒙ラネバ」として「何クニモ暫ク身ヲ隠シ、出家遁世ノ身トモナリ、我後生ヲモ訪ヒ、心安ク一身ノ生涯ヲモクラセカシ」と「泪ノ中ニ」と申し渡したところ、忠頼は「両眼ニ泪ヲ浮メ」暫くの沈黙の後「直ニ公方ノ御恩ヲ蒙リタル事ハ候ハネ共、一家ノ続命悉ク是武恩ニ非ト云事ナシ」「苟モ弓矢ノ家ニ生レ、名ヲ此門葉ニ懸ナガラ、武運ノ傾ヲ見テ、時ノ難ヲ遁レンガ為ニ、出塵ノ身ト成テ、天下ノ人ニ指ヲ差レン事、是ニ過タル恥辱ヤ候ベキ。御腹被レ召候ハヾ、冥途ノ御道シルベ仕候ハン」と言い終わらずに刀を腹に突き立てて死んだ。続いて自害しようとする弟の四郎を父聖遠は諫め「暫ク吾ヲ先立、順次ノ孝ヲ専ニシ、其後自害セヨ」と申しつける。聖遠は結跏趺座して辞世の頌を書いた後、四郎に斬首させた。四郎も父を斬った「其太刀ヲ取直テ、鐔本マデ己レガ腹ニ突貫テ、ウツブシザマニ」倒れ伏した。これを見た三人の家来が「走寄リ、同太刀ニ被レ貫テ、串ニ指タル魚肉ノ如ク頭ヲ連テ伏タリケル」と記す末文は、『太平記』が時折見せる誇張表現である。[6]

第十二章。安東聖秀（新田義貞の奥方の伯父）は、三千余騎で稲瀬河へ進攻したものの、百余騎にまで破られて帰館すると、宿所は焼失し、妻子親族は「何チヘカ落行ケン、行末モ不レ知」なっていた。更に「鎌倉殿ノ御屋形モ焼テ、入道殿東勝寺ヘ落サセ給ヌ」との報も聞いたが、その焼け跡に自害・討死の者が一人もいないと聞くと、悔しがって「トテモ死センズル命ヲ、御屋形ノ焼跡ニテ心閑ニ自害シテ、鎌倉殿ノ御恥ヲ洗ガン」と、「被二討残一タル郎等百余騎ヲ相順ヘテ」小町口へ向かった。

灰燼となった館跡を見て「泪ヲ押ヘテ惘然」としている安東のもとへ新田義貞の奥方から手紙が届いた。それには「鎌倉ノ有様今ハサテトコソ承候ヘ。何ニモシテ此方ヘ御出候ヘ。此程ノ式ヲバ身ニ替テモ可二申宥一候」などと書かれていた。これを見た安東は「大ニ色ヲ損ジテ」王陵の母の故事を引いて「我只今マデ武恩ニ浴シテ、人ニ被レ知身トナレリ。今事ノ急ナルニ臨デ、降人ニ出タラバ、人豈耻ヲ知タル者ト思ハンヤ」と、義貞夫妻二人に対して「一度ハ恨一度ハ怒テ」使者の眼前で「其文ヲ刀ニ拳リ加ヘテ、腹掻切テ」最期を遂げた。[7]

第十三章。北条高時の弟四郎左近大夫入道（恵性。北条泰家、のちの時興）のもとにいた諏訪左馬助入道の子息三郎盛高が、数度の合戦で家来を失い「只主従二騎ニ成テ」恵性の宿所に来て「最後ノ御伴仕候ハン為ニ参テ候。早思召切セ給ヘ」と進言した。すると、恵性は人払いをして盛高に「此乱不レ量出来、当家已ニ滅亡シヌル事更ニ他ナシ。只相模入道ノ御振舞人望ニモ背キ神慮ニモ違タリシ故也」と、北条氏滅亡を確実に見据えた上で「於レ我深ク存ズル子細アレバ、無二左右一自害スル事不レ可レ有候。可レ遁バ再ビ会稽ノ耻ヲ雪バヤト思フ也」と言い、盛高にも生き延びる事を勧め「甥ニテアル亀寿ヲ隠置テ、時至ヌト見ン時再ビ大軍ヲ起シテ素懐ヲ可レ被レ遂」と語った。「御前ニテ自害仕テ、二心ナキ程ヲ見ヘ進セ候ハンズル為ニ」参上した盛高だったが、「兎モ角モ仰ニ可レ随候」と言って、「相模殿ノ妾、二位殿ノ御局ノ扇ノ谷ニ御坐ケル処」へ亀寿を受け取りに行く。

万寿（亀寿の兄）を五大院右衛門宗繁に預けて一安心しつつも亀寿の事を心配する二位殿の御局に対して、盛高は本心を隠し、敵に見付かったため宗繁が万寿を殺し宗繁自身も自害して焼死したと嘘をついた上で、亀寿についても「今日此世ノ御名残、是ヲ限ト思召候ヘ」と強調し、「大殿ノ御手ニ懸ラレ給テ冥途マデモ御伴申サセ給タランコソ、生々世々ノ忠孝ニテ御座候ハン」と勧める。亀寿にすがり付いて泣き悲しむ母（御局）や乳母の女房達を見て、盛高も「目クレ、心消々」となるが、「思切ラデハ叶マジト思テ、声イラ、ゲ色ヲ損テ」御局を睨み付け、

「早御渡候テ、守殿ノ御伴申サセ給へ」と走り寄って、亀寿を抱き取り鎧の上に背負って門外へ走り出る。跣のまま追いかけた「御乳母ノ御妻」は古井戸に身を投げて死んだ。結局、盛高は亀寿を連れて信濃に逃げ下り、諏訪神社の神官を頼った。この話の末尾には「建武元年春ノ比、暫関東ヲ劫略シテ、天下ノ大軍ヲ起シ、中前代ノ大将ニ、相模二郎ト云ハ是ナリ」との後日譚も略述される(8)。

一方、恵性は「二心ナキ侍共」を呼び寄せて「我ハ思様有テ、奥州ノ方へ落テ、再ビ天下ヲ覆ス計ヲ可㆑回也」と語り、そのため「我ハ腹ヲ切テ焼死タル体ヲ敵ニ可㆑見」と申し伝え、下僕二人に新田氏の「中黒ノ笠符」を付けさせて編板輿に恵性自身を乗せるよう命じ「血ノ付タル帷ヲ上ニ引覆ヒ、源氏ノ兵ノ手負テ本国へ帰ル真似ヲシテ」武蔵まで逃げ延びた。その後、残しておいた侍達が予定通りに「殿ハ早御自害有ゾ。志ノ人ハ皆御伴申セ」と叫んで、屋形に火を放ち二十余人が同時に自害した。更に「庭上・門外ニ袖ヲ連ネタル兵共三百余人」も自害し焼死んだため、恵性は自害したものと信じられた。ここでも「其後西園寺ノ家ニ仕ヘテ、建武ノ比京都ノ大将ニテ、時興ト被㆑云シハ、此入道ノ事也ケリ」との付記がある(9)。

第十四章。「夜昼八十余箇度ノ戦ニ、毎度先ヲ懸、囲ヲ破テ自相当ル事、其数ヲ不㆑知」「今ハ僅ニ百五十騎ニ成」った長崎高重は、五月二十二日の源氏（新田勢）の鎌倉への突入を聞き、「馬疲レヌレバ乗替、太刀打折レバ帯替テ、自敵ヲ切テ落ス事三十二人、陣ヲ破ル事八箇度」という激戦の後に、北条高時のいる葛西谷に帰参した。高重は高時に向かって「今生ニ於テハ今日ヲ限リトコソ覚へ候へ（中略）但シ高重帰参テ勧申サン程ハ、無㆓左右㆒御自害候ナ。上ノ御存命ノ間ニ、今一度快ク敵ノ中へ懸入、思程ノ合戦シテ冥途ノ御伴申サン時ノ物語ニ仕候ハン」と落涙しつつ申し述べて、再び東勝寺を出て行った。その後ろ姿を見送る高時は「是ヤ限ナル覧ト名残惜ゲナル体ニテ、泪グミテ」立っていた。

高重は鎧を脱ぎ捨て、腹巻を着て小手をつけず、「兎鶏ト云ケル坂東一ノ名馬」に乗り、「是ヲ最後ト思定ケレバ」崇寿寺の長老・南山和尚のもとに参じた後、「百五十騎ノ兵ヲ前後ニ相随へ、笠符カナグリ棄、閑ニ馬ヲ歩ませて敵陣に紛れ込んだ。これは、新田義貞に近付いて組みうちして勝負するためであった。義貞に半町まで近付いたが「源氏ノ運ヤ強カリケン」義貞の前に控えていた由良新左衛門に発見され、武蔵七党の三千余騎に包囲されてしまう。しかし、高重勢は縦横無尽に奮戦し、主従八騎になってもなお、義貞兄弟を目指して駆け回った。横山重真を真二つに斬り、庄為久を「人飛礫」のように投げ飛ばした高重は「大音揚テ名乗」をし、髪ふり乱して敵を駆け散らした。

ところが、家来達が「急御帰候テ、守殿ノ御自害ヲモ勧申サセ給へ」と言ったため、高重は「余リニ人ノ逃ルガ面白サニ、大殿ニ約束シツル事ヲモ忘ヌルゾヤ。イザ、ラバ帰参ン」と答え、主従八騎で引き返した。逃走すると見た児玉党五百余騎が追撃するのに対して「山内ヨリ葛西ノ谷口マデ十七度マデ返シ合セテ」追い返し「閑々ト」進んだ。葛西谷に帰参すると、祖父（長崎入道円喜）が「何トテ今マデ遅リツルゾ。今ハ是マデカ」と尋ねたのに対し、高重がその奮戦ぶりを「涼ク」語った事で、「最後ニ近キ人々モ、少シ心ヲ慰メ」たのであった。

第十五章。長崎高重は「早々御自害候へ。高重先ヲ仕テ、手本ニ見セ進セ候ハン」と言って「御前ニ有ケル盃」を取って弟の新右衛門に酌をさせ、三度傾けてから、その盃を摂津刑部太夫入道道準の前に置き、「思指申ゾ。是ヲ肴ニシ給へ」と、「左ノ小脇ニ刀ヲ突立テ、右ノ傍腹マデ切目長ク掻破テ、中ナル腸手繰出シテ」道準の前に倒れ伏した。道準は「アハレ肴ヤ、何ナル下戸ナリ共此ヲノマヌ者非ジ」と「戯テ、其盃ヲ半分計呑残テ」諏訪入道直性の前に置いて自害した。直性は「其盃ヲ以テ心閑ニ三度傾テ」北条高時の前に置き、「年老ナレバトテ争カ候ベキ、今ヨリ後ハ皆是ヲ送肴ニ仕ベシ」と「腹十文字ニ掻切テ、其刀ヲ抜テ」高時の前に置いた。

「是マデモ猶相模入道ノ御事ヲ何奈ト思タル気色ニテ、腹ヲモ未ㇾ切ケル」長崎円喜を見て、十五歳の孫・新右衛門は、「父祖ノ名ヲ呈スヲ以テ、子孫ノ孝行トスル事ニテ候ナレバ、仏神三宝モ定テ御免コソ候ハンズラン」と祖父を刺し、自分も「其上ニ重テ」倒れ伏した。この新右衛門に「義ヲ進メラレテ」、遂に北条高時も自害、続いて城入道も自害。「是ヲ見テ、堂上ニ座ヲ列タル一門・他家ノ人々」は「腹ヲ切人モアリ、自頭ヲ掻落ス人モア」って、その「思々ノ最期ノ体」は「殊ニ由々敷」見えた。以下、「其外ノ人々ニハ」として人名が列記され、多数の死と屋形の炎上を叙し、「後ニ名字ヲ尋ヌレバ、此一所ニテ死スル者、総テ八百七十余人也」と記した上で、「鎌倉中ヲ考ルニ、総テ六千余人也」という数字が書かれ、「鳴呼此日何ナル日ゾヤ。元弘三年五月二十二日ト申ニ、平家九代ノ繁昌一時ニ滅亡シテ、源氏多年ノ蟄懐一朝ニ開ル事ヲ得タリ」という詠嘆的一文で、巻十が締め括られる。

二

鎌倉幕府の崩壊を叙述するにあたって、『太平記』は、巻九において足利高氏の「謀叛」を中心に「六波羅」の滅亡を描き、巻十において新田義貞の「謀叛」を契機として「鎌倉」の滅亡を描く。勿論、個々の合戦が、高氏・義貞のみによって戦われたわけではない。しかし、「源氏」の高氏・義貞という存在をシンボルに戴く事によって、「平家九代ノ繁昌一時ニ滅亡」という結末を迎える——との文脈(10)で書かれている事も確かである。

この両人を中心とする主要人物の巻九・巻十における登場回数を列記すると、**表（1）**のようになる。

表（1）

	足利高氏	新田義貞	北条高時	北条仲時	北条時益
巻九	30	0	8	24	14
巻十	5	48	36		

表（1）を見ると、巻十における新田義貞の集中的な登場が目立つ。そこで、呼称によって分類すると次のようになる。

A、新田太郎義貞………2
B、新田義貞……………5
C、新田殿………………2
D、新田…………………1
E、義貞…………………38

更に詳しく見ると、Aは、巻七の記事を踏まえての第二章冒頭「新田太郎義貞、去三月十一日先朝ヨリ綸旨ヲ給タリシカバ」（傍線筆者。以下同じ）として義貞の「謀叛」の出発点が語られる箇所と、それに対する北条高時の命令を記す同じ第二章の「新田太郎義貞・舎弟脇屋次郎義助ヲ討テ可レ進ス」の箇所。Bは、①第二章で幕府の使者二名の行動に怒る「新田義貞是ヲ聞給テ」という箇所、②同じ第二章の末尾で十万余騎の幕府軍を迎え撃つ「新田義貞逞兵ヲ引勝テ」という箇所、③第四章で勢力を盛り返し六十万七千余騎の大軍を三手に分け「新田義貞・義助、諸将ノ命ヲ司テ」五十万七千余騎で化粧坂より攻める箇所、④第六章で「新田義貞逞兵二万余騎ヲ率シテ」極楽寺坂へ赴く箇所、⑤第十二章における安東聖秀が「新田義貞ノ北台ノ伯父」という説明箇所。Cは、第二章で鎌倉方の動きを述べる「京都へ討手ヲ可レ被レ上事ヲバ閣テ、新田殿退治ノ沙汰計也」という箇所と、第二章で「新田殿ノ北ノ台ノ御使トテ」安東聖秀のもとへ使者が来た箇所。Dは、第二章で鎌倉軍が「新田ヲバ定テ武蔵・上野ノ者共ガ、討テ出サンズラント、大様ニ憑デ時ヲ移」したと記す箇所。

Eは三分類して考えることができる。

①「（三浦義勝ガ）義貞ニ志有シカバ」（第三章）・「（長崎高重が）義貞ニ相近付バ」（第十四章）というような例……7
②「義貞ノ兵」（第二章）・「義貞ノ官軍」（第五章）・「義貞ノ勢」（第六章）のような例……13
③「義貞（が）是ヲ聞テ」（第二章）・「義貞（は）大ニ悦テ」（第三章）のような例……18

右のうち、E②の場合は、北条方の「平家」に対して、「源氏」と記される場合もある。(11) 鎌倉幕府側から見れば、同じ「謀叛」を企てた足利高氏と新田義貞であったが、巻九における高氏が「足利殿」という表現に集中する形で、その存在感が明確に展望を持つ形で位置付けられていた(12)のに対し、巻十における義貞は第六章の稲村崎からの鎌倉攻撃という英雄的戦果にも拘らず、象徴としての「新田殿」に昇華することはない。

これは、敗者側の描かれ方とも無関係ではない。登場回数で見れば、巻九の仲時・時益と、巻十の高時とはほぼ同数である。しかし、「両六波羅」と記されながらも、仲時と時益とは、車の両輪のような指導者として造形されてはいない。一方、高時の場合、第六章で「ヲメ〱ト降参シ」た嶋津四郎や、第十章で主人父子に自害を促し、その鎧・太刀・刀を奪って延命を計ろうとした狩野五郎のような武士をも抱える末期的症状の鎌倉幕府の中心人物として、「今日ヲ限リ」（第六章）という現実に直面せざるを得ない。

しかし、巻十においては、長崎高重（第三・十四・十五章）、赤橋守時と南条高直及び本間山城左衛門（第五章）、長崎思元・為基父子（第七章）、大仏貞直と金沢貞将（第八章）、普恩寺信忍（第九章）、塩田道祐・俊時父子（第十章）、塩飽聖遠と子息の忠頼・四郎（第十一章）、安東聖秀（第十二章）達のような幕府方の武士の奮戦ぶりや自害の様子が、「感ゼヌ者モ無リケリ」（第八章）とか「感涙ヲゾ流シケル」（第九章）という文脈に於て、重層する形で採り上げられる。そして、その終着点に存在するのが北条高時である。

第三章で義貞勢に大敗した鎌倉勢の中にあって勇猛な戦いぶりを見せた長崎高重が「閑々ト」参上したのは「鎌倉殿ノ御屋形」であった。やがて降参してしまう嶋津四郎を「一人当千」と信頼してわざわざ配置させたのは「相模入道ノ屋形ノ辺」（第六章）であった。稲村崎からの義貞軍の突入により鎌倉は炎上、第七章では「余煙四方ヨリ吹懸テ、相模入道殿ノ屋形近ク火懸リ」、高時が「葛西ガ谷ニ引籠リ給ケレバ、諸大将ノ兵共ハ、東勝寺ニ充満タリ」と記述した後、長崎思元・為基父子が「鎌倉殿ノ御屋形ニ、火懸リヌト見ヘシカバ」六百余騎を選抜して小町口へ向かったと記す。第八章で大仏貞直の「宗徒ノ郎従三十余人」は、「鎌倉殿ノ御屋形ニモ火懸リヌト見ヘシカバ、世間今ハサテトヤ思ケン、又主ノ自害ヲヤ勧メケン」揃って腹を切る。第十二章における安東聖秀は「鎌倉殿ノ御屋形モ焼テ、入道殿東勝寺へ落サセ給ヌト申者」に対して「サテ御屋形ノ焼跡ニハ、傍輩何様腹切討死シテミユルカ」と尋ねたところ、「一人モ不ㇾ見候」との答えだったため、「口惜事哉。日本国ノ主、鎌倉殿程ノ年来住給シ処ヲ敵ノ馬ノ蹄ニ懸サセナガラ、ソコニテ千人モ二千人モ討死スル人ノ無リシ事ヨト、後ノ人々ニ被ㇾ欺事コソ恥辱ナレ。イザヤ人々、トテモ死センズル命ヲ、御屋形ノ焼跡ニテ心閑ニ自害シテ、鎌倉殿ノ御恥ヲ洗ガン」と、百余騎で小町口へ向かう。

つまり、最期の鎌倉合戦で奮闘した幕府方の武士達にとって、死を決意する時の象徴的旗印として形象化されたものが〈鎌倉殿ノ御屋形〉であったと言えよう。更に、潔く死を選ぶ武士達は「泪」という語を使って哀切な形で描かれる。そして、第十五章について詳しく見たように、長崎高重→摂津刑部太夫入道道準→諏訪入道直性と続く自害、高重の弟・新右衛門が祖父・長崎入道円喜を促しての自害を目の前で見せつけられた相模入道（北条高時）は遂に腹を切り、城入道以下の武士達も次々と自害する。

又、多数の死の蔭にあって、第十三章で生き延びる姿が描かれる高時の弟・四郎左近太夫入道の「源氏ノ兵ノ手負テ本国へ帰ル真似ヲシテ」の脱出劇は、巻三の赤坂城を脱出する楠正成に近似する事からもわかるように、決して否定的には描かれていない。

このように見てくると、北条高時の死は、巻九における北条仲時のような毅然としたものではないが、同じ巻九における北条時益のように呆気ないものでもなかった。むしろ、「時ノ運ニヤヨリケン、源氏ハ纔ニ討レテ平家ハ多ク亡ニケレバ」・「大様ニ憑デ時ヲ移ス。是ゾ平家ノ運命ノ尽ヌル処ノシルシ也」（第二章）、「只兎ニモ角ニモ、運命ノ尽ヌル程コソ浅猿ケレ」（第三章）、「源氏ノ運ヤ強カリケン」（第十四章）等と記される、平家（北条氏）側にとって押しとどめることが不可能となったマイナスの運命の怒濤の中で、高時の死は、確認されるべき最終的な儀式であったと言う事ができよう。

敗者側に視点を傾斜させた巻十の展開の中にあって、新田義貞の存在感が巻九の足利高氏ほど鮮明になりえないのは、『増鏡』[13]第十七「月草の花」に「東にもかねて心しけるにや、尊氏の末の一族新田小四郎義貞といふ物、今の尊氏の子、四になりけるを大将軍にして、武蔵国より軍を起こしてけり」と要約した形で書かれている義貞像にも繋がっていくものであろう。巻十第一章で「高氏ノ長男竹若殿」の死と対照的に、〝人質〟的に留め置かれていて鎌倉を脱出した「足利殿ノ二男千寿王殿」は、第二章で五月九日に「紀五左衛門、足利殿ノ御子息千寿王殿ヲ奉二具足一、二百余騎ニテ馳着タリ」と短く語られるのみであるが、この千寿王こそは、やがて義貞以上に存在を明確にしていく足利義詮その人である。

結局、巻一冒頭で「武臣相模守平高時」と紹介され、「行跡甚軽シテ人ノ嘲ヲ不レ顧、政道不レ正シテ民ノ弊ヲ不レ思、唯日夜ニ逸遊ヲ事トシテ、前烈ヲ地下ニ羞シメ、朝暮ニ奇物ヲ翫テ、傾廃ヲ生前ニ致サントス」以来、一貫して高時に投げかけられてきた批判的言辞を、巻十では表面に浮上させず、比喩的に言えば、むしろ、高時を取り巻く武士達の武勇と潔い死に様という輿の上に高時を乗せて、「泪」などの語で哀感をも漂わせながら、終着点たる鎌倉幕府の滅亡へと運んで行ったのが巻十であると言えよう。

そのため、「平家」打倒に功績のあった「源氏」の新田義貞は、登場回数の多さにも拘らず、部分的主役とはなり得ても、巻十全体の主役とはなり得ていない、と言わざるをえない。

注

(1) 引用は日本古典文学大系本（岩波書店）によるが、字体を改めた。
(2) 巻七第三章では、義貞が執事船田義昌を介して、大塔宮の令旨（「令旨ニハアラデ、綸旨ノ文章ニ書レタリ」とある）を受けたとあるが、ここでは「先朝ヨリ綸旨ヲ給タリシカバ」となっている。
(3) この場面における義助の役割は、巻九第一章の足利直義に近似する。
(4) 「カヽル処ニ」以下「悦ビ勇マヌ者ハナシ」まで、大系本で七行分の本文は、神田本・西源院本・天正本になく、玄玖本にはある（高橋貞一氏『太平記諸本の研究』〈思文閣出版・昭和55〉による）。
(5) 巻六第六章で本間資忠が「右ノ小指ヲ喰切テ、其血ヲ以テ」四天王寺の石の鳥居に書き付けた「マテシバシ子ヲ思フ闇ニ迷ラン六ノ街ノ道シルベセン」と類似する。
(6) 第十五章での長崎高重の最期の様や巻七第一章で大塔宮の身代りとなった村上義光の自害の様にも共通するものである。
(7) 妹が高氏の妻という事を理由に早い段階で自害を選んだ第五章の赤橋守時と〈対〉をなす。
(8) 史実としては、建武二年七月。
(9) この一文、神田本・西源院本・玄玖本にはなく、義輝本・梵舜本にはある。
(10) 章段の題名に含まれるものを除き、本文中の用例のみとした。

（11）長谷川端氏は『太平記の研究』（汲古書院・昭和57）において、西源院本で「源氏」とある箇所が、流布本で「義貞」となっている第二章の分陪河原合戦を例として引用した上で、西源院本が「義貞個人の「武家の棟梁」としての指揮振りを書いていない」点を、「それは、義貞個人の名前を出す必要を感じていなかったからであろうか」とされ、一方、「流布本が太平記本文流動の間に具体化されて来たことを示すと同時に、義貞びいきの心情が底に流れていることを物語っていると思われる」と述べておられる。

（12）本書「足利高氏の役割」参照。

（13）日本古典文学大系本（岩波書店）によるが、字体等を改めた。

地方と中央

一

巻九・巻十で、京都・鎌倉における北条氏の滅亡を記した『太平記』は、巻十一では、代わるべき主役としての先帝(1)後醍醐天皇が「主上」として京都に還幸する経過を語りつつ、巻九・巻十で採り上げなかった地方の動静をも描く。その章立ては次の通りである(2)。

一、五大院右衛門宗繁賺相模太郎事
二、諸将被進早馬於船上事
三、書写山行幸事付新田注進事
四、正成参兵庫事付還幸事
五、筑紫合戦事
六、長門探題降参事
七、越前牛原地頭自害事
八、越中守護自害事付怨霊事
九、金剛山寄手等被誅事付佐介貞俊事

第一章では、まず、新田義貞による鎌倉制圧（巻十）後の「平氏ノ一族達」の悲劇的状況が概観される。その上で「中ニモ」として、巻十第十三章でその動静が諏訪盛高の口から語られた「万寿」（北条高時の嫡子・相模太郎邦時）の事について詳述される。北条高時に「此邦時ヲバ汝ニ預置ゾ、如何ナル方便ヲモ廻シ、是ヲ隠シ置キ、時到リヌト見ヘバ、取立テ亡魂ノ恨ヲ可レ謝」として、邦時（「五大院右衛門ガ妹ノ腹ニ出来タル子」）を託された五大院右衛門尉宗繁は、「仔細候ハジ」と承諾して「鎌倉ノ合戦ノ最中ニ、降人ニ」なっていた。ところが「二三日ヲ経テ後、平氏悉滅ビ」北条一族への追求の手が伸びて来たため、「イヤ〳〵果報尽ハテタル人ヲ扶持セントテ適遁得タル命ヲ失ハンヨリハ、此人ノ在所ヲ知タル由、源氏ノ兵ニ告テ、弐ロナキ所ヲ顕シ、所領ノ一所ヲモ安堵セバヤ」と考え、邦時に対して、船田入道（新田義貞の執事）が押し寄せると偽り「夜ニ紛レテ、急ギ伊豆ノ御山ノ方ヘ落サセ給候ヘ」と「誠シ顔ニ成テ」告げる。その言葉を信じて「五月二十七日ノ夜半計ニ、忍テ鎌倉ヲ落」ちていく相模太郎邦時の姿については、「ソコ共不レ知、泣々伊豆ノ御山ヲ尋テ、足ニ任テ行給ヒケル、心ノ中コソ哀ナレ」と描かれる。

宗繁の密告を「心中ニハ悪キ者ノ云様哉ト乍レ思」聞いた船田入道は、「先子細非ジ、ト約束シ」た上で「五月二十八日明ボノニ、浅猿ゲナル窶レ姿」で相模河を渡ろうとしていた邦時を捕え、「翌日ノ暁、潜ニ首ヲ刎」ねた。一方、宗繁に関しては「欲心ニ義ヲ忘レタル五大院右衛門ガ心ノ程、希有也、不道也ト、見ル人毎ニ爪弾ヲシテ悪シカバ」として、新田義貞も宗繁の処罰を秘かに決定する。その事を察知した宗繁は、身を隠したものの「遂ニ乞食ノ如ニ成果テ、道路ノ街ニシテ、飢死ニケルトゾ聞ヘシ」と記される。

第二章は、五月十二日に、千種忠顕・足利高氏・赤松円心から、六波羅没落の報が次々と船上山に届いたとの記述から始まる。還幸に関して諸卿僉議が開かれ、勘解由次官藤原光守が「暫ク只皇居ヲ被レ移候ハデ、諸国へ綸旨ヲ被二成下一、東国ノ変違ヲ可レ被二御覧一ヤ候ラン」と「諫言ヲ以テ」述べ、「当座ノ諸卿」もこれに賛同した。しかし「主上」（後醍醐帝）は「自周易ヲ披カセ給テ、還幸ノ吉凶ヲ」占ない、還幸を決断する。

同二十三日に船上山を出立した還幸の行列は、衣冠姿の行房・光守を除けば、武装集団に警護されたものであった。

第三章・第四章で、還京までの経過が述べられる。第二章に「腰輿ヲ山陰ノ東ニゾ被レ催ケル」とあったが、第三章では「五月二十七日ニハ、播磨国書写山へ行幸」とあるので、伯耆国から列島を横断するコースを辿ったことになる。書写山円教寺の宿老の口から性空上人の故事・寺仏の由来などが語られ、「主上」が「不レ斜信心ヲ傾サセ給テ」「当国ノ安室郷」を「不断如法経ノ料所」として寄進した事が記され、「今ニ至マデ、其妙行片時モ懈ル事無シテ、如法如説ノ勤行タリ。誠ニ滅罪生善ノ御願難レ有カリシ事共也」と付記される。

以下、「二十八日ニ法華山へ行幸」し、「晦日ハ兵庫ノ福厳寺ト云寺ニ、儲餉ノ在所ヲ点ジテ、旦ク御坐有ケル処ニ、其日赤松入道父子四人、五百余騎ヲ率シテ参向」したこと、そして「其日ノ午刻ニ」新田義貞から「相模入道以下ノ一族従類等、不日ニ追討シテ、東国已ニ静謐」との報告が届き、「主上ヲ始進セテ、諸卿一同ニ猶予ノ宸襟ヲ休メ、欣悦称嘆ヲ被レ尽」た事が短く記される。

第四章では、「兵庫ニ一日御逗留有テ、六月二日被レ回二瑶輿一処ニ」楠正成が七千余騎で参向し、還幸の先陣を務めたこと、「六月五日ノ暮程ニ、東寺マデ臨幸」なったこと、「翌日六月六日、東寺ヨリ二条ノ内裏へ還幸」なったことが簡潔に記される。六日には、「臨時ノ宣下」があって、足利高氏は治部卿に、直義は左馬頭に任命され、二人は、帯刀の武士五百人を随えた千種忠顕が鳳輦の前に供奉する行列の後方に付き従った。「百司ノ守衛厳重」なる行列を見物する貴賤は「岐ニ満テ、只帝徳ヲ頌シ奉声、洋々トシテ耳ニ盈リ」という様子であった。

第五章では、「京都・鎌倉ハ、已ニ高氏・義貞ノ武功ニ依テ静謐シヌ。今ハ筑紫へ追手ヲ被ㇾ下テ、九国ノ探題英時ヲ可ㇾ被ㇾ責」として、二条師基を太宰帥に任命し派遣直前の六月七日、「菊池・小弐・大伴ガ許ヨリ、早馬同時ニ京着シテ、九州ノ朝敵無ㇾ所ㇾ残、退治候ヌト奏聞」した事が略述された後、時間を溯行させ、「其合戦ノ次第ヲ、後ニ委ク尋ヌレバ」という形で、九州平定の経過が詳述される。

「主上未ダ舟上ニ御座有シ時、小弐入道妙慧[3]・大伴入道具簡・菊池入道寂阿、三人同心シテ、御方ニ可ㇾ参由ヲ申入」れたため、「綸旨ニ錦ノ御旗ヲ副テ」下賜された。その事を知った探題北条英時が「彼等ガ野心ノ実否ヲ能々伺ヒ見ン為ニ」まず菊池寂阿を博多へ呼び出したところ、菊池は「隠謀露顕シテ、我等ヲ討ン為ニゾ呼給フ覧」と判断、「勝負ヲ決セン」と考えて、小弐・大友に連絡をとった。ところが、大友は「天下ノ落居未ダ如何ナルベシトモ見定メザリ」とのことで「分明ノ返事」をしなかった。小弐は「其比京都ノ合戦ニ、六波羅毎度勝ニ乗」と聞き、「日来ノ約ヲ変ジテ」菊池からの使者を斬り、その首を探題に差し出した。激怒した菊池は「元弘三年三月十三日ノ卯刻ニ、僅ニ百五十騎ニテ」探題の館へ押し寄せた。しかし、「櫛田ノ宮ノ前」を通り過ぎようとした菊池の馬が「俄ニスクミテ」一歩も進まなくなった。菊池は「大ニ腹ヲ立テ」「上差ノ鏑ヲ抜キ出シ、神殿ノ扉ヲ二矢マデ」射た。すると馬の立ちすくみがなおったので「サゾトヨ、トアザ笑テ」通過した。

やがて、菊池は探題英時を自害寸前にまで追いつめたが、「小弐・大友六千余騎ニテ、後攻」をしているのを見て、討死を決意し、嫡子の肥後守武重に「汝ハ急我館へ帰テ、城ヲ堅シ兵ヲ起シテ、我ガ生前ノ恨ヲ死後ニ報ゼヨ」と告げ、行動をともにしようとする武重を諭して、「若党五十余騎」とともに肥後へ帰国させる。結局、菊池入道寂阿は「二男肥後三郎ト相共ニ、百余騎」で、探題の館に攻め入って討死をした。この寂阿の死は、櫛田宮前での変事を語る場面で「軍ノ凶ヲヤ被レ示ケン。又乗打ニ仕タリケルヲヤ御尤メ有ケン」との記述があることと、神に対して寂阿が「大ニ腹ヲ立テ」「アザ笑テ」という態度をとったこととで予想されたものでもあった。

小弐・大友は「今度ノ振舞人ニ非ズト天下ノ人ニ被レ譏ナガラ、暗知ズシテ世間ノ様ヲ聞居」たが、「五月七日両六波羅已ニ被二責落一テ、千葉屋ノ寄手モ悉南都へ引退ヌ」と聞いて「仰天」した小弐は、「我レ探題ヲ奉レ討身ノ咎ヲ遁バヤ」と考え、菊池武重と大友とに使者を送る。菊池は「先ニ懲テ」聞こうとはしなかったが、大友は「我モ咎アル身ナレバ、角テヤ助カル」と承諾した。

探題が「事ノ実否ヲ伺見ヨ」と派遣した長岡六郎が「小弐入道ガ子息筑後新小弐」に、「マサナキ人々ノ謀反ノ企哉」と斬り懸かり、遂に討たれたことで、小弐入道は「サテハ我ガ謀反ノ企、早探題ニ被レ知テゲリ。今ハ休事ヲ得ヌ所也」と、大友とともに七千余騎で、五月二十五日午刻に探題館へ押し寄せた。探題側には離反者が続出し、英時は自害、一族郎従三百四十人も腹を切った。

ただ、この結末については、白居易の詩が引用され、「哀哉、昨日ハ小弐・大友、英時ニ順テ菊池ヲ討、今日ハ又小弐・大友、官軍ニ属シテ英時ヲ討」と、小弐・大友への批判的視線が窺える。

長門探題北条時直の動向が語られるのが第六章である。六波羅に加勢するため「大船百余艘」で上京しようとした時直は、「周防ノ鳴渡」で「京モ鎌倉モ早皆源氏ノ為ニ被レ滅テ、天下悉王化ニ順ヌ」と聞き、「九州ノ探題ト一所ニ成ン」と筑紫に向かう。ところが、赤間関で「筑紫ノ探題英時モ、昨日早小弐・大友ガ為ニ被レ亡テ、九国二島悉公家ノタスケト成ヌ」と聞いたことで、心変わりする兵も続出し、「僅ニ五十余人」となって「柳浦ノ浪ニ漂泊ス」という有様。時直は「小弐・嶋津ガ許へ、降人ニ可レ成由」を伝えた。

笠置合戦の時、筑前に配流となっていた「峯ノ僧正俊雅」は「今一時ニ運ヲ開テ、国人皆其左右ニ慎ミ随フ」立場にあり、「九州ノ成敗、勅許以前ハ暫此僧正ノ計ヒニ在」ったため、小弐・嶋津は、時直を同道して降参のことを伝えた。「膝行頓首シ」「平伏」する時直を見た俊雅は、同情の涙を流し、助命を約す。やがて、勅免によって「懸命ノ地」の安堵も受けた時直は「無二甲斐一命ヲ扶テ、嘲ヲ万人ノ指頭ニ受トイヘドモ、時ヲ一家ノ再興」に待っていたが、間もなく病死してしまった。

「京都ノ合戦ノ最中、北国ノ蜂起ヲ鎮メン為ニ越前ノ国ニ下テ、大野郡牛原」にいた淡河右京亮時治一族の悲劇的な最後が描かれるのが第七章である。六波羅没落の報とともに「相順タル国ノ勢共、片時ノ程ニ落失テ、妻子従類ノ外ハ事問人モ無」い状態の時治に対して、平泉寺衆徒が「折ヲ得テ、彼跡ヲ申賜ラン為ニ、自国・他国ノ軍勢ヲ相語ヒ、七千余騎ヲ率シテ、五月十二日ノ白昼ニ」牛原へ押し寄せた。

「敵ノ勢ノ雲霞ノ如ナルヲ見テ、戦共幾程カ可レ怺」と判断した時治は妻に「御事ハ女性ニテヲワスレバ、縦ヒ敵角ト知トモ命ヲ失ヒ奉ルマデノ事ハ非ジ。サテモ此世ニ存在ヘ給ハゞ、如何ナル人ニモ相馴テ、憂ヲ慰ム便ニ付可レ給」と告げる。妻は「最ト恨テ」「同ハ思フ人ト共ニハカナク成テ、埋レン苔ノ下マデモ、同穴ノ契ヲ忘ジ」と述べ「泪ノ床ニ臥沈」んだ。

結局、妻と二人の幼児とは乳母達とともに河に身を投げる。時治も「自害シテ一堆ノ灰ト」成ったが、章の末尾には「隔生則忘トハ申ナガラ又一念五百生、繋念無量劫ノ業ナレバ、奈利八万ノ底マデモ、同ジ思ノ炎ト成テ焦給フラント、哀也ケル事共也」との同情的言辞が付けられている。

第八章は、越中守護一族の最後と後日譚から成る。越中守護名越遠江守時有と弟の修理亮有公と甥の兵庫助貞持とは、出羽・越後の宮方の上洛を阻止するために、「越中ノ二塚」に陣取っていた。ところが、六波羅の没落と「東国ニモ軍起テ、已ニ鎌倉へ寄ケル」との報によって、「只今マデ馳集ツル能登・越中ノ兵共、放生津ニ引退テ却テ守護ノ陣へ押寄ン」という状況になり、残った者は七十九人になってしまった。

「五月十七日ノ午刻ニ敵既ニ一万余騎ニテ寄ル」と聞き、時有達は「敵ノ近付ヌ前ニ女性・少キ人々ヲバ舟ニ乗テ澳ニ沈メ、我身ハ城ノ内ニテ自害ヲセン」と決める。「偕老ノ契ヲ結デ今年二十一年」の時有の妻には、九歳と七歳の男児があった。「相馴テ已ニ三年ニ余ケル」有公の妻は「只ナラヌ身ニ成テ、早月比過」ぎていた。貞持の妻は「此四五日前ニ、京ヨリ迎ヘタリケル上臈女房」であった。この女房達と子供とは海に身を投げ、城に残った者達は「同時ニ腹ヲ掻切テ、兵火ノ底ニ」焼死した。

　ところが、「近比越後ヨリ上ル舟人」が、この浦を通りかかり、沖に碇をおろしたところ、まず「遥ノ澳ニ女ノ声シテ泣悲ム音」がし、次いで汀の方で男の声がした。渚に舟を寄せたところ、「最清ゲナル男三人」が「アノ澳マデ便船申サン」と舟に乗った。沖まで漕ぎ出して、舟を停めると、三人の男は舟から下りて、「漫々タル浪ノ上」に立った。暫くして、浪の底から三人の女性が浮かび出て「其事トナク泣シホレタル様」を見せた。男達が近付こうとすると「猛火俄ニ燃出テ」炎が男女の中を隔てたため、「三人ノ女房ハ、イモセノ山ノ中々ニ、思焦レタル体ニテ、浪ノ底ニ沈」んだ。男達は「泣々浪ノ上ヲ游帰テ、二塚ノ方へ」歩み行こうとした。「余ノ不思議サニ」船頭が男の袖を捉えて誰何すると、男達は「我等ハ名越遠江守・同修理亮・丼兵庫助」と名乗り、「カキ消様ニ」姿を消したのであった。

　この後日譚については、「天竺ノ術婆伽」「我朝ノ宇治ノ橋姫」の例を引いた上で、「親リ斯ル事ノ、ウツヽニ見ヘタリケル亡念ノ程コソ罪深ケレ」と記される。

第九章は、巻九末尾の第十章に連接する内容を持つ。「京洛已ニ静マリヌトイヘ共、金剛山ヨリ引返シタル平氏共、猶南都ニ留テ、帝都ヲ責ントスル」噂があったため、中院定平を大将とする五万余騎が大和路へ、楠正成に二万余騎を添えた勢が搦手として河内国から、それぞれ派遣された。

「今一度手痛キ合戦アラン」と思われた「南都ニ引籠ル平氏ノ軍兵」五万余騎は、「イツシカ小水ノ魚ノ沫ニ吻ク体ニ成テ、徒ニ日ヲ送ケル間」に、「宇都宮・紀清両党七百余騎」が「綸旨ヲ給テ上洛」したのをはじめとして、「百騎二百騎、五騎十騎、我先ニト降参シ」たため、残留する平氏（幕府軍）は僅かになってしまった。

阿曾時治(4)ら「宗トノ平氏十三人」と、二階堂道蘊ら「関東権勢ノ侍五十余人」は、般若寺で出家し、降人になった。中院定平は「是ヲ請取テ、高手小手ニ誡メ、伝馬ノ鞍坪ニ縛屈メテ、数万ノ官軍ノ前々ヲ追立サセ、白昼ニ」帰京した。そして、「囚人」の「黒衣ヲ脱セ、法名ヲ元ノ名ニ改テ、一人ヅヽ、大名ニ預」けた。「七月九日(5)、阿曾弾正少弼・大仏右馬助・江馬安芸守・幷長崎四郎左衛門、彼此十五人」が、阿弥陀峯において斬られた。二階堂道蘊は「朝敵ノ最一、武家ノ輔佐タリシカ共、賢才ノ誉、兼テヨリ叡聞ニ達」していたため、「召仕ルベシ」として、「死罪一等ヲ許サレ、懸命ノ地ニ安堵」となったものの、「又隠謀ノ企有トテ、同年ノ秋ノ季ニ、終ニ死刑」となった。

佐介左京亮貞俊は、重用されなかったことで北条高時に「恨ヲ含ミ憤ヲ抱キナガラ」金剛山攻撃軍の中にいたところ、千種忠顕より「綸旨ヲ申与ヘテ、御方ニ可レ参由」の連絡を受けたため、「去五月ノ初ニ千葉屋ヨリ降参シテ」京都に出て来ていた。やがて召し捕られた貞俊は、「最期ノ十念勧ケル聖」に託して「年来身ヲ放タザリケル腰ノ刀ヲ、預人ノ許ヨリ乞出シテ、故郷ノ妻子ノ許ヘ」送ることにした。聖が了承すると貞俊は非常に喜び、一首の和歌「皆人ノ世ニ有時ハ数ナラデ憂ニハモレヌ我身也ケリ」を詠み、「閑ニ」首を打たせた。聖は鎌倉まで下り、ようやく貞俊の妻を尋ね出して、形見の刀と貞俊が最期のとき着ていた小袖とを手渡した。すると、貞俊の妻は

「只涙ノ床ニ臥沈テ、悲ニ堪兼タル気色」だったが、形見の小袖の褄に「誰見ヨト信ヲ人ノ留メケン堪テ有ベキ命ナラヌニ」と書き付け、その小袖を引きかぶり、形見の刀を胸に突き立てて、死んでしまった。

そのほか、夫に死別した妻や、子に先立たれた老母達も、自ら命を絶ったのであった。

以下、北条氏滅亡に関する、やや長文の評語が付けられて、この章及び巻十一が終わる。

二

巻七において隠岐から脱出し伯耆の船上山に拠った後醍醐天皇の都への還幸を縦糸とし、巻九・巻十に分けて記された六波羅と鎌倉との滅亡の余震とも言うべき地方の状況を横糸として、織り上げられていくのが巻十一である。巻十末尾の鎌倉幕府滅亡は「元弘三年五月二十二日」であった。従って、幕府滅亡後の状況を描く巻十一第一章は、空間的にも時間的にも巻十の巻末に連接するものである。後醍醐天皇の動向を記す第二章・第三章・第四章のうち、第二章は、巻九における六波羅没落の報を受けるところから始まっており、第三章において巻十に接続する。そして、第五章・第六章・第七章・第八章は、巻九・巻十の縮小版とも言うべき「地方」の状況が記述される。

第二章において、勘解由次官藤原光守の主張した還幸についての慎重論は、後醍醐帝の自主的な占いによって否定されるが、光守の懸念が現実に解消されるのは第九章となる。なお、笠置山（巻三）以来、顕著さを増した後醍醐帝の自律的姿勢(6)は、隠岐脱出を経て確固たるものとなった。第三章で、兵庫に参向した赤松入道父子四人に対して、帝は「天下草創ノ功偏ニ汝等贔屓ノ忠戦ニヨレリ。恩賞ハ各望ニ可レ任」と伝え、「禁門ノ警固ニ奉侍」させた。北条追討を注進した新田義貞からの使者三人に対しては「恩賞ハ宜依レ請」と宣下し、「勲功ノ賞」を与えた。ただ、赤松入道に対しての「恩賞」が、右の言葉通りのものでなかったため、赤松円心が「俄ニ心替シテ、朝敵ト成」った事については、巻十二で語られることとなる。

第四章でその参向が記される楠正成の場合は、帝が「御簾ヲ高ク捲セテ、正成ヲ近ク被レ召、『大儀早速ノ功、偏ニ汝ガ忠戦ニアリ』ト感ジ被レ仰」たのに対し、「是君ノ聖文神武ノ徳ニ不レ依バ、微臣争カ尺寸ノ謀ヲ以テ、強敵ノ囲ヲ可レ出候乎」と述べて「功ヲ辞シテ謙下」した。そして、正成は、帝の兵庫出立の日から「前陣ヲ奉テ、畿内ノ勢ヲ相順へ、七千余騎ニテ前騎」した。

治部卿と左馬頭とに任ぜられた足利高氏と直義とが、還幸の行列の「後乗ニ順テ、百官ノ後ニ」従ったのは、「尚非常ヲ慎ム最中ナレバ」として「帯剣ノ役ニテ、輦ノ前ニ」供奉した千種忠顕などから見て、高氏・直義への警戒心が払拭されていない事を示していると見る事もできる。一方、「此外正成・長年・円心・結城・長沼・塩冶已下諸国ノ大名ハ、五百騎、其旗ノ次ニ一勢々々引分テ、輦輅ヲ中ニシテ、閑ニ小路打タリ」とあるように、「見物ノ貴賤岐ニ満テ、只帝徳ヲ頌シ奉声、洋々トシテ耳ニ盈リ」という華やかさの中にあって、帝の言葉にも拘らず、楠正成や赤松円心の存在が、それほど大きいものと見られなかった側面をも示している。

ところで、第五章で「綸旨ニ錦ノ御旗ヲ副テ」拝領していながら、菊池との同盟を拒否していた少弐と大友のうち、少弐は「五月七日両六波羅已ニ被二責落一テ、千葉屋ノ寄手モ悉南都へ引退ヌ」と聞き「探題ヲ奉レ射身ノ咎ヲ遁バヤ」と考え、小弐からの連絡を受けた大友は、小弐と組む事で「角テヤ助カルト堅領掌シ」たのであった。

第六章の北条時直は、六波羅に加勢すべく上洛する途中で「京モ鎌倉モ早皆源氏ノ為ニ被レ滅テ、天下悉王化ニ順ヌ」と聞き、九州へと進路を変更した。

第七章の淡河時治は、「北国ノ蜂起ヲ鎮メン為ニ」越前に下って牛原にいた時に「六波羅没落ノ由」を聞いたが、それと同時に「相順タル国ノ勢共」が「片時ノ程ニ落失テ、妻子従類ノ外ハ事問人モ無」くなり、平泉寺衆徒の攻撃を受け、自害へと追い込まれて行った。

第八章の名越時有達は、北陸道を防備し越中の二塚で「近国ノ勢共」を召集したところ、「六波羅已ニ被㆑責落㆑テ後、東国ニモ軍起テ、已ニ鎌倉へ寄ケルナンド、様々ニ聞ヘ」たため、「催促ニ順テ、只今マデ馳集ツル能登・越中ノ兵共」は「放生津ニ引退テ却テ守護ノ陣へ押寄ン」とし、「今マデ身代命ニ代ラント、義ヲ存ジ忠ヲ致シツル郎従」は「時ノ間ニ落失テ、剰敵軍ニ加リ」、「朝ニ来リ暮ニ往テ、交ヲ結ビ情ヲ深セシ朋友」も「忽ニ心変ジテ、却テ害心ヲ挿ム」という情勢の急変の中で、一族全員が最期を遂げた。(7)

巻十においては、〈鎌倉殿（北条高時）ノ御屋形〉が幕府方武士の注目の対象であり、その炎上によって武士達は死への覚悟を堅めた。巻十一に描かれる幕府方の〝地方〟の武士道は、〈六波羅没落〉〈鎌倉滅亡〉という情報によって孤立化させられ、死へと追いやられていく。

巻九では、六波羅から鎌倉へと差し伸ばされた手が断ち切られる形で、探題北条仲時以下が近江番場において自害をした。(8)巻十では、徐々に輪を狭めていく形で北条高時以下が自害し、「平家九代ノ繁昌一時ニ滅亡」という結末を迎えたのであった。巻十の巻末に、対句として記されている「源氏多年ノ蟄懐一朝ニ開クル事ヲ得タリ」という一文は、新田勢の攻撃による源氏方の鎌倉制圧のみを述べるのではなく、「平家九代ノ繁昌」に代るものの登場、つまり主役の交代をも予告している。そして、巻十一では、主役たる後醍醐帝の再登場が、時間を追って描かれている。ただ、京都に還幸する後醍醐帝の周りに、ふくれあがる形で加わっていく勢力の事を記しつつも、その末端部分に含まれていくのが、小弐・大友のような氏名を明記された武士達だけでなく、北条時直の船団から「イツシカ頓テ心替シテ、己ガ様々ニ落行ケル」人々や、淡河時直を死へと追い詰める「平泉寺ノ衆徒」や、名越時有達に対して「忽ニ心変ジテ、却テ害心ヲ挿ム」人々であった事を、作品は語っている。

六波羅と鎌倉という二つの中心点を失った状況の下で、地方の北条方勢力が反攻するためには、その象徴となるべき人物の存在と勢力の結集が必要であるが、北条時直や名越時有達は、むしろ捨てられる形で死んで行くしかなかった。もっとも、彼等の死については（第九章の「佐介左京亮貞俊」の場合も）、女性や幼児を登場させる事によって、哀話として同情的に描かれてはいる。

そして、第九章末尾に、次のような締め括りの文章が掲げられる。

承久ヨリ以来、平氏世ヲ執テ九代、暦数已ニ百六十余年ニ及ヌレバ、一類天下ニハビコリテ、威ヲ振ヒ勢ヒヲ専ニセル所々ノ探題、国々ノ守護、其名ヲ挙テ天下ニ有者已ニ八百人ニ余リヌ。况其家々ノ郎従タル者幾万億ト云数ヲ不レ知。去バ縦六波羅コソ輒被二責落一共、筑紫ト鎌倉ヲバ十年・二十年ニモ被二退治一事難トコソ覚シニ、六十余州悉符ヲ合タル如ク、同時ニ軍起テ、纔ニ四十三日ノ中ニ皆滅ビヌル業報ノ程コソ不思議ナレ。愚哉関東ノ勇士久天下ヲ保チ、威ヲ遍海内ニ覆シカドモ、国ヲ治ル心無リシカバ、堅甲利兵、徒ニ梃楚ノ為ニ被レ摧テ、滅亡ヲ瞬目ノ中ニ得タル事、驕レル者ハ失シ倹ナル者ハ存ス。古ヘヨリ今ニ至マデ是アリ。此裏ニ向テ頭ヲ回ス人、天道ハ盈テルヲ欠事ヲ不レ知シテ、猶人ノ欲心ノ厭コトナキニ溺ル。豈不レ迷乎。

これは、巻九・巻十に分けて語られてきた〝中央〟情勢に、巻十一の〝地方〟状況をも加えた上での総決算としての評語であり、巻一以来「見人眉ヲ顰メ、聴人唇ヲ翻ス」と描写された北条高時に象徴される「驕レル者」の滅亡を纏めた一文として、作品展開上の一つの完結を示している。[9]

ここで、北条氏が短期間に滅亡した事を「業報」として「不思議ナレ」と捉えられている点には、作品としての歴史解釈の一視点を窺う事ができようし、巻十二から展開していく後醍醐帝の〈公家一統政治〉の中にも「驕レル者」や「天道ハ盈テルヲ欠事」を知らない者や「欲心」を持つ人間が現れた場合には、決して安泰ではない、という客観的な歴史観をも見ることができるであろう。そして、〈公家一統政治〉に問題が生じる事があれば、「平家」に代わる主役としての「源氏」が、「公家」と拮抗する存在となって、クローズアップされてくる事になる。

注

（1）巻四以後「先帝」と称された後醍醐帝であるが、巻七「先帝船上臨幸事」以後、「主上」と記されている。
（2）引用は日本古典文学大系本（岩波書店）によるが、字体を改めた。
（3）この章の中で、「大伴」と「大友」とが呼称として混在しているが、引用文は、そのままとした。
（4）ここに引用されている人名のうち、「阿曾弾正少弼時治」については、巻十で北条高時とともに自害した人名の中に「阿曾弾正少弼治時」なる人物が見られ、大系本巻十の頭注は、それを「左近大夫将監時治」かとする。「大仏右馬助貞直」は、巻十で「大仏陸奥守貞直」が討死しているため、ここは「高直」の誤りと思われる。「江馬遠江守」についても、同じく巻十で自害する中に「江馬遠江守公篤」の自害が記されているために、ここは別人かと考えられる。
（5）史実としては、翌建武元年（一三三四）三月二十一日。
（6）巻二と巻三とにおける後醍醐天皇像の違いについては、拙著『太平記の説話文学的研究』（和泉書院・一九八九）第二章参照。
（7）この事については、本書「鎌倉幕府の崩壊」参照。
（8）本書「足利高氏の役割」参照。
（9）巻末の文は諸本に共通して見られるものである。ただ、各章においても、人名などで異文を載せる天正本は、右に引用した末文に続けて、高野山に出家遁世した工藤新左衛門入道が鎌倉に下向し「御屋形の旧跡」に落涙、詠歌の後「散聖ノ道人」となったとの記事を載せ、他の諸本とは異なった締め括り方をしている。

公家一統政治の蹉跌

一

『平家物語（覚一本）』は、忠盛の昇殿を序章とし、清盛の昇進をはじめとする平家一門の繁栄・栄華を描く巻一において、早くも平家打倒の謀議の動きを語り、以下、平家の「盛」ではなく「衰」を中心に物語を展開させ、平氏の滅亡を以て、作品の大枠を終結させている。

『太平記[1]』第一部（巻一～巻十二）は、さまざまな曲折を経つつも、やはり、平家（北条氏）が滅亡し、隠岐に配流となっていた後醍醐帝が京都に還幸するところまでを語る。この、平家（北条氏）滅亡は、まず、後醍醐帝隠岐配流（巻四）後の巻五において、田楽・闘犬に耽溺する北条高時を「浅猿シカリ挙動ナリ」「可レ亡時刻到来シテ、斯ル不思議ノ振舞ヲモセラレケル歟トゾ覚ケル」と描き、巻十の新田義貞勢との合戦場面で、鎌倉幕府（北条）方を「時ノ運ニヤヨリケン、源氏ハ纔ニ討レテ平家ハ多ク亡ニケレバ」「是ゾ平家ノ運命ノ尽ヌル処ノシルシ也」と描いた後、高時をはじめ「六千余人」の死を記す巻末を「元弘三年五月二十二日ト申ニ、平家九代ノ繁昌一時ニ滅亡シテ、源氏多年ノ蟄懐一朝ニ開ル事ヲ得タリ」と締め括る。

つまり、『太平記』も、その第一部においては平家の滅亡が語られた事となるが、そこで完結はしない。巻十一に京都への還幸が記された後醍醐天皇による「建武の新政[2]」が始まるのが、巻十二からの第二部である。

その巻十二の章立ては次の通りである。

一、公家一統政道事
二、大内裏造営事付聖廟御事
三、安鎮国家法事付諸大将恩賞事
四、千種殿并文観僧正奢侈事付解脱上人事
五、広有射怪鳥事
六、神泉苑事
七、兵部卿親王流刑事付驪姫事

第一部を踏まえれば、第一章の「公家一統政道」は、その輝かしさこそが語られる箇所である[3]。実際、この章の冒頭は「先帝重祚之後、正慶ノ年号ハ廃帝ノ改元ナレバトテ被レ棄レ之、本ノ元弘ニ帰サル。其二年ノ夏比、天下一時ニ評定シテ、賞罰法令悉ク公家一統ノ政ニ出シカバ、群俗帰レ風若三披レ霜而照二春日一、中華懼レ軌若三履レ刃而戴二雷霆一」と、後醍醐帝の積極的姿勢が記される。

ところが、続いて詳述されるのは次のような大塔宮護良親王の動静である。「同年ノ六月三日、大塔宮志貴ノ毘沙門堂ニ御座有ト聞へシカバ、畿内・近国ノ勢ハ不レ及レ申、京中・遠国ノ兵マデモ、人ヨリ先ニト馳参ケル間、其勢頗尽二天下大半一ヌラント夥シ。同十三日ニ可レ有二御入洛一被レ定タリシガ、無二其事一、延引有テ、被レ召二諸国兵一、作レ楯砥レ鏃、合戦ノ御用意アリト聞へシカバ、誰ガ身ノ上トハ知ネ共、京中ノ武士ノ心中更ニ不レ穏」。

後醍醐帝の隠岐配流中、楠正成とともに畿内を拠点として幕府勢と戦い、「宮方」の火を灯し続けたのが大塔宮であった。したがって、帝の還幸とともに、その補佐役として「公家一統ノ政」を支える事も可能であったろう。

すぐ上洛しない宮のもとへ帝は勅使を送り「天下已ニ鎮テ偃二七徳之余威一、成二九功之大化一処ニ、猶動二干戈一被レ集二士卒一之条、其要何事乎、次四海騒乱ノ程ハ、為レ遁二敵難一、一旦其容ヲ雖レ被レ替二俗体一、世已ニ静謐ノ上ハ急帰二剃髪染衣姿一、門迹相承ノ業ヲ事トシ給ベシ」と伝える。その内容は、宮の功を労うものではなく、現状を糺明し、宮に天台座主に戻る事を勧める（命じる）ものであった。

これに対し、大塔宮は「今四海一時ニ定テ万民誇二無事化一、依二陛下休明徳一、由二微臣籌策功一矣」と自分の果たした役割を確認した上で、「而ニ足利治部大輔高氏僅ニ以二一戦功一、欲レ立二其志於万人之上一。今若乗二其勢微一不レ討レ之、取二高時法師逆悪一加二高氏威勢上一者ナルベシ」と、足利高氏の存在を警戒せざるを得ない事を述べて「是故ニ挙レ兵備レ武、全非二臣罪一」と主張、剃髪についても「我若帰二剃髪染衣体一捨二虎賁猛将威一、於レ武全二朝家一人誰哉」と述べて、「抑我栖二台嶺幽渓一、纔守二一門迹一、居二幕府上将一、遠静二一天下一、国家ノ用何レヲカ為レ吉。此両篇速ニ被レ下二勅許一様ニ可レ経二奏聞一」と、判断の選択を帝に迫る形の要望をする。

勅使の報告を受けた帝は「居二大樹位一、全二武備守一、ゲニモ為二朝家一似レ忘二人嘲一」と、宮の考えを評価しつつも、「高氏誅罰ノ事、彼不忠何事ゾ乎。太平ノ後天下ノ士卒猶抱二恐懼心一。若無レ罪行レ罰、諸卒豈成二安堵思一哉」として、宮を「征夷将軍」に任ずる事を認めつつも、「至二高氏誅罰事一堅ク可レ留二其企一」と裁断を下す。

その結果、「御憤モ散ジ」たのか、大塔宮は「六月十七日志貴ヲ御立有テ、八幡ニ七日御逗留有テ、同二十三日御入洛」あった。赤松円心・殿法印良忠・四条隆資・中院定平・千種忠顕らを随えた行列は天下の壮観を尽したものであり、「赤地ノ錦ノ鎧直垂ニ、火威ノ鎧ノ裾金物ニ、牡丹ノ陰ニ獅子ノ戯テ、前後左右ニ追合タルヲ、草摺長ニ」着用した大塔宮は、「猶モ御用心ノ最中ナレバ、御心安兵ヲ以テ非常ヲ可レ被レ誡」と「国々ノ兵ヲバ、混物具ニテ三千余騎」配備させ、「畿内近国ノ勢打込ニ、二十万七千余騎、三日支テ」行軍させた。足利高氏を意識したこの行列については「時移リ事去テ、万ヅ昔ニ替ル世ナレドモ、天台座主忽ニ蒙二将軍宣旨一、帯二甲冑一召二具随兵一、御入洛有シ分野ハ、珍カリシ壮観也」と描かれる。

続いて、妙法院宮(4)・万里小路藤房・円観上人・文観上人・忠円僧正の帰洛が記され、巻四の後醍醐帝隠岐配流に前後する形の処罰を踏まえて、「摠ジテ此君笠置ヘ落サセ給シ刻、解官停任セラレシ人々、死罪流刑ニ逢シ其子孫、此彼ヨリ被二召出一、一時ニ蟄懐ヲ開」いたこと、その結果「日来誇二武威一無二本所一、権門高家ノ武士共」も「イツシカ成二諸庭奉公人一、或ハ走二軽軒香車後一、或跪二青侍恪勤前一」という有様を呈した事が述べられ、「世ノ盛衰時ノ転変、歎ニ叶ハヌ習トハ知ナガラ、今ノ如ニテ公家一統ノ天下ナラバ、諸国ノ地頭・御家人ハ皆奴婢・雑人ノ如ニテ有ベシ。哀何ナル不思議モ出来テ、武家執二四海権一世中ニ又成カシト思フ人ノミ多カリケリ」と、早くも公家一統政治を否定する形の予言的叙述が展開される。

次に、「同八月三日ヨリ可レ有二軍勢恩賞沙汰二」として、洞院実世が「上卿」に任命された(5)。しかし、「望二恩賞一輩、何千万人ト云数ヲ不レ知」という状況の中で、「実ニ有レ忠者ハ憑レ功不レ諛、無レ忠者媚レ奥求レ竈、掠二上聞一間、数月ノ内ニ僅ニ二十余人ノ恩賞ヲ被二沙汰二」たものの、「事非二正路一聽被二召返二」たために、「上卿」は万里小路藤房に更迭された。藤房は「糺二忠否一分二浅深一、各申与ントシ」たが、「依二内奏秘計一、只今マデハ朝敵ナリツル者モ安堵ヲ賜リ、更ニ無レ忠輩モ五箇所・十箇所ノ所領ヲ給ケル」という実態に直面し、「諫言ヲ納カネテ」病気と称して奉行職を辞任してしまった。「角テ非レ可二黙止二」という事で「九条民部卿ヲ上卿ニ定テ」恩賞の評定が行なわれた。しかし、九条光経が「委細尋究テ申与ントシ」たところ、北条高時以下の領地は「内裏ノ供御料所」や「兵部卿親王」の所領・「准后ノ御領」などになっていたり、「無二指事一郢曲妓女ノ輩、蹴鞠伎芸ノ者共、乃至衛府諸司・官女・官僧」までもが「内奏ヨリ」上奏して下賜されていたために、「今ハ六十六箇国ノ内ニハ、立錐ノ地モ軍勢ニ可レ行闕所ハ無」かった。そのため、光経も「心許ハ無偏ノ恩化ヲ申沙汰セント欲シ」たけれども「叶ハデ」年月を送らざるをえなかった。

又、訴訟の裁断のため、雑訴決断所が設置され、「事ノ体厳重ニ見ヘテ堂々」としたものであったが、「是尚理世安国ノ政ニ非リケリ」と記される。それは「或ハ自二内奏一訴人蒙二勅許一ヲ、決断所ニテ論人ニ理ヲ被レ付、又決断所ニテ本主給二安堵一、内奏ヨリ其地ヲ別人ノ恩賞ニ被レ行。如レ此互ニ錯乱セシ間、所領一所ニ四五人ノ給主付テ、国々ノ動乱更ニ無二休時一」というのが現実であったからである。

このような中、「去七月ノ初ヨリ」病気であった中宮（藤原禧子）が「八月二日」(6)に、続いて「十一月三日」に東宮が崩御。この事を「是非二只事一、亡卒怨霊共ノ所為ナルベシ」として、「止二其怨害一、為レ令レ趣二善所一、仰二四箇大寺一、大蔵経五千三百巻ヲ一日中ニ被二書写一、法勝寺ニテ則供養ヲ遂ラレ」たのであった。

二

第一章について詳しく見てきたのは、この章が『太平記』第二部世界の展開について、集約的に問題提起していると考えられるからである。

まず、公家一統政治の破綻に関する予告的記述がある。それは、大塔宮と足利高氏との対立を、宮側からの不満に後醍醐帝がどのような姿勢で応えるかという形で提示される。高氏についての帝の判断は否定を含まない（「彼不忠何事ゾ乎」「至二高氏誅罰事一堅ク可レ留二其企一」）。宮に対しても「被レ成二征夷将軍宣旨一」た事で一定の評価を示したものの、前章の引用文中～～線を付した「内奏」という語が示す後宮、すなわち第七章でその存在が重いものとして描かれる「准后」（阿野廉子）が介在する事により、大塔宮を死へと追いやる形で、公家一統政治は瓦解して行く。

この「内奏」問題(7)は、恩賞審議機関も雑訴決断所も機能しない事を意味し、たとえば、恩賞を評定する「上卿」

に任命された万里小路藤房が「諫言ヲ納カネテ」病気と称して辞任するような事態をも招来する。この藤房は、やがて巻十三で、諫言が聞き入れられぬと判断するや、今度は遁世してしまう。巻三の笠置落城の際の逃走場面で苦難をともにした藤房の意見に耳を傾ける事のできぬ後醍醐帝の建武新政は、「是尚理世安国ノ政ニ非リケリ[8]」という否定的展開を見せる事となる。

この公家一統政治の破綻は、第二章以後、さまざまな角度から語られていく。第二章では「翌年正月十二日、諸卿議奏シテ」大内裏造営計画が提案され、「安芸・周防ヲ料国ニ被レ寄、日本国ノ地頭・御家人ノ所領ノ得分二十分一」の徴収が決定する。続いての「抑大内裡ト申ハ」以下の大内裏の構造・故事来歴の説明は、『太平記』に屢々見られる叙述形式である。

ところが、それは「サシモイミジク被二造双一タリシ大内裏、天災消ニ無レ便、回禄度々ニ及デ、今ハ昔ノ礎ノミ残レリ」から、「尋二回禄由一」と大内裏火災の由来に進み、更に「無レ程又造営有シヲ、北野天神ノ御眷族火雷気毒神、清涼殿ノ坤柱ニ落掛給シ時焼ケルトゾ承ル」という一文から、「抑彼天満天神ト申ハ」として、長文（古典大系本で十頁分）の天神縁起譚が語られる事となる。そして、第二章の末尾は「又安元二年[9]ニ日吉山王ノ依二御祟一、大内ノ諸寮一宇モ不レ残焼ニシ後ハ、国ノ力衰テ代々ノ聖主モ今ニ至マデ造営ノ御沙汰モ無リツルニ、今兵革ノ後、世未レ安、国費ヘ民苦テ、不レ帰二馬于花山陽一、不レ放二牛于桃林野一、大内裏可レ被レ作トテ自レ昔至レ今、我朝ニハ未レ用作二紙銭一、諸国ノ地頭・御家人ノ所領ニ被レ懸二課役一条、神慮ニモ違ヒ驕誇ノ端トモ成ヌト、顰レ眉智臣モ多カリケリ」という、この計画への批判的言辞で締め括られる。

第三章は「元弘三年[10]春ノ比」、筑紫・河内・伊予で反乱を起こした「凶徒」を鎮圧するため、「俄ニ紫宸殿ノ皇居ニ構レ壇、竹内慈厳僧正ヲ被レ召テ、天下安鎮ノ法」が行われたとの記述から始まる。

そして、四門警固に結城親光・楠正成・塩冶高貞・名和長年が当たった事を記した後に、「南庭ノ陣」担当として召集された三浦介と千葉介とが一旦承知しながら互いに相手を忌避して出仕しなかった事が短く記され、「天魔ノ障礙、法会ノ違乱トゾ成ニケル。後ニ思合スルニ天下無為ナルマジキ表示也ケリ」（傍線筆者、以下同じ）とまで語られてしまう。

次に「サレドモ此法ノ効験ニヤ」として、各地の「朝敵」が制圧されたとの記述が続くものの、三浦介達の紛争に付記された予言的一文の方が、この章の後半部にも関与してくる。

つまり、「東国・西国已静謐シケレバ」小弐・大友・菊池・松浦や新田兄弟達をはじめとする各地の武士が上洛し「京白河ニ充満シテ、王城ノ富貴日来ニ百倍」したことが記され、「諸軍勢ノ恩賞ハ暫ク延引ストモ、先大功ノ輩ノ抽賞ヲ可㆑被㆑行」として、「足利治部大輔高氏ニ、武蔵・常陸・下総三箇国、舎弟左馬頭直義ニ遠江国、新田左馬助義貞ニ上野・播磨両国、子息義顕ニ越後国、舎弟兵部少輔義助ニ駿河国、楠判官正成ニ摂津国・河内、名和伯耆守長年ニ因幡・伯耆両国」が、それぞれ与えられ、「其外公家・武家ノ輩、二箇国・三箇国」が与えられた事を記した後に、「サシモノ軍忠有シ赤松入道円心ニ、佐用庄一所許ヲ被㆑行。播磨国ノ守護職ヲバ無㆑程被㆓召返㆒」たという例外的措置が記され、「サレバ建武ノ乱ニ円心俄ニ心替シテ、朝敵ト成シモ、此恨トゾ聞ヘシ」と、ここでも短い後日譚が述べられるのである。何らかの事情[11]があったにせよ、この章における処遇については、「サシモノ軍忠有シ」という表現からも、為政者（後醍醐帝）側に対して批判的に書かれている事がわかる。

第三章末尾の「其外五十余箇国ノ守護・国司・国々ノ闕所大庄ヲバ悉公家被官ノ人々拝領シケル間、誇㆓陶朱之富貴㆒、飽㆓鄭白之衣食㆒矣」をクローズアップする形で展開されるのが第四章である。

第四章は、まず「中ニモ千種頭中将忠顕朝臣ハ」として、本来「故六条内府有房公ノ孫ニテ御坐シカバ、文字ノ道ヲコソ、家業トモ嗜」むべきなのに「弱冠ノ比ヨリ我道ニモアラヌ笠懸・犬追物ヲ好ミ、博奕・婬乱ヲ事ト」したため、父は親子の縁を切っていたが、「主上隠岐国へ御遷幸ノ時供奉仕テ、六波羅ノ討手ニ上リタリシ忠功ニ依テ、大国三箇国、闕所数十箇所」を拝領した事で「朝恩身ニ余リ、其侈リ目ヲ驚」かすものとなり、大勢の家臣達と頻繁に酒宴をし、華美な装束を着して数百騎を随えて小鷹狩などをして暮らしていた。この忠顕の行為については「賤服二貴服一謂二之僭上一。々々無礼国凶賊也ト、孔安国ガ誡ヲ不レ恥ケル社ウタテケレ」との評が付けられている。

更に「是ハセメテ俗人ナレバ不レ足レ言。彼文観僧正ノ振舞ヲ伝聞コソ不思議ナレ」として、文観批判の叙述が展開される。「何ノ用トモナキニ財宝ヲ積レ倉不レ扶二貧窮一、傍ニ集二武具一士卒ヲ逞」し、「成レ媚結レ交輩ニハ、無レ忠賞」を与えたこと、「文観僧正ノ手ノ者ト号シテ、建レ党張レ臂者」が洛中に五六百人もあふれ、「程遠カラヌ参内ノ時モ、輿ノ前後ニ数百騎ノ兵打囲デ、路次ヲ横行」する有様であった。

俗界を遁れて法師として純粋な生涯を送った二人の中国僧と比して、文観について「此僧正ハ如レ此名利ノ絆ニ羈レケルモ非二直事一、何様天魔外道ノ其心ニ依託シテ、挙動セルカト覚タリ」と記され、「以レ何云レ之ナラバ」と、次に、驕慢心に忍び込もうとする悪魔外道を察知して、笠置（ここは、後醍醐帝が一時、拠ったところでもある）で、「厭離穢土心」をもち「欣求浄土勤」によって仏道修行に専心した解脱上人の先例が引用され、解脱上人と文観僧正とを対照させ、「以レ彼思レ此、ウタテカリケル文観上人ノ行儀哉ト、迷二愚蒙眼一。遂無二幾程一建武ノ乱出来シカバ、無二法流相続門弟一人一成二孤独哀窮身一、吉野ノ辺ニ漂泊シテ、終給ケルトゾ聞ヘシ」と、ここでも時間を早送りさせて、後日譚の一部が語られてしまう。

第五章は、「元弘」から「建武」へと改元されたが、「天下ニ疫癘有テ、病死スル者」が甚大であったこと、「是ノミナラズ、其秋ノ比ヨリ紫宸殿ノ上ニ怪鳥出来テ、イツマデ〳〵ト」鳴いた事が記される。とりわけ、怪鳥退治譚は、源義家と源三位頼政との先例にも拘らず源氏の武士に退治役を承引する者がいない中、勅命を受けた隠岐次郎左衛門広有が怪鳥を退治し、矢が宮殿の上に突き立つのを避けるために雁股を捨てたという広有の心遣いに「主上弥叡感有テ、其夜聽テ広有ヲ被レ成二五位一、次ノ日因幡国ニ大庄二箇所」を下賜されたという話である。「弓矢取ノ面目、後代マデノ名誉也」との終わり方から見ても、この話が『平家物語』を前提とする隠岐広有の武功譚と考えることも可能であろう。ただし、『平家物語』の場合、「鵼」は近衛帝・二条帝の個人的な「御悩」の原因として描かれ、頼政の武勇を回想する事に重点が置かれていた。ところが、『太平記』の場合、怪鳥は退治されたものの、「疫癘」の方は解消したわけでなく、「後漢光武、治二王莽之乱一再続二漢世一佳例也」として、改元された「建武」の年号であったにも拘らず、後醍醐帝の政治が、怪鳥の鳴き声に象徴されるごとく、「イツマデ」続くか不明であるとする文脈が伏線として潜在する。

第六章[12]は「兵革ノ後、妖気猶示レ禍。銷二其殃一無レ如二真言秘密効験一トテ、俄ニ神泉苑ヲゾ被二修造一ケル」と記され、「彼神泉園ト申ハ」以下、神泉苑の由来が、弘法大師と守敏僧都との術比べ譚などを含みつつ詳述される。そして、荒廃していた神泉苑が北条泰時によって修築されたものの「其後涼燠数改テ門牆漸不レ全。不浄汚穢之男女出入無二制止一、牛馬水草ヲ求ル往来無レ憚」という有様であると描き、「定知龍神不レ快歟。早加二修理一可二崇重給一。崇二此所一国土可レ治也」と締め括る。第二章の場合とは趣を異にするが、荒廃ぶりを龍神が不快に思うであろうとする不安定さこそが現実である、との指摘を踏まえ、政治を超える神仏の力に僅かに期待する可能性を残した章と言えよう。

こうして、さまざまな側面から建武新政の不安が叙述されてきた上に立って、第一章に連接する形で急展開するのが第七章である。

この章では、兵部卿親王（大塔宮）が二つの角度から照射される。まず、第一段落の勅使の言葉、即ち帝意に添う形で、天台座主に復することが「仏意ニモ叶ヒ叡慮ニモ違ハセ給フマジカリシヲ」とした上で、「聖慮不レ穏シカ共、任二御望一遂ニ被レ下二征夷将軍宣旨一。斯リシカバ、四海ノ倚頼トシテ慎レ身可レ被レ重レ位御事ナルニ、御心ノ儘ニ極レ侈、世ノ譏ヲ忘テ婬楽ヲノミ事トシ給シカバ、天下ノ人皆再ビ世ノ危カラン事ヲ思ヘリ」と批判的に描かれる。続けて「大乱ノ後ハ弓矢ヲ裹テ干戈袋ニストコソ申スニ、何ノ用トモナキニ、強弓射ル者、大太刀仕フ者トダニ申セバ、無レ忠被レ下二厚恩一、左右前後ニ仕承ス。剰加様ノソラガラクル者共、毎夜京白河ヲ廻テ、辻切ヲシケル程ニ、路次ニ行合フ児法師・女童部、此彼ニ被二切倒一、逢二横死一者無二休時一。是モ只足利治部卿ヲ討ント被二思召一ケル故ニ、集レ兵被レ習レ武ケル御挙動也」と、次の段階としての、宮と高氏との対立関係が描かれる。

そして、「抑高氏卿今マデハ随分有レ忠仁ニテ、有二過僻一不レ聞」と高氏を肯定し、それでは一体「依二何事一兵部卿親王ハ、是程ニ御憤ハ深カリケルゾト、根元ヲ尋ヌレバ」という形で原因の確認がなされる。「去年ノ五月ニ官軍六波羅ヲ責落シタリシ刻」に、「殿法印ノ手ノ者共」が土蔵を破って財宝を運び出すという「狼藉」を働いたのを「足利殿ノ方ヨリ」捕え、二十余人を斬首して六条河原に懸け、高札に「大塔宮ノ候人、殿法印良忠ガ手ノ者共、於二在々所々一、昼強盗ヲ致ス間、所レ誅也」と書いたところ、それを聞いた殿法印が不快に思い、「様々ノ讒ヲ構ヘ方便ヲ廻シテ」大塔宮に訴えたため、宮も憤慨して高氏を討とうと思ったものの「勅許」がなく、「無レ力黙止」していたところ「尚讒口」が続き、「内々以二隠密儀一、諸国へ被レ成二令旨一、兵ヲゾ被レ召」たというのである。

この事を知った高氏は「内々奉レ属二継母准后一」、「兵部卿親王為レ奉レ奪二帝位一、諸国ノ兵ヲ召候也。其証拠分明ニ候」として、宮が諸国に発した令旨をも後醍醐帝に提出した結果、帝は激怒し「此宮ヲ可レ処二流罪一」と命じた。「中殿ノ御会ニ寄レ事」て召された宮は、事情を知らずに参内したところを、「兼テヨリ承レ勅用意シ」ていた結城親光・名和長年の手で捕えられ、「馬場殿」に押し籠められてしまった。「一間ナル所ノ蜘手結タル中ニ、参通フ人独モ無シテ、泪ノ床ニ起伏セ」つつ「為二讒臣一被レ罪、刑戮ノ中ニハ苦ムラント、知ヌ前世ノ報マデモ」思い巡らせた大塔宮は「サリ共君モ可レ被二聞召直一」と考えたが、「公儀已ニ遠流ニ定リヌ」と聞き、「不レ湛二御悲一、内々御心ヨセノ女房シテ、委細ノ御書ヲ遊シ、付二伝奏一急可レ経二奏聞一由ヲ」申しつかわした。

ところが、「此御文、若達二叡聞一、宥免ノ御沙汰モ有ベカリシヲ、伝奏諸ノ憤ヲ恐テ、終ニ不二奏聞一ケレバ、上天隔レ听中心ノ訴ヘ不レ啓」と記されるごとく、宮の書面は帝には届かなかった。

結局、宮に付き従っていた者三十余人も秘かに斬られ、宮自身は、五月三日足利直義の手に渡されて鎌倉に送られ、「二階堂ノ谷ノ土籠ヲ塗」った中に閉じ込められた。その様子については、「南ノ御方ト申ケル上﨟女房一人ヨリ外ハ、着副進スル人モナク、月日ノ光モ見ヘヌ闇室ノ内ニ向テ、ヨコギル雨ニ御袖濡シ、岩ノ滴ニ御枕ヲ干ワビテ、年ノ半ヲ過シ給ケル御心ノ内コソ悲シケレ」と描かれる。

第七章後半は、実子奚斉のために、先妻の三人の子のうち長子申生を讒言によって死へと追いやった晋の驪姫説話である。そして、この説話の後に、「抑今兵革一時ニ定テ、廃帝重祚ヲ践セ給フ御事、偏ニ此宮ノ依二武功一事ナレバ、縦雖レ有二小過一誡而可レ被レ宥カリシヲ、無二是非一被レ渡二敵人手一、被レ処二遠流一事ハ、朝廷再傾テ武家又可レ泮瑞相ヤト、人々申合ケルガ、果シテ大塔宮被レ失サセ給シ後、忽ニ天下皆将軍ノ代ト成テケリ。牝鶏晨スルハ家ノ尽ル相ナリト、古賢ノ云シ言ノ末、ゲニモト被二思知一タリ」という批評的要約が付けられて巻十二は終わる。

この驪姫説話については、増田欣氏[13]・黒田彰氏[14]に詳細なる比較研究・分析があり、この増田氏及び長谷川端氏[15]の論考を踏まえての今井正之助氏[16]の論もある。右の説話を読めば、「申生――大塔宮」「驪姫――准后廉子」そして「献公――後醍醐帝」という人物像の重なりを見る事ができる。長谷川氏は「准后藤原廉子の政治への参与を非難することによって後醍醐天皇にふれることを回避している」とされ、今井氏は「形式は廉子批判であるが、実質的に中心をなしているのは、後醍醐への批判とみるべきであろう」とされた。

第七章全体を人物を中心に考えた場合、次のように配列してみる事ができる。

①大塔宮（奢侈・婬楽）↔足利高氏（忠）
②殿法印の配下（狼藉）↔足利高氏（制圧）
③殿法印（不快）→足利高氏
④殿法印（讒言）→大塔宮
⑤大塔宮（憤怒）→足利高氏
⑥足利高氏（奏聞）→准后→後醍醐帝
⑦後醍醐帝（激怒）→大塔宮
⑧後醍醐帝・結城・名和（逮捕）→大塔宮
⑨大塔宮（釈明）→伝奏→後醍醐帝
⑩足利直義（監視）→大塔宮

つまり、①から⑤までに関して見れば、大塔宮側（殿法印を含む）には肯定的要素はない。ところが、⑥以後、大塔宮は同情的に描かれていく。そして、⑨では、伝奏の判断で書面が帝に届かなかったとすることで、帝への責任追及はなされない。そのため⑩になると、驪姫説話引用の直前にある「君一旦ノ逆鱗ニ鎌倉へ下シ進セラレシカドモ是マデノ沙汰アレトハ叡慮モ不レ赴ケルヲ、直義朝臣日来ノ宿意ヲ以テ、奉二禁籠一ケルコソ浅猿ケレ」との一文によって、帝には責任はなく[17]、直義の兄たる高氏の責任にも触れられることなく、現場の監視役である直義のみの責任として描かれてしまう。

又、⑥の准后の存在が驪姫説話の引用へと繋がるが、准后廉子については、第一章の「内奏」という語に象徴される後醍醐政治を内部から崩壊させる要因として位置付けられるからこそ、驪姫説話を踏まえての巻十二末尾の批評文も生まれるわけである。そして、表面的には描かれていない⑪に相当する「後醍醐帝⟷足利高氏」という構図こそが、『太平記』第二部の中心となってくる。大森北義氏は[18]「第二部世界「発端部」冒頭の巻十二は、天皇新政府がいずれ〝崩壊〟し、足利将軍権力が〝誕生〟することを歴史展望として明らかにした」とされた。それは、巻十二の末文に如実に現れているものであるが、実は、巻十の末文をも合わせて考えるべきものでもある。つまり、これは『太平記』の〈対〉的修辞法に基いて書かれたものと言えるが、巻十の末文は「平家九代ノ繁昌一時ニ滅亡シテ、源氏多年ノ蟄懐一朝ニ開ル事ヲ得タリ」（傍点筆者）となっていた。従って、巻一冒頭に見られた「上（後醍醐帝）」対「下（北条高時）」という構図が、「平家（北条氏）」対「朝廷・源氏（帝・足利高氏・新田義貞）」という構図を経て、第二部では「公（大塔宮）」対「武（足利高氏）」を出発点として、やがては「公（帝）」対「武（尊氏）」という構図のもとで物語が展開していくこととなる。それは、本稿の中で傍線を付した、時間を先取りした記述の中にも窺える『太平記』の構想でもある。

注

（1）引用は日本古典文学大系本（岩波書店）によるが、字体を改めた。
（2）佐藤進一氏『南北朝の動乱』（日本の歴史・中央公論社・一九六五）・佐藤和彦氏『南北朝内乱』（日本の歴史・小学館・一九七四）等による。
（3）「三年」が正しい。
（4）妙法院宮・藤房の配流は巻四、三人の僧の処罰は巻二。
（5）〰〰線は筆者による。以下同じ。

（6）「十月十二日」が正しい。
（7）『梅松論』は「爰ニ花洛ノ聖斷ニ聞、記錄所、決斷所ヲ並ルトイへ共、近臣臨時ノ內奏ヲヘテ非儀ヲ申行間、綸旨朝暮ニアラタマリ、諸人浮沈掌ヲ返スゴトシ」とする（『京大本　梅松論』〈京都大学国文学会・昭和39〉による）。
（8）巻一では少しの留保を含みつつも「誠ニ理世安民ノ政、若機巧ニ付テ是ヲ見バ、命世亜聖ノ才トモ称ジツベシ」と記された。
（9）「三年」が正しい。
（10）「四年」が正しい。
（11）巻六などでは、大塔宮と赤松氏との結びつきが描かれている。
（12）玄玖本は章を改めず、「其レハ」として文を続けている。
（13）『『太平記』の比較文学的研究』（角川書店・昭和51）。この章の中で、増田氏は「作者はあくまでも准后の政治容喙に対する批判のよりどころとして、この説話を提示しているのである」と述べておられる。
（14）『中世説話の文学史的環境』（和泉書院・昭和62）。
（15）『太平記の研究』（汲古書院・昭和57）。
（16）「護良親王逮捕事件と驪姫説話―『太平記』における説話の意味―」（「軍記と語り物」13・昭和51）。
（17）長谷川氏は、注（15）の著において「天皇は、尊氏を除外しての武士の統制が不可能であることを悟り、成果のあがらない建武の親政を軌道に乗せるためにも、一旦尊氏の要求を容れて、一時的なものにするつもりで大塔宮の拘禁を結城親光・名和長年に命じたのではなかろうか」とされる。
（18）『『太平記』の構想と方法』（明治書院・昭和63）において、大森氏は巻十二をA群（本章でいう第一～四章に相当）・B群（同じく第五・六章）・C群（同じく第七章）に分けて詳しく分析した上で「AがBを呼び込んでCとして展開するというこの構造は、天皇新政府発足から護良・尊氏の確執までの歴史過程をそれとして描くだけでなく、その過程が、新政府〝崩壊〟の道行きであること、すなわち〝将軍の世出現〟までの歴史を展望して描いているものである」とも述べておられる。

「高氏」から「尊氏」へ

一

『太平記』巻十二は、隠岐から還幸した後醍醐帝による「公家一統政治」について記述しつつも、その施策の一つであったはずのⒶ元弘三年（一三三三）十月に北畠顕家（陸奥守）が義良親王（母は阿野廉子）を奉じて陸奥に下向した事を記さず、Ⓑ同十二月に足利直義が成良親王（母は阿野廉子）を奉じて鎌倉に下向した事を記す前に、建武元年（一三三四）十月に逮捕された護良親王（母は民部卿三位）が同十一月に鎌倉へ送致された事を語る。Ⓐについては、漸く巻十五に顕家の名が出るのみであり（義良親王は巻二十）、Ⓑについては巻十三に記される。

その巻十三の章立ては次の通りである。(1)

一、竜馬進奏事
二、藤房卿遁世事
三、北山殿謀叛事
四、中前代蜂起事
五、兵部卿宮薨御事付千将莫耶事
六、足利殿東国下向事付時行滅亡事

第一章冒頭は「鳳闕ノ西二条高倉ニ、馬場殿トテ、俄ニ離宮ヲ被レ立タリ。天子常ニ幸成テ、歌舞・蹴鞠ノ隙ニハ、弓馬ノ達者ヲ被レ召、競馬ヲ番ハセ、笠懸ヲ射サセ、御遊ノ興ヲゾ被レ添ケル」と始まるが、護良親王が捕えられ幽閉された巻十二の「馬場殿」を連想させる二条高倉の「馬場殿」が「俄ニ」建造されたとの叙述は、同じく巻十二に記された大内裏造営計画・神泉苑修造とともに、「天皇の絶対性を誇示する」ことはできても「戦乱に疲弊しきった民衆の生活をかえりみること」のない「天皇および側近たちの政治感覚の欠如をはっきり物語っている」[2]という文脈の中に位置づけることができる。

続いて、「其比」佐々木塩冶判官高貞から献上された「月毛ナル馬ノ三寸許ナル」「其相形ゲニモ尋常ノ馬ニ異」なる「竜馬」を「誠ニ天馬ニ非ズバ斯ル駿足ハ難レ有トテ、叡慮更ニ類無」かった後醍醐帝が「馬場殿ニ幸成テ、又此馬ヲ叡覧有」って、洞院公賢にその吉凶を尋ねる話へと展開する。

公賢は「天馬ノ聖代ニ来ル事第一ノ嘉祥也」として、中国故事を引きつつ「此竜馬ノ来レル事、併仏法・王法ノ繁昌宝祚長久ノ奇瑞ニ候ベシ」と述べたので、「主上ヲ始進セテ、当座ノ諸卿悉心ニ服シ旨ヲ承テ、賀シ申サヌ人ハ無」かった。

「暫有テ」参内した万里小路中納言藤房に向かって、帝から「天馬ノ遠ヨリ来レル事、吉凶ノ間、諸臣ノ勘例、已ニ皆先畢ヌ。藤房ハ如何思ヘルゾ」と「勅問」あったのに対し、藤房は「天馬ノ本朝ニ来レル事、古今未ダ其例ヲ承候ハネバ、善悪・吉凶勘ヘ申難シトイヘドモ退テ愚案ヲ回スニ、是不レ可レ有二吉事一」として、やはり、その根拠たる中国故事を引用、更に「今政道正カラザルニ依テ、房星ノ精、化シテ此馬ト成テ、人ノ心ヲ蕩カサントスル者也」と否定的見解を述べ、「其故ハ大乱ノ後民弊ヘ人苦デ、天下未レ安レバ、執政吐レ哺ヲ、人ノ愁ヲ聞、諫臣上レ表ヲ、主ノ誤ヲ可レ正時ナルニ、百辟ハ楽ニ婬シテ世ノ治否ヲ不レ見、群臣ハ旨ニ阿テ国ノ安危ヲ不レ申」と現状を批判する。以下、記録所・雑訴決断所が機能していないこと、「公家被官」に傾斜した恩賞の不公平、大内裏造営への疑問、守護に比べ国司の権威が増大したことと御家人の称号廃止との問題点などを列挙する。その上に重ねて「今度天下ヲ定テ、君ノ宸襟ヲ休メ奉タル者ハ、高氏・義貞・正成・円心・長年ナリ」として「其志節ニ当リ義ニ向テ忠ヲ立所、何レヲカ前トシ何レヲカ後トセン。其賞皆均其爵是同カルベキ処ニ、円心一人僅ニ本領一所ノ安堵ヲ全シテ、守護恩補ノ国ヲ被二召返一事、其咎ソモ何事ゾヤ」と具体的に批判し、「痛哉今ノ政道、只抽賞ノ功ニ不レ当識ノミニ非ズ。兼テハ綸言ノ掌ヲ翻ス憚アリ」と慨嘆しつつ「今若武家ノ棟梁ト成ヌベキ器用ノ仁出来テ、朝家ヲ褊シ中事アラバ、恨ヲ含ミ政道ヲ猜ム天下ノ士、糧ヲ荷テ招ザルニ集ラン事不レ可レ有レ疑」との懸念をも表明し、「天馬」について最終的に「豈不吉ノ表事ニ候ハズヤ。只奇物ノ翫ヲ止テ、仁政ノ化ヲ致レンニハ不レ如」と「誠ヲ至シ言ヲ不レ残」述べたところ、「竜顔少シ逆鱗ノ気色有テ、諸臣皆色ヲ変ジケレバ、旨酒高会モ無興シテ、其日ノ御遊ハサテ止ニケリ」という結果となる。

第二章は、第一章後半に登場した藤房の、遁世をめぐる章段である。「其後」も「連続シテ諫言ヲ」奏上したものの「君遂ニ御許容無リシカバ、大内裏造営ノ事ヲモ不レ被レ止、蘭籍桂筵ノ御遊猶頻」りであったため、藤房は「是ヲ諫兼テ、臣タル道我ニ於テ至セリ。ヨシヤ今ハ身ヲ退ニハ不レ如」と、決意を固める。

三月十一日の石清水八幡宮への行幸に、検非違使別当として「是ヲ限ノ供奉」をした藤房は、行事終了後「致仕ノ為ニ」参内し、「竜顔ニ近付進セン事、今ナラデハ何事ニカ」と考えて「其事トナク御前ニ祇候シテ、竜逢・比干ガ諫ニ死セシ恨、伯夷・叔斉ガ潔キヲ蹈ニシ跡」を「終夜」語って「未明」に退出し、「陣頭ヨリ車ヲバ宿所へ返シ遣シ、侍一人召具シテ、北山ノ岩蔵ト云所へ趣」き「此ニテ不二房ト云僧ヲ戒師ニ請ジテ、遂ニ多年拝趨ノ儒冠ヲ解デ、十戒持律ノ法体」になった。

この事を知った後醍醐帝は「無レ限驚キ」、父親の宣房に「其在所ヲ急ギ尋出シ、再ビ政道補佐ノ臣ト可レ成」と命じる。宣房は「泣々車ヲ飛シテ」岩蔵へ尋ねて行ったが、藤房は「其朝マデ岩蔵ノ坊」にいたものの、「是モ尚都近キ傍リナレバ、浮世ノ人ノ問ヒカハス事モコソアレト厭ハシクテ、何地ト云方モナク足ニ信テ」姿を消していた。そして、庵室の「破タル障子ノ上」に「住捨ル山ヲ浮世ノ人トハヾ嵐ヤ庭ノ松ニコタヘン」という一首の和歌が残されており、「棄恩入無為、真実報恩者ト云文」の下に「白頭望断万重山。曠劫恩波尽レ底乾。不三是胸中蔵二五逆一。出家端的報レ親難。」と「黄檗ノ大義渡ヲ題セシ古キ頌」が書かれていた。これを見た宣房は「サテコソ此人設ヒ何クノ山ニアリトモ、命ノ中ノ再会ハ叶フマジカリケルヨ」と「恋慕ノ泪ニ咽ンデ、空ク帰」ったのであった。

第二章末尾は、宣房がかつて見た「夢想」についての短話である。宣房が「閑官ノ昔、五部ノ大乗経ヲ一字三礼ニ書供養シテ、子孫ノ繁昌ヲ祈ラン為ニ、春日ノ社ニ」奉納したところ、「其夜ノ夢想ニ、黄衣著タル神人」が「上書ニ万里小路一位殿ヘト書テ、中ニハ速証無上大菩提ト、金字ニ」書いた「立文」を「榊ノ枝」に付けて現れた。結局、宣房は「元弘ノ末ニ、父祖代々絶テ久キ従一位」となり、「中ニ見ヘシ金字ノ文ハ、子息藤房卿出家得道シ給ベキ、其善縁有ト被レ示ケル明神ノ御告」だったという話であり、「誠ニ百年ノ栄耀ハ風前ノ塵、一念ノ発心ハ命後ノ灯也。一子出家スレバ、七世ノ父母皆仏道ヲ成スト、如来ノ所説明ナレバ、此人一人ノ発心ニ依テ、七世ノ父母諸共ニ、成仏得道セン事、歎ノ中ノ悦ナルベケレバ、是ヲ誠ニ第一ノ利生預リタル人ヨト、智アル人ハ聞テ感歎セリ」との末文で締め括られている。

巻十の北条氏最期の場面で、「自害シタル真似ヲシテ、潜ニ鎌倉ヲ落テ、暫ハ奥州ニ」いた北条高時の弟「四郎左近大夫入道」（泰家）の動向についての記述から始まるのが第三章である。

西園寺公宗は、「承久ノ合戦」以来の北条氏との緊密な関係もあって、「如何ニモシテ故相模入道ガ一族ヲ取立テ、再ビ天下ノ権ヲ取セ、我身公家ノ執政トシテ、四海ヲ掌ニ握ラバヤ」と考え、「田舎侍ノ始テ召仕ハル、体」で寄宿していた「此四郎左近入道ヲ還俗セサセ、刑部少輔時興ト名ヲ替テ、明暮ハ只謀叛ノ計略」を回らせていた。そして、「時興(3)ヲ京都ノ大将」、「其甥相模次郎時行ヲバ関東ノ大将」、「名越太郎時兼ヲバ北国ノ大将」として軍勢を集めた。又、自邸に「板ヲ一間蹈メバ落ル様ニ構ヘテ、其下ニ刀ノ簇」を並べ植えた「温殿」を造り、「主上御遊ノ為ニ臨幸成タランズル時」「君ヲ此下ヘ陥入奉ラン為ノ企」をした。やがて「様々ノ謀ヲ定メ兵ヲ調テ」、「北山ノ紅葉御覧ノ為ニ臨幸成候へ」と、後醍醐帝を招待した。

ところが、「明日午刻ニ可レ有二臨幸一由、被二相触一タリケル其夜」、帝の暫時のまどろみの夢に「神泉園ノ辺ニ多年住侍ル者」という女性が現れて、「前ニハ虎狼ノ怒ルアリ。後ロニハ熊羆ノ猛キアリ、明日ノ行幸ヲバ思召留ラセ給フベシ」と告げた。「怪キ夢ノ告也」とは思ったものの「是マデ事定マリヌル臨幸、期ニ臨デハ如何可レ被レ停」と考えた帝は、それでもなお「夢ノ告怪シケレバトテ、先神泉苑ニ幸成テ、竜神ノ御手向」をしたところ「池水俄ニ変ジテ、風不レ吹白浪岸ヲ打事頻也」という異変が起こった。「弥夢ノ告怪ク」思った帝が「且ク鳳輦ヲ留テ御思案」しているところへ、公宗の弟「竹林院ノ中納言公重」が馳せ参じ、公宗の隠謀を告げた。そのため、帝は還幸し、中院定平に結城親光・名和長年をつけて「西園寺ノ大納言公宗卿・橋本中将俊季・并文衡入道ヲ召取テ参レ」と命じた。

二千余騎の「官軍」が西園寺邸に派遣されたのを察知した俊季は「心早人ナリケレバ、只一人抽テ、後ノ山ヨリ何地トモナク」姿を消した。公宗に対面した定平が「穏ニ事ノ子細ヲ」伝えたのに対し、公宗は「涙ヲ押ヘテ」、「当家数代ノ間官爵人ニ超ヘ、恩禄身ニ余レル間、或ハ清花ノ家是ヲ妬ミ、或ハ名家ノ輩是ヲ猜デ、如何様種々ノ人讒言ヲ構へ、様々ノ虚説ヲ成テ、当家ヲ失ハント仕ル歟トコソ覚テ候へ」と述べ、「先召ニ随テ陣下ニ参ジ、犯否ノ御糺明ヲ仰ギ候べシ」と応対。「官軍」の厳しい詮索にも拘らず、俊季を発見する事のできぬまま、公宗と文衡とが捕えられた。そして、結城親光に預けられた文衡は「夜昼三日マデ、上ツ下ツ被二拷問一」た結果、「無レ所レ残白状シ」たため、直ちに六条河原で斬首された。

中院定平に身柄を拘束されていた公宗については「伯耆守長年ニ被二仰付一、出雲国へ可レ被レ流」と決定したが、配流の前夜、定平の配慮によって、公宗と奥方との対面が許された。懐妊中の奥方との哀切な出会いの後、公宗は「物具シタル者共二三百人召具シ」た名和長年に引渡されることになった。ところが、定平の「早」という言葉を、「殺シ奉レ」と解釈した長年は、公宗に走りかかり「鬢髪ヲ摑デ覆ニ引伏セ、腰刀ヲ抜テ御頸ヲ掻落シ」てしまった。「是ヲ見給テ、不レ覚アツトヲメイテ、透垣ノ中ニ倒レ伏」し、「此儘頓テ絶入ヌト見へ」た奥方を、女房達が「車ニ扶乗奉テ、泣々又北山殿へ帰シ入レ奉」った。

やがて、「西園寺ノ一跡ヲバ、竹林院中納言公重卿賜ラセ給タリトテ、青侍共数タ来テ取貸」ったため、奥方は「仁和寺ナル傍ニ、幽ナル住所尋出シテ」移り住み、「故大納言殿ノ百箇日ニ当リケル日」に男児を出産した。

定平からの「御産ノ事ニ付テ、内裡ヨリ被二尋仰一事候。モシ若君ニテモ御渡候ハヾ、御乳母ニ懐カセテ、是へ先入進ラレ候へ」との使者に対しては、「春日ノ局」(公宗の母)が「故大納言殿ノ忘形見ノ出来サセ給テ候シガ、母上ノタヾナラザリシ時節限ナキ物思ニ沈給フ故ニヤ、生レ落玉ヒシ後、無二幾程一ハカナク成給候。是モ咎有シ人ノ行ヱナレバ、如何ナル御沙汰ニカ逢候ハンズラント、上ノ御尤ヲ怖テ、隠シ侍ルニコソト被二思召一事モ候ヌべケレバ、偽ナラヌシルシノ一言ヲ、仏神ニ懸テ申入候べシ」と「泣々消息ヲ」したため、手紙の最後に「偽ヲ糺ノ森ニ置露ノ消シニツケテ濡ル、袖哉」という和歌を書き添えて渡した。使者から手紙を受け取った定平が「泪ヲ押へテ奏覧」したところ、「君モ哀トヤ思召ケン、其後ハ御尋モナカ」ったため、奥方は「泣声ヲダニ人ニ聞セジト、口ヲ押ヘ乳ヲ含テ、同枕ノ忍ビネニ、泣明シ泣暮シ」たのであった。この「若君」については、「其後建武ノ乱出来テ、天下将軍ノ代ト成シカバ、此人朝ニ仕ヘテ、西園寺ノ跡ヲ継給シ、北山ノ右大将実俊卿是也」との、短い後日譚も付記される。

更に、この章の末尾には、「サテモ故大納言殿滅ビ給フベキ前表ノアリケルヲ、木工頭孝重ガ兼テ聞タリケルコソ不思議ナレ」として、「彼卿謀叛ノ最初、祈禱ノ為ニ一七日北野ニ参籠シテ、毎夜琵琶ノ秘曲ヲ弾ジ」ていたが、「七日ニ満ジケル其夜」に弾じた「玉樹三女ノ序」を、ちょうど「社頭ニ通夜シテ、心ヲ澄シ耳ヲ側テ聞」いていた孝重が、演奏後、かたわらの人に「今夜ノ御琵琶祈願ノ御事有テ遊バサル、ナラバ、御願不レ可二成就一」と語り、中国故事に基づいて「此曲ニ不吉ノ声有トテ、一手ヲ略セル所」を「宗ト此手ヲ引給ヒシニ、然モ殊ニ殺発ノ声ノ聞ヘツルコソ、浅増ク覚ヘ侍リケレ」と述べ、「大納言殿ノ御身ニ当テ、イカナル煩カ出来ラン」と「歎テ」語ったが、「無二幾程一シテ、大納言殿此死刑ニ逢給フ」結果になった事を、「不思議也ケル前相也」として締め括っている。

第四章では、「朝敵ノ余党猶東国ニ在ヌベケレバ、鎌倉ニ探題ヲ一人ヲカデハ悪カリヌベシ」として、「当今第八ノ宮ヲ、征夷将軍ニ」して鎌倉に駐在させ、その執権として足利直義が関東の政務を統轄したものの「法令皆旧ヲ不レ改」と述べられる。

続いて、「京都ニテ旗ヲ挙ント企ツル平家ノ余類共」が、東国・北国で挙兵し、名越時兼は六千余騎となったこと、北条時行（中前代）は五万余騎となり、信濃から鎌倉へ攻めのぼり、迎撃しようとした渋河・小山や新田四郎の勢なども敗北した事が記される。

「時行弥大勢ニ成テ、既ニ三方ヨリ鎌倉ヘ押寄ル」と聞いた足利直義は、「事ノ急ナル時節、用意ノ兵少カリケレバ、角テハ中々敵ニ利ヲ付ツベシ」と、「将軍ノ宮ヲ具足シ奉テ、七月十六日ノ暁ニ、鎌倉ヲ」脱出した。

この鎌倉退去の折に、直義は「淵辺伊賀守」を呼び寄せ、一旦の退去であることを述べた上で「猶モ只当家ノ為ニ、始終可レ被レ成レ讎ハ、兵部卿親王也。此御事死刑ニ行ヒ奉レト云勅許ハナケレ共、此次ニ只失奉ラバヤト思フ也」と言い、「御辺ハ急薬師堂ノ谷ヘ馳帰テ、宮ヲ刺殺シ進ラセヨ」と命じるのが第五章である。

「主従七騎」で引き返した淵辺が「イツトナク闇ノ夜ノ如ナル土籠ノ中ニ」いる宮（護良親王）に向かって、「御迎ニ参テ候由ヲ申テ、御輿ヲ庭ニ舁居ヘ」たのに対し、宮は「汝ハ我ヲ失ントノ使ニテゾ有ラン。心得タリ」と言い、「淵辺ガ太刀ヲ奪ハント、走リ懸」ったが、淵辺は「持タル太刀ヲ取直シ、御膝ノ辺ヲシタ、カニ」打った。「半年許籠ノ中ニ居屈」る暮らしをしていた宮は、足もしっかりとは立たず、「御心ハ八十梟ニ」思っても、俯伏せに倒れてしまった。淵辺が、起き上がろうとする宮の「御胸ノ上ニ乗懸リ、腰ノ刀ヲ抜テ御頸ヲ掻ントシ」たところ、宮は「御頸ヲ縮テ、刀ノサキヲシカト呀」えた。刀を奪われまいとする淵辺と宮とが引っ張り合っている間に「刀ノ鋒一寸余リ」が折れてなくなってしまった。淵辺は「其刀ヲ投捨、脇差ノ刀ヲ抜テ、先御心モトノ辺ヲ二刀刺」し、少し弱った宮の「御髪ヲ擱デ引挙ゲ、則御頸ヲ掻落」した。ところが、牢から明るい所に出てその首を見ると、「噬切ラセ給ヒタリツル刀ノ鋒」が「未ダ御口ノ中ニ留テ、御眼猶生タル人ノ如」く見えたため、淵辺は「サル事アリ。加様ノ頸ヲバ、主ニハ見セヌ事ゾ」と、「側ナル藪ノ中ヘ投捨テ」帰った。

宮の鎌倉幽閉中「御カイシャクノ為、御前ニ」仕えていた「南ノ御方」は、この有様を見て「余ノ恐シサト悲シサニ、御身モスクミ、手足モタ、デ」いたが、「暫肝ヲ静メテ、人心付」いてから「藪ニ捨タル御頸ヲ取挙タ」ところ「御膚ヘモ猶不レ冷、御目モ塞セ給ハズ、只元ノ気色ニ見ヘ」たため、夢かうつつかと泣き悲しんだ。「遥ニ有テ、理致光院ノ長老」が「葬礼ノ御事」をとりおこない、「南ノ御方」は剃髪して「泣々京ヘ上」った。

以下、「抑淵辺ガ宮ノ御頸ヲ取ナガラ左馬頭殿ニ見セ奉ラデ、藪ノ傍ニ捨ケル事聊思ヘル所アリ」として、中国故事、いわゆる〝眉間尺説話〟[4]が引用され、「淵辺加様ノ前蹤ヲ思ケレバ、兵部卿親王ノ刀ノ鋒ヲ喫切ラセ給テ、御口ノ中ニ被レ含タリケルヲ見テ、左馬頭ニ近付奉ラジト、其御頸ヲバ藪ノ傍ニ棄ケルトナリ」と結ばれる。

第六章では、直義から高氏へと視点が移っていく。鎌倉を脱出し上洛しようとした直義は、東海道第一の難所「駿河国入江庄」について「相模次郎ガ与力ノ者共、若道ヲヤ塞ンズラント、士卒皆是危」く思い、「其所ノ地頭入江左衛門春倫ガ許ヘ使ヲ被レ遣テ、可レ憑由ヲ」伝えた。春倫の一族の中には「左馬頭ヲ奉レ打、相模次郎殿ニ馳参ラン」と主張する者もいたが、春倫は「義ノ向フ所ヲ思フニ、入江庄ト云ハ、本徳宗領ニテ有シヲ、朝恩ニ下シ賜リ、此二三年ガ間、一家ヲ顧ル事日来ニ増レリ。是天恩ノ上ニ猶義ヲ重ネタリ。此時争カ傾敗ノ弊ニ乗テ、不義ノ振舞ヲ致サン」として、直義を出迎えるために参上した。喜んだ直義は矢矧に陣を取り、京都へ早馬を送った。「依レ之諸卿議奏有テ、急足利宰相高氏卿ヲ討手ニ可レ被レ下」と決定し、勅使が高氏の元に赴いた。この勅使に対して高氏は、元弘の乱以来の自分の功績を「今一統ノ御代、偏ニ高氏ガ武功ト可レ云」と強調し、①「征夷将軍ノ任」を「殊ニ為レ朝為レ家、望ミ深キ所也」と要望、更に②「暫東八箇国ノ官領ヲ被レ許、直ニ軍勢ノ恩賞ヲ執行フ様ニ、勅裁ヲ被二成下一」ることと合わせての二つの条件を提示、「若此両条勅許ヲ蒙ズンバ、関東征罰ノ事、可レ被レ仰二付他人一候」と伝えた。

これを受けて、①については「関東静謐ノ忠ニ可レ依」、②については「先不レ可レ有二子細一」として「綸旨」が下された。この叙述に続けて「是ノミナラズ、忝モ天子ノ御諱ノ字ヲ被レ下テ、高氏ト名ノラレケル高ノ字ヲ改メテ、尊ノ字ニゾ被レ成ケル」という事も記される。

この結果、尊氏は「時日ヲ不レ回」関東に向けて「吉良兵衛佐ヲ先立テ、我身ハ五日引サガリテ進発シ」た。この関東下向については、「都ヲ被レ立ケル日ハ其勢僅ニ五百余騎有シカ共、近江・美濃・尾張・三河・遠江ノ勢馳加テ、駿河国ニ著給ケル時ハ三万余騎ニ成ニケリ」と語られる。やがて、矢矧の宿で直義勢も合流し五万余騎が鎌倉へ向かった。

一方、この事を聞いた「相模次郎時行」は「先ズル時ハ人ヲ制スルニ利有」と、「名越式部大輔」を大将とする三万余騎を鎌倉から出発させた。ところが、名越勢が出立しようとした八月三日の夜「俄ニ大風吹テ、家々ヲ吹破」ったため、「天災ヲ遁レントテ大仏殿ノ中ヘ」逃げ込んだところ、「大仏殿ノ棟梁」が「微塵ニ折レテ倒レ」てしまい、「軍兵共五百余人」が全員圧死してしまった。「戦場ニ趣ク門出ニカヽル天災ニ逢フ。此軍ハカ〴〵シカラジ」とささやかれたけれども、「サテ有べキ事ナラネバ、重テ日ヲ取リ」名越勢は鎌倉を出立、「夜ヲ日ニ継デ路ヲ急」いだので、前陣は八月七日に「遠江佐夜ノ中山」を越えた。

これを聞いた尊氏は、「六韜ノ十四変ニ、敵経二長途一来急可レ撃ト云ヘリ。是太公武王ニ教ル所ノ兵法也」として、「同八日ノ卯刻ニ平家ノ陣ヘ押寄テ、終日闘クラ」した（傍線筆者）。ここからは、源氏（尊氏勢）と平家（北条方）との合戦として叙述が展開されて行く。平家方では「諏方ノ祝部」「清久山城守」「葦名判官」ら、源氏方では「仁木・細河」「高越後守」「赤松筑前守貞範」「佐々木佐渡判官入道」「長井治部少輔」らの奮戦がそれぞれ描かれ、「此等十七箇度ノ戦ヒニ、平家二万余騎ノ兵共、或ハ討レ或ハ疵ヲ蒙リテ、今僅ニ三百余騎ニ」なったこと、平家方の「宗トノ大名四十三人」が「大御堂ノ内ニ走入リ」自害したことが記される。その四十三人の死骸は「皆面ノ皮ヲ剥デ何レヲソレトモ見分」がつかぬ状態だったため「相模次郎時行モ、定テ此内ニゾ在ラント、聞人哀レヲ催シケリ」と叙述される。

又、「是ノミナラズ、平家再興ノ計略、時ヤ未ダ至ラザリケン、又天命ニヤ違ヒケン」として「名越太郎時兼ガ、北陸道ヲ打順ヘテ、三万余騎ニテ京都ヘ責上」ったものの、「越前ト加賀トノ堺、大聖寺ト云所ニテ」敗北した事が短く記され、「時行ハ已ニ関東ニシテ滅ビ、時兼ハ又北国ニテ被レ討シ後ハ、末々ノ平氏共、少々身ヲ隠シ貌ヲ替テ、此ノ山ノ奥、彼ノ浦ノ辺ニアリトイヘ共、今ハ平家ノ立直ル事難レ有トヤ思ケン、其昔ヲ忍ビシ人モ皆怨敵ノ心ヲ改テ、足利相公ニ属シ奉ラズト云者無リケリ。サテコソ、尊氏卿ノ威勢自然ニ重ク成テ、武運忽ニ開ケ、レバ、天下又武家ノ世トハ成ニケリ」との文で巻十三は終わる。

二

このよう見てくると、巻十二で提示された〝公家一統政治〟の問題点が、巻十三において具体的な展開を見せることがわかる。この二巻の関連については、「巻十二、巻十三は、二段構えとして、それぞれに第二部の始発を担っている」とされた今井正之助氏の論[5]を踏まえた大森北義氏[6]が「今井氏が指摘されたこの「二段構え」の構造を、同質記事の〝繰返し構造〟という問題の場で、「発端部」の構想と方法という視点から考察してみよう」として、「正成を〝誕生〟の神秘にもかかわった正の存在とするならば、藤房は、〝崩壊〟の危機に直面した負の存在といえるだろう」等の指摘をした上で、「巻十二・巻十三にみられる同質記事のくり返し構成の意味は、くり返しそのものにあるのではない。「序」の政道論的思想と立場から歴史叙述をすすめ構想を創りあげようとする〝「序」の方法〟と、「不思議」な〝もの〟の仕組みで歴史の事態が進行するという〝「不思議」の方法〟、この二つの文学方法を〝自覚的〟に解明に打ち出そうとする文学的営みの中にその意味をみなければならないと思う」と述べておられる。

右の諸論考を視野に入れつつ、巻十三が内包する幾つかの問題点について検討してみたい。

万里小路藤房の遁世譚に関しては、増田欣氏に詳細なる論[7]がある。増田氏は、巻三の笠置落ち場面における後醍醐帝と藤房との詠歌の話や『吉野拾遺』の説話[8]などを含め、「唱導的なもの」としての口語りの「藤房遁世物語」

を想定するとともに、「歴史評論的なもの」としての藤房の遁世の理由を「その半月ばかりのちの大塔宮拘禁事件に象徴される緊迫した政治情況とのかかわりにおいて考えられなければならないであろう」とし、「『太平記』の作者は、自分の政治思想の代弁者として、また、自分の歴史批判の代行者として、藤房像を造型した。ここに描き上げられた藤房の像は、『太平記』の作者にとって、自分の理想とする輔弼の臣、いわゆる「社稷の臣」の典型なのであったことは確かである」とされた。更に、『論語』『古文孝経』『孟子』『史記』『文選』『白氏文集』などの「漢籍の表現と思想とが、『太平記』作者の政道観をもっとも端的に表明している藤房説話の形式に本質的にかかわっている」とも述べておられ、間然する所がない。

なお、竜馬献上をめぐる展開は、次のような様式となっている。

一、洞院公賢——①故事引用→吉

二、万里小路藤房—②故事引用→凶

③現状批判→凶

この③に基づく否定的結論に対して、帝は「逆鱗ノ気色」を見せるが、理性的というより感情的な反応を見せてしまう後醍醐帝像は、巻十二において、高氏から准后（阿野廉子）を介して、兵部卿親王の事を聞いた時にも「大ニ逆鱗有テ」という形で描かれていた。

「建武の新政」を推進する後醍醐帝にとっては、諫臣の存在こそはもっとも必要なものの一つであったと考えられる。又、為政者にとっての諫臣の重要性については、『続古事談』第六「漢朝」篇などにも「漢家ノナラヒハ、臣ノイサメ事ヲキクナリ(9)」という形で繰返し採り上げられている。

巻十二においては、長文の天神説話そのものが、大内裏造営計画への否定的先例として提示されて「犨ㇾ眉智臣モ多カリケリ」と書かれ、同じく驪姫説話が即ち阿野廉子の存在（つまりは、廉子を許容している帝）への批判として「古賢ノ云シ言ノ末、ゲニモト被二思知一タリ」と記されていたが、巻十三では、藤房の口から直接その批判が帝に突きつけられたわけである(10)。しかし、現実の後醍醐帝は、藤房がいみじくも指摘した「人ノ心ヲ蕩サントスル者」の方に傾斜する姿勢を示し、藤房を遁世へと追い込んでしまった。

藤房遁世譚は、A「諫言」、B「発心」という二段形式となっているが、探索を受けて姿をくらますという話型は、『古事談』三・『発心集』一・『三国伝記』四の玄賓説話などに見られるものである(11)。そして、遁世場面が「家貧ク年老ヌル人ダニモ、難レ離難レ捨恩愛ノ旧キ栖也。況乎官禄共ニ卑カラデ、齢未四十ニ不レ足人ノ、妻子ヲ離レ父母ヲ捨テ、山川抖藪ノ身ト成リシハ、タメシスクナキ発心也」と描かれ、父親の宣房が藤房の書き残した和歌と頌とを見て「再会ハ叶フマジカリケルヨ」と納得し、更に春日社での霊夢を想起して、わが子の出家を後に確認するという叙述を見るとき、AがBの方に吸収されてしまうような説話的構成を見せていることも確かである。

次に、「北山殿謀叛事」についても、次のような〈対〉的構成を見ることができる。

A、中院定平―公宗―奥方との対面許可

B、結城親光―文衡―拷問・斬首

ところが、AとCという関係へと展開することにより、本来「出雲国へ可レ被レ流」との「公儀」は、長年の聞き違いによる斬首という呆気ない結末となる。

C、名和長年―公宗―斬首

長坂成行氏(12)は、この事件について「持明院統の上皇をもまきこんだ本来政治的事件を素材に、それを正面からは描かず、女性譚・芸能譚として構成」していることを指摘され、それは「恐らく意図的なものであろう」とも述べておられる。又、この芸能譚という事に関しては、公宗が弾ずる「玉樹三女ノ序」を聴いた孝重がそれを不吉な曲とした、前兆譚としての側面から詳しく検証された十束順子氏[13]の論もある。

公宗の遺児についての追求が、女性哀話の色を濃くすることで、同情的に処理されるが、公宗の斬首が長年の早合点によるものであった事については何ら言及されることがない。勿論、護良親王の鎌倉配流の場合と同じく、実行については帝も十分知りながら、責任は末端部分を担う人物に負わせるという構図と考えることができよう。

第五章からの新しい展開としての第六章では、巻九において「足利殿[14]」と記されていた足利高氏の呼称が、「尊氏卿」「足利相公」となる。これは、相模次郎時行征圧のために関東下向の勅命を受けた高氏が、①「征夷将軍」、②「東八箇国ノ官領」の条件を付けた事について、「此両条ハ天下治乱ノ端ナレバ、君モ能々御思案アルベカリケルヲ、申請ル旨ニ任テ、無二左右一勅許有ケルコソ、始終如何トハ覚ヘケレ」と記されている評語と表裏をなすものである。

こうして、巻十二に「哀何ナル不思議モ出来テ、武家執二四海権一世中ニ又成カシト思フ人ノミ多カリケリ」と記されていた事についての具体的な動きが浮上してきたのである。これは、中西達治氏[15]が「『太平記』第二部は、後醍醐天皇の達成した建武中興をうけて、というよりは建武中興を達成する途上でクローズ・アップされはじめた、源平二氏の武家の棟梁権抗争が源氏の勝利に帰した、という正にその事実を中心にすえて、そこから新たに展開する様々の事件や人間の運命を、全体のストーリー展開の中につつみ込みながら、「戦記」という行動の様式をふまえて書きつづけたといえるのではなかろうか」と述べられた問題でもある。

すなわち、高氏が条件として提示したわけではなかった「尊氏[16]」という名を与えての関東派遣が、巻十三の末文「サテコソ尊氏卿ノ威勢自然ニ重ク成テ、武運忽ニ開ケ、レバ、天下又武家ノ世トハ成ニケリ」という、重い現実の確認として完了的に描かれるのであり、巻十二には記されなかった「後醍醐帝←→足利高氏」という人的構成が、やや顕在化する形の「帝←→尊氏」という構図として、予言的に提示されたのが巻十二ということになるであろう。

注

（1）引用は日本古典文学大系本（岩波書店）によるが、字体を改めた。
（2）佐藤和彦氏の『南北朝内乱』（日本の歴史・小学館・一九七四）による。
（3）時輿は巻十においても自害せずに姿を消したのであったが、巻十三においても、結果的には公宗を死へと導く役割のみを演じて、以後、記述されることがない。
（4）黒田彰氏は、孝子伝と眉間尺譚との関連について詳細な考察を加えた上で、山下宏明氏の「（護良親王の最期を語る話は）眉間尺の故事を踏まえて作り上げたものであろう」との『太平記』（新潮日本古典集成・新潮社）の頭注に言及、「先蹤（故事）が史実を厳しく規定するのみならず、果ては虚構さえ要請しかねない、軍記物語におけるその叙述と〈中世史記〉的史観との、緊張の機制を見通すことなくして、終にその叙述史観の今日的把握はあり得まいと思われる」と述べておられる（『中世説話の文学史的環境』（和泉書院・昭和62）。
（5）「太平記改修の一痕跡―建武年間の日付の検討から―」（『長崎大学教育学部人文科学研究報告』28号・昭和54）。
（6）『『太平記』の構想と方法』（明治書院・昭和62）。
（7）『『太平記』の比較文学的研究』（角川書店・昭和51）。
（8）『吉野拾遺』（二巻本）上巻の巻末話。『芳野拾遺物語』（四巻本・貞享三年刊三冊本）では巻一の十三話・十四話（『吉野拾遺』と順序が異なる）が藤房説話。
（9）引用は群書類従本による。
（10）藤房は巻十二においても、恩賞を処理する「奉行」職を「諫言ヲ納カネテ」病気を理由として辞任した事が記されている。
（11）注（8）に記した『吉野拾遺』では、越前より来た「刑部卿義助朝臣」の語ったこととして、「畑六郎左衛門時能といふ兵にまもらせ」ている「越前の国鷹巣の山」の奥で見かけた「痩せ衰へたる僧」が「藤房卿の御面影」に似ているという事で「一条少将をともなひて」再訪したところ、僧の姿は見えず「こゝも又うき世の人のとひくれば空行く雲にやど求めてむ」との和歌が残されていたという話となっている。

(12)『『太平記』における公家の形象―坊門清忠と西園寺公宗―』(『青須我波良』第22号・昭和56)。

(13)『『太平記』巻十三「北山殿之事」小考―前兆譚について―』(『梁塵日本歌謡とその周辺』桜楓社・昭和62)。

(14)この事については、本書「足利高氏の役割」においても述べた。

(15)『太平記論序説』(桜楓社・昭和60)。

(16)『公卿補任』は、元弘三年(一三三三)八月五日、非参議・従三位に叙せられた事を記し「今日以高字爲尊。同日兼武蔵守」とする。なお、北条時行討伐に尊氏が出立したのは建武二年(一三三五)八月である。

尊氏と義貞

一

「忝モ天子ノ御諱ノ字ヲ被レ下テ、高氏ト名ノラレケル高ノ字ヲ改メテ、尊ノ字ニゾ被レ成ケル」[1]（傍点筆者。以下同じ）と記された足利尊氏がその天子（後醍醐天皇）との対立の構図を明確に予測させたのが『太平記』巻十三の結末であった。

そして、巻十四の章立ては次の通りである。

一、新田足利確執奏状事
二、節度師下向事
三、矢矧鷺坂手超河原闘事
四、箱根竹下合戦事
五、官軍引退箱根事
六、諸国朝敵蜂起事
七、将軍御進発大渡山崎等合戦事
八、主上都落事付勅使河原自害事

九、長年帰洛事付内裏炎上事
十、将軍入洛事付親光討死事
十一、坂本御皇居并御願書事

巻十三で予見された尊氏と後醍醐帝との対立は、巻十四第一章になると、尊氏と新田義貞との対立という構図へと変化を見せる。

すなわち、北条時行を征討した尊氏は「勅約ノ上ハ何ノ子細カ可レ有」として、①「未ダ宣旨ヲモ不レ被レ下、押テ足利征夷将軍」と名乗り、「東八箇国ノ管領ノ事ハ、勅許有シ事ナレバ」として、②「箱根・相模河ニテ合戦ノ時、有レ忠輩」に恩賞を与えた。②については「先立新田ノ一族共拝領シタル東国ノ所領共ヲ、悉ク闕所ニ成シテ、給人」を付けた。「是ヲ聞テ安カラヌ事ニ」思った新田義貞は「其替リニ我分国、越後・上野・駿河・播磨ナドニ足利ノ一族共ノ知行ノ庄園ヲ押ヘテ」家人達に与えたために「新田・足利中悪成テ、国々ノ確執」が続発した。

更に「其根元ヲ尋ヌレバ」と時間を「元弘ノ初」に遡行させて、①義貞が鎌倉を攻略した際に、「東八箇国ノ兵共」は「尊氏卿都ニテ抽賞異レ他ナリト聞ヘテ、是ヲ輙ク上聞ニモ達シ、恩賞ニモ預ラント思」ったこともあり大半の者が義貞から「心替リシテ」「大蔵ノ谷」にいた幼い千寿王（尊氏の二男）のもとについたこと、②義貞が鶴岡八幡宮若宮の神殿で「錦ノ袋ニ入タル二引両ノ旗」を発見し「奇特ノ重宝ト云ナガラ、中黒ノ旌ニアラザレバ、当家ノ用ニ無レ詮」と言ったのを聞いた足利方から、その旗を求めたところ、義貞が拒否したため「両家確執合戦ニ及バントシ」たものの「上聞ヲ恐憚テ黙止」したことがあったと述べられ、「加様ノ事共重畳有シカバ、果シテ今、新田・足利一家ノ好ミヲ忘レ怨讐ノ思ヲナシ、互ニ亡サント牙ヲ砥ノ志願レテ、早天下ノ乱ト成ニケルコソ浅猿ケレ」と展望した上で、現状についての批評が付される。

「讒口傍ラニ有テ、乱レ真事多カリケル中ニ、今度尊氏卿、相模次郎時行ガ討手ヲ承テ平二関東一後、今隠謀ノ企アル由叡聞ニ達シ」ため、後醍醐帝は「逆鱗有」て、諸卿僉議が催されたが、「親房・公明」[2]が「頻ニ諫言」した結果、「法勝寺ノ慧鎮上人ヲ鎌倉へ奉レ下、事ノ様ヲ可二尋窮一」という事になった。そして、上人が勅使として鎌倉に下ろうとした当日に、細川和氏を使者とする足利尊氏からの「一紙ノ奏状」が届いた。

それは「請下早誅二罰義貞朝臣一類一致中天下泰平上状」であり、「佞臣在レ朝讒口乱レ真。是偏生二於義貞阿党裏一」と義貞を批判して「乾臨早被レ下二勅許一、誅二伐彼逆類一、将レ致二海内之安静一、不レ堪二懇歎之至一」と書かれていた。

ところが、「此奏状未ダ内覧ニモ不レ被レ下ケレバ、遍ク知ル人モ無処ニ」、義貞が「是ヲ伝聞テ」、同じように「請下早誅二伐逆臣尊氏直義等一徇中天下上状」を奉った。

義貞の方は、尊氏のことを「渠儂忠非レ彼」と非難し、「以二功微爵多一、頻猜二義貞忠義一。剰暢二讒口之舌一、巧吐二浸潤之譖一」と述べて、足利兄弟の八罪を列挙していく。とりわけ、護良親王の幽閉・誅殺に関しては、「人面獣心之積悪」「大逆無道」等の表現を使い、「可レ令レ討二罰尊氏・直義以下逆党等一之由、下二賜宣旨一、忽払二浮雲擁弊一将レ輝二白日之余光一」と締め括るものであった。

二人の奏状をめぐって諸卿僉議が行われたものの、「大臣ハ重レ禄閉レ口、小臣ハ憚レ聞不レ出レ言」という状況、そのような中で坊門清忠が「義貞ガ差申処之尊氏ガ八逆、一々ニ其罪不レ軽。就レ中兵部卿親王ヲ奉二禁殺一由初テ達二上聞一。此一事申処実ナラバ尊氏・直義等罪責難レ遁」として「暫待二東説実否一尊氏ガ罪科ヲ可レ被レ定歟」と述べたことが結論となった。

「懸ル処ニ」大塔宮の世話をしていた「南ノ御方ト申女房」が鎌倉から帰洛して、「事ノ様有ノ儘ニ」奏上したことによって、帝も「サテハ尊氏・直義ガ反逆無二子細一ケリトテ、叡慮更ニ不レ穏。是ヲコソ不思議ノ事ト思食」していたところへ、四国・西国から「足利殿ノ成ル、軍勢催促ノ御教書」が数十通も「進覧」された。そのため、再度、諸卿僉議が行われ、「此上ハ非二疑処一。急ニ討手ヲ可レ被レ下」と、一宮尊良親王を「東国ノ御管領」に任命し、新田義貞を「大将軍」として派遣することが決定した。

　そして、第一章は「元弘ノ兵乱ノ後、天下一統ニ帰シテ万民無事ニ誇トイヘドモ、其弊猶残テ四海未ダ安堵ノ思ヲ不レ成処ニ、此事出来テ諸国ノ軍勢共催促ニ随ヘバ、コハ如何ナル世中ゾヤトテ、安キ意モ無リケリ」と締め括られる。

　第二章。十一月八日、[3]「朝敵追罰ノ宣旨」を受けた新田義貞は兵を具して参内し、「治承四年」の平維盛の「不吉ノ例」ではなく「天慶・承平ノ例」に従って、「節度」を下賜される。義貞自身も、「嘉承三年讃岐守正盛」の例に則って「尊氏卿ノ宿所二条高倉」の「中門ノ柱」を切り落させた。

　その後、一宮中務卿親王が五百余騎で三条河原に出陣し、「内裏ヨリ被レ下タル錦ノ御旗」を掲げたところ、「俄ニ風烈吹テ、金銀ニテ打テ著タル月日ノ御紋キレテ、地ニ落タ」事が「不思議ナレ」と記され、「是ヲ見ル者、アナ浅猿ヤ、今度ノ御合戦ハカバカシカラジト、忌思ハヌ者ハ無リケリ」とも描かれる。

　こうして、「同日ノ午刻」に「大将新田左兵衛督義貞」は七千余騎に前後を囲ませて都を出立する。大手が六万七千余騎、搦手が一万余騎の大軍であった。

　一方、「討手ノ大勢已ニ京ヲ立ヌ」と聞いた鎌倉では、「左馬頭直義・仁木・細河・高・上杉ノ人々」が将軍（足利尊氏）の元に行き、「敵ニ難所ヲ被レ超ナバ、防戦共甲斐有マジ。急矢矧・薩埵山ノ辺ニ駆向テ、御支候ヘカシ」と提言したところ、尊氏は「黙然トシテ暫ハ物モ不レ宣、良有テ」、「継レ絶職達二征夷将軍望一、興レ廃位極二従上三品一」ことについて「是臣ガ依二微功一イヘドモ、豈非二君厚恩一哉」と述べ、帝の「逆鱗」のもととなっている「兵部卿親王ヲ奉レ失タルト、諸国ヘ軍勢催促ノ御教書ヲ下シタルト二云両条一」に関しては、「此条々謹デ事ノ子細ヲ陳申サバ、虚名遂ニ消テ逆鱗ナドカ静カナラザラン」として、「旁ハ兎モ角モ身ノ進退ヲ計ヒ給へ。於二尊氏一向レ君奉レ引レ弓放レ矢事不レ可レ有。サテモ猶罪科無レ所レ遁、剃髪染衣ノ貌ニモ成テ、君ノ御為ニ不忠ヲ不レ存処ヲ、子孫ノ為ニ可レ残」と、「気色ヲ損ジテ宣モハテズ、後ノ障子ヲ引立テ、内へ」入ってしまった。そのため、「甲冑ヲ帯集タル人々」は「皆興ヲ醒シテ退出シ、思ノ外ナル事哉ト私語カヌ者」もなかった。

「角テ一両日ヲ過ケル処ニ」、一宮・新田勢が「三河・遠江マデ進ヌ」との報に騒然となり、上杉道勤・細河和氏・佐々木道誉は足利直義の元に参集して、「将軍ノ仰モサル事ナレドモ」としつつ、今こそ「当家ノ御運ノ可レ開初ニテ候へ」と述べ「兎ヤセマシ角ヤ可レ有ト長僉議シテ、敵ニ難所ヲ越サレナバ後悔ストモ益アルマジ。将軍ヲバ鎌倉ニ残シ留メ奉テ左馬頭殿御向候へ。我等面々ニ御供仕テ、伊豆・駿河辺ニ相支へ、合戦仕テ運ノ程ヲ見候ハン」と進言したところ、直義は「不レ斜喜デ」直ちに二十万七千余騎で十一月二十日に鎌倉を出立し、同二十四日に「三河国矢矧ノ東宿」に到着した。

第三章は「十一月二十五日ノ卯刻」に六万余騎で矢矧河に押し寄せた新田義貞・脇屋義助軍側の視点に立って描かれる。

まず、義貞の命令を受け偵察した長浜六郎の提案に従い、「態敵ニ河ヲ渡サセント河原面ニ懸場ヲ残シ、西ノ宿ノ端ニ南北二十余町ニ磬テ、射手ヲ河中ノ州崎へ出シ、遠矢ヲ射サセテ」敵をおびき寄せる作戦をとった。

「案ニ不レ違」吉良・土岐・佐々木の六千余騎が「上ノ瀬」を渡り、官軍（新田軍）五千余騎と戦い、次いで高師直・師泰勢の二万余騎が「下ノ瀬ヲ渡テ、官軍ノ総大将新田義貞ニ打テ懸」った。「兼テヨリ馬廻ニ勝レタル兵ヲ七千余騎囲マセテ」大力の武士に防備させていた義貞は、敵を近付かせず、「人馬共ニ気疲レテ、左右ニ分テ磬タル」敵を、義貞・義助の七千余騎が圧倒し、退却させた。

鎌倉勢（足利軍）は「如何思ケン、爰ニテハ不レ叶トテ」、その夜、矢矧を退いて鷺坂に陣取った。ところが、遅れて義貞軍側に到着した宇都宮ら三千余騎が鷺坂に押寄せたため、鎌倉勢は退却、しかし、直義軍が二万余騎で馳せ着いたことで「敗軍是ニ力ヲ得テ」手越に陣取った。

十二月五日、八万余騎となった新田勢のうち、脇屋義助らの六千余騎が手越河原に進攻、更に、夜に入って「究竟ノ射手ヲ勝テ」矢を射かけたため、「数万ノ敵」は鎌倉まで退いた。新田義貞は、勝ちに乗って「伊豆ノ府」に到着。「降人ニ出ル者数ヲ不レ知」という状況の中で、佐々木道誉が、「太刀打シテ痛手数タ所ニ負」い、「舎弟五郎左衛門ハ手超ニテ討レ」たため「世ノ中サテトヤ思ケン」義貞方に降参した事が記される。[4]

ところが、続けて「官軍此時若足ヲモタメズ、追懸タラマシカバ、敵鎌倉ニモ怺フマジカリケルヲ、今ハ何ト無クトモ、東国ノ者共御方ヘゾ参ランズラン、其上東山道ヨリ下リシ搦手勢ヲモ可レ待トテ、伊豆ノ府ニ被二逗留一ケルコソ、天運トハ云ナガラ、薄情カリシ事共ナリ」（傍線筆者。以下同じ）とも記される。

そして、叙述の視点は足利方に移る。鎌倉に戻った足利左馬直義が「合戦ノ様ヲ申サン為ニ、将軍ノ御屋形」へ行ったが、「四門空ク閉テ人モナ」く、「アラ、カニ門ヲ敲」いたところ、出て来た須賀左衛門が「将軍ハ矢矧ノ合戦ノ事ヲ聞召候シヨリ、建長寺へ御入候テ、已ニ御出家候ハント仰候シヲ、面々様々申留メテ置進セテ候。御本結ハ切セ給テ候ヘドモ、未ダ御法体ニハ成セ給ハズ」と語った。「左馬頭・高・上杉ノ人々」は、「角テハ弥軍勢共憑ミヲ失フベシ。如何セン」と「仰天」したが、上杉重能が「将軍縦ヒ御出家有テ法体ニ成セ給候共、勅勘遁ルマジキ様ヲダニ聞召候ハゞ、思召直ス事ナドカ無テ候ベキ。謀ニ綸旨ヲ一二通書テ、将軍ニ見セ進セ候ハゞヤ」と提案、直義も「兎モ角モ事ノヨカラン様ニ計ヒ沙汰候ヘ」と任せた。そこで重能は「宿紙ヲ俄ニ染出シ、能書ヲ尋テ、職事ノ手ニ少シモ不レ違」書かせた。それには、「足利宰相尊氏、左馬頭直義以下一類等、誇二武威一軽二朝憲一之間、所レ被二征罰一也。彼輩縦雖レ為二隠遁身一、不レ可レ寛二刑伐一。深尋二彼在所一、不日可レ令二誅戮一。於レ有二戦功一者可レ被二抽賞一、者綸旨如レ此。悉レ之以レ状」との文が書かれており、「同文章ニ名字ヲ替テ、十余通書テ」提出した。

直義は、それを持って建長寺に赴き、「泪ヲ押ヘテ」、足利一族については「縦遁世降参ノ者ナリ共、求尋テ可レ誅ト議シ候ナル。叡慮ノ趣モ、又同ク遁ル、所候ハザリケル」と述べ、「先日矢矧・手超ノ合戦ニ討レテ候シ敵ノ虜ノ守リニ入テ候シ綸旨共、是御覧候へ」と、持参した「綸旨」を見せ、「加様ニ候上ハ、トテモ遁ヌ一家ノ勅勘ニテ候へバ、御出家ノ儀ヲ思召翻サレテ、氏族ノ陸沈ヲ御受ケ候へカシ」と説得した。

尊氏は「謀書」とは気付かず[5]、「誠サテハ一門ノ浮沈此時ニテ候ケル。サラバ無レ力。尊氏モ旁ト共ニ弓矢ノ義ヲ専ニシテ、義貞ト死ヲ共ニスベシ」と、直ちに「道服」を脱いで「錦ノ直垂」を着した。そのため、「事叶ハジトテ京方へ降参セントシケル大名」や、「右往左往ニ落行ントシケル軍勢」も、「俄ニ気ヲ直シテ馳参」じた結果、「一日モ過ザルニ、将軍ノ御勢ハ、三十万騎ニ」なった。

第四章「箱根竹下合戦事」は、建武二年（一三三五）十二月十一日の「左馬頭直義箱根路ヲ支へ、将軍ハ竹下へ向ベシ」という足利勢についての叙述から始まる。

将軍勢「十八万騎」が竹下に、直義勢は「六万余騎」で箱根峠に到着した。一方、「十二日辰刻」に、「京勢」は「伊豆ノ府ニテ手分シテ」、竹下へは尊良親王・脇屋義助らの七千余騎が「搦手」として、箱根へは新田義貞らの七万余騎が「大手」として出発した。

新田勢の中には十六人の「党ヲ結ダル精兵ノ射手」がいて、「向フ方ノ敵ヲ射スカサズト云事ナ」く、又、「名ヲ重ジ命軽ズル千葉・宇都宮・菊池・松浦ノ者共」の勇敢な戦いによって、鎌倉勢（足利方）には退却する者が続出した。

一方、竹下に向かった中書王（尊良親王）軍の五百余騎は「錦ノ御旗ヲ先ニ進メ」て、足利高経らの三百余騎と対決したものの、「一戦ニモ不ㇾ及シテ」敗退。「中書王ノ副将軍脇屋右衛門佐」は「七千余騎ヲ一手ニナシテ」奮戦。この合戦の中では、脇屋義助の子息義治（十三歳）が「郎等三騎相共ニ」敵中に取り残されるが、「幼稚ナレドモ心早キ人ニテ、笠符引切テ投捨、髪ヲ乱シ顔ニ振懸テ」奮闘し、父義助の「二度ノ懸」によって窮地を脱し、父子揃って帰陣した話が詳述される。

そのような中で、「荒手ヲ入替テ戦シメントシ」ていた官軍側の「千余騎ニテ後ニ引ヘ」ていた「大友左近将監・佐々木塩冶判官」は、「如何思ケン、一矢射テ後、旗ヲ巻テ将軍方ニ馳加リ、却テ官軍ヲ散々ニ射」たため、官軍が敗走する結果となった。

第五章は新田側の動きが記されている。「箱根路ノ合戦」で「戦フ毎ニ利ヲ得」ていた官軍（新田軍）は、「僅ニ引ヘテ支タル足利左馬頭ヲ追落テ、鎌倉ヘ入ランズル事掌ノ内ニ有」と、「皆勇ニ勇デ明ルヲ遅シ」と待っていたところ、「搦手ヨリ軍破レテ、寄手皆追散サレヌ」との報が届いたため、「諸国ノ催シ勢、路次ノ軍ニ降人ニ出タリツル坂東勢」は、「幕ヲ捨、旗ヲ側メテ我先ニト落行」き、「サシモ広キ箱根山ニ、スキマモ無ク充満シタリツル陣ニ、人アリ共見ヘズ」という変化を見せた。

執事船田入道から戦況報告を受けた新田義貞は「何様陣ヲ少シ引退テ、落行勢ヲ留テコソ合戦ヲモセメ」と、「僅ニ百騎ニハ過ザリ」という勢で箱根山を引き退いた。

撤退する途中で出会った散所法師が船田入道に対して「昨日ノ暮程ニ脇屋殿、竹下ノ合戦ニ討負テ落サセ給候シ後、将軍ノ御勢八十万騎、伊豆ノ府ニ居余テ、木ノ下岩ノ陰、人ナラズト云所候ハズ。今此御勢計ニテ御通リ候ハン事、努々叶マジキ事ニテ候」と告げたのを聞いた栗生・篠塚は、却って「敵八十万騎ニ、御方五百余騎、吉程ノ合ヒ手也。イデ〳〵懸破テ道ヲ開テ参セン。継ケヤ人々」と攻め込んでいく。新田義貞を狙って攻撃をしかけてきた一条次郎を篠塚が討ち、義貞勢は二千騎となる。

その後、新田勢は、出合う敵軍を次々に打破して、天竜川を渡り、更に、宇都宮公綱の「爰ニテモシ数日ヲ送ラバ、後ロニ敵出来テ、路ヲ塞グ事有ヌト覚候。哀レ今少シ引退テ、アジカ・洲俣ヲ前ニ当テ、、京近キ国々ニ、御陣ヲ召サレ候ヘカシ」という進言と諸大将の同意を入れて、尾張国まで退いたのであった。

二

以上、巻十四の前半部について概観してきたが、巻十三で顕在化し始めた〈足利氏―後醍醐帝〉という対立の構図は、巻十四に入って、屈曲した展開を見せることとなる。

尊氏・義貞両人の奏状をめぐる諸卿僉議においても、容易に結論が出ない雰囲気のもと、Ⓐ大塔宮護良親王の「禁殺」という一点に絞っての坊門清忠の足利兄弟への責任追求の論が、鎌倉より帰洛した「南ノ御方ト申女房」の証言で裏付けられた形となり、更に、四国・西国からⒷ「足利殿ノ成ル、軍勢催促ノ御教書」が証拠物件の形で届けられたことによって、足利尊氏を「朝敵」とする裁定が下されたこととなる。

ただ、「中先代の乱」平定後の尊氏に「隠謀ノ企アル由」の報告を聞いた後醍醐帝は、「逆鱗」「御憤」という反応を示した（この時には、公卿僉議における親房・公明の発言が制御の役割を果たし、慧鎮上人の鎌倉への派遣による実地検証に基づいて結論が出されるはずになっていた）。

ところが、今回のⒶについての帝の反応は「叡慮更ニ不レ穏。是ヲコソ不思議ノ事ト思食」すというものであった。つまり、帝自身は尊氏を直接の「敵」と見做すことに断定的な姿勢を見せていない。それは、「讒口傍ラニ有テ乱レ真事多カリケル中ニ」とか、「佞臣在レ朝讒口乱レ真」（尊氏の奏状）とか、「暢二讒口之舌一、巧吐二浸潤之譖一」

（義貞の奏状）等の表現からも推察できるように、後醍醐帝の周辺には、「讒口」が多く見られる傾向があったという事でもある。

「讒口」に対するものとしては「諫言」が考えられる。しかし、先に見てきたように、親房・公明の「諫言」によって、慧鎮上人の鎌倉派遣が決定していたにも拘らず、上人が出発する前に奏状合戦となってしまった。しかも、万里小路藤房が再三の「諫言」が容れられなかったために、遁世という形で後醍醐帝（建武新政）に背を向けた事が、すでに巻十三で描かれていた(6)。

こうして、尊氏は「朝敵」となったが、尊氏自身が「敵」として「朝」の前に立ちはだかる人物としては造形されない。

第二章において、新田義貞ら「討手ノ大勢」が京都を出発したとの報を受けた直義らが、尊氏（将軍）に出陣を勧める場面でも、尊氏は暫くの沈黙の後、自分の現在の地位・身分が自身の「微功」だけでなく、帝の「厚恩」に依るものであると述べ、更に、前述のⒶⒷについても、「子細」を釈明することによって、「逆鱗」を静めることが可能なはずだと主張する。

そして、自分自身は「向レ君奉テ引レ弓放レ矢事不レ可レ有」と述べ、もし釈明が不可能な場合は「剃髪染衣ノ貌」となって「君ノ御為ニ不忠ヲ不レ存処ヲ、子孫ノ為ニ可レ残」と「気色ヲ損ジテ」室内に籠ってしまったのであった。

上杉・細河・佐々木らの勧めに従って、直義の率いる二十万七千余騎が、一旦は鎌倉を出発したものの、矢矧・鷺宮・手越河原の合戦に敗れて、鎌倉に戻り、直義は、建長寺に籠る尊氏の元に参上した。尊氏の「御本結ハ切セ給テ候ヘドモ、未ダ御法体ニハ成セ給ハズ」という姿に、直義達は「仰天」するが、上杉重能の提案した偽綸旨を使って、「トテモ遁ヌ一家ノ勅勘」であることを述べ、尊氏を説得する。

その結果、尊氏も「サラバ無レ力」として出陣を決意した——と描かれる。

つまり、この段階で漸く尊氏は「朝敵」としての立場に拠って行動を開始したこととなる。ただし、その行動は「謀書」であることを知らぬものであったから、尊氏の「朝敵」としての責任は追求されないという構造となっている。

この点について、大森北義氏(7)は、長谷川端氏(8)の提言に基づきつつ、巻十四・十五・十六を、『太平記』第二部「展開部」の「前半」の三巻とし、「尊氏の権力の掌握にむけての合戦過程と階梯をそれとして描こうとする構想筋と、尊氏の天皇への反逆を回避・隠蔽しようとする歴史叙述の志向性」との関係を重視され、『神皇正統記』や『梅松論』と違って『太平記』が、「尊氏の反逆・謀叛をそれとして認めることを回避し、虚構を仕組んでこれを隠蔽するだけでなく、対立する尊氏・天皇両者の関係を逆に肯定的に描こうとさえしているものである。したがって、その構想とこの志向性との間には、構造上の整合性がみられないばかりか、相互に背反する質さえ認められる」として、その事が「構想の最大の問題」であると指摘しておられる。

このように見てくると、尊氏がいよいよ立ち上がる前段階としての、直義の敗北を描く場面における叙述、すなわち、新田軍が直義軍を徹底的に攻撃しなかったとの指摘（「官軍此時若足ヲモタメズ、追懸タラマシカバ、敵鎌倉ニモ怺フカジカリケルヲ」「天運トハ云ナガラ、薄情カリシ事共ナリ」）によって、真の「朝敵」ではない足利尊氏が、「天運」(9)に加護されることのない新田義貞を、当然打破する存在として形象しているのが、『太平記』巻十四の前半部であると言えよう。

それは、後半部の第六章における全国的な「朝敵蜂起」を背景として、第十章の「将軍入洛」へと必然的に連接していく、作品としての構想の問題でもある。

注

(1) 引用は日本古典文学大系本（岩波書店）によるが、字体を改めた。

(2) 大系本頭注の指摘にもある通り、西源院本など諸本は人名を記さない。北畠親房は当時陸奥にいたので「諫言」はできない。なお、巻十四全体の諸本の違いについては、長谷川端氏の「巻十四の本文異同とその意味」（『太平記の研究』汲古書院・昭和57）に詳述されている。

(3) 「十九日」（西源院本など）が正しい。

(4) 本文では、続けて「後ノ筥根ノ合戦ノ時又将軍ヘハ参ケル」とする。この箇所についても、長谷川氏は注（2）に引用した論考において、神田本・西源院本・天正本・流布本を比較し、「暫時間、事ヲ謀テ」との一文を持つ西源院本について「そこには明らかに西源院本筆者の道誉形象に対する固定的な視点が存在している」と指摘しておられる。なお、森茂暁氏は、その著『佐々木導誉』（吉川弘文館・平成6）において、この箇所を「導誉は新田義貞に降参したふりをして、危機を脱した」と説明しておられる。

(5) 『京大本　梅松論』（京都大学国文学会・昭和39）は「ヒソカニ浄光明寺ニ御座アリシ程ニ、海道ノ合戦難儀タル由聞召サレ、将軍被レ仰テ云、若頭殿命ヲ落ル、事アラバ、我又存命無益也。タヾシ違勅ノ事心中ニ於テ發起ニ非ズ、是正ニ天ノ知處也。鑑見明々白ナラバ必祖神八幡ノ加護アルベシトテ、先立テ諸人ヲ被立シカバ」と記し、直義の事を気遣っての出陣とする。

(6) 本書「「高氏」から「尊氏」へ」でも述べた。

(7) 『『太平記』の構想と方法』（明治書院・昭和63）。

(8) 注（2）『太平記の研究』。

(9) 西源院本は「伊豆ノ府ニ逗留シテ、七日迄徒ニ居ラレケルコソ不運ノ至トハ覺ヘタレ」。神田本・玄玖本も同じ。

朝敵か将軍か

一

「君ノ厚恩」を口にして挙兵を拒絶していた足利尊氏も、弟の直義が「論旨」(1)（実は上杉重能が書いたもの）を見せて説得したことによって、「一門ノ浮沈、此時ニテ候ケル。サラバ無レ力」(2)と挙兵を決意した。こうして、形の上では「朝敵」となった尊氏と、「官軍」の新田義貞とが対決するのが、『太平記』巻十四前半部（一「新田足利確執奏状事」、二「節度使下向事」、三「矢矧鷺坂手超河原闘事」、四「箱根竹下合戦事」、五「官軍引退箱根事」）である。

箱根・竹下合戦で、足利軍に圧倒された官軍は、尾張国まで退くこととなるが、第五章では、むしろ官軍側の篠塚・栗生・名張らの勇猛な活躍が目立つ。しかし、それにも拘らず「昨日マデ二万余騎有ツル勢、十方へ落失テ十分ガ一モナカリケリ」という現実の前では、「皇居ノ事オボツカナク候へバ、サノミ都遠キ所ノ長居ハ然ルベシ共存候ハズ」とする大将達の意見に、義貞としても同意せざるをえなかった。

巻十四後半部の章立ては次の通りである。

六、諸国朝敵蜂起事

七、将軍御進発大渡山崎等合戦事

八、主上都落事付勅使河原自害事
九、長年帰洛事付内裏炎上事
十、将軍入洛事付親光討死事
十一、坂本御皇居并御願書事

第六章冒頭の「カヽル処ニ」というのは、第五章の状況を総括した上での官軍側に立っての叙述の始まりということになる（建武二年・一三三五）。

Ⓐ「十二月十日」、讃岐より高松頼重の早馬が到着。「去月二十六日」に挙兵した「足利ノ一族細川卿律師定禅」が三千余騎となって京都に攻め上ろうとしているため「御用心有ベシ」というものであった。これに対して、京都側は「新田越後守義顕ヲ大将トシテ、結城・名和・楠木以下宗トノ大名共大勢ニテ有シカバ」「何程ノ事カ有ルベキト、サマデノ仰天モナカ」ったが、Ⓑ「同十一日」、備前の児島高徳より早馬が到着し、「去月二十六日」に佐々木信胤・田井信高らが細川定禅の誘いを受けて備前で挙兵し、「其翌日」には「小坂・川村・庄・真壁・陶山・成合・那須・市川以下、悉ク朝敵ニ馳加」わり、「同二十八日」には福山に押し寄せ、児島一族らが応戦する中で「野心ノ国人等、忽ニ翻テ御方ヲ射」たため、備前に退き、守護の松田盛朝らの加勢を得て合戦をしたものの、その松田が敵になったため「官軍数十人討レテ、熊山ノ城ニ引籠」った、すると「其夜」、内藤弥二郎が「御方ノ陣ニ有ナガラ、潜ニ敵ヲ城中へ引入」れたため、「諸卒悉行方ヲ知ラズ没落」してしまい、何とか死を免れた高徳の一族らが「身ヲ山林ニ隠シ、討手ノ下向」を待っているために「若早速ニ御勢ヲ下サレズバ、西国ノ乱、御大事ニ及ブベシ」という、援軍依頼を含む長い報告が届いた。

このⒶⒷの早馬が「天聴ヲ驚シ」、「コハ如何スベキト周章」しているところへ、Ⓒ「又翌日ノ午剋」に、丹波の碓井盛景より早馬が到着。久下時重らが守護館を攻撃し、防戦したものの碓井側が敗れて摂津へ退いたこと、協力を要請した赤松円心は「野心ヲ挟ム歟、返答ニモ及バズ」、むしろ「将軍ノ御教書ト号シ、国中ノ勢ヲ相催ス」との噂さえあること、「但馬・丹後・丹波ノ朝敵等」が、備前・備中の勢と同時に、山陰道・山陽道より攻め上るとのことなので「御用心有ルベシ」との報告であった。

Ⓓ「又其日ノ酉剋ニ」能登国石動山の衆徒よりの使者が到着。「去月二十七日」に越中守護普門利清達が「将軍ノ御教書ヲ以テ、両国ノ勢ヲ集メ、叛逆ヲ企」て、石動山に立籠った国司中院定清は戦死し、寺院は全焼したこと、「是ヨリ逆徒弥猛威ヲ振テ、近日已ニ京都ニ責上ラン」としているため急いで「御勢」を派遣してほしいというものであった。

「是ノミナラズ」、Ⓔ加賀・越前・伊予・長門・安芸・周防・備後・出雲・伯耆・因幡、その他「五畿・七道・四国・九州」まで「残所ナク起ル」との報が伝わってきた。そのため、「主上ヲ始メマイラセテ、公家被官ノ人々は「独トシテ肝ヲ消サズト云事」がなかった。

この結果、尾張にいる新田義貞に「上洛スベシ」と伝える勅使として、「引他九郎」が派遣される。引他は「竜馬ヲ給テ」十二月十九日の「辰刻」に京都を出立し、「午刻」には「近江国愛智川ノ宿」に着いたが、その「竜馬」が急死したため、馬を次々に乗替えて尾張に到着した。報告を受けた新田義貞は「先京都へ引返シテ宇治・勢多ヲ支テコソ、合戦ヲ致サメ」として、勅使とともに上洛した。

ところで、この勅使派遣記事の前には、Ⓔに続いて「其比何カナル嗚呼ノ者カシタリケン。内裏ノ陽明門ノ扉ニ、一首ノ狂歌ヲゾ書タリケル。賢王ノ横言ニ成ル世中ハ上ヲ下ヘゾ帰シタリケル」との記述がある。Ⓐ〜Ⓓの朝敵蜂起詳細情報の次に、Ⓔで情報が空間的に拡張され、京都（朝廷側）の動揺が描かれるが、狂歌記事は、この第六章が「朝敵蜂起」（傍点筆者。以下同じ）を描きつつも、「敵」を批判的に叙述するのではなく、「朝」の方に胚胎する蜂起要因を暗示し、次の勅使の竜馬急死の「不思議」へと結びついていく。

第七章は、建武三年（一三三六）年頭について、「去程ニ改年立帰レ共、内裏ニハ朝拝モナシ。節会モ行レズ」という静的異常さと、「京白川ニハ、家ヲコボチテ堀ニ入レ、財宝ヲ積デ持運ブ」という「物騒ガシク見ヘ」る異常さとの叙述で始まる。そして、「将軍已ニ八十万騎ニテ美濃・尾張へ著給ヌ」を初めとして、「四国ノ御敵」の接近、「山陰道ノ朝敵」の大江山越え等の情報の交錯によって、「召ニ応ジテ上リ集タル国々ノ軍勢共」が逃走したため、洛中に残るのは「勇ル気色」もない「一万騎マデモアラジ」と思われる軍勢であった。

そこで、「軍勢ノ心ヲ勇マセン為」に、「今度ノ合戦ニ於テ忠アラン者ニハ、不日ニ恩賞行ハルベシ」と決断所に壁書が貼り出された。ところがその壁書の末尾には「カク計タラサセ給フ綸言ノ汗ノ如クニナドナカルラン」という「例ノ落書」が記された。

正月七日、新田義貞が内裏より退出して軍勢の手分けをした。①勢多（瀬田）へは名和長年勢二千騎、②宇治へは「楠木判官正成ニ、大和・河内・和泉・紀伊国ノ勢五千余騎ヲ副」えた勢、③山崎へは脇屋義助を大将として、洞院公泰・文観僧正ら七千余騎、④大渡へは新田義貞を総大将とする一万余騎、という派遣となった（前記の「一万騎マデモアラジ」と齟齬するが）。いずれも、川に乱杭を打ったり、橋板を引落としたりして、敵の攻撃を防ごうとしたが、②では「敵ニ心安ク陣ヲ取セジ」として建物を焼払ったところ、平等院の仏閣・宝蔵までも焼失してしまった事が「浅猿ケレ」と記され、③では「宝寺ヨリ川端マデ屛ヲ塗リ堀ヲホリテ、高櫓・出櫓三百余箇所ニカキ双べ」たものの、「此陣ノ軍ハカ〴〵シカラジトゾ見ヘタリケル」と記される。

一方、将軍（尊氏）は「八十万騎」を率いて、正月七日に近江国伊岐洲社に立籠る山法師三百余騎を撃破し、八日に石清水八幡宮の山麓に陣取った。細川定禅は、四国・西国勢を率いて、正月七日に播磨国大蔵谷（明石）に到着、京都より逃げ下ってきた赤松範資と出会い、「元弘ノ佳例」として範資を先陣とする二万三千余騎で、八日午刻に摂津国の芥川に陣取った。丹波の久下・波々伯部・酒井らは、但馬・丹後勢と合流した六千余騎にて、西山の峯の堂に立籠る二条師基を追落とし、大江山の峠に篝火を焚いた。京都側は「時ニ取テ弱カラン方へ向ベシ」として、江田行義を大将とする三千余騎が正月八日暁に大江山へ押し寄せて丹波勢を撃破した。

正月九日辰刻、大渡の西の橋詰に押し寄せた尊氏勢は、渡河の方法を思案して「時移ルマデ」控えていた。すると、官軍側から「ハヤリヲノ者共ト見ヘタル兵百騎計」が川端に出て、丹波勢の敗北を告げるとともに、治承・元暦の宇治川合戦の先例を引いて「声々ニ欺テ、箙ヲ敲テ咄ト笑」った。そのため、武蔵・相模の兵二千余騎が馬で川に乗り入れようとしたが、執事の高師直が制して「在家ヲコボチテ、筏ニ組デ渡」るように命じたので、兵達もそれに従った。しかし、筏で渡ろうとした武蔵・相模の五百余人は、川中の乱杭などのために動きがとれなくなったところを矢の攻撃を受け、筏も壊れ「皆水ニ溺レテ」しまった。

その後、橋上の櫓にいた官軍側の武士が、やはり治承の宇治川合戦の例を引きつつ「只、橋ノ上ヲ渡テ手攻ノ軍ニ我等ガ手ナミノ程ヲ御覧ジ候へ」と「敵ヲ欺キ恥シメテアザ笑」った。これを聞いた師直陣の「大力ノ早業、打物取テ名ヲ知ラレタル」野木頼玄という武士が、「数万騎ノ敵御方立合テ見ケル」中を、矢を掻いくぐりながら橋桁を渡り、敵陣の櫓を倒そうとしたため、櫓上の射手四五十人は、二の木戸内へ逃げ込んだ。それを見て、「スハヤ敵ハ引ゾ」と、「三河・遠江・美濃・尾張ノハヤリ雄ノ兵共千余人」が「我前ニトセキ合テ」渡ろうとした。ところが、橋桁四五間が折れ、川中に落ち流された兵達は爆笑されてしまった。その中で、「水練サヘ達者」であった野木頼玄だけは、「橋ノ板一枚ニ乗リ、長刀ヲ棹ニ指テ」帰陣した。

足利勢が攻めあぐむ中、赤松貞範のもとに兄範資の自筆書状が届いた。それには、細川定禅とともに「今日巳芥河ノ宿ニ著候也。翌日十日辰剋ニハ、山崎ノ陣へ推寄テ、合戦ヲ致スベキニテ候。此由ヲ又将軍へ申サシメ給フベシ」と書かれており、報告を受けた足利勢は、大いに喜び合った。

予定通り細川定禅は二万余騎で桜井宿の東に出兵した。川沿いに二千余騎で出陣した赤松範資の旗紋を見て、赤松貞範は小舟三艘に乗って渡河し、兄弟は涙の再会を果たした。

こうして始まった「山崎ノ合戦」は、降人が続出する中、「討残サレタル官軍三千余騎」が退却、さらに「敵皇居に乱入リヌト覚ルゾ。主上ヲ先山門へ行幸成奉テコソ、心安合戦ヲモセメ」と考えた新田義貞も義助とともに都に戻ろうとした。この義貞達の入京を助けるために、後陣の新田義顕は、追撃する細川定禅軍を、必死の奮戦によって防ぎつつ、「鎧ノ袖モ冑ノシコロモ、皆切落サレテ、深手アマタ所負」い、「半死半生ニ切成サレテ、僅ニ都へ帰」った。


第八章・九章は京都側の動きを描く。「山崎・大渡ノ陣破レヌ」との報に、「京中ノ貴賤上下」は「周章フタメキ倒レ迷」い、車馬が「東西ニ馳違」って「蔵物・財宝ヲ上下へ持運」んだ。

後醍醐天皇は「三種ノ神器ヲ玉体ニソヘテ、鳳輦ニ召サレ」たものの、駕輿丁が一人もいなかったため、「四門ヲ堅テ候武士共」が「鎧著ナガラ徒立ニ成テ」供奉した。牛車を急がせて御所に着いた吉田内大臣定房が「御所中ヲ走廻テ見」たところ「近侍ノ人々モ周章タリケリト覚テ、明星・日ノ札・二間ノ御本尊マデ、皆捨置カレ」ていたので、「心閑ニ青侍共ニ執持セ」た。ところが、この場面でも「如何カシテ見落シ給ヒケン、玄象・牧馬・達磨ノ御袈裟・毘須羯摩ガ作シ五大尊、取落サレケルコソ浅猿シケレ」と記される。やがて、新田義貞・義助ら「二万余騎」が「鳳輦ノ跡ヲ守禦シテ」東坂本へ向かった。その中、「大渡ノ手」に向かった信濃国の住人勅使川原丹三郎は官軍の敗北・主上の都落ちを知り、「我何ノ顔有テカ、亡朝ノ臣トシテ、不義ノ逆臣ニ順ハンヤ」と、父子三騎で三条河原から引返し、「鳥羽ノ造路・羅精門ノ辺ニテ、腹カキ切テ」死んだ。

第九章。瀬田を守護していた名和長年は、「山崎ノ陣破レテ、主上早東坂本へ落サセ給ヌ」と聞き、「是ヨリ直ニ坂本へ馳参ランズル事ハ安ケレ共、今一度内裏へ馳マイラデ直ニ落行ンズル事ハ、後難アルベシ」と考え、三百余騎で「十日ノ暮程ニ」帰京した。そして「十七度マデ戦」って百騎ばかりになった長年は、「内裏ノ置石ノ辺ニテ、馬ヨリヲリ冑ヲ脱ギ、南庭ニ脆」き、荒廃した内裏に落涙した後、東坂本へと向かった。

その後、「四国・西国ノ兵共」が洛中に乱入し火を放ったため、「猛火内裏ニ懸テ、前殿后宮・諸司八省・三十六殿十二門、大廈ノ構へ、徒ニ一時ノ灰燼ト成」ってしまった。

正月十一日の「将軍八十万騎」の入京が記されるのが第十章。そして、後醍醐天皇から「二ロナキ者也ト深ク憑マレ進セテ、朝恩ニ誇ル事傍ニ人ナキガ如」き存在であった結城親光は、「此世ノ中、トテモ今ハ墓々シカラジ」と思い、「イカニモシテ将軍ヲネライ奉ラン為ニ、態ト都ニ落止」まった。親光が禅僧を介して尊氏に降参を申し入れたところ、尊氏は「誠ノ降参ニテハアラジ、只尊氏ヲタバカラン為ニテゾアルラン。乍レ去事ノ様ヲ聞カン」として、大友貞載を送った。ところが「元来少シ思慮ナキ者」であった貞載が親光に向かって「降人ノ法ニテ候へバ、御物具ヲ解セ給ヒ候ベシ」と「アラ、カニ」告げたため、親光は「サテハ将軍ハヤ我心中ヲ推量有テ、打手ノ使ニ大友ヲ出サレタリ」と判断して、「三尺八寸ノ太刀ヲ振テ」貞載に斬り付けた。貞載が太刀を抜けぬまま落馬して死んだのを見た「大友ガ若党三百余騎」は、「結城ガ手ノ者十七騎ヲ中ニ取籠テ」斬りかかり、奮戦したものの、親光達は「一所ニテ十四人マデ」討たれてしまった。

第十一章。東坂本に臨幸した後醍醐天皇は「大宮ノ彼岸所」を御座所としたものの、山門の大衆が一人も参向しないため、「サテハ衆徒ノ心モ変ジヌルニヤト叡慮ヲ悩サレ」ていた。そこに参上した藤本房英憲僧都が「申出タル言モナク泪ヲ流シテ大床ノ上ニ畏テ」いるのを御簾越しに見た帝は、「自宸筆ヲ染ラレテ御願書ヲアソバサレて、「是ヲ大宮ノ神殿ニ籠ヨト仰セ下サレ」たので、英憲はそれに随った。

暫くして、円宗院法印定宗が「同宿五百余人」を連れて参上したところ、帝は「大ニ叡感有テ」定宗を「大床ニ召」された。定宗は伝教大師の開基以来の山門の存在意義を語り「今逆臣朝廷ヲ危メントスルニ依テ、忝モ万乗ノ聖主、吾山ヲ御憑アッテ、臨幸成テ候ハンズルヲ、徧シ申ス衆ハ、一人モアルマジキニテ候。身不肖ニ候ヘ共、定宗一人忠貞ヲ存ズル程ナラバ、三千ノ衆徒、二ロハアラジト思食シ候ベシ」と述べて、官軍の宿泊の手配をした。

その後、南岸坊僧都と道場坊祐覚が「同宿千余人」を連れて参向し、大衆に連絡をとったので、三千の衆徒は「悉ク甲冑ヲ帯シテ馳参」り、「官軍ノ兵粮トテ、銭貨六万貫・米穀七千石」を「波止土濃ノ前ニ積」んだ。祐覚が、それらを配分したことにより、「サテコソ末医王山王モ、我君ヲ捨サセ給ハザリケリ」と「敗軍ノ士卒悉ク」が「憑モシキ事」に思ったのであった。

二

巻十四後半部の展開を見て来ると、「将軍」足利尊氏の動きに呼応して、西日本を中心に、あたかも噴出するかのように蜂起した「朝敵」の動きが、否定的ではない形で描かれている事がわかる。

たとえば、第七章の大渡合戦に於て、官軍側の挑発に乗せられ渡河しようと焦る武蔵・相模の武士達は、高師直の制止に従ったことで、「二千余騎」ではなく「五百余人」の犠牲で済んだ。

又、「参河・遠江・美濃・尾張ノハヤリ雄ノ兵共千余人」は、橋桁が折れて水中に落下するが、この場面も『平家物語』・『源平盛衰記』の「筒井浄妙・矢切但馬」と比較される形で描かれている。そして、「野木与一兵衛入道頼玄」の、奮戦及びたった一人の帰還との対比として描かれているため、むしろ頼玄の方を英雄的に形象する結果(3)となっている。

山崎合戦に於ては、「元弘ノ吉例ニ任セテ」赤松範資がまず「矢合ヲスベシト、兼テ定メラレ」ていたのに「播磨ノ紀氏ノ者共」が「三百余騎抜懸シテ一番ニ押寄セ」たものの、官軍側の五百余騎に攻められ「一積モタマラズ追立ラレテ、四方ニ逃散」った。

ただ、この場面も、規律違反の紀氏(浦上氏)一族は、巻三の高橋・小早河のように、嘲笑の対象とされるわけではなく、二番手の「坂東・坂西ノ兵共二千余騎」と「城中ノ大将脇屋右衛門佐義助ノ兵、幷宇都宮美濃将監泰藤ガ紀清両党二千余騎」との互角の攻防の後の、細川・赤松の大軍の攻撃によって、官軍が「叶ハジトヤ思ヒケン、引返シテ城ノ中ニ引籠」ったと記す漸層的叙法の第一段階として描かれている、と見ることができる。

第九章の「四国・西国ノ兵共」の放火による内裏炎上について、「越王呉ヲ亡シテ姑蘇城一片ノ煙トナリ、項羽秦ヲ傾テ、咸陽宮三月ノ火ヲ盛ニセシ、呉越・秦楚ノ古モ、是ニハヨモ過ジト、浅猿カリシ世間ナリ」と記されるのが、いささかの批判を含む慨嘆である。

なお、長年が帰京したとの記述の後に「今日ハ悪日トテ将軍未都ヘハ入給ハザリケレ共、四国・西国ノ兵共、数万騎打入テ、京白川ニ充満タレバ」とあり、「将軍」と「四国・西国ノ兵共」とを区別し、内裏炎上の罪が「将軍」にはないことを暗示している。

一方、朝廷側について見ると、先にも触れたように、第六章の狂歌の「賢王ノ横言」、第七章の落書の「タラサセ給フ綸言」という語句が内包する批判の矢は、明らかに後醍醐天皇に向けられたものである。

又、第六章における勅使の「竜馬」が急死する記述は、忠諫の臣・万里小路藤房に遁世を決意させた巻十三第一章・第二章を想起させるものである。

更に、第八章で「心閑ニ」行動した吉田定房にさえも「見落シ」があった事を「浅猿シケレ」と記した後の「此二三年ノ間天下僅ニ一統ニシテ、朝恩ニ誇リシ月卿雲客、指タル事モナキニ、武具ヲ嗜ミ弓馬ヲ好ミテ、朝義道ニ違ヒ、礼法則ニ背シモ、早カ、ル不思議出来ルベキ前表也ト、今コソ思ヒ知ラレタレ」という一文は、京都側の公家達に対する因果論的な批判であり、新田義貞達が供奉しての都落ちについての「事ノ騒シカリシ有様夕〻安禄山ガ潼関ノ軍ニ、官軍忽ニ打負テ、玄宗皇帝自ラ蜀ノ国へ落サセ給シニ、六軍翠花ニ随テ、剣閣ノ雲ニ迷シニ異ナラズ」の一文にも、冷やかな視線が含まれている。

勿論、朝廷側にも、義を重んじて自害した勅使川原父子、内裏の荒廃を見て落涙する名和長年[4]、尊氏の命を狙ったものの果たせずに討死した結城親光など、存在感を見せる個人の動きもあり、巻末に描かれる山門大衆の協力的姿勢は帝を安堵させるものではある。

しかし、官軍側には降人が目立つのに対して、「将軍」側は、第十章の末尾に西源院本のみが載せている「将軍ノ運ノ程コソツヨカリケルト覚タリ」[5]との一文に象徴されるように、「運」さえもが尊氏に味方している。諸国で蜂起した武士達は、「朝敵」という用語で記述されているものの、「将軍ノ御教書」[6]をこそ重く考えて挙兵したと見ることができる。

前半部では、新田義貞と足利尊氏とが対決する形で描かれていた巻十四であったが、尊氏が「朝敵」側となる後半部に至って（もっとも、諸国で挙兵した武士達に対しては「朝敵」の語が付けられてはいても、尊氏個人を「朝敵」と呼ぶわけではない）、尊氏は、後醍醐天皇と対峙する存在としては「朝敵」でありつつも、むしろ、「将軍」という用語こそが、建武三年正月の時点における足利尊氏を立体感ある存在として描く――そのように形象しているのが巻十四後半部であると見ることができよう。

現に、第十章の「将軍」入洛の記述に続けて「兼テハ合戦事故ナクシテ入洛セバ、持明院殿ノ御方ノ院・宮々ノ御中ニ一人御位ニ即奉テ、天下ノ政道ヲバ武家ヨリ計ヒ申ベシト、議定セラレタリケルガ、持明院ノ法皇・儲王・儲君一人モ残ラセ給ハズ、皆山門へ御幸成タリケル間、将軍自ラ万機ノ政ヲシ給ハン事モ叶フマジ、天下ノ事如何スベキト案ジ煩フテゾオハシケル」とあり、尊氏が「将軍」として「天下ノ事」に視線を向けていることも確認できる。

注

（1）大森北義氏は「『太平記』は、鎌倉において有りうる筈のない直義らの〝謀計〟を設定した上、すでに発行されていた「綸旨」を〝偽もの〟で代置するなど、複雑な虚構をここでも仕組んでいるのである」（『『太平記』の構想と方法』明治書院・昭和63）と述べておられる。
（2）引用は日本古典文学大系本（岩波書店）によるが、字体を改めた。
（3）『京大本　梅松論』（京都大学国文学会・昭和39）でも、「野木ノ與一兵衛尉弁中莖ノ某兩人、一人當千ノ藝ヲアラハス間、將軍ヨリ直ニ各御コシ物ヲ給シ也」と記されている。
（4）『梅松論』（同右）には「今夜十日戌刻山門へ臨幸ナル。則內裏焼亡ス（中略）同時ニ卿相雲客以下、正成長年等ガ宿所、片時ノ灰燼トナリシゾ情ナカリシ」とあり、長年にとっては自分の宿所の焼失への涙もあったかと考えられる。
（5）『西源院本太平記』（刀江書院）は、第十一章がなく、この十章で巻十四が終わる。
（6）『梅松論』（注（3）に同じ）にも、「四國中國ノ間ニ、兼御教書ヲ給ル輩大勢ニテ攝津國河內邊ニ馳付ク」とある。

「朝敵」からの脱却

一

後醍醐天皇の、いわゆる「建武の新政」発足後、大塔宮護良親王と足利高氏（傍点筆者。以下同じ）との対立から、建武二年（一三三五）七月の「中先代の乱」の中での足利直義による大塔宮殺害を経て、帝が新田義貞を選択した結果、本来、後醍醐天皇対足利尊氏という対立の構図となるはずのところ、同年十二月の箱根竹下合戦を経て足利尊氏対新田義貞という対立関係として描かれ、官軍の敗走と諸国における朝敵蜂起の中で、建武三年一月の天皇の叡山東坂本への臨幸と尊氏の入京とが描かれるのが、『太平記』巻十三・巻十四の世界であった。

巻十五の章立ては次の通りである。[1]

一、園城寺戒壇事
二、奥州勢著坂本事
三、三井寺合戦并当寺撞鐘事付俵藤太事
四、建武二[2]年正月十六日合戦事
五、正月二十七日合戦事
六、将軍都落事付薬師丸帰京事

七、大樹摂津国豊島河原合戦事
八、主上自山門還幸事
九、賀茂神主改補事

概観的に言えば、巻十四第八章の「主上都落」から、右の第八章「主上自山門還幸」までの約二十日間を時間的な枠として、京都を中心とする攻防が描かれるのが、巻十五である。

第一章。山門が「二心ナク君ヲ擁護シ奉テ、北国・奥州ノ勢ヲ相待由聞ヘ」たため、「義貞ニ勢ノ著ヌ前ニ」東坂本を攻めるべく、細川定禅らを大将とする六万余騎が三井寺へ派遣された。これは、三井寺（園城寺）が「何モ山門ニ敵スル寺ナレバ、衆徒ノ所存ヨモ二心非ジ」と信頼しての作戦であり、衆徒達の「忠節」によっては「戒壇造営」について「武家殊ニ加レ力可レ成二其功一」との「御教書」が発せられた。

以下、「園城寺ノ三摩耶戒壇」に関して、山門寺門の対立を中心とする歴史が詳しく回顧され、「此戒壇故ニ園城寺ノ焼ル事已ニ七箇度」に及んだため、近年は戒壇造営の企図されることもなく、そのことで却って園城寺が「繁昌」していたことが記される。その上で、今回の足利尊氏の措置に関しては「今将軍妄ニ衆徒ノ心ヲ取ン為ニ、山門ノ念ヲモ不レ顧、楚忽ニ被レ成二御教書一ケレバ、却テ天魔ノ所行、法滅ノ因縁哉ト、聞人毎ニ唇ヲ翻シケリ」と批判的に描かれる。

第二章。箱根竹下合戦に間に合わず、足利勢を追って上洛してきた北畠顕家勢に「越後・上野・常陸・下野ニ残リタル新田一族、幷千葉・宇都宮ガ手勢共」が加わって五万余騎となり、建武三年正月十二日に「近江ノ愛智河ノ宿」に着いた。同日、大館幸氏は、佐々木氏頼（十一歳）の観音寺山城を攻略し、翌日、戦果を坂本に早馬で知らせたところ、「主上ヲ始進セテ、敗軍ノ士卒悉悦ヲナシ」、道場坊助註記祐覚が命令を受けて、七百余艘の船で一行を志那浜（湖東の草津）から坂本へと渡した。ただ、宇都宮公綱の召集を受けて同行していた宇都宮紀清両党の五百余騎は、「宇都宮ハ将軍方ニ在」と聞いて、志那浜から一行と別れて、陸路を京都に向かった。

第三章。坂本での官軍作戦会議で、①「一両日ハ馬ノ足ヲ休」めるべきとする北畠顕家の意見と、②「今夜ノ中ニ」出撃すべきだとする大館氏明の意見とが出たが、新田義貞も楠正成も②に同意したため、早速、出撃の配備がなされた。

一方、三井寺の大将細川定禅は「東国ノ大勢坂本ニ著テ、明日可レ寄由聞ヘ候。急御勢ヲ被レ添候ヘ」と、三度も使者を送ったが、「将軍事トモシ給ハザリケレバ」、三井寺へは援軍が派遣されなかった。

合戦は、細川軍六万余騎に対して、官軍が波状攻撃を仕掛ける形で展開する。数度の攻防の後、三井寺側が城の木戸をおろし、橋を引く戦法をとったのに対し、脇屋義助の命令を受けた栗生・篠塚が、まず「長サ五六丈モアルラント覚ヘタリケル大卒都婆二本」を引き抜き、橋として架けた上を、同じ義助配下の畑・亘理が走り渡って、一の木戸を破り、新田勢三万余騎が攻め込む。更に、それに呼応する形で山門大衆二万余騎が、堂舎・仏閣に放火したため、敗北した三井寺側には七千三百余人の死者が出た。

この時、㋑首を切って藪の中に隠された三井寺金堂の本尊（弥勒菩薩）と、㋺「空ク焼テ地ニ落」ちた「九乳ノ鳧鐘」とに関する話が、合戦記事の後に付加されている。㋑については、「切目ニ血ノ付タリケルヲ見テ、山法師ヤ仕タリケン」として、大札に書かれた詞書と落首「山ヲ我敵トハイカデ思ヒケン寺法師ニゾ頸ヲ切ル、」とが紹介される。

㋺の方は、この鐘が竜宮城より伝来したものであったとして、俵藤太秀郷説話に結びつけて語られ、「サレバ今ニ至ルマデ、三井寺ニ有テ此鐘ノ声ヲ聞人、無明長夜ノ夢ヲ驚カシテ慈尊出世ノ暁ヲ待。末代ノ不思議、奇特ノ事共也」との一文で締め括られる。

第四章。「長途ニ疲タル人馬、一両日機ヲ扶テコソ又合戦ヲモ致サメ」として二万余騎とともに坂本に引き返した北畠顕家に対し、新田義貞も同行しようとしたところ、船田経政が押しとどめて、このまま追撃すべきだと主張する。義貞は「我モ此義ヲ思ヒツル処ニ、イシクモ申タリ。サラバ頓テ追懸ヨ」と、平坦地では「静々ト」、険しい山道では「カサヨリ落シ懸テ、透間モナク射落シ切臥セ」つつ、三万余騎で追撃した。

入京した新田義貞は、軍勢を将軍塚・真如堂・法勝寺の三手に分けて配備し、自分自身は花頂山に登って敵勢を視察した後、五十騎ずつの精鋭を選抜し、「中黒ノ旗ヲ巻テ、文ヲ隠シ、笠符ヲ取テ袖ノ下ニ収メ、三井寺ヨリ引ヲクレタル勢ノ真似ヲシテ」足利勢を攻める。官軍二万余騎が「小勢ナレドモ皆心ヲ一ニシテ」緩急自在に戦ったのに対し、「将軍ノ八十万騎」は「大勢ナリケレ共人ノ心不㆑調」という状態、それでも大軍ゆえに、六十数回の騎馬戦にも踏みとどまっていたが、新田方の精鋭隊が「将軍ノ前後左右ニ中黒ノ旗ヲ差揚テ」足利勢を混乱させた。

結局、足利側では、味方に裏切り者が発生したとの疑心暗鬼が生じ、高・上杉勢は山崎へ、足利・吉良・石堂・仁木・細川勢は丹波路へと、それぞれ落ちて行き、官軍が急追する。足利尊氏は「今ハ遁ル所ナシト思食ケルニヤ」、梅津・桂河辺で「鎧ノ草摺畳ミ揚テ腰ノ刀ヲ抜ントシ給フ事、三箇度ニ及」(3)んだ。ところが、結末は「将軍ノ御運ヤ強カリケン」として、官軍が日没とともに桂河から引き返したため、「将軍モ旦ク松尾・葉室ノ間ニ引ヘテ、梅酸ノ渇ヲゾ休メラレケル」と描かれる。

一方、細川定禅は、わざと尊氏にも知らせずに「伊予・讃岐ノ勢ノ中ヨリ三百余騎ヲ勝テ」京都の北方を東に迂回させて三十余箇所に放火させ、一条・二条へと進攻したため、新田勢は「一戦ニ利ヲ失テ」坂本へ引き返した。

そのことを、定禅が早馬で尊氏に報告したため、「山陽・山陰両道へ落行ケル兵共」も京に戻った。

第五章。正月二十日夕方までに鎌倉から二万余騎が到着した坂本の官軍側では、「悪日」などを理由に「兎ニ角ニ延引シテ、今度ノ合戦ハ、廿七日ニ」と定めた。当日「十万三千余騎」の官軍は五方向に陣取ったが、「敵ニ知セジ」として、わざと篝火を焚かなかった。合戦は「辰刻」と定められていたが、「マダ卯刻ノ始」に「機早ナル若大衆共」は、宇都宮紀清両党の神楽岡城を攻めた。中でも妙観院因幡竪者全村は、「上差一筋抽出テ、櫓ノ小間ヲ手突」にする奮戦を見せ「手突因幡」と名付けられた。連絡を受けた尊氏は、今河・細川の一族に三千余騎を添えた援軍を派遣したものの、神楽岡城が敗北した後だったため、空しく戻るしかなかった。

楠正成・結城宗広・名和長年ら三千余騎の出撃を見た尊氏は、上杉重能・畠山国清・斯波高経の五万余騎を派遣した。ところが、「元来勇気無双ノ上智謀第一」の楠の「一枚楯ノ軽々トシタルヲ五六百帖ハガセテ、板ノ端ニ懸金ト壺トヲ打テ、敵ノ駆ントスル時ハ、此楯ノ懸金ヲ懸、城ノ掻楯ノ如ク一二町ガ程ニツキ幷べテ、透間ヨリ散々ニ射サセ、敵引ケバ究竟ノ懸武者ヲ五百余騎勝テ、同時ニバット駆サセ」るという応戦によって、足利軍は五条河原へ退却する。

次に粟田口より押し寄せた北畠顕家勢二万余騎に対しては、「敵モ敵ニコソヨレ、尊氏向ハデハ叶マジ」と尊氏自身が迎撃。一進一退の状勢のところに、新田義貞・脇屋義助らが参戦したことで、足利勢は「馬ヲ馳倒シ、弓矢ヲカナクリ捨テ、四角八方へ逃散」った。義貞は、わざと「鎧ヲ脱替へ馬ヲ乗替テ」ただ一騎で尊氏を狙ったが、結局「将軍運強クシテ」発見できなかったため、やむをえず軍勢を分けて、逃げる敵を追わせた。ところが、深追いしすぎた里見・鳥山勢が全滅してしまったため、他の軍勢は「ソヾロニ長追ナセソ」と、全員、京都へ引き返した。

日没後、楠正成は総大将義貞に「御方僅ノ勢ニテ京中ニ居候程ナラバ、兵皆財宝ニ心ヲ懸テ、如何ニ申ストモ、一所ニ打寄ル事不レ可レ有候」「今日ハ引返サセ給ヒ候テ、一日馬ヲ休メ、明後日ノ程ニ寄セテ、今一アテ手痛ク戦フ程ナラバ、ナドカ敵ヲ十里・二十里ガ外マデ、追靡ケデハ候べキ」と提言、義貞も了解し坂本へと引き返した。丹波路へ退却すべく寺戸の辺まで赴いていた尊氏は、「京中ニハ敵一人モ不レ残皆引返シタリ」と聞き帰京した。諸方へ逃走していた軍勢も京都に戻ったが、この章の末尾には「入洛ノ体コソ恥カシケレドモ、今モ敵ノ勢ヲ見合スレバ、百分ガ一モナキニ、毎度カク被二追立一、見苦キ負ヲノミスルハ非二直事一。我等朝敵タル故歟、山門ニ被二呪詛一故歟ト、謀ノ拙キ所ヲバ閣テ、人々怪シミ思ハレケル心ノ程コソ愚ナレ」との批評が付けられている。

第六章。叡山に戻った楠正成は、翌朝「律僧ヲ二三十人作リ立テ京へ下シ」、方々の戦場で死体を探させた。怪しんで足利勢が尋ねると、僧達は涙をおさえながら「昨日ノ合戦ニ、新田左兵衛督殿・北畠源中納言殿・楠木判官已下、宗トノ人々七人迄被レ討サセ給ヒ候程ニ、孝養ノ為ニ其尸骸ヲ求候也」と答えた。足利尊氏はじめ、高・上杉達もそれを信じて探索させたが、首は発見できなかった。一方、正成は「同日ノ夜半許」に「下部共ニ焼松ヲ二三千燃シ連サセテ、小原・鞍馬ノ方へ」送った。足利方は、それを官軍勢の敗走と判断し、尊氏は「サラバ落ヌ様ニ、方々へ勢ヲ差向ヨ」として、軍勢を各方面に派遣した。

これに対し、官軍は「宵ヨリ西坂ヲ、リ下」して都の北東部に陣取らせた上で、「二十九日ノ卯刻」に二条河原へ出撃させた。洛中が手薄になっていた足利勢は「夢ニモ知ヌ事ナレバ俄ニ周章フタメキ」、逃走する者、僧となる者、自害する者などが続出し、大混乱を生じる。

結局、尊氏も「其日」丹波の曾地まで落ち、四国・西国勢も摂津の芥川まで落ちた。ところが、「兵庫湊河ニ落集リタル勢」から、「急ギ摂州へ御越候へ、勢ヲ集テ頓テ京都へ責上リ候ハン」との連絡が届いたため、尊氏は二月二日、湊川へと向かった。その途中で尊氏は随伴していた薬師丸（のちの「熊野山ノ別当四郎法橋道有」）を呼び、「如何ニモシテ持明院殿ノ院宣ヲ申賜テ、天下ヲ君与㆑君ノ御争ニ成テ、合戦ヲ致サバヤト思也。御辺ハ日野中納言殿ニ所縁有ト聞及バ、是ヨリ京都へ帰上テ、院宣ヲ伺ヒ申テ見ヨカシ」と秘かに命じ、三草山より上洛させた。

第七章。尊氏の湊川到着によって、意気上がった軍勢は二十万騎となった。ところが、「其事トナク」湊川に三日間逗留している間に、宇都宮勢五百余騎は途中から引き返して官軍となり、「八幡ニ被㆑置タル武田式部大輔モ、堪カネテ降人ニ成」ったりしたことで、官軍側の軍勢も増加した。二月五日、北畠顕家・新田義貞の十万余騎は京都を出立し芥川に到着、それを知った尊氏も、直義の十六万騎を京都に向かわせた。

両軍は、二月六日に摂津の豊島河原で対決したが勝負はつかなかった。そのあと、正成・義貞勢と直義勢との攻防があり、直義は湊川まで退却した。

味方の戦いぶりを見て「退屈」の様子を見せている尊氏に、「大伴」（大友貞宗）が「只先筑紫へ御開キ候へカシ。小弐筑後入道御方ニテ候ナレバ、九国ノ勢多ク属進セ候ハゞ、頓テ大軍ヲ動テ京都ヲ被㆑責候ハンニ、何程ノ事カ候ベキ」と勧めたのに対し、「ゲニモトヤ思食ケン」尊氏は直ちに大友の船に乗った。これを見た諸軍勢が遅れるまいとして、二十万騎が三百余艘に乗船しようとしたため、大混乱が生じた。

第八章。二月二日、後醍醐天皇は叡山より還幸し、花山院を皇居とした。同八日、義貞が「ユ、シク」帰京。ところが、「其時ノ降人一万余騎」が全員「元ノ笠符ノ文ヲ書直シテ」付けていたものの、「墨ノ濃キ薄キ程見ヘテ、アラハニシルカリケル」ことについて、翌日、五条の辻に「二筋ノ中ノ白ミヲ塗隠シ新田々々シゲナ笠符哉」という高札が立てられた。

臨時の除目が行われ、新田義貞は左近衛中将、義助は右衛門佐に任ぜられた。更に、「建武」の年号は「公家ノ為不吉也」として、「延元」と改元された。

第九章では、賀茂神社の神主職は「重職トシテ、恩補次第アル事ナレバ、咎無シテハ改動ノ沙汰モ難レ有事」であったのに、尊氏が貞久から基久に改補したこと、ところが、それから二十日もたたずに「天下又反覆」による朝廷の措置として、神主職が貞久に返還されたことが短く記され、それに続けて、「両院ノ御治世替ル毎ニ転変スル事、掌ヲ反スガ如シ」として、基久の娘をめぐる二人の皇子（後の後醍醐帝と後伏見帝）の争いを詳述し、最終的には、基久が「出家遁世ノ身」となった事で締め括られている。

二

巻十五の足利尊氏は、全体として批判的に形象される。まず、第一章に於ては、園城寺（三井寺）側の協力が得られた場合には戒壇造営に尽力するとの「御教書」を発した事について、「園城寺ノ三摩耶戒壇」をめぐる山門（延暦寺）と寺門（園城寺）との対立抗争の歴史を山門側が優勢の力関係の中で回顧し、又、戒壇造営の企てがないことによる「寺門繁昌」の「近年」を確認し、「今将軍妄ニ衆徒ノ心ヲ取ン為ニ、山門ノ忿ヲモ不レ顧、楚忽ニ被レ成二御教書一」た事を「天魔ノ所行、法滅ノ因縁」として「聞人毎ニ唇ヲ翻シケリ」と批判する。

第三章では、三井寺に派遣されていた細川定禅の援軍要請に対して尊氏が情勢分析を誤まり援軍を派遣しなかったゆえの、官軍側の勝利が記され、第六章では、楠正成の虚報作戦に踊らされる尊氏側の動きが「余ニ面影ノ似タリケル頭ヲ二ツ獄門ノ木ニ懸テ、新田左兵衛督義貞・楠河内判官正成ト書付ヲセラレタリケルヲ、如何ナルニクサウノ者カシタリケン、其札ノ側ニ『是ハニタ頸也。マサシゲニモ書ケル虚事哉』ト、秀句ヲシテゾ書副テ見セタリケル」と、戯画的に描かれる。第六章の場合は、巻八に於て、河野・陶山と対照的に描かれた隅田・高橋の例にも類似するものである。

第七章では、足利尊氏が大友貞宗の勧めを「ゲニモ」として筑紫に落ちて行く道を選んだ事について、「尊氏卿ハ福原ノ京ヲサへ（傍点筆者。以下同じ）被㆓追落㆒テ、長汀ノ月ニ心ヲ傷シメ、曲浦ノ波ニ袖ヲ濡シテ、心ヅクシニ漂泊シ給ヘバ、義貞朝臣ハ、百戦ノ功ヲ高シテ、数万ノ降人ヲ召具シ、天下ノ士卒ニ将トシテ花ノ都ニ帰給フ。憂喜忽ニ相替テ、ウツ、モサナガラ夢ノ如クノ世ニ成ケリ」と、義貞と対照させる形で、『平家物語』における平氏の都落ちに重ねつつ否定的に描かれている。

この第七章末尾の記述は、巻十五の人物形象の、もう一つの側面をも象徴するものである。たとえば、楠正成は、第五章に於て「勇気無双ノ上、智謀第一」の者と記され、第六章でも、俄か仕立ての「律僧」を使っての陽動作戦によって足利軍を攪乱する存在である。しかし、むしろ、第四章に於て、坂本に引き返す北畠顕家に一旦は同行しようとしたにも拘らず、船田経政が積極作戦を主張すると、それに同意する形で「我モ此義ヲ思ヒツル処ニ、イシクモ申タリ」と京都へ進攻する新田義貞の存在の方が大きく描かれる。義貞は、中黒の旗を巻いて紋を隠し、笠符を取って敵中に紛れ込むという、楠的攻撃方法をとり、最終的には退却したものの、第四章末尾は「義貞朝臣ハ、僅ニ二万騎勢ヲ以テ将軍ノ八十万騎懸散シ、定禅律師ハ、亦三百余騎ノ勢ヲ以テ、官軍ノ二万余騎ヲ追落ス。彼ハ項王ガ勇ヲ心トシ、是ハ張良ガ謀ヲ宗トス。智謀勇力イヅレモ取々ナリシ人傑也」と評されている。更に第五章でも「態鎧ヲ脱替ヘ馬ヲ乗替テ」戦う義貞が描かれる。

しかし、巻十四以後、対立構図の実質的存在として形象化されてきた尊氏・義貞であるが、巻十五の義貞は、必ずしも尊氏に対峙しての肯定的人物として描かれているわけではない。すなわち、第三章・第四章に於て、味方の北畠顕家が〈一休止〉あるいは〈休養のための引き揚げ〉という消極的行動をとった時、義貞は、それとは反対の積極的即時攻撃の道を選んだのであった。第三章に於ては、義貞は、大館氏明の提言に対して、楠正成とともに「此義誠ニ可レ然候」と同意したのであったし、第四章に於ては、一度は顕家と行動を共にしようとした義貞に対して、船田経政が「馬ヲ叩テ」京都攻撃を提案したのを、義貞は「我モ此義ヲ思ヒツル処ニ、イシクモ申タリ」と、当然のように許諾して京都へと進攻した。つまり、義貞は、家臣の提言により、北畠顕家と対照的行動をとる事で、その存在感を明確にするのである。

一方、尊氏の方は、第五章末尾に於て、足利勢の敗北の繰返しを「我等朝敵タル故歟、山門ニ被二呪詛一故歟」と考え（この場面は、尊氏個人の認識ではないが、作者は「謀ノ拙キ所ヲバ閣テ、人々怪シミ思ハレケル心ノ程コソ愚ナレ」と批判している）、第六章に於ては、尊氏自身が薬師丸に対して「今度京都ノ合戦ニ、御方毎度打負タル事、全ク戦ノ咎ニ非ズ。倩事ノ心ヲ案ズルニ、只尊氏混朝敵タル故也」と語っている。

ところが、巻十五全体を通じて、決して肯定的に描かれているわけではない尊氏だが、滅亡はしない。この、全面否定にはならない事への説明として導入されるのが、「運」である。第四章では、敗走の途中で尊氏が三度も自害しようとしたことを記した後に「サレドモ将軍ノ御運ヤ強カリケン」として、追撃していた官軍が日暮れとともに引き返したとする。又、第五章では、義貞が鎧・馬を替え、ただ一騎で尊氏を狙ったにも拘わらず「将軍運強クシテ」発見できなかったと記す。

なお、巻十五における尊氏の呼称をまとめると、**表（1）**[4]のようになる。

尊氏は、後醍醐帝と対峙する立場をとる事によって、「朝敵」となった。しかし、『太平記』作者は、その事を顕在化させず、むしろ尊氏と義貞との対立構図として描いてきた。

表（1）

呼称＼章段	一	二	三	四	五	六	七	八	九	合計
①将軍	1	2	1	13	7	6	7			37
②尊氏卿					2		1		1	4
③尊氏朝臣					2					2
④尊氏				1	1	1				3
⑤その他				1	1					2
⑥朝敵					1	1		1		3
⑦逆徒・逆臣								2		2

それは、表（1）に見られるごとく、尊氏を「朝敵」としてよりも「将軍」として形象しようとする姿勢となってもいる（ちなみに、新田義貞の場合は、「義貞朝臣」の九例が最も多く、以下、「新田左兵衛督（義貞）」・「義貞」の順）。

しかし、実は、表（1）で三例しかない「朝敵」の二例が、尊氏（及び尊氏側）の発言の中に見られる点にこそ注目する必要がある。とりわけ、第六章での尊氏自身の言葉の中での「朝敵」は、「如何ニモシテ持明院殿ノ院宣ヲ申賜テ、天下ヲ君与レ君ノ御争ニ成テ、合戦ヲ致サバヤ」という、次の展開に結びつけて述べられている。このことは、数度の敗走や自害の決意をも踏まえた上での、尊氏の認識と展望とを示している。

とすれば、尊氏対義貞という対立構造を超越するものが、次の段階では当然、用意されることになる。それは、第九章[5]が、賀茂社の神主改補を「尊氏卿」と「公家（朝廷）」との天下（京都）制圧の力関係による急激な変革人事の例として記述しつつも、「両院ノ御治世替ル毎」の改補へと叙述を展開させている事と繋がっていく。しかも、第九章大半は、基久の娘をめぐっての「伏見宮」と「師官」との確執を描き、「師宮御治世ノ初、基久指・・・・・・・・タル咎ハ無リシカドモ、勅勘ヲ蒙リ神職ヲ被レ解」たと述べ、最終的には基久が「出家遁世ノ身」となったことを記して、巻十五は終わる。したがって、師官（後醍醐天皇）の「御憤ノ末深カ」ったための基久の神職解任は、「師宮」への批判的視線をもって締め括られていることになる。

このように見てくると、「朝敵」となった足利尊氏が自覚せざるをえなかった「敵」としての立場から言えば、基準として〈正〉であるはずの「朝」（後醍醐帝）側の問題が、結果的には摘出されていることにもなる。

注

（1）引用は日本古典文学大系本（岩波書店）によるが、字体を改めた。

（2）テキストは、章段だけでなく、第三章の落首詞書も「建武二年」とするが、建武三年が正しい。

（3）天正本は「腹を切らんとし玉ふ事、三箇度までになりにけり」。なお天正本の引用は、新編日本古典文学全集本（小学館。底本は漢字片仮名まじり）による。

（4）①「将軍」の用例数には「将軍方」の三例を含む。④「尊氏」のうち、一例は自称。もう一例は義貞の言葉。⑤は船田経政の言葉の中の「足利殿御兄弟」と、「大將」。なお、尊氏個人のみを指すとは言えないが、参考として「朝敵」「逆徒」「逆臣」も併記した。

なお、『太平記』第二部（巻十二〜）を巻十六を境として「前半」と「後半」とに区分された長谷川端氏の論「太平記の構想」（『太平記の研究』汲古書院・昭和57）を踏まえて、大森北義氏は、巻十四〜十六（西源院本）の三巻を第二部世界の「展開部」の「前半」とし、巻十七〜二十の四巻を「後半」とした上で、次のように述べておられる（『『太平記』の構想と方法』明治書院・昭和63）。

この「前半」世界を通して尊氏は「将軍」は勿論のこと「尊氏卿」とも呼称できない筈の人物であった。『太平記』のこうした呼称は、蓋し、この「前半」世界で描く尊氏の〝開運〟、あるいは、「後半」世界で達成される〝征夷大将軍就任〟を展望しつつそれを志向したものであり、いわばその達成を前提とした表現である。

（5）テキストとした流布本や天正本等では、第九章で巻十五が終わっているが、神田本・西源院本・玄玖本・梵舜本等では、流布本巻十六の第一章〜第三章までを巻十五に収めている。西源院本の本文を引用すると、巻十五の末文は「和漢兩朝之例ヲ引テ、武運ノ天ニ叶ヘル由ヲ申サレタレハ、將軍モ當座ノ人々モ、皆歡喜ノ笑ヲソ含マレケル」となっており、西走した尊氏の九州制圧を確認する構成となっている。

なお、三井寺の鐘についての記述がある巻十五第三章の末尾部分に関して、諸本の差異を、次頁に**表（2）**として掲げた。足利勢に協力した三井寺の敗北を描く中で、俵藤太伝説の引用へと進むが、天正本の記す「あさましかりし事ども」の原因は山門（官軍側）の「兵火」によるものである。西源院本では「山徒三人」の乱行とその結末としての「不思議」を描く。流布本などが「末代ノ不思議、奇特ノ事」という鐘についての説明だけで終わっている不安定さについて、右の二本は解消する姿勢を見せたものとも言えよう。

表（2）に引用した本文は、西源院本（刀江書院）・神田本（国書刊行会）・天正本（小学館）・義輝本（勉誠社）・玄玖本（勉誠社）・梵舜本（古典文庫）による。

ところで、第九章の「其比先帝ハ未帥宮ニテ」（流布本）の「先帝」（神田本・玄玖本・天正本等も）は、西源院本の「當今」の方が適切と思われる（後醍醐帝が「先帝」の呼称で記されるのは、巻四の隠岐配流から巻七の隠岐脱出まで。巻三に一例のみ「前帝」あり）。

表(2)

本	本文
西源院本	軍終リテ後、此鐘ヲ取テ、寺ノ上一坂ニ埋テ隠シタリケルカ、四月ノ比後夜ノ鐘タシカニ聞ケル程ニ、彼此逃ケ隠レ居タル衆徒聞レ之コソ、サテハ此代ニテサテハツヘカラス、将軍立返、寺再興有ヘシト憑ヲ残シ思ハレケレ、サレハ今ニ傳ハテ、此鐘ノ聲ヲ聞人、無明長夜ノ夢ヲ驚カシ、慈尊出世ノ暁ヲ待ツ、天下無雙ノ重寳也、ソレノミナラス、彼寺ヲ山徒三人給テ、山ノ木ヲ切焼、然ニ坊舎ヲコホチ取リ、竹木一モ無切リ取ケルニ、新羅森ヲ切リケル者、忽ニ目クレ、鼻血タリ、手足切リテ、木ノ枝一モ取ラレサリケルコソ不思議ナレ
神田本	されハ今ニ傳て此・《かネノ》聲ヲ聞人無明長夜ノ夢ヲ驚て慈尊出世ノ暁ヲ待ツ末代奇特ノふしギ也
天正本	されば今に伝へて、この声をきく人、無明長夜の夢を覚して、慈尊出世の暁を待つ。末代奇特の不思議なり。かやうに止事なき仏閣一時に兵火のために侵され、灰燼となつて徒らにその跡を残しける。あさましかりし事どもなり。
義輝本	サレハ今ニ傳テ此鐘ノ聲ヲ聞人、無明長夜ノ夢驚テ、慈尊出世ノ時ヲ待ツ、末代奇特ノ不思議也
玄玖本	其レハ今ニ傳ハテ此聲ヲ聞人無明長夜ノ夢ヲ驚テ慈尊出世ノ暁ヲ待ツ末代奇特ノ不思議也
梵舜本	サレハ今ニ至ルマテ三井寺ニ有テ此鐘ノ声ヲ聞人、无明長夜ノ夢ヲ驚カシテ、慈尊出世ノ暁ヲ待ツ、末代ノ不思議、奇特ノ事也
流布本	サレバ今ニ至ルマデ三井寺ニ有テ此鐘ノ聲ヲ聞人、無明長夜ノ夢ヲ驚カシテ慈尊出世ノ暁ヲ待。末代ノ不思議、奇特ノ事共也。

将軍尊氏の上洛と楠正成の死

一

『太平記』巻十六の章立ては次の通りである。(1)

一、将軍筑紫御開事
二、小弐与菊池合戦事付宗応蔵主事
三、多々良浜合戦事付高駿河守引例事
四、西国蜂起官軍進発事
五、新田左中将被責赤松事
六、児島三郎熊山挙旗事付船坂合戦事
七、将軍自筑紫御上洛事付瑞夢事
八、備中福山合戦事
九、新田殿被引兵庫事
十、正成下向兵庫事
十一、兵庫海陸寄手事

十二、本間孫四郎遠矢事
十三、経島合戦事
十四、正成兄弟討死事
十五、新田殿湊河合戦事
十六、小山田太郎高家刈青麦事
十七、聖主又臨幸山門事
十八、持明院本院潜幸東寺事
十九、日本朝敵事
二十、正成首送故郷事

後醍醐天皇による、いわゆる「建武新政」は、その始発とともに、内包する様々の問題・矛盾を露呈していく（巻十二）。たとえば、後醍醐帝の隠岐配流中、官軍側の火をともし続けた一人である大塔宮護良親王は、文字通り切り捨てられ、その責任の標的は、足利尊氏でも天皇でもなく、足利直義と准后（阿野廉子）とに向けられる（巻十二・十三）。又、討幕過程では両輪のような役割を果たしてきた足利尊氏（彼は後醍醐帝の諱「尊治」の一字を下賜されて「高氏」から「尊氏」となった—巻十三）と新田義貞との対立が、尊氏と帝との対立を現実の最前線に於て担う形で描かれていく（巻十三～十五）のが、『太平記』の物語としての構成である。

そして、巻十六では、大塔宮とともに官軍を支え続けたもう一人の人物・楠正成の最期も描かれることになる（傍点筆者。以下同じ）。

先に掲げた二十章段のうち、第一章から第三章にかけては、九州へ敗走した足利尊氏が捲土重来して京都に攻めのぼる逆転的様相が叙述される。まず、第一章では、建武三年（一三三六）二月、尊氏が兵庫を落ちた時に七千余騎いた兵のうち、備前児島に於て、京都からの追撃を考えて尾張氏頼らを留め置き、東国対策のために細川定禅・義教を帰国させたために、筑前多々良浜に到着した時には「其勢僅ニ五百人ニモ足ズ」という有様であったと述べられる。

後日を考えての配備もしている尊氏を「僅ニ五百人ニモ足」らぬ勢力で筑前に到着したという風に、最悪の条件下に置き、そこから再生していく形で物語は展開していく。まず、宗像大宮司の招きを受けてその館に入った尊氏が、少弐妙恵に協力要請の使者を送ると、妙恵は嫡子頼尚に若武者三百騎を添えて派遣してきた。

しかし、第二章では、小弐の動きを知った菊池武俊が三千余騎で馳せ向かい、小弐方の時籠勢を討死させ、小弐妙恵の内山城を攻撃する次第が描かれる。やがて、小弐方は一族の中に裏切りが出て、妙恵以下が自害し、妙恵の末子・宗応蔵主も父の菩提を弔った後、自らは炎の中に身を投じて死ぬ。

第三章は、菊池勢と足利勢との多々良浜合戦の叙述となる。「三百騎ニハ過ズ。而モ半ハ馬ニモ乗ズ鎧ヲモ著ズ」という状態で、菊池勢を「四五万騎モ有ラン」と見た尊氏は、「腹ヲ切ン」と言う。しかし、左馬頭直義は和漢の先例（漢の高祖と源頼朝）を引き、「此三百騎志ヲ同スル程ナラバ、ナドカ敵ヲ追払ハデ候ベキ」と制止し、「先直義馳向テ一軍仕テ見候ハン」と言い放って香椎宮を出立する（その有様は、「都合其勢二百五十騎、三万余騎ノ敵ニ懸合セント志シテ、命ヲ塵芥ニ思ケル心ノ程コソ艶ケレ」と描かれる）。社壇の前を通り過ぎる時、一つがいの烏が一枝の杉の葉を冑の上に落したのを、直義は下馬して「是ハ香椎宮ノ擁護シ給フ瑞相也ト敬礼」し、射向の袖に指す。

菊池勢と直義勢とが接近し、菊池側が「矢合ノ流鏑」を射たのに対し、直義陣は「矢ノ一筋ヲモ射ズ、鳴ヲ閑メテ」いたが「誰ガ射トモ不レ知白羽ノ流鏑矢」が敵陣へと飛んだ。直義側の兵達は「是ハ只事ニ非ト憑敷」く思って勇み立った。その後、菊池方の三千余騎は足利方の小勢に追われて退却し、更に、菊池軍の搦手が「将軍ノ御勢」(2)を大軍と錯覚して降服したため、菊池勢は肥後国へ引き返す。この菊池の敗退は「天運時至ザレバ」とされ、九州・壱岐・対馬が全て尊氏方になった事については、「此全ク菊池ガ不覚ニモ非ズ、又直義朝臣ノ謀ニモ依ラズ、啻将軍天下ノ主ト成給フベキ過去ノ善因催シテ、霊神擁護ノ威ヲ加へ給シカバ、不慮ニ勝コトヲ得テ一時ニ靡キ順ケリ」と語られる。そして、戦わずに降服した菊池方の松浦・神田勢について、尊氏が「相構テ面々心赦シ有べカラズ」と言ったのに対し、「遥ノ末座ニ候ケル高駿河守」が「和漢両朝ノ例ヲ引テ、武運ノ天ニ叶ヘル由」を申し述べ、結局「将軍ヲ始マイラセテ、当座ノ人々モ、皆歓喜ノ笑」を浮かべたことを記して第三章は終わる。つまり、尊氏の勢力増加が「運」によるものであることが、層を重ねる形で因果論的に語られていることがわかる。

　これに対して、第四章冒頭では、「将軍筑紫へ没落シ給シ刻」「此時若義貞早速ニ被二下向一タラマシカバ、一人モ降参セヌ者ハ有マジカリシヲ」と、仮定法を使って新田義貞に言及し、その遅延事情を「其比天下第一ノ美人ト聞ヘシ、勾当ノ内侍ヲ内裏ヨリ給タリケルニ、暫ガ程モ別ヲ悲テ、三月ノ末迄西国下向ノ事被二延引一ケルコソ、誠ニ傾城傾国ノ験ナレ」と批判的に描き、諸国の武士が次々に尊氏方となっていく現実が記される。

　後醍醐天皇は、北畠顕家を鎮守府将軍として奥州に派遣し（実際に任命されたのは、前年の建武二年十一月二日）、新田義貞には「十六箇国ノ管領」を許可し「尊氏追討ノ宣旨」を与えた。ところが義貞が出立直前に「瘧病ノ心地煩シ」かったため、江田行義・大館氏明の二千余騎を先発させた。迎撃する赤松勢を打破した江田・大館は「西国ノ退治」を容易なことと判断し、京都へ早急の派兵を要請した。

第五章では、右の要請を受け、病気の恢復した義貞勢五万余騎の出陣が描かれる。義貞が「賀古河ニ四五日逗留」し、六万余騎になって赤松円心の居城を攻めようとしたところ、円心から「当国ノ守護職ヲダニ、綸旨ニ御辞状ヲ副テ下シ給リ候ハヾ、如レ元御方ニ参テ、忠節ヲ可レ致ニテ候」との申し入れがあった。義貞は「子細アラジ」として「守護職補任ノ綸旨」を要請した。しかし、その使者が京都との往復に十日以上かかっている間に、円心の方は「城ヲ拵スマシ」、更に「当国ノ守護・国司ヲバ、将軍ヨリ給テ候間、手ノ裏ヲ返ス様ナル綸旨ヲバ、何カハ仕候ベキ」と「嘲哢」する対応をしてきた。そのため義貞は「其儀ナラバ爰ニテ数月ヲ送ル共、彼ガ城ヲ責落サデハ通ルマジ」と、円心の白旗城を「百重千重ニ取囲テ、夜昼五十余日、息ヲモ不レ継」攻撃したが、落城させることができなかった。

結局、脇屋義助が、楠正成の千剣破城籠城の例を引きつつ、まず、尊氏の上洛を阻止するため備前・備中・安芸・周防・長門を制圧すべきであると提案し、義貞も同意して、宇都宮・菊池勢二万余騎が船坂山へと派遣された。

第六章は、備前国の住人児島高徳の動向を記す。高徳は、船坂山を攻めあぐむ義貞に使者を送り、自分が備前の熊山に挙兵することで船坂山の敵を混乱させる旨を伝え、「四月十七日ノ夜半許ニ」「己ガ館ニ火ヲカケテ、僅二十五騎」で出兵する。熊山の「案内者」たる石戸彦三郎の二百騎との激戦の中で、「内甲ヲ突レ」て落馬した高徳が気絶する場面もあったが、範長（高徳の父）が鎌倉権五郎景政の先例を引きながら「高ラカニ恥シメ」たところ、高徳は蘇生した。範長は「今ハ此者ヨモ死ナジ」と喜んで出兵する。一方、脇屋義助は二万騎を三手に分けて船坂山の敵を攻略した。その中で、切腹しようとしたものの「屹ト思返ス事有テ、脱タル鎧ヲ取テ著、捨タル馬ニ打乗テ」「搦手ノ案内仕ツル者ニテ候ガ、合戦ノ様ヲ委ク新田殿へ申入候也」と偽り、総大将新田義貞の前に到着すると直ちに「降人ニ参テ候」と申し出て助命された備前一宮の在庁官人美濃権介佐重のことが、「是モ暫時ノ智謀也」

と挿話的に描かれる。

第七章は足利側についての記述となる。「筑紫九国」を制圧した足利尊氏であったが、「中国ニ敵陣充満シテ道ヲ塞ギ、東国王化ニ順テ、御方ニ通ズル者少ナカリケレバ、左右ナク京都へ責上ラン事ハ、如何有ベカラント、此春ノ敗北ニコリ懼テ」進攻を躊躇していたところへ、赤松則祐・得平秀光が播磨から馳せ付け「天下ノ成功只此一挙ニ可レ有ニテ候者ヲ」と、上洛を促す。「ゲニモ此義サモアリト覚ルゾ」と応諾した尊氏は、仁木を大将として大友・小弐を九州に残し、四月二十六日に太宰府を出発、五月一日に安芸の厳島に寄港し、三日間参籠した結願の日に、醍醐三宝院僧正賢俊が京都から到着して「持明院殿ヨリ被レ成ケル院宣」を伝える。尊氏は「函蓋相応シテ心中ノ所願已ニ叶ヘリ。向後ノ合戦ニ於テハ、不レ勝云事有ベカラズ」と喜ぶ。厳島を出発すると、四国・中国勢が「吹風ノ草木ヲ靡ス」ように続々と馳せ加わった。鞆の浦からは、官軍側の状勢を考え、直義を大将とする二十万騎に陸路を進ませ、尊氏は兵船で海路を京都へ向かった。

この出立の際に「一ノ不思議」があった。屋形船でうとうとしていた尊氏は「南方ヨリ光明赫奕タル観世音菩薩一尊飛来リマシ〳〵テ、船ノ舳ニ立給ヘバ、眷属ノ二十八部衆、各弓箭兵杖ヲ帯シテ擁護シ奉ル体」の夢を見て目覚めると、屋形の上に一羽の山鳩が留まっていた。「彼此偏ニ円通大士ノ擁護ノ威ヲ加ヘテ、勝軍ノ義ヲ可レ得夢想ノ告也」と考えた尊氏は、杉原紙に自ら観世音菩薩を書き、船の帆柱毎に貼り付けさせた。やがて、尊氏軍は備前吹上に、直義軍は備中の草壁庄に到着した。

第八章は、備中福山城（現在の岡山県都窪郡山手村の西部。前章の「草壁庄（現在の岡山県小田郡矢掛町）」からは東北東に位置する）の攻防戦を描く。足利軍の大挙しての上洛の報に福山城の官軍は弱気になるが、大江田氏経の

「誰々モ爰ニテ討死シテ、名ヲ子孫ニ残サント被二思定一候へ」との言葉に諌められて、奮起する。

「五月十五日ノ宵ヨリ」足利直義の三十万騎は福山城を包囲する。官軍は五百余騎が討たれたが、大江田ら四百余騎は「虎口ノ難ヲ遁テ、五月十八日ノ早旦ニ」三石の宿（現在の岡山県備前市の北東部。船坂山の西）に着く。勝利を確認した直義は、吉備津宮に願書を納めて出発し、尊氏も出帆する。

「五月十八日晩景」脇屋義助は三石から義貞のもとへ福山合戦の報告をする。義貞は、足利軍が海路・陸路の二手になって進攻して来ることを警戒して、摂津国辺まで退去することを決める。官軍が「五月十八日ノ夜半許」に三石・船坂を撤退するのを三石城の赤松勢が追撃した。しかし、菊池（官軍）の若党「原源五・源六」が奮戦して、数万の官軍を無事に播磨へと逃がすことができた。

以下、脇屋義助と合流しようとした和田（児島）範長・高徳父子が、赤松勢に攻められ、負傷した高徳を「サゴシ（現在の兵庫県赤穂市坂越）ノ辺ニ相知タル僧ノ有ケルヲ尋出シテ」預けた範長が自害に至る経緯と、「備後守ガイトコ」の和田範家が敵一人とでも「差違ヘンズル物ヲ」と思い「自害シタル体」を装って横臥していたところへ、「赤松ガ勢ノ大将」で「和田ガ親類」の「宇弥左衛門次郎重氏」が駆けつけ、自害した人々を見て「助クベカリツル物ヲ」と言って落涙したため、「範家是ニ有」と名乗って助けられた「運命ノ程コソ不思議ナレ」という話とが描かれる(3)。

第九章では新田義貞の撤退が記される。備前・美作の勢を待つために、加古川（現在の加古川市と高砂市との境を流れる川）の西で「二日マデ」逗留していた義貞は、増水を警戒して大将（義貞）達の渡河を勧める声に対して、韓信の故事を引き、弱者から順番に渡河させる。しかし、義貞が兵庫（現在の神戸市）に到着した時には(4)、六万余騎の軍勢は「纔ニ二万騎ニモ不レ足」という激減ぶりであった(5)。

そして、官軍方のもう一人・楠正成が登場するのが第十章である。兵庫まで退却したとの早馬による義貞の報告に驚いた後醍醐天皇は、正成を呼び、兵庫に下り義貞に協力するように命じた。それに対し、正成は、大軍で上洛するのが必定の足利軍を考えれば、疲弊した官軍の小勢では必ず敗北するに違いないと予想し、①義貞を京都に呼び戻すこと、②帝の山門への臨幸、③正成自身は河内に下向し「畿内ノ勢ヲ以テ河尻ヲ差塞」ぐこと、の三点を基本的方針とした上で、京都に入った足利軍に対し、義貞と正成とが「両方ヨリ京都ヲ攻テ兵粮ヲツカラカ」せ、敵の疲れと味方の増加とを期し、義貞が「山門ヨリ推寄」せ、正成が「搦手ニテ攻上」ったなら「朝敵ヲ一戦ニ滅ス事有ヌ」と述べ、義貞について「路次ニテ一軍モセザランハ、無下ニ無㆓云甲斐㆒人ノ思ハンズル所ヲ恥テ、兵庫ニ支ラレタリ」と推察し、「合戦ハ兎テモ角テモ、終始ノ勝コソ肝要ニテ候へ」と語る。

この正成の意見は、天皇・公家を相手にして、むしろ厳しい現実を割引きし、固定観念を少しでも変更させ具体的行動に結びつけることを期するものであった。即ち、数量的に考えても、足利軍が京都にそのまま入った場合に、義貞・正成の挟撃作戦が完勝を招来する可能性はなかったであろう。それを、正成が敢えて尊氏の入洛を一つの条件としたのは、その現実を前提として、後醍醐帝自身がどこまで〝真の現実〟を直視し尊氏との接点を現実的に考えうるか、その問いかけを最終的な選択肢として呈示したことになる。

しかし、天皇側は、そのような現実を直視している正成の目・心を許容しえなかった。そのため、「誠ニ軍旅ノ事ハ兵ニ譲ラレヨ」とする「諸卿僉議」を覆す形で、坊門清忠の口から次のような意見が述べられる。

清忠は「正成ガ申所モ其謂有トイヘドモ、征罰ノ為ニ差下サレタル節度使、未戦ヲ成ザル前ニ、帝都ヲ捨テ、一年ノ内ニ二度マデ山門ニ臨幸ナラン事、且ハ帝位ヲ軽ズルニ似リ、又ハ官軍ノ道ヲ失処也」と述べ、続いて、①上洛する尊氏軍は「去年東八箇国ヲ順ヘテ上シ時ノ勢ニハヨモ過ジ」とし、②官軍が「小勢也トイヘドモ」「大敵」

を圧倒してきたのは「是全武略ノ勝タル所ニハ非ズ、只聖運ノ天ニ叶ヘル故也」と主張し、正成に直ちに下向すべきであると言い渡した。正成は「此上ハサノミ異儀ヲ申ニ不レ及」として、「五月十六日ニ都ヲ立テ五百余騎ニテ」兵庫へ下向した。(6)(7)(8)

「是ヲ最期ノ合戦ト思」った正成は、京都から兵庫に向かう途中の「桜井ノ宿」（現在の大阪府三島郡島本町にあった、水無瀬離宮に近い西国街道の宿駅）で、同行していた嫡子の正行（十一歳）に対し、「今度ノ合戦天下ノ安否ト思フ間、今生ニテ汝ガ顔ヲ見ン事是ヲ限リト思フ也」と述べ、「正成已ニ討死スト聞ナバ、天下ハ必ズ将軍ノ代ニ成ヌト心得ベシ」と展望し、「一旦ノ身命ヲ助ラン為ニ、多年ノ忠烈ヲ失テ、降人ニ出ル事有ベカラズ。一族若党ノ一人モ死残テアラン程ハ、金剛山ノ辺ニ引籠テ、敵寄来ラバ命ヲ養由ガ矢サキニ懸テ、義ヲ紀信ガ忠ニ比スベシ。是ヲ汝ガ第一ノ孝行ナランズル」と、泣く泣く「庭訓」を伝え、河内へ帰らせた。

この場面の正成については、対句表現を使って「昔ノ百里奚ハ、穆公晋ノ国ヲ伐シ時、戦ノ利無カラン事ヲ鑒テ、其将孟明視ニ向テ、今ヲ限ノ別ヲ悲ミ、今ノ楠判官ハ、敵軍都ノ西ニ近付ト聞シヨリ、国必滅ン事ヲ愁テ、其子正行ヲ留テ、無跡迄ノ義ヲ進ム。彼ハ異国ノ良弼、是ハ吾朝ノ忠臣、時千載ヲ隔ツトイヘ共、前聖後聖一揆ニシテ、有難カリシ賢佐ナリ」と、称讃の評言が記される。

兵庫に到着した正成は、義貞と会い、尋ねられるままに「所存ノ通リト勅定ノ様ト」を詳しく話す。義貞が戦果を上げ得ぬ自分を不甲斐ないと考え「只一戦ニ義ヲ勧バヤト存ル計也」と述べた事に対しては、「道ヲ不レ知人ノ譏ヲバ、必シモ御心ニ懸ラルマジキニテ候。只可レ戦所ヲ見テ進ミ、叶フマジキ時ヲ知テ退クヲコソ良将トハ申候ナレ」と語り、元弘の初年に北条高時を打破し、今春、尊氏を九州へ追いやった事については「聖運トハ申ナガラ、偏ニ御計略ノ武徳ニ依シ事ニテ候ヘバ、合戦ノ方ニ於テハ誰カ褊シ申候ベキ」と義貞を肯定的に励ます。その結果、義貞も「誠ニ顔色解テ」、二人は盃を酌み交わしつつ、夜を徹して語り合った。(9)

二

俯瞰的叙述の第十一章・第十三章の間に、個人を大写しする第十二章が置かれている。

まず、第十一章では、「五月二十五日辰刻」に足利方の数万の兵船が兵庫の沖に接近し、須磨・鵯越（現在の神戸市西部）の方からも「陸地ノ大勢」が攻め寄せてきた事が描かれる。

官軍方は、脇屋義助の五千余騎、大館氏明の三千余騎、楠正成の七百余騎を三手に分けて「陸地ノ敵」へ向かわせ、新田義貞の二万五千余騎が「和田御崎」（現在の神戸市兵庫区和田岬）に陣取った。

両軍が対峙する中で本間孫四郎重氏（新田方）がクローズアップされるのが第十二章である。重氏は、足利勢が召し連れているに違いない「鞆・尾道ノ傾城共(10)」の「珍シキ御肴」にしようとして、流鏑矢で「ミサゴ」を「態ト生ナガラ」射て、足利方の「大友ガ舟ノ屋形ノ上」に落とした。名を尋ねられた重氏は「三人張ニ十五束三伏」の弓で、名を彫った矢を再び放ち、「合戦ノ最中ニテ候ヘバ、矢一筋モ惜ク存候。其矢此方へ射返シテタビ候ヘ」と呼びかける。

そこで、尊氏は高師直に人選させ、再三辞退する佐々木顕信に射返すように命じる。そして、顕信が「誠ニ射ツベク」思われた時に、「讃岐勢ノ中(11)」より鏑矢が放たれた。しかし、その矢は「一町迄モ射付ズ」波の上に落ちてしまう。新田勢が「ア射タリヤ」と嘲って大笑いする中で、顕信は遠矢を中止してしまう。

第十三章では、遠矢に失敗し「敵御方ニ笑レ憎マレケル者」が、「恥ヲ洗ガン」として、「舟一艘ニ二百余人取乗テ」、経島（現在の神戸市兵庫区。平清盛が築いたとされる）に上陸したものの、脇屋義助によって「一人モ残ラズ討レ」た記述から始まる。

それを見た細川定禅（足利方）が船団を東へ移動させたところ、上陸を阻止しようとして陸地の「官軍五万余騎」（新田軍）も海岸沿いに東へ動いた。その結果、義貞勢と正成勢との間にできた空白の和田岬に、足利方の「九国・中国ノ兵船」が漕ぎ寄せて上陸してしまった。

官軍の中では最も数の少なかった楠勢が孤立した形で最期を迎えるのが第十四章である。

正成・正季の七百余騎が、左馬頭（足利直義）の「五十万騎」を攻め、直義は「已ニ討レ給ヌト見ヘケル」ところまで追い詰められるが、薬師寺公義の奮戦により辛うじて逃げ延びる。これを見た尊氏が「直義討スナ」と命じたことで、吉良・石堂・高・上杉の軍勢と楠軍との激戦が展開し、楠勢は七十三騎となる。「此勢ニテモ打破テ落バ落ツベカリケル」状況ではあったが、正成自身は「京ヲ出シヨリ、世ノ中ノ事今ハ是迄ト思フ所存」であったため、「湊河ノ北ニ当テ、在家ノ一村有ケル中」で自害を決める。

正成が弟の正季に向かって「抑最期ノ一念ニ依テ、善悪ノ生ヲ引トイヘリ。九界ノ間ニ何カ御辺ノ願ナル」と問いかけると、正季は「カラ〳〵ト打笑」って、「七生マデ只同ジ人間ニ生レテ、朝敵ヲ滅サバヤトコソ存候へ」と答える。その言葉を聞いた正成は「ヨニ嬉シゲナル気色」を見せ、「罪業深キ悪念ナレ共我モ加様ニ思フ也。イザ、ラバ同ク生ヲ替テ此本懐ヲ達セン」と約束して、結局「兄弟共ニ差違テ、同枕ニ臥」し「宗トノ一族十六人、相随兵五十余人(12)」も「思々ニ並居テ」同時に自害した。

楠一族以外では、「兄ノ肥前守」の使者として「須磨口ノ合戦ノ体ヲ見ニ」来ていた「菊池七郎武朝(13)」が、「正成ガ腹ヲ切ル所」に行き合わせ、「ヲメ〳〵シク見捨テハイカヾ帰ルベキ」と思ったのか「自害ヲシテ炎ノ中ニ臥」

すという最期を遂げた。

正成の死については、次のような、やや長文の評言が付けられている。「抑元弘以来、忝モ此君ニ憑レ進セテ、忠ヲ致シ功ニホコル者幾千万ゾヤ。然共此乱又出来テ後、仁ヲ知ラヌ者ハ朝恩ヲ捨テ敵ニ属シ、勇ナキ者ハ苟モ死ヲ免レントテ刑戮ニアヒ、智ナキ者ハ時ノ変ヲ弁ゼズシテ道ニ違フ事ノミ有シニ、智仁勇ノ三徳ヲ兼テ、死ヲ善道ニ守ルハ、古ヘヨリ今ニ至ル迄、正成程ノ者ハ未無リツルニ、兄弟共ニ自害シケルコソ、聖主再ビ国ヲ失テ、逆臣横ニ威ヲ振フベキ、其前表ノシルシナレ」。

第十五章では、足利軍と新田軍との対決が描かれる。楠正成の死によって、尊氏勢と直義勢とは一体となって、新田勢を攻める。義貞は西宮（現在の兵庫県西宮市）から、「生田ノ森」（現在の神戸市中央区の生田神社辺）へと引き返し、四万余騎を三手に分けて足利軍を迎撃した。新田方の①大館・江田の三千余騎、②中院らの五千余騎、③脇屋義助らの一万余騎は、それぞれ足利方の①仁木・細川の六万余騎、②高・上杉の八万余騎、③足利直義らの十万余騎と対決したが、勝敗はつかなかった。そこで、新田義貞自身が二万三千騎で、尊氏の三十万騎[14]に立ち向かい、「新田・足利ノ国ノ争ヒ今ヲ限リ」と見えたが、結局「元来小勢」の新田勢が敗退する。敗走の途中、馬が倒れた義貞は、乗り替えの馬が無く窮地に陥るが、小山田高家が駆けつけ、自らは犠牲となって、義貞を無事に逃がした。

小山田高家が自分の命を懸けて義貞を助けた「其志」について語られるのが第十六章[15]の挿話である。「去年」（これは「本年（建武三年）」とあるべきところ）新田義貞が「西国ノ打手ヲ承テ播磨ニ下著」し、「狼藉」禁止令を出した中で、高家が「敵陣ノ近隣ニ行テ」青麦を刈らせた。そこで「時ノ侍所長浜六郎左衛門尉」は高家を呼び出し処刑しようとした。これを知った義貞が調べさせたところ、「馬・物具爽ニ有テ食物ノ類ハ一粒モ無」

いことがわかった。義貞は「大ニ恥タル気色」で、「田ノ主ニハ小袖二重与テ、高家ニハ兵粮十石相副テ色代シテ」帰らせた。高家は「此情ニ感ジテ」忠義心を深くし、後に義貞を助けて討死したのであった。

この章段の末尾には「自レ昔至レ今迄、流石ニ侍タル程ノ者ハ、利ヲモ不レ思、威ニモ不レ恐、只依二其大将一捨レ身替レ命者也。今武将タル人、是ヲ慎デ不レ思レ之乎」との一文が付けられている。

「官軍ノ総大将義貞朝臣」が敗れて帰洛したことで「京中ノ貴賤上下色ヲ損ジテ周章騒事限ナシ」という状況となる。その中で、一度は正成が提案して却下された後醍醐天皇の山門臨幸が描かれるのが第十七章である。「五月十九日(16)」、後醍醐帝は「三種ノ神器ヲ先ニ立テ」東坂本へと向かう。その様子については「浅猿ヤ、元弘ノ初ニ公家天下ヲ一統セラレテ、三年ヲ過ザルニ、此乱又出来テ、四海ノ民安カラズ。然ドモ去ヌル正月ノ合戦ニ、朝敵忽ニ打負テ、西海ノ浪ニ漂ヒシカバ、是聖徳ノ顕ル、処也。今ハヨモ上ヲ犯サント好ミ、乱ヲ起サントスル者ハアラジトコソ覚ヘツルニ、西戎忽ニ襲来テ、一年ノ内ニ二度マデ天子都ヲ移サセ給ヘバ、今ハ日月モ昼夜ヲ照ス事ナク、君臣モ上下ヲ知ヌ世ニ成テ、仏法・王法共ニ可レ滅時分ニヤ成ヌラント、人々心ヲ迷ハセリ」と記した上で、「サレドモ此春モ山門へ臨幸成テ、無レ程朝敵ヲ退治セラレシカバ、又サル事ヤアラント定メナキ憑ミニ積習シテ、此度ハ、公家ニモ武家ニモ供奉仕ル者多カリケリ」として、公家・武家の人名が列記される。

第十八章(17)では、「持明院法皇・本院・新院・春宮(18)」の東坂本への御幸が描かれる。その中で「本院(19)ハ兼テヨリ尊氏ニ院宣ヲ被二成下一タリシカバ、二度御治世ノ事ヤアランズラント思召テ、北白川(20)ノ辺ヨリ、俄ニ御不預ノ事有トテ、御輿ヲ法勝寺(21)ノ塔前ニ昇居サセテ」わざと時間を送ったと記される。ところが、「敵京中ニ入乱レヌト見テ」兵火が四方にあがるのを見た大田判官全職(22)が「新院(23)・法皇・春宮許ヲ先東坂本ヘゾ御幸成進セ」た。「本院(24)ハ全職ガ立帰ル事モヤアランズト恐シク思召サレケレバ、日野中納言資名、(25)殿上人ニハ三条中将実継(26)計ヲ供奉人トシテ、急東寺(27)ヘゾ成タリケル。将軍不ㇾ斜悦デ、東寺ノ本堂ヲ皇居ト定メラル(28)」と続く。そして、末尾は、「久我内大臣ヲ始トシテ、落留給ヘル卿相雲客参ラレシカバ、則皇統ヲ立ラル。是ゾハヤ尊氏ノ運ヲ開カルベキ瑞ナリケル(29)」と終わっている。

ところが、その後に「日本朝敵事」という第十九章が続く。ここでは、日本開闢以来の「朝敵」が歴史的に概観・列挙され、「高時法師ニ至迄、朝敵ト成テ叡慮ヲ悩シ仁義ヲ乱ル者、皆身ヲ刑戮ノ下ニ苦シメ、尸ヲ獄門ノ前ニ曝サズト云事ナシ」と一旦締括りがなされる。そして、次に尊氏に言及し、「朝敵」であった尊氏が「此度ハ其先非ヲ悔テ、一方ノ皇統ヲ立申テ、征罰ヲ院宣ニ任ラレシカバ、威勢ノ上ニ一ノ理出来テ、大功乍ニ成ンズラン」と、(30)「人皆」が「色代申レ」(31)たとの記述が続き、最後に「院ノ御所」となった「東寺」を城郭として、尊氏・直義も立て籠った事が短く記される。

巻十六の終章・第二十章は正成の首が故郷に送られた話である。
まず、正成の首が六条川原に懸けられたところ、「去ヌル春モアラヌ首ヲカケタリシカバ、是モ又サコソ有ラメト云者」が多く、「疑ハ人ニヨリテゾ残リケルマサシゲナルハ楠ガ頸」という狂歌の札が立てられた事が語られる。そして「朝家私日久相馴シ旧好ノ程モ不便也。迹ノ妻子共、今一度空シキ貌ヲモサコソ見度思ラメ」と考えた尊氏が、「楠ガ首」を故郷へ送った事が記される。

父の首と対面した正行は、「父ガ兵庫へ向フトキ形見ニ留メシ菊水ノ刀」によって自害しようとするが、駆けつけた母が、自害は亡父の遺言に反する事であると涙ながらに制止したため、正行も「泣倒レ」断念する。その後、正行は「父ノ遺言、母ノ教訓」を心に刻み、子供同士の遊びの際にも「是ハ朝敵ノ頸ヲ捕也」とか「是ハ将軍ヲ追懸奉ル」というような事を言って遊んだと記され、「ハカナキ手ズサミニ至ルマデモ、只此事ヲノミ業トセル、心ノ中コソ恐シケレ」と結ばれる。(32)

テキストとした流布本（注1、及び注17のGを参照。他本についても、注17の記号を使用する）の章段配列に従って、物語の展開を見て来たが、たとえば、G（流布本）の第一・第二・第三章を巻十五の方に含むA（西源院本）・B（玄玖本）・C（神田本）・F（梵舜本）の場合でも、巻十六の章段分けは、Aの四章段からFの二十一章段までの幅がある事を見れば、当然の事として、単に章段の分け方によって作品を論ずることは不可能である。従って、本章においても、あくまでもGの一形態を通して作品の実態を確認するに過ぎない。

さて、章段毎に概観して来たように、「朝敵」対「官軍」という構図の、もっとも前面に於て対決する存在は、足利尊氏と新田義貞とである。尊氏の場合、個人的な顔としては、大敵を前にして自害を口にする（第三章）ような弱い表情を見せつつも、足利直義や高師茂らの言葉に支えられ、「天運」（第三章）・「武運」（同）・「不思議」（第七章）に守護される象徴的存在として描かれていく。

それに対して義貞の方は、勾当内侍との別れを惜しんで出陣を延引する「傾城傾国ノ験」（第四章）を示す張本人として描かれ、韓信の故事を意識しての作戦も結局、味方の軍勢の激減しか招来しない武将（第九章）という形象のされ方であり、義貞の犠牲となって討死した小山田高家の挿話（第十六章）の末尾さえ、「義貞」という固有名詞よりも、「大将」という語を反復させ、結果として義貞賛美の色合いは稀薄になっている。

このような義貞に最も大きな理解力を示すのは、後醍醐天皇でも公家でもなく、楠正成である（第十章）。しかも、その正成自身は、「官」の内部において、直接的には坊門清忠（結局は後醍醐天皇）によって、否定されてしまう（第十章）。正成の現実的作戦に対する坊門清忠の論理は、「武略」を否定し「聖運」を評価するものである。更なる論争の可能性を捨てた正成が、この段階で自分の真情を吐露する相手は、我が子正行と新田義貞としかなかった。正行に対する正成は、自分の選択肢が「死」のみであることを告げ、幼い正行の「生」の可能性を期待して、自分の「死後」の教訓を伝える。

義貞に対する正成は、坊門清忠が述べた言葉を、そのまま逆転させて「聖運トハ申ナガラ、偏ニ御計略ノ武徳ニ依シ事ニテ候ヘバ」と語り、公家たる清忠には通じなかった思いを、同じ武士としての義貞に伝え、自己批判をする義貞に向かって寛容力を示す。

巻三において、後醍醐天皇の夢を介して登場した楠正成が、帝の前で主張したのは「武略ト智謀」であった。正成はそれを最大限に活用して、幕府・六波羅軍を翻弄し、倒幕の一翼を担って来た。しかし、尊氏や義貞のように大軍の統率者ではない正成が、後醍醐帝による「公家一統政治」の復活と、その後の、尊氏対義貞（帝）という対立の進行する過程で、もし「武略ト智謀」を発揮することができたとすれば、それは、万里小路藤房と一部重なるような、諫言・進言を述べる役割のみであったかも知れない。

しかし、最後の作戦提案の場面で「武略」が却下された事によって、正成は自分の存在そのものが否定された事と、自分の役割の終焉を自覚せざるを得なかったであろう。だからこそ、「落バ落ツベカリケル」状況下で、「世ノ中ノ事今ハ是迄」と考えて、自害を選択する事となる（第十四章）。

その正成が確信的に認識していたもう一つの事は、自分の死後「天下ハ必ズ将軍ノ代ニ成」（第十章。正行への言葉。傍点は筆者）るということであった（これは後醍醐帝も坊門清忠も新田義貞も認識していない次元のことでもあったが）。

将軍	尊氏	尊氏卿	足利	足利殿
42	8	5	2	1

G巻十六における足利尊氏の呼称を見ると右の通りである。

この表を見てもわかるように、高い位置からではなく現実を見詰めて来た正成が予言した通り、流れは確実に〈将軍の時代〉になろうとしていた。

ところで、G第三章で、大軍を前にした尊氏が「云甲斐ナキ敵ニ合ンヨリハ腹ヲ切ン」と言った時、直義は「合戦ノ勝負ハ、必モ大勢小勢ニ依ベカラズ」と説得した（その結果として「香椎宮ノ擁護シ給フ瑞相」が足利勢に訪れる）。この直義の論理は、まさに正成が主張し実践して来たものである。と言うことは、正成が所属する官軍側が正成を拒否する一方で、将軍尊氏側に、正成的論理が取り込まれていくことを意味する。

正成を切り捨てた朝廷側の問題点は、新田義貞を翻弄した赤松円心の言葉（第五章）に集約されている。円心は「元弘ノ初大敵ニ当リ、逆徒ヲ責却候シ事、恐ハ第一ノ忠節トコソ存候シニ、恩賞ノ地、降参不儀ノ者ヨリモ猶賤ク候シ間、一旦ノ恨ニ依テ多日ノ大功ヲ捨候キ」と、足利方になった理由を述べつつ、義貞に偽りの帰順を申し出て、守護職補任の綸旨を要請する。そして、現実に綸旨が届くと、義貞に向かって「手ノ裏ヲ返ス様ナル綸旨ヲバ何カハ仕候べキ」との言葉を投げかけて、真の目的であった白旗城の整備・防禦を果たす。この円心の言動は、直接には義貞を痛罵するものであるが、それはそのまま、官軍の「官」の根幹たる後醍醐帝への痛烈な批判を強く主張するものであった。

このように、後醍醐帝側が内包する問題については、足利方の赤松円心からも、官軍側の楠正成からも突き付けられていたことになる。そして、遂に正成は死を選んだ。

Gの場合、第二十章の末尾で、正行の姿を「心ノ中コソ恐シケレ」と描くものの、そもそも正成の首を故郷へ送った尊氏の行為について「情ノ程コソ有難ケレ」と記しているため、正行は、あくまでも尊氏の掌中で動いているに過ぎぬように見える。

なお、ABCDEの場合(33)、正行の行為を「武略智謀」（Aは「武藝智謀」）という語によって捉えているため、正成の遺志が一応、正行に引き継がれていく形態をとる。

一方、将軍尊氏にとって払拭すべき最大の問題は「朝敵」という一点であった。これは、『太平記』作者にとっても、物語を展開させていく上で、いかに整合させていくかという大問題であったろう。それが、G第十八章から第十九章へと続けて、唐突とも言える形で展開される「日本朝敵」概説になったと考えられる。そこでは、「朝敵」として九州へ「落タリシガ」という逆接的叙法を使い、その「朝敵」たる尊氏が「此度ハ其先非ヲ悔テ、一方ノ皇統ヲ立」て光厳院の「院宣」を受けたと記す。しかし、尊氏が「先非ヲ悔テ」という実体は全く説明されていない。つまり現実的な武力によって後醍醐帝による「公家一統政治」をも凌駕していく尊氏を建武三年（一三三六）という時間の中に位置づけようとすれば、作者としては、「先非ヲ悔テ」という形で、尊氏を、「良臣(34)」と捉えなおした上で、光厳院の「院宣」を受けて正当な行動をとる将軍の上洛を、後醍醐帝でも新田義貞でもなく、最も少人数で戦った楠正成の死と対照させて、肯定的に描いたと言えるのではないだろうか。

その中で、正成が最後に述べた「罪業深キ悪念(35)」のみが、今後の物語世界に留保点を記したのが巻十六であった。

注

（1）　引用は日本古典文学大系本（岩波書店）によるが、字体を改めた。

（2）　菊池の敗退を記す辺から、「左馬頭ノ陣」「左馬頭ノ兵」ではなく、「将軍ノ御勢」になる。

（3）この和田（児島）一族の話（大系本31行分）は、神田本・西源院本・玄玖本・天正本・義輝本等にはない。
（4）テキスト（流布本）の「五月十三日」は、第八章の日付けから見ても合わない。藤田精一氏は『楠氏研究』（積善館・昭和8）で「義貞の兵庫に退き、諸軍を整頓せしは、廿日前後たらざるべからず」とする。長谷川端氏は、天正本（新編日本古典文学全集・小学館）の頭注で、『梅松論』の記述も踏まえて「五月廿三日」とする「日置本がよいか」とされる。
（5）この辺の義貞像について、注（4）の天正本頭注には「いかにも愚直な義貞らしいふるまいと評するのは酷であろうか」とあり、この段階における官軍側の代表的人物像の形象を考える上で、注目すべき見解であろう。
（6）清忠の姿勢は、『保元物語』で源為朝の夜討ち論を否定した藤原頼長と類似する。なお、神田本は清忠の意見の後に「主上けニもとおほしめして重て正成可㆓罷下㆒由ヲ仰出されけれは」とある。
（7）坊門清忠の名を記さない西源院本は、この後に「且ハ恐アリ、サテハ大敵ヲシエタ《（ママ）》ケ、勝軍ヲ全クセムトノ智謀叡慮ニテハナク、只無弐ノ戦士ヲ大軍ニ充ラレムハカリノ仰ナレハ、討死セヨトノ勅定コサムナレ、義ヲ重シ死ヲ顧ヌハ忠臣勇士ノ存ル處也」との一文がある。
（8）神田本・西源院本等の「其日聽テ」が正しい。なお、西源院本は「五百余騎ニテ」を記さず。
（9）神田本・天正本・流布本等には「後ニ思合スレバ、是ヲ正成ガ最後ナリケリト、哀ナリシコト共也」との末文があるが、西源院本にはない。
（10）西源院本「将軍御座舟ノ右手ニ傍有ケル大友カ舟」、天正本「将軍の御船」。
（11）「如何ナル推参ノ婆伽者ニテカ有ケン」と記される。
（12）この一族の死については、西源院本は正成・正季兄弟の最後の対話の前に載せ、神田本・天正本は対話の後に載せる。流布本は対話の前にも「楠ガ一族十三人、手ノ者六十余人」の自害記事を載せており、本文に混乱がある。
（13）神田本・西源院本・天正本等もテキストの大系本と同じ記述になっているが、大系本の頭注にあるように、年代的に合わない「武朝」ではなく、「武吉」とあるべきところ。又、「兄ノ肥前守」も「肥後守（武重）」が正しい。
（14）この辺の人数については、諸本により差があるが、テキスト（流布本）の記述に従った。
（15）諸本には、この章段がない。梵舜本は巻末に載せる。

(16)　西源院本・玄玖本は「廿五日」とするが、神田本・天正本・義輝本の「廿七日」が諸記録と合致する。梵舜本「十九」に「廿七ィ」と傍書する。
(17)　この章の相当記事は、諸本によって差異が目立つ。A西源院本とB玄玖本、C神田本とD天正本・E義輝本・F梵舜本・G流布本という二系統に大別できるが、記事量の多いABのうちAが最も詳しい。第二グループの中では、CDEが類似するものの、CとDEとで少し差が見られる。FGはDEに近いものの、FGに独自の記述が目立つ。DとE、FとGの違いは僅かである。
(18)　注(17)の記号に従えば、FGが同じ。CDEは「持明院法皇、本院、春宮」。ABは「持明院殿ノ君主、法皇、上皇、親王ヲハ洞院大納言公泰卿勅使ニテ」とある(引用はA)。なお「法皇」は故人なので記述に誤りがある。
(19)　「本院」は花園院を指すが、尊氏に院宣を下したのは光厳院なので、「新院」とあるべきところ、なお、前記ABは「舊院ノ御喪籠法事ノ内ナレ共」(引用はA)遷幸実施になったとする。
(20)　ABは「上皇御輿ニ召レ臨幸ナリケルニ河原邊ヨリ猶御違例ニカ〳〵シク成セ給ケレハ」(引用はA)とある。DEFは「北白川」と記すが、Cには見られない。
(21)　ABCは「法勝寺」を記さず。
(22)　Dのみ「吉田」。「大田」が正しい。
(23)　CDEは「新院」なし。ABは「上皇」の「御違例ヲ押シテ嶮岨ヲ超へ奉ラムモ、行末ノ御煩、御不豫御増氣ノ基成へシ」と述べた大田全職が「面々ハ御違例ノ様ニヨリテ、急キ山門ニ成奉ルへシ」と供奉の人達に言い残して、自らが山門に赴いたと記す。
(24)　CDEFGともに「本院」とあるが、新院(光厳院)とあるべきところ。
(25)　ABは「資名卿重資朝臣等」が尊氏からの使者に会い安堵し、「武將ノ命トシテ、先長講堂ヲ御所トシテ、武家衛護シ奉ル」(Aより引用、Bは「六条殿長講堂」の箇所のみ異なる)と続く。
(26)　この人名はFGのみが記す。
(27)　諸本間の差異が大きい箇所。ABは注(25)の引用文に続けて「其後京中ノ合戰兩方ノ勝劣未落居ノ間、同六月三日三主ノ臨幸ヲ八幡ニ成シ奉ル」(Aより)とある。CDEは「イソキ八幡へソ成タリケル」(Cより)とあり、

FGだけが東寺に直行した文脈になる。

(28) ABは注（27）の引用文に続けて「同月十四日ニ八幡ヨリ御歸洛在テ、東寺ニ幸シ、灌頂堂ヲ御所ヲ構テ（フ）、是尊氏卿ノ沙汰ニヨリテ也、是ハ尊氏卿洛中戰場之間、東寺ヲ城郭トスル故也」（Aより。Bは最後の「是ハ」以下なし）とあり、Cは「其後同五月卅日本院親王東寺へ御遷居有かは、尊氏卿不ㇾ斜悦ヒ被ㇾ申てやがて本堂ヲ皇居ニソなされける」、DEは日付の箇所にみが「同六月十五日」でCと同文。

(29) Aは「依ㇾ之又山門祇候ノ外ノ人々幷ニ持明院無貳ノ侫臣ハ、各東寺ニ參シケリ①、同年六月廿日②ヨリ山門ノ合戰ニ理（利）ヲ得サリシカハ、将軍ニ馳付ク勢日々ニ重リ、已ニ四海ヲ掌ニセシカハ、同年八月十五日ニ、押小路ニ、二條中納言中將③良基卿宿所ニシテ、後伏見院第二王子豊仁親王ヲ皇位ニ定メ奉ニケリ、是ヲ尊氏卿ノ運ノ開カル、始也ケリト、其モ④後ニソ思合セケリ」。Bは「外様ノ人々幷ニ持明院無貳ノ陪臣ハ」以下Aとほぼ同文。ただ、右の傍線①が「參タリ其ハ」、②が「晦日」、③ナシ、④ナシ。CはGの末尾部分が「則皇統ヲ立テられ一日万機ノ政ヲ執行ナハル尊氏卿ノ運ヲひらキ給ヒし始メなり」。DEは「落ち留まり玉へる卿相雲客、久我内大臣を始めとして参られしかば、すなはち皇統を立てられ、一日万機の政を執り行はる。これぞ尊氏卿の運の開き給ひし始めなる」（Dによる）。

(30) この末文は、Aの「威勢上ニ理リ、大功下ニ成リナントス」という対句表現がわかりやすい。

(31) Aは「是ヲ輕クセス」、Fは「憑ミヲ全クセリ」。

(32) G或時ハ童部共ヲ打倒シ、頭ヲ捕真似ヲシテ、「是ハ朝敵ノ頸ヲ捕也」ト云、或時ハ竹馬ニ鞭ヲ當テ、「是ハ将軍ヲ追懸奉ル」ナンド云テ、ハカナキ手ズサミニ至ルマデモ、只此事ヲノミ業トセル、心ノ中コソ恐シケレ（Fは「心」以下なし）。

　Aアタナル戯ニモ只此事ヲノミ思ツヽ、武藝智謀ノ稽古ノ外、又爲ル態モ無リケリ、是ヲ誠ノ忠孝ナルト正行ヲ感セヌ者ハナシ、サレハ幼少ヨリ敵ヲ滅ス智謀ヲ挾ミケル、行末ノ心ノ中コソヲソロシケレ（以下他本も全て異体字・小字等は改めた）。

　B詐ナル遊戯ノ小弓草鹿ノ庭上マテモ亡魂ノ恨ヲ散スヘキ義兵ヲ上ント心ニ懸テ武略智謀ノ其営ニ又他事モ無ク見シカハ千里ノ山野ニ虎ノ子ヲ隠テ育ル心地シテ世上又無為ナラシト思ハヌ者モ無リケリ幼少ヨリ敵ヲ亡ス智謀ヲ挿ケル行末ノ心ノ中コソ懼ケレ。

Cアダナル遊戯ノ小弓草鹿ノ庭までも亡魂ノ恨ヲ散スヘキ義兵ヲ擧ケント心ニかけ武略智謀ノ營ミ弓箭劍戟ノ嗜ミ又他事もなくソ見えし千里ノ山野ニ虎ノ子ヲ隠シテそだつる心地シテ世上又無爲ならじと思ハヌ者もなかりけり（傍線部分を「更ニ」とする以外、DEはCとほぼ同文）。

(33) 注（32）参照。

(34) 序文において、対句的に述べられているのが「明君」と「良臣」とである。

(35) 大森北義氏は、巻十六の正成について詳細に分析され、「正成固有の〝立場〟と〝情念〟」が、「一つは子の正行に、一つは正成死後の〝怨霊〟に分散して継承」されると述べておられる（『太平記』の構想と方法』明治書院・昭和63第二章）。

「将軍ノ代」への始動

一

兵庫に下向する途中、桜井の宿で楠正成が正行に語った「正成已ニ討死スト聞ナバ、天下ハ必ズ将軍ノ代ニ成ヌト心得ベシ[1]」（巻十六）という、その「将軍ノ代」が、正成兄弟討死後に、どのように実現していくのか、それが語られるのが巻十七であり、その章立ては次の通りである。

一、山攻事付日吉神託事
二、京都両度軍事
三、山門牒送南都事
四、隆資卿自八幡被寄事
五、義貞軍事付長年討死事
六、江州軍事
七、自山門還幸事
八、立儲君被著于義貞事付鬼切被進日吉事
九、義貞北国落事

十、還幸供奉人々被禁殺事
十一、北国下向勢凍死事
十二、瓜生判官心替事付義鑑房蔵義治事
十三、十六騎勢入金崎事
十四、金崎船遊事付白魚入船事
十五、金崎城攻事付野中八郎事

第一章では、正成の提案にも拘らず、坊門清忠から却下された〝後醍醐天皇の山門臨幸〟が、結局は実施され、比叡山に拠る官軍と、東寺を拠点とする将軍・足利尊氏勢との合戦が、建武三年（一三三六）六月二日から展開していく。つまり、江田源八泰氏（将軍方）と杉本山神大夫定範（官軍方）との対決や官軍の本間孫四郎・相馬四郎左衛門の強弓ぶりが描かれる一方で、高豊前守（将軍方）に内通した山門の金輪院律師光澄・今木少納言隆賢の最期も詳述される。光澄の使者として、高豊前守の勢五百余人を秘かに叡山へ道案内した隆賢の場合、「少シモ道ニ迷ベキニテハ無リケルガ、天罰ニテヤ有ケン、俄ニ目クレ心迷テ」山中を彷徨した揚句、結局捕えられて斬首された。「忝モ万乗ノ聖主、医王山王ノ擁護ヲ御憑有テ、臨幸成タル故ニ、三千ノ衆徒悉仏法ト王法ト可二相比一理ヲ存ジテ、弐ナク忠戦ヲ致ス処ニ、金輪院一人山徒ノ身トシテ我山ヲ背キ、武士ノ家ニ非シテ将軍ニ属シ、剰弟子同宿ヲ出シ立テ、山門ヲ亡ント企ケル心ノ程コソ浅猿ケレ」と語られる光澄については、「無二幾程一シテ、最愛ノ子ニ殺サレヌ。其子ハ又一腹一生ノ弟ニ討レテ、世ニ類ナキ不思議ヲ顕ケル神罰ノ程コソ怖シケレ」と記される。

更に「敵引退カバ、立帰[2]ヌサキニ攻立テ、山上ニ攻上リ、堂舎・仏閣ニ火ヲ懸テ、一宇モ不レ残焼払ヒ、三千ノ衆徒ノ頸ヲ一々ニ、大講堂ノ庭ニ斬懸テ、将軍ノ御感ニ預リ給ヘカシ」と命じた事について「悪逆ノ程コソ浅猿ケレ」と記されていた高豊前守は、六月二十日の合戦の中で「太股ヲ我太刀ニ突貫テ」動けなくなったところを捕えられ、新田義貞に面縛された後、唐崎浜で斬首された事が述べられ、「将軍ノ執事高武蔵守師直ガ猶子ノ弟」として、身代りになる者がいてもよい立場の人物であったにも拘らず無様に捕えられた事について、「偏ニ医王山王ノ御罪也ケリト、今日ハ昨日ノ神託ニ、ゲニヤト被二思合一テ、身ノ毛モ弥立ツ許ナリ」と描かれる。この豊前守の最期は、前日に「大八王子ノ権現」の乗り移った「般若院ノ法印ガ許ニ召仕ケル童」が「明日ノ午刻ニ早尾大行事ヲ差遣シテ、逆徒ヲ四方ニ退ケンズル者ヲ」を予告していた事の結末でもあった。

第二章では、まず、六月五日から二十日までの合戦によって、寄手（将軍方）が「京中ニモ猶足ヲ留メズ、十方へ落行ケル間、洛中以外ニ無勢ニ成」ったが、「此時シモ山門ヨリ時日ヲ回ラサズ寄タラマシカバ、敵重テ都ニハヨモ怺ヘジト見ヘ」たのに、「山門ニ様々ノ異議有テ、空ク十余日ヲ過」したため、「洛中ノ勢」が再び大軍となったが、それを知らず、叡山の官軍は、十万余騎を二手に分けて出撃したものの、将軍方が五十五万騎で攻撃したため、「牛角ノ戦」になったと記される。続いて、二条大納言師基が北国から三千余騎で七月五日[3]に東坂本に到着し、これに力を得た官軍は、十八日[4]に京都へ押し寄せた。出撃にあたっては、前回の敗戦を教訓として軍勢を二手に分け「東西ヨリ京ヲ中ニ挿テ、焼攻ニスベシ」との作戦を立てた。ところが、この作戦を知った将軍（「イカナル野心ノ者カ京都へ告タリケン」と記される）が、軍勢を三手に分けて応戦したため、官軍は再び敗退し、官軍側には、敗北が「タヾ敵内通ノ者共ノ御方ニ有ケル故」として「互ニ心ヲ置」き合う空気が漂う。

第三章では、「両度ノ軍ニ討負テ、気疲レ勢ヒ薄ク」なった官軍側で、「山上・坂本ニ何ナル野心ノ者カ出来テ、不慮ノ儀アランズラン」と安心できない後醍醐帝が「衆徒ノ心ヲ勇シメン為ニ」荘園の寄進などをおこなった事が述べられるものの、この措置についても、「智アル人」は「神慮モ如何有ラン」として喜ばなかった。

「三千ノ衆徒」は大講堂の大庭で全山集会(5)を開き、興福寺へ協力要請の牒状を送る事を決めた。やがて、興福寺から協力するとの返牒が届いたので、京都を包囲する形で軍勢が派遣されることとなった。後醍醐帝は「士卒ノ志ヲ勇メンガ為ニ」着ていた「紅ノ御袴」を脱ぎ、「三寸ヅヽ切テ、所望ノ兵共ニ」与えた。

七月十三日(6)、一族四十三人を引き連れて叡山の皇居へ参上した新田義貞は「今日ノ軍ニ於テハ、尊氏ガ籠テ候東寺ノ中へ、箭一ツ射入候ハデハ、罷帰ルマジキニテ候ナリ」と述べて出陣していく。行軍のややあとから馬を進めていく名和長年を見て、「見物シケル女童部」が「此比天下ニ結城・伯耆・楠木・千種頭中将、三木一草トイハレテ、飽マデ朝恩ニ誇タル人々ナリシガ、三人ハ討死シテ、伯耆守一人残タル事ヨ」と話すのを耳にした長年は、「今マデ討死セヌ事ヲ、人皆云甲斐ナシト云沙汰スレバコソ、女童部マデモカ様ニハ云ラメ。今日ノ合戦ニ御方若討負バ、一人ナリ共引留テ、討死セン者ヲ」と独り言を口にし、「是ヲ最後ノ合戦」と決意を固めて進んで行った。

第四章は、四条隆資の進撃と敗退とを描く。開戦の合図を待っていた隆資勢（京都の南、石清水八幡宮辺に陣取っていた）は、敵が放ったと思われる火を見て、「合図ノ剋限」も待たずに東寺へと向かう。この合戦では、将軍から、「イツモ帯副ニシ給ケル御所作リ兵庫鏁ノ御太刀」を与えられた悪源太頼直(7)（土岐存孝の子息）の奮戦と、「シドロニ成」て「我先ニト逃散テ、元ノ八幡へ引返ス」官軍の様子が短く描かれる。

第五章は新田義貞の京都攻めを描く。「京方」（将軍方）が「大勢ナレドモ、人疲レ馬疲レ、而モ今朝ノ軍ニ矢種ハ皆射尽シ」たのに対し、官軍方は「小勢ナレ共、サシモ名将ノ義貞、先日度々ノ軍ニ打負テ、此度会稽ノ恥ヲ雪ント、牙ヲ咀名ヲ恥ヅ」という意気込みであったので、「御治世両統ノ聖運モ、新田・足利多年ノ憤モ、只今日ノ軍ニ定リヌ」と思われた。そして、「将軍ノ二十万騎ト義貞ノ二万騎ト」の対決の中で、義貞は後醍醐帝の前出の誓言に従い、「天下ノ乱休事無シテ、無レ罪人民身ヲ安クセザル事年久シ。是国主両統御争トハ申ナガラ、只義貞ト尊氏卿トノ所ニアリ。纔ニ一身ノ大功ヲ立ン為ニ多クノ人ヲ苦シメンヨリ、独身ニシテ戦ヲ決セント思故ニ、義貞自此軍門ニ罷向テ候也。ソレカアラヌカ、矢一受テ知給へ」と宣言して、尊氏の陣に矢を放つ。それに対して尊氏も「我此軍ヲ起シテ鎌倉ヲ立シヨリ、全君ヲ傾ケ奉ント思フニ非。只義貞ニ逢ヒテ、憤ヲ散ゼン為也キ。然レバ彼ト我ト、独身ニシテ戦ヲ決セン事元来悦ブ所也。其門開ケ、討テ出ン」と駆け出そうとしたが、上杉重能が鎧の袖にとりついて制止したため、尊氏は「忿ヲ押へテ坐」するしかなかった。結局、義貞達は「万死ヲ出テ一生ニ逢ヒ」坂本へ引き返したが、名和長年は一族とともに討死した。

　第六章では山門からの江州進攻と、その中での佐々木道誉（将軍方）の行動とが記される。諸方面の官軍も敗れて山上に引き返し、南都大衆も将軍からの荘園寄進により「目ノ前ノ欲ニ身ノ後ノ恥ヲ忘」れて山門への協力も翻意してしまった。「角テハ叶マジ」と考えた山門は「先江州ノ敵ヲ退治シテ、美濃・尾張・通路ヲ開クベシ」と、「三塔ノ衆徒五千余人」で野路・篠原へ押し寄せたが、小笠原貞宗勢に敗れる。この時、佐々木道誉は「京ヨリ潜ニ若狭路ヲ廻テ、東坂本へ降参シ」て、「若当国ノ守護職ヲ被二恩補一候ハゞ、則彼国へ罷向ヒ、小笠原ヲ追落シ、国中ヲ打平ゲテ、官軍ニ力ヲ著ン事、時日ヲ移マスジキニテ候」と申し出た。帝も義貞も、道誉が「出抜テ」いるとは考えず、近江国守護職と「便宜ノ闕所数十箇所」とを恩賞に与え江州へ派遣する。道誉は「元来斟テ申ツル事」だったので、「当国ヲバ将軍ヨリ給リタル」と伝えたところ、小笠原は「国ヲ捨テ上洛」してしまった。「忽ニ国ヲ管領シテ、弥坂本ヲ遠攻ニ攻」める道誉を、脇屋義助らが二千余騎で討とうとしたが、三千余騎での逆襲を受け、坂本に引き返した。その後、山上・坂本は兵糧が尽きて、軍勢が激減して行った。

このような情勢の中で、将軍から後醍醐帝への働きかけが描かれるのが第七章である。尊氏は「内々使者ヲ主上へ」送り、「近臣ノ讒ニ依テ勅勘ヲ蒙リ候シ時、身ヲ法体ニ替テ死ヲ無レ罪賜ラント存候シ処ニ、義貞・義助等、事ヲ逆鱗ニ寄テ日来ノ鬱憤ヲ散ゼント仕候シ間、止事ヲ不レ得シテ此乱天下ニ及候。是全ク君ニ向ヒ奉テ反逆ヲ企テシニ候ハズ。只義貞ガ一類ヲ亡シテ、向後ノ讒臣ヲコラサント存ズル許也」と述べ、京都への還幸を奏請し、「御不審ヲ散ゼン為ニ」として伝教大師に誓いを立てた「起請文」を添えて、浄土寺の忠円僧正のもとへさし出した。起請文を信用した後醍醐帝は「傍ノ元老・智臣」にも相談せず、「軈テ還幸成べキ由」の返事をした。喜んだ尊氏は「サモ有ヌベキ大名」にも「潜ニ状ヲ通ジテ」味方になるように誘った。一方、新田一族の江田行義・大館氏明が「イカナル深キ所存」があったのか「二人共降参セン」として、帝のいる山上へ登ったりする動きがあったのを、義貞は知らなかった。洞院実世から「只今主上京都へ還幸可レ成トテ、供奉ノ人ヲ召候。御存知候ヤラン」と伝えて来たのに対しても、義貞は「サル事ヤ可レ有。御使ノ聞誤ニテゾ有覧」と平然としていたが、江田・大館の動きも怪しいと考えた堀口貞満は、馬を急がせ皇居へ駆け付け、「臨幸只今トミヘ」る後醍醐帝の「鳳輦ノ轅ニ取付、涙ヲ流シ」て、「抑義貞ガ不義何事ニテ候ヘバ、多年ノ粉骨忠功ヲ被二思召捨一テ、大逆無道ノ尊氏ニ叡慮ヲ被レ移ケルゾヤ」と難詰し、義貞を「上古ノ忠臣ニモ類少ク、近日義卒モ皆功ヲ譲ル処ニテ候キ」と称揚した上で、「当家累年ノ忠義ヲ被レ捨テ、京都へ臨幸可レ成ニテ候ハヾ、只義貞ヲ始トシテ当家ノ氏族五十余人ヲ御前へ被二召出一、首ヲ刎テ伍子胥ガ罪ニ比、胸ヲ割テ比干ガ刑ニ被レ処候ベシ」と、「忿ル面ニ泪ヲ流シ、理ヲ砕テ」訴えたところ、帝も「御誤ヲ悔サセ給ヘル御気色」を見せ、供奉の人々も「理ニ服シ義ヲ感ジテ、首ヲ低テ」いるのみであった。

第八章では、後醍醐帝の決断が記される。堀口より後に参内した新田義貞達に対し、帝は「例ヨリモ殊ニ玉顔ヲ和ゲサセ」て、義貞・義助を近くに呼び、「御涙ヲ浮べ」て、堀口貞満の主張を「一儀其謂アルニ似タリトイへ共、猶遠慮ノ不レ足ニ当レリ」とし、義貞が同じ源氏の尊氏に味方せず、朝廷の衰亡を救った事を評価し、「天運時未レ到シテ兵疲レ勢ヒ廃レヌレバ、尊氏ニ一旦和睦ノ儀ヲ謀テ、且クノ時ヲ待ン為ニ」還幸するのであると語り、義貞には越前国に下って「且ク兵ノ機ヲ助ケ、北国ヲ打随へ、重テ大軍ヲ起シテ天下ノ藩屛トナルベシ」と依頼する。更に、帝の京都還幸によって義貞が「朝敵」と見做される事を避けるために「春宮ニ天子ノ位ヲ譲テ、同北国へ下シ奉ベシ。天下ノ事小大トナク、義貞ガ成敗トシテ、朕ニ不レ替此君ヲ取立進スベシ。朕已ニ汝ガ為ニ勾践ノ恥ヲ忘ル。汝早ク朕ガ為ニ范蠡ガ謀ヲ廻ラセ」と「御涙ヲ押へテ」語ったため、「サシモ忿レル貞満モ、理ヲ知ラヌ夷共モ」全員が落涙した。「九日ハ事騒キ受禅ノ儀、還幸ノ粧」に日が暮れたが、その夜更けに、義貞は秘かに「日吉ノ大宮権現」に詣で、戦勝を祈願して、新田家の累代重宝の鬼切という太刀を献納した。

第九章では、「十月十日」の後醍醐帝の還幸と、東宮（恒良親王）・新田義貞達の「北国落」が記される。同時に、妙法院宮（尊澄法親王・宗良親王）は遠江国へ、阿曾宮（懐良親王）は山伏姿となって吉野の奥へ、四条隆資は紀伊国へ、中院定平は河内国へと、それぞれ赴いた事が付記され、涙を伴う別離が哀感を込めて描かれる。

京都に戻った帝らの事が描かれるのが第十章である。まず、還幸の行列が法勝寺辺に近付いた時、足利直義が後醍醐帝の元に赴き「三種ノ神器」を「当今」（光明天皇）に渡すように伝えたのに対し、帝は「兼ヨリ御用意有ケル似セ物」を内侍に渡した。[8] その後、帝は花山院に幽閉され、「降参ノ武士」は一人ずつ大名達に預けられた。また、本間孫四郎・道場坊助注記祐覚は斬首された。

第十一章では、十月十一日に琵琶湖北西の「塩津・梅津」に着いた新田義貞達七千余騎が、「七里半ノ山中ヲバ、越前ノ守護尾張守高経大勢ニテ差塞ダリト聞」き、凍死者を出しつつ「木目峠」を越えていく様が描かれる。その道中で、河野・土居・得能の三百余騎は討死し、道に迷った千葉介貞胤の五百余騎は、高経からの使者による説得を受け「心ナラズ降参」する。十三日に敦賀に着いた義貞は、恒良親王・尊良親王を金崎城に入れて自分もそこに留まり、義顕を越後へ下し、義助を瓜生氏の杣山城へと送る。

その瓜生氏の対応が描かれるのが第十二章である。十四日に杣山へ赴き、瓜生判官保・兵庫助重・弾正左衛門照の三兄弟に歓待された義助は「白幅輪ノ紺絲ノ鎧」を与える。それを光栄に思った瓜生保は、自分の館に帰ると「小袖廿重」を調進し、「御内・外様ノ軍勢共ノ、余ニ薄衣ナルガイタハシケレバ」と考え、小袖を送ろうとして、「倉ノ内ヨリ絹綿数千」を出して縫製させた。ところが、斯波高経が「前帝ヨリ成レタリ」として「義貞ガ一類可㆓追罰㆒由ノ綸旨」を秘かに使者に伝えさせたため、「元ヨリ心遠慮ナキ者」であった瓜生保は、「将軍ヨリ謀テ被㆓申成㆒タル綸旨」とは思わず、「天ノ恐モ有ベシト、忽ニ心ヲ反ジテ」杣山城にたて籠ってしまった。

一方、瓜生保の弟で禅僧の義鑑房が、鯖並の宿へ義助・義顕を訪ね、兄の保は「愚痴ナル者」ゆえに偽綸旨を信じたが「事ノ様ヲ承リ開キ候程ナラバ、遂ニハ御方ニ参ジ候ヌ」と述べ、時機を待って挙兵するために「御幼稚ノ公達」一人を預けていただきたいと「涙ヲハラハラトコボシ」て告げた。義助・義顕が義鑑房を信じ、義助の「鍾愛他ニ異ナル幼少ノ一子」である十三歳の義治を義鑑房に預けた。

夜明けとともに移動しようとした義助・義顕は、三千五百余騎の軍勢が二百五十騎になってしまった現実を目の前にして、鯖並から敦賀へと帰らざるをえなくなる。その帰途、「近辺ノ野状共ヲ催シ集テ、険阻ニ鹿垣ヲユヒ、要害ニ逆木ヲ引テ、鏃ヲ調ヘテ」待ち伏せしていた越前の住人今庄九郎入道浄慶を「今庄法眼久経ト云シ者ノ、当手ニ属シテ坂本マデ有シガ一族共ニテゾ有ラン」と思った義助は、事情確認のために由良越前守光氏を送る。ところが、浄慶は、父・久経が官軍方として「軍忠ヲ致シ」た「御恩ノ末」をありがたいとは思いつつ、自分は足利方に属しているため、そのまま通過させる事はできないから「御供仕候人々ノ中ニ、名字サリヌベカランズル人」の首を差し出せば、それを「合戦仕タル支証」にしたいと述べる。光氏の報告を聞いた義助は「進退谷リタル体ニテ、兎角ノ言モ出」せなかったが、義顕は「浄慶ガ申所モ其謂アリト覚ユレ共、今マデ付纏タル士卒ノ志、親子ヨリモ重カルベシ」として、光氏の再度の説得に浄慶が応じない場合には「力ナク我等モ士卒ト共ニ討死シテ、将ノ士ヲ重ンズル義ヲ後世ニ伝ヘン」と述べた。光氏が再び浄慶の所へ赴いたのに対し、浄慶が「猶心トケズシテ、数刻ヲ移シ」たため、光氏は「馬ヨリ下テ、鎧ノ上帯切テ投捨」て、「天下ノ為ニ重カルベキ大将ノ御身トシテダニモ、軍勢ノ命ニ替ラントシ給ゾカシ。況ヤ義ニ依テ命ヲ軽ズベキ郎徒ノ身トシテ、主ノ御命ニ替ラヌ事ヤ有べキ。サラバ早光氏ガ首ヲ取テ、大将ヲ通シ進ラセヨ」と言い終わらずに腹を切ろうとした。光氏の忠義ぶりを見た浄慶は「浄慶コソイカナル罪科ニ当ラレ候共、争デカ情ナキ振舞ヲバ仕リ候べキ。早御通リ候ヘ」と、泣く泣く一行を通過させた。浄慶の態度に感激した両大将（義助・義顕）は「我等ハタトヒ戦場ノ塵ニ没ストモ、若一家ノ内ニ世ヲ保ツ者出来バ、是ヲシルシニ出シテ今ノ忠義ヲ顕サルベシ」と言って「金作ノ太刀」を浄慶に与えた。

第十二章の末文は「光氏ハ主ノ危ヲ見テ命ニ替ラン事ヲ請、浄慶ハ敵ノ義ヲ感ジテ後ノ罪科ヲ不レ顧、何レモ理リノ中ナレバ、是ヲキキ見ル人ゴトニ、称嘆セヌハ無リケリ」と結ばれるが、第十三章は、浄慶との交渉が「難儀」と聞いた新田勢の二百五十騎が十六騎になったとの記述からはじまる。その十六騎は「大勢ナル体ヲ敵ニ見スル様ニ謀レ」として「十六人ガ鉢巻ト上帯トヲ解テ、青竹ノ末ニ結付テ旗ノ様ニミセテ、此ノ木ノ梢、彼ノ陰ニ立置テ」夜明けとともに「中黒ノ旗一流」を掲げて敵陣の後ろへ進攻し、「瓜生・富樫・野尻・井口・豊原・平泉寺・幷ニ剣・白山ノ衆徒等、二万余騎ニテ後攻仕候ゾ。城中ノ人々被二出向一候テ、先懸者共ノ剛臆ノ振舞委ク御覧ジテ、後ノ証拠ニ立レ候ヘ」と、「声々ニ喚テ時ノ声」をあげた。まっ先に進んだ武田五郎は「京都ノ合戦ニ切レタリシ右ノ指末痊ズシテ、太刀ノツカヲ拳ルベキ様モ無」かったので「杉ノ板ヲ以テ木太刀ヲ作テ」右腕に結び付けており、二番目に進んだ栗生左衛門は「帯副ノ太刀」が無かったため「深山柏ノ回リ一尺許ナルヲ、一丈余ニ打切テ金才棒ノ如ニ見セ、右ノ小脇ニカイ挟テ、大勢ノ中へ破テ入」った。それを見て金崎城を包囲していた「寄手三万余騎」は、「スハヤ杣山ヨリ後攻ノ勢懸ケルハ」と大混乱を生じた。これに勢いづいて城中の軍勢八百余人は、十六騎を助けるために打って出た。結局、「雲霞ノ如クニ充満シタル大勢」は四散して、「皆己ガ国々へ」帰ってしまった。

第十四章は、金崎城での小康の時間が描かれる。「百重千重ニ城ヲ囲ミタリツル敵」が退散したことを喜び、金崎城の城中の人々は十月二十日に船遊びをする。管絃の最中に、船中へ魚が飛び込んだ事をめぐって、洞院実世の、それを瑞兆とする故事引用に基づいて料理人が直ちに調理して東宮に献上したこと、更に「嶋寺ノ袖ト云ケル遊君」が、その場にふさわしい詠歌をしたことで、全員が感動し落涙した次第が語られる。

第十五章では、新田勢の十六騎に欺かれて寄手の敗退を聞いた将軍は、「大ニ忿ヲ成シテ」、斯波高経の五千余騎をはじめとする六万余の大軍を派遣する。しかし、「三方ハ海ニ依テ岸高ク巌滑」らかな金崎城は攻略しにくく、小笠原貞宗が「究竟ノ兵八百人ヲ勝テ」城に迫ったものの、栗生左衛門や気比大宮司らの奮戦によって、敗退する。続いて、今河頼貞が「小舟百艘」で攻撃したが、結局、撃退される。この攻撃の中では、負傷して舟に乗り遅れた中村六郎という武士を、「アレ〳〵ト許ニテ、助ントスル者モ無」かった時に、「播磨国ノ住人野中八郎貞国」が味方の舟を無理に漕ぎ戻し、中村に走り懸かった敵の「頸ヲ取テ鋒ニ貫キ、中村ヲ肩ニ引懸テ、閑ニ舟ニ乗」った武勇譚が「敵モ御方モ是ヲ見テ、「哀剛ノ者哉」ト誉ヌ人コソ無リケレ」と描かれる。ただ、戦況そのものは、「寄手大勢也トイヘ共」「徒ニ矢軍ニテゾ日ヲ暮シケル」という膠着状態を記して、巻十七は終わる。

二

楠正成の死をも含む建武三年（一三三六）の〈長い時間〉が、巻十四から巻十八へと続く。その中で、巻十七は、六月から十月に亘る時間軸に、京都から北陸へと延伸する空間の〈面〉が重ねられての展開を見せる。

後醍醐帝による「公家一統政治」は、出発段階から、さまざまな問題を噴出して行ったが、それに対抗する形で台頭してくる「将軍ノ代」とは、どのようなものかが、巻十七では徐々に語られていくことになるが、帝から「今日ノ合戦何ヨリモ忠ヲ尽スベシ」と声をかけられた時の、新田義貞の「合戦ノ雌雄ハ時ノ運ニヨル事ニテ候ヘバ、兼テ勝負ヲ定メガタク候」という発言（第三章）や、僅か十六騎になった脇屋義助・新田義顕達の作戦（第十三章）は、それぞれ楠正成的なものと見ることができ、物語としては、巻十六以前と連続性を持つ。又、今庄浄慶や由良光氏のように節を重んじる忠義の武士（第十二章）や、窮地に立たされている味方を決死の覚悟で救出する野中八郎のような勇敢な武士（第十五章）も登場し、それらの挿話が『太平記』を物語的に支えてもいる。

ところが、巻十七が提示する〈物語的現実〉は、第一章の光澄・隆賢の行動、第二章の文末にある「敵内通ノ者共」や、第三章冒頭文の「野心ノ者」などの存在こそが、戦況を変化させて行くことを露呈している。

そして、斯波高経からの使者によって届けられた将軍よりの偽綸旨を、後醍醐帝の綸旨と思い込んだため、脇屋義助達への協力をやめた瓜生保の場合、「元ヨリ心遠慮ナキ者」「愚痴ナル者」と記されるものの、使者と対面する直前までの、義助達への歓待ぶりは、地方武士としての誠意に基づく行為である。

それに対して、佐々木道誉の場合の、味方である小笠原貞宗を追い遣って、守護職と土地とを我が物にするという実質的利益を獲得し、後醍醐帝・新田義貞を「出抜」いて偽りの「降参」をするという行為は、はるかに政略的なものである。

なお、新田義貞は、三月末に播磨国白旗城を攻撃中に、赤松円心による同様の裏切りを体験しており（巻十六）、後醍醐帝の京都還幸の動きについても「斯ル事トハ不二知給一」と記され、洞院実世の報告を受けても「サル事ヤ可レ有、御使ノ聞誤ニテゾ有覧」という反応しか見せない（第七章）など、大きく変質しつつある現状について状況把握の甘さが見られる。そのような義貞に対して、帝は「天運時未レ到シテ兵疲レ勢ヒ廃レヌレバ、尊氏ニ一旦和睦ノ儀ヲ謀テ、且クノ時ヲ待ン為ニ」還幸することを涙ながらに釈明し（第八章）、脇屋義助、新田義顕も、義鑑房の前で「尊氏若強テ申事アラバ、休事ヲ得ズシテ、義貞追罰ノ綸旨ヲナシツト覚ルゾ、汝カリニモ朝敵ノ名ヲ取ランズル事不レ可レ然。春宮ニ位ヲ譲奉テ万乗ノ政ヲ任セ進ラスベシ。義貞股肱ノ臣トシテ王業再ビ本ニ復スル大功ヲ致セ」との帝の言葉を信じ続けようとしている（第十二章）。

しかし、その後醍醐帝に関しては、山門衆徒の「心ヲ勇シメン為ニ」荘園を寄附した帝の姿勢について、「智アル人」が「神慮モ如何有ラン」との懸念を示し（第三章）、又、「八王子権現」の憑依した童が、合戦の勝負を山門の大衆から尋ねられた時、「涙ヲハラハラト流シ」ながら「何ニモ吾山ノ繁昌、朝廷ノ静謐ヲコソ、心ニ懸テ思フ事ナレ共、叡慮ノ向フ所モ、富貴栄耀ノ為ニシテ、理民治世ノ政ニ非ズ、衆徒ノ願フ心モ、皆驕奢放逸ノ基ニシテ、仏法紹隆ノ為ニ非ザル間、諸天善神モ擁護ノ手ヲ休メ、四所三聖モ加被ノ力ヲ不レ被レ回。悲哉、今ヨリ後朝儀久ク塗炭ニ落テ、公卿大臣蛮夷ノ奴トナリ、国主ハルカニ帝都ヲ去テ、臣ハ君ヲ殺シ、子ハ父ヲ殺ス世ニナランズル事ノ浅猿サヨ」と語り（第一章）、更に、帝が足利尊氏の要請を受けて京都に還幸する事を知った堀口貞満も、義貞を見捨てようとする帝を難ずる言葉の中で「洛中数箇度ノ戦ニ、朝敵勢盛ニシテ官軍頻ニ利ヲ失候事、全ク戦ノ咎ニ非ズ、只帝徳ノ欠ル[9]処ニ候歟。仍御方ニ参ル勢ノ少キ故ニテ候ハズヤ」と批判的言辞を投げつける（第七章）。このように、帝は神からも臣下からも批判され、否定的展望の中に位置づけられているわけである。

新田義貞は、後醍醐帝に向かって「天下ノ落居ハ聖運[10]ニ任セ候ヘバ、心トスル処ニ候ハズ」と述べて京都へ出陣し（第五章）、足利尊氏も、義貞を迎撃するに当たって、「我此軍ヲ起シテ鎌倉ヲ立シヨリ、全ク君ヲ傾ケ奉ント思フニ非。只義貞ニ逢ヒテ、憤ヲ散ゼン為也キ」と語り（第五章）、帝への還幸要請の使者にも、「止事ヲ不レ得シテ此乱天下ニ及候。是全ク君ニ向ヒ奉テ反逆ヲ企テシニ候ハズ。只義貞ガ一類ヲ亡シテ、向後ノ讒臣ヲコラサント存ズル許也」と奏上させ（第七章）、一貫して後醍醐帝には恭順の姿勢をとり、義貞との対立構造に固執する。しかし、帝が叡山からの京都還幸を直ぐに決めた事を知ると「サテハ叡智不レ浅ト申セ共、欺クニ安カリケリト悦」んだともあり、京都に戻った帝を忽ち花山院に幽閉した事の方に、尊氏の現実があったと考えられる。

つまり『太平記』作者は「内通」の者に対する「天罰」「神罰」「医王山王ノ御罰」という、人間界を超越する規範を厳然とした形で定着させつつも、北陸に向かった官軍側が凍死・討死・降参などを経て、たとえば「三千五百余騎」から「二百五十騎」に、更には「十六騎」へと激減していく現状と、佐々木道誉のごとき[11]人物をも抱え込み、尊氏自身が後醍醐帝を「欺クニ安カリケリ」と見做す現実主義とを、拮抗する形で描き続けていく中で、結局は「将軍ノ代」に収斂していかざるを得ない〈歴史〉を語っている。

しかし、この現実としての「将軍ノ代」は、正成が語ったそれとは、明らかに懸隔するものでもあった。

注

（1）引用は、日本古典文学大系本（岩波書店）によるが、字体を改めた。

（2）テキスト「立帰サヌ」。西源院本（刀江書院）の「立返ヌ」に従った。なお、この場面で、西源院本は、千種忠顕の戦死と「サシモ忠貞貳ナク、抽賞人ニ過テ、君モ深ク御憑有ケルニ依テ、一命ヲ輕クシテ失ニケルコソ哀ナレ」という一文を載せるが、テキストには「一人モ不レ残討レテケリ」とあるのみである。

（3）天正本（新編日本古典文学全集・小学館）は、頭注で「実否不明」とする。

（4）テキスト頭注は「師基等が初めて京を攻めたのは十八日ではない。十を衍字として八日とすれば文意が穏やかである」とする。天正本は、年表で「この日の合戦記事、虚構か」と記す。

（5）テキストは「同十七日」と記す。後出の牒状の日付「延元々年六月日」に従えば六月十七日という事になるが、第二章の記事と齟齬を来たす。テキスト頭注は牒状の日付について「さきに六月晦日に義貞が京を攻めて敗れているから、七月が妥当」とする。

（6）注（4）参照。テキスト頭注も「史実は六月三十日か」とする。

（7）テキスト頭注も指摘する如く、「悪源太」という呼称で叙述する事によって、『平治物語』の「悪源太義平」の人物像に重層させる効果がある。

（8）後醍醐帝は、元弘元年（一三三一）に、笠置が落城して捕えられ、三種の神器を光厳帝に渡すように告げられた際にも、虚偽の答えをした事があった（巻三）。

（9）万里小路藤房が自ら遁世して姿を隠す事で、楠正成が無言で戦場に赴く事で、それぞれ表現しようとしたことを、貞満は遂に言葉として指摘したと言える。

（10）「聖運」という語は、巻十六で正成に向かって、坊門清忠が、その優位性を主張したものであったが、正成は義貞に対して「聖運トハ申ナガラ、偏ニ御計略ノ武略ニ依シ事ニテ候ヘバ」と述べたものでもあった。

（11）高豊前守が「仏敵・神敵」として、その最後が語られる事も、やがて、同族としての高師直の人物形象に関与することを予感させる。

「将軍ノ代」の枠組み

一

延元元年（建武三年・一三三六）五月、楠正成の提案に対し、坊門清忠を介して「帝都ヲ捨テ、一年ノ内ニ二度マデ山門へ臨幸[1]」する事を「且ハ帝位ヲ軽ズルニ似リ」と却下の姿勢を示した後醍醐天皇であったが、正成の死後に、結局は山門（比叡山）へ移らざるをえなかった。

やがて、足利軍と官軍（新田軍）との、比叡山・京都をめぐる攻防戦が膠着状態となった中で、「龍駕ヲ九重ノ月ニ被レ廻、鳳暦ヲ万歳ノ春ニ被レ復候へ」という足利尊氏の要請を受諾し、後醍醐帝は京都に還幸する。ただ、後醍醐帝自身は、京都への還幸と並行する形で新田義貞に提示した北国行きが、義貞にとっては「却テ朝敵ノ名ヲ得」ることを察知したゆえに、「春宮ニ天子ノ位ヲ譲テ、同北国へ下シ奉ベシ」という条件を付けたのであった。ところが、京都に戻った帝は直ちに花山院に幽閉され、本間孫四郎や道場坊助注記祐覚は斬首となり、北国へ向かった新田勢の中にも多数の凍死者が出てしまう。

このような、巻十六・巻十七の状況を踏まえての巻十八は、次のような章段から成る。

一、先帝潜幸芳野事
二、高野与根来不和事

三、瓜生挙旗事
四、越前府軍幷金崎後攻事
五、瓜生判官老母事付程嬰杵臼事
六、金崎城落事
七、春宮還御事付一宮御息所事
八、比叡山開闢事

幽閉されていた後醍醐帝の花山院脱出が描かれるのが第一章である。吉水法印が吉野の衆徒を説得した事により、帝は賀名生から吉野へと赴く。

近辺から軍勢も集まり、方々の寺社の衆徒・神官も協力の姿勢を見せた中で、「根来ノ大衆ハ一人モ吉野へ参向しなかったこと、その背景としての、高野山と根来寺との「確執」の歴史的説明が第二章となっている。

第三章から第七章は、再び（巻十七に続いて）北陸地方の官軍の戦況を中心とする叙述となる。第三章では、瓜生判官保の動きが描かれる。「吉野ノ帝ヨリ被ㇾ成タル綸旨」を亘理新左衛門が髻に結びつけて泳いで金崎城に伝えたことにより、瓜生判官は「兄弟一ニ成テコソ、兎モ角モ成メト思返シテ」、宇都宮美濃将監・天野民部大輔を同心者とし、高越後守を欺き杣山城に帰る。瓜生兄弟達は、新田義治を大将として十一月八日に挙兵する。それに対して、高越後守師泰は「能登・加賀・越中三箇国ノ勢六千余騎」を杣山城へ進攻させる。十一月二十三日の夜半、城に近付いた寄手に対し、「兼テ案ノ図ニ敵ヲ谷底へ帯キ入テ、今ハカウ」と判断した瓜生は「野伏三千人ヲ後ノ山へアゲ、足軽ノ兵七百余人左右へ差回シテ」迎撃し、師泰勢を敗走させる。

形勢が逆転していくのが第四章。十一月二十八日、足利尾張守高経が三千余騎を率いて越前の国府に戻ったところを、瓜生の三千余騎が二十九日に攻略。

延元二年（一三三七）一月十一日、新田義治は、里見伊賀守を大将とし、五千余騎を金崎城支援軍として派遣。一方、高師泰も「兼テ用意シタル事」として、今河駿河守を大将とする二万余騎で迎撃する。里見勢が敗北する過程で、瓜生保・義鑑房兄弟が討死を決意したのを見て、その弟の源琳・重・照の三人が「共ニ討死セント取テ返シ」たところ、義鑑房は「尻目ニ睨デ」「アラ、カニ」三人を制止し、里見・瓜生保とともに討死してしまう。

この第四章についての解説をなすのが第五章である。杣山城へ引き返した里見軍は、大将の里見伊賀守以下「討死スル者五十三人、蒙レ疵者五百余人」であったため、「啼哭スル声家々ニ充満」という様相を呈した。ところが「瓜生判官ガ老母ノ尼公」だけは「敢テ悲メル気色モナ」く、大将である新田義治の前に進み出て「判官ガ伯父・甥三人ノ者、里見殿ノ御供申シ、残ノ弟三人ハ、大将ノ御為ニ活残リテ候へバ、歎ノ中ノ悦トコソ覚テ候へ。元来上ノ御為ニ此一大事ヲ思立候ヌル上ハ、百千ノ甥子共ガ被レ討候共、可レ歎ニテハ候ハズ」と涙ながらに語りつつ酒盃を献じたため、「機ヲ失ヘル軍勢モ、別ヲ歎ク者共モ、愁ヲ忘レテ勇ミヲナ」したのであった。

老母の健気な態度の前提となっている義鑑房達の討死が「是モ古ヘノ義ヲ守リ人ヲ矩トセシ故也」と記され、程嬰・杵臼の故事（討死する智伯から後事を託された二人の臣は相談をした上で、杵臼は自分の子を智伯の遺児に仕立てて山に隠れ、程嬰は智伯の遺児を我が子として養育しつつ「亡君智伯ガ孤三歳ニナル此ニアリ。杵臼ガ養育深ク隠匿タル所我具ニシレリ」という情報提供をすることで趙盾に出仕する。やがて、発見された杵臼は「亡君智伯ノ孤軍命拙シテ謀已ニ顕レヌ」と叫んで、我が子を殺し自らも死ぬ。高官に取り立てられた程嬰は、智伯の子の成長とともに挙兵をして趙盾を滅ぼす。趙王から大禄を与えられようとした時、それを辞退した程嬰は、杵臼の墳墓の前で自害した）の引用があり、保・義鑑房兄弟の討死が「古ヘノ程嬰・杵臼ガ振舞ニモ劣ルベシトモ云ガタシ」と結ばれる。

第六章では、金崎城の凄惨な陥落が語られる。寄手を撃退するため杣山城へ移った新田義貞・脇屋義助が出撃できずに二十日以上経過するうちに、金崎城は「馬共ヲモ皆食尽シテ、食事ヲ断ツ事十日許ニ成ニケレバ、軍勢共モ今ハ手足モハタラカズ」という状況になってしまう。「大手・搦手十万騎」が「三月六日ノ卯刻」一斉に攻撃。城側は「余リニ疲レテ足モ快ク立ザリケレバ、二ノ木戸ノ脇ニ被二射殺一伏タル死人ノ股ノ肉ヲ切テ、二十余人ノ兵共一口ヅヽ食テ、是ヲ力ニシテ」戦うという限界的状況を示し、最終的には、新田義顕・一宮（尊良親王）以下三百余人が自害を遂げる。その中で、「元来力人ニ勝テ水練ノ達者」の気比大宮司太郎は、春宮（恒良親王）を乗せた小舟の綱を身体に結びつけ「海上三十余町」を泳いで、蕪木浦まで送り「怪シゲナル浦人ノ家」に預けた後、引き返し、先に自害した父の上に「自我首ヲ掻落テ片手ニ提、大膚脱ニ成テ」死ぬ。

第七章では、まず、捕えられた春宮が、足利尾張守から、義貞・義助の死骸が発見できぬ事について尋問された時、「幼稚ナル御心ニモ」戦況を考えて「手ノ者共ガ役所ノ内ニシテ火葬ニスルトコソ云沙汰セシカ」と虚偽の説明をした事が記される。次に、春宮が「張輿」で京都に送還され「楼ノ御所」に幽閉され、新田義顕の首が大路を引き廻しの上、獄門に懸けられたこと、一宮の首が夢窓国師に送られ葬儀が行われたことが短く述べられる。その後に、「サテモ御匣殿ノ御歎、中々申モ愚也。此御匣殿ノ一宮ニ参リ初給シ古ヘノ御心尽シ、世ニ類ナキ事トコソ聞ヘシカ」という一文から始まり、一宮（尊良親王）と御匣殿（御息所）との出会い、結婚、その後の一宮の配流による別離、後の再会、そして、一宮の自害から、葬儀の記述へと再び戻り、御息所が一宮の「御中陰ノ日数未レ終先ニ、無レ墓成セ給ヒケレバ、聞人毎ニ押並テ、類ヒ少ナキ哀サニ、皆袂ヲゾ濡シケル」と絞め括られる長文の哀話が挿入される。

第八章は、金崎城の落城による諸国の宮方の衰退の一方で、「天下将軍ノ威ニ随フ事、宛如三吹風靡二草木一」という状況が確認される。「高・上杉ノ人々」が「山門又如何ナル事ヲカシ出サンズラン」と懸念し「山門ヲ三井寺ノ末寺ニヤナス」「一円ニ九院ヲ没倒シ衆徒ヲ追出シテ、其跡ヲ軍勢ニヤ可二充行一」等と「将軍ノ御前ニ参ジテ評定シ」ている所へ玄慧（恵）法印がやって来た。高師直が法印について「此人コソ大智広学ノ物知ニテ候ナレバ、加様ノ事共モ存知候ハンズレ。此レニ山門ノ事、委ク尋問候ハゞヤ」と語り、将軍が「法印此方へ」と呼び、法印は「四海静謐ノ事」を祝賀した上で「種々ノ物語」を始めた。すると、上杉伊豆守重能が「以前山門両度ノ臨幸ヲ許容申テ将軍ニ敵シ奉ル事無二他事一。雖レ然武運合二天命一故ニ、遂ニ朝敵ヲ一時ニ亡シテ、太平ヲ四海ニ致候キ」とした上で「有テ無益ノ者ハ山門也。無テ可レ能山法師也。但山門無テハ叶マジキ故候哉覧」と、皮肉を込めた口調で発言した。法印は「言語道断ノ事ナリ。閉レ口去塞レ耳帰ラバヤ」と思ったものの「翻レ邪帰レ正事モヤアランズラン」と考え、山門（比叡山延暦寺）の由来を語る。そして、長い話の終わりに、「朝廷ニ有レ事日ハ祈レ之除レ災致レ福。山門有レ訴時ハ傷レ之以レ非被レ理。爰ニ両度ノ臨幸ヲ山門ニ許容申タリシハ、一往衆徒ノ僻事ニ似テ候へ共、窮鳥入レ懐時ハ狩人モ哀レ之不レ殺事ニテ候。況乎十善ノ君ノ御恃アランニ誰カ可レ不二与申一。譬バ其時ノ久執ノ輩、少々相残テ野心ヲ挿ミ候共、武将忘二其恨一、厚恩被レ行レ徳候者、敵ノ運ヲ祈ランズル勤ハ却テ一家ノ祈トナリ、朝敵ヲ贔屓セン心変ジテ、御方ノ御タメニ無レ弐者ト成リ候ベシ」と「内外ノ理致明カニ、尽レ言」して語ったため、将軍足利尊氏・直義、高・上杉以下の武将達も「サテハ山門ナクテ、天下ヲ治ル事有マジカリケリト信仰シ」て、「旧領安堵ノ外ニ、武家増々寄進ノ地」を付け加えたのであった。

二

後醍醐天皇は、京都から吉野へ脱出することによって、隠岐配流の時と同様に、再び「先帝」となる。この脱出劇は、「武家ノ許ヲ得テ只一人伺候シ」ていた刑部大輔景繁が、北陸を含む官軍の状況を踏まえ「天下ノ反覆遠カラジト、謳歌説満㆑耳ニ候。急ギ近日ノ間ニ、夜ニ紛レテ大和ノ方へ臨幸成候テ、吉野・十津川ノ辺ニ皇居ヲ被㆑定、諸国へ綸旨ヲ被㆓成下㆒、義貞ガ忠心ヲモ助ラレ、皇統ノ聖化ヲ被㆑燿候へカシ」と、勾当内侍を介して奏聞したところ、帝は「サテハ天下ノ武士猶帝徳ヲ慕フ者多カリケリ。是天照大神ノ、景繁ガ心ニ入替セ給テ、被㆑示者也」と考え、実行を決意したものであった。

後醍醐帝は、元弘元年（一三三一）にも、京都を脱出し奈良を経て笠置に移ったことがあった（巻二）。しかし、その時は、大塔宮（護良親王）の提案に対し、帝は「只アキレサセ玉ヘル計ニテ、何ノ御沙汰ニモ及玉ハズ」という反応であり、万里小路藤房の「兎角ノ御思案ニ及候ハゞ、夜モ深候ナン。早御忍候へ」との勧めによって「女房車ノ体ニ見セ」ての脱出であった。それに対し、隠岐島からの脱出も体験している帝は、今回は自らが「夜明必寮ノ御馬ヲ用意シテ、東ノ小門ノ辺ニ相待ベシ」と指示した上で、「童部ノ蹈開タル築地ノ崩ヨリ、女房ノ姿ニテ」の意志的脱出であった。その過程では「俄ニ春日山ノ上ヨリ金峯山ノ嶺マデ、光物飛渡ル勢ヒニ見ヘテ、松明ノ如クナル光終夜天ヲ燿シ地ヲ照シ」たため、「行路分明ニ見ヘテ程ナク」賀名生に到着できたという奇瑞も語られる。(2)これは、元弘元年（一三三三）の隠岐脱出場面において「怪ゲナル男」が「主上ヲ軽々ト負進セ」て港まで送り「君御一統ノ御時ニ、尤忠賞有ベシト国中ヲ被㆑尋ケルニ、我コソ其ニテ候ヘト申者遂ニ無リケリ」という挿話（巻七）に重なるものでもある。後醍醐帝が、吉水法印宗信の協力を得て、賀名生から「吉野へ臨幸」した事については、「若大衆三百余人」のほか「楠帯刀正行・和田次郎・真木定観・三輪ノ西阿」や紀伊国の「恩地・牲河・貴志・湯浅」らが「五百騎・三百騎・引モ切ラズ面々馳参」った結果、「雲霞ノ勢」に囲まれての臨幸であり、「聖運忽ニ開ケテ、功臣既ニ顕レヌト、人皆歓喜ノ思ヲナス」と記される。

ところが、『梅松論』(3)を見ると、「密ニ花山院殿ヲ出御、洛中ノ騒動申計ナシ。此上ハ京中ヨリ御敵出來ヌトテ、急東寺警固ヲツカハサル、程ノ事也シ間、諸人甲ノ緒ヲシメケルクラヒニテ、將軍ノ御所ニ馳參」ったところ、将軍は「少モ御動ノ氣ナクシテ、宗ノ人々ニ對面アリテ被仰テ云、此間君花山院ニ御座ノ故ニ、警固申ス事、其期ナキニヨテ以ノ外武家ノ煩也。先代ノ沙汰ノ如ク遠國ニ遷シ奉バ、御恐有べキ間、迷惑ノ處ニ、今ノ出御ハ大儀ノ中ノ吉事也。密事ニテ定畿内ノ山中ニ御座有べキ歟。御進退ヲ叡慮ニ任テ自然ト落居ハ可然事也。運ハ天ノ定ル處也。淺智ノ强弱ニヨルべカラザル者カナトテ、押靜テ御座有シ御氣色」であったと記して「誠ノ天下ノ將軍、武家ノ棟梁ニテ渡セ給べキ御果報ナレバ、今更申モヲロカ也。大敵ノ君ヲニガシ奉テ驚タル御氣色見エサセ給ハザリシゾ不思儀ノ事ト申セシ」と書かれている。

山門から京都への還幸を、新田義貞は勿論、「傍ノ元老・智臣」にも相談せず、直ちに決めた後醍醐帝について、「サテハ叡慮不レ浅ト申セ共、欺クニ安カリケリ」（巻十七）と喜んだ尊氏にしてみれば、十一月二日に後醍醐帝から北朝の光明帝に神器が渡され(4)、十一月七日に『建武式目』の答申を受けた後は、かって後醍醐帝に対し「全ク君ニ向ヒ奉テ反逆ヲ企テシニ候ハズ、只義貞ガ一類ヲ亡シテ向後ノ讒臣ヲコラサント存ズル計也」（巻十七）と主張してきたことと合わせて、さしあたっては、吉野の後醍醐帝と北陸の新田義貞とを分断した上で、新田攻撃に集中できる態勢を後醍醐帝から提供された形になったわけでもあり、帝の吉野への脱出が「吉事」として受け止められたことになる。

第二章で、根来寺が後醍醐帝に協力的姿勢を見せなかったことについては、覚鑁と高野衆徒との対立にまで時間を遡及させて語られる。覚鑁が「天狗共」のために「造作魔ノ心」を付けられ、鳥羽法皇の保護を受け堂舎・僧坊を造ったとする一方で、禅定に籠った覚鑁上人を「高野ノ衆徒等」が襲撃した時には、不動明王の姿をした上人が「其身磐石ノ如クニシテ、那羅延ガ力ニテモ動シ難ク、金剛ノ杵モ砕難」く見えたとし、「悪僧等」が投げつけた飛礫は「其身ニ不レ中、アラケテ微塵ニ砕去」ったとも描かれる。最後は「去バコソ汝等ガ打処ノ飛礫、全ク我身ニ中ル事不レ可レ有」という「少シ憍慢ノ心」を起こした上人の額に飛礫が当たり、高野山の衆徒達は「サレバコソ」と「ドッド笑ヒ」引き上げる。しかし、その事を「心憂事ニ思」った「覚鑁上人ノ門徒五百坊」が「伝法院ノ御廟ヲ根来へ移シテ、真言秘密ノ道場ヲ建立」し、「其時ノ宿意」が、高野・根来の両寺の「確執ノ心」に結びついている——と語られる。つまり、覚鑁上人を完璧な存在としては描かぬものの、全面的に否定するわけでもない。そのため、後醍醐帝に非協力の姿勢を見せた根来寺についても、「必シモ武家ヲ贔屓シテ、公家ヲ背申ニハ非ズ」と説明され、高野山と根来寺との宗派的対立の方に視点が移動している。その結果、第一章の「聖運忽ニ開ケテ」という記述は、新田一族の堀口貞満が後醍醐帝に投げかけた「朝敵勢盛ニシテ官軍頻ニ利ヲ失候事、全戦ノ咎ニ非ズ、只帝徳ノ欠ル処ニ候歟」（巻十七）という批判の言葉の重さを超越しうるものになり得たとも考えられない。

一方、北陸の官軍は、瓜生兄弟達の活躍により、足利軍を悩ませたものの、生存者は、捕えられた恒良親王（春宮）を含め、新田義貞・脇屋義助ら僅かとなり、第六章に描かれた人肉食(5)の現実が、官軍の極限状況を如実に語っていることになる。その中で、第七章において、むしろ唐突に挿入されている「一宮御息所事」は、一七一行(6)に及ぶ長大なものである。因みに、巻四の巻末に載せられている「呉越軍事」は二三九行あるが、これは児島高徳が桜樹に書き付けた「天莫レ空二勾践一。時非レ無二范蠡一」の〝解説〟を兼ねて引用されたものであり、大枠を『史記』に拠っている。(7)この「一宮御息所事」については、後藤丹治氏(8)は「この話も太平記の作者の頭脳から案出された文學的、小説的な産物であって、その俑を作ったものは實に平家物語であると思ふ」と述べておられ、「源氏物語「玉鬘」の再現がありはしまいか」との指摘もしておられる。

ただ、御息所の現実の死は、元弘二年（一三三二）の一宮（尊良親王）の土佐配流以前の事であり、「一宮御息所事」そのものが虚構(9)として挿入されたものである。しかし、この段階で、『太平記』作者が虚構を以てしても語ろうとしたものが何であったのかを考える時、巻十七第十四章「金崎船遊事付白魚入レ船事」に短く記された新田軍の優雅な王朝的時間を拡大しつつ、その対極としての巻十八第六章における新田勢最前線の凄惨な極限状況を払拭し、後醍醐帝の吉野への脱出によって、足利軍との力関係が明確に一つの傾向を見せ始めた官軍（南朝）を哀惜している、と見ることができよう。

第八章は、巻十六で楠正成が正行に予告した「将軍ノ代」についての現実的な枠組みを暗示するものとなっている。将軍（足利尊氏）達が居並び、「高・上杉ノ人々」が「山門ヲ三井寺ノ末寺ニヤナス、又若干ノ所領ヲ塞ゲタルモ無益ナレバ、只一円ニ九院ヲ没倒シ衆徒ヲ追出シテ、其跡ヲ軍勢ニヤ可二充行一」と「評定」している場に、「北小路(10)ノ玄慧法印出来レリ」（以下「玄恵」と記す）という突然の登場によって始まるが、高師直が「此人コソ大智広学ノ物知ニテ候」と紹介し、尊氏が「法印此方ヘ」と招くことによって、玄恵はこの場面の主役となっていく。

玄恵が「席ニ直テ四海静謐ノ事共」を祝賀し、「種々ノ物語」に及んだ時、上杉伊豆守重能は玄恵に向かって、後醍醐帝の二度の山門臨幸を叡山延暦寺が許容したことを否定的に指摘した上で、「武運合二天命一ニ故ニ、遂ニ朝敵ヲ一時ニ亡シテ、太平ヲ四海ニ致候キ」と将軍側の正当性を強調し、「有テ無益ノ者ハ山門也。無テ可レ能山法師也。但山門無テハ叶マジキ故候哉覧」と、批判的な言葉を投げかけた。

それに対し、玄恵は一旦は「言語道断ノ事也。閉レ口去、塞レ耳帰ラバヤ」と考えたものの、「若一言ノ下ニ、翻レ邪帰レ正事モヤアランズラン」と思い直して、「旨ニ逆ヒ儀ヲ犯ス言バヲ留メテ」語り始める。

それは、仏教の日本への伝来を語りつつ、比叡山延暦寺に収斂してゆく壮大な「長物語」であった。その中には、薬師如来が「機縁時至テ仏法東流セバ、釈尊ハ教ヲ伝ル大師ト成テ、此山ヲ開闢シ給ヘ。我ハ此山ノ王ト成テ久ク後五百歳ノ仏法ヲ可レ護」と釈尊に誓約して、二仏が東西に去ってから「千八百年ヲ経テ後、釈尊ハ伝教大師ト成セ給フ」と言うような語りも含む説話的解説が続き、最終的には、上杉重能が批判した後醍醐帝の「両度ノ臨幸」を「窮鳥入レ懐時ハ狩人モ哀レ之不レ殺」と釈明し、「況乎十善ノ君ノ御恃アランニ誰カ可レ不ニ与申一。譬バ其時ノ久執ノ輩、少々相残テ野心ヲ挿ミ候共、武将忘ニ其恨一、厚恩被レ行レ徳候者、敵ノ運ヲ祈ランズル勤ハ却テ一家ノ祈トナリ、朝敵ヲ贔屓セン心変ジテ、御方ノ御タメニ無レ弐者ト成リ候ベシ」と、結論を将軍側に傾ける形で、「内外ノ理致明カニ、尽レ言」して語られた。

その結果、「将軍・左兵衛督ヲ奉レ始、高・上杉・頭人・評定衆ニ至ル迄」の人々も、「サテハ山門ナクテ、天下ヲ治ル事有マジカリケリ」と感服し、将軍側からは「旧領安堵」をしただけでなく、「寄進ノ地」を増加させた——との記述によって、第八章が締め括られるとともに巻十八も終わる。

山門を批判した「高・上杉ノ人々」の「評定」及び上杉重能の辛辣な発言を受けた玄恵の「長物語」は、上杉重能を沈黙させただけでなく、足利尊氏以下の武士達に「山門ナクテ、天下ヲ治ル事有マジカリケリト信仰」させる、まさに全面的否定を大きく全面的肯定へと逆転させる構造を担ったものとなっている。

一見、唐突に見える玄恵の登場であったが、「建武三年十一月七日」の日付を持つ『建武式目』の立案者八名[11]の中に「玄恵法印」が含まれている事と重ねて考えた時、異なる意味が浮上してくる。

玄恵について、和島芳男氏[12]は「玄恵が延暦寺の処分に関する意見を求められたのは、この問題について公平な立場にあると信頼されたからであるが（中略）一応比叡山に関係を持ちながら、しかも延暦寺の住僧ではなかった玄恵は、こういう信頼にふさわしい地位にあったわけである」と述べておられ、村山修一氏(13)は「後醍醐天皇の侍読を勤めたとの説もあるが、やはり持明院統との関係が深く、武家方に重んぜられた漢学僧であることは疑いない。そうした立場にありながら山門存続を主張したのは良識ある文化人であったことを示し、これに服した尊氏・師直等がまんざら武備一辺倒の野人でもなかったことを思わせる」と説いておられる。

このような玄恵法印の「長物語」は、「将軍ノ代」の体制が固められていく比較的早い段階において、将軍（尊氏）をはじめとする武士達が、山門（比叡山延暦寺）をいかに認識し位置づけていくべきか、ということについての説得力を持った〈答申〉であった。つまり、『太平記』作者は、巻十八の、この場面で、「将軍ノ代」の〈かくあるべき枠組み〉の一側面を提示していると言えよう。

注

(1) 引用は、日本古典文学大系本（岩波書店）によるが、字体を改めた。

(2) この脱出は、「八月二十八日ノ夜」（西源院本・天正本等の諸本とも）と本文には記されているが、山門から京都への還幸を「十月十日」（巻十七）としている事とも齟齬する。『神明鏡』（続群書類従）も「八月廿八日」とするが、『神皇正統記』（日本古典文学大系）が「同十二月ニシノビテ都ヲ出マシ〳〵テ、河内国ニ正成《ママ》トイヒシガ一族等ヲメシグシテ芳野ニイラセ給ヌ」とし、『皇年代略記』（群書類従）が「十二月廿一日癸亥又密二御花山院一遷二吉野金峰山一」とするように、十二月二十一日が正しい。

(3) 『京大本　梅松論』（京都大学国文学会・昭和39）による。

(4) 『皇年代略記』の「後醍醐院」の項に「十一月二日被レ奉二太上天皇尊号一。今日被レ渡二剣璽於新帝土御門殿一」とあり、「光明院」の項に「十一月二日賢所剣璽渡御。自二花山院一被レ渡二東寺行宮一」とある。

(5) 『梅松論』は「此城兵粮斷絶以後、馬ヲ害シテ食セシメ、廿日餘堪忍シケル。凶徒等乍生鬼類ノ身トナリケリガ不便ニゾ覺シ」と記す。

（6）注（1）のテキストに拠る。巻四も同じ。
（7）増田欣氏の『『太平記』の比較文学的研究』（角川書店・昭和51）第一章第三節に詳細な分析がある。
（8）『太平記の研究』前篇第一章（河出書房・昭和13）。
（9）注（1）のテキストが補注で「太平記の記事は史実ではない」と記すのをはじめ、新潮日本古典集成・新編日本古典文学全集にも同趣旨の指摘が見られる。この挿話については、筆者も「尊良親王配流譚をめぐって」（『太平記の説話文学的研究』〈和泉書院・一九八九〉において考察を加えたことがある。なお、村上學氏は「「一宮御息所事」・『新曲』・『中書王物語』」（「國語と國文學」第五十七巻第五号〈昭和55〉において、中世小説等を広く検証し、「太平記「一宮御息所事」は、いわば当時代流行のプロットを主要素材として構成されたように見える」と述べておられる。
（10）小木曾千代子氏の「玄恵法印の人的環境小考」（長谷川端氏編『太平記とその周辺』〈新典社・平成6〉所収）に指摘があるが、『師守記』（史料纂集）第三・康永四年（一三四五）六月二十四日の条に「今日雷落北小路玄恵法印邊」（以下省略）の記事がある。
（11）「人衆」としての八名のうち「玄恵法印」以外の七名は、「前民部卿」（日野藤範）・「是円」・「真恵」（是円の弟）・「太宰少弐」・「明石民部大夫」（行運）・「太田七郎左衛門尉」・「布施彦三郎入道」（道衆）。『建武式目』（『中世政治社会思想・上』日本思想大系・岩波書店・一九七二）参照。
（12）『中世の儒学』（吉川弘文館・一九六五）。この著書に収められた「玄恵法印」の章には、示唆に富む指摘が多く含まれており、「玄恵は確かに天台宗出身の詩僧であり文人であった。しかし玄恵が宋学に達し、その首唱者であったという確証は一つもない」として、「元弘・建武以来のいわゆる皇家中興の運動が、玄恵の首唱する宋学的理念で導かれたとする従来の通説のいわれなきこと」を説かれる一文には、傾聴させられる。
（13）『比叡山史　闘いと祈りの聖域』（東京美術・一九九四）。

混沌の世へ

一

将軍尊氏は、建武三年（延元元年・一三三六）十一月七日に「建武式目」を制定し、幕府の骨格を固める。一方、後醍醐天皇は、十二月二十一日に、幽閉されていた花山院を脱出し吉野へ潜幸した。ただ、『太平記』[1]は、後者を「八月二十八日」とし、前者については記さずに、玄恵法印の語る比叡山開闢の長物語に耳を傾けた尊氏・直義達が、山門への崇敬の念を確認した、という形で「将軍ノ代」[2]の枠組みを語る。将軍対天皇という力関係がやや歴然としてきたのが、『太平記』巻十八の物語的現在であった。

それに続く巻十九の章立ては次の通りである。

一、光厳院殿重祚御事
二、本朝将軍補任兄弟無其例事
三、新田義貞落越前府城事
四、金崎東宮并将軍宮御隠事
五、諸国宮方蜂起事
六、相模次郎時行勅免事

七、奥州国司顕家卿上洛并新田徳寿丸上洛事
八、追奥勢跡道々合戦事
九、青野原軍事付嚢沙背水事

第一章・第二章は、持明院統の皇統と、尊氏・直義兄弟との繁栄を叙述する。まず、第一章では、「諸人異議多カ」った「光厳院太上天皇重祚」(3)について、「其天恩ヲ報ジ申サデハアルベキ」(4)と尊氏が「平ニハカラヒ申」したために、結局「末座ノ異見」も「再往ノ沙汰ニ及バ」なかったと記される。勿論、建武三年（延元元年・一三三六）のこの段階で、「将軍」たる「尊氏卿」は、「末座」の意見に耳を傾ける必要はなかったであろう。

これは、〈公家一統政治〉を復活させる過程で、万里小路藤房の諫言(5)を許容しなかった後醍醐天皇の姿勢とは、やや異なるものである。ただ、史実としてはなかった光厳院の「重祚」を既定の事とし、その決定が「尊氏卿」によってなされたものであると語るのが、物語としての『太平記』なのである。

第二章は「同年（建武三年を指す）十月三日改元有テ、延元ニウツル。其十一月五日ノ除目ニ、足利宰相尊氏卿、上首十一人ヲ越テ、位正三位ニアガリ、官大納言ニ遷テ、征夷将軍ノ武将(6)ニ備リ給フ。舎弟左馬頭直義朝臣ハ、五人ヲ越テ、位四品ニ叙シ、官宰相ニ任ジテ、日本ノ副将軍ニ成給フ」と始まり、「夫我朝ニ将軍ヲ置レシ初ハ」と先例に遡及の後、「兄弟一時ニ相双デ大樹ノ武将」になった例は無い事が確認され、一門の繁栄も強調される。

第三章では、金崎城落城後の越前の状況が描かれる。新田義貞・脇屋義助兄弟が「所々ニ隠レ居タル敗軍ノ兵ヲ集テ国中へ打出、吉野ニ御座アル先帝ノ宸襟ヲモ休メ進セ、金崎ニテ討レシ亡魂ノ恨ヲモ散ゼバヤ」と兵を集めた

ところ、「馬・物具ナンドコソキラ〳〵敷ハナケレ共」「義心金鉄ノ兵共」が三千余騎集まった。その報を受けた将軍は、足利尾張守高経・伊予守家兼の斯波兄弟を大将とする六千余騎を越前の国府へ派遣する。

以下、加賀国の敷地・山岸・上木氏らが、宮方の畑時能の誘いに応じて進攻し、将軍方であった平泉寺衆徒は「過半引分テ宮方ニ与力」し、伊自良氏の三百余騎も加わった結果、「近辺ノ地頭・御家人等」までも宮方の陣に集結した次第が記される。その後、「三峰ノ衆徒」よりの要請を受け脇屋義助が派遣した、細屋秀国を大将とする敷地・山岸・上木らの三千余騎と、六千余騎を二手に分けた尾張守高経勢との対峙を経て、実際の合戦が描かれるのは「アラ玉ノ年立帰テ二月中旬」になってからのことである。

まず、百四五十騎で「鯖江ノ宿」へ出撃した脇屋義助勢が、「敵ニヤ人ノ告タリケン」細川出羽守の五百余騎に包囲されたものの、それを撃破する。味方が追撃しようとするのを制止した義助は、「今日ノ合戦ハ、不慮ニ出来ツル事ナレバ、遠所ノ御方是ヲシラデ、左右ナク馳来ラジト覚ルゾ、此辺ノ在家ニ火ヲ懸テ、合戦アリト知セヨ」と命じ、その結果、各方面から宮方勢が鯖江に集結する。こうして日野川を挟んでの斯波兄弟の三千余騎と新田勢との攻防は、伊予守の千余騎が若狭へ、尾張守の二千余騎が足羽へと退却し、宮方優勢の状況を示す。

第四章では、斯波勢の敗北を、尊氏・直義が「大ニ忿テ」、金崎城落城の際に「義貞・義助二人、昨日ノ暮程ニ自害シタリシヲ、手ノ者共ガ役所ノ内ニシテ火葬ニスルトコソ云沙汰セシカ」（巻十八・第七章）と証言した東宮（恒良親王）について、「潜ニ鴆毒ヲ進テ失奉レ」と粟飯原氏光に命じる。「将軍ノ宮」（「第七ノ宮」・成良親王）と東宮とが「一処ニ押籠ラレテ御座アリケル処」を訪れた氏光は、「三条殿（直義）ヨリ調進セラレテ候、毎朝一七日間食候へ」と薬を置いて行く。氏光が帰った後、将軍の宮が「是ハ定テ病ヲ治スル薬ニハアラジ、只命ヲ縮ル毒ナルベシ」と薬を庭へ捨てようとしたところ、東宮(7)は、それを制し「抑尊氏・直義等、其程ニ情ナキ所存ヲ挿ム者ナラバ、縦此薬ヲノマズ共遁べキ命カハ。是元来所願成就也」「悪念ニ犯サレンヨリモ、命ヲ鴆毒ノ為ニ縮テ、後生善処ノ望ヲ達ンニハシカジ」と語り、自ら毎日、法華経一部を書写し、念仏を唱えて、鴆毒を服用したのであった。

それを見た将軍の宮も、「同ハ後生マデモ御供申サンコソ本意ナレ」と、「諸共ニ此毒薬ヲ七日マデ」服用した。やがて、東宮は「四月十三日ノ暮程」に死を迎え、将軍の宮も「廿日余マデ御座アリケルガ、黄疸ト云御イタハリ出来テ、御遍身黄ニ成セ給テ、是モ終ニ墓ナク」なった。この章の末尾は、「哀哉」「悲哉」という詠嘆的表現を対句的に使い、「去々年」の兵部卿（護良）親王、「去年ノ春」の中務（尊良）親王の死を回想し、「此等ヲコソタメシナク哀ナル事ニ、聞人心ヲ傷シメツルニ、今又春宮・将軍宮、幾程ナクテ御隠レアリケレバ、心アルモ心ナキモ、是ヲキ、及ブ人毎ニ、哀ヲ催サズト云事ナシ」と語り、「カクツラクアタリ給ヘル直義朝臣ノ行末、イカナラント思ハヌ人モ無リケルガ、果シテ毒害セラレ給フ事コソ不思議ナレ」との因果応報的予告文によって締め括られる。(8)(9)

第五章は、「先帝又三種ノ神器ヲ帯シテ、吉野へ潜幸ナリ、又義貞朝臣已ニ数万騎ノ軍勢ヲ率シテ、越前国ニ打出タリ」との報を聞き、伊予・丹波・播磨・遠江をはじめとする宮方勢が次々に蜂起したこと、及び、紀清両党五百余騎を引き連れて吉野に馳せ参じた宇都宮入道公綱に対して、後醍醐帝が「殊ニ叡感有テ、即是ヲ還俗セサセラレ四位少将ニ」任じたことが短く記されている。

第六章では、かって後醍醐帝の討伐目標であった北条高時の二男で、「中先代の乱」(10)以後、「天ニ跼リ地ニ蹐シテ、一身ヲ置ニ安キ所ナカリシカバ、コ、ノ禅院、彼ノ律院ニ、一夜二夜ヲ明テ隠アリキケル」相模次郎時行が、密かに吉野へ使者を送り、「亡親高時法師、臣タル道ヲ弁ヘズシテ、遂ニ滅亡ヲ勅勘ノ下ニ得タリキ。然トイヘ共、天誅ノ理ニ当ル故ヲ存ズルニ依テ、時行一塵モ君ヲ恨申処ヲ存候ハズ」と述べた上で、尊氏を「大逆無道ノ甚キ事、世ノ悪ム所人ノ指サス所也」と批判し、和漢の先例を引きつつ「枉テ勅免ヲ蒙テ、朝敵誅罰ノ計略ヲ廻スベキ由、綸旨ヲ成下サレバ、宜ク官軍ノ義戦ヲ扶ケ、皇統ノ大化ヲ仰申ベキニテ候」と、伝奏を介して「奏聞」したのに対し、後醍醐帝は「恩免ノ綸旨」を下したことが描かれる(11)。

第七章は、一旦「霊山ノ城一ヲ守テ、有モ無ガ如ニ」なっていた「奥州ノ国司北畠源中納言顕家卿」が「主上ハ吉野へ潜幸ナリ義貞ハ北国へ打出タリト披露」したところ、三万余騎が集まり、建武四年（延元二年・一三三七）八月十九日に白河関を越える時には十万余騎の大軍となって鎌倉へ向かったとの記述から始まる。

この報を聞いた「鎌倉ノ管領足利左馬頭義詮」は、上杉憲顕・細川和氏・高重直らの外(12)、「武蔵・相模ノ勢八万余騎ヲ相副テ」利根川に待機する。しかし、「余所ノ時雨ニ水増テ、逆波高ク漲リ落テ」浅瀬の有無もわからなかったため、「両陣共ニ水ノ干落ルホドヲ相待テ、徒ニ一日一夜」が過ぎた。

すると、北畠勢の中から、長井斉藤別当実永という武士が進み出て、「敵ニ先ヅ渡サレヌサキニ、此方ヨリ渡すべきことを提案し、北畠顕家から「合戦ノ道ハ、勇士ニ任ルニシカズ、兎モ角モ計フベシ」と言われ、「大ニ悦テ、馬ノ腹帯ヲカタメ、甲ノ緒ヲシメテ」今まさに川を渡ろうとしていたところ、「イツモ軍ノ先ヲ争ヒケル部井十郎・高木三郎」が「少モ前後ヲ見ツクロハズ、只二騎」で「箆撓形ニ流ヲセイテ」渡ってしまった。長井実永・豊後次郎兄弟は「人ノ渡シタル処ヲ渡テハ、何ノ高名カアルベキ」と腹を立てて、「三町計リ上ナル瀬」を渡ろうとしたが、「岩波高シテ逆巻ク波ニ巻入ラレ」て溺死してしまった。

これを見て、北畠勢十万余騎が「一度ニ打入レテ、マツ一文字ニ渡」そうとすると、鎌倉勢八万余騎も「同時ニ渡合テ、河中ニテ勝負ヲ決セン」とした。しかし、先制攻撃した北畠勢の人馬によって、東岸の流れが塞き止められて、西岸の水流が速くなったため、鎌倉勢の先陣三千余騎が「馬筏ヲ押破ラレテ」流されてしまい、後陣の武士は、河中より引返し平野部で戦おうとしたが、結局、北畠勢に「右往左往ニ懸チラサレ」て鎌倉まで退却する。

北畠勢には、宇都宮公綱らの千余騎が加わり、後醍醐帝より勅免を受けた北条時行の五千余騎も伊豆国で挙兵し、足柄・箱根に陣取って「相共ニ責ベキ由」の回状を顕家に送り、新田義貞の次男・徳寿丸（義興）も、上野国で挙兵し、二万余騎で武蔵国の入間河に進攻して「著到ヲ付ケ、国司ノ合戦延引セバ、自余ノ勢ヲ待ズシテ鎌倉ヲ責ベシ」と作戦を立てていた。それに対し鎌倉では、上杉・斯波・桃井・高ら「宗トノ一族大名数十人」が、足利義詮の前で合議をしたが、「延々トシタル評定ノミ有テ」、潔く戦おうとする意気込みを示す意見は出なかった。

第八章は、前章に直結する内容である。まず「ツク〳〵此評定ヲ聞」いていた「未思慮アルベキ程ニテモヲハセザリケル」十一歳の足利義詮[13]が、「敵大勢ナレバトテ、爰ニテ一軍モセザランハ、後難遁レガタクシテ、敵ノ欺ン事尤当然也」と、敵との対決を「謀濃ニ義ニ当テ」主張したため、「勇将猛卒」は「此一言ニ励サレテ」討死を覚悟で鎌倉に立て籠ることとなったが、その数は「一万余騎ニハ過」ぎなかった。

これを知った「国司・新田徳寿丸・相模次郎時行・宇都宮ノ紀清両党、彼此都合十万余騎」は、十二月二十八日に鎌倉へ攻め寄せた。鎌倉勢は「一万余騎ヲ四手ニ分テ、道々ニ出合、懸合々々一日支テ、各身命ヲ惜マズ戦」ったが、「一方ノ大将」斯波家長（尾張守高経の子）が討たれたため、北畠勢にそこから突入され、「大将左馬頭殿ヲ具足シ奉テ、高・上杉・桃井以下ノ人々」は「皆思々ニ成テ」退却するしかなかった。その結果、「東国ノ勢宮方ニ随付事雲霞ノ如シ」という状況となり、「都合五十万騎」の北畠勢は、延元三年（一三三八）正月八日に鎌倉を出立して「夜ヲ日ニツイデ上洛」した。一方、方々に逃げていた鎌倉勢も、次々に集結し、「将軍ヲ討奉ラント上洛」する北畠勢六十万騎のあとを、「国司ヲ討ン」として「高・上杉・桃井ガ勢」八万余騎が追った。

第九章は、鎌倉勢の美濃における「評定」から始まる。北畠勢の疲弊を待って攻めるべきとの意見に対し、「黙然トシテ耳ヲ傾ケ」ていた土岐頼遠が「自余ノ御事ハ知ズ、頼遠ニ於テハ命ヲ際ノ一合戦シテ、義ニサラセル尸ヲ九原ノ苔ニ留ムベシ」と主張、桃井直常も賛同したため、諸大将達も「理ニ服シテ」合戦が始まることとなる。先陣が美濃の垂井・赤坂辺まで到着していた北畠勢は、鎌倉勢の追撃を知り、「三里引返シテ、美濃・尾張両国ノ間ニ」隙間なく陣を敷いた。

鎌倉勢は八万余騎を五手に分け、攻撃の順番をくじ引きで決めた。一番手の小笠原貞宗・芳賀禅可の二千余騎は「志貴ノ渡ヘ馳向」ったが、伊達・信夫の三千余騎に「残少ナニ討レ」てしまった。二番手の高重直勢三千余騎は墨俣川を渡ろうとしたが、北条時行の五千余騎の迎撃に合い、三百余人が討たれて退却。三番手の今川範国・三浦新介勢は「阿字賀」から側面攻撃をしかけたが、南部・下山・結城入道の一万余騎と激戦の末、敗退。四番手の上杉憲顕・憲藤は、武蔵・上野の一万余騎を率いて青野原に進攻。それに対して、新田義興・宇都宮の紀清両党の三万余騎が応戦。「両陣ノ旗ノ紋皆知リタル兵共ナレバ、後ノ嘲ヲヤ恥タリケン、互ニ一足モ引ズ、命ヲ涯ニ相戦」った。しかし「大敵トリヒシクニ難」く、上杉勢は「右往左往ニ落テ行」った。五番手の桃井直常・土岐頼遠は「態ト鋭卒ヲスグッテ、一千余騎」が「渺々タル青野原ニ打出テ、敵ヲ西北ニ請テヒカヘ」た。これに対しては、「奥州ノ国司鎮守府将軍顕家卿・副将軍春日少将顕信」が「出羽・奥州ノ勢六万余騎ヲ率シテ」応戦した。数の上では劣勢の土岐・桃井は「千騎ガ一騎ニ成マデモ、引ナ〳〵ト互ニ気ヲ励シテ、コ、ヲ先途ト戦」ったものの、「七百余騎ノ勢モ、纔ニ二十三騎ニ打成サレ」た土岐は「左ノ目ノ下ヨリ右ノ口脇・鼻マデ、鋒深ニ切付ラレ」て長森城へ退却し、桃井も「三十余箇度ノ懸合ニ七十六騎ニ打成サレ、馬ノ三図・平頸二太刀切レ、草摺ノハヅレ三所ツカレ」たため、「此軍是ニ限ルマジ、イザヤ人々馬ノ足休メン」と、墨俣川を渡ることはなかった。

京都では、「憑敷思ハレケル処ニ、頼遠既ニ青野原ノ合戦ニ打負テ、行方知ラズトモ聞へ、又ハ討レタリ共披露」

されたため、「洛中ノ周章斜ナラズ」という雰囲気になり、作戦について「異議マチ〳〵ニ分テ、評定未落居セザリケル」時に、高師泰が「忝ク近江・美濃辺ニ馳向ヒ、戦ヲ王城ノ外ニ決センニハ如ジ」と、「勇ミ其気ニ顕レ、謀其理ニ協テ」主張したのを、将軍尊氏も高師直も「此儀然べシ」と同意したため、直ちに、高師泰・高師冬・細川頼春・佐々木氏頼・佐々木道誉・佐々木秀綱をはじめとして「諸国ノ大名五十三人都合其勢一万余騎」が、二月四日に都を出立し、同六日の早朝には黒血川（近江と美濃との国境。本文は「黒地川」）に到着し、北畠勢が垂井・赤坂に着いたとの報により「前ニハ関ノ藤川ヲ隔テ、後ニハ黒地川ヲアテ、、其際ニ」陣取った。これは「韓信ガ嚢砂背水ノ謀」という兵法に基づくものであったとの解説が挿入される。

ここで、「垂井・赤坂・青野原ニ充満シテ、東西六里南北三里ニ陣ヲ張ル」北畠勢十万騎が「黒地ノ陣ヲ払ン事難儀ナラバ、北近江ヨリ越前へ打越テ、義貞朝臣ト一ツニナリ、比叡山ニ攀上リ、洛中ヲ脚下ニ見下シテ南方ノ官軍ト牒シ合セ、東西ヨリ」攻めたなら、「将軍京都ニハ一日モ堪忍シ給ハジ」と思われたが、顕家が「我大功義貞ノ忠ニ成ンズル事ヲ猜デ、北国へモ引合ズ、黒地ヲモ破リエズ、俄ニ士卒ヲ引テ伊勢ヨリ吉野へ」回ったために、京勢（足利軍）からは「恐ル、ニ足ザル敵也」と「思ヒ劣サレ」たのであった。

奈良に着いた顕家が、合戦について諸卒の意見を尋ねたところ、結城道忠が「此儘吉野殿へ参ラン事、余ニ云甲斐ナク覚へ候」と述べ、京都攻めを主張し、顕家も「此義ゲニモト甘心」したため、京都攻撃が決定した。(14)

この動きを知った京都の将軍尊氏は大変驚いて、南都攻撃を打ち出したものの「我レ向ハント云フ人」は無かった。その時、高師直が「桃井兄弟ニマサル事アラジト存候」と推挙し、桃井兄弟も「子細ヲ申ニ及バズ」と直ちに奈良へと出立した。北畠顕家は般若坂で迎撃したが、桃井直常の「志ヲ一ニ励シテ、一陣ヲ先ヅ攻メ破レヤ」の命令によって、曾我左衛門尉をはじめとする「究竟ノ兵七百余騎」が「身命ヲ捨テ」出撃した。北畠勢も奮戦したものの「長途ノ疲レ武者」であったため、敗退した。

勝利を納めて帰京した桃井兄弟は「戦功ハ万人ノ上ニ立チ、抽賞ハ諸卒ノ望ヲ塞ガント、独リヱミシテ待居」たにも拘らず、抽賞されなかったため、「万ヅ世間ヲ述懐シテ、天下ノ大変ヲ憑ニカケテ」待つこととなった。

一方、「顕家卿・舎弟春日少将顕信朝臣[15]」は、敗軍の兵を集めて進攻し、八幡山（石清水八幡宮）に陣取った。そのため、「京都又騒動シテ、急ギ討手ノ大将ヲ差向ベシト厳命」が下されたものの、「軍忠異㆓于他㆒桃井兄弟ダニモ抽賞ノ儀モナシ。増テ其已下ノ者ハサコソ有ンズラン」として、出兵しようとする者はいなかった。「角テハ叶マジ」と師直が「一家ヲ尽シテ打立」った結果、諸軍勢も「是ニ驚テ我モ〳〵ト馳下」った。そして、味方が「毎度戦ヒニ利ヲ失フ」と知った桃井兄弟は、「高家氏族ヲ尽シ大家軍兵ヲ起スト云ドモ、合戦利ヲ失フト聞テ、余所ニハ如何見テ過ベキ。述懐ハ私事、弓矢ノ道ハ公界ノ義、遁レヌ所也」と考え、「偸カニ都ヲ打立テ手勢計ヲ引率シ、御方ノ大勢ニモ不㆓牒合㆒、自身山下ニ推寄セ、一日一夜攻メ戦」った。その結果、官軍に多大な被害を与えたが、桃井勢も「残リ少ナニ手負ヒ討レテ、御方ノ陣ヘ引テ加」わった。

こうした中で、「執事師直」は官軍の動きを警戒し、「八幡ニハ大勢ヲ差向テ、敵ノ打テ出ヌ様ニ四方ヲ囲メ」、自ら天王寺へ進攻した。官軍が「疲レテ而モ小勢ナレバ、身命ヲ棄テ支ヘ戦フトイヘドモ、軍無ㇾ利シテ、諸卒散々ニ成」る中で、顕家は「芳野ヘ参ラント志シ、僅ニ二十余騎ニテ、大敵ノ囲ミヲ出ン」としたが、「其戦功徒ニシテ、五月廿二日和泉ノ堺安部野ニテ討死シ」たのであった。顕家を討った越生左衛門尉、首を取って武具を進覧した武藤右京進政清に対しては、師直による首実検の後、「抽賞御感ノ御教書」が下された。

第九章は、「哀哉、顕家卿ハ武略智謀其家ニアラズトイヘドモ、無双ノ勇将ニシテ、鎮守府将軍ニ任ジ奥州ノ大軍ヲ両度マデ起シテ、尊氏卿ヲ九州ノ遠境ニ追下シ、君ノ震襟ヲ快ク奉ㇾ休ラレシ其誉レ、天下ノ官軍ニ先立テ争フ輩無リシニ、聖運天ニ不ㇾ叶、武徳時至リヌル其謂レニヤ、股肱ノ重臣アヘナク戦場ノ草ノ露ト消給シカバ、南都ノ侍臣・官軍モ、聞テ力ヲゾ失ヒケル」という顕家を哀惜する文詞で締め括られている。

二

後醍醐天皇が京都から吉野へと脱出したことによって、明確に、南朝（吉野の後醍醐帝）と北朝（京都の光明帝）という、南北朝分裂の時代が到来した。巻十九は、北朝（持明院統）と結びつく足利政権の繁栄を描くところから始まる。そして、光厳院を厚遇する将軍の方針について、「其比物ニモ覚ヘヌ田舎ノ者共」が「茶ノ会酒宴ノ砌」における「ソヾロナル物語」の中で「アハレ此持明院殿ホド、大果報ノ人ハヲハセザリケリ。軍ノ一度ヲモシ給ハズシテ、将軍ヨリ王位ヲ給ラセ給タリ」と「申沙汰」したことが「ヲカシケレ」と紹介される。

この場面に登場する「物ニモ覚ヘヌ田舎ノ者共」は、たとえば『徒然草』[16]の第七十九段・第百三十七段に、「よき人」との対照で登場する「片田舎ノ人」と重なる存在と見ることができる。しかも、「物ニモ覚ヘヌ田舎ノ者共」の発言を「ヲカシケレ」と記す作者の言語感覚は、やはり『徒然草』に見られる、『枕草子』の場合とは異なる「をかし」の用例[17]——人物を笑いの対象とする事によって、その人物が関わる物事をも笑うような——と共通する客観的批評家のそれである。

又、第二章で、尊氏・直義が「兄弟一時ニ相双デ、大樹ノ武将ニ備」わった事を、「古今未其例ヲ聞ズ」と「其方様ノ人」が評したのを「皆驕逸ノ思ヒ気色ニ顕タリ」（傍線筆者、以下同じ）と記し、「其外宗トノ一族四十三人」が「象外ノ選ニ当リ、俗骨忽ニ蓬莱ノ雲ヲフミ」、「乱階ノ賞ニ依テ、庸才立ロニ台閣ノ月ヲ攀」から、「加之其門葉タル者」の出世へと重層的に描いていく姿勢には、栄光に満ちた足利氏への批判的視線が窺える。

官軍方はどうであろうか。新田義貞の越前進攻の報によって、宮方にとっては、後醍醐帝の吉野への潜幸は、肯定的情報となる。そして、諸国の宮方の蜂起だけでなく、北条時行までもが勅免を得て宮方となり、奥州国司の北畠顕家が大軍となって鎌倉へと向かう——このような物語的展開から見れば、次の場面での官軍の圧倒的勝利が予想される。

しかし、そうではない。本文の日付表記を見ると、「八月十九日白川関ヲ立テ、下野国へ打越給フ」の後、「十二月二十八日ニ、諸方皆牒合テ、鎌倉へトゾ寄タリケル」と、四か月(18)の時間が経過しており、更に、鎌倉から京都へ向かう北畠軍については「元来無慚無愧ノ夷共ナレバ、路次ノ民屋ヲ追捕シ、神社仏閣ヲ焼払フ。総ジテ此勢ノ打過ケル跡、塵ヲ払テ海道二三里ガ間ニハ、在家ノ一宇モ残ラズ草木ノ一本モ無リケリ」と、否定的に描かれている。

又、美濃に進攻した北畠顕家が、越前の新田義貞と合体する作戦について、顕家が「我ガ大功義貞ノ忠ニ成ンズル事ヲ猜デ」、急に「伊勢ヨリ吉野へ」転進(19)したとの記述からは、狭量な人物像しか浮かびあがってこない。そして、「三万騎」「十万騎」（ともに第七章）「五十万騎」（第八章）とも記される大軍の総指揮官であった顕家の呆気ない形での急死は、官軍の瓦解をも暗示させる。

巻十九の巻末に記される顕家を哀悼する文は、楠正成を規準としたからこそ「武略智謀其家ニアラズトイヘドモ、無双ノ勇将」という表現になったと考えられる。しかし、「武略智謀」を具備しない「勇将」は、統率者としては不適格と言わざるをえない。

これは、利根川を挟んでの合戦の中で溺死した長井実永兄弟の例とも共通点を持つ。部井・高木に先駆けされた長井兄弟が「共ニ腹ヲ立」てた段階で、兄弟は武士としての冷静さを失ってしまったことになる。彼等が、『平家物語』(20)において、白髪を黒く染めて戦ったことを称賛された「長井斉藤別当実盛」の子孫ということで「万人感ゼシ言ノ下ニ先祖ノ名ヲゾ揚タリケル」と描かれるものの、その死は、楠正成の死とは明らかに異なるものである。

ところで、第一章・冒頭に「建武三年六月十日、光厳院太上天皇重祚」とあるが、光厳院の重祚がなかったにも拘らず「重祚」と記したのは、建武三年八月十五日に践祚し、建武四年十二月二十八日に即位した光明天皇よりも、足利氏との関係が緊密であった光厳院の存在をこそ、このように位置づけようとする作者の歴史認識が反映したものと考えられる。

又、第二章が「同年十月三日改元有テ、延元ニウツル。其十一月五日ノ除目ニ、足利宰相尊氏卿」（以下、尊氏・直義の「将軍補任」記事）との記述も、「延元」への改元は「建武三年二月二十九日」であり、尊氏が征夷大将軍に任じられたのは「建武五年八月十一日」であることなど、史実との食い違いが見られる。しかし、作者としては、時間の流れに沿って「六月十日→十月三日→十一月五日」というように物語を構成しようとする意識に基づいて招来させてしまった矛盾点であろう。(21)

このように見てくると、後醍醐帝の吉野への脱出を将軍尊氏が「大儀ノ中ノ吉事也」「御進退ヲ叡慮ニ任テ自然ト落居ハ可然事也」と容認したと記す『梅松論』(22)の記事の方に、歴史の現実があったことがわかる。

しかし、〈対〉的構想で物語を展開させてきた『太平記』作者は、官軍側優勢という形で、巻十八とは異なる巻十九を描いてしまう。一方、手柄を立てても抽賞されない桃井兄弟の事をまず描き、その結果、当然のこととして、次の合戦に於て、自発的に出兵する者がいない事を記し、結局、前回桃井兄弟を推挙した高師直が自ら出陣することでしか、武士達を動かす事ができなかったことが叙述される（だからこそ、顕家を討った二人の武士に対しては、直ちに「抽賞御感ノ御教書」が下されたのであろう）。

足利尊氏を頂点として固められつつあった武家政治「将軍ノ代」は、「聖運天ニ不レ叶、武徳時至リヌル」（第九章）と語られつつも、楠正成が死の直前に予想したものとは異なる、混沌とした状況を呈しつつあった。(23)

注

（1）引用は、日本古典文学大系本（岩波書店）によるが、字体を改めた。

（2）この語は、湊川合戦に出陣した楠正成が、嫡子正行に「正成已ニ討死スト聞ナバ、天下ハ必ズ将軍ノ代ニ成ヌト心得べシ」と語った中にあった。
（3）光厳天皇、元弘元年（一三三一）九月二十日に践祚、同二年三月二十二日に即位したものの、重祚はなかった。
（4）「尊氏卿ノ筑紫ヨリ攻上シ時、院宣ヲナサレシ」事と「東寺ヘ潜幸ナリテ、武家ニ威ヲ加ラレシ」事を指す。
（5）巻十三。
（6）神田本（国書刊行会）・玄玖本（勉誠社）はテキストと同じ。西源院本（刀江書院）は「征夷大将軍ニ備リ給フ」。天正本（小学館。原文は漢字片仮名まじり文）は「正二位征夷大将軍の武将に備はり給へば」。
（7）将軍の宮と東宮との二人を登場させ、前者の意見と異なる後者の意見を結論とする、一つの表現方法と言える。
（8）護良親王の死は、建武二年（一三三五）であり、延元三年（一三三八）の「去々年」ではない。ここは「去年」との対句的表現を意識したための間違いか。
（9）この文は、神田本・西源院本・天正本には無い。
（10）建武二年（一三三五）七月（巻十三）。
（11）天正本は、伝奏として四条隆資が登場し、さまざまな意見の最後に発言した洞院実世の意見によって結論が出たとするため、「主上」の発言は記さない。
（12）天正本は「重茂」。
（13）多数の「延々トシタル評定」（第七章）と、足利義詮の発言とが〈対〉をなす。注（7）参照。
（14）西源院本・玄玖本は、以下の記事がない（神田本は補入）。したがって、古態本系の諸本は、顕家が義貞を「ソネミ」吉野へ向かい、その結果、「奥勢」が「恐ル、ニ足ヌ敵ナリトソ、京勢ニハ思ヒクタサレケル」（引用は西源院本）で、巻十九が終わる。
（15）天正本の頭注に「村上源氏顕行の子と思われる春日顕国と考えるのが正しいようだ」とある。
（16）烏丸光広本を底本とする日本古典文学大系本（岩波書店）による。
（17）40例の「をかし」のうち、過半数は『枕草子』の場合と同様、肯定的感興表現に使用されているが、第二十三段（2例）・第百二十五段（2例）・第百七十五段（1例）などの、人物描写において使用されている「をかし」は、滑稽さへの傾斜を見せる例となっている。

(18) この四か月の時間について「これは下野国小山城（栃木県小山市）をはじめとする北関東の足利党の抵抗によるものであるが、『太平記』は一切この間の経緯を述べず、あたかも北畠軍が破竹の勢いで南進したかのように描く」とする天正本の頭注は傾聴すべきである。

(19) 天正本の頭注に記されているように、伊勢への転進が「建武五年一月三十日夜」だとすれば、かつて、新田義貞勢が京都から北陸へ下向した際に多数の凍死者を出した例（巻十七）から考えても、この季節に「北近江ヨリ越前へ」という作戦は、現実味のない論と言える。

(20) 日本古典文学大系本（岩波書店）による。

(21) 神田本・西源院本は、第一章冒頭が「建武四年」。天正本は日付記事を要約すると左のようになる。

建武3・8・15　光明帝践祚。
同・10・10　後醍醐帝花山院幽閉。
同・11・25　尊氏、大納言に。
同・12・24　先帝、吉野へ潜幸。
次の年・4・5　関白近衛経忠、吉野へ。
建武5・8・25　改元「暦応元年」。
「今般の除目に……」。

天正本の頭注では「神田本・流布本等諸本のように光厳院の重祚があったとするのが『太平記』本来の姿であろう」と述べられている。

(22) 『京大本　梅松論』（京都大学国文学会・昭和39）による。本書「「将軍ノ代」の枠組み」参照。

(23) 注（14）で言及したように、顕家の死を含む巻末記事が「天正本系諸本と流布本に見られる増補記事である」（天正本の頭注）ことを考えた場合、本章で述べてきた事は、流布本『太平記』に限定して考えねばならない問題である。

新田義貞の死をめぐって

一

楠正成が五月二十五日に湊川で自害した建武三年（延元元年・一三三六）、十月十日に比叡山より京に還幸した後醍醐天皇は花山院に幽閉の身となる。一方、足利尊氏は十一月七日に『建武式目』を制定し(1)、幕府の体制を固める。その十二月二十一日、後醍醐帝が吉野へ潜幸。ただし、「先帝潜幸芳野事」の章から始まる『太平記』(2)巻十八では、「八月二十八日ノ夜ノ事ナレバ道最暗シテ可レ行様モ無リケル処ニ、俄ニ春日山ノ上ヨリ金峯山ノ嶺マデ、光物飛渡ル勢ヒニ見ヘテ、松明ノ如クナル光終夜天ヲ耀シ地ヲ照シ」「行路分明ニ見ヘ」たことが記され、それは、吉野の「蔵王権現・小守・勝手大明神」が「三種の神器ヲ擁護シ万乗ノ聖主ヲ鎮衛シ給フ瑞光」であったと語られる。ただ、尊氏は「君花山院ニ御座ノ故ニ、警固申ス事、其期ナキニヨテ以ノ外武家ノ煩」であり「迷惑」であったため、「今ノ出御ハ大儀ノ中ノ吉事也」とし、後醍醐帝が「定畿内ノ山中ニ御座有ベキ歟。御進退ヲ叡慮ニ任テ自然ト落居ハ可然事也」と語り、「運ハ天ノ定ル處也。浅智ノ強弱ニヨルベカラザル者カナ」と語ったと『梅松論』(3)には記されており、『太平記』の説話的叙述にも拘らず、尊氏が全てを知った上で容認する態度をとったというのが歴史的現実であったと考えられる。

ところで、後醍醐帝の還京の際に越前へ下った新田勢のうち、建武四年（延元二年・一三三七）三月六日の金崎城落城の中で、新田義顕・尊良親王の自害は巻十八に描かれる。巻十九では、越前における新田義貞勢の進攻に呼応する形で諸国の宮方勢が蜂起する中、北条時行（かつて後醍醐帝と敵対した高時の遺児）さえも吉野へ使者を送って後醍醐帝から「恩免ノ綸旨」を受けて宮方となったこと、奥州国司北畠顕家が鎌倉をはじめとして各地で勝利を納めつつ美濃国まで西上して来た過程が描かれる。しかし、「国司ノ勢十万騎」は「垂井・赤坂・青野原ニ充満シ」ていたが、顕家は「俄ニ士卒ヲ引テ伊勢ヨリ吉野へ」移動し、上洛は叶わぬまま、延元三年（一三三八）五月二十二日「和泉ノ堺安部野」で討死してしまう。(4) このような展開を受けた巻二十の章立ては、次の通りである。

一、黒丸城初度軍事付足羽度々軍事
二、越後勢越越前事
三、宸筆勅書被下於義貞事
四、義貞牒山門同返牒事
五、八幡炎上事
六、義貞重黒丸合戦事付平泉寺調伏法事
七、義貞夢想事付諸葛孔明事
八、義貞馬属強事
九、義貞自害事
十、義助重集敗軍事
十一、義貞首懸獄門事付勾当内侍事
十二、奥州下向勢逢難風事
十三、結城入道堕地獄事

巻二十は宮方勢の動向を中心に物語が展開する。しかも、巻十九の北畠顕家の死と巻二十の新田義貞の死とが〈対〉をなす形で描かれている事を見詰める時、次の巻二十一における「先帝崩御」（後醍醐帝の死）の叙述を以て、物語の一つの核をなすものが、変わっていかざるを得ない時点にさしかかっていることも伝わってくる。

第一章では、「越前ノ黒丸城」に拠る足利尾張守高経を攻め落としてから上洛しようとする新田義貞勢が、延元三年五月二日以後、足羽城を攻めるものの攻略しきれない状況が描かれる。

第二章では、義貞勢上洛の動きを知った越後勢二万余騎が、七月三日に越後を出立し、越中・加賀の合戦で勝利をおさめ、加賀の「今湊ノ宿」に逗留するまでが記される。

第三章では、足羽城を包囲した義貞勢三万余騎が「様々ノ攻支度」をしているところへ「芳野殿ヨリ勅使」が到着し、八幡山（石清水八幡宮）に拠る新田義興・北畠顕信勢の疲弊を知らせ「京都ノ征戦ヲ専ニスベシ」と「御宸筆ノ勅書」を伝えたため、義貞が足羽城攻めを中止して京都への進攻を急いだ事が描かれる。

第四章では、児島高徳の進言に同意した義貞が山門（延暦寺）へ協力要請の牒状を送り、山門からも協力了承の返牒が届き、喜んだ義貞は直ちに上洛を決意するものの、尾張守高経の動きを警戒して「義貞ハ三千余騎ニテ越前ニ留リ、義助ハ二万余騎ヲ率シテ七月廿九日越前ノ府ヲ立テ、翌日ニハ敦賀ノ津ニ」到着したと叙述される。(5)

第五章。義助軍の動きを知った将軍（足利尊氏）が、八幡山を攻めていた高師直に「急八幡ノ合戦ヲ閣テ、京都へ帰テ北国ノ敵ヲ相待べシ」と命じたため、師直は八幡山の神殿に放火した。又、「八幡山ノ炎上」について、義助勢が「実否ヲ聞定ン為ニ」敦賀に逗留している間に、八幡の官軍は河内へと退却せざるを得なかった。

第六章。「八幡ノ官軍」との「相図相違」により「越前ノ敵ヲ悉ク退治シテ、重テ南方ニ牒合テコソ、京都ノ合戦ヲバ致サメ」として、義貞も義助も足羽城を攻めようとしたのに対し、尾張守高経は「三百騎ニ足ザル勢」で応戦すべく「深田ニ水ヲ懸入テ、馬ノ足モ立ヌ様ニコシラへ、路ヲ堀切テ穽ヲカマへ、橋ヲハヅシ溝ヲ深シテ、其内ニ七ノ城ヲ拵へ、敵セメバ互ニ力ヲ合テ後へマハリアフ様ニ」備えを固め、更に平泉寺の申し出を承諾し藤島庄を寄進したため、衆徒のうち「若輩五百余人」は城に立て籠り、「宿老五十人」は「怨敵調伏ノ法」を行なった。

第七章は、義貞の見た「不思議ノ夢」の話である。それは、高経と対陣していた義貞は「タカサ三十丈計ナル大蛇ニ成テ、地上ニ臥」す夢を見た。義貞が夢について語ると「目出キ御夢ナリ」と夢解きされたが、「垣ヲ阻テ聞」いていた斎藤道猷(6)は「眉ヲヒソメテ潜ニ」凶夢であると言い、中国故事を引用して(7)「道猷ハ強ニ甘心セズ」と語った。しかも、「諸人ゲニモト思ヘル気色ナレドモ、心ニイミ言バニ憚テ、凶トスル人」はなかった。

第八章では、「閏七月二日、足羽ノ合戦ト触レラレ」たため、義貞の陣河合庄に三万余騎が集結した中での義貞について、「巍々タルヨソヲヒ、堂々タル体、誠ニ尊氏卿ノ天下ヲ奪ンズル人ハ、必義貞朝臣ナルベシト、思ハヌ者ハナカリケリ」と描写される。ただ、義貞が乗ろうとした「水練栗毛トテ五尺三寸有ケル大馬」が「俄ニ属強ヲシテ、騰跳狂」ったため、「左右ニ付タル舎人二人」が「半死半生」になったこと、足羽河を渡る時に乗馬が「俄ニ河伏ヲシ」たため「旗サシ」が水に浸ったことも記される。

第九章では、義貞の最期が語られる。義貞は、燈明寺の前で「三万余騎ヲ七手ニ分テ、七ノ城ヲ押阻テ、先対城ヲ」築いたものの、平泉寺衆徒の立て籠る藤島城への攻撃に手間どり、日没を迎えようとしていた。戦況を懸念した義貞は「馬ニ乗替ヘ鎧ヲ著カヘテ、纔ニ五十余騎ノ勢ヲ相従へ、路ヲカヘ畔ヲ伝ヒ」藤島城へと向かった。ところが、斯波高経の拠る黒丸城から援軍としてやって来た細川・鹿草の三百余騎は「歩立ニテ楯ヲツイタル射手共多カリケレバ、深田ニ走リ下リ、前ニ持楯ヲ衝双テ鏃ヲ支テ散々ニ射」たのに対し、義貞側には「射手ノ一人モナク、楯ノ一帖ヲモ持セザレバ」、義貞の矢面には「前ナル兵」が立つしかなかった。しかも、中野藤内左衛門が目配せで制止したにも拘らず、義貞は馬に鞭あてて進もうとした。ところが、この馬は「名誉ノ駿足」であったが「五筋マデ射立ラレタル矢」に弱っていたせいか「小溝一ヲコヘカネテ、屛風ヲタヲスガ如ク、岸ノ下ニ」倒れてしまった。「弓手ノ足ヲシカレテ、起アガラントシ」た義貞の「真向ノハヅレ、眉間ノ真中」に「白羽ノ矢一筋」が命中し、「一矢ニ目クレ心迷」った義貞は「自ラ頸ヲカキ切テ、深泥ノ中ニ蔵シテ、其上ニ横テ」絶命する。

越中国の住人氏家重国が「畔ヲ伝テ走リヨリ」義貞の首を「鋒ニ貫キ」鎧や太刀と合わせ持って黒丸城へ馳せ帰った。重国から斯波高経に届けられた首は、左の眉の上の矢疵や「源氏重代の重宝」である太刀、「吉野ノ帝ノ御宸筆」の書の入った「膚ノ守」等から、義貞であると確認され、尸骸は「輿ニ乗セ時衆八人ニカ、セテ、葬礼ノ為ニ往生院へ」送られ、首は「朱ノ唐櫃ニ入レ、氏家ノ中務ヲ副テ、潜ニ京都へ」送られた。

第十章では、義貞の死を知って四散していく者も多く、三万余騎から二千騎にも足らぬ数へと軍勢が激減する中、義助・義治父子が七百余騎で越前の府へ帰ったことが記される。

第十一章では、京都に送られた義貞の首が「大路ヲ渡シテ獄門ニ懸ラ」れたことが短く記されたあと、「中ニモ彼ノ北ノ台勾当ノ内侍ノ局ノ悲ヲ伝ヘ聞コソアハレナレ」として、時間を遡行させて、義貞との出会いから戦乱による別離、やがて迎えられて越前へと赴くものの、会えぬまま義貞の死を知らされ、帰京の後、剃髪して「嵯峨ノ奥ニ往生院ノアタリナル柴ノ扉ニ、明暮ヲ行ヒスマシテ」すごしたことまでが詳述される。

第十二章は、義貞が「足羽ニテ討レヌ」との報を受け、「叡襟更ニヲダヤカナラズ、諸卒モ皆色ヲ失ヘリ」という状況の中、結城上野入道道忠（宗広）の提案により、「第八宮ノ今年七歳ニナラセ給フヲ、初冠メサセテ、春日少将顕信ヲ輔弼トシ、結城入道々忠ヲ衛尉トシテ、奥州ヘ」送ることが決定したこと、更に新田義興・北条時行を「東八箇国ヲ打平テ宮ニ力ヲ副奉レ」として「武蔵相模ノ間ヘ」下すことになった事が記される。

ただ、九月十二日に「伊勢ノ大湊」より出帆した兵船が天龍灘で暴風に遭い、多数の船が行方不明になった中、第八宮（義良親王）の御座船だけが「光明赫奕タル日輪、御舟ノ舳前ニ現ジテ」、「伊勢国神風浜」へ吹き戻されたことが記され、この宮が、のちに「吉野ノ新帝」になることが「天照大神ノ示サレケル者」と語られる。

第十三章では、結城上野入道が「七日七夜」海上を漂流した後「伊勢ノ安濃津」へ吹き寄せられ、十数日後に再び奥州へ下ろうとしていたところ「俄ニ重病ヲ受テ起居モ更ニ叶ハズ」なり、枕元に「善知識ノ聖」が呼ばれ「御心ニ懸ル事候ハヾ仰置レ候へ。御子息ノ御方様へモ伝へ申候ハン」と告げると、入道は急に起き上がって「カラ〳〵ト打笑ヒ、戦タル声」で死後の供養は不要であると告げ、「只朝敵ノ首ヲ取テ、我墓ノ前ニ懸双テ見スベシト云置ケル由伝テ給リ候へ」を「最後ノ詞」として、「刀ヲ抜テ逆手ニ持チ、断歯ヲシテ」絶命した。その後に、入道の

「平生ノ振舞」が「十悪五逆重障過極ノ悪人」であったと語られ、更に「所縁ナリケル律僧」が「武蔵国ヨリ下総ヘ下ル事」があり、宿を探していたところ、一人の山伏が現れて「接待所」へと案内され、そこで地獄で苦しむ罪人の姿を見せられる。山伏は「是コソ奥州ノ住人結城上野入道ト申者、伊勢国ニテ死シテ候ガ、阿鼻地獄ヘ落テ呵責セラル、ニテ候ヘ」「我ハ彼入道今度上洛セシ時、鎧ノ袖ニ名ヲ書テ候シ、六道能化ノ地蔵薩埵」であると語る。僧は急いで奥州に下り、結城入道の子息にこの話を伝えた。「是皆夢中ノ妄想カ、幻ノ間ノ怪異カト、真シカラズ思」っていたところ、三四日経て、伊勢よりの飛脚が到着し、入道の死を告げたため、子息は追善供養を行なった。最後に地蔵菩薩の誓願が「タノモシカルベキ御事也」と記されて、巻二十が終わる。

二

第一章の新田義貞については、叡山に登り「山門ノ大衆」との「旧好」を確認した上で吉野の官軍と協力しての京都進攻が容易であったのに、足利（斯波）尾張守高経の立て籠る越前黒丸城を「攻落サデ上洛セン事ハ無念ナルベシト、詮ナキ小事ニ目ヲ懸テ、大儀ヲ次ニ成」した事が「ウタテケレ」と描かれ、続いて、足羽城を攻めた一条少将・船田長門守・細屋右馬助の次々の敗退が、「此三人ノ大将ハ、皆天下ノ人傑、武略ノ名将タリシカドモ、余ニ敵ヲ侮テ、頤ニ大早リナリシ故ニ」敗北したと述べられる。

第二章では、越後より進攻し、加賀の今湊に逗留した官軍が「剣・白山以下所々ノ神社仏閣ニ打入テ、仏物神物ヲ犯シ執リ、民屋ヲ追捕シ、資財ヲ奪取」った事が「嗚呼霊神為ㇾ怒則、災害満ㇾ岐トイヘリ。此軍勢ノ悪行ヲ見ニ、其罪若一人ニ帰セバ、大将義貞朝臣、此度ノ大功ヲ立ン事如何アルベカラント、兆前ニ機ヲ見ル人ハ潜ニ是ヲ怪メリ」と、その責任が義貞に帰着するものとして描かれる。

「直ニ宸筆ノ勅書」を受け取った義貞が京都へ急いで進攻しようとする第三章を受けて、第四・五・六章では、斯波高経の存在を懸念して軍勢を「二手ニ分」ける義貞、戦況確認のために「徒ニ日数ヲ送ル」義助らの動きが記された後、結局「心閑ニ越前ノ敵ヲ悉ク退治シテ、重テ南方ニ牒合テコソ、京都ノ合戦ヲバ致サメ」として、義貞・義助が、まず足羽城を攻めようとした事が描かれる。

しかし、第五章では「此時若八幡ノ城今四五日モコラヘ、北国ノ勢逗留モナク上リタラマシカバ、京都ハ只一戦ノ内ニ攻落スベカリシヲ、聖運時未至ラザリケルニヤ、両陣ノ相図相違シテ、敦賀ト八幡トノ官軍共、互ニ引テ帰リケル薄運ノ程コソアラハレタレ」と、仮定法叙述による展望が記され、一方、第六章では「御方僅ニ三百騎ニ足ザル勢」で戦う斯波高経が細心の作戦を立て、充分に防禦態勢を整え、更に藤島庄を寄進することで平泉寺衆徒を味方とした事が描かれる。

第七章では、義貞の夢を斉藤道猷が凶と夢解きしたものの、義貞の耳には達しなかったことが語られ、第八章では、「巍々タルヨソヲヒ、堂々タル体」の義貞描写の後に、その乗馬が「俄ニ属強ヲシテ」二人の舎人が半死半生となった「不思議」に続けて、足羽河を渡っていた「旗サシ」の馬が「俄ニ河伏ヲシテ」旗手が水に浸ったとの記述があり、「加様ノ怪共、未然ニ凶ヲ示シケレ共、已ニ打臨メル戦場ヲ、引返スベキニアラズト思テ、人ナミ〳〵ニ向ヒケル勢共、心中ニアヤフマヌハナカリケリ」との予測が記される。

そして、ただ、滅亡へと漸層的に叙述が展開されて来て、第九章で義貞の最期が描かれることとなる。「三万余騎ヲ七手ニ分テ」陣を構えた義貞であったが、「官軍ヤ、モスレバ追立ラル、体ニ見ヘケル間、安カラヌ事ニ思ハレケルニヤ、馬ニ乗替ヘ鎧ヲ著カヘテ纔ニ五十余騎ノ勢ヲ相従ヘ、路ヲカヘ畔ヲ伝ヒ」藤島城へ向かう。細川・鹿草勢と真正面から鉢合せした義貞勢は「射手ノ一人モナク、楯ノ一帖」も持っていなかったため、軍兵が「義貞ノ矢面ニ立塞」がるしかない状況の中、中野藤内左衛門の警告の目配せに対し、義貞は「キ、モアヘズ、失㆑士独免ル、ハ非㆓我意㆒ト云テ、尚敵ノ中ヘ懸入ント、駿馬ニ一鞭ヲス、メ」た。ところが、「一二丈ノ堀ヲモ前々輒ク越」えていた「名誉ノ駿足」の馬は「五筋マデ射立ラレタル矢」のために弱っていたのか「小溝一ヲコヘカネテ、屏風ヲタヲスガ如ク、岸ノ下ニ」倒れてしまい、左脚が下敷きとなった義貞が起き上がろうとしたところへ飛来した「白羽ノ矢一筋」が「眉間ノ真中」に突き刺さり、「今ハ叶ハジトヤ思ケン」義貞は自分で「頸ヲカキ切テ」絶命する。

氏家中務丞重国に首を持ち去られた後、結城上野介・中野藤内左衛門尉・金持太郎左衛門尉が「馬ヨリ飛ビ下リ、義貞ノ死骸ノ前ニ跪テ、腹カキ切テ重リ臥」したが、「此外四十余騎ノ兵」は「皆堀溝ノ中ニ射落サレテ、敵ノ独ヲモ取得ズ。犬死シ」たと記され、「此時左中将ノ兵三万余騎、皆猛ク勇メル者共ナレバ、身ニカハリ命ニ代ラント思ハヌ者ハ無リケレ共、小雨マジリノ夕霧ニ、誰ヲ誰トモ見分ネバ、大将ノ自ラ戦ヒ打死シ給ヲモ知ラザリケルコソ悲ケレ」と描かれるが、「ヨソニアル郎等ガ、主ノ馬ニ乗替テ、河合ヲサシテ引ケル」のを、遠方より見た「数万ノ官軍」が「大将ノ跡ニ随ント、見定メタル事モナク、心々ニゾ落行ケル」とも記され、先例としての漢の高祖・斉の宣王の死が引用された後、義貞の夢（第七章）のまとめともなる「蛟龍ハ常ニ保㆓深淵之中㆒。若遊㆓浅渚㆒、有㆓漁網釣者之愁㆒」の一文の後に、「此人君ノ股肱トシテ、武将ノ位ニ備リシカバ、身ヲ慎ミ命ヲ全シテコソ、大儀ノ功ヲ致サルベカリシニ、自ラサシモナキ戦場ニ赴テ、匹夫ノ鏑ニ命ヲ止メシ事、運ノ極トハ云ナガラ、ウタテカリシ事共也」との評語が付けられて、義貞の死が締め括られる。

官軍（後醍醐帝側）の実戦的武将という存在であった新田義貞の死は、巻十六の楠正成・巻十九の北畠顕家のそれとは異なるものとして描かれる。

「武略智謀其家ニアラズトイヘドモ、無双ノ勇将」であった顕家の死は、「聖運天ニ不㆑叶、武徳時至リヌル其謂ニヤ」という運命的に不可避なものとして描かれ、「南都侍臣・官軍モ、聞テ力ヲゾ失ケル」と記されていた。

正成の場合は、「抑元弘以来、忝モ此君ニ憑レ進セテ、忠ヲ致シ功ニホコル者幾千万ゾヤ」という詠嘆的叙述に始まり、「仁ヲ知ラヌ者」「勇ナキ者」「智ナキ者」について批判的に記した上で、「智仁勇ノ三徳ヲ兼テ、死ヲ善道ニ守ルハ、古ヘヨリ今ニ至ル迄、正成程ノ者ハ未無リツルニ、兄弟共ニ自害シケルコソ、聖主再ビ国ヲ失テ、逆臣横ニ威ヲ振フベキ、其前表ノシルシナレ」と記され、正成自身の死が時代状況の変化を招来・先導するものとして位置づけられていた。「京ヲ出シヨリ、世ノ中ノ事今ハ是迄ト思フ所存」を持っていた正成の〈意志による死〉とは対照的に、顕家・義貞のそれは、本人も予想しない戦死であった。とりわけ、義貞の場合は、さまざまな予兆によって、客観的には予見されたものでありながら、本人だけが察知しえない「運ノ極」としての「ウタテカリシ」死として描かれる[8]。

ここで注意すべきことは、第一章において、義貞が「詮ナキ小事ニ目ヲ懸テ、大儀ヲ次ニ成」（傍線筆者、以下同じ）したと指摘されている点である。実は巻九第一章に次のような記述があった。

元弘三年、北条高時より上洛を命じられた足利高氏（「尊氏」となる前）が、高氏を疑う長崎円喜の発案によって、妻子を鎌倉に残し、起請文を提出するという二つの条件を言い渡された事があった。「所労ノ事有テ、起居未レ快ケル」中での上洛の「催促度々ニ及」んだ事に憤りを覚えていた高氏は、「鬱胸弥深カリケレ共、憤ヲ押ヘテ」退出し、弟の直義に意見を求めた。直義は、その条件について「大儀ノ前ノ少事ニテ候ヘバ、強ニ御心ヲ可レ被レ煩ニ非ズ」と述べ、「此等程ノ少事ニ可レ有二猶予一アラズ。兎モ角モ相模入道ノ申サン儘ニ随テ其不審ヲ令レ散、御上洛候テ後、大儀ノ御計略ヲ可レ被レ回トコソ存候へ」と主張した。結局、高氏は「此道理ニ服シテ」上洛したのであった。

そして、先にも引用した義貞の死を記す巻二十第九章の評語の中にも「大儀ノ功ヲ致サルベカリシニ、自ラサシモナキ戦場ニ赴テ、匹夫ノ鏑ニ命ヲ止メシ」と記されていた。正成・顕家と違い、義貞の場合は、その死後に勾当内侍[9]の悲哀が語られる事によって、義貞への追悼は完結すると考えられるものの、武将としては、緊迫する状況のもとで「大儀」を選んだ足利尊氏と、「大儀」よりも「小事」に目を奪われてしまった新田義貞とでは、大きな懸隔[10]を見せてしまったこととなる。

　後醍醐天皇による倒幕計画の最終段階で武力的協力をした幕府側の人物が足利高氏（「尊氏」となる前）と新田義貞とであった。両人とも、八幡大菩薩の加護を受けつつ、小勢が大軍となって行き、幕府の中枢地点へと進攻する過程は、類似した形で記される。すなわち、高氏の六波羅攻めが巻九に、義貞の鎌倉攻めが巻十に〈対〉として配置されるが、高氏の場合は、実戦的場面が描かれることは殆どない。そして「足利治部大輔高氏」（巻九・巻十一）は、烏帽子親であった北条高時を見限り、「御諱ノ字」を下賜されて「高氏」から「尊氏」となった（巻十三）後に、その後醍醐帝（尊治）と対峙する為政者となっていく。

　一方、義貞は「新田太郎義貞」（巻十。巻十一では「新田小太郎義貞」）として登場し、武蔵国へ進出した時に「二十万七千余騎」になったと記される箇所においても、「紀五左衛門、足利殿ノ御子息千寿王殿ヲ奉㆓具足㆒、二百余騎ニテ馳着タリ。是ヨリ上野・下野・上総・常陸・武蔵ノ兵共不㆑期ニ集リ、不㆑催ニ馳来テ」との一文に右の数字が続いていることによって、義貞が真の中心的存在にはなり得ないことが暗示されていた。

　やがて、足利尊氏と後醍醐帝との対立が明確になる中で、義貞は、尊氏と真正面から対決する位置に立つこととなる。ところが、楠正成の死後、比叡山に拠っていた後醍醐帝は、尊氏の要請を受けて京都に還幸する際に、「傍ノ元老・智臣ニモ不㆑被㆓仰合㆒、軈テ還幸成ベキ由」を決め、新田一族の堀口貞満の涙を流しつつの抗議がなければ、義貞には「期ニ臨デ」の事後報告で済ませる考えであった（巻十七）。

　巻二十第三章において「宸筆ノ勅書」を受けた義貞は「超涯ノ面目」と考えて上洛を急ぎ、その死後には、「冑ノ守」の中から「吉野ノ帝ノ御宸筆」の書が発見されることで「サテハ義貞ノ頸相違ナカリケリ」と確認される。

　つまり、義貞からの後醍醐帝への傾倒的忠勤ぶりに比べ、帝の義貞への視線は冷静で客観的なものであったことになる。こうして、義貞は政治力という点において尊氏との格差を拡大させつつ、合戦の最先端の場で矮小化され、「ウタテカリシ」死を迎えたと言えよう。(11)

三

巻十九において、鎌倉で勝利を納めた北畠顕家勢が上洛する折の「路次ノ民屋ヲ追捕シ、神社仏閣ヲ焼払フ」という記述には、「元来無慚無愧ノ夷共ナレバ」との理由づけがなされていた。

又、先にも見たように、巻二十第二章においても、越後から進攻してきた官軍が加賀の今湊宿に逗留していた十余日の間に「剣・白山以下所々ノ神社仏閣ニ打入テ、仏物神物ヲ犯シ執リ、民屋ヲ追捕シ、資財ヲ奪取事法ニ過タリ」と描かれた後に、「其罪若一人ニ帰セバ」として新田義貞の滅亡を予告する記述があった。

このように、官軍側の武将二人について、神社仏閣への狼藉が、滅亡の前兆として描かれていたのに対し、巻二十第五章においては、幕府側の重鎮たる高師直による石清水八幡宮の焼き討ちが語られる事の意味は小さくない。

師直は、巻九において、篠村で挙兵した足利高氏のもとに真っ先に駆けつけた久下一族の「一番」という笠符の由来を語って以来、尊氏の参謀役として助言をする立場にいた。たとえば、兵庫合戦において、新田勢の本間孫四郎重氏による「三人張ニ十五束三伏」の「遠矢」を射返す者について、将軍尊氏が「高武蔵守ニ尋給ケレバ、師直畏テ」佐々木筑前守顕信を推挙した（巻十六）。

又、南都に到着した北畠顕家と対決すべき「討手ノ評定」が行われ、「我レ向ント云人無リケリ」という状況の中で、師直が「桃井兄弟ニマサル事アラジ」と発言し、彼自身が使者となって要請したことによって、桃井兄弟は「子細ヲ申ニ及バズ」と出陣し、顕家勢を敗退させた（巻十九）。

更に、師直が、玄恵法印を「此人コソ大智広学ノ物知ニテ候ナレバ、加様ノ事共モ存知候ハンズレ。此レニ山門ノ事、委ク尋問候ハヾヤ」と紹介し、将軍も「ゲニモ」と招いたことで、玄恵による「比叡山開闢」をめぐる長物語があり、幕府側による山門への帰依が確認されたこともあった（巻十八）。

このように重い役割を演じてきた師直が、「悉モ王城鎮護ノ宗廟ニテ、殊更源家崇敬ノ霊神」たる八幡宮に「進退谷テ」火を放った事は、官軍側から見て「寄手ヨモ社壇ヲ焼ク程ノ悪行ハアラジ」と思わせる行為であっただけでなく、『太平記』という物語世界における師直という登場人物の大きな転機を示すものであった。[12]

これは、巻二十の巻末に展開される結城入道道忠（宗広）の「堕地獄」説話[13]とともに、巻二十が、いわゆる『太平記』第三部世界のさまざまな問題点を発芽させせつつ、官軍側の凋落だけでなく、「将軍ノ代（湊川に赴く楠正成が桜井の宿で正行に語った）」が内包する新たなる課題を提示するものでもある。

注

（1）この事は『太平記』に記述なし。

（2）引用は、日本古典文学大系本（岩波書店）によるが、字体を改めた。

（3）『京大本　梅松論』（京都大学国文学会・昭和39）による。

（4）たとえば、西源院本（刀江書院）には、顕家の南都での敗北から討死に至る記事がない。

（5）西源院本には「六月三日越前之府ヲ立テ、同五日敦賀津ニソ付レケル」とある。

（6）この場面では、「斉藤七郎入道々献」と記されているが、章段末尾には、西源院本や天正本（小学館・新編日本古典文学全集）と同じく「道猷」と表記されるので、それに従った。

（7）増田欣氏は「新田義貞と諸葛孔明―太平記と三国志―」（『広島女子大国文』第9号・平成5）において、この故事について詳しく分析され、「『太平記』は孔明の軍師としての果敢な行動について何一つ語ろうとしない」と指摘した上で、「『太平記』の作者は、回天の業を成就する仁傑としての要望を負いながら、その期待に副い得なかった悲運の将師という点に孔明と義貞との共通性を見、孔明陣没の話を挿入する契機として義貞の夢占いを仕組んだものと思われるが、それが、「臥竜」という語に陣営に病臥する孔明のイメージを漂わせる特異なニュアンスを付加する結果になったのであろう」と結論づけておられる。

（8）　さまざまな凶兆を予知できぬまま「馬ニ乗替ヘ鎧ヲ著カヘテ、纔ニ五十余騎ノ勢ヲ相従ヘ、路ヲカヘ畔ヲ伝ヒ」藤島城へ向かった義貞は「射手ノ一人モナク、楯ノ一帖ヲモ持セザリ」「キキモアヘズ」「ヨハリケン」等の否定的表現の重畳の結果、死を迎えることとなる。その義貞が鎧を着替えた事は、斯波高経による首実検に段階性を持たせるとともに、義貞自身が無意識のうちに死への装束を整えたと考えることもできよう。

（9）　巻十六第四章では、尊氏追討の任に当たった義貞が勾当内侍と「暫ガ程モ別ヲ悲テ」西国下向を延引させた事が「誠ニ傾城傾国ノ験ナレ」と否定的に記されていた。

（10）　中西達治氏は「新田義貞」（『太平記論序説』〈桜楓社・昭和60〉所収）において、義貞が「朝廷という制度の枠の中でしか行動できなかった」こと、「天皇の帰京を境に、天皇・義貞対尊氏という戦いの構図も大きく変質する（中略）京都を制覇し、開幕の準備を着々とすすめる尊氏にとって、いまや義貞は足利が総力をあげて戦う相手ではなくなったのであるが、作者はこれまでと変わらず、義貞に即して事件をえがき続けるのである」と指摘しておられる。

（11）　長谷川端氏は「新田義貞」（『太平記の研究』〈汲古書院・昭和57〉所収）において、「義貞は勇将であっても智将ではない。換言すれば、政治家たる資格に欠けている、と太平記作者は言うのである」と述べておられ、又「尊氏の運命に対する作者の驚嘆の声は例を幾つも数える事が出来る。（中略）これに対して義貞が作者からその「運」の強さに讃嘆の声をかけられている箇所はない」と指摘しておられる。

（12）　本書「高師直考」参照。

（13）　怨霊達の登場する話に関わっていくものである。

足利政権の「現実」と後醍醐天皇の死

一

建武三年（延元元年・一三三六）、楠正成が正行に「将軍ノ代」の到来を語って死の戦場へと赴いた（巻十六）後、建武四年に、一旦は諸国の宮方が蜂起し（巻十九）、「今ハハヤ聖運啓ヌト見ヘ」[1]（巻二十一）たものの、暦応元年（延元三年・一三三八）五月に北畠顕家（巻十九）、同年閏七月に新田義貞が（巻二十）、それぞれ討死した事によって、「今ハ天下只武徳ニ帰シ」た状況となる。その『太平記』巻二十一の章段構成は、次の通りである。

一、天下時勢粧事
二、佐渡判官入道流刑事
三、法勝寺塔炎上事
四、先帝崩御事
五、南帝受禅事
六、任遺勅被成綸旨事付義助攻落黒丸城事
七、塩冶判官讒死事

第一章では、北畠顕家・新田義貞の死だけでなく、「奥州下向ノ諸卒」が「渡海ノ難風ニ放サレテ行方知ズト聞へ」た事により、結城上野入道道忠の子息親朝が父の遺言に背いて降人となり、芳賀禅可も、主人である宇都宮公綱の子息を拘束して将軍方に属したこと、一方、南朝方は「新田氏族尚残テ城々ニ楯籠リ、竹園ノ連枝時ヲ待テ国々ニ御座有」るとは言うものの、「猛虎ノ檻ニ籠リ、窮鳥ノ翅ヲ鎩レタルガ如ニ成」っていたため「只時々ノ変有ン事ヲ待」つばかりであった事が、まず語られる。

圧倒的優勢を見せる武家方であったが、その実態は「能ナク芸無クシテ乱階不次ノ賞ニ関リ、例ニ非ズ法ニ非シテ警衛判断ノ職ヲ司ル」ものであり、「初ノ程コソ朝敵ノ名ヲ憚リテ毎時天慮ヲ仰ギ申」す姿勢であったが、「今ハ天下只武徳ニ帰シテ、公家有テ何ノ用ニカ立ベキトテ、月卿雲客・諸司格勤ノ所領ハ云ニ及ズ、竹園椒房・禁裡仙洞ノ御領マデモ」武士が「押領」したため、朝廷行事は衰微し、「朝廷ノ政」を「武家ノ計」に任せた結果、「公家ノ人々」は「云モ習ハヌ坂東声ヲツカイ、著モナレヌ折烏帽子ニ額ヲ顕シテ、武家ノ人ニ紛」れようとしたものの、それも叶わず、「公家ニモ不ㇾ付、武家ニモ不ㇾ似、只都鄙ニ歩ヲ失」った人のような有様を呈する。

第一章の「天下時勢粧」概観の後、第二章では、武家方の典型的な現実が活写される。

「此比殊ニ時ヲ得テ、栄耀人ノ目ヲ驚シケル佐々木佐渡判官入道々誉ガ一族若党共」が「例ノバサラニ風流ヲ尽シテ、西郊東山ノ小鷹狩シテ」の帰途、門主が秋景色の中で「風詠閑吟シテ興」じていた妙法院南庭の紅葉の下枝を引き折った。その「不得心ナル下部共」の行為を見て、門主が「人ヤアル、制セヨ」と声を発したため、一人の坊官が庭に出て注意したところ、逆に「結句御所トハ何ゾ。カタハライタノ言ヤ」と「嘲哢」する下部共によって「弥尚大ナル枝」を折られてしまった。それに対し、丁度「アマタ宿直シテ」いた「御門徒ノ山法師」が「悪ヒ奴原ガ狼藉哉」と「持タル紅葉ノ枝」を奪い返し「散々ニ打擲シテ門ヨリ外へ追出」した。

ところが、それを聞いた佐々木道誉は「何ナル門主ニテモヲワセヨ、此比道誉ガ内ノ者ニ向テ、左様ノ事翔ン者ハ覚ヌ物ヲ」と怒り、「自ラ三百余騎ノ勢ヲ率シ、妙法院ノ御所ヘ押寄テ」火を放った。持仏堂で「御行法ノ最中」であった門主は「御心早ク後ノ小門ヨリ徒跣ニテ光堂ノ中ヘ逃入」ったものの、「御弟子ノ若宮」は「板敷ノ下ヘ逃入」ったところを、走り掛かった「道誉ガ子息源三判官」によって「打擲」された。その他「出世・坊官・児・侍法師共」も方々へ逃げ、洛中は騒然となる。「事ノ由ヲ聞定テ後ニ馳帰」った人達は「アナアサマシヤ。前代未聞ノ悪行哉。山門ノ嗷訴今ニ有ナン」と語り合った。前例のない暴挙に対して「山門ノ衆徒」は「早道誉・秀綱ヲ給テ、死罪ニ可レ行」と「公家ヘ奏聞シ、武家ニ触レ訴」えた。又、「正キ仙院ノ連枝」である門主も「道誉ガ翔無念ノ事ニ憤リ思召テ、アワレ断罪流刑ニモ行セバヤ」として「武家」へ伝えたが、「将軍モ左兵衛督モ、飽マデ道誉ヲ被二贔負一ケル間、山門ハ理訴モ疲テ、款状徒ニ積リ、道誉ハ法禁ヲ軽ジテ奢侈弥恣ニス」という有様。

これに対し「嗷儀ノ若輩」は、「大宮・八王子ノ神輿中堂ヘ上奉テ、鳳闕ヘ入レ奉ント僉議」し、「諸院・諸堂ノ講莚ヲ打停メ、御願ヲ停廃シ、末寺・末社ノ門戸ヲ閇テ祭礼ヲ打止」めた。結局、「武家モサスガ山門ノ嗷訴難二黙止一覚ヘ」て、「道誉ガ事、死罪一等ヲ減ジテ遠流ニ可レ被レ処歟」と奏聞、「院宣ヲ成レ山門ヲ宥」めたのであった。「前々ナラバ衆徒ノ嗷訴ハ是ニハ捴テ休ルマジカリシカ共」、「時節ニコソヨレ」とする「宿老」の現実論によって、四月十二日に「三社ノ神輿」は、帰座し、同二十五日には道誉・秀綱の「上総国山辺郡」への流罪が決定した。

しかし、道誉を送るために「近江ノ国分寺」まで随伴した「若党三百余騎」は「悉猿皮ヲウツボニカケ、猿皮ノ腰当ヲシテ、手毎ニ鶯籠ヲ持セ、道々ニ酒肴ヲ設テ宿々ニ傾城ヲ弄ブ」という、「尋常ノ流人ニハ替リ、美々敷」く見えるものであり、これは「只公家ノ成敗ヲ軽忽シ、山門ノ鬱陶ヲ嘲哢」する行為であった。

第三章では、法勝寺炎上が記される。「康永元年三月廿日ニ、岡崎ノ在家ヨリ俄失火出来テ軈テ焼静マリケルガ、纔ナル細煙一ツ遥ニ十余町ヲ飛去テ、法勝寺ノ塔ノ五重ノ上ニ落留」った後、「乾タル檜皮ニ焼付テ、黒煙天ヲ焦テ焼ケ上」り、「金堂・講堂・阿弥陀堂・鐘楼・経蔵・捴社宮・八足ノ南大門・八十六間ノ廻廊」は、「一時ノ程ニ焼失シテ、灰燼忽地ニ満」ちた。更に「花頂山ノ五重ノ塔、醍醐寺ノ七重ノ塔」も、同時に炎上した。

第四章では、後醍醐天皇の死が描かれる。まず、「南朝ノ年号延元三年[2]八月九日ヨリ、吉野ノ主上御不予ノ御事有ケルガ、次第ニ重ラセ給。医王善逝ノ誓約モ、祈ニ其験ナク、耆婆扁鵲ガ霊薬モ、施スニ其験ヲハシマサズ。玉体日々ニ消テ、晏駕ノ期遠カラジ」と重体である叙述から始まり、忠雲僧正が「御枕ニ近付奉テ、泪ヲ押」さえて、死が避けられぬ事を告げ、「サテモ最期ノ一念ニ依テ三界ニ生ヲ引ト、経文ニ説レテ候ヘバ、万歳ノ後ノ御事、万ヅ叡慮ニ懸リ候ハン事ヲバ、悉ク仰置レ候テ、後生善所ノ望ヲノミ、叡心ニ懸ラレ候ベシ」と語りかける。それに対し、帝は「妻子珍宝及王位、臨命終時不随者」を納得した上で「生々世々ノ妄念トモナルベキハ、朝敵ヲ悉亡シテ、四海ヲ令㆓泰平㆒ト思計也」と語り、自分の死後には「第七ノ宮[3]」（義良親王）を即位させ、「賢士忠臣事ヲ謀リ、義貞義助ガ忠功ヲ賞シテ、子孫不義ノ行ナクバ、股肱ノ臣トシテ天下ヲ鎮」むべきことを告げ、「思㆑之故ニ、玉骨ハ縦南山ノ苔ニ埋ルトモ魂魄ハ常ニ北闕ノ天ヲ望ント思フ。若命ヲ背義ヲ軽ゼバ、君モ継体ノ君ニ非ズ、臣モ忠烈ノ臣ニ非ジ」と強調して、「左ノ御手ニ法華経ノ五巻ヲ持セ給、右ノ御手ニハ御剣ヲ按テ、八月十六日ノ丑剋ニ、遂ニ崩御成」ったのであった。又、「遺勅」に従って「御終焉ノ御形ヲ改メズ、棺槨ヲ厚シ御坐ヲ正シテ、吉野山ノ麓、蔵王堂ノ艮ナル林ノ奥ニ、円丘ヲ高ク築テ、北向ニ」葬った事も記される。

後醍醐帝の死により「アヂキナク覚ヘ」た「多年著纏進ラセシ卿相雲客」が「思々ニ身ノ隠家」を求めようとする「形勢ヲ伝聞テ、急参内シ」た吉野執行吉水法印宗信は、「先帝崩御」から「未日ヲ経ザルニ退散隠遁ノ御企有ト承及候コソ、心エガタク存候ヘ」と述べ、官軍について全国的な展望をした上で「皆義心金石ノ如ニシテ、一度モ変ゼヌ者共也」と確認し、「身不肖ニ候ヘドモ、宗信右テ候ハン程ハ、当山ニ於テ又何ノ御怖畏カ候ベキ。何様先御遺勅ニ任テ、継体ノ君ヲ御位ニ即進セ、国々ヘ綸旨ヲ成下レ候ヘカシ」と論じた結果、「諸卿皆ゲニモト思」い、更に「楠帯刀・和田和泉守二千余騎ニテ馳参リ、皇居ヲ守護シ奉テ、誠ニ他事ナキ体ニ見ヘ」たことで「人々皆退散ノ思ヲ翻テ、山中ハ無為ニ」なったと締め括られる。

第五章は、前章を承け「同十月三日ニ、太神宮ヘ奉幣使ヲ下サレ、第七ノ宮天子ノ位ニ即セ給フ」と、後村上帝即位が記された後、「御即位ノ儀式」本来の姿が詳述され、「是皆代々ノ儲君、御位ヲ天ニ継セ給フ時ノ例ナレバ、三載数度ノ大礼、一モ欠テハ有ベカラズトイヘドモ、洛外山中ノ皇居ノ事、可二周備一ニアラザレバ、如レ形三種神器ヲ拝セラレタル計ニテ、新帝位ニ即セ給フ」との現実が語られる。

第六章も、南朝側の情勢が記述される。「同十一月五日、南朝ノ群臣相議シテ、先帝ニ尊号ヲ献ル。御在位ノ間、風教多ハ延喜ノ聖代ヲ被レ追シカバ、尤モ其寄有トテ、後醍醐天皇ト謚シ奉ル」との叙述の後、「新帝幼主ニテ御座アル上、君崩ジ給タル後、百官家宰ニ総テ、三年政ヲ聞召レヌ事ナレバ」として、北畠親房が「万機悉ク」を統括し、洞院実世・四条隆資が諸事を執奏する体制が敷かれる。そして、十二月には、北陸の脇屋義助に「先帝御遺勅」に基づく綸旨が送られ、筑紫の懐良親王、遠江の宗良親王、奥州の新国司北畠顕信にも、それぞれ「任二旧主遺勅一殊ニ可レ被レ致二忠戦一」との綸旨が下された。続いて、具体的な動きが描かれるのは脇屋義助である。「此両三年越前ノ城三十余箇所相交テ合戦ノ止日」がなかった北陸では七月三日[4]に「義助ノ若党畑六郎左衛門時能」が三百余騎で出撃して「敵ノ城十二箇所ヲ打落」し、同五日に由良光氏が五百余騎で「敵ノ稠ク構ヘタル六箇所ノ城ヲ二日ニ攻落」し、同五日に堀口氏政も五百余騎で「十一箇所ノ城ヲ五日ガ中ニ攻落」し、総大将の脇屋義助は三千余騎を三手に分けて「城十七箇所ヲ三日三夜ニ攻落」して河合庄に進攻。同十六日には「四方ノ官軍一所ニ相集テ、六千余騎」となった軍勢が、黒丸城を攻略して、「足羽ノ乾ナル小山ノ上」に陣を構えた。

このような戦況の中、「元ハ新田左中将ノ兵ニテ有シガ、近来将軍方ニ属シテ、黒丸ノ城ニ」いた上木平九郎家光が、大将である尾張守斯波高経の所に参上して、畑六郎左衛門が「日本一ノ大力ノ剛者」であることをはじめとする新田勢の実態を報告し、「京都ノ御勢下向」まで「加賀国へ引退」く方が良いと提案した。細川出羽守達も賛同したため、高経は「五ノ城ニ火ヲ懸テ、其光ヲ松明ニ成テ、夜間ニ加賀国富樫ガ城」へと落ちたのであった。

第七章は、「北国ノ宮方頻ニ起テ、尾張守黒丸ノ城ヲ落サレヌ」との報を受け「京都以外ニ周章シテ、助ノ兵ヲ下サルベシト評定」が行われ、高師治・土岐頼遠・佐々木氏頼・塩冶高貞が「四方ノ大将」として、派遣されることになったとの叙述から始まる。そして「陸地三方ノ大将已ニ京ヲ立テ、分国ノ軍勢ヲ催」し、塩冶も「船路ノ大将トシテ、出雲・伯耆ノ勢ヲ率シ兵船三百艘ヲ調へ」るはずであったが、「不慮ノ事」が起こり、塩冶判官高貞は高武蔵守師直に討たれてしまった。「其宿意」として「高貞多年相馴タリケル女房ヲ、師直ニ思懸ラレテ、無レ謂討レ」たと記され、以下、長文の「塩冶判官讒死」物語が、巻二十一の巻末まで展開していく。

二

楠正成も北畠顕家・新田義貞も姿を消した後の南朝と北朝（実質的には足利政権）との力関係の差は歴然となっていた。その確認から始まる第一章では、「武徳ニ帰シ」た世における「公家ノ人々」が戯画的にさえ描かれる。

ところが、「武家ノ人」の実態がクローズアップされる第二章では、佐々木道誉及びその一党の〈暴走〉が描かれ、「例ノバサラニ風流ヲ尽シテ」（傍点は筆者、以下同じ）の「小鷹狩」の帰りに「不得心ナル下部共」が妙法院の紅葉の下枝を折ったと記される。しかも、道誉の妙法院焼打ちという実力行使について、人々の「アナアサマシヤ、前代未聞ノ悪行哉。山門ノ嗷訴今ニ有ナン」との噂通りに（従来よりは抑制されたものではあったが）、「衆徒ノ嗷訴」があって、道誉・秀綱の配流が決定する。ただ、道誉の配流の「打送ノ為ニトテ前後ニ相順」った「若党三百余騎」が全員「猿皮ヲウツボニカケ、猿皮ノ腰当ヲシテ」いた事は、明らかに「公家ノ成敗ヲ軽忽シ、山門ノ鬱陶ヲ嘲哢」する態度であった。この経緯を踏まえて、第二章の最終段には「聞ズヤ古ヨリ山門ノ訴訟ヲ負タル人ハ、十年ヲ過ザルニ皆其身ヲ滅ストイヒ習セリ」として、治承の成親・西光・西景、康和の藤原師通が列記され、「サレバ是モイカヾ有ンズラント、智アル人ハ眼ヲ付テ怪ミ見ケルガ、果シテ」と、秀綱をはじめとする佐々木一族(5)が後年殺害される事が語られ、「是等ハ皆医王山王ノ冥見ニ懸ラレシ故ニテゾアルラント、見聞ノ人舌ヲ弾シテ、懼レ思ハヌ者ハ無リケリ」と、因果応報的論理で締め括られる。なお、「医王山王」すなわち「山門」（比叡山延暦寺）の威力については、巻十八の終章において、玄恵法印の語った長大な「比叡山開闢ノ事」を聞いた「将軍・左兵衛督ヲ奉レ始、高・上杉・頭人・評定衆ニ至ル迄」の人々によって、納得・確認されたものであった。

続く第三章の法勝寺炎上記事は、康永元年（一三四二）の事でありながら、章段配列上からは、暦応元年（延元三年・一三三八）か暦応二年の事件として位置づけられる妙法院焼打ち事件に連接する話材となっている。更に、その第三章の末尾には、法勝寺の由来が記された上で、「カヽル霊徳不思議ノ御願所、片時ニ焼滅スル事、偏ニ此寺計ノ荒廃ニハ有ベカラズ。只今ヨリ後弥天下不レ静シテ、仏法モ王法モ有テ無ガ如ニナラン。公家モ武家モ共ニ衰微スベキ前相ヲ、兼テ呈ス物也ト、歎ヌ人ハ無リケリ」と、今後の社会情勢が否定的に展望される。

その次に、後醍醐帝の死を語る第四章が置かれ、「康永元年三月廿日ニ」と法勝寺炎上が記される第三章冒頭に対応する形で、「南朝ノ年号延元三年(6)八月九日ヨリ、吉野ノ主上御不予ノ御事有ケルガ」と始まる。

後醍醐帝の崩御については「悲哉、北辰位高シテ百官星ノ如ニ列ト雖モ、九泉ノ旅ノ路ニハ供奉仕臣一人モナシ。奈何セン、南山地僻ニシテ、万卒雲ノ如ニ集トイヘ共、無常ノ敵ノ来ヲバ禦止ムル兵更ニナシ。只中流ニ舟ヲ覆テ一壺ノ浪ニ漂ヒ、暗夜ニ灯消テ、五更ノ雨ニ向ガ如シ。葬礼ノ御事、兼テ遺勅有シカバ、御終焉ノ御形ヲ改メズ、棺槨ヲ厚シ御坐ヲ正シテ、吉野山ノ麓、蔵王堂ノ艮ナル林ノ奥ニ、円丘ヲ高ク築テ、北向ニ奉レ葬。寂寞タル空山ノ裏、鳥啼日已暮ヌ。土墳数尺ノ草、一径涙尽テ愁未レ尽。旧臣后妃泣々鼎湖ノ雲ヲ瞻望シテ、恨ヲ天辺ノ月ニ添ヘ、覇陵ノ風ニ夙夜シテ、別ヲ夢裡ノ花ニ慕フ。哀ナリシ御事也」との慨嘆に続けて「天下久乱ニ向フ事ハ、末法風俗ナレバ暫ク言ニ不レ足。延喜天暦ヨリ以来、先帝程ノ聖主神武ノ君ハ未ヲハシマサザリシカバ、何ト無共、聖徳一タビ開テ、拝趨忠功ノ望ヲ達セヌ事ハ非ジト、人皆憑ヲナシケル」と記されるものの、この文章は「ナシケルガ」という逆接的文脈となって、「君ノ崩御ナリヌルヲ見進テ、今ハ御裳濯河ノ流ノ末モ絶ハテ、筑波山ノ陰ニ寄人モ無テ、天下皆魔魅ノ掌握ニ落ル世ニ成ンズラント、アヂキナク覚ヘ」た卿相雲客達が離散しようとする動きの叙述へと展開していく。

「玉骨ハ縦南山ノ苔ニ埋ルトモ、魂魄ハ常ニ北闕ノ天ヲ望ント思フ」との意志を「左ノ御手ニ法華経ノ五巻ヲ持セ給、右ノ御手ニハ御剣ヲ按テ」という明確な姿勢で示して死を迎えた後醍醐帝であったが、吉水法印宗信の強い呼びかけによって、漸く「諸卿」は「皆ゲニモト思」い、更に、楠正行・和田和泉守が二千余騎で駆けつけ皇居を守護した事で、「人々」が「皆退散ノ思ヲ翻」したというのが、南朝側の現実であった。そのため「山中ハ無為ニ成」ったと第四章の末文に記されるものの、実際の吉野山は不安定な状況下にあったと言うべきであろう。

それは、後村上帝の即位の記述がある第五章においても同様である。即位をめぐる正規の儀式が不可能なことを「三載数度ノ大礼、一モ欠テハ有ベカラズトイヘドモ」と、現況を追認した上で、「洛外山中ノ皇居ノ事、可二周備一ニアラザレバ、如レ形三種神器ヲ拝セラレタル計ニテ、新帝位ニ即セ給フ」と、最低条件を提示しての「南帝受禅」

であることが語られる。

続く第六章では、先帝（後醍醐帝）の「遺勅」を受けた脇屋義助が、尾張守高経を越前国から加賀国まで退却させたことが、「黒丸ノ城ヲ落シテコソ、義貞ノ討レラレタリシ会稽ノ恥ヲバ雪ケレ」と描かれる。しかし、高経の行動は、「元ハ新田左中将ノ兵ニテ有シガ、近来将軍方ニ属シテ、黒丸ノ城ニ」いた上木家光の献策に従ったものであったため、客観的に見れば、官軍方の勝利とは言えない。このように、第四章・第五章・第六章と記されてきた南朝側の状況は、決して安定したものではないことがわかる。

とすれば、第七章冒頭に記される、京都に届いた「北国ノ宮方頻ニ起テ、尾張守黒丸ノ城ヲ落サレヌ」との情報は、現実には将軍方が「以外ニ周章」するほどのものではなく、足利政権側の優勢は明白だったということになる。そこへ「四方ノ大将ヲ定テ」の大軍が派遣されたなら、北陸の官軍は壊滅状態になったであろう。

しかし、『太平記』が語るのは、「四方ノ大将」の一人であった塩冶判官高貞が、高武蔵守師直に妻を横恋慕され、「讒死」へと追い込まれていく物語である。

後世、『仮名手本忠臣蔵』へと仕立て上げられるこの長文の挿話は、独立性を持った小世界を構築するとともに、[7]師直を否定的に形象するという点で第二章などとも相似し、足利政権内部において噴出してくる問題を顕在化させるものとなっている。

三

物語としては批判の対象となっている第二章の佐々木道誉について、流刑の要請が出された時、「将軍モ左兵衛督モ、飽マデ道誉ヲ被二贔負一ケル」と記され、第七章の高師直についても、高貞の妻への横恋慕が叶わぬと考えた師直が「塩冶隠謀ノ企有由ヲ様々ニ讒ヲ運シ、将軍・左兵衛督ニ」訴えた結果、高貞自身が「トテモ遁ルマジキ我命也。サラバ本国ニ逃下テ旗ヲ挙、一族ヲ促テ、師直ガ為ニ命ヲ捨ン」と心を決め、京都から脱出し、高貞の弟から「高貞ガ企ノ様」を告げられたことで、「此女房取ハヅシツル事ノ安カラズサヨ」と思った師直が、「急将軍へ参」って「高貞ガ隠謀ノ事、サシモ急ニ御沙汰候ヘト申候ツルヲ聞召候ハデ、此暁西国ヲ指テ逃下候ケンナル。若出雲・伯耆ニ下著シテ、一族ヲ促テ城ニ楯籠ル程ナラバ、ユヽシキ御大事ニテ有べウ候也」と伝えたところ、将軍は「ゲニモト驚騒レテ誰ヲカ追手ニ下スベキ」として、山名時氏達を派遣したと記される。

そして、第二章の末尾には、先例を引いた上で、「サレバ是モイカヾ有ンズラント、智アル人ハ眼ヲ付テ怪ミ見ケルガ、果シテ」として、道誉は含まぬものの、後年における佐々木一族の滅亡が記され、「弓馬ノ家ナレバ本意トハ申ナガラ、是等ハ皆医王山王ノ冥見ニ懸ラレシ故ニテゾアルラント、見聞ノ人舌ヲ弾シテ、懼レ思ハヌ者ハ無リケリ」との締め括りの文が置かれている。

更に、第七章の末文も、妻子の死を知った塩冶判官高貞が、「時ノ間モ離レガタキ妻子ヲ失レテ、命生テハ何カセン、安カラヌ物哉。七生迄師直ガ敵ト成テ、思知センズル物ヲ」と激怒とともに「馬ノ上ニテ腹ヲ切、倒ニ落テ死」んだこと、「一人付順テ有ケル」木村源三が「判官ガ頸ヲ取テ、鎧直垂ニ裹ミ、遥ノ深田ノ泥中ニ埋テ後、腹カキ切テ、腸繰出シ、判官ノ頸ノ切口ヲ陰シ、上ニ打重テ懐付テ」死んだものの、山名時氏の兵が「木村ガ足ノ泥ニ濁タルヲシルベニテ、深田ノ中ヨリ、高貞ガ虚キ首ヲ求出シテ、師直ガ方へ」送ったとの記述の後に、「是ヲ見聞人毎ニ、サシモ忠有テ咎無リツル塩冶判官、一朝ニ讒言セラレテ、百年ノ命ヲ失ツル事ノ哀サヨ。只晋ノ石季倫ガ、緑珠ガ故ニ亡サレテ、金谷ノ花ト散ハテシモ、(8)カクヤ、ト云ヌ人ハナシ」と記され、「ソレヨリ師直悪行積テ無レ程亡失ニケリ。『利レ人者天必福レ之、賊レ人者天必禍レ之』ト云ル事、真ナル哉ト覚ヘタリ」との予告的一文によって締め括られる。

この佐々木道誉や高師直に象徴されるような武士を内包していたのが足利政権の「現実」であり、それは「観応の擾乱」の如き部分的崩壊を見せつつも、ともかく織田信長の登場する時代まで、続いていくものでもあった。[9]

その一方において、「古今之変化」の中に「安危之来由」を考察しようとした『太平記』作者にとって、「既往」に「誡め」を求め難い歴史の現実を目の前にした時、新しい基準を設定せざるをえなくなって来ていた。それは、第三章に瞥見できる。法勝寺炎上について、「外ヨリ見レバ、煙ノ上ニ或ハ鬼形ナル者火ヲ諸堂ニ吹カケ、或ハ天狗ノ形ナル者松明ヲ振上テ、塔ノ重々ニ火ヲ付ケルガ、金堂ノ棟木ノ落ルヲ見テ、一同ニ手ヲ打テドツト笑テ愛宕・大獄・金峯山ヲ指テ去ト見ヘテ、暫アレバ花頂山ノ五重ノ塔、醍醐寺ノ七重ノ塔、同時ニ焼ケル事コソ不思議ナレ」と記され、「四海ノ泰平ヲ祈テ、殊百王ノ安全ヲ得セシメン為ニ、白河院御建立有シ霊地」たる法勝寺が「片時ニ焼滅」した事は、「偏ニ此寺計ノ荒廃ニハ有べカラズ。只今ヨリ後弥天下不レ静シテ、仏法モ王法モ有テ無ガ如ニナラン。公家モ武家モ共ニ衰微スベキ前相ヲ、兼テ呈ス物也ト、歎ヌ人ハ無リケリ」と語られる。

巻十八最終章の「比叡山開闢事」でも確認された「医王山王」（第二章）に象徴される神仏の存在と、早くは北条高時の末期的症状を語る箇所（巻五）にも見られた「鬼形ナル者」・「天狗ノ形ナル者」（第三章）とが対極的な位置付けで、大きく前面に押し出される形で歴史の解釈が物語られていく――これが、「序」の枠を越える作者の、『太平記』中盤における新しい視点となりつつあると言えよう。

注

（1）引用は、日本古典文学大系本（岩波書店）によるが、字体を改めた。
（2）史実としては「延元四年」。
（3）巻二十第十二章には「第八ノ宮」とある。『神皇正統記』（日本古典文学大系本による）では「第九十六代、第五十世ノ天皇。諱ハ義良、後醍醐ノ天皇第七御子。御母准三宮、藤原ノ康子」と記される。

（4）注（2）に記した本文の文脈に従えば「延元四年」のこととなるが、後醍醐帝の崩御が「延元四年八月十六日」であるため、「遺勅」に基づく出撃は虚構ということになる。

（5）道誉は含まれていない。

（6）注（2）参照。なお、西源院本（刀江書院）は「康永三年」とする。

（7）師直に関しては、本書「高師直考」参照。巻二十一の末尾において「サシモ忠有テ咎無リツル塩冶判官」と語られる塩冶高貞よりも高師直の方を信頼するのが、尊氏達にとっては必然的なものであった事についても言及した。

（8）西源院本は、「散ハテシ昔ノ悲ニ不レ異トテ、涙ヲ流サヌ人モナシ」の後に、「抑高武藏守師直者、當御所様足利殿ニテ東國ニ久御座アリケルヨリ、普代相傳之人也ケレハ、尊氏御代ヲ被レ召シカハ、肩ヲ雙ル人ハ無シ、然レハ執事職ニ至リ、天下ヲ管領セシカハ、何事ニ付テモ心ニ任セスト云事ナシ、政道正ク、天下ノ亂ヲモシツメ、私之心ナクハ、子孫モ繁昌有テ、于今目出度モ可レ有ニ、代ヲ納ルマテコソナカラメ、如此ハウラツノ振舞ノミアリシカハ、諸人眉ヲ顰メ、人口ニ餘ル間、諸大名背レ之、ヨリテ洛中ニ足ヲ難レ留クシテ、京都ヲ落下リケル程ニ、追懸ラレテ、鹽冶カ如ク武庫河之端ニテ一門皆々亡ヒケル也、何事モ酬ヒ有事ナレハ、鹽冶最後之時、七生マテモ敵トナリ、只今思ヒシラセンスルト云シ詞之末モヲソロシヤ、相構テ々々、人ハ高モ賤モ思慮有テ振舞ヘキ者也」と、巻二十九における師直の死までを因果応報的に語る。

（9）たとえば、『三時智恩寺蔵・太平記絵巻』（表紙には「たいへいきぬき書」とある）上巻は、「塩冶判官讒死事」を絵巻に仕立てたものであるが、その末文は「尊氏卿の政務のあやまりは讒言を誠と聞なし給ふゆへとこそ聞えし」と締め括られており、足利政権を客観視する姿勢も窺える。

巻二十一～巻二十五の梗概と問題点

はじめに

暦応二年（延元四年・一三三九）から貞和四年（正平三年・一三四八）に至る歴史的時間の中で展開する巻二十一～巻二十五は、『太平記』の中でも、とりわけ多くの問題を内包・提起している部分である。たとえば、『太平記』を三部に分けた場合、巻十二から巻二十一までを第二部とする説に従えば、巻二十二からが第三部という事になるが、脇屋義助達の越前・美濃における合戦が記されていたと思われる古態本の巻二十二は欠巻となっている。そのため、本章では、古態本の巻二十三～巻二十六を再編成して巻二十二～巻二十六としている流布本の本文に基づいての解析となる。

巻二十一

【梗　概】

暦応元年（延元三年・一三三八）閏七月二日の越前藤島における新田義貞の戦死を記した巻二十を受け、将軍（足利尊氏）方の繁栄ぶりが描かれる。例えば、妙法院に狼藉を働き流罪となった佐々木道誉は、華美な行列で配流地に向かう。一方、吉野では後醍醐天皇が崩御し、幼い後村上天皇が即位する。そして、遺勅に従って北国・筑紫・

遠江・奥州へ忠戦を期待する綸旨が送られる。北国（北陸地方）では、脇屋義助を中心として、畑時能らが攻撃に転じ、足利側の斯波高経は戦わずに黒丸城を退く。この宮方を鎮圧すべく、高師治・土岐頼遠・佐々木氏頼・塩冶高貞らを大将とする軍勢が、それぞれ異なる経路から派遣される事となる。ところが、塩冶高貞は「不慮ノ事」が起こり、高師直によって死へと追いやられてしまう。それは、高貞の妻が美女である事を聞いた師直が横恋慕し、高貞の事を讒言したためであった。

［問題点］

一三三八年における北畠顕家・新田義貞の死を回想する形で始まるこの巻は、宮方（南朝方）の衰退とは対照的な足利方の繁栄ぶりを略述する。ところが、その象徴とも言える佐々木道誉[6]のバサラぶり[7]は、妙法院の紅葉の枝を折るという狼藉に及ぶ。しかも、山門の訴えにより流罪となった道誉は「若党三百余騎」に猿皮の腰当をさせ、鶯籠を持たせ、酒宴しつつ配流地に向かうという、山門を嘲弄するかのごとき姿勢を見せる。これは、次章で語られる法勝寺の炎上と合わせて「公家モ武家モ共ニ衰微スベキ前相」という文脈の中に置いて考えるべきであろう。

「南朝ノ年号延元三年[8]八月九日」（一三三八年・史実としては延元四）吉野で発病した後醍醐天皇は、一週間後に死を迎える。「玉骨ハ縦南山ノ苔ニ埋ルトモ、魂魄ハ常ニ北闕ノ天ヲ望ント思フ」との言葉を残し「左ノ御手ニ法華経ノ五巻ヲ持セ給ヒ、右ノ御手ニハ御剣ヲ按テ」の最期は凄絶なものであるが、「如レ形三種神器ヲ拝セラレタル計ニテ」という後村上天皇の即位の実態とともに、孤影悄然とした南朝方を象徴するものでもある。

勢力を盛り返した北国の宮方を討つために派遣された足利軍の諸将の中で、塩冶高貞が高師直[9]の讒言によって死へと追い詰められて行く巻末の章は、九〇〇〇字に及ぶものである。「忠有テ咎無リツル」高貞が「トテモ遁ルマジ」と判断した点に、足利政権下における師直の権力の大きさを窺う事ができ、又、師直の行動を「悪行」として、やがて巻二十九で描かれる師直の死を予め語る形で、この長文が締め括られる事に注意すべきであろう。

なお、この章は、師直が「真都ト覚都検校」の平家琵琶を聴いて深い感銘を受けた事、高貞の妻への恋文を「兼好ト云ケル能書ノ遁世者」が書いたものの受け取って貰えなかったため、怒った師直が兼好の出入りを禁じた事など、文学史的にも様々な問題を内包している。とりわけ、後代、大評判をとった『仮名手本忠臣蔵』へは、人名だけでなく、人物像についての核となる要素を提供している。

巻二十二

【梗　概】

斯波高経は、越前鷹巣城に立て籠もる畑時能らを、激戦の末、討ち破る。一方、美濃での合戦に敗れた脇屋義助は、伊勢・伊賀を経て吉野へ参向し、忠功に対する恩賞を受け、やがて、伊予国からの要請によって四国に渡り、四国全土を平定する。ところが、その義助が今治で急死したため、足利方の細川頼春は、宮方の金谷経氏・大館氏明らを撃破し、宮方は再び不利な状況を迎える事となる。

【問題点】

前述したように古態本では巻二十二が欠巻となっているため、古態本の巻二十三・巻二十四を再編成した流布本の巻二十二は、すなわち、古態本とは異なる『太平記』世界を構築していると言えよう(10)。北国に僅かに残っていた宮方の畑時能は、超人的勇猛さを発揮して、斯波高経らを翻弄する。楠正成的な「勇士智謀」の人物でありながらまた「悪逆無道」でもあった畑が流れ矢で討死し、北国の宮方は戦意を喪失する。

吉野に参向した脇屋義助への恩賞等についての洞院実世の批判に対し、四条隆資は中国故事を引用して反駁する。

このような故事引用の意味も、『太平記』作者の、作中人物の形象・作品の構想という側面から考える事ができる。「御妻」という「ナマメイタル女房」の事で、高師秋に攻められたため、佐々木信胤が宮方になった話は、師秋についての「今ノ世ニ肩ヲ双ル人モナキ」という設定も含めて、巻二十一の「塩冶判官讒死事」と相似型をなすが、ここでは「此比天下ニ禍ヲナス傾城」という風潮に関する指摘も見られる。脇屋義助の死とは対照的に、将軍方優勢という戦況が展開していく中にあって、篠塚伊賀守だけは、大力を発揮しつつ奮戦し「小歌ニテ閑々ト」城を落ちていき、宮方勇士として英雄的存在感を見せる。

巻二十三

［梗　概］

「暦応五年ノ春ノ比」伊予国の大森彦七盛長より「不思議ノ註進」が到来。彦七が催した猿楽の時に現れた美女が鬼に変身したのを発端として、楠正成の亡霊が彦七の太刀を奪おうとし、さらに、後醍醐天皇・大塔宮らの亡霊も出現する。彦七は太刀を渡す事を拒否し、化物と数回渡り合う。やがて、大般若経真読の功徳により亡霊は退散し、太刀は足利直義の手に渡って賞翫される。その後、直義が発病したために、光厳院が石清水八幡宮に祈願し、病気は平癒する。ところで、仏事のために外出した光厳院の還御の行列に対して、土岐頼遠が狼藉を働く事件が起こった。報告を受けた直義は激怒し、頼遠は結局、六条河原で斬首される。この事件の後に、道で出会った殿上人と武士とが、互いに馬・車から下りて道を譲り合い、街頭の人々に笑われた話も付記されている。

［問題点］

『太平記』第三部を概括するかのごとき場面展開の見られるのが巻二十三である。第一部・第二部の〝主役〟であった楠正成・後醍醐天皇・護良親王・新田義貞達が、死後においても現実世界に発動し、第三部の物語的展開に関与する。(11) 地方武士ながら「其心飽マデ不敵ニシテ、力尋常ノ人ニ勝レ」た大森彦七を相手とし、平家伝来の刀を奪って「天下ヲ覆サン」とする正成について、彦七は、「已ニ七度」出現したから、「今ハ化物モ不レ来ト覚ル」と判断する。これは、巻十六における正成兄弟自害場面の「七生マデ只同ジ人間ニ生レテ、朝敵ヲ滅サバヤ」という言葉に重なるものでもあるが、怨霊としての正成は「敵軍ニ威ヲ添」える事はできず、大般若経の力によって、「三毒ヲ免ルル事ヲ得タリキ」という形で鎮静化させられる。「武略ト智謀」を標榜していた正成が、或る種の存在感を顕然とさせながら、それは「不思議ナリシ事」という怪異譚の中でのみ語られるものとなりつつある。

宮方の衰退とは対照的に、将軍（足利）方では、直義の病気が光厳院の石清水への祈願によって平癒した事について「誠ニ君臣合体ノ誠ヲ感ジ霊神擁護ノ助ヲヤ加ヘ給ケン」というふうに記述される。しかし、同じ足利方の土岐頼遠・二階堂行春が、光厳院の御幸の列に「何ニ院ト云フカ、犬ト云カ、犬ナラバ射テ落サン」と哄笑しつつ矢を射た事件は、頼遠への厳罰を決めた直義の事を「天地日月未変異ハ無リケリトテ、皆人恐怖シテ、直義ノ政道ヲゾ感ジケル」と賛美する形で締め括られるものの、一方、尊氏と直義との力関係の将来における拮抗をも暗示している。さらに、この事件のパロディの形で演じられる一雲客と武士との出会いが、北野参詣の人々によって「笑ハヌ者モ無リケリ」という形で見られている事も見逃せない。結局、高師直・土岐頼遠と続いた〝狼藉〟は、足利方にとっての内なる頽廃的側面を露呈するものともなっている。

巻二十四

［梗　概］

巻頭に「悉ク廃絶シテ」いる朝廷儀式・年中行事について詳述され、続いて、夢窓国師(12)が直義に勧めて実現した天龍寺の創建が記される。ところが、その供養に光厳院が臨幸する事を巡って山門（延暦寺）は反発し、奏状を提出する。公卿僉議も行われたが、尊氏・直義が山門の主張を退けたため、三千の大衆は強訴を企て興福寺にも協力を要請する。そのため、「勅願ノ義」の停止・「翌日ニ御幸」との院宣が下され、山門も漸く納得する。康永四年（興国六年・一三四五）八月二十九日、天龍寺供養が行われ、将軍らは威儀をこらして参列し、翌日に花園・光厳両上皇が臨幸し盛大な法会[13]が営まれた。その頃、備前の三宅（児島）高徳と丹波の荻野朝忠とが討幕の兵を挙げたが成らず、高徳は新田義治とともに京攻めを企てたが、これも失敗に終わる。この時、香匂高遠だけは壬生地蔵の身代わりによって命が救われた。

【問題点】

この巻は、北朝・足利方の情勢を中心に展開する。冒頭の朝儀年中行事記事も「一度モ不レ可二断絶一事ナレ共、近年ハ依二天下闘乱一一事モ不レ被レ行」という現実こそが問題なのであり、「サレバ仏法モ神道モ朝儀モ節会モナキ世ト成ケルコソ浅猿ケレ」を言うために、以前は行われた、又は行われるべき行事を列挙したと言える。次に続く天龍寺建立は、巻二十三の怨霊出現を背景として、夢窓国師の「彼（後醍醐天皇）ノ御菩提ヲ弔ヒ進セラレ候ハバ、天下ナドカ静ラデ候ベキ」との提案を、尊氏・直義が了承する形で実現する。と同時に、山門大衆の反発という新しい波紋も生じる。山門奏状についての公卿僉議は、坊城経顕・日野資明・三条通冬の意見では結論に達せず、二条良基の「武家へ被二尋仰一、就二其返事一聖断候ベキカ」という現実的意見に基づいて、尊氏・直義の方針が呈示される。したがって、先例を引用しての通冬の弁舌等は、長いだけに空虚にも見える。しかし、これもまた、理想的な原則論よりも、現実の「武家」の力こそがすべての決定権を握っている事を、むしろ逆説的に認識させる構想として考えるべきであろう。これは、山門も容認して天龍寺建立供養が盛大に実施された事を記した末尾に「真俗共ニ驕慢ノ心アルニ依テ、天魔波旬ノ伺フ処アルニヤアト、人皆是ヲ怪ミケルガ、果シテ此寺二十余年ノ中ニ、二度マデ焼ケルコソ不思議ナレ」という因果論的後日譚が置かれている事と合わせて考えねばならないであろう。(14)

巻末に、宮方の三宅・荻野の動きへの言及が僅かにあるものの、簡単に敗退して行く記述が、彼等を「謀叛人」として捉える視点のもとに展開されるのみである。ただ、その中で香勾だけが壬生地蔵によって救命されたとする地蔵霊験譚は、香勾だと思って地蔵を捕縛した者達の手や鎧に「異香」がしみついていた事と、「香勾」という姓との符合などを含めて、むしろ説話文学的な『太平記』の一側面を見せる事となる。

巻二十五

［梗　概］

貞和四年（正平三年・一三四八）崇光天皇が即位。仙洞の怪異により是非が問題となった大嘗会は、結局行われる事となる。その頃、仁和寺で雨宿りした禅僧が、天狗姿となった峯僧正春雅・大塔宮達の怨霊が「騒動」を起こそうと相談しているのを見聞する。やがて、足利直義の北の方が男児を出産したが、これは天狗の予告通りのものであった。一方、楠正行は亡父の「十三年ノ遠忌」を期して出陣、細川顕氏を大将として迎撃した足利勢を藤井寺で破る。さらに、巻末には、山名時氏・細川顕氏軍を住吉合戦で撃退する記事も載せられている。

ところで、二つの正行合戦譚の間に、長文の〝宝剣記事〟が置かれている。安徳天皇とともに壇の浦に沈んだ宝剣が、「今年」、山法師円成によって伊勢で発見され、京都に届けられた。この宝剣は、卜部兼員の祈禱、日野資明の仲介により、光厳院へと進奏されたが、坊城経顕の批判が出て、兼員に返された。

〔問題点〕

この巻も、以後の作品進行の予兆ともなる「不思議」が続出する。しかもそれは、大部分が足利方・北朝側にとって不吉な予感を暗示するものである。まず、巻頭に、崇光天皇即位記事に続けて、犬が幼児の頭を仙洞御所の南殿大床の上に置いて姿を消した事件を載せる。そして、卜部兼豊の自粛論にも拘らず大嘗会が実施される事に対し、「事騒ガシノ大嘗会ヤ、今年ハ無テモ有ナント、世皆唇ヲ翻セリ」との批判的一文で結ばれる。次章では「又仁和寺ニ一ノ不思議アリ」と、天狗姿となった宮方の怨霊達の会合が、前章の事件を増幅した形で語られる。足利直義や妙吉侍者・高兄弟らの慢心を理由として、「男子ト成テ生レ」たり、「心ニ入替テ」「天下ニ又大ナル合戦を引き起こそうという会合である。しかも、直義の北の方が男児を出産したとの記述の後に「後ノ禍ヲバ未レ知」多数の人々が祝賀に参集したと記される事によって、今後の物語的展開が予告される事にもなる。

さらに、正行合戦譚[15]を中断する形で挿入される〝宝剣説話[16]〟は、卜部兼員の口を借りて中世日本紀の世界[17]が語られるとともに、兼員の予言の適中を示す足利直義の「夢」を一つの根拠として日野資明が仲介し一度は進奏された宝剣が、「邯鄲の夢」の中国故事を論拠とする坊城経顕の反論によって、結局、兼員に戻されたとの結末まで辿る時、北朝内部における現実重視路線が示され、さらにまた、北朝・足利政権の不安定さをも知らされる事となる。

一方、巻十六の記事と対応させての楠正行の挙兵と、藤井寺・住吉合戦で足利方の細川・山名勢を撃退した事が描かれるが、正行は、父の正成のような「武略ト智謀」を見せることはできない。そのため、足利方にとっての不安な内部状況を描きつつも、正行の力による情勢の逆転はありえない事をも示している事がわかる。

以上、流布本の巻二十一から巻二十五は、高師直・佐々木道誉・土岐頼遠らの「バサラ」ぶりに象徴されるように、足利政権が〝時限爆弾〟を内蔵する形で進行して行く『太平記』第三部世界の序章とも言うべき内容を持っている。それはまた、後醍醐天皇の死を一つの境界点として、宮方（南朝方）が、合戦において幾つかの勝利を得る事があるにしても、足利・北朝方を倒すには至らず、むしろ、怨霊という形で現実世界と関わりを持つ事と表裏をなしているのである。

注

（1）三部説は、尾上八郎氏『太平記』（校註日本文学大系・国民図書・大正14）、永積安明氏『太平記』（続日本古典読本・日本評論社・昭和23）等に見られる。

（2）従来は、巻十二までが第一部とされていたが、鈴木登美恵氏・長谷川端氏・石田洵氏らの論を経て、現在では、『日本古典文学大辞典』（岩波書店・昭和59）等にもあるように、巻十二からを第二部とするのが定説となっている。

（3）古態本では巻二十二が欠巻となっているため、「巻二十二の欠巻のあとから終巻まで」（『日本古典文学大辞典』）が第三部とされてきたが、石田洵氏「『太平記』第二部から第三部へ―『天下時勢粧の事』をめぐって」（「太平記研究」七・昭和57）、長坂成行氏「『太平記』欠巻前後―後醍醐物語の変貌」（『鈴木弘道教授退任記念国文学論集』（和泉書院・昭和60）、大森北義氏『『太平記』の構想と方法』（明治書院・昭和63）は、巻二十一からを第三部とすべきとの説を提示し、これがほぼ定説化しつつある。

（4）亀田純一郎氏「太平記」（『岩波講座日本文学』・昭和7）、鈴木登美恵氏「太平記欠巻考」（お茶の水女子大学『国文』一一、昭和35）、安井久善氏「『太平記』巻二十二欠脱補遺攷」（「政治経済史学」一七三・昭和55）

（5）諸本については、鈴木登美恵氏「太平記諸本の分類―巻数及巻の分け方を基準として」（お茶の水女子大学「国文」一八・昭和38）の分類が明解。

（6）道誉については、忠鉢仁氏「佐々木道誉年譜考」（「文芸と批評」三の九・昭和46）をはじめ、長谷川端氏『太平記の研究』（汲古書院・昭和57）、中西達治氏『太平記論序説』（桜楓社・昭和60）、永積安明氏・上横手雅敬・桜井好朗氏『太平記の世界』（日本放送出版協会・昭和62）に論考がある。なお、大森氏は注（3）に掲げた著書の中で、道誉・師直・頼遠の事件を合わせて「第三部世界に固有な〝時勢〟を表現するところの象徴的な出来事」とする。他に、佐藤和彦氏編『ばさら大名のすべて』（新人物往来社・平成2）等も参考になる。

（7）網野善彦氏『異形の王権』（平凡社・昭和61）
（8）鈴木登美惠氏「欠巻前後における太平記の書き継ぎ」（お茶の水女子大学「国文」八・昭和32）は「前後の因果関係を強調するために史実と相異する年代を記したと認められる例」とする。
（9）青木晃氏「武蔵守師直の悪者像―太平記の文学的形象とその一つの享受」（関西大学「国文学」五三・昭和51）のほか、注（3）・注（6）に掲げた各書にも論考・言及がある。
（10）大森氏は前掲書において「巻二十二を欠巻とする西源院本等「古態本」系伝本は、そこを空白とするがゆえに、後の叙述の文脈に〝飛躍〟をみせる結果となったが、流布本等の伝本は、その空白をうめ、欠巻を前提としないがゆえに、そこにみられた〝飛躍〟の質を解消しなければならなかった」と述べている。
（11）桜井好朗氏『神々の変貌―社寺縁起の世界から』（東京大学出版会・昭和55）のほか、前掲の中西氏・大森氏・長坂氏の著・論考。
（12）古態本は「或人」とする。
（13）『園太暦』康永四年（貞和元年・一三四五）八月二十九日・三十日の項に詳しい。
（14）増田欣氏「『太平記』作者の思想」（『太平記』鑑賞日本の古典・尚学図書・昭和55）
（15）中西氏・大森氏の前掲書参照。
（16）石井由紀夫氏「太平記『従伊勢国進宝剣事』をめぐって」（「伝承文学研究」一九・昭和51）
（17）伊藤正義氏「中世日本紀の輪郭―太平記における卜部兼員説をめぐって」（「文学」昭和47年10月号）
（18）大森氏は前掲書の中で、古態本の第三部（巻二十一～巻四十）について、「発端部」「展開部（前半）」「展開部（後半）」の三部に分け、巻二十一～巻二十五を「発端部」としている。

『太平記』の終焉
——楠正儀と細川頼之——

一

貞治六年（正平二十二年・一三六七）「十二月七日子刻ニ、御年卅八」(1)で二代将軍足利義詮が死亡、十歳の義満が後を嗣ぐ。そして、武蔵守に補任された細川頼之が執事職を司って義満を輔佐することによって「外相内徳勝ニモ人ノ言ニ不レ違シカバ、氏族モ重レ之、外様モ彼ノ命ヲ不レ背シテ、中夏無為之代ニ成テ、目出度カリシ事共也」と締め括られるのが、『太平記』巻四十の巻末である。

義詮の将軍就任時から執事であった細川清氏が、康安元年（正平十六年・一三六一）九月に失脚し、空白期を置いて、翌年七月に斯波義将が執事（管領）となったものの、貞治五年八月に職を追われ、やはり空白期を置いて、細川頼之が貞治六年十一月二十五日に管領職に就いたのであったが、『太平記』は、それを義詮死亡記事の後に置くことによって、「中夏無為之代」の到来という寿詞による作品の完結を企図した。

細川頼之が『太平記』に初めて登場するのは、文和四年（正平十年・一三五五）二月の神南合戦（巻三十二）であり、次は、康安元年七月に美作へ進攻した山名時氏勢と対決しようとした赤松一族らが進退窮まって援軍を求める場面（巻三十六）である。ただ、「九月十日備前へ押渡」った頼之は、予想に反して味方の軍勢がふえなかったため「徒ニ月日ヲソ送ラレケル」と記される。

異心を疑われて執事職を失脚し、南朝に降服した後、康安二年一月に四国に赴き「四国ヲ打平ケテ、今一度都ヲ傾ケムト企」てる細川清氏を、「備前、備中、備後之勢千余騎ヲ卒シ讃岐国へ押渡」って「七月廿四日」に討った（巻三十八）のが細川頼之であった。この頼之の勝利を踏まえて、

今年天下已ニ同時ニ乱テ、宮方眉ヲ開キヌト見ヘケルガ、無レ程国々静リケルモ、天運之未レ到所トハ乍レ云、先ハ細川相模守カ楚忽之軍シテ、云甲斐ナク打死セシ故也

と要約した上で、更に中国故事を引用して、

今細川相模守双ナキ大力、世ニ超タル勇士ナリト聞シカトモ、細川右馬頭カ尺寸之謀ニ落サレテ、一日之間ニ亡ヒタル事、偏ニ宋朝幼帝々師カ謀ニ相似リ、人トシテ遠キ慮リナキ時者必ス近キ愁アリトハ、如レ此ノ事ヲヤ可レ申

との結論が提示される（巻三十八・巻末）。

そして、先述した執事職就任の『太平記』巻末記事が頼之についての最終記述となるわけである。

二

細川頼之の執事職就任に至る経緯については、『後太平記』(2)に詳しい叙述が見られる。

まず、「前執事(3)尾張大夫入道道朝」（斯波高経）が「無道の奢侈に依て、忽ち権職を廃せられ、去る貞治四年に越前国へ」落ちたため、

源家の枯葉末続の中にて、智仁勇の三徳備り、礼儀正しく行跡直なる人を選びて、早く執事の職に補任せらるべき旨諫議

があったものの、「其器に当る人」がいないため「空しく三箇年迄」経過した。「佐々木佐渡判官入道道誉を以て此職に居ゑらるべきに議定已に決定」したが、それを知った「関東管領左馬頭基氏朝臣」は、

> 凡そ天下の権柄を執るべき人は、智略万人に越えずして争か四海を掌握すべき、庸愚不肖の権勢何の益か候べき、当家の執事に於ては、一家の門葉宗徒の一族に非ずしては、此職を課せ給はん事、政道の僻事たるべし

として、

> 其故は、祖父左大臣尊氏卿の執事、累代恩流を呑んで忠臣たるべき高師直兄弟さへ奢強大にして、讒心深く、終に天下を擾乱す、況や他家の大名に於てをや、如何ぞ忠烈に心を傾くべき

と先例を引いた上で、道誉については「奢り千人に越え讒心万人に超過せり、若し渠に権柄を授け給はゞ、天下の大変年を越ゆべからず」と述べ、細川右馬頭頼之を「三徳兼備りて才智尚時代の風に応じ、謀慮執事の器に相当れる者也」と強く推挙し、そのことを伝えるための使者を京都へ送った。

義詮も「是の諫議尤も至極せり」と述べ、頼之を「執政の職に補し」た。しかし、頼之は、「某不肖の身にして斯る高職を勤めん事、且は世人の指笑に落され、且は天下荒廃の端たるべし」と述べ、更に、

> 殊更五畿七道未だ治らずして、半ば南方の王威に傾き、半は武家の権勢に随ひ、世は二弓二裂の巷に漂ふ折節、政道一塵も誤るときは、南方の官軍忽ち衰虚に乗じ、八畝反覆の患ひ俄然と来るべし、是れ御代傾廃の基たるべし

と現状分析をし、「願くは寛仁広徳英才雄智の人を以て、此職に居ゑらるべし」と固辞して四国に下ってしまった。

ところが、「貞治六年九月半より」義詮が「例ならず、寝席に膏き、天行の疾に侵され」、「御形容日々に衰へ」、「天下の良医」の治療も、「有験の高僧」の祈りも、「諸社の奉幣」も効果がなかった。「諸国の官軍蜂起の謀やあら

ん」と懸念される中、「安危唯是れ執事の職に留りぬ」との声が高まり、大内弘世・佐々木高秀・佐々木崇永・赤松光範・一色詮範・土岐善忠・山名時氏や「其外仁木、武田を初めとして」それぞれが「諫文を捧げ」、細川頼之の執事就任への要望が強くなったため、四国へ急使が派遣され、頼之は上洛した。

将軍義詮は頼之を病床に呼び、「病患千が一も本復すべき病にあらず」と語り、

吾逝きて後は、御辺が智謀に任せて天下の権柄を執り、春王義満を守立て、三代将軍の位に備へて給べよかし（中略）若し八敵退き天下泰平の功を尽さば、御辺が忠烈、冥途黄泉の草陰苔の下迄も、如何程か嬉しかるべき

と、涙を浮かべて懇請したため、「一座の人々、傍の上臈に至る迄、皆泪を促し、哀悼の袖」を濡らした。そして、頼之も「今は辞するに所なく、唯泪を命せの験として」承引した。

頼之が「仁義礼智の四徳信を尽し」た結果、大名高家は「親附して弐なく、忠良の志」は「前代に越え」た。又、「賦斂徭役明かに沙汰し、貧賤孤独を憐み、慈仁の心厚く、執政一行も誤り」がなかったので、

万民無為の化を楽み、天下益太平に属し、義満朝臣の御威光終に四海を偃し、諸国与力の御方日々に馳集って蟻附し、南方の官軍は自然に衰へ、威を失ふ事、喩へば満月天に輝き、万星光を滅ずるに異ならず

という状況を招来した。

「貪慾」を禁じ、「法制」重んじ、「佞媚」を禁ずる「御制法三箇条」（応安元年〈一三六八〉二月二日）を制定した頼之については、

神武叡智にして、治乱の源を探って、万里無塵の治制、智謀万侯に越えたりと、世の人舌を翻し感讃せずと云ふ事なし

との評言が記される。「佞人讒者」を制圧するために、頼之は「悪を以て悪を除かん計」として「佞坊と名付けて

法師六人を作り、太刀刀衣類異形の装束を着せて、種々の悪業を作らせ」た。このように「幼将軍を守り立つる執事武蔵守頼之の智謀材智」について、反復する形で「神武叡智にも越えたりと、之を感ぜずといふことなし」と描かれる。

三

ところで、楠正行が「已ニ廿五、今年ハ殊更父カ十三年之遠忌ニ当」るとして挙兵したのは、貞和三年（正平二年・一三四七）のことであった（巻二十六）(4)。そして、正行は翌年一月五日、高師直軍と対決した四条畷合戦で、弟正時とともに討死する。右の記述に従えば正行の死は二十六歳ということになるが、父正成と桜井宿で別れた建武三年（延元元年・一三三六）に「十一歳」(5)（巻十六）とあったので、二十三歳で討死したことになる。

正行の弟・楠正儀は、

貞和五年正月五日之四條縄手之合戦ニ、和田楠カ一類皆亡テ、今ハ正行カ舎弟次郎左衛門正儀ハカリ生テ残リタリト聞シカハ、此次ニ残所ナク退治セラルヘシトテ、高越後守師泰、三千余騎ニテ石河々原ニ向城ヲトリ、互ニ寄ツ寄ラレツ、合戦之止隙ナシ

という場面(6)（巻二十七）に、初めて登場する。

観応三年（正平七年・一三五二）三月二十四日の八幡合戦（巻三十一）に「和田五郎与楠次郎左衛門ヲ向ラレケルカ、楠ハ今年廿三、和田五郎ハ十六」(7)と記されるので、兄正行が討死した時、正儀は十九歳だったことになり、何故、兄とともに出陣しなかったのかというような疑問を残しつつも、物語としての『太平記』は、正行の後に登場する楠氏の一人として、正儀を描き続けていくこととなる。

右に引用した場面は次のように続く。

　楠ハ今年廿三、和田五郎ハ十六、何モ皆若武者ナレハ、思慮ナキ合戦ヲヤ致スラント、諸卿悉ク危ミ思ハレケルニ、和田五郎参内シテ申ケルハ、親類兄弟悉ク度度之合戦ニ身ヲ捨テ打死候畢、今日之合戦又公私之一大事ト存スル事ニテ候上者、命ヲキハノ合戦仕テ、敵之大将ヲ一人打取候ハスハ、再ヒ御前へ帰リ参ル事候マシト申切テ罷出ケレハ、列坐之諸卿国々之兵、アハレ代々之勇士ヤト、先感セヌハ無リケリ、

つまり、かつて、吉野の皇居に参向して、

　今度師直師泰ニ対シテ身命ヲ尽ス合戦ヲ仕テ、彼等カ頭ヲ正行カ手ニカケテ取候歟、正行正時カ首ヲ彼等ニトラレ候歟、其二ノ中ニ戦ノ雌雄ヲ可レ決

と、後村上天皇に奏上した「楠帯刀正行」の役割（巻二十六）を、ここでは、十六歳の和田五郎が担っている。

そして、戦況の推移の中で、

　角テハイツマテカ怺ウヘキ、和田楠ヲ河内国へ返シテ、後攻セサセヨトテ、彼等両人ヲ忍テ城ヨリ出シ、河内国へソ遣サレケル、八幡ニハ此後攻ヲ憑テ、今ヤ々々ト待給フ処ニ、是ヲ我一大事ト思入レテ引立タル和田五郎俄ニ病出シテ、幾程モナク死ニケリ

と、和田五郎の急死が語られ、楠正儀の方は、

　楠ハ父ニモ似ス、兄ニモカハリテ、心スコシ延タル物也ケレハ、今日ヨ明日ヨト云計ニテ、主上ノ大敵ニ囲レテヲハスルヲ、イカ、ハセン共、心ニ懸サリケルコソ憂タテケレ、堯ノ子堯ナラス、舜之子舜ニ似ストハ云ナカラ、此楠ハ正成カ子ナリ、正行カ弟也、何ノ程ニカ親ニカハリ、兄ニ是マテヲトルラントソ謗ラヌ人モ無リケリ

と、批判的に描かれる。

延文四年（正平十四年・一三五九）年末、後村上天皇の「河内之天野」の皇居に参上した「楠左馬頭正儀、和田和泉守正氏」が、「天之時」「地之利」「人之和」という「三之謀」を述べ、観心寺への遷幸を薦めた結果、「主上ヲ始メ」「月卿雲客ニ至ルマテ、皆憑シケニ」思い、遷幸が実現するという場面[8]（巻三十四）では、肯定的に描かれるものの、後に、足利軍が赤坂城を攻める場面では、

　楠ハ元来思慮深ニ似テ、急ニ敵ニ当ル気ヲ進マサリケレハ、此大敵ニ戦ハン事難レ叶、只金剛山ニ引籠テ、敵ノ勢ノ透タル処ヲ見テ後ニ戦ハント申ケル

と描かれ、「何モ戦ヲ先トシテ謀ヲ待ヌ者」と記される和田が正儀の意見に賛同せず、「サテモ天下ヲ敵ニ受タル南方之者共カ、遂ニ野臥計ニテ一軍モセスト、日本国ノ武士共ニ笑レン事コソ口惜ケレ」と主張して「夜討ニ馴タル兵三百人」を選抜して奮戦する叙述とは対照的な造形となっている。

康安元年（正平十六年・一三六一）の摂津合戦で、和田・楠軍が佐々木秀詮兄弟を討死させる場面（巻三十六）では、

　楠情ケ有物ナレハ、或ハ野伏共ニ虜レテ、面縛セラレタル敵ヲモ不レ斬、或ハ自レ河引上ラレテ、カヒナキ命生タル敵ヲモイマシメヲカス、赤裸ナル物ニハ小袖ヲキセ、手負タル物ニハ薬ヲ与ヘテ、京ヘソ返シ遣シケル

と語られるが、これは、

　安部野之合戦者、霜月廿六日之事ナレハ、渡辺橋ヨリ関落サレテ、流ル、兵五百余人、無甲斐命ヲ楠ニ助ラレテ、自レ河引上ラレタリケレ共、秋ノ霜肉ヲ破リ、暁ノ氷膚ニ結テ、生ヘシトモミヘサリケルヲ、楠情有物也ケレハ、小袖ヲ抜カヘサセテ身ヲ暖メ、薬ヲ与ヘテ疵ヲ療治セシム、四五日皆労リテ、馬ヲ引、物具ヲ失タル人ニハ具足ヲキセ、色代シテソ送リケル

と描かれた正行像（巻二十六）と相似型と言える。

南朝に降服した細川清氏が、後村上天皇に京都への進攻を提言した（巻三十六）[9]際に、意見を求められた正儀は、「暫ク思案シテ」、「故尊氏卿正月六日ノ合戦ニ打負テ」と建武三年の先例を引いた上で、

　今モ都ヲ責落シ候ハンスル事ハ、清氏カ力ヲ借ルマテモ候マシ、正儀一人カ勢ヲ以テモ容易カルヘキニテ候へ共、亦敵ニ取テ返サレテ責ラレ候ハン時、何ノ国カ官軍之助ト成候ヘキ、若退ク事ヲ恥テ洛中ニテ戦候ハヽ、四国西国之御敵共、兵船ヲ浮ヘテ跡ヲオソヒ、美濃、尾張、越前、加賀之朝敵共、宇治、勢田ヨリ押寄テ戦ヲ決シ候ハン歟、去程ナラハ天下ヲ朝敵ニ奪レン事、掌ノ中ニアリヌト覚ヘ候、但シ短才之愚案ニテ、公儀ヲ編シ可ㇾ申ニ候ハネハ、兎モ角モ綸言ニ順候ヘシ

と控え目に発言する。結局、「主上ヲ始マイラセテ、竹園椒房、諸司諸衛ニ至マテ、住ナレシ都ノ恋シサ」ゆえに、京都進攻を認め、康安元年十二月、南朝軍は都へ攻め入る。

十二月八日、将軍義詮は近江へと落ちたが、その際、佐々木道誉は「我宿所ヘハ定テサモトアル大将ソ入カハランスラン、尋常ニ取シタ、メテ見スヘシ」として、

　六間之会所六所ニ大文之畳ヲ敷双ヘ、本尊脇ノ絵、花瓶、香炉、鑵子、建盞ニ至ルマテ、一様ニ皆置調ヘテ、書院ニハ羲之カ草書之偈、韓愈カ文集、眠蔵ニハ沈之枕ニ曇子之宿直物、十二間之遠侍ニハ鳥、兎、雉、白鳥、三棹ニ懸双ヘ、三石入計ナル大筒ニ酒ヲ湛ヘ

という豪華な用意をした上で、「遁世物一人留置テ、誰ニテモ此宿所ヘ入ランスル人ニ、一献勧メヨ」と指示しておいた。

「一番ニ打入」った楠に、遁世者が「誰ニテモ此弊屋ヘ御入候ハンスル人ニ、一献ヲ勧メ申セト道誉禅門申置レテ候」と挨拶をして出迎えた。清氏は「道誉ハ相模守カ当敵ナレハ、此宿所ヲハコホチ焼ヘシト憤」ったが、楠は「此情ヲ感シテ其義ヲ止メ」たため、「泉水ノ木ノ一本ヲモ損セス、畳ノ一帖モ取散」らさなかった。「其後幾程無

シテ」楠は都を落ちる際に、「六所之飾リ遠侍ノ酒肴」を「先ノヨリモ結構シ、眠蔵ニハ秘蔵之鎧ニ白太刀一振」を置き、「郎等二人」を留め置いて「判官入道々誉ニ交替シ」たのであった。ただ、この場面については、

道誉カ此振舞、情深ク風情有ト感スル人モアリ、例之古博奕打ニ出抜レテ、楠鎧与太刀ヲ取ラレタリト笑フ族モ多カリケル

と戯画的に描写されている（巻三十六）(10)。

やがて、七月二十四日に細川清氏が四国で細川頼之に討たれた康安二年（正平十七年・一三六二）の九月十六日、「石堂右馬頭、和田、楠」は、「三千余騎ニテ、兵庫湊河へ押ヨセ、一宇モ不レ残焼払」ったのに対し、赤松判官兄弟が「夕、部、山路二ケ所之城ニ籠テ、敵懸ラハ爰ニテ利ヲセムト待懸」けていたところ、楠が「如何思ケン、軈テ兵庫ヨリ引返シ」たため、赤松は「野伏少々城ヨリ出シテ、遠矢ニ射懸」けただけで「ハカ〴〵シキ軍ハ無」かった。都では「同九月晦日改元有テ貞治」となったが、これは「南方之蜂起サテモヤシツマル」と考えての改元であった。「ケニモ改元之シルシニヤ、京都ヨリ武家之執事尾張大夫入道大勢ヲ打手ニ下スト聞へ」たことで「和田楠亦尼崎西宮ノ陣ヲ引テ河内国へ帰」った。これを聞いて、山名時氏勢も因幡国へ引き返してしまった。この記述に続くのが、冒頭に引用した「今年天下……」の清氏批判の文章である。

四

『太平記』作者にとって、楠正儀は正成とも正行とも異なる、しかし確実に楠氏の〝三人目〟であった。〝二人目〟の正行は、直接伝えられた父の「庭訓」を、父の死後に母の口から「父ノ遺訓母ノ教訓」という増幅された言葉のメッセージとして背負い、「朝敵」を攻撃の目標とした。しかし、現実には足利尊氏・直義ではなく、結局は

高師直・師泰を相手とし、しかも勝つことはできずに討死してしまう。

その後に登場する正儀は、親とも兄とも直接の関わりが語られない存在でありながら、〈正成の子、正行の弟〉という装束を着せられて、『太平記』の終幕まで出演し続けることとなる。

ただ、その登場場面は、父や兄の時代とは大きく異なる状況となっていた。そのため、正儀は、時には、天・地・人という三つの視点から展望して作戦を進言するような正成的側面を見せたり（巻三十四）、情け深いというような正行的側面を見せたり（巻三十六）しつつも、同族の和田五郎や和田正氏らとの対比によって、〈俊敏な行動〉よりも〈熟慮する〉人物として形象化されることとなる。

それは、場合によっては、「心スコシ延タル物」として「何ノ程ニカ親ニカハリ兄ニ是マテヲトルラン」と人から誇られたり（巻二十六）、「思慮深ニ似テ、急ニ敵ニ当ル気ヲ進マサリケレハ」と、その思考姿勢が否定的に描かれたり（巻三十四）もする。

この正儀が作品の中で最後に登場するのは、康安二年（正平十七年・一三六二）九月の出陣場面である。正儀達が進攻したのは「兵庫湊河」であった。そこは、かつて父正成が七百余騎で足利直義を追いつめながら討ち果たせず、七十余騎となり、弟正氏と「兄弟手ニ手ヲ取組、指違テ同枕ニ」最期を遂げた（巻十六）場所である。しかし、作者は、その事に言及はせず、正儀にも、そのような回想をさせることはない。そして、「楠如何思ケン」という、説明さえもない不明確な形で、正儀の退去を描くのである（巻三十八）。

ところで、現実の正儀は、『太平記』が描かなかった別の顔を持っていた。それは、「南朝和平派のリーダー」[11]という顔であった。森茂暁氏は、後村上天皇の時代二十九年間における南北朝和睦のための「史料的に確認できる和議の例」四回を採り上げた上で、正平二十二年（貞治六年・一三六七）の第四回目に関して、次のように述べておられる。[12]

この年の四月二九日、南朝の勅使葉室光資が将軍足利義詮のもとを訪れた（『師守記』）。同年五月九日には、光資は再び義詮と対面して南朝側の講和条件を伝えたが、武家側のいれるところとはならず、結局和談は破れた（『後愚昧記』）。破談の直接的理由は、武家にもたらされた後村上天皇綸旨に「降参」の文字（武家が降伏するという意味）が使用されていたので、義詮が立腹したからだとされている。（中略）

貞治六年の和議では、和睦交渉の推進者として南朝側の楠木正儀、武家側の佐々木導誉の介在と尽力も見落とすことができない。交渉がかなり進捗したのも、彼らの尽力によるところが大きかった。正儀は南朝の和平派のリーダーだったと考えられる。このため、和議の決裂は南朝における正儀の立場を失わせたらしい。正儀が応安二年（正平二四、一三六九）正月、南朝を去り武家に帰順したのはそのような理由によると考えられている。

又、『太平記』巻末に連接する時期の正儀の動静について、たとえば『花営三代記』[13]に、以下のような記述が見られる[14]。

応安二年（一三六九）条。

正月二日「楠木左兵衛督依㆘可㆑参㆓御方㆒之由㆖申㆑之。被㆑成㆓御教書㆒畢」

二月七日「楠木参㆓御方㆒之由。令㆑相㆓触和泉河内両国㆒云々」

三月十六日「為㆓楠木合力㆒赤松大夫判官入道等差㆓向南方㆒」

同十八日「細川右馬助以下為㆓同合力㆒差㆓向南方㆒」

同二十日「楠木引㆓退天王寺㆒之由申㆑之」

同二十三日「同引㆓退榎並㆒之由申㆑之。赤松大夫判官入道自㆓天王寺㆒同引退云々」

四月二日「楠木左兵衛督正儀上洛。同夜管領対面」

同三日「楠木御所御対面」

同二十二日「楠木下㆓向河州十七箇所㆒云々」

つまり、楠正儀は、正月に幕府（北朝）方になることを決め、それを許容した幕府も、正儀を援けるために、赤松光範や細川頼基を派遣。四月二日に上洛した正儀は、まず管領細川頼之と対面し、翌日には将軍義満に対面を果たした。

正平二十三年（一三六八）三月十一日に崩御した後村上天皇のあとをうけて践祚した[15]長慶天皇について、新田一郎[16]氏は、

　後村上天皇の晩年にはたびたび試みられていた和睦交渉が、長慶天皇の代にはまったく形跡をとどめていないことや、後村上天皇のもとでたびたび和睦交渉の場に臨んでいた南朝重臣楠木正儀が、正平二十四年には南朝方を離れて足利方に投降していることの背景に、長慶天皇の厳しい姿勢を想定することができる。

と述べておられる。

考えてみれば、『太平記』巻三十六に戯画的に描かれていた「情」（風流）をめぐっての佐々木道誉と楠正儀との話も、南北朝の和睦交渉に関わっていく二人にとっての伏線的出会いとも言えようし、「楠木正儀の誘降と伊勢・河内南軍の圧迫、今川了俊の鎮西管領起用と発遣など幕府権力の拡充と全国制覇の実現をめざす施策をつぎつぎと打ち出した[17]」とされる細川頼之と正儀とは、『花営三代記』が記すように直接対面もしたわけである。

結局、「天ノ徳[18]」を身に備えた「明君」と、「地ノ道」に従う「良臣」とを一つの理想として、動乱の時代とそこに生きる人間とを描いてきた『太平記』作者にとって、正儀の現実的な生き方は、説明の枠を越えるものであった。そのため、正儀の「思慮」深さの内に沈潜する現実認識ゆえの苦悶については描き得ず、正成や正行と比べて、批判の対象とせざるをえなかった[19]。

一方、長期政権を継続させて、南北朝合一を現出させることとなる義満の将軍就任と、「双ナキ大力、世ニ超タル勇士」でありながら「遠キ慮リナキ」ゆえに滅亡した（巻三十八）細川清氏とは対照的に、『後太平記』が重層的に賛辞を記して「執事の器に相当」と見做す細川頼之が、義満を輔佐する存在として登場した時こそは、『太平記』が序文で構想したのとは異なるものでありながら、「明君」と「良臣」との登場による、一つの「太平」的完結であったとは言えよう。

そして、統一のとれた人物像としては集約しきれない楠正儀を、呆気ない退場シーンまで描き続け、一方、比較的完結する形で抽出しやすい細川頼之を物語の最後に配置したところに、善し悪しは別として、文学としての『太平記』の幅を見ることができ、そこに、さまざまな故事・説話を導入して点綴しつつ作品を立体的に完成しようとした作者の苦悶を窺うこともできる。

注

（1）引用は『西源院本太平記』（刀江書院）によるが、この章では、字体を改めた。
（2）引用は『後太平記』（通俗日本全史・早稲田大学出版部・大正1）によるが、字体を改めた。
（3）執事は道朝の子息義将。引用文中の「貞治四年」は、『太平記』も史実も「貞治五年」（ただし、古活字本『太平記』は、この箇所のみ「貞治四年八月四日」と記す）。
（4）古活字本（日本古典文学大系・岩波書店）は巻二十五。正行の死は巻二十六。『太平記』は文脈上、貞和四年の挙兵となる。
（5）西源院本・巻二十六でも、正成の死について「遂ニ摂州湊川ニシテ打死仕候畢ヌ、其時正行十一歳ニ成候シ」とある。
（6）文中の「貞和五年」は、史実としては「貞和四年」。古活字本は巻二十六。
（7）天正本（新編日本古典文学全集・小学館）は「二十二」。

（8）天正本では「軍の習ひ、兵の多少にはよらぬ事にて候ふ。亡父正成も毎度小勢を以て大敵を拉ぎ候ひき。その謂れは、ただ智謀・武略の故にて候ふ」等の正儀の発言を記す。
（9）古活字本は巻三十七。
（10）古活字本は巻三十七。
（11）森茂暁氏『南朝全史 大覚寺統から後南朝へ』（講談社・二〇〇五）による。
（12）注（11）と同じ。引用に際し、よみがなを省いた。なお、森氏は『佐々木導誉』（人物叢書・吉川弘文館・平成6）においても「導誉」の表記を採用されているので、それに従った。
（13）群書類従本によるが、字体を改めた。
（14）引用に際し、時刻等は省き、必要記事のみを字体を改めて「　」内に記した。
（15）米田雄介氏編『歴代天皇年号事典』（吉川弘文館・二〇〇三）には、長慶天皇の践祚は「正平二十三年（北朝応安元・一三六八）三月十一日後村上天皇の崩御直後か、あるいはその崩御をさかのぼる若干年前か確認しがたい」と記されている。
（16）『太平記の時代』（日本の歴史・講談社・二〇〇一）による。
（17）『國史大辞典』（吉川弘文館）の「細川頼之」の項（小川信氏執筆）。
（18）『太平記』巻一の冒頭文（古活字本等では「序」とする）にある。
（19）やがて、正儀は、永徳二年（弘和二年・一三八二）に南朝に帰順する。

（追記）

本章は、平成十七年二月十九日（土）に大阪樟蔭女子大学で催された「第10回文学・文化フォーラム」において、「平家物語から太平記へ」というテーマのもと、山下宏明名古屋大学名誉教授の「琵琶法師の平家物語」に続いて、私が「楠父子の太平記」と題して講演した際の原稿に基づきつつ、楠正成のことは省き、細川頼之のことを追加してまとめたものである。

『太平記』から『後太平記』・『観音冥応集』へ

一

建武二年（一三三五）七月の「中先代の乱」制圧のために鎌倉に進攻した段階で、足利尊氏の道は決まったと言える。

尊氏が、「逆類[1]」たる新田義貞の「誅伐」を望む奏状を後醍醐天皇に呈上したのに対し、義貞は、尊氏・直義の「八逆」の罪を列挙して、足利兄弟を「討罰」することを主張した。この告発合戦は、諸卿僉議の席での坊門清忠の発言――尊氏の「八逆」のうち、とりわけ、兵部卿親王（大塔宮護良親王）を「禁殺」した「罪責」を弾劾する――と、大塔宮の世話をしていた「南ノ御方ト申女房」が「事ノ様有ノ儘ニ奏シ申」したこと、更に「足利殿ノ成ル、軍勢催促ノ御教書」が四国・西国から「数千通進覧」されたことによって、十一月には、尊氏討伐のために、尊良親王・新田義貞の大軍が京都を出立するという結論に落着した。

これに対し、尊氏は「向レ君奉テ引レ弓放レ矢事不レ可レ有」と、すぐに腰を上げようとはしなかった。そして、挙兵した直義らの足利軍が、矢矧・鷺坂・手越河原で新田軍に連続して敗北し、降参する兵も続出する状況の中、直義は、高・上杉らと相談し、足利兄弟を朝敵として討伐せよとの後醍醐天皇の偽綸旨を作製した上で「加様ニ候上ハ、トテモ遁レヌ一家ノ勅勘ニテ候ヘバ」と述べて、建長寺で出家しようとしていた尊氏を翻意させる。

やがて、十二月の箱根・竹下合戦で新田軍を打破した尊氏軍は京へと攻めのぼるが、建武三年（延元元年・一三三六）一月の京都における数度の合戦に敗れた尊氏は、篠村を通り、二月二日に曽地（丹波）を出立して、三草山から湊川へと西走する。この途次、尊氏は、同伴していた薬師丸（後の熊野の別当四郎法橋道有）を呼び寄せ、「今度京都ノ合戦ニ、御方毎度打負タル事、全ク戦ノ咎ニ非ズ。倩事ノ心ヲ案ズルニ、只尊氏混ラ朝敵タル故也。サレバ如何ニモシテ持明院殿ノ院宣ヲ申賜テ、天下ヲ君与レ君ノ御争ニ成テ、合戦ヲ致サバヤト思也。御辺ハ日野中納言殿ニ所縁有ト聞及バ、是ヨリ京都へ帰上テ、院宣ヲ伺ヒ申テ見ヨカシ」と命じて、三草山から京都へ帰らせたのであった。

直義軍が打出合戦で敗れた後、尊氏は大友貞宗の提言を了承して、二月十二日、大友の船に乗り九州へ赴く。『太平記』は「尊氏卿兵庫ヲ落給ヒシ迄ハ、相順ハ兵僅七千余騎有シカ共」と記した後、備前の児島に到着した尊氏が、斯波氏頼らを「京都ヨリ討手馳下ラバ、三石辺ニテ支ヨ」と命じて留め置き、細川定禅らを「東国ノ事無二心元一トテ返」し、「其外ノ勢共ハ、各暇申テ己ガ国々ニ留」まったため、筑前国多々良浜に到着した時には「其勢僅ニ五百人ニモ足ズ」と描く。一見したところ、否定的叙述となっているが、章段名の「将軍筑紫御開事」からもわかるように、尊氏の西走は単なる敗走ではなかった。

少弐入道妙恵を自害させた後、多々良浜へ攻め寄せて来た菊池武敏勢が「四五万騎モ有ラン」と見た尊氏は、味方の三百騎の軍勢では勝ち目がないと考え、「云甲斐ナキ敵ニ合ンヨリハ腹ヲ切ン」と言うが、直義に「合戦ノ勝負ハ、必シモ大勢小勢ニ依ベカラズ」と、先例を引いて説得される。

その直義が、香椎宮の社壇の前を通り過ぎた時、ひとつがいの鳥が「杉ノ葉ヲ一枝噛テ甲ノ上へ」落としたので、直義は直ちに下馬し「是ハ香椎宮ノ擁護シ給フ瑞相也ト敬礼シテ、射向ノ袖ニ差(2)」した。

やがて、菊池勢は「小勢ニ懸立ラレ」て「難儀ニ思」って肥後国へ引返し、阿蘇惟直は自害し、その他「九州ノ強敵トモナリヌベキ者」達も生捕りとなったり討たれたりしたため、「九国・二嶋、悉ク将軍ニ付順奉ズト云者ナシ」という状況になる。この事については、「此レ全ク菊池ガ不覚ニモ非ズ、又直義朝臣ノ謀ニモ依ラズ、啻将軍天下ノ主ト成給フベキ過去ノ善因催シテ、霊神擁護ノ威ヲ加ヘ給シカバ、不慮ニ勝コトヲ得テ一時ニ靡キ順ケリ」と展望される。

更に「今マデ大敵ナリシ松浦・神田ノ者共、将軍ノ小勢ヲ大勢也ト見テ、降人ニ参」った事の不思議さについて、尊氏が訊ねると、「遥ノ末座」にいた高駿河守が「和漢両朝ノ例ヲ引テ、武運ノ天ニ叶ヘル由」を述べたため、「将軍ヲ始メマイラセテ、当座ノ人々モ、皆歓喜ノ笑」を見せたとも描かれる。

これとは対照的に、勾当内侍との別れを悲しんで西国下向が延引してしまった新田義貞の話を含む官軍側の状勢が記された後、赤松則祐らが使者となって将軍尊氏に上洛を勧めたことで、尊氏は「仁木四郎次郎義長ヲ大将トシテ、大友・小弐両人ヲ留置キ、四月二十六日ニ太宰府ヲ打立テ、同廿八日ニ順風ニ纜解テ、五月一日安芸ノ厳島へ舟ヲ寄」せ、「三日参籠シ」したのであった。すると、「其結願ノ日、三宝院ノ僧正賢俊」が「京ヨリ下テ、持明院殿ヨリ被レ成ケル院宣」を伝え、「是ヲ拝覧シ」た尊氏は「函蓋相応シテ心中ノ祈願已ニ叶ヘリ。向後ノ合戦ニ於テハ、不レ勝ト云事有ベカラズ」と喜ぶ。(3)

そして、「将軍ハ厳島ノ奉幣事終テ、同五日厳島ヲ立給ヘバ、伊予・讃岐・安芸・周防・長門ノ勢五百余艘ニテ馳参ル。同七日備後・備中・出雲・石見・伯耆ノ勢六千余騎ニテ馳参ル。其外国々ノ軍勢不レ招ニ集リ、不レ責ニ順ヒ著事、只吹風ノ草木ヲ靡スニ異ナラズ」と叙述され、新田義貞勢が「已ニ備中・備前・播磨・美作ニ充満シテ、国々ノ城ヲ責ル由」を知った足利方が、直義を大将とする二十万騎は陸路を、尊氏をはじめとする「兵船七千五百余艘」は海路をと、二手に分けて上洛する作戦がとられた記述が続き、そのあと、「同五日備後ノ鞆ヲ立給ヒケル時一ノ不思議アリ」として、尊氏が見た夢について語られる。

それは、「南方ヨリ光明赫奕タル観世音菩薩一尊来リマシ〳〵テ、船ノ舳ニ立給ヘバ、眷属ノ二十八部衆、各弓箭兵杖ヲ帯シテ擁護シ奉ル体」のものであった。夢から覚めて「山鳩一ツ」が「船ノ屋形ノ上ニ」いるのを見た尊氏は、「彼此偏ニ円通大士ノ擁護ノ威ヲ加ヘテ、勝軍ノ義ヲ可レ得夢想ノ告也」と考え、「杉原ヲ三帖短冊ノ広サニ切セテ、自観世音菩薩ヲ書セ給テ、舟ノ帆柱毎ニゾ推サセ」た。

この後、東上を続ける足利軍は、途中で官軍を撃破しながら進攻し、やがて、建武三年（延元元年・一三三六）五月二十五日の湊川合戦における、楠正成らの討死、新田義貞の敗退へと、物語は展開していく。

二

「記下録自二応安元年一至二于天正年中一二百余歳之戦跡上、名二後太平記一」との序文を持ち、延宝五年（一六七七）に刊行された『後太平記』[4]天部巻第六は、第一章の「将軍九国御進発之事」以下、「浄土寺三十三首和歌之事」、「将軍厳島御参詣并隣国官軍味方馳加之事」と、八章段まで続く。ここでの「将軍」は足利義満を指し、「不慮に九国二島の官軍蜂起して、国みだれぬ、早馬来つて其急を告」げたため、将軍が「応安七年三月十五日に、京都を雷発」して、十万余騎を海陸二手に分け九州へ向かった次第が語られる。

「同月晦日には備前国に著」き、その後「備後国尾の道に着」いて「浄土寺に暫く旅行の労を休め」る。そして「此浄土寺と申すは、去る建武の軍に祖父尊氏卿、西国に下向在し、時、此寺に久しく留陣在して、中国の軍勢を催促し給ひて、程なく上洛在し、兵庫和田崎の合戦に討勝ち、素懐に叶はせ給へば、先例を思召し出され、近国の味方を爰にて御催の為とぞ聞えける」と記され、第二章で再び「斯て将軍は浄土寺に軍旅の労れを休し給ひけるに」と書かれた後、「仏前に三十三首の和歌を掛けたり、取上げ是を見給ふに、尊氏卿武運を祈り給ひて、厳島大明神の本地大慈大悲観世音に寄進の詠歌なり、執事武蔵入道常久、跪いて読上げ給へば、普門品念彼観音の誓願を和げて詠じ給ふと覚えて、院主道謙法師、初首をぞ吟ぜらる」として「浄土寺三十三首和歌」が引用される。

そして、その後に「三十三首の和歌を悉く誦上げ給へば、将軍も暫く感吟在して、大慈大悲の御念誦怠らず、軍勢も不畏軍陣中の思ひに傾き、怨敵退散と誓ひける、其後院主を召されて、和歌の由来を尋ね給ひけるに、道謙法師御前に出で蹲って、霜眉を開き、抑も此三十三首の和歌と申すは」とあって語られるのが、**別表（1）**に引用した第二章後半の本文である。

続く第三章では、再び「義満朝臣、備後国浄土寺に暫く休駕し給ひ」とあって、「三十三首の和歌を感得し給ひて、当家に永く武栄を楽む事、単に厳島大明神の擁護を加へ給ふ霊験なれば、祖父左大臣尊氏卿の先例に任せ、厳島へ参詣あるべしとて、同四月五日に備後国尾の道を御立在つて、安芸国己斐古江草津に継いて陣を取り給ふ」と始まり、以下、神武天皇・源範頼の故事先例の引用から厳島への参詣記事へと続いた上で「伝聞く、厳島大明神は、本は平家の守護神と言へども、去る元暦の乱には源氏に擁護を加へ給ひ、建武の軍には祖父尊氏朝臣を助け給ふ、仰ぎ願はくは、義満九国征伐の軍に加護を垂れ給ひて、凶徒に天誅を加へ、天下安全の神護を給はるべしと、悃に祈誓御坐しまし、様々の奉幣を進め、神楽を奏し給ひ、神馬金剣を献じて祈り給へば、御託宣こそ新なれ、垂乳根の公を守の神なれば祈らずとても力添なん　明神忽ち霊験在つて、新に神託あれば、上下感応肝に銘じ、勇気益々爽くこそは成りにける」と叙述され、その後、「不思議なる哉」との語に連接されて、諸国より続々と馳せ参じて二十万騎となった義満の軍勢が「卯月廿八日安芸国佐伯を御立有つて、九国へ雷発し」た次第が記されて、第三章は終わる。

三

次に、江戸時代の真言僧・蓮体〈寛文三年（一六六三）～享保十一年（一七二六）〉の『観音冥応集』全六巻の巻三・二十九話（巻末話）「尊氏朝臣厳島明神ノ感応ヲ得玉フ事」の全文を別表（2）として掲げた。

『観音冥応集』(5) 巻一の「叙」には「余少年ヨリ深ク救世ノ悲願ヲ憑、闡提ノ利益ヲ仰。曾テ普門品ヲ講ズル事六回、地蔵経ヲ談ズル事七回、地蔵ノ験記既ニ周備セリ。常ニ歎クラク、我日本国ハ観音垂跡ノ洲ニシテ、霊応ノ多事、支那竺乾ニモ譲ズ。而モ記録ノ大成ナキ事、寧震多摩抳ヲ、徒ニ塵堆ニ埋ニアラズヤト」とあり、「齢不惑ニ踰テ、百病身ニ迫」った蓮体が「書集メ置水茎ノ、跡文ヲ見テハ津ノ国ノ浪華ノ言ノ善悪ヲ、人ノ嘲ル事モヤト、思ヒナガラノ橋柱、立シ誓ノ捨ガタク、巻重リテ六ツ七ツ八葉ノ心蓮ヲ開シメ玉ヘト、名テ冥応集ト」したことが記されており、「宝永元年甲申四月十八日河州綿部郡　清水村玉井山乞士如蓮体本浄書」とある。

そして、巻一の一「観自在菩薩本説ノ事附タリ援引書目」の「援引書目」として、『元亨釈書』『古今著聞集』『源平盛衰記』『太平記』『長谷寺霊験記』『地蔵霊験記』『泉州志』等を列記し、「已上三十三部ハ皆観音感応ノ事ヲ載タリ。此外諸寺諸山ノ縁起旧記等ハ別ニ挙ズ。和国ニハ殊ニ霊験多シトイヘドモ、古人筆記スル事ナキガ故ニ、伝ル事希ナリ。予常ニ此ヲ歎クガ故ニ、今固陋ヲ忘テ集録スルモノナリ」と記されている。

つまり、『観音冥応集』は、蓮体が、尨大な資料を探索するとともに、「諸国を巡錫して教化に尽く(6)」す過程で見聞した実体験を含め、時に私見をも混じえて、観音の霊験譚を集大成した作品と見做すことができる。

さて、建武三年一月二十七日に京都を出た足利尊氏は、正慶二年（元弘三年・一三三三）に討幕の旗上げをした丹波篠村八幡宮に、二月一日付で「丹波国佐伯庄地頭職事／右為天下泰平所願成就／所寄附如件(7)」との寄附状を呈し、二月三日に「兵庫嶋ニ入御[8]」し、十日には楠正成軍と「終日合戦」、十一日には細川軍が新田義貞軍と「瀬川河原ニ於テ合戦」した。その夜中に、赤松円心[9]が「縦此陣ヲ破テ御入洛アリト云共、御方軍士ツカレタリ。暫ク御陣ヲ西国ニ移テ、軍士ノ気ヲツギ馬ヲヤスメ、弓矢干戈用意ヲ至シ、御合戦アルベキ歟。次ニハ旗ヲ以テ本トス。官軍ハ錦ノ旗ヲ先立、御方是ニ対向ノハタナキ故ニ一向朝敵ニ似タリ。所詮持明院殿ハ天子ノ正統、先代滅亡以後定テ叡慮不レ快歟。急ニ院宣ヲ被二申下一テ、錦ノ御旗ヲ先立ラルベキ也。去年御合戦ニ御方利ヲ失フ事ハ、大将軍西方ニアル故也。関東ヨリ御発向ノ時、毎度戦ノ利ナシ。然ドモ依二御運一入洛無二相違一。於今者西国ヨリ攻入給ハ、洛中ノ敵大将軍ノ方ニ可向間、旁御本意ヲ達ラルベシ」と「再三言上」したこともあり、十二日に大友氏の船に乗り「戌尅計ニ」出港した。「寅尅計ニ播州室津ニ着岸」し、ここで「一両日御逗留有」って、やがて、「備後ノ鞆ニ御着岸ノ時」に、三宝院僧正賢俊が「為二勅使一持明院ヨリ院宣」を届けたのであった。この時の様子は「天下ノ事可レ被二計申一趣也。依レ之諸人イサミノ色ヲ顕ス。今ハ朝敵ノ儀アルベカラズトテ、錦ノ御旗ヲ諸国ノ御方ニアグルベキヨシ、国々大将ニ被二仰遣一処也」と描かれる。

「浄土寺文書」の足利尊氏寄進状[10]には、「寄進／備後国浄土寺／同国得良郷地頭職事／右為当寺領所寄附也者守／先例可致沙汰之状如件／建武三年二月十八日／源朝臣（花押）」とあり、『太平記』『梅松論』に記述はないものの、尊氏が浄土寺に立寄ったと考えて良いであろう。そして、二月二十日[11]に長門国赤間関に到着し、多々良浜での勝利を経て、四月三日の太宰府出立へと展開していく。

五月一日には、厳島大明神に「安芸国造果保」を寄附[12]し、「五月五日夕ニ備後ノ鞆ニ着岸[13]」した。上島有氏[14]は「暦応元年（一三三八）九月　日浄土寺住持空教房心源申状（浄土寺文書）」によると、尊氏は建武三年二月の九州西下にさいして、この寺の本尊十一面観音を拝した。九州で勢力を回復した尊氏は、やがて上洛の途につくが、五月五日には再び浄土寺に詣でた。そして、観音経にちなんだ三三首の詠歌を当寺の厨子に納め、一万巻の観音経の読誦を命じて戦勝を祈ったという」[15]と述べておられる。

　このあと、『梅松論』は「五月十日比マデ有シヤラン、備後ノ鞆ヲタテ海陸同日ニ御發向、船ハ纜ヲトキ、兵ハ轡ヲナラベ、岡ノ先陣ハ太宰小貳頼尚二千餘騎トゾ聞シ」と記す。

　『太平記』の文脈を発展させた『後太平記』は、尊氏が厳島において「様々の奉幣を進め」「源氏重代の伝剣」をも奉納した結果、「不思議なる哉、結願の日の暮方に」、三宝院賢俊が持明院の院宣を伝えたと記す。更に「音戸瀬戸」を通過し、味方の軍勢が三十万騎となった後、観音出現の夢を見て目が覚めると山鳩が屋形にとまっていたことから「厳島大明神の示現」と考えた尊氏が、自ら観音の画像を描いて舟玉としたこと、浄土寺で詠まれた三十三首の和歌も「厳島大明神本地観世音菩薩」に手向けたもの、等と記される。

　観音信仰への傾斜は、『後太平記』で明確になり、『観音冥応集』では、義満が、祖父尊氏から始まる足利氏「十五代ノ栄」を「偏ニ厳島大明神ノ擁護ニシテ本地観自在菩薩ノ御利生」によるものと再確認したことが記され、「浄土寺ノ党塔ハ尊氏卿建立ノ伽藍ナリ、今ニアリ」という伝説の定型で締め括られる。「三十三首ノ和歌」が伝来する浄土寺（本尊は聖徳太子作と言われる十一面観音立像）よりも、本地が観音とされる厳島大明神の方に重点を置く形で語られるのは、『太平記』が浄土寺に全く言及していないことと無関係ではないであろう。

　一方、尊氏の観音信仰については、『梅松論』の記事に注目すべきものがある。すなわち、建武三年の「五月十五日備前國小嶋ニ付給」の記述のあとに「其夜ノ滿月ニ黒雲一筋引渡シ、數尅見エシカバ、軍勢皆合掌シテ拜シ奉ルコソ、大ナル奇瑞ナレ」と、足利氏の家紋を象徴する雲の出現が描かれ、続けて「今度九州御座ノ間、諸社ノ不思儀ナル事ドモ、御方ノ告録スルニ不ㇾ遑。殊ニ不思議ナリシハ、太宰府ニ御座ノ時、博多ノ櫛田宮、住吉社ノ下女ニ託シテ曰、我今度兩將ヲ都マデ守護シ安隱ニ送ラン。但合戰ヲ致スベシ。白旗一流、御劍・弓・征矢上矢鏑ヲサシ副テ奉ベシト御詫宣アラタナリシ間、悉調進セラレ、御使某公見ル前ニテ神詫ノ女弓張リ、上矢鏑ヲハゲテ云、我ヲ疑者多シ。其詫ハ今度武将天下ヲトルベクハ、此矢一モハヅルベカラズトテ、樗木ノ細枝ヲイル事三度、一モハヅル、事ナシ。更ニ賤女ノハザニアラズ。此外天神ノ仕者、御靈其上ニ光ヲカヾヤカシ給事、合戰ノタビゴトニアリ。又武將御下向ノ時、靈夢ノ子細有テ、白葦毛ナル老馬ヲ船端ニタテ、御座舟ニヒキソヘラル。又上ヨリ諸軍勢ニイタルマデ、甲ノマツカウニ南无三寶觀世音菩薩ト書付テ、毎月十八日觀音懺法ヲ讀セラル」とも語られる。又、五月十八日には「例ノ觀音懺法行レ、滿散過テ當所ノ景物楊梅取ニ上ノ山ニ昇ケル下部走下テ申様、既ニ御方大勢福山ノ城ヲ攻落シテ亂イリ火ヲ放ツ間、敵ハ皆落行ヨシ申上タリ。時分カラ誠ニ仏神ノ加護ト憑敷ゾ覺シ」と記される。

尊氏の観音信仰の一端として詠歌があり、先述した浄土寺の「三十三首和歌」の中でも、尊氏は、二・三・四・十一・十二・十六・二十八首目の七首を、直義は、八・九・十五・十九・二十・二十九・三十一首目の七首を、それぞれ詠んでおり、『観音冥応集』が採録しているのは、その二首目と二十九首目ということになる。

ところで、『等持院殿御集』が足利尊氏の歌集ではないことを論証された岩佐正氏(16)は、「年少のころから母の地蔵・観音信仰をうけ、長じては夢窓国師の教えを得た尊氏は、造寺造仏写経に熱心であった。後醍醐天皇と戦に死んだ十万の霊魂を弔するに熱意をもつ尊氏は、戦陣の間にも和歌を忘れず度々公卿・武士・僧侶等を集めて法楽歌・法文歌の会を催し、みずからも多くの歌を残した。この場合の尊氏の本心は心の痛みを忘れるために、地蔵・観音像を図し偈を書くと同じく、自己の魂の救済を祈念したものであって、そこに人間尊氏はたしかに生きている」と述べておられる。

『太平記』は、人智を超えるものが運命的に作用することについて記述することがあり、たとえば、巻九「高氏被籠願書於篠村八幡宮事」において、次のような話が紹介される。討幕の旗上げをした足利高氏（まだ尊氏となる前の一三三三年五月）が、六波羅攻撃へと向かって「大江山ノ峠」を越えた時、ひとつがいの山鳩が飛来して「白旗ノ上ニ翩翻」した。それを「是八幡大菩薩ノ立翔テ護ラセ給フ験也。此鳩ノ飛行ンズルニ仕テ可レ向」と下知したことで「鳩ノ迹ニ付テ」進撃すると、鳩は「閑ニ飛デ、大内ノ旧迹、神祇官ノ前ナル樗木」に留まった。「官軍」となった足利勢が「此奇瑞ニ勇デ、内野ヲ指テ馳向」うと、敵が次々と降伏し、「篠村ヲ出給シ時ハ、僅ニ二万余騎」だったのが、「右近馬場ヲ過給ヘバ、其勢五万余騎」になっていたのだった。

巻十六でも、尊氏の夢の中での「観世音菩薩一尊」の飛来が、目覚めた後の「山鳩一ツ」という形で観音の加護を確約し、後日の戦勝を予見させるものとなっている。

『後太平記』は「浄土寺三十三首和歌」全歌を引用して「悉く誦上げ」ることによって、尊氏の武運に重層させる形での義満の隆盛を描く。そのため、「三十三首」という語が反復・強調されることとなる。

これに対し『観音冥応集』の場合は、「観音」という枠の中で、蓮体が「援引書目」を切り取りつつ、民間伝承を付加している。その巻三についても、二十七話「安芸厳島明神並ニ吉野金剛蔵王ノ事」で「厳島大明神ノ事ハ神社考ニ詳ナリ。本地ハ大宮ハ大日、弥陀、普賢、弥勒、中ノ宮ハ十一面観音。客人ノ宮ハ多聞天。眷属ノ神ハ、釈迦、薬師、不動、地蔵ナリ。総ジテ八幡、別宮ト云。中ニモ中宮十一面観音ノ御利生掲焉ナリト見エタリ」と語り始め、弘法大師の厳島参詣の話から、吉野山の金剛蔵王に言及し、更に二十八話「附タリ讃州金毘羅参詣ノ人不思議ノ事」へと展開させた後に、二十九話では『後太平記』を参照しつつ、再び厳島明神の本地たる観音にまつわる伝承へと焦点を絞っていく。

『観音冥応集』(17)では、巻一の十二話「楠正成観音ノ御利益ヲ蒙ル事」において、『太平記』が「援引」されている。それは、『太平記』巻三「主上御夢事付楠事」の正成についての紹介文に、同巻「赤坂城軍事」の冒頭に近い部分と、正成が焼死したと見せかけて城を脱出した末尾部分とを接合し、その上で「サレドモ楠ハ千早城ニ引籠リ、再ビ義兵ヲ挙テ、帝ヲ御位ニ還シ即ケ奉リ、終ニ摂河両国ノ大守トゾナリケル。智仁勇ノ三徳ヲ具タル、古今無双ノ名将ナレドモ、若シ観音ノ擁護ナクンバ危カリケル命ナリ。守護《マモリ》ハ誰モ掛奉ルベキモノナリ。今ノ人仏ヲ信ジ守護ナド掛ルハ、臆病者ノヤウニ思ヘリ。然レドモ、満仲・頼義・義家・正成ナドノ臆シ玉ヘル事アリヤ。嗚呼何ゾ昔ノ人ヲ鑑トシ、標準《テホン》トセザル」との私見を付記したものとなっている。

続く十三話「同国観心寺如意輪観音ノ事」では、弘法大師が「自カラ聖如意輪観自在菩薩ノ尊像ヲ、一刻三礼ニシテ、造立安置シ」たことが記された上で、寺に「綸旨、院宣、将軍ノ御教書、楠正成ガ手跡、正儀・正行等ノ筆アリ」と述べつつも、「具ニ記シガタシ」の記述が続く。

又、巻六の三十話「豊後ノ人観音ノ利生並ニ楠正成ガ守リ本尊ノ事」の末尾には、「河内観心寺中院ハ楠正成ガ祈願所ナリ。正成討死ノ後、守本尊五指量ノ愛染明王ヲ中院ニ納メケリ。後ニ正儀千剣破ガ城ニ籠リシ時、山名・今川一万余騎ヲ率シテ攻レドモ、究竟ノ名城ニ無双ノ勇士ノ籠リタルナレバ、輒ク落チズ。山名モ攻アグンデ観心寺ノ中院ニ陣ヲ引キ住スル程ニ、夜々仏前ニテ凱ノ声セリ。山名驚キテ中院ノ寺主ニ子細ヲ尋ルニ、当寺ハ正成ガ修造ノ寺、凱ノ声ハ愛染明王ノ所為ノ由ヲ白《マウ》シ、此霊像ヲ、後醍醐天皇ヨリ正成ニ賜リシ綸旨、正成ヨリ中院ニ寄附セシ状ヲ見セケレバ、山名・今川大ニ驚キ、本尊ノ威験ハサルコトナレドモ、我等ガ為ニハ敵ナレバ、忌ミ恐ルベシトテ、陣ヲ他所ニ移シケルトカヤ」との霊験譚が記されるが、これは『太平記』には見られない伝承である。

結局、『仮名手本忠臣蔵』が、『太平記』の精神を文脈的に継承したのに対して、『観音冥応集』の場合は、蓮体が『太平記』を精読した上で、観音信仰という明確な基準に基づいて「援引」しつつ、地域的伝承をも付加していくことによって、『太平記』享受の新しい近世的展開を結実させていると言えよう。

注

（1）『太平記』の引用は、日本古典文学大系本（岩波書店）によるが、字体を改めた。
（2）『梅松論』では、「建武三年三月二日辰尅宗像ノ御陣」を出発した足利軍が「未尅計ニ、香椎ノ宮」の前を通過しようとしたところ、「神人等」が「杉ノ枝ヲ折持テ」、「御敵ミナ篠ノ葉ヲシルシニツケテ候。是ハ御方ノ御シルシナルベシ」と言ったため、尊氏・直義以下が「軍勢ノシルシ」としたことが「是ハ殊ナル奇瑞也」と記され、「神功皇后椎ノ木ニ御手ヲフレラレケルガ、神威ニヨテ香バシカリケル故ニ、香椎ノ宮」と言うことも記され、「此故ニ當社ハ椎ノ木ヲモテ御神躰ニ比シ、杉ノ木ヲモテ神寶トセリトテ、淨衣着タル老翁アリケルガ、直ニ將軍ノ御鎧ノ袖ニ杉ノハヲサシ奉ル間、報答ニ白キ御刀ヲ与ラル。後ニ被ㇾ尋シニ神人等更不ㇾ知由申シ也。慥ニ此翁ハ化人トゾ聞シ」との不思議も語られる（引用は、『京大本　梅松論』〈京都大学国文学会〉による）。
（3）大系本では、このあとに「去四月六日ニ、法皇ハ持明院殿ニテ崩御ナリシカバ、後伏見院トゾ申シケル。彼崩御以前ニ下シ院宣ナリ」との一文があるが、光厳院とすべきところ。
（4）引用は、通俗日本全史本（早稲田大学出版部）によるが、字体を改めた。
（5）引用は、「宝永三丙戌年霜月吉日」の刊記を持つ本によるが、字体を改めた。なお、「援引書目」に『後太平記』は含まれていない。
（6）『日本仏教人名辞典』（法蔵館）による。
（7）小松茂実氏『足利尊氏文書の研究』（旺文社エディタ・平成9）掲載の「足利尊氏寄附状」（醍醐寺文書）により、字体を改め、改行は斜線で記した。
（8）注（2）と同じ。
（9）『太平記』は、赤松の発言を記さず。
（10）注（7）と同じ。
（11）群書類従本『梅松論』は「日數へぬれば建武三年二月廿日、長門國赤間の関に波風のわづらひなく御舟着給ふ」と記す。注（2）の京大本は「廿六日」とするが、そのあとに「廿五日」に太宰少弐が迎えに来たとの記述があるので、ここは「廿日」とあるべきところ。

(12) 注(7)に同じ。
(13) 注(2)に同じ。
(14) 『足利尊氏文書の総合的研究』(国書刊行会・平成13)による。
(15) 『太平記』は「同五日備後ノ鞆ヲ」とするが、直前に「同五日厳島ヲ立給ヘバ」とあるので矛盾する。
(16) 「足利尊氏の和歌についての研究」(『国文学攷』第五十八号・昭和47)。
(17) 池上洵一氏作製の「『観音冥応集』一覧表」(私家版)を参照させていただいた。

別表(1) 『後太平記』(上段の数字は、『観音冥応集』の各行に対応するものである)

1	前大御所左大臣尊氏卿、畿内の軍に討負け給ひて、建武三年八日に兵庫を落ちさせ給ひ、海
2	路遥に筑紫へ御下の時、厳島大明神へ祈願を掛けさせ給
3	ひ、吾れ此度鎮西の軍に討勝ち、九国を討治め、味方に属
4	て、今一度上洛せさせて給べよかし、仰願はくは、持明院の院宣を下さ
5	れ、君と君との御合戦と成らば、尊氏八逆罪を免れ、一
6	定軍も勝となるべし、単に神明吾が義に与し、神威を加へ給へと誓
7	願ありし処に、霊験忽ち新にして、筑前国多々良浜の軍に
8	討勝ち給ひ、此太刀風に恐れて、筑紫九国は大半将軍方に靡
9	順ひ、程なく大勢を催し、同四月廿六日に太宰府を打立ち
10	給ひ、順風に纜解いて、五月一日安芸国厳島に着き給ひ、三日御参籠
11	在つて様々の奉幣を進め、神楽を奏し給ひて、益天下太平
12	の御誓願怠らず、足利源氏重代の伝剣来国光、国俊、神息
13	の御剣を神納し給ひける、不思議なる哉、結願の日の暮
14	方に、三宝院僧正賢俊勅使として、持明院の院宣を成
15	下されける、尊氏朝臣感応斜ならず、則ち宮中に是

を拝賀在して、神明の擁護、忽ち利生を蒙り、其上院宣を賜る上は、片時も急ぎ上洛あるべしとて、同日御船に召され、音戸瀬戸を漕過ぎ給へば、伊予国の守護人河野対馬守通晴、村上三郎左衛門義弘、兵船七百余艘、兵八千余騎にて馳加はり、其外周防、長門、安芸、石見、出雲、伯耆、備後、備中の軍勢、悉く馳属て、御勢程なく三十万騎になりにける、尊氏朝臣少し目眠給ひけるに、南方より光輝を放つて、観音菩薩嬋妍たる御姿にて、船の舳先に現じ給ふ、眷属の二十八部衆相随ひて、弓箭剣戟を帯び、巍々として御坐します、尊氏朝臣驚き覚めて、夢かと怪み見給へば、山鳩一羽舟の屋形の上に宿て、両翼を扣き、掻消す様にぞ失せたりける、是則ち厳島大明神の示現新なりし事共也、抑も龍神と申すは、千手二十八部の其一にて御坐しませば、観音菩薩の画像を自ら画き給ひて、船毎の舟玉に是を推させ給ひ、士卒武運の御誓在つて、其日漸く当国当寺に着かせ給ふ、暫く休らひ、旅行の御労を甘げ給ひ、宵通普門品念彼の段、三十三首に和げ、厳島大明神本地観世音菩薩に手向け給ひければ、念彼の誓ひ新にして、軍旅の御謀も已に決し、軈て御船に召され、一族四十余人、外様の大名百六十人、兵船七千余艘に取乗って、渺々たる海上に一片に帆を列ね給へば、海水蕩々と漲り、崖打つ波は山を動し、艪櫂棹歌天を震はし、程なく摂津の兵庫に着かせ給ひて、忽ち軍に討勝ち給ひ、天下永く武家の権勢に帰る事、単に此三十三首の和歌の誓瑞なりと、暫く御物語申されける、

別表（2）『観音冥応集』

足利尊氏卿、建武三年二月ニ、幾内《ママ》ノ軍ニ討負玉ヒテ、海路遥ニ筑紫へ御下リノ時、厳島大明神へ、祈願ヲ掛玉ハク、吾此度鎮西ノ軍ニ討勝チ、九国ヲ討治メテ、味方ニ付テ、今一度上落《ママ》セサセ玉へ、仰願クハ持明院ノ院宣ヲ下サレテ、君ト君トノ御合戦トナラバ、尊氏八逆ノ罪ヲ免レ、一定軍ニモ勝ヌベシ、神明吾ガ義ニ与シ、神威ヲ加へ玉へト誓願シ玉フ処ニ、霊験速疾ニシテ、筑前ノ国多多良浜ノ軍ニ討勝玉ヒ、此太刀風ニ恐レテ筑紫九国ハ大半将軍方ニ靡キ順ヒ、程ナク大勢ヲ催シ、同四月廿六日ニ、大宰府ヲ討立テ、順風ニ纜ヲ解テ五月一日、厳島ニ著玉ヒ、三日御参籠アツテ、種々ノ奉幣ヲ進メ神楽ヲ奏シ玉ヒテ、倍天下太平ノ御誓願怠ラズ、足利源氏代代ノ伝剣来国光、国俊、神息ノ御剣ヲ奉納シ玉ヒケレバ、不思議ナルカナ、結願ノ日ノ暮方ニ、三宝院ノ僧正賢俊勅使トシテ持明院ノ院宣ヲ成シ下サレケル、尊氏朝臣感喜甚シク、即チ神前ニ於テ、是ヲ拝賀在テ、神明ノ擁護ヲ蒙リ、其ノ上院宣ヲ賜ル上ハ、片時モ急ギ上洛アルベシトテ、同日ニ御船ニ召、穏戸ノ瀬戸ヲ漕過ギ玉ヘバ、伊予ノ国ノ守護人河野ノ対馬守通晴、村上三郎左衛門義弘、兵船七百余艘、兵八千余騎ニテ馳加ハリ、其外周防、長門、安芸、石見、出雲、伯耆、備後、備中ノ軍勢、悉ク馳属テ、程ナク三十万騎ニ成ニケリ、尊氏朝臣少シ睡ミ玉ヒケルニ、南方ヨリ光明ヲ放テ、観自在菩薩妙相端厳ニシテ、船ノ舳先ニ現ジ玉フ、眷属ノ二十八部衆、随従シテ甲冑ヲ著、弓箭ヲ帯シテ、巍々トシテ御坐ス、尊氏朝臣驚キ寤テ夢カト怪シミ見玉ヘバ、山鳩一羽舟ノ屋形ノ上ニ宿テ、両翼ヲ扣キ搔消ス様ニ失ニケリ、是則厳島大明神ノ御示現ナリト覚リ玉ヒ、則チ観音ノ尊像ヲ自ラ画キ玉ヒテ、船毎ノ船霊ニ祭ラセ玉ヒ、武運長久ノ御祈リ在テ、其日備後国尾道ノ浦ニ著玉ヒ、浄土寺ニ逗留アッテ、旅行ノ御労ヲ休メ玉フ、五月五日宵通普門品ノ頌文ヲ、三十三首ノ和歌ニ和ゲ、厳島大明神ノ本地、観自在菩薩ニ手向玉ヒケリ、三十三首ノ中ニ、弘誓深如海ノ意ヲ、尊氏卿

　ワダヅミノ深キ誓ノアマネサヲ、頼ミヲカクル法ノ船カナ

　　能為作依怙ノ意ヲ　　　　直義卿

　何事モ叶フ誓ヒヲ頼ムヨリ身ニハ愁モ煩モナシ

三十三首ノ歌、今ニ浄土寺ニアリ、則チ兵船七千余艘ニ取乗テ、上洛シテ軍ニ勝テ、十五代ノ栄ヲ伝ヘ玉フ事、偏ニ厳島大明神ノ擁護ニシテ本地観自在菩薩ノ御利生ナリ、其後将軍義満（尊氏ノ孫ナリ）朝臣、九国征伐ノ時、吉例ナリトテ、又浄土寺ニ逗留シ玉ヒテ、三十三首ノ和歌ヲ拝見シテ、弥信心ヲ凝シ、其ヨリ厳島ニ参籠アッテ、祈誓シ玉ヘバ、御託宣ニ

　多良智念ノ公ヲ守リノ神ナレバ、祈ラズトテモ力添ナン

トアリケレバ、感信肝ニ銘ジテ、アリガタク、勇気倍増リケレバ、程ナク九国中国ノ敵、或ハ討亡サレ、或ハ降参シテ、天下武威ニ伏シケルトカヤ、浄土寺ノ堂塔ハ尊氏卿建立ノ伽藍ナリ、今ニアリ、

あとがき

十五年間の定時制高校勤務の後、昭和五十一年（一九七六）四月に大阪樟蔭女子大学学芸学部国文学科に勤務することになって、驚いた。中・高・大に共通する「校章」は「菊水紋」であり、「校歌」（作詞伊賀駒吉郎・作曲信時潔）の一節には「南に仰ぐ金剛の歴史は遠しははそは」とあったからである。大正六年（一九一七）に高等女学校を創設した初代理事長森平蔵氏の胸裡には、楠正行に教訓する母の姿があり、それが、「樟蔭」という学園名をはじめ、さまざまな点に反映され、全く宗教色を持たない自由な校風の女子教育の場として発足したこと、大正十四年に設置された「女専」の国文科の卒業生の中には、田辺聖子氏や福田みどり氏（司馬遼太郎氏夫人）もおられることなども知った。

とは言え、はじめの間は、どこか気恥しい気持もあって、折りにふれて親しくしていただくことになった第三代理事長森彰朗氏（平成十一年逝去。「後から来る人のために、自分が通り過ぎたドアには手を添えておく」ということを信条としておられ、学生達のスキースクールにも参加され、宿舎で語り合ったこともある）にも、自分が『太平記』を専攻していることを、口にできなかった。

しかし、大阪樟蔭女子大学で三十年以上お世話になった今は、この不思議な縁に深く感謝するのみである。

書名に恥しさを覚えつつ『太平記の説話文学的研究』を性急な形で纏めてから、すでに二十年経ってしまった。大学・大学院で御指導いただいた先生がたも、全員幽明境を異にされた。とりわけ、常に心をかけてくださっていた塚原鉄雄先生に、お見せして叱正賜りたいと考えていたのに、私自身の怠惰ゆえに間に合わなかったが、この二十年間に書いたもののうち、『太平記』関連の論に限定して、拙いながら纏めたのが、この『太平記論考』である。

初出一覧は次の通り（書籍は刊行年月をそのまま記し、雑誌は和暦を算用数字で統一し、副題は省いた）。

○『太平記』の視点（長谷川端編『太平記とその周辺』所収。新典社・平成六年四月）

○楠正成考（『大阪市立大学文学部創立50周年記念国語国文学論集』所収。和泉書院・一九九九年六月）

○『太平記』における楠氏をめぐって―正行・正儀を中心に―

（長谷川端編著『論集 太平記の時代』所収。新典社・平成16年4月）

○高師直考（池上洵一編『論集 説話と説話集』所収。和泉書院・二〇〇一年五月）

○資朝・俊基―討幕計画の犠牲者―（「国文学 解釈と鑑賞」第56巻8号・至文堂・平成3年8月）

○楠正成の武略・智謀と幕府軍の内的状況（原題・『太平記』巻六の構成と展開。「樟蔭国文学」第26号・平成元年3月）

○吉野・千早の奮戦から先帝の隠岐脱出へ（原題・『太平記』巻七の構成と展開。「樟蔭国文学」第27号・平成2年3月）

○後醍醐天皇復活の前夜（原題・『太平記』巻八の構成と展開。「樟蔭国文学」第28号・平成3年3月）

○足利尊氏の役割（「樟蔭国文学」第29号・平成4年3月）

○鎌倉幕府の崩壊（「大阪樟蔭女子大学論集」第30号・平成5年3月）

○地方と中央（「樟蔭国文学」第30号・平成5年3月）

○公家一統政治の蹉跌（「大阪樟蔭女子大学論集」第31号・平成6年3月）

○「高氏」から「尊氏」へ（「樟蔭国文学」第31号・平成6年3月）

○尊氏と義貞（「樟蔭国文学」第32号・平成7年3月）

○朝敵か将軍か（「樟蔭国文学」第33号・平成8年3月）

○「朝敵」からの脱却（「樟蔭国文学」第34号・平成9年3月）

○将軍尊氏の上洛と楠正成の死（「樟蔭国文学」第35号・平成10年3月）
○「将軍ノ代」への始動（「樟蔭国文学」第36号・平成11年3月）
○「将軍ノ代」の枠組み（「樟蔭国文学」第37号・平成12年3月）
○混沌の世へ（「樟蔭国文学」第38号・平成12年10月）
○新田義貞の死をめぐって（「樟蔭国文学」第39号・平成13年12月）
○足利政権の「現実」と後醍醐天皇の死（「樟蔭国文学」第41号・平成16年3月）
○巻二十一～巻二十五の梗概と問題点（「國文學　解釈と教材の研究」第36巻2号・學燈社・平成3年2月）
○『太平記』の終焉―楠正儀と細川頼之―（「樟蔭国文学」第43号・平成18年1月）
○『太平記』から『後太平記』・『観音冥応集』へ（「樟蔭国文学」第42号・平成17年1月）

『太平記』を読む過程で、実に多くの研究者がたにお世話になった。常に斬新な発想法を投げかけてくださった山下宏明氏、柔軟な抱擁力でお導きくださった長谷川端氏、玉稿抜刷り・雑誌「國文」に添えて厳正なお言葉をくださった鈴木登美惠氏のような諸先輩だけでなく、中西達治氏・大森北義氏・長坂成行氏や、後には、武田昌憲氏・小秋元段氏・石田洵氏達からも、御著書や御論考を通じて、多大なる学恩を賜わり、心より感謝申し上げたい。

更に、池上洵一氏の御人徳と厳密な研究姿勢を慕う若手研究者・院生達が集う「神戸説話研究会」に出席させて頂けたことにも、感謝の気持で一杯である。そうでなければ、『続古事談』・『春日権現験記絵』・『観音冥応集』というような作品を読むことはできなかったであろう。主として説話文学を専攻する若い人達（「来るのも自由、去るのも自由」というのが池上氏の御方針）が、用例を引きつつ闊達に発言する雰囲気は、誠に刺激的である。

又、その篤実で統率力ある人柄により、長年にわたって継続されてきた田中文雅氏（古代文学・国学・口承文芸）

主宰の民話調査に参加させてもらい、仏教史や古代文学に造詣が深い山口裕子氏や、今は亡き杦浦勝氏達とも交流を持つことができた岐阜県揖斐郡坂内村や福井県若狭地方での時間は、忘れがたい充実したものであった。

勤務先では、選挙制であった頃に、教授会議長や学生部長に選ばれてしまい、自分がいかに「長」という座に不向きであるかを痛感していたにも拘らず、大学が第一次改組期を迎えた平成十三年には、気がつけば最も勤務年数が長いということで、学科主任（後に「学科長」と名称変更）になってしまい、四苦八苦の連続であった。清忠や師直さえも見たと思うことがある中で、石川眞弘先生・西木忠一先生という年長の同僚教授に支えていただきながら、ゼミ生をはじめとする国文学科の教え子達の笑顔に囲まれて、やがて、真摯な研究者たる中周子教授に、学科長をバトンタッチできたこと（そのことよる中氏の御心労は察するに余りあるが）に、今は安堵している。

なお、全く私的な事に及び恐縮であるが、帰郷して高校教員になる道を選択しなかったことで、両親を安心させることができぬままとなったが、郷里に住む姉夫妻のお蔭で、私自身（又は妻）は、毎週一回程度の帰省（通院介助等）で、助けて貰いありがたく思って来た。尋常小学校しか出ていないものの、読んだり書いたりする事が好きだった母も、十八年間の一人暮らしの後、JR福知山線脱線事故のあった平成十七年に九十七歳で亡くなったため、この本を見せることはできなかった。その間、郷里の暦に合わせて軸足の定まらぬ私が、休講し難い時には、代って妻に吹雪の中、車を走らせてもらわねばならなかったし、娘達にも、何かと辛い思いをさせてしまった。

最後に、私が全て手書きという旧式人間であったために、出版を遅延させ御迷惑をおかけしたにも拘らず、忍耐強く暖かい御配慮を頂いた和泉書院社長廣橋研三氏にも、心より感謝申し上げたい。

平成二十一年（二〇〇九）十月十五日

谷垣伊太雄

■著者紹介

谷垣 伊太雄（たにがき いたお）
昭和14年（一九三九）京都府福知山市に生れる
昭和32年（一九五七）京都府立福知山高校卒業
昭和36年（一九六一）神戸大学文学部卒業
昭和42年（一九六七）大阪市立大学大学院修士課程修了
平成21年（二〇〇九）現在、大阪樟蔭女子大学国文学科教授（特任）

研究叢書 397

太平記論考

二〇〇九年十月二十五日初版第一刷発行
（検印省略）

著者 谷垣伊太雄
発行者 廣橋研三
印刷所 亜細亜印刷
製本所 渋谷文泉閣
発行所 有限会社 和泉書院
大阪市天王寺区上汐五－三－八
〒五四三－〇〇〇二
電話 〇六－六七七一－一四六七
振替 〇〇九七〇－八－一五〇四三

ISBN978-4-7576-0530-5 C3395